§ 奇譚 귀소 §

2015년 8월 20일 초판 1쇄 인쇄
2015년 8월 25일 초판 1쇄 발행

지은이 § 문은숙
발행인 § 곽중열
기획&편집디자인 § 신연제, 이윤아
발행처 § (주)조은세상

등록 § 2002-23호.(1998년 01월 20일)
주소 § 경기도 연천군 미산면 청정로 1355
Tel § (02)587-2977
e-mail romance@comics21c.co.kr
블로그 http://goodworld24.blog.me

값 11,000원

ISBN 979-11-5832-227-4

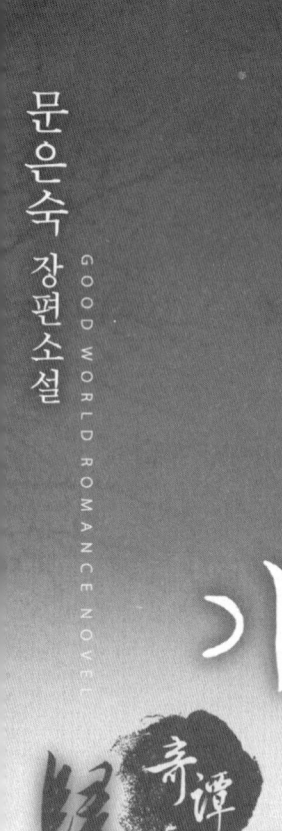

문은숙 장편소설

GOOD WORLD ROMANCE NOVEL

(주)조은세상

기담 기소

奇潭 歸巢

목 차

1. 휘파람

GOOD WORLD ROMANCE NOVEL

달 밝은 깊은 밤, 휘파람을 불며 걷는 게 좋다.

바람 선선하고 엷은 안개가 사늘하게 지면을 적시는 밤이라면 더욱 좋다.

청명한 휘파람의 울림이 꼬리를 끌며 저 달을 향해 휘어져 올라가는 모습이 보일 듯 말 듯, 그런 밤이면 나는 이따금 발길을 멈추고 달을 올려다보며 기다려보곤 한다.

'한 번쯤 흔들리지 않을까.'

하지만 저 달님은 그날그날 차고 이지러지길 수없이 반복하면서도 날 위해 슬며시 흔들려줄 여가는 없는 모양이다. 저 아름다운 아가씨는 태생이 오만하다.

그도 그런 게 그토록 도도한 품성이 아니면 견뎌낼 여력이 없을지도 모른다. 역사가 시작된 이래 달에게 구애한 이들이 좀 많았겠는가. 백 년도 못 사는 사람의 마음인 것을, 아량을 베풀어 좀 돌아보면 어떠랴 하는 푸념은 어디까지나 사람이기에 통하는 어리광일 것이다.

천년만년, 묵묵히 같은 길을 걸어야 하는 달님에게 하루살이의 절절한 호소 따윈 찌는 듯한 여름날 목덜미를 간질이는 더운 바람, 그보다 조금 나은 수준이면 다행이겠다.

—차라리 휘파람을 부는 게 좋아. 달도 때론 노래를 듣거든.

나는 그 말을 기억하고 때때로 휘파람을 분다.

—그렇게 휘파람을 불면, 달이 슬그머니 흔들릴 때가 있어. 그건 달이 춤을 추는 거야.

달이 춤을 추는 걸 보고 싶다. 나는 그 바람을 가슴에 품고 휘파람을 분다. 언젠가 그 춤을 볼 수 있는 때가 오면 성우가 꿈에 찾아올 거라는 믿음도 가지고 있다. 믿음이랄지, 소원이랄지.

이 소원에 대해서는 내 반쪽 화경이 녀석에게 신랄하게 비웃음당한 터라 다른 누구에게도 말하지 않는다. 뭐 실제로 이루어져도 그 애라면 내 망상이라며 코웃음 칠 것 같지만. 그러니 언젠가 이루어지면 조용히 아희에게만 자랑할 생각이다. 그때까지 나는 이렇게 때때로 찾아오는 기회마다 두근거리는 마음으로 휘파람을 불 것이다.

하지만 오늘은 그 두근거림도 맹렬한 적을 만나 제힘을 못 쓰고 있다.

11시가 다 되어가는 밤, 막차 버스가 날 내려놓고 간 길은 인적이 뚝 끊겨 터벅터벅 걷는 내 발소리와 휘파람 소리, 길섶에서 우는 풀벌레 소리 등이 별나게 생생하다. 4차선 도로 주변의 공장들은 이 시각에는 대개 조용하지만 드문드문 야간작업을 하느라 불이 켜진 곳도 있다. 나도 그중 한 곳, 모터공장 기숙사를 향해 걷는 중이다.

일요일을 포함해 3일간의 휴가를 마치고 돌아가는 길이지만 오히려 공장에서 일할 때보다 더 지쳐서 반쯤은 눈이 감겨 있다. 휘파람 소리도 가끔은 하품에 밀려 끊기기 예사다. 그러다 또 하품을 하고선

눈가에 배어난 이슬을 훔치는데 꼬르륵 배가 울렸다.

"……배가 고파서 더 졸리나?"

4시쯤 병원 매점에서 컵라면 하나 사 먹고선 이 시간까지 이렇다할 먹을 걸 안 넣어줬으니 위가 불평을 하는 것도 당연하다. 그때 김밥 한 줄을 더 샀어야 했다고 후회해본들 늦었다. 기숙사에 돌아가면 라면 하나 끓여 먹기로 결심했다.

가방을 오른쪽으로 고쳐 메고 심기일전해서 발길을 옮기며 휘파람을 불던 나는 언뜻 눈에 들어온 무언가에 발걸음을 주춤했다.

어느 결엔가 길에 나 아닌 다른 사람이 있었다.

칠팔 미터쯤 앞쪽에서 걸어가는 사람은 마른 몸에 키가 훌쩍 큰 남자로 보였다. 가로등 불빛을 받아 뒤로 드리워지는 길쭉한 그림자 속에서 찰랑거리는 머리카락을 보면 아주 단정짓긴 애매하지만.

'근데 어디서 왔지?'

잠시 고픈 배를 달래며 라면 먹을 생각에 빠져 있느라 사람의 기척도 몰랐나 하며 나는 주위를 한 바퀴 둘러보았다. 텅 빈 차도며 문을 닫고 잠들어 있는 공장들 외에 별다른 건 보이지 않았지만 그중 한 공장에서 일하는 사람이 잠들기 전에 가볍게 산책을 나왔을 가능성은 얼마든지 있다. 좀 떨어져 있는 편의점에 다녀오는 걸 수도…… 있다고 보기엔 빈손이구나.

뭐, 어차피 뒤따라오는 것도 아니고 저만치 앞서 가는 사람을 경계할 것까진 없다고 생각했다. 이젠 기숙사도 그리 멀지 않으니 천천히 간격을 유지하면서 걸으면 될 일. 하지만 휘파람은 불기 어렵겠군, 하고 체념했다. 일부러 두 코스 전에 내린 보람이 옅어져 한숨을 쉬는데 뜻밖에도 저 앞쪽에서 희미한 선율이 들려오기 시작했다.

처음엔 그저 가느다란 흥얼거림처럼 들렸다. 하지만 왠지 모르게

익숙한 가락에 나도 모르게 귀를 쫑긋 세우고 듣노라니 그 소리가 점차 더 또렷하고 맑게 들려왔다. 그것은 틀림없는 휘파람이었다. 그리고 익숙한 그 선율은 아마도—.

"가시나무⋯⋯."

조성모의 〈가시나무〉. 몇 년 동안 잊고 있었던 노래가 남자의 휘파람 소리와 함께 되살아났다. 아, 이런 노래였지, 하고 가슴 뭉클해져서 고개 숙이는데 이젠 끝났나 했던 남자의 휘파람이 다시 이어졌다. 이번엔 같은 가수의 〈아시나요〉다. 너무도 깔끔하고 선명하게 퍼지는 휘파람 소리는 끊어질 듯 약해지다가도 언제 그랬냐는 듯 강하게 튀어올랐다.

이렇게 휘파람을 잘 부는 사람을 또 보네.

나는 감탄했다. 뚝뚝 눈물을 흘리며. 그러다 그만 가슴이 너무 먹먹해 주저앉고야 말았다.

하멜른의 피리 부는 사나이를 따라간 아이들처럼 계속 남자를 따라가며 휘파람 소리를 듣고 싶었지만 발에 힘이 들어가지 않아 일어설 수가 없었다. 아쉽지만 오롯이 그 두 노래를 들은 것만으로도 아주 좋았다. 미처 상상도 못해본 행운, 이라고 생각했다. 어쩌면 성우가 제 생일을 맞아 보내준 특별한 선물일지도 모른다.

"보고 싶다, 성우야."

저만큼이나 크고 호리호리한 아이였다. 저만큼, 아니 저보다 더 휘파람을 잘 불던 아이였다. 성우는 달이 춤을 추게 할 만큼 휘파람을 잘 불었단 말이다.

유성우. 영원히 스무 살로 남을 내 동생은.

"하아⋯⋯."

그 착한 아이가 가버린 게 어느새 일 년이 훌쩍 넘었다. 그리고 화

경인 그 아이의 생일마저 잊고 산다. 알고 있다. 아희한테 신경 쓰는 것만으로도 그 애에겐 한계라는 걸. 하지만 이틀 전 오늘이 성우 생일이라고 알렸을 때 그러고 보니 여름이었나, 하는 메마른 말뿐 졸린다며 전화를 끊어버리는 데엔 기가 턱 막혔다. 처음 돌아온 기일도 끝내 바람을 맞히고선 성우 생일 때는 바다에 가자더니 그예 잊었구나 싶어 서글퍼 견딜 수 없었다. 성우한테 우리 말고 또 누가 있다고.

혼자서라도 성우가 잠든 바다에 가고 싶었다. 하지만 내게 아희 간호를 맡기고 옷만 갈아입고 온다던 화경이 날이 다 저물도록 오지 않는 바람에 어디에도 가지 못했다. 결국 나 역시 마음만 있을 뿐, 행동에 옮기지 못했으니 화경과 다를 바가 없다.

형편없는 누나. 그런 누나가 밉지도 않은지 성우가 내게 이런 깜짝 선물을 해준 것. 너무도 성우다워서 또 주룩주룩 눈물이 났다.

이미 남자는 저만치 멀어져 휘파람 소리도 거의 들리지 않는다. 그래도 가만히 웅크려 앉은 내 귀엔 휘파람이 들려왔다. 성우가 부르던 〈가시나무〉와 〈아시나요〉. 휘파람뿐만 아니라 동생은 노래도 잘했다. 진짜 가수에 견주어도 부족하지 않을 미성으로. 난 어릴 때부터 그 애가 꼭 가수가 될 거라고 생각했었다.

"정말이지 대한민국은 훌륭한 발라드 가수 하나를 잃었어."

국가적 손실을 한탄하며 한숨을 쉬는데 별안간 귀에 거슬리는 파열음이 고요한 대기를 휘젓기 시작했다. 점점 가까워져오는 큰 소음에 나는 눈살을 찌푸리며 뒤를 돌아보았다.

듣자마자 이미 짐작한 대로 개조한 폭주 오토바이였다. 한밤중에 저런 식으로 몰려다니곤 하는 게 이 근처에선 워낙 빈번한 일이라 신기할 것도 없겠으나 오토바이가 달랑 한 대뿐인 점은 별일이라고 생각했다.

오토바이가 한층 가까워지면서 정말이지 학을 떼도록 요란한 배기음에 나는 양쪽 귀를 막으며 엉거주춤하게 자리에서 일어났다. 어서 빨리 가버리라고 속으로 투덜거리며 힐긋 돌아본 나는 다음 순간 기겁을 하며 옆으로 몸을 빼다가 자칫 넘어질 뻔했다. 오토바이 앞바퀴가 별안간 홱 틀어지더니 그대로 나한테 와서 박을 뻔한 것을 간신히 모면한 참이다. 사람을 이렇게 놀래 놓고도 사과의 말 한마디 없이 오토바이 운전자는 핸들을 쥐고 뒤로 오토바이를 물리기 바빴다.

"이봐요, 운전 똑바로 못 해요? 사람이 안 보일 정도면 그 헬멧 유리라도 올리든가, 어, 어, 꺄악!"

어지간하면 남한테 싫은 소리 못하는 나도 분이 나서 손이 올라갔다. 하지만 삿대질하는 내 손끝에서 오토바이 운전자는 다시금 오토바이를 틀어 내게 돌진하는 것이었다!

처음엔 엉겁결에 몸을 피했다지만 다시 벌어진 사태에 나는 정면으로 빤히 오토바이를 보면서도 바보처럼 비명만 지르며 뒷걸음질 치다 마침내 엉덩방아를 찧고 주저앉고 말았다. 금세라도 내 얼굴을 갈아버릴 듯 다가오는 오토바이 바퀴 앞에서 나는 그저 두 팔로 얼굴을 가리기 급급했다. 사람이 너무 놀라면 생존본능이고 뭐고 다 마비된다는 것을 비로소 알게 된 때—.

"성우야!"

단말마 대신에 동생의 이름만 정신없이 불렀다. 환청인지 뭔지 멀리서 고함 비슷한 것이 메아리처럼 들린데 이어, 고막 아주 가까이에서 무언가 둔탁한, 뭐라 형용할 수 없이 소름 끼치는 고약한 소리가 났다. 나중에 생각해보면 그건, 살이 쓸리면서 뼈가 부러지고, 금이 가는 소리였다.

하지만 내 살도, 내 뼈도 아니었다.

목이 쉬도록 비명을 지르다가 문득 내가 소리만 지르고 있을 뿐 아픈 데가 전혀 없다는 것을 깨닫고 눈을 떴을 때, 내 앞을 가로막고 있는 누군가가 비로소 눈에 들어왔다.

누구지?

—하는 의아함은 아직도 괴물 같은 소리를 내며 행패를 부리는 오토바이를 보고 순식간에 자취를 감췄다. 오토바이 운전자는 내 앞의 사람마저도 함께 바퀴로 깔아뭉개버리겠다는 듯 맹렬히 덤벼들고 있다.

숫제 미친놈이고, 살인마였다! 두려움으로 얼어붙었던 몸을 분노가 녹였던지, 나는 벌떡 일어나 옆에 끼고 있던 짐가방을 두 손으로 치켜들어 운전자의 머리를 노리고 퍽퍽 휘둘러댔다.

"그만해! 그만두지 못해, 이 미친놈아! 그렇게 사람 죽이고 싶으면 너부터 죽여! 에이, 꺼져, 꺼지란 말이야, 꺼져!"

자그마치 4년을 공장에서 주야로 일하며 다진 체력이다. 나를 어지간한 스물셋 여자하고 비교하면 곤란하다. 아까는 창졸간에 벌어진 일에 어안이 벙벙해 당했지 정신만 차리면 오토바이가 대술 줄 알고?

꺼지라고 할 게 아니라 아예 이놈을 오토바이에서 끌어내리자는 각오로 더 죽어라 가방으로 난타하는데 이놈이 마구 팔을 휘두르다 내 가방을 잡아 홱 옆으로 뿌리치는 서슬에 나는 그만 비틀거리다 발이 꼬이고 말았다. 내가 옆으로 나뒹구는 그 기회에 미친놈은 오토바이 앞을 막고 있던 사람까지 발로 차서 떨궈냈다. 나는 그새 몸을 일으키며 가방을 고쳐 쥐고 덤벼들 작정을 했지만 별안간 오토바이가 꽁무니를 보이며 현장에서 달아나기 시작했다.

"야, 서, 서라고, 이 미친놈아!"

이쪽에서 기세등등하니 오히려 달아나기 바쁜 미친놈을 쫓아가다

가 가방을 던져서 오토바이 운전자의 머리에 맞추는데 성공했다. 하지만 오토바이는 잠깐 흔들거리다 균형을 되찾아 그대로 내빼버렸다. 번호판도 없는 오토바이를 뒤쫓아 달려봤지만 따라잡을 수 있을 턱이 없다. 저만치 점이 된데 이어 아예 시야에서 사라져버린 걸 두고 분에 못 이겨 씩씩거리며 한바탕 욕을 퍼붓다가 퍼뜩 뒤에 두고 온 사람 생각이 나서 급히 되돌아갔다.

"저기요, 저기 괜찮으세요? 제 목소리 들려요?"

"⋯⋯괜찮아요."

내 멍청한 질문에 한눈에 봐도 멀쩡해 보이지 않는 왼팔을 누르고 일어서려고 애쓰며 남자가 대답했다. 부축을 하고 싶었지만 그의 오른팔에 손만 댔을 뿐인데 남자가 신음을 해서 화들짝 놀라 손을 뗐다. 두 팔을 다 다친 게 분명한 남자는 오히려 내 걱정을 해줬다.

"난 괜찮아요. 그쪽은 어디 다친 덴⋯⋯."

"덕분에 무사해요. 저기, 그대로 있어 보세요. 어딜 어떻게 다쳤는지 모르니까. 내가 어디지, 112, 아니 119에 전화할 테니까, 전화, 전화기가, 아 가방!"

남자에게 가만히 있으라고 말리고 가방을 가지러 뛰어간 나는 조마조마한 심정으로 휴대전화를 꺼내들었다. 천만다행으로 무사히 작동하는 전화기로 신고를 하면서 남자를 돌아보는데, 아뿔싸, 남자가 옆으로 쓰러지고 있었다!

허겁지겁 달려와 살펴본 남자의 얼굴 태반이 피로 얼룩진 걸 보고 덜컥 심장이 내려앉는 줄 알았다. 이 사람, 이 사람 죽는 건가?

"이봐요, 정신 놓치면 안 돼요! 눈 떠요, 눈! 아, 여보세요, 여기서 사고가 났거든요, 오토바이가, 아무튼 빨리 와주세요! 사람이 죽어요, 죽게 생겼어요, 네? 여기가, 여기가 어디냐면요, 공장, 아, 공장인데,

여기가요, 여기가 어디냐면요……."

나는 엉엉 울면서 4년간 일한 공장 이름을 떠올리려고 머리를 쥐어뜯어야 했다.

전날 거의 한숨도 못 자고 잔업까지 하느라 밤 10시쯤 됐을 땐 그야말로 눈이 쑥 들어가 뒤통수에 달라붙는 줄 알았다. 기숙사에 돌아가 샤워하고 침대에 누우면 아침까지 죽은 듯이 잘 테지만 나는 아직 해야 할 일이 있었기에 퇴근하는 C라인 반장님 차를 얻어 타고 공장을 떠났다.

반장님이 내려준 곳은 공장에서 차로 10분 거리에 있는 종합병원 앞. 내 변변찮은 달리기 실력을 원망하며 뛰어든 곳은 응급실이다. 어젯밤 날 구해준 그 남자가 아직 깨어나지 못한데다가 신원을 증명할 만한 소지품이 없어서 여태 응급실 한구석의 침대에 누워 있었다.

"저기 간호사님. 여기 이 환자 내내 이러고 있었어요? 깨어날 조짐 전혀 없이?"

옆을 지나가는 간호사를 붙들고 물어보자 환자를 들여다보더니 뒤를 돌아보며 "신간!"하고 불렀다. 그러자 체구는 작아도 다부진 인상의 앳된 간호사가 다가왔다. 그녀는 마지막으로 링거를 갈 때 환자가 조금씩 뒤척이는 걸 보았다고 말했다.

"그럼 깨어날 수 있는 거죠? 갑자기 혼수상태가 된다거나 하진 않겠죠?"

"CT상으론 별다른 두부 손상은 없었다니까 우선은 지켜보시게요."

"그럼 왜 아직도 잠만 자는 걸까요?"

"사고 충격이 크면 그럴 수도 있어요. 드문 일 아니니까 일단은 기다리세요."

지켜보라느니 기다리라느니, 아, 참으로 편리한 말이구나 하고 한탄하면서도 믿을 게 달리 없다. 네네, 하고 고분히 대답은 했으나 간호사가 옆을 떠나자 나는 그나마도 불안해졌다.

　　이 생면부지의 남자는 순전히 나를 도와주려다 이렇게 병상에 누워 있는데 나는 이 사람의 가족에게 전화 한 통화해주지 못하고 있다. 지금 이 순간에도 이 남자의 행방을 몰라 피가 마르는 사람이 있을지 모른다고 생각하면 미안해서 가슴이 오그라드는 것 같았다. 그게 어떤 기분인지 누구보다도 잘 알면서 말이다.

　　"저기, 저기요. 그쪽, 어서 눈떠야 해요. 그쪽 걱정하는 사람들 생각해야죠. 지금도 소식을 몰라 어쩔 줄 모르고 있을 거예요. 잠은 잠깐 일어났다가 또 잘 수 있으니까 딱 1분이라도 눈 좀 떠봐요."

　　준비해온 수건에 물을 적셔서 조심스럽게 남자의 얼굴을 닦아주면서 말을 걸었다. 어젯밤 제대로 닦아주지 못한 피가 굳어버렸지만 하룻밤 새에 얼굴이 부어오른 바람에 힘주어 닦는 것도 무리였다. 하지만 자비라곤 손톱만큼도 없는 응급실의 부시도록 환한 불빛 아래에서도 남자의 이목구비가 퍽 단정하다는 것은 확연했다. 피부도 말가니 본디 깨끗한 듯하고 무엇보다 속눈썹, 나는 태어나서 이렇게 속눈썹이 긴 남자를 처음 봤다.

　　잘생긴데다가 위기에 닥친 사람을 구하려고 몸을 사리지 않고 뛰어드는 정의로운 남자. 인기남일 게 틀림없다. 그렇다면 친구도 많을 텐데, 어째서 아직 병원에 찾아온 사람이 없을까? 설마 이런 일이 있을 거라곤 상상도 못 하는 건가.

　　초조한 마음에 고개를 들어 응급실 출입문을 쳐다보고 있는데 기다렸다는 듯이 아는 얼굴이 안으로 들어오는 게 보였다.

　　"형사님."

나를 보며 고개를 까딱해서 아는 체하는 박 형사는 저녁 먹은 게 없는 듯 안색이 나쁜 건 간밤과 똑같았다. 병상 쪽으로 걸어와 누워 있는 남자를 쳐다보더니 "아직인가." 하고 뚝뚝하게 중얼거렸다.

"그 오토바이는……."

이미 대답은 알겠지만 그래도 혹시 하고 물었는데 형사는 아니나 다를까 고개를 가로저었다.

"무주에 빨간 오토바이가 한두 대여야 말이지. 이 남자가 깨면 뭐라도 얻을까 해서 왔는데 원."

"그럼 이 사람이 누군지는 알아보셨어요?"

어제 이 남자가 오른팔, 왼팔 다 깁스를 해야 하는 상황인데도 지문을 채취해야 한다며 형사가 건성건성 다친 손을 건드릴 때엔 살살 좀 하라고 속으로 분통을 터뜨렸었지만 지금은 믿을 게 그것뿐이다. 형사는 그 말에도 고개를 저었다.

"오후에 넘겼으니까 빠르면 내일모레나 나오겠지."

"모레요? 그건 너무 늦는데……."

"그전에 이쪽이 먼저 깨지 않겠소? 별 부상도 아니라더만."

남의 일이라고 너무 태평하게 말한다 싶어 눈살을 찌푸리는데 형사는 통 하고 병상 다리를 차며 "어이, 허우대 멀쩡한 녀석이 언제까지 잘 참이야?" 하고 빈정대기까지 했다. 경찰과 소방관은 무조건 존경해온 나지만 이제 거기에 예외가 생길 것 같다.

"이보세요, 이 사람은 피해자거든요? 그리고 위험에 처한 사람 구하려고 뛰어든 의인이에요! 그런데 형사라는 분이 그런 사람대접을 이렇게 해요?"

나는 결코 쌈닭이 아니다. 나 스스로도 온화한 성격이라고 생각하고 주변에서도 순하다, 착하다는 말을 곧잘 해준다. 다른 사람에게

언성 높이는 일은, 태어난 이래 손에 꼽을까 말까 한데 어제오늘 세상이 날 그렇게 두지 않았다.

"또 뭘 그렇게 핏대를 세우고. 누가 피해자인 줄 몰라?"

되레 더 불퉁하게 눈을 부라리다가 그르륵 트림을 하는 형사를 보자니 어쩐지 이 사람 오늘 지문 같은 거 넘긴 적도 없는 게 아닐까 하는 생각이 들었다. 그전에, 그 몹쓸 오토바이 찾아보려 시도나 했을까?

"작정한 놈 만났으면 이러고 멀쩡하게 숨도 안 붙어 있어, 둘 다. 이만하면 다행인 줄 알아야지, 아가씨. 세상에 얼마나 또라이 새끼들이 많은데."

그 또라이에 당신도 들어가고 말이지!

—라고 소리치고 싶어지는 것을 오로지 의지로 참았다. 맙소사. 별안간 범죄에 휘말린 선량한 시민을 앞에 놓고 경찰이란 사람이 다행 운운하다니. 나는 내가 사는 세상이란 곳 자체가 이상하게 느껴지기 시작했다.

"그래, 찬찬히 생각은 해봤구? 아직도 떠오르는 사람 없습디까?"

존댓말도 반말도 아닌 말로 형사가 물어오는 것에 나는 살짝 짜증을 드러냈다.

"글쎄 저한테 원한 가질 사람 같은 건 세상에 단 한 명도 없으니까 다른 데서 알아보시라고요."

형사는 실눈을 뜨고 니코틴 인이 배인 누런 손가락으로 턱을 긁적거리며 대꾸했다.

"믿는 거야 아가씨 자유지만 내가 경찰 생활 20년 넘게 하면서 온갖 일을 다 본 사람이거든. 아가씨처럼 그럴 사람 없다고 펄쩍 뛴 사람들이 나중에 범인이랑 드잡이하는 꼴을 숱하게 봤어. 네가 어떻게

나한테 이러느냐 하면 저쪽에선 네가 한 짓은 생각 안 하느냐고 외려 큰소리치고……. 그쪽, 얼굴도 곱상한 게 남자 몇 후렸겠는데 정말 누구 떠오르는 놈 없어?"

간밤에도 나더러 만난 남자 운운하더니 아직도 미련을 못 버린 형사에게 딱 잘라 전혀 없다고 강하게 못 박았다.

"전혀?"

여전히 의심스럽다는 눈초리에 나는 숨을 고르고 대꾸했다.

"형사님, 전 여중에 여고 나와서 바로 공장 들어가 기숙사 생활 4년째예요. 주위에 그럴 만한 남자도 없고, 남자가 있다고 해도 한가하게 연애나 할 상황이 아니라고요. 왜냐면, 돈을 벌어야 하거든요. 돈이요. 아시겠어요?"

"에이, 6.25 전쟁통에도 연애할 사람은 다 했는데 돈 버는 게 대수야?"

진짜 말이 안 통하는 데엔 두 손 들었다. 차라리 내가 안 보고 말자는 생각으로 병상을 향해 돌아앉아버리니 형사는 일없이 트림이나 하며 주변을 어슬렁거리다가 이러고 있어도 답이 없겠다며 하품을 했다.

"언제 깨어날지 모르는데 아가씨도 슬슬 일어서지 그래? 가는 길에 공장 앞에 내려줄 테니까."

"말씀은 고맙지만 전 제가 알아서 가겠습니다."

"어이어이, 어른이 말할 땐 들어. 혹시 어제 그놈이 또 나타나면 어쩌려고 그래? 이번엔 이 용자도 없으니 꼼짝없이 봉변치를 걸."

형사의 말에 얼마쯤 겁이 나긴 했지만 그래도 나는 고개를 저었다.

"고집 센 아가씨구만. 어쨌든 사지 멀쩡하게 다시 보자구."

언제 감았는지 몰라도 기름에 절어 떡진 머리를 벅벅 긁으며 형사는

응급실을 뒤로했다. 그 뒷모습을 보면서 원래 형사쯤 되면 저런 말을 농담이라고 하는지 진지하게 궁금해 했다. 아무래도 매일같이 죄지은 사람들을 보고 살다 보니 그런 걸까?

나는 병상의 남자에게 머리를 기울여 소곤소곤 말했다.

"어릴 때 경찰관이 꿈이었는데, 운동치라서 자연히 포기했어요. 근데 운동을 잘해서 경찰이 됐다고 해도 마냥 기쁜 일만은 아니었겠다 싶네요. 어제 우릴 해코지한 그 미친놈 같은 사람을 잡으러 다니는 일이잖아요. 나는 어쩌다 한 번 그런 놈 마주친 걸로도 심장이 다 벌벌 떨리던데 형사쯤 되면…… 그래요, 보통 정신력으론 무리죠. 아무래도 저 사람, 또라이라고 생각한 건 취소해야겠어요."

수건의 안 쓴 면을 찾아 뒤집어보면서 다음에 형사를 보면 좀 더 공손하게 대하기로 마음먹었다. 영 변변찮은 데가 없어 수건을 다시 빨려고 일어섰다. 두 걸음 걸었을까, 뒤에서 무슨 소리가 난 것 같아 획 돌아보았다.

남자는 미동도 없는 그대로였고, 오른쪽 병상에 있는 중년의 여자가 돌아누우려고 애쓰며 끙끙대고 있었다. 저 소릴 들었나 보다 하며 나는 수건을 내려놓고 여자를 도왔다. 고맙다고 말할 힘도 없어 보이는 여자는 얼굴이며 팔에 애처로울 정도로 시커먼 멍이 여럿 보였다. 비단 그것뿐 아니라 흔적이 옅어져 가는 다른 멍들도 여럿 보이는 게 아무래도 가정폭력에 시달리는 듯이 보였다. 나이는 내 엄마뻘인데 보호자도 없이 응급실에 누워 있는 마음이 어떨지 생각하자 주책없이 눈물이 날 것 같아 얼른 수건을 빨러 갔다.

수건을 빨러 갔다 온 사이에 응급실 안에서 고성이 오가고 있었다. 어리벙벙해서 걸음을 옮기는데 그 고성의 진원지가 어째 날 구한 남자가 있는 병상 쪽인 것 같았다. 뜀걸음으로 다가가 보자 아닌 게 아

니라 그쪽이다. 아까 내가 돌아눕는 걸 도왔던 여자를 두고 간호사들과 레지던트, 그리고 한 덩치 하는 추레한 남자가 입씨름을 하는 중이었다.

"내가 내 마누라 데려가겠다는데 니들이 뭔데 된다 안 된다 지랄이야! 꺼져, 이 씨팔새끼들아! 이 갈보가 아프긴 어디가 아파? 야, 일어나, 쇼하지 말고 일어나라고, 이 쌍년아!"

"이러지 마세요, 환자분껜 안정이 필요합니다!"

지독한 술 냄새를 풍기는 남자가 자기 아내가 누워 있는 병상을 탕탕 발로 차면서 여자를 잡으려고 손을 휘두르는 것을 두 명의 간호사와 툭 치면 쓰러질 듯 피곤해 보이는 레지던트가 매달려 겨우겨우 막고 있었다. 술 취한 사람의 괴력도 괴력이거니와 가뜩이나 이 남자는 체격도 우람했다. 얼마 가지 않아 레지던트와 드잡이를 벌여 땅에 내동댕이치더니 두 간호사에게도 사정없이 팔을 휘두른다. 도와주려고 달려온 다른 간호사가 남자가 휘두른 팔에 비껴 맞고서 쓰러지는 등 난리도 아니었다. 그러는 와중에 병상의 여자는 일어나려고 안간힘을 쓰고 있었다.

"내가 갈게요, 내가 갈 테니까 여보, 그만……."

형사님이 벌써 가버린 게 안타까워 발을 동동 구르는데 급기야 막아서던 사람들을 다 치워버린 남자가 여자의 머리끄덩이를 잡아 우악스럽게 일으켰다.

"개수작 부리지 마, 걸레 같은 년! 네년이 아직 혼이 덜 났어."

비명도 제대로 못 지르고 끌려 일어나는 여자의 웃옷이 들춰지자 허리를 비롯한 배까지 번진 시커먼 멍들이 드러났다. 그 비참한 멍에 너무 놀라 내가 숨조차 못 쉬는 사이 여자는 남편의 포악한 손길에 병상에서 바닥으로 굴러떨어지고 말았다. 더는 보고만 있을 수 없어서

나는 안절부절못하는 구경꾼 노릇을 던져버리고 일에 끼어들었다.

"이거 놓으세요, 사람을 죽일 참이에요! 놔요, 놔!"

여자의 머리를 움켜쥔 남자의 손을 풀어보려고 한껏 힘을 썼지만 도저히 당해낼 수가 없었다. 이런 힘을 가진 남자한테 얻어맞고 살았을 여자가 너무 불쌍하고 분해서 왈칵 눈물까지 났다.

그러는 동안 간호사를 비롯한 응급실 내의 환자 보호자들도 합세해 남자를 떼어놓으려고 시도했다. 호출을 받았는지 병원 경비로 보이는 남자들도 달려왔다. 하지만 만취한 사람의 분별력으로는 그런 사람들이 모두 자신의 적일 뿐. 하물며 멀쩡할 때도 남자 서넛은 거뜬히 해치울 듯한 힘으로 괴성을 지르며 몸부림을 치니 적들은 와르르 무너지고 말았다. 그나마 앞쪽에 있던 나는 피해를 덜 받아 남자의 아내를 감싸고 있다가 희번덕거리는 남자의 눈에 걸리고 말았다.

"니미 쌍년이 여기까지 와서 서방질을 해? 오냐, 오늘 너희 연놈을 도륙을 내주마, 엉!"

머리가 짧다는 이유만으로 나를 남자로 봤던지 남자는 이를 갈며 주위를 훑어보다가 접의자를 집어 들었다. 그것을 들고 내 쪽으로 오는 걸 보니, 달아나야 한다는 생각밖에 안 들었다.

실제로 주춤거리며 일어났다. 하지만 막 발을 떼려는 순간, 하릴없이 웅크리고 있는 남자의 아내가 보였다. 나는 피한다고 치자, 그럼 이 여자는…….

갈등하는 짧은 순간 여자 뒤의 병상이 눈에 들어왔다. 날 구해준 남자가 거기에 고요히 누워 있다. 저 남자는 생면부지의 날 구하려고 오토바이를 가로막았다, 그런데 나는, 나는!

"으아아, 성우야!"

의협심과는 별개로 무서워서 눈물이 찔끔 나는 것을 입속말로 동

생에게 매달리며 여자 위로 덮듯이 몸을 내렸다. 바로 직후 여자의 남편이 접의자를 휘둘렀다.

다친다!

각오와 함께 바싹 긴장한 내겐 그야말로 1초가 1년처럼 길었다. 그렇게 한 몇 년이 흘렀을까, 쿠당탕하는 요란한 소리에 이어 무언가, 꽤 무게를 가진 것이 바닥에 쓰러지는 소리와 함께 가벼운 진동이 왔다.

어찌 된 게 난 이번에도 아픈 데가 없다. 머리도, 머리를 감싼 손도, 마지막으로 등도 아무렇지 않은 걸 더듬더듬 확인하고서 슬그머니 눈을 뜬 내가 무슨 영문인지 몰라 옆을 돌아보았다가 놀라서 히익 숨을 멈췄다.

여자의 남편이 바닥에 쓰러져 게슴츠레하게 벌어진 눈으로 이쪽을 보고 있었다. 나는 누가 이 사람을 때린 건가 하고 주위를 살폈지만 둘러선 사람들도 영문을 모르겠다는 표정으로 쓰러진 남자를 보는 건 마찬가지였다.

"주, 죽었나?"

남자의 입가에 거품마저 흐르는 터라 나도 모르게 그렇게 중얼거렸다. 그 소리에 레지던트가 앞으로 나오더니 펜라이트를 켜서 남자의 눈에 동공반사 검사를 했다. 이어서 몇 가지 생체 징후를 확인한 의사에게서 기절한 것뿐이라는 말이 나오자 겨우 사람들 사이에 안도의 분위기가 퍼지며 이 사람 저 사람 한마디씩 욕을 했다. 어쨌든 경비들이 남자를 떠메서 응급실에서 데리고 나가고 간호사들은 남자의 아내를 다시 병상에 올리면서 소동은 일단락되었다.

내게 고맙다고 꺼질 듯한 목소리로 몇 번이나 인사한 여자는 허리 통증 때문에 진통제를 맞고선 겨우 잠이 들었다. 결과적으로 난 한 것도

없는데 몹시 피곤해져서 머리를 가누는 것조차 힘들었다. 내 은인은 아직도 깰 기미가 없다. 어차피 안 깨면 아침까지 있다 갈 생각으로 왔으니 조금 이르지만 한숨 붙일 생각으로 보조침상에 누웠다. 어제 못 잤으니만큼 잠은 해일 같은 스케일로 덮쳐왔다.

'잘 자, 성우야.'

꿈결에 흘려보내는 인사를 마지막으로 온 세상이 암전되었다.

'누나.'

'누나, 누나아~. 누나야아~.'

'에잇, 유수경!'

"어쭈, 누가 감히 누님 함자를 함부로! 이 어린놈이!"

발끈하며 목청을 틔우는 순간, 나는 내가 꿈을 꾸고 있음을 깨달았다. 나는 꿈을 그다지 꾸지 않는 편이지만 이따금 꿈을 꾸면 그것이 꿈임을 아는 자각몽을 꾸곤 한다. 이번에도 여지없다.

어딘가의 호젓한 길을 걷고 있다. 밤이다. 얄팍한 초승달이 머리 위 하늘에 둥실 걸려 있고 주변엔 다른 불빛이 없다. 그런데도 풍경이 분간될 만큼 사위가 환하다. 발치에 머문 그림자도 구분될 정도다. 길은 상당히 익숙해 보이는데, 공장이든 무엇이든 건물이 전혀 보이지 않는다는 점에서 내가 아는 어디와도 달랐다.

"성우 목소리가 들려서 좋다 했더니 또 혼자네."

열에 아홉은—때로 자각몽이 아닌 꿈도 꾸니까—꿈속의 나는 혼자다. 딱히 그래서 어떻다는 생각은 하지 않는다. 다만 성우가 죽은 후로 성우를 꿈속에 나타나게 해보려고 별짓을 다 해봤지만 전혀 뜻대로 되지 않았다. 꿈인 걸 알고 꿈을 조종한다는 사람들 이야기, 내게는 해당이 안 된다. 그저 질리도록 산과 들, 강과 바다를 헤매 다니다

가 언제 그랬냐 싶게 꿈에서 깨어난다.

그나마 꿈의 의미를 찾자면 누구의 눈치도 보지 않고 원 없이 휘파람을 분다는 정도. 꿈속에서의 내 휘파람 소리는 내가 생각해봐도 제법 뛰어나다. 때론 성우보다도 더 낫지 않나 싶다. 그걸 들려줄 사람이 아무도 없으니 애잔하고, 애잔하다.

오늘도 휘파람을 분다. 이건 내 꿈이니까 춤 한 번쯤 춰달란 말이에요, 라고 달에게 뻔뻔스레 부탁을 빙자한 명령을 하면서.

"얄미워 진짜. 어디 30년 후에도 그렇게 도도한지 봅시다, 달님."

입술을 삐죽이며 투덜거리곤 얌체 같은 달을 대신해 두 팔을 팔락거리기 시작했다. 춤이라고 해봤자 두 팔을 나부끼는 것 말고 별것 없다. 그러면서 휘파람을 분다. 생시라면 어림도 없는데 꿈속에선 전혀 흔들림 없이 청아하게 울려나온다. 시시한 꿈이긴 해도, 즐겁다. 아마도 그 즐거움에 매번 이런 꿈을 꾸나 보다.

'어라?'

한창 휘파람을 불며 유유히 즐기다가 묘한 위화감을 느껴서 걸음을 멈추었다. 휘파람을 그치자 온 사위가 적막하기 짝이 없다. 나는 고개를 갸웃하고 발을 떼며 휘파람을 불었다.

얼마 못 가서 다시 휘파람을 멈출 뻔했지만 용케 참았다. 발길도 떨어지지 않으려는 것을 억지로 자꾸자꾸 떼어놓았다.

공명共鳴.

휘파람이 겹쳐지고 있다.

착각이 아니다. 내 꿈에 누군가 있다.

'성우?'

그렇다면 참으로 기쁜 일이겠지만, 내 모든 감각이 성우가 아니라고 조용히 속삭였다.

바람이 분다. 뒤로부터.

발자국 소리조차 없이 그 누군가가 다가오고 있음을 더욱 강해지는 공명으로 확신했다. 나는, 그것이 두렵다.

'이건 내 꿈이야. 싫으면 밀어내면 되지. 그래, 밀어낼 거야. 쫓아낼 거야.'

걸음을 멈추고, 휘파람도 그친 후 머리카락을 간질이는 바람에 대고 물었다.

"성우니?"

대답이 없다. 당연히 그럴 줄 알았기에 심호흡을 하고 말했다.

"네가 성우가 아니면 내 꿈에서 나가."

그럼에도 불구하고 그것이 다가오는 기척.

"나가. 성우가 아니라면 여기 있을 필요 없어, 나가!"

기척이 점점 더 강해지다 마침내 숨결마저 귓가에 들릴 것 같은 순간, 뒤를 돌아보았다.

유난히 가늘고 커다란, 앙상한 갈퀴 같은 손이 확 하고 나를——.

소스라쳐서 머리를 들었다. 비명은 가까스로 목에 걸려 소리가 되지 않지만 심장이 저릿저릿하도록 아픈 동시에 식은땀이 써늘하게 등을 타고 흘러내리는 느낌에 바르르 떨며 숨을 골라야 했다.

"괜찮아요?"

그런 나를 어루만지듯이, 나직하고도 부드러운 목소리였다. 나는 무심히 소리가 들려온 쪽을 보며 "네, 괜찮아요."라고 대답했다. 그대로 얼마쯤 멍하니 눈앞의 사람을 보았다.

낯이 익은 것 같으면서도 전혀 생경하게 보이기도 하는 건 그 사람의 눈 때문이었다. 눈. 어쩌면 이렇게 무섭도록 아름다운 눈이……

"나쁜 꿈을 꾸는 것 같던데. 정말 괜찮아요?"

"네? 네, 네……."

내가 들어도 얼빠진 것처럼 들리는 대꾸였다. 이어서 나는 바보 같은 웃음을 흘렸다. 헤에 하고 웃으면서 마지막 결정타로 눈물까지 찔끔.

"깨어나서 다행이에요."

울먹거리는 내 말에 생명의 은인은 천천히 미소 지었다. 그리고 말했다.

"고마워요."

"괜한 걱정을 했네요. 아무도 없는데."

"아무도, 없어요?"

부랴부랴 휴대전화를 꺼내들며 누군가 연락해야 할 사람이 있느냐
고 묻는 말에 내 은인은 아무도 없다고 대답했다. 얼른 그 말이 이해
가 되지 않아 무심코 되물었더니 남자는 아무렇지 않게 고개를 끄덕
이며 말했다.

"혈혈단신이라서."

혈혈단신. 나는 그 말을 멍하니 머릿속에서 되뇌며 남자의 얼굴을
응시했다. 얼굴로 혈혈단신을 가려내는 방법 따윈 모르지만 사람의
느낌이란 게 있지 않은가. 깨어난 남자를 보고 받은 인상에 혈혈단신
이란 말은 왠지 어울리지 않았다.

남자는 고개를 갸웃하면서 내 시선을 마주했다. 유난히 길다 싶은
속눈썹만큼이나 별나게도 새까만 그의 눈동자에 나도 모르게 잠시 넋
을 놓았던 듯싶다. 아희가 갓난아기였던 때보다 더 까만, 온통 먹물

같은 그 흑색에 불빛이 비쳐 아롱대는 게 꼭 밤하늘 속의 달과 같았다. 어쩜 다 자란 성인의 눈이 이럴까, 하고 놀라워하다가 퍼뜩 내가 너무 빤히 쳐다보고 있다는 자각에 부랴부랴 휴대전화로 눈길을 내렸다.

"음, 가족이 아니면 친구라도요. 갑자기 소식이 끊겨서 놀랐을 만한 사람은 있을 거 아니에요."

"있긴 한데……."

"한데?"

휙 고개를 들며 묻자 남자가 엷게 웃었다.

"사람이 아니라서 전화는 소용없겠네요."

"사람이 아니면…… 애완동물? 그거 큰일이네요. 주인이 안 들어갔으니 밥도 못 먹고 끙끙거리고 있을 거 아니에요. 어쩌지, 아, 의사 선생님 오시면 병실부터 어떻게 해두고 제게 집주소 알려주세요. 가서 챙겨주고 올게요."

나는 허둥지둥 자리에서 일어났으나 마침 중한 화상 환자가 둘이나 들어온 바람에 응급실은 정신없이 돌아치고 있을 때였다.

"어떡하죠, 조금 기다려야 할 것 같은데……."

"내가 한 며칠 집 비워도 끄떡없을 애들이에요. 기다리는 건 상관없으니까 그만 앉도록 해요."

주인이 저렇게 말한다면 안심해도 좋을지도. 일단 나는 자리에 앉았고, 비로소 막 자다 깬 내 꼴이 어떨까 신경이 쓰여 머리카락을 손으로 슬쩍슬쩍 매만졌다. 그 사이 남자는 자신의 팔을 내려다보고 있었다.

"죄송합니다. 괜히 저 때문에 팔이 그렇게……. 의사선생님 말이 왼팔은 실금이 간 정도라 2주만 지나도 쓰는데 큰 지장은 없을 거랬어요. 대신 오른팔은 복합골절에 손목이 특히……."

말로 옮기자니 너무도 미안한 일이라 자꾸만 고개가 수그러드는 걸 불현듯 떠오른 의문에 홱 소리가 나도록 쳐들었다.

"혹시 음악 같은 거 하세요? 아니면 그림 같은 거 그리신다든가, 아니면 아무튼 손으로 하는 섬세한 일 같은 거 하시나요?"

"하면요?"

덤덤한 남자의 물음에 내 머릿속에서 싸악 피 마르는 소리가 났다.

"그럼 더 큰 일이죠."

엄청 큰일이다. 어쩌면 나 때문에 멀쩡한 남자가 인생을 망치게 될지도 모른다고 생각하니 별안간 위가 찌르듯이 아파서 배를 눌렀다. 남자는 그런 내가 재미있다는 듯 쳐다보다가 작게 한숨을 쉬었다.

"그 걱정도 할 것 없어요. 음대생이나 예대생, 그리고 공대생도 아니니까. 방학도 시작한 지 얼마 안 됐으니 아무렴 개강 때까진 낫지 않겠어요? 다행히 열 손가락 다 감각은 있는 것 같고."

"대학생이에요?"

얼굴을 닦아줄 때 아마 그렇지 않을까 생각하긴 했었다. 청소년이라고 보기엔 젖살이 깨끗이 빠진 갸름한 얼굴이었고, 사회인이라고 보기엔 수염 자국이 거의 없다.

"편입해서 무주대학교 3학년 재학 중이에요. 그쪽은요?"

"아, 나는 저기 공장 다녀요."

"휴학하고 학비 조달 중?"

"아뇨, 직업이 그거예요. 대학 갈 머리가 아니라 일찌감치."

나도 모르게 슬그머니 뜬 허세에 가슴 언저리가 싸해지긴 했지만 깊게 생각하지 않기로 했다. 남자의 눈에는 내가 대학생으로 보였다는 사실, 그걸 좋아하는 걸로 충분하다.

남자는 몸을 뒤척여 앉은 자세를 조금 고치더니 깁스가 된 두 팔

중 보다 자유롭게 손가락이 움직이는 왼팔을 내게 내밀었다.

"제대로 통성명하죠. 나는 목연오라고 해요. 그쪽은요?"

흔치 않은 이름이라고 생각하며 나는 남자의 왼팔 깁스 밖으로 나온 손가락에 내 손을 가져다댔다.

"별안간 엄청난 신세를 진 유수경입니다."

"수경이라. 어떤 한자를 쓰죠?"

"물 수자에 거울 경자 써요."

"그 수경이라면……."

"네, 물안경이에요. 정말 그 뜻 맞고요."

초등학교 5학년 때던가 체육 수업을 하다 생긴 이래 중학교까지 끈질기게 쫓아다닌 별명을 생각하며 한숨을 쉬자니 남자가 머리를 흔들었다.

"물안경보다 훨씬 좋은 뜻이 있잖아요."

"더 좋은 뜻이요?"

아버지가 출생신고를 하러 갔다가 한자를 적어 가지고 간 종이를 분실하는 바람에 동사무소에 있는 얄팍한 옥편을 뒤적여 이거다 하고 지어버린 이름에 무슨 거창한 뜻이 있을까. 의아해하는 내게 남자가 빙그레 웃으며 말했다.

"달. 수경은 달을 부르는 다른 이름이에요."

"달인가."

아침 첫차를 타고 공장으로 돌아가는데 버스 창밖으로 아직도 달이 보였다. 동이 틀 무렵이라 달빛은 거의 퇴색했지만 그래도 달이란 사실은 변함없다. 씨익 웃는데 이어 나도 모르게 턱이 툭 떨어져 헤 입을 벌리고 싱글거리고 있었다.

"달이란다, 성우야. 내 이름이 달이래."

그러니 누군가 나를 유수경 님하고 부르면 그게 다시 말해 유달 님…… 으음. 어감이 별로다. 성은 떼고 그냥 달님이라는데 의의를 두자.

평소 이렇다 할 의미도 없을뿐더러 흔한 이름이기도 해서 썩 마음에 든 적 없던 이름이 오늘 아침 따라 예쁘게 느껴졌다. 23살이 되도록 몰랐던 비밀을 찾아낸 기분. 아, 집에 돌아와 파랑새를 찾은 동화속 아이들 기분이 이럴까? 신기하고 기특하다 싶은 게. 이름의 의미를 처음으로 알려준 사람을 떠올리자 기분이 더 남달랐다.

일반 병실로 옮긴 후 곤히 자고 있는 남자의 모습을 보고 나왔다. 일단 하루 이틀 더 병실에서 쉬고 경과를 본 뒤 퇴원을 결정하기로 했다. 오늘은 잔업이고 야근이고 없이 정시에 퇴근하는 대로 남자가 일러준 주소로 찾아가 신분을 증명할 만한 것을 가져갈 것이다.

"목연오."

새삼 입에 올려봐도 독특한 느낌의 이름이지만, 그 예스러운 남자에게는 잘 어울렸다. 음. 예스럽다는 말은 아주 정확한 표현은 아닐지도 모른다. 하지만 그 남자에게는 어딘가 그런 구석이 있었다.

병상의 그 남자는, 두 팔을 다쳐서 볼품없는 깁스를 한데다 머리엔 큼지막한 거즈를 붙이고 있고 부은 얼굴엔 꼼꼼히 씻지 못한 탓에 마른 핏자국도 여기저기 달고 있고 갈아입지 못한 옷은 마구 구겨져, 유감스럽지만 추레하다고 할 만한 꼴이었다. 그럼에도 불구하고 그 사람이 말하거나 웃는 모습에서는 보는 이쪽의 눈이 시원해질 듯한 청량함이 풍겼다. 그저 가볍게 고개를 갸웃하는 움직임, 하물며 단지 몸을 뒤척이는 것도 일정한 무게를 담아 담백한 기품이 느껴졌다.

차근차근 곱씹어볼수록, 내가 이제껏 보아온 어떤 사람과도 다르

지 싶다. 어쩌면 그런 사람을 일컬어 귀족적이라고 하는지도. 편입해서 문화인류학과에 들어갈 정도의 사람이란 그런 걸까.

"그래서 관록이…… 아냐."

관록, 이라는 말은 나와 같은 23살 동갑내기에게 쓰기엔 마땅찮아 보이고.

"혈혈단신이라곤 하지만 유서 깊은 집안사람인 게 틀림없어."

그쪽에 무겁게 비중을 두며 나는 고개를 끄덕였다. 차창 밖으로 보이는 달이 이젠 하얀 구름 파편 정도로 보였다. 그 달을 따라 손으로 꾹꾹 창문을 누르다가 작게 하품을 했다.

하품이 그치자 겸연쩍음이 밀려왔다. 한바탕 소동이 마무리된 새벽에 4인 병실로 옮긴 뒤로 보조침상에서 쿨쿨 잤는데도 요 끈질긴 잠이란 녀석이 꼬리를 내밀다니. 하물며 그 사람보다 내가 먼저 잠들었다는 것도 떠올라 더 머쓱해졌다.

"코나 골지 않았으면 좋겠는데."

기왕 엎질러진 물, 그렇게 푸념하며 나는 거듭 하품을 했다.

돌이켜보면 참 긴 하루의 시작이었다.

6월 하순, 해가 긴 때라 공장 일을 마치고 기숙사에서 샤워를 하고 나와 남자가 일러준 주소를 찾아가는 동안에도 사위가 환했다. 그 바람에 버스에서 내려서 집을 찾는 동안에 이마에 땀이 송골송골해졌다.

"집이 외진 데 있네……."

마지막으로 이 길이 맞는지 여쭤본 할머니를 만난 집에서부터 벌써 5분 넘게 걸었는데도 집이 눈에 안 들어왔다. 그 사이 길은 조금씩 가팔라져 본격적으로 백오산 산자락을 타는 듯했다. 길 주변엔

사람들이 가꾸는 고추밭이며 깨밭 등이 보였으나 그것도 얼마 안 가 메밀밭을 끝으로 사라졌다.

이름 모를 새가 우는 밤나무 숲을 지나는데 긴 꼬리를 가진 노란 동물이 후드득 내 앞을 달려가는 바람에 움찔 놀라 멈춰 섰다. 뭐였지 하고 생각하고 있는데 또 한 마리가 지나가다가 나를 보고 우뚝 뒷발로 섰다. 틀림없는 족제비. 고개를 갸웃하고 날 쳐다보던 족제비도 이내 용무가 떠올랐는지 동료를 따라 숲 속으로 모습을 감추었다. 그 얼마 후 멀지 않은 숲에서 파드득거리며 새들이 날아오르더니 새소리가 끊겼다. 일단 새는 달아나서 다행인데, 족제비는 낭패로구나 하며 피식 웃었다.

세상일이란 게 모두에게 좋은 일이란 건 참 드물다는, 조금은 철학적인 생각에 잠겨서 계속 걸음을 옮기는 사이에 또 다른 새소리가 들려왔다. 잠시 들어보니 휘파람새 소리였다. 어릴 때부터 동물박사였던 성우가 특히 이 새를 좋아해서 울음소리가 들리면 걸음을 멈추고 눈을 감은 채 귀 기울이곤 했다. 그럴 때 성우를 따라 했듯이 나는 지그시 눈을 감고 천천히 걸음을 옮겼다.

호젓한 산속에서 눈을 감고 휘파람새 소리를 듣고 있으려니 이것이 꿈과 별다를 바 없는 듯한 기분이 들었다. 이러다 문득 눈을 뜨면 별안간 밤이 되어 달이 뜬 하늘이 기다리는 건가 싶어 가슴이 두근두근했다. 하지만 나도 모르게 주먹을 꼭 쥐며 반짝 눈을 떴을 때 보인 건 아직 환한 하늘. 그리고 이파리가 널찍한 오동나무가—.

"오동나무, 오동나무 세 그루, 아, 저거다!"

벽오동 세 그루를 만나면 맞은편에 녹색 집이 보일 거라더니 과연 길섶이 툭 트인 뜰 같은 곳이 나오고 녹색 집이 보였다.

아니, 녹색 집이란 말은 정확하지 않다. 원래는 어땠을지 모르겠지

만, 지금은 담쟁이덩굴에 포위된 집이었다. 창문과 문이 있는 곳을 빼고 지붕이며 벽이 온통 담쟁이로 덮인 집을 눈으로 보자니 뭐라 말할 수 없이 박력이 넘쳤다.

집으로 뻗은 2미터 남짓한 폭의 통로 옆에 조르륵 늘어서 보랏빛 꽃을 틔운 맥문동만이 사람의 손길이 닿은 느낌이 들 뿐, 저 좋을 대로 한껏 우거진 뜰에는 나리며 원추리, 개망초, 엉겅퀴를 비롯한 이름 모를 꽃이 여기저기서 얼굴을 내밀고 여름 한철을 즐기고 있었다. 집 뒤로 보이는 배롱나무들은 자주, 연보라, 하양 꽃이 흐드러져 어딜 둘러봐도 꽃, 꽃, 꽃이니 바라보는 사이 그만 눈앞의 광경에 몽롱해져 버린 것도 무리는 아니었다.

"내 은인恩人이 이제 보니 진짜 은인隱人이었네."

외진 걸 넘어 이 정도면 훌륭하게 속세와 유리된 별천지. 집 뒤로 시냇물이라도 흐르면 거기 복숭아꽃이라도 떨어져 있는 건 아닌지 모르겠다고 멍하니 생각하는데 불현듯 어디선가 들려오는 날카로운 킷, 킷 소리에 놀라 정신을 차리고 용건을 떠올렸다.

"집 구경하러 온 게 아니지. 자, 다른 데 보지 말고 집으로 들어, 꺄아!"

눈을 홀릴 것 같은 꽃들을 외면하며 통로로 들어서는데 별안간 뭔가가 눈앞을 오가며 야단을 부렸다. 팔을 들어 머리를 감쌌지만 뭔지 모를 것이 오른쪽인가 하면 왼쪽을 치고 뒤통수를 치고 얼굴로 달려들고 야단도 아니었다. 키잇, 킷킷 하며 귀가 떨어져라 소리를 내는 것들이 대체 뭔가 하고 실눈을 뜨고 보니 웬 거무죽죽한 새였다. 가만 보니 한 마리가 아니라 두 마리로 참새 따위에 비할 크기가 아니다.

"왜들 이래, 저리 가!"

새한테 습격을 당하다니, 이게 무슨 히치콕 영화도 아니고. 손을 휘젓다가 몇 군데 쪼인 나는 저만치 집을 확인하곤 박차고 달려가다가 새에게 목덜미를 쪼이는 바람에 놀라서 그만 맨땅에서 곱드러지고 말았다. 기회는 이때란 듯이 두 마리 새는 더 기세 좋게 발톱을 세우고 달려들었다.

"가, 그만 해! 아야, 아야야, 가! 그래, 내가 간다, 가!"

새가 이토록 무서울 수 있다고는 생각도 못했다. 내가 대체 뭘 잘못 했는지 몰라도 일단 도망가고 보자고 내빼기로 했다. 그래서 몸을 틀고 막 일어서는데 머리 위에서 높은 호루라기 비슷한 소리가 났다. 손가락 틈새로 힐긋 올려다본 나는 새가 한 마리 더 늘어 세 마리나 되는 것을 보고 기겁을 했다.

"꺄아아아!"

그대로 엉거주춤하게 일어선 것도 앉은 것도 아닌 자세로 줄달음쳐 뜰에서 도망 나왔다. 다행히 새들은 거기까진 쫓아오지 않아 한시름 더는데 이제 보니 날 쫓아오지 않은 데엔 이유가 있었다. 자기네들끼리 싸움이 붙은 까닭이다. 일없이 사람 못살게 굴 땐 언제고 싸우긴 왜 또 싸워 하고 기가 막혀 쳐다보자니, 뭔가 이상한 점이 눈에 띄었다. 두 마리 새에 비해 다른 한 마리가 현격히 작다?

"맞아, 저기 저 작은 새가……."

마지막으로 끼어든 세 번째의 새는 담갈색을 띤 자그마한 새로 둘에 비해 체구가 절반이 겨우 넘는 정도였다. 그런 작은 새가, 큰 두 마리 새를 상대로 싸우는 중이었다. 언뜻 봐도 도저히 상대가 되지 않는데도 지치지도 않고 날갯짓하며 작은 발로 위협의 몸짓과 함께 부리를 한껏 벌려댔다.

"고 녀석 용기가 참 대단하네."

엄지를 치켜들며 감탄하다가 불현듯 그 작은 새가 지르는 울음소리를 듣고선 화들짝 놀랐다.

"휘파람새잖아!"

성우가 좋아하는 새라면 그냥 구경만 할 수 없는 노릇이다. 나는 심기일전해서 팔을 걷어붙이고 새 싸움판으로 뛰어들었다.

"그만 싸워, 저리들 가! 둘이서 하나를 상대로, 그것도 큰 애들이 말이야, 부끄럽지도 않아? 휘이, 휘이이, 그만들 해!"

내가 끼어들면서 두 마리 큰 새의 관심은 다시 나에게 돌아오는 듯했지만 작은 휘파람새가 한사코 두 새를 노리고 달려들어 상황은 2대 2가 되었다. 비록 내가 날개는 없어도 호락호락 당하지 않겠다고 이를 악물고 팔을 휘둘러대자 몇 번은 새들 날개도 치고 머리도 때리는 데 성공했다. 그러다 엉겁결에 그중 한 마리의 꼬리까지 잡았을 땐 나도 흠칫 놀랐다. 녀석이 온 힘을 다해 날아가느라 내 손에 꽁지깃 두 개가 남았다. 그걸로 질렸는지 그 녀석은 훌쩍 날아가 돌아오지 않았고 다른 한 마리도 주위를 맴돌다 자기 동료가 사라진 배롱나무 너머로 모습을 감추었다.

"이러려던 게 아닌데. 아팠으려나."

손에 남은 꽁지깃을 보며 머쓱하게 중얼거리는데 호오, 호오오 하고 지저귀는 소리가 아주 가까이서 들려 돌아보았다. 아직 날아가지 않은 작은 휘파람새가 내 머리 근처에서 날고 있었다. 나는 장난스레 손을 들어 올렸다.

"우리 멋지게 싸웠지? 하이파이브할래?"

그러자 휘파람새가 다가와 내 손에 두 발을 댔다가 떨어져나갔다. 우연치곤 놀라워 눈이 동그래진 내 앞에서 휘파람새는 높이 날아오르며 호오오오 하고 울더니 작은 날개를 퍼덕여 담쟁이집 뒤로 날아갔다.

나는 휘파람새가 발을 댄 손이며 꽁지깃을 든 손을 번갈아 보다가 피식 웃고선 이번에야말로, 하고 담쟁이집을 향해 걸음을 뗐다.

　—잠겨 있지 않을 거예요. 산책 나갈 땐 문단속을 거의 안 하는 편이라.

　남자의 말대로 과연 현관문은 잠겨 있지 않았다. 남자 혼자 살아서 그런가 겁이 없다고 생각했는데 현관을 열고 보니 그럴 만도 하다고 이해가 되기 시작했다.

　그만큼 안에 별게 없었다. 집은 복층 구조로 나무로 된 계단 위로 2층이 훤히 보이는데 아래층의 문이 닫힌 방들 내부는 어떤지 몰라도 일단 눈에 들어온 곳에는 사람이 사는 흔적이랄 게 거의 보이지 않았다. 하물며 내가 서 있는 현관에도 신발 한 켤레도 눈에 띄지 않아 멀뚱멀뚱 아래를 내려다보다가 신발을 벗고 나무 복도에 올라서며 신발장으로 짐작되는 것을 열어보았다.

　"오오."

　대단하다. 구두 한 켤레와 슬리퍼 한 켤레가 있을 뿐이었다. 슬리퍼를 꺼내면서 슬쩍 구두를 들어서 밑창을 보니 닳은 흔적도 거의 없다. 어쩌면 사람이 신이 두 켤레밖에 없을 수가 있을까. 나는 목연오라는 사람에게 새로운 경탄을 느꼈다.

　다소 많다 싶은 창문엔 커튼이 전혀 없어 햇빛이 고스란히 쏟아져 들어오는 데도 딱히 덥다는 느낌은 없다. 외려 조금 서늘하도록 건조한 쪽? 사는 집을 보면 그 사람에 대해 알 수 있다는 말이 있던데. 나는 한 번쯤 집 안을 돌아보고 싶은 것을 이성으로 참아내며 남자가 일러준 대로 현관 복도에서 보이는 왼쪽 끝 방으로 향했다.

　문을 열었을 때, 거기는 다른 세상이었다…….

　—라고 말하면 과장이 지나치겠지만 어쨌든 내가 보리라 생각한

그 어떤 방과도 달랐다.

헤드가 없는 나무 침상이 방의 절반 가까이를 차지했는데 킹사이즈보다도 더 커 보여 대체 어떻게 안에 들여다 놓았는지가 궁금했다. 침상 자체를 천장에서 드리운 은백색 휘장이 완전히 감싸고 있다. 산속이라 벌레가 많을 법하니 모기장을 친 거다, 라는 생각은 가까이, 코앞에서 휘장을 보고는 싹 사라졌다. 가벼이 손을 대자 사르르 부서질 것처럼 휘늘어지는 것이 내가 만져본 그 어떤 천보다도 부드럽고 얇았다. 그 고운 천에 앙증맞은 구름무늬 자수가 은빛으로 수 놓여 있다. 창으로부터 들어오는 자연광에 진짜 구름이 서린 듯 은은하게 반짝이는 휘장을 보는 것만으로도 한 시간이고 두 시간이고 보낼 수 있을 것 같았다.

침상에서 고개를 돌린 곳에 있는 또 하나의 묘한 것이 내 시선을 사로잡았다. 그것은 은빛 새장이다. 고풍스러운 오단 서랍장 위에 놓여 있는 그 새장은 내가 본 그 어떤 새장보다도 크고 예뻤다. 단순히 가로 세로로 얽은 구조의 새장들만 보다가 연꽃을 연상케 하는 무늬가 촘촘한 팔각의 새장을 보게 되니 그 이채로움에 한숨마저 나왔다.

"여기엔 얼마나 귀한 새를 키우는 걸까?"

아직 한 번도 쓴 적이 없는 듯 내부에도 티끌만 한 먼지 한 점이 없는 새장을 구경하며 나는 그 안을 채울 새에 대해 상상했다. 뭐가 됐든 아주 새하얀 새가 어울리지 않을까? 아니다, 색보다 노래를 아주 잘하는 아이가 더 어울릴 것이다. 한 마리만으론 외로울 테니 두 마리를 넣어주는 거다. 그럼 하나가 지저귀기 시작하면 다른 하나도 화음을 넣어 더없이 고운 노래를 부를 테지. 그 소리에 잠들었던 주인은 저 구름의 침상에서 눈을 뜨고……

"응?"

기분 탓인지 어디선가 정말 새소리가 들린 것 같아서 몽상에서 깨어났다. 그제야 내가 새장 문을 열려고 하는 중이었단 걸 깨닫고 얼굴을 붉히며 손을 뗐다.

"서랍장 첫 번째 서랍이랬지."

남자가 일러준 대로 서둘러 서랍을 연 나는 전혀 헤매지 않고 남자의 신분증을 찾았다. 이건 헤매려야 헤맬 도리가 없다. 서랍 정중앙의 작은 상자에 날 기다리고 있었다는 듯이 주민등록증, 운전면허증, 대학교 학생증, 여권이며 의료보험증 따위가 가지런히 놓여 있었던 것이다. 그것만 있는 게 아니다. 신분증 옆에는 지폐가 종류별로 열을 지어 있었는데 그 초록 물결과 노란 물결, 파란 물결을 대충 어림잡아도 일이천 되지 않나 싶었다.

"그래도 동전은 하나도 없네."

웃으며 중얼거렸지만 목소리가 굳어 있는 건 내 귀에도 확연했다. 아무리 상황이 그랬다고 해도 그렇지 어쩌면 내게 이 서랍을 아무렇지도 않게 알려줄 수 있는지 내 머리론 이해가 가지 않았다. 그 사람이 날 시험했나 하는 생각마저 들 정도였다.

"그만큼 사람이 좋다는 뜻이지. 하물며 문단속도 안 하고 다닌다잖아. 곤란하네. 너무 순진한 사람은 살기 힘든 세상인데."

혼잣말을 지절대며 주민등록증과 의료보험카드를 챙겨 들고 급히 서랍을 닫았다.

은으로 된 새장이 다시금 더없이 고와 보여 한 번 쓸어 만져보고는 방을 나오며 구름 침대도 한껏 눈에 담았다. 언젠가 나도 내 집을 갖게 되면 저런 고운 침대를 놓아야지 하는 꿈이 생겼다. 하늘하늘한 캐노피가 달린 공주님 침대도 좋지만 그렇게 공주님 티를 내지 않아도

저렇게 근사한 침대를 꾸밀 수 있다는 걸 이제 알았으니까.

"그런데 애완동물이 없네. 뭘 키우는 건 맞다고 했는데."

남자는 결국 그게 뭔지는 말해주지 않았다. 무서운 건 아니니까 놀랄 일은 없을 거라고 한 게 전부다. 혹시 모르니까 2층에 있는 물그릇을 좀 갈아달라고 한 걸 떠올리며 나는 계단을 한 발 한 발 올라 갔다.

중간쯤 갔을 때 위에서 무언가 부스럭거리는 소리가 들려서 멈칫했다. 무서운 건 아니라고 해도 정체를 모르는 무언가를 보러 가는 것은 조금 긴장되는 일이다.

아래서는 보이지 않았지만 2층에는 서가가 꾸며져 있었고 등을 기대고 앉음 직한 쿠션과 방석도 놓여 있었다. 둘러보니 책등에 한문이나 영어가 안 적혀 있는 걸 찾는 게 더 빠를 정도였던 터라 가방끈 짧은 나는 살짝 멀미가 났다. 기백 권이 넘는 책들. 나는 평생을 가도 이 책의 반이나 읽을까 싶어 씁쓸한 기분도 들었다.

"아냐, 나중엔 나도 일주일에 책 한두 권쯤 읽는 교양인이 될 거라구. 아무렴. 멋진 침대를 사고 멋진 책장도 사고 그 안을 좋은 책으로 가득 채워서 일 마치고 돌아와 한 장씩 차근차근 읽는 거지. 나중에. 나~중에 틀림없이."

마인드컨트롤을 하듯 중얼거리며 물그릇을 찾아 주변을 돌아보았다. 아마도 남쪽 벽의 창턱에 놓인 세 개의 둥근 스테인리스 그릇이 그 사람이 말한 물그릇인 듯싶었다. 창턱이 허리 높이쯤 되는데 대체 어떤 동물이 여기 놓인 물을 마실 수 있을까? 의아하긴 했지만 그릇을 챙겨 2층에 있는 욕실로 가 깨끗한 물을 새로 담아왔다. 그것을 창턱에 올려놓는데 머리 위에서 무언가 소리가 들렸다.

"어머."

물그릇의 임자로 발견되는 존재와 눈이 마주쳤다. 확실히 무섭지는 않았지만 약간 놀라기는 했다. 창살이 촘촘한 여닫이창이라고 생각했는데 그 창문의 오른쪽 가장 위쪽이 유리가 끼워져 있지 않다는 걸 비로소 깨달았다. 거기에 작은 휘파람새가 창살을 딛고 앉아 있었던 것이다.

"안녕? 너 혹시 아까 그 애니?"

내 물음에 고개를 갸웃한 새는 쪼르륵 날아 내려와 물을 콕콕 찍어 먹더니 부리를 닦고선 작은 날개를 부지런히 움직여 날아올랐다. 이번엔 창이 아니라 서가로 향하더니 서가 맨 위쪽 구석의 빈 공간에 쏙 들어갔다. 잘 보이지가 않아서 깨금발로 몇 차례 뒷걸음질을 했다.

"오!"

마침내 서가 안쪽으로 보이는 누르스름한 둥지를 발견할 수 있었다. 게다가 그런 둥지로 짐작되는 게 옆의 서가에도 하나씩 더 있었다. 세 개의 스테인리스 그릇은 세 마리의 새를 위한 것이 분명했다.

"그 사람, 새를 키우는구나."

내 말이 들렸는지 휘파람새가 머리를 쏙 빼고서 고개를 갸웃거리며 나를 보았다.

그 남자와 새.

너무도 어울려 그 당연한 것을 생각 못 한 내가 바보처럼 느껴지는 순간이었다.

"챙겨온 게 이것뿐이에요?"

목연오는 내가 가져간 신분증과 의료보험카드를 보곤 곤란한 표정을 지었다. 뭐가 더 필요했느냐 묻자 그가 고개를 끄덕였다.

"내가 돈 이야기를 안 했나 보군요."

"돈이요? 아, 혹시 따로 먹고 싶은 것 있어요? 말해요, 내가 사올게요. 맞다, 과일 정도는 사오는 건데."

어제 병실로 옮기고 나서 매점에서 음료수를 사다 두는 것까진 생각했지만 그 외엔 생각이 짧았다. 하지만 그는 고개를 저으며 뜻밖의 말을 했다.

"아뇨, 그만 퇴원을 하고 싶어서."

"퇴원이요? 하루 정도는 더 두고 보자고 선생님께서 말씀하셨잖아요."

"그 하루 기다리다가 오히려 더 아플 것 같아서 그래요. 여긴 잠을 잘 만한 곳이 못 돼서."

그의 말에 나는 새삼스런 눈으로 병실을 돌아보았다. 아무래도 4인실이다 보니 썩 쾌적하다고 볼 환경은 아니다.

"그럼 병실을 바꿀 수 있는지 알아볼게요. 2인실 정도만 되어도 한결 나을 거예요."

그런 건 어제 병실을 결정할 때에도 잘 알고 있었지만 병실 비용 차이를 무시하지 못했다. 나는 내 생명의 은인을 2인실로 들이는 것도 돈 때문에 주저한 각박한 여자다. 조금 뺨이 붉어진 내게 남자는 또 고개를 저어 보였다.

"2인실이라고 해도 별다를 바 없어요."

"어…… 그럼 1인실로 알아볼까요?"

독실이라니, 절로 목 언저리가 따끔거리는 것을 애써 감추며 물었다.

"2인실이든 1인실이든 마찬가지예요. 여기가 병원인 이상엔."

"병원이 싫다고 집으로 가겠다는 거예요? 애들도 아니고."

아희 생각이 나서 얼마쯤 핀잔하듯 던진 말에 남자가 싱긋 웃었다.

"네, 그래요. 집에 가고 싶어요. 집에 가서 내 침대에서 자고 싶어요. 수경 씨, 가서 봤죠? 내 침대."

"봤지요. 안 볼 수가 없었어요."

대답에 저절로 힘이 들어갔다. 돌이켜봐도 근사한 침대였으니까. 남자의 눈에도 얼마쯤 즐거운 기색이 어렸다.

"거기서라면 푹 잘 수 있어요. 지금 나한텐 무엇보다도 잘 먹고 잘 자는 게 최선의 처방일 것 같은데 수경 씨 생각은요?"

"동의합니다."

물론 거기에 이의는 없다. 그래도 걱정거리가 아예 없는 건 아니다.

"하지만 그쪽 만 하루 가까이 못 깨어났었다고요. 이를테면 교통사고인 건데 별안간 어떤 후유증이 튀어나올지 모르는 상황에서 그 외진 곳에 혼자 있는 건 좀……. 병원이 편하지 않은 건 이해해요. 그래도 하루 더 있어보고 내일 퇴원을 결정해도 늦지 않을 거예요. 검사도 몇 가지 더 해보고요."

그는 내가 하는 말을 잠자코 듣고 있다가 조금 엉뚱한 질문을 던졌다.

"거기가 확실히 좀 외지죠?"

"네. 상당히."

멋진 집이되 거기서 혼자 사는 건 담력이 꽤 필요할 법하다. 눈앞의 남자는 결코 돈이 없어서 그런 곳에 사는 것도 아닐 터. 그러니 그런 집을 살 곳으로 선택한 사실 하나만으로도 담력은 인정할 일이다. 바로 그 담력 덕분에 지금 내가 이렇게 멀쩡한 걸 수도 있다.

"그 집에서 수경 씨 사고 난 곳까지 걸어서 얼마나 걸릴 것 같아요?"

"음. 남자 걸음이라곤 해도 한 시간은 넘게 걸리지 않나요?"

안 그래도 버스를 타고 오면서 그 생각을 했던 참이라 나도 궁금해서 물었다.

"거기가 아마 한 시간 이십 분쯤 걸리는 부근일 거예요. 집에서 나와서 한 시간 반 정도 거리를 걷고 다시 돌아오는 게 내 밤산책 일과예요."

"그럼 다 해서 세 시간?"

아무리 걷기라고 해도 세 시간을. 입이 딱 벌어지는 수치였다. 그는 다리를 가볍게 들썩이며 이어 말했다.

"매일 그 정도를 걸어줘야 깊이 잘 수 있거든요. 농담 좀 섞어서 안 그러면 기운이 남아돈다고 할까. 지금도 다친 건 팔이지 다리가 아니잖아요? 후유증이 생겨도 일단 내 체력으로 버텨볼 테니까 집에 가게 허락해줘요. 말끔히 씻고 푹 자는 거, 무엇보다 난 그게 제일 간절해요."

"내가 허락하고 말고 할 일은 아니죠……."

당황해서 우선은 손을 내저으며 대답했다. 그렇게나 집에 가고 싶어 하는 사람을 억지로 붙들 수는 없는 일이다. 그래도 방금 이야기 속에는 걱정스러운 부분이 있었다.

"집에 가도 팔이 그러니 제대로 씻기는 힘들잖아요? 그래도 이 병원엔 남자 간호사가 있어서 도움을 얻을 수 있겠지만요. 식사만 해도 옆에서 도와줘야 하는데 혼자 어떡하려고."

"흠. 왼팔은 그럭저럭 쓸 수 있을 것 같으니 나가게 되면 깁스를 풀어달라고 해야겠죠."

"말도 안 돼요, 병원 왔을 때 왼팔도 통통 부어 있었다고요. 하물며 그 팔을 쓰려고요? 안 돼요, 절대 안 돼요."

담력이 센 건 인정하지만 엄청난 소리를 아무렇지 않게 하는덴 두 손 들게 생겼다. 나도 중학교 3학년 때 길에서 잘못 넘어져서 팔꿈치에 금이 간 적이 있는데 한 달이 넘도록 고생한 걸 아직도 잊을 수가 없다.

"내가 남자면 얼마든지 거들 수 있는데. 저기, 누구 도와줄 만한 사람 없어요? 아니면 어떻게 병원 쪽에 마땅한 사람이 없는지 알아볼게요."

기숙사 동료들한테도 한 번씩 물어봐야겠다고 궁리하는데 남자가 곰곰이 생각해보는 눈치더니 자기가 구할 수 있을 것 같다고 말했다.

"하지만 당장 올 수 있을지 없을지는 연락을 해봐야 아는 거라서."

"그렇겠죠."

같이 사는 가족도 간병이 쉽지 않은 마당에 따로 사는 사람은 말할 것도 없다.

"한 며칠 혼자 부딪쳐 보죠 뭐. 이번 기회를 생존 능력 강화에 쓴다고 치고. '최대한 팔 쓰지 않고 살아남기' 같은 테마 어때요?"

웃으며 별것 아닌 것처럼 말하는 그를 보자니 정말이지 사람이 좋구나 하는 생각에 가슴이 뭉클해졌다. 나 때문에 이렇게 다쳐서 누워 있는데도 내 탓은커녕 내가 다친 데가 거의 없는 게 다행이라고 말해준 사람이다. 그렇게 운이 없던 순간에 이렇게 선량한 사람이 근처에 있었다는 행운. 삶이란 정말이지 한 치 앞을 내다볼 수 없다는데 동의한다.

"목욕까진 무리지만 세수랑 머리 감기는 정도는 내가 할 수 있어요. 도와줄 사람이 올 때까지, 내가 거들게요."

"……수경 씨가요?"

남자는 놀란 듯 날 쳐다보다가 머리를 저었다.

"그럴 것 없어요. 수경 씨 일도 힘들 텐데 나한테 오가는 것도 만만찮을 테고. 난 어떻게든 해나갈 테니 그냥 내게 맡기고 잊어버려요."

"난 걱정스러운 일이 있으면 발 벗고 뭐라도 해야 직성이 풀리지 그냥 전전긍긍하는 건 딱 질색이에요. 하물며 그쪽은 내 생명의 은인이잖아요. 그쪽 눈엔 시시해 보일지 몰라도 나한테는 꽤 소중한 생명이거든요. 내 가치를 생각해서라도 꼭 최선을 다해 돕겠어요."

남자는 말없이 고개를 갸우뚱하며 내 얼굴을 바라보았다. 웃음이 머금어진 입가를 보며 그가 거절하진 않을 걸 예감했다.

휴가를 내야겠다. 잔업, 야근, 특근 가릴 것 없이 일할 기회엔 무조건 지원하고 보던 나 유수경이 연차를 내서 3일 휴가를 쓴 지 며칠도 안 되어 다시 휴가 소리를 들먹이면 반장이 어떤 얼굴을 할지 벌써부터 기대가 됐다.

그 길로 내려가 퇴원수속을 밟았다. 그리고 시계가 딱 8시를 가리킬 즈음엔 병원 앞길에서 택시를 잡고 있었다. 평소엔 잘만 보이던 빈 택시가 꼭 필요한 땐 다 사람이 타고 있다. 무슨 조홧속인지.

"수경 씨, 우리 걸어가지 않을래요?"

"잠시만요, 이번엔 정말 빈 차가 올 거예요."

남자의 말에도 나는 목을 빼고 도로를 살피며 이제나저제나 택시를 기다렸다.

"하지만 달이 고운데."

그 말엔 슥 남자를 돌아보고 고개를 들어 하늘을 보았다. 조금 구름이 끼었지만 그래서 더 구름 사이로 보이는 달이 말갛게 고왔다. 그의 말대로 걸어가다가 그가 피곤해하는 기색이 보이면 그때 택시를 잡아도 되겠다는 생각이 들었다.

"지친다 싶으면 바로 내게 말해주기요. 참지 말고요."

남자가 이를 드러내며 웃는 것으로 대답을 했다. 병원 안에서 봤을 때완 또 다르게, 밤하늘 아래서 그의 웃음은 톡 쏘는 자극마저 느껴졌다. 여전히 해사한데, 그 해사함에 자욱한 향기까지 더해진 듯한……

'나, 내 또래 남자를 너무 안 보고 산 거 아닌가.'

동요하는 가슴을 추스르며 나는 그 점을 진지하게 생각해 보았다.

백오산까지 가는 길은 멀고도 가까웠다.

3. 여우비 구경

"내 이름 혹시 잊어버린 거예요?"

별안간 남자가 묻는 말에 나는 손을 멈칫했다. 눈을 두 번 빠르게 깜박거린 후, 아니라고 대답하며 다시 손을 움직였다. 막 감겨준 남자의 머리를 수건으로 말리는 중이다. 남자는 어깨를 넘기는 길이의 긴 머리를 하고 있으면서도 이 집엔 드라이어가 없다.

"특이한 이름이잖아요. 하물며 은인 이름인데 잊겠어요."

"통 부르질 않아서 잊었나 했어요."

"어……."

"자꾸 그쪽, 그쪽하고."

"어…… 그랬나요?"

"그랬어요. 정말 이름 기억하는 거 맞아요?"

힐끗 뒤돌아보며 남자가 물었다. 살짝 흐트러진 머리카락 사이로 달을 감춘 밤하늘 같은 눈이 이쪽을 응시해오니 왠지 가슴 언저리가 간질거렸다. 이러다 또 깜빡 넋 놓을지 모른다는 불안감에 나는 부랴

부랴 손에 쥔 수건을 힘차게 움직여 남자와 나 사이에 장막을 쳤다.

"기억한다니까요. 목연오. 연오 맞죠?"

"그래요. 그게 내 이름이에요. 연오."

"연오."

무심코 따라서 중얼거리는 내게 남자가 엉뚱한 질문을 했다.

"어디서 들어본 것 같지 않아요?"

"뭘요? 그쪽— 흠, 이름이요?"

"네, 그거요."

"아니요, 내가 아는 사람 중엔 그 비슷한 이름도 없었는걸요. 그리고 목씨 성 가진 사람도 처음 만났어요."

이래저래 독특하다고 생각하는데 남자가 어깨로 가볍게 한숨을 내쉬는 기척이 느껴졌다. 아무래도 나 같은 반응을 숱하게 겪어서 그런 거지 싶어서 생각만 하고 더는 내색하지 말아야지 다짐했다. 얼마쯤 더 수건으로 닦아주다가 이 정도로 하고 머리를 빗겨주겠다고 하자 남자가 고개를 끄덕였다.

"집이 시원한 건 알겠는데 머리 감고 말릴 땐 불편하지 않아요? 내 동생은 드라이어에 선풍기까지 놓고 10분은 말리는 게 기본인데."

수건 두 개를 썼어도 손가락으로 슥슥 빗겨 내리는 머리카락엔 아직 축축한 기가 남아 있었다. 축축한 것과 별개로 손가락에 감기는 머리카락이 풍성하고 결이 고와 놀라는 중이다.

"버릇이 돼놔서 딱히 불편한 줄 몰라요. 그리고 기계하고는 궁합이 잘 안 맞는 달까."

"안 맞는 건 확실하네요."

나는 남자의 머리를 빗겨주면서 한 바퀴 주위를 둘러보고 그 휑뎅그렁함에 새삼 혀를 내둘렀다. 일단은 거실 겸 응접실인데 문명의 이

기라고는 오로지 전화기뿐이다. 그마저도 고색창연한 다이얼식 유선 전화기로 아까까진 코드마저 뽑혀 있는 장식품에 불과했다. 이래서야 전등에 불 들어오는 걸 다행이라고 해야 할지.

"TV는 그럴 수 있다 치고 컴퓨터는 있죠?"

"저기 오른쪽 방에. 리포트를 써야 했거든요."

남자가 손으로 가리키는 쪽을 쳐다보며 벌어진 입을 애써 다물었다. 리포트 때문이 아니었다면 컴퓨터도 안 들여놨을 거란 말인가.

"노래 같은 건 안 들어요?"

"그 노래라는 거 사람이 부르는 노래라면 네, 안 들어요."

"안 들어요? 전혀?"

"밖에서 어쩔 수 없이 듣게 되는 게 있으니까 전혀는 아니고. 이따금 찾아보기는 하는데 구태여 귀 기울일 만한 노래는 거의 없더라고요."

눈을 깜박거리며 그의 말을 곱씹다가 중요한 맹점을 깨달았다.

"그럼 그날 밤에 분 휘파람은요? 그거 가요잖아요."

"가요예요? 난 피아노 연주로 들었는데."

워낙 유명한 곡이었으니 그런 경로도 있겠구나 싶어 고개를 끄덕이면서 힐끗 이층을 올려다보며 물었다.

"역시 그럼 취미는 독서?"

"소일거리를 묻는 거라면 독서죠."

"그게 그 말 아닌가요?"

"다르다고 보는데. 취미는 즐기려고 하는 일이고 소일거리는 말 그대로 시간을 보내려고 하는 일 아닐까요? 난 딱히 독서가 즐겁다고는 생각 안 해요."

"……그렇군요."

딱히 즐겁지도 않은 일인데 서가를 채운 책이 그리도 많다니. 새삼 눈을 굴려 주위를 둘러보고는 이 집을 찾았을 때 받은 첫인상이 딱 들어맞은 것을 조금 애석하게 여겼다. 무성한 화초로 여름의 싱그러움이 느껴지는 뜰과 달리 집 안은 영 고적해 보인다 싶었는데 과연 그 주인 되는 자가 예사롭지 않다.

잠시 대화가 끊어진 동안 하릴없이 머리를 빗겼더니 문득 정신을 차렸을 땐 남자의 까만 머리가 그야말로 번쩍번쩍 비단같이 빛났다. 욕실에 샴푸나 목욕비누 같은 것도 없이 달랑 비누 하나 있는 걸 본 입장에서—그 어디에서나 볼 법한 흰 세숫비누로 남자의 머리도 감겼다—이 최상위 1프로에게서나 볼 법한 훌륭한 머리채는 연구대상이었다. 화경이가 머리 한 번 감는 데 쓰는 별의별 것들을 따져보자면 더욱 그랬다.

"피부랑 머리카락은 타고나야 한다더니 정말 그런가 봐요. 아니면 혹시 미용실에서 꾸준히 관리라도 받아요?"

"무슨 관리요?"

고개 돌려 묻는 남자의 얼굴을 보고 나는 아무것도 아니라고 손을 흔들었다. 이제 막 알게 된 사람이나 다름없지만 남자가 살면서 자의로는 미용실 문턱도 밟지 않았을 거란 강한 확신이 들었다. 뒤이어 뇌리를 때리는 또 하나의 추측을 나는 조심스레 확인했다.

"혹시 머리도, 그쪽이 직접 잘라요?"

"잘라야 한다면?"

남자는 선선히 인정하더니 불쑥 내게로 얼굴을 들이밀어 날 놀라게 했다.

"방금 또 '그쪽'이라고 했는데."

"그쪽? 아, 그랬네요."

머쓱하게 손에 쥔 빗을 만지작거리는데 남자가 재촉하듯 말해왔다.

"이름을 불러주면 좋겠어요. 어려운 부탁인가요?"

"어렵긴요, 불러드려야죠. 불러드려야 하는데…… 입에 안 익어서 그래요. 난 누구누구 씨 하고 부르는 일 좀처럼 없거든요."

"일터에서는 어떻게 하는데요?"

"나이로 구분해서 아래론 누구야 하고 이름 부르고 위로는 언니라거나 아주머니라거나. 직책 있는 분들은 직책대로 부르면 되고요."

"아래도 위도 아닌 동갑은요?"

"음. 이름 불러요. 지금은 동갑내기가 한 명도 없지만 전엔 말 놓고 편하게 지냈어요."

남자가 고개를 끄덕이더니 엷은 미소를 던지며 말했다.

"그럼 우리도 그러지 뭐. 지금부터 말 놓자. 어때?"

어떠냐고 말하면 좋다고밖에는 대답할 말이 없지만 역시 선뜻 입이 떨어지지 않았다. 별안간 몹시 낯가리는 아이가 된 기분으로 나는 괜스레 아랫입술만 잘근거렸다.

"이것도 어려워?"

"아니, 그런 건 아니고……. 그, 그러자. 말 놓을까? 놓지 뭐, 동갑인데. 그래, 동갑이니까."

"동갑이니까."

부드럽게 맞장구치는 남자의 미소에 나는 또 묘한 떨떠름함에 사로잡혔다. 뭔지는 모르겠는데 단단히 실수하고 있다는 느낌이랄까.

"그래서 이제부터 날 뭐로 부른다고?"

"뭐긴. 연오—야. 연오야, 그러면 되잖아? 연오야, 목연오. 오, 호호, 좋네. 나한테 대학생 친구도 생기고. 아니, 대학생 친구가 없는 건 아닌데 남자인 애는 없었거든. 뭐든지 첫 번째는 좋은 거지. 기념비적인

일이야."

떨떠름하고 쑥스러운 것을 포장하느라 나도 모르게 말이 번잡해졌다. 남자는, 연오는 그런 내가 우스운지 희미한 미소를 입가에 걸고 날 빤히 보고 있다. 그 눈, 그 눈이 참……

그때 불현듯 고막에 닿는 어떤 소리가 이 쓸데없이 어색한 공기를 흩뜨려놓았다. 내가 소리를 따라 위를 올려다보자니 연오가 별거 아니란 듯이 중얼거렸다.

"이르네. 새벽에나 한 차례 쏟아질 줄 알았는데. 과연 여름 날씨야. 변덕스러워."

"비 올 줄 알았어?"

내 물음에 연오는 고개를 갸웃하며 몰랐느냐고 반문했다. 내가 짐작도 못했다고 대답하려는 순간 머잖은 곳에서 천둥소리가 요란하더니 거실의 전등이 몇 차례 깜박거렸다. 마지막으로 깜박거렸을 때 한 몇 초쯤 암흑이 온통 내려앉았다. 그러다 다시 불이 들어와서 나는 안도의 한숨을 내쉬다가 뒤이어 내가 붙잡고 있는 뭔가를 보고 화들짝 놀랐다. 어느 틈엔가 연오의 어깨를 꼭 잡고 있었던 것이다.

"산 밑이라 그런가 천둥이 엄청 생생하다."

손을 놓으며 딴에는 아무렇지 않은 척 굴었지만 이어지는 천둥에 그만 얄팍한 바닥을 드러냈다. 이번엔 아까보다 더 가까워서, 하늘을 둘로 쪼갤 듯한 기세로 천둥이 으르렁거렸다.

"지금, 혹시 숨는다고 그러고 있는 거야?"

머리 위에서 들려온 질문에 나는 조심스레 실눈을 떴다. 다행히 주위가 밝다. 겨우 얼마쯤 마음의 여유를 되찾고서 겸연쩍게 웃었다.

"미안, 내가 아무래도 전생에 거북이였던 모양이야."

그러면서 어느샌가 들러붙어 있던 연오의 등에서 주춤거리며 물러

났다. 잠깐, 들러붙었다는 말은 적확하지 않다. 어디까지나 나는 연오의 등을 방패 삼아 머리를 수그리고 있었을 따름이다.

"거북이?"

의아한 얼굴을 한 연오에게 나는 목을 긁적거리며 대꾸했다.

"왜 거북인 무슨 큰 소리만 나면 껍질 안으로 쏙 숨어들잖아. 내가 그렇거든. 그렇다고 겁이 많거나 그런 건 아니야, 좀비에 귀신 우글대는 공포영화 같은 것도 아무렇지 않게 잘 보는데 단지 소리에 좀 약해."

"소리…… 하지만 너 모터공장에서 일한다고 하지 않았나? 거기 꽤 시끄러운 곳 아니야?"

"아, 말도 못하게 시끄럽지. 귀마개가 상비품이야, 상비품. 그래도 시끄러운 건 매한가지지만. 근데 공장이야 어련히 시끄럽겠거니 하니까. 내가 약한 건……."

말을 잇는 중에 또 하늘이 심상찮게 우르릉거렸다. 나는 잠시 말을 끊고 천장을 올려다보며 어서 큰 소리가 나기를 기다렸다. 하지만 이래저래 변죽만 울려댈 뿐 좀처럼 시원한 한 방이 없다가 결국엔 단조롭게 지붕을 때리는 빗소리만 남았다. 그래서 나는 못내 찜찜한 얼굴로 연오를 돌아보았다.

"어디까지 얘기했더라? 아, 그렇지, 내가 약한 건 돌발적인 사태야."

말을 하면서도 의심스러운 눈길로 천장을 힐긋거렸다. 방금 전에 수그러든 천둥이 언제 마음이 바뀌어 다시 칠지 모르니까.

"언젠가 한 번은 길을 가는데 어떤 차 타이어가 펑크가 난 거야. 뻥, 소리에 놀란 건 둘째 치고 다음 순간 내가 뭐하고 있는지 보고는 얼마나 창피했는지 몰라. 세상에, 다른 곳도 아니고 전신주에 뛰어올라가 매달려 있지 뭐야. 믿겨져? 꼭 코알라처럼 전신주에 찰싹 달라붙어 있었다니까, 글쎄. 그때 인도에 있던 사람들이 저마다 고개를

돌리며 안 웃으려고 기를 쓰는데…… 어휴, 망신살이 뻗쳤지 진짜."

지금 생각해도 창피해서 열이 오르는 뺨을 문지르다가 아차, 하고 연오를 쳐다보았다. 아직 부기가 채 빠지지 않았어도 뽀얗고 단정한 얼굴이 귀공자 같은 그가 은은한 미소를 걸고 나를 보고 있었다. 아이쿠야…… 유수경, 뭐 자랑이라고 그런 일까지 떠벌이는 거야. 혀를 씹어 삼키고 싶을 만큼 후회스러운 것을 애서 아무렇지 않게 웃음으로 얼버무리려는데 바로 그때를 노려 하늘이 뒤통수를 쳤다.

꽈르릉, �꽝, 꽝!

어디에 벼락이라도 떨어진 게 틀림없는 무시무시한 기세의 뇌성. 생각하기 전에 몸이 먼저 움직여서 귀를 틀어막으며 움츠러들었다. 소란이 잦아들기만을 기다리면서 한사코 눈을 감고 있다가 마침내 꽉 누르고 있던 손의 힘을 풀면서 천천히 눈을 떴다. 귀가 먹먹했다. 그리고 시야도 침침……을 넘어 어둡다. 사위가 암흑이란 걸 깨닫고 나는 마른침을 삼켰다.

"불이……."

"퓨즈가 나갔나. 두꺼비집 좀 보고 올게."

담담한 대꾸에 이어 연오가 일어서는 기척이 났다. 나는 잠자코 기다리려다가 곧 벌떡 일어났다.

"나도 같이 가."

연오를 찾아 더듬거리는 내 손이 허공을 헤집었다. 그새 어디까지 간 거지 하며 두리번거려 보아도 아직 어둠이 눈에 익지 않아 괜스레 불안해지기만 했다.

"여, 연오야, 연오야."

내 것 같지 않게 가늘고 높은 목소리가 공간에 울려 퍼졌다. 바로 대답이 돌아오지 않아 부쩍 뒤숭숭해져선 되는 대로 걸음을 한 발 내

딛는데 문득 한줄기 냉기 같은 게 스윽 하고 뒷목을 간질였다. 소스라쳐서 돌아본 곳에 천천히 어둠을 깨치며 드러나는 윤곽이 있었다. 투명하다 싶을 정도로 말간 얼굴에서 가벼이 벌어지는 입술이 희미하게 반짝거렸다.

"큰 소리에만 약한 게 아닌 모양인데."

"……응?"

"봐, 겁먹은 눈을 하고 있잖아. 어두운 게 무서워?"

눈가에 다가와 살짝 스치고 지나가는 손가락이 매끄럽고도 사늘했다. 나도 모르게 죽였던 숨을 조금씩 뱉어내며 나는 입술을 핥았다.

"무섭지 않아. 무서운 게 아니라……."

시나브로 앞에 선 연오의 형체가 더 또렷해졌다. 짙은 암흑과 아주 흐릿한 백. 그 둘의 교차가 빚어내는 그의 모습에 나는 위압될 것 같은 경탄을 느끼는 중이다.

이렇게나 반듯한 얼굴이라니. 이사를 다니면서 어느 결엔가 사라진 화경이의 석고상—아그리파? 아니다, 그런 이름이 아니라, 맞아, 줄리앙이었다—을 떠올리게 만드는 구석이 있다. 그렇지만 더 섬세하고 더 촘촘하다. 물론 석고상이 아닌 사람이니까 한데 비할 수 없는 게 당연하지만…….

"수경아?"

연오의 목소리에 나는 어째서인지 연오의 턱선을 쓰다듬고 있던 손을 발견했다. 그것이 분명히 내 몸에 달린 내 손이라는 걸 확인한 순간 발밑이 꺼져들었으면 좋겠다는 부질없는 소원을 속으로 부르짖으며 급히 손을 거두고 헛기침을 했다. 그리고 온 힘을 다해 방금 어떤 대화를 나누던 중인지 기억해냈다.

"차단기 보러 갈 거면 같이 가야지. 네 손도 불편한 마당에."

"그 정도 일은 할 수 있지 않을까?"

연오는 제 왼팔을 내려다보며 손가락을 까딱거렸지만 나는 단칼에 기각하며 손전등부터 찾아보라고 말했다. 연오가 고개를 갸웃했다.

"그런 거 없어."

"없으면, 양초라도?"

없는데, 하며 태평하게 고개를 젓는 연오를 멀거니 쳐다보다가 물었다.

"너 혼자 산 지 얼마 안 됐지?"

"왜?"

"생활감각이 없어서 하는 말이야. 이렇게 외진 곳에 살면서 손전등은 고사하고 양초 하나가 없다니."

연오가 빙긋이 웃었다.

"밤눈이 아주 밝거든. 걱정 말고 나만 따라와."

돌아서는 그의 하얀 등을 미심쩍게 바라보다가 결국 타박타박 따라갔다. 현관 안쪽에 있는 두꺼비집 앞까지 수월하게 다다라 연오는 커버를 올리고 안을 들여다보았다. 과연 누전차단기가 내려가 있다고 연오가 말했다. 내가 나서서 스위치를 올려보았지만 올리기 무섭게 툭 하고 스위치가 아래로 떨어졌다. 또 한 번의 시도에도 결과는 같다. 으음, 하고 팔짱을 끼고 신음하는 내 머리 위에서 하늘이 여봐란 듯이 그렁그렁 천둥소리를 뽐냈다.

"보라구. 왜 양초가 있어야 하는지 알겠지?"

"벽난로에 쓸 장작은 있는데."

"오, 그거 좋은 생각…… 이 아니지. 쩌죽을 일 있어?"

내 딴엔 따끔한 책망인데 연오는 어깨를 으쓱할 뿐이다.

"불도 안 들어오고. 전기도 못 쓰고. 뭐할 거냐고."

"꼭 뭘 해야 하나?"

변함없이 여유로운 연오를 기가 막혀서 쳐다보았다. 고개를 갸웃이 하고 연오가 말했다.

"딱히 불 없이도 잘만 살았어, 옛날엔. 등불 같은 건 어지간한 부자들 아니면 안 썼어."

"호랑이 담배 피우던 시절이랑 지금이 같아?"

"담배가 이 땅에 들어온 건 상당히 최근이야. 그러니 호랑이 담배 피우던 시절 운운이란 말에는 어폐가 있어."

엉뚱한 지적에 슬며시 골이 난 것도 잠시, 담배가 들어온 게 언젤까 하는 순수한 궁금증에 못 이겨 그게 언제냐고 묻고 말았다. 임진왜란 즈음이란 말에 아하, 하고 손을 치면서 인상을 찌푸렸다.

"좋은 것은 다 챙겨가면서 못된 걸 전해준 거군. 쳇. 아, 담배 피워, 혹시?"

"아니."

"다행이다. 술은?"

"마실 줄 아는 정도?"

"주량이 어느 정도인데?"

"주량이라면, 어떤 기준을 말하는 거지?"

다소 생뚱맞은 반문에 나는 얼떨떨한 표정으로 할 말을 골랐다. 내가 어버버하고 있었더니 연오가 다시금 말했다.

"마시고 견딜 수 있는 정도라면 딱히 몰라. 못 견딜 정도로 마셔본 적이 없어서."

"그건…… 술에 취해본 적이 없다는 말이야?"

연오가 고개를 끄덕이더니 "너는?" 하고 물어왔다. 나도 딱히 취해본 적이 없다고 말하려다가 멈칫했다.

"소주 두 병 반 먹고 필름이 끊긴 적 있어. 그러니 아마 그게 내 한계치일 거야."

"어떤 느낌이었는데?"

"뭐, 필름 끊기는 거? 잘 몰라. 말 그대로 기억이 없거든. 근데 다음날 깼을 때 머리가 깨질 것 같긴 하더라. 내 평생 겪어본 최악의 두통이었어."

지금 생각해봐도 끔찍해서 머리를 흔들다가 두꺼비집을 앞에 두고 둘이 뭐하나 싶어 한심해졌다. 이야기가 엉뚱한 데로 샌 이유. 호랑이와 담배 때문이다. 생각난 김에 다시 한 번 차단기를 올려봤는데 사람 놀리듯이 다시 톡 아래로 내려오고 말았다.

"큰일이네, 진짜."

"어두운 게 그렇게 걸려?"

전혀 심각할 것 없다는 듯이 말하는 연오를 나는 물끄러미 쳐다보았다.

"설마 귀신이라도 나올까 봐?"

"그런 거 안 믿어."

대답하는 목소리가 시원찮은 거 스스로도 잘 알고 있다. 연오가 툭 내 뺨을 건드렸다.

"혹시 나오더라도 내가 있으니까."

그의 근거 없는 자신감에 쿡 웃음이 나왔다.

"왜, 알고 보니 퇴마사라도 돼?"

연오는 말없이 웃더니 발길을 거실로 돌렸다. 깁스를 한 왼팔로 내 어깨를 감싸듯이 해 데리고 가는 걸 나도 선선히 따라갔다.

"썩 환한 건 아니어도 쓸만한 게 있으니까 너무 조바심치지 마. 기왕 이렇게 된 거 이야기나 하다가 졸리면 자자."

연오가 말하는 쓸만한 게 뭘까 궁금해하던 나는 그의 발길이 거실을 지나쳐 어딘가로 향하는 걸 깨닫고 슬그머니 눈이 벌어졌다. 설마 설마했는데 정말로 그가 왼쪽 끝 방, 한마디로 그의 침실 미닫이문에 손을 대는 걸 보고 나는 뒤로 물러났다. 연오가 왜 그러냐는 듯이 나를 돌아보았다.

"생각해보니까 나도 일찍 씻고 자는 게 좋을 것 같아서."

"그럴래?"

연오의 덤덤한 물음에, 나 또한 필사적으로 덤덤하게 내가 묵을 방에 대해 물었다. 돌아온 답이 지극히 자연스러웠다.

"달리 침실이 없어. 다른 방은 다 빈방이라서 청소도 안 돼 있고."

"그럼 거실에서 잘게. 베개랑 이불 하나만 내주면 돼."

"여분이 없는데. 겨울 이불을 덮을 순 없잖아?"

"어…… 맞다, 쿠션! 2층 서가에 쿠션이랑 방석 있던데 그거 쓰면 되겠다."

"이불은 어쩌고?"

"배만 덮으면 되니까 수건 쓰지 뭐. 나 몸에 열이 많아서 잘 때만 덮지 일어나보면 다 차버려서 바닥에 떨어져 있기 십상이야."

내 필사적인 노력을 꿰뚫어 보았던지 문득 연오가 쿡 웃었다.

"뭘 걱정하는진 알겠는데 이 손으론 어림없어. 그리고 살짝 우울해지네. 내가 허락도 없이 말도 안 되는 짓을 벌일 사람으로 보인 걸까."

웃음에 이어 나지막이 흘러나온 그의 개탄에 나는 그만 화들짝 놀라 손을 내저었다.

"아니, 아니야, 그런 생각으로 한 말이 아니라, 그렇잖아, 내 생명의 은인한테 무슨 그런 엉뚱한 생각을 품겠어, 정말 아니야."

열심히 변명해도 연오의 내리깐 눈은 좀처럼 올라오지 않았다. 하기야 기껏 몸을 던져 구해준 사람으로부터 치한 취급을 당한다면 성인군자라도 불쾌한 노릇이겠지. 뒤늦게 내 경솔함을 깨닫고 상황을 반전시킬 묘안이 없을까 피가 마르게 생각했다. 아, 섬광처럼 떠오르는 게 하나 있긴 있었다!

"목연오, 난 네가 걱정이 돼서 그랬어!"

연오의 어깨를 덥석 움켜쥐며 한 말에 비로소 연오가 슥 눈길을 들어 날 보았다.

"내가 걱정이 됐다고?"

"그래. 네가 걱정이 돼서. 내가…… 내가 잠버릇이 엄청 고약하거든."

물끄러미 날 쳐다보던 그가 코를 고느냐고 물었다. 나는 그때그때 다르다고 얼버무리곤 꿀꺽 마른침을 삼킨 뒤 진지하게 말했다.

"나는, 자면서 온갖 방식으로 움직일 수 있는 사람이야. 한 번은 기숙사 이층침대에서 떨어진 적도 있어. 난간도 있는데 말이야. 같이 자는 언니 말론 잠꼬대도 살벌하게 한대. 룸메이트가 몇 번이나 바뀌었는지 몰라."

"그거 신기하네. 난 한 번 잠들면 시체처럼 꼼짝 않는데."

"내가 옆에 있으면 시체 노릇도 못하게 될걸?"

겁주려고 한 말인데 그게 연오의 구미를 당기게 할 줄은 상상도 못했다.

"그거 재미있겠다. 어디 한 번 날 깨워봐."

"아니 기대를 하란 게 아니라, 너 자칫 나한테 걷어차일지도 몰라."

"머리를 축구공처럼 차는 거야? 긴장해야겠는데."

대꾸하는 연오의 목소리가 더없이 생생해졌다. 알고 보면 스릴을

즐기는 축인가 하고 나는 멀거니 그를 쳐다보았다. 연오는 문을 좀 더 열더니 먼저 안으로 들어서며 뒤를 돌아보았다. 가벼운 고갯짓으로 들어오라는 신호를 보냈다.

상황이 내 의도대로는 가지 않았지만 덜컥 들었던 난감한 기분은 많이 가셨다. 그러나 미닫이문을 건너가기엔 아직 하나의 큰 관문이 있었다.

관문이기 이전에 아까부터 내내 궁금했던 사실. 나는 슬그머니 에둘러서 사실 확인에 나섰다. 생애 최초의 여우짓에 심장이 콩닥거렸다.

"이유가 어쨌든 이거 여자친구가 알면 좋아할 리가 없을 텐데."

연오의 눈이 살짝 커졌다. 이어서 그가 잘게 머리를 흔들었다.

"그런 거 없어."

덧붙여 그가 물었다.

"너는?"

"미투. 스물셋, 하늘을 우러러 한 점 부끄럼 없는 모솔이야."

기다렸다는 듯이 대답하는 가슴이 조금 간질거렸다. 연오가 빙그레 웃으며 중얼거렸다.

"잘 됐네."

"뭐야 그 웃음. 놀리는 거야?"

입술을 비쭉거리면서 속으론 당면한 정전에 고마워했다. 호시탐탐 내 뒤통수를 칠 기회를 노리고 있을 천둥도 얼마쯤 고마웠다. 혼자 들떠버린 자신이 한심하긴 해도 이미 어쩔 수 없다.

목연오, 나는 그와 친해지고 싶었다.

어렴풋하게 들려오는 새의 지저귐에 움찔거리던 눈이 뜨였다. 귀에 익은 알람 대신 새의 노래라는 변화에 얼마쯤 멍하니 눈을 깜박거

리다가 스르륵 몸을 뒤집으며 머리를 쳐들었다. 눈앞에 보이는 푸르스름한 빛을 내는 하늘빛 구球를 또 멍하니 응시했다. 무디게 돌아가는 머릿속에서 구가 아니라 구슬이라고 중얼거리는 소리가 있었다.

구슬. 그렇다, 저것의 이름은—.

"야광주."

이름을 떠올리는 순간 눈에 힘이 들어가고 잠이 얼마쯤 달아났다. 그리고 새삼스레 눈을 굴려 은은한 푸른빛을 띠는 둥그런 옥을 감상했다. 밤이면 빛을 내는 옥, 지난밤 양초를 대신해 이 침실을 밝혀준 작은 빛이다.

연오의 말에 의하면 저것은 중국에서 나는 형석이란 돌인데 아주 옛날에도 왕공귀족들이나 소유하던 귀한 보물이란다. 아마 지금도 말할 것 없이 귀한 것임에 분명하다. 그런데 그런 것을 손닿는 곳에 아무렇지 않게 두고 문단속도 하지 않고 다니는 사람은 대체⋯⋯.

뭡니까, 하고 생각하면서 홱 고개를 돌린 나는 지나치게 가까운 곳에 있는 야광주의 주인을 발견하고 놀라서 데굴데굴 옆으로 굴렀다. 훌륭한 반사신경이었다고 가슴을 쓸어내린 후 천천히 주위를 둘러본 끝에 나는 두 손에 얼굴을 묻었다. 연오는 간밤에 누웠던 자리에서 그대로 잔 죄밖에 없다. 문제는 아니나 다를까 나였다. 밤새 이 넓은 침대에서 거침없이 활개치고 다녔을 내 모습에 나는 부질없는 한숨을 폭 내쉬었다.

"왜 이러나 몰라. 평소엔 얌전한데."

헝클어진 머리카락을 손으로 빗어 넘기며 시각이 궁금해 시계를 찾아 눈길을 돌린다는 게 잠든 연오의 얼굴이란 장애물에 턱 가로막혔다. 만들어둔 간격은 유지하면서 슬쩍 목을 빼 그 잠든 얼굴을 기웃거렸다

"진짜 하루가 다르네. 회복력 좋다고 자랑하더니만."

야광주가 빚어내는 아슴푸레한 빛만큼이나 자체발광을 하는 백옥 같은 얼굴은 이젠 거의 부기라 할 것도 없다 싶을 만큼 갸름해졌다. 빠르게 나아가는 모습이 반가운 한편 어젯밤 얼굴과 목을 씻겨주면서 손에 닿았던 피부의 감촉이 떠올라 나도 모르게 손을 달싹거렸다. 아희의 보들보들한 아기 피부와는 다르지만 서늘한 감이 도는 그 매끄러움엔 그저 엄지를 들어주고 싶다. 화경이가 봤다면 부러움을 넘어 질투를 느꼈을 것이다.

"아니, 화경이가 보면 곤란할지도."

남자 보는 눈이 어디까지나 외모에 크게 치우치는 내 쌍둥이 동생에게 연오는 너무도 자극적인 상대가 아닐까. 이 사람, 잘생김을 넘어 아름다울 지경인데.

아아, 그렇다. 이 남자, 무섭도록 곱다. 나는 얼굴을 손으로 괴고서 연오의 잠든 얼굴을 감상하며 몽글몽글한 감탄에 휩싸였다.

뭐 이렇게 생긴 사람이 다 있담—치열이 쪽 고른 것은 물론이요 하물며 둥근 귓바퀴에 적당한 귓불마저도 예쁜 사람이다, 글쎄—하는 경이로움을 즐기면서도 어딘가에 있을 법한 인간적인 약점 하나를 찾아 이리저리 살펴봤지만 흔한 모반 하나가 없다. 발 씻겨주면서 보니 발가락과 발톱마저도 흠잡을 데가 없던데. 이래서야 연오가 진지한 얼굴로 실은 자신이 안드로이드라고 고백해도 아, 어쩐지 하고 수긍하고 말 것 같다.

"하지만 안드로이드라면 깁스는 하지 않겠지."

얌전히 몸 옆에 놓여 있는 볼품없게 깁스된 팔을 쳐다보며 쿡쿡 소리 죽여 웃었다. 이내 정색을 하고선 스스로 꿀밤을 먹이며 웃을 일이냐고 반성했다. 누구 때문에 이리 다쳤는데 태평스럽게 말이지.

반성과는 별개로 자꾸만 설레는 건 어쩌면 좋을까. 꼭 멋진 사람이라서가 아니라 새로운 누군가가 인생에 한걸음 들어왔다는 게 좋았다. 아직 다른 곳에 한눈팔 여유가 없는 건 여전하지만 이 예정에 없던 일탈로 붕 떠서 하늘 어딘가를 헤매는 마음을 당장 붙잡아 당기곤 싶지 않다.

어차피 쳇바퀴 속으로 돌아가야 한다. 돌아가서는 열심히 할 거고. 그러니 쳇바퀴에서 내려서 쉬는 사이사이에 소나기 구경을 하는 사치 정도는 부려보자. 아, 예사 소나기가 아니라 여우비일까, 이건? 내게 닥친 뜻밖의 일, 호랑이가 장가가는 것에 비할 만한 것 같은데.

"앗, 이러고 있을 때가 아니다."

소나기든 여우비든 구경하는 일에도 지나친 게으름은 금물. 출근 전에 연오의 식사 준비는 해주고 갈 셈으로 부리나케 몸을 일으켰다. 다행히 침대 옆의 서랍장 위에서 찾아낸 휴대전화는 여섯 시가 못 된 시각을 알려주었다.

방을 나와 보니 실내가 얼추 구분이 될 정도로 밝았다. 비가 그쳤는지 확인해보려고 창가로 가서 바깥을 내다보다가 아예 창문을 열기로 했다.

"우와, 상쾌해."

살랑거리는 바람을 타고 확 끼쳐드는 숲 내음이 그렇게 향기로울 수가 없었다. 슬슬 모습을 드러내려는 해가 말끔히 갠 하늘을 곱다란 오렌지빛으로 물들이는 가운데 눈앞에 펼쳐진 녹음 속 곳곳에서 지저귀는 새소리가 들려왔다. 잠시 이 동화 속 한 페이지 같은 풍경을 감상하던 나는 불쑥 찾아온 뭔가로 인해 슬며시 동화의 등장인물로 빙의했다.

"안녕? 너 혹시 이 집에 사는 그 새니?"

포르르 창가로 내려앉은 작은 갈색의 새는 머리를 갸웃거리며 날 올려다보다가 날개에 부리를 닦았다. 그 흐릿한 눈썹선을 보면서 나는 입술을 둥글게 오므려 휘이 휘파람을 불었다. 바지런히 부리 소제를 하던 새가 머리를 들더니 진짜 솜씨를 보여주겠다는 듯 낭랑하게 휘파람 소리를 냈다. 포도송이 같은 까만 눈을 반짝이며 지저귀는 새가 어찌나 앙증맞은지 깃이라도 쓰다듬고 싶은 것을 참느라 혼났다. 그 노력이 가상하다는 듯 휘파람새가 쫑쫑거리며 다가와 창틀 위의 내 손가락에 올라앉았다. 나는 속으론 엄청 놀랐지만 최대한 내색하지 않으면서 천천히 손을 들어올렸다. 새는 내가 손을 눈높이까지 가져올 동안 가만히 있었다.

"난 수경이라고 해. 만나서 반갑다. 너한테도 이름이 있니?"

머리를 갸우뚱하는 게 휘파람새의 대답이다. 소리 죽여 웃으면서 이따가 연오에게 물어봐야겠다고 생각했다. 새는 어지간히 사람에게 길들여졌는지 손가락 위를 제 자리처럼 차지하고 떠날 줄을 몰랐다.

"난 아침 준비하러 갈 건데. 같이 갈 거면 여기 앉도록 해."

눈곱만큼도 기대하지 않고 그냥 해본 말에 기적이 벌어졌다. 휘파람새가 내가 가리킨 어깨 위에 날아와 앉은 것이다. 세상에, 새가 내 어깨 위에 앉다니. 갑자기 내가 메리 포핀스 책에 나오는 비둘기 할머니가 된 기분이다!

새가 놀라지 않게끔 조심조심 걸음을 옮겨 두꺼비집부터 찾았다. 이번엔 누전차단기가 위로 올라가서 내려오지 않는 걸 확인하고서 부엌으로 향했다. 집안의 다른 곳처럼 세간이랄 게 거의 없는 썰렁한 곳이어도 최소한 밥통과 냉장고는 있었다. 어디, 하고 냉장고를 열어본 나는 거기에서 문화적 충격을 맛보았다.

내가 아는 가정집 냉장고란 건 술 진열장이 아닌데. 맥주, 소주, 진, 보드카, 럼주, 위스키에 코냑, 레드, 화이트, 로제 와인에 청주와 고량주까지? 뭐가 좋을지 몰라서 다 사서 넣어봤다는 식으로 들어찬 술의 군단 아래로 과일 칸을 차지한 뭔가 뽀얗고 노란 것이 보였다. 저것만큼은 하고 열어보았더니 쌀과 조. 그득한 백미와 조는 반찬 하나 보이지 않는 냉장고 속에서 단연 이채를 발했다.

조금 망연자실해서 쌀을 내려다보고 있는데 어깨에 앉아 있던 휘파람새가 사뿐히 내려앉아 부리로 쌀을 찍어 먹었다. 번개처럼 뇌리를 스치는 이 곡식의 용도! 그래도 설마 하고 달려가 밥통을 열어보았지만, 역시 텅 비어 있었다. 언제 한 번 쓴 적이나 있을까 싶을 정도로 밥통은 구석구석까지 깨끗한 새것 냄새를 물씬 풍겼다.

"이 집주인, 설마 진짜 안드로이드는 아니지?"

알코올이 동력원인 안드로이드, 라는 말도 안 되는 가정을 휘파람새에게 속삭여 보았다. 휘파람새가 나를 올려다보며 부리를 빠끔거렸다. 지저귀는 소리의 뜻은 전혀 알아들을 수 없지만 나는 고개를 끄덕였다.

"알아, 당연히 그럴 리가 없지. 아무튼 이래서야 아침은 물 건너갔어. 어쩔 수 없으니 라면이라도 있나 볼까?"

약간의 쌀을 집어 올려 식탁에 새 모이로 놓아주고 부엌 위 선반장이며 싱크대 아래 선반장 등등을 열어보았다. 수색 결과 인스턴트 밥은커녕 라면 하나, 통조림 하나가 없는 곳으로 판명 났다. 식기조차 바깥에 나와 있는 몇 가지가 전부였다.

어제 아무렇지 않게 수돗물을 받아서 마실 때부터 알아봤어야 하는 건데. 목마른 김에 수돗물을 받은 컵을 들고 식탁 의자에 앉아 즐겁게 식사 중인 새를 보며 한숨을 내쉬었다.

"완전히 좌절이야."

"왜?"

"밥 지어서 맥주에 말아먹을 수도 없잖아."

푸념하고 물을 홀짝이던 나는 뒤늦게 새가 물어봤을 리 없다는 걸 깨닫고 뒤를 돌아보았다. 갓 일어난 모습조차 막 씻고 나온 사람처럼 청량해 보이는 연오가 "잘 잤어?"하고 물으며 옆으로 다가와 식탁에 기대섰다. 이 집 부엌의 심각한 식량 부족, 아니 식량 고갈에 대해 호소하려던 나는 그가 왼팔을 들어 손가락 끝으로 가볍게 내 머리칼을 건드리는 손길에 그만 할 말을 잃어버렸다.

"너 배고프겠구나. 그 생각을 못했네."

"아니, 배가 고파서 어쩔 줄 모를 정도는 아니지만⋯⋯."

"지금은 어쩔 수 없고 저녁엔 음식 준비해놓을게."

"이 손으로 무슨 준비를 한다고 그래. 그보다 넌 대체 집에서 뭘 먹고 산 거야?"

대꾸 대신 연오는 이리저리 헝클어보던 내 머리카락을 뒤로 넘기며 싱긋 웃었다.

"이마가 동글동글해."

"으아, 내가 좀 앞짱구야."

부랴부랴 앞머리로 가리려는 내 손을 연오가 슥 밀어냈다.

"그냥 둬. 보이는 게 예뻐."

미처 세수도 못한 얼굴을 보이는 것도 민망한데, 이마가 예쁘다는 칭찬까지 듣다니. 널뛰는 심장을 부여잡으며 불현듯 이 사치스러운 여우비 구경에 너무 빠져들면 어쩌나 하는 걱정에 사로잡혔다.

4. 치자꽃 향기

GOOD WORLD ROMANCE NOVEL

"수고들 하셨습니다! 내일 봬요."

어김없이 오후 5시를 알리는 벨이 울리고 컨베이어벨트가 슬슬 멈추기 시작하는 것에 맞춰 작업이 일단락되었다. 주간 근무조는 아침 8시부터 12시, 점심 먹고 오후 1시에서 5시 작업을 꽤 정확하게 지켜주는 게 우리 공장의 최대 장점이다. 장갑을 벗으면서 재빨리 주위 동료들에게 인사하는 날 보고 저녁 먹으러 갈 준비를 하던 양선 아줌마가 작은 눈을 동그랗게 떴다.

"응? 오늘도 잔업 안 해?"

"예, 들어가 보려고요."

"웬일이래, 일중독 짠돌이가 요 며칠 계속 일을 마다하고. 혹시 병원에 일 생겼어?"

"예, 좀."

아희 핑계를 대는 게 조금 마음에 걸렸지만 미주알고주알 사정 이야기를 하기엔 또 마땅치가 않아 대충 둘러대고 돌아섰다. 급히 걸음

을 옮기는 내 뒤에서 양선 아줌마가 크게 혀를 차면서 딱해 죽겠다고 주위에 말하는 소리가 들려와 더욱 목 언저리가 따끔따끔했다.

기숙사로 돌아와 샤워를 하고 옷을 갈아입으면서 휴대전화를 켰더니 기다렸다는 듯이 메시지 몇 개가 날아들었다. 불운의 전화기라고 하면 전화기가 서운해 하겠지만 실제로 이 전화로 받아본 소식 중에 반가운 경우는 거의 없었던 터라 무슨 메시지인지 확인하려는 동작이 굼떴다.

"뭐, 이렇다니까."

인생이 내 뜻대로 흘러가는 게 아니란 것은 예전부터 잘 알고 있었다. 한숨이 나오려는 걸 기지개 한 번 크게 켜는 걸로 맞바꾸고 나는 연달은 메시지를 보낸 상대방에게 전화를 걸었다.

"아, 예, 아주머니. 저예요. 네, 아직도 연락이 안 돼요? 네, 제가 한 번 연락해 볼게요. 안 되면 제가 갈게요, 가는데…… 아무래도 8시에나 도착할 수 있을 것 같은데, 예, 알죠, 죄송해요. 정말 죄송해요, 최대한 빨리 갈 테니까요……."

어렵사리 전화를 끊고 나는 마른세수를 했다. 식대랑 교통비 조의 돈만 받고 봉사나 다름없이 일해주시는 간병인 아주머니인데 이러다 놓치는 거 아닌지 모르겠다. 조건은 단 하나, 주일과 목요일 저녁 예배 보러 가는 날만 탈 없이 지키게 해주면 된다는 거였는데 둘에 한 번은 꼭 이렇게 차질이 일어나니 나 같아도 진저리가 나겠다.

"화경이 앤 대체 생각이 있는 거야, 없는 거야."

씩씩거리면서 전화를 걸어보지만 아주머니 전화를 무시하는 녀석이 내 전화라고 냉큼 받을 리 없다. 휴가 동안에도 달랑 전화 한 통으로 이래저래 잔소리만 하고 코빼기조차 내비치지 않더니만 오늘까지 이러다니, 분이 나서 얼굴 보면 등짝을 한 대 갈겨주고 싶다.

"야, 유화경, 아희가 내 딸이냐? 기집애야, 정신 좀 차려. 아희는 네 배 아파 낳은 네 딸이다, 요 불여우야!"

녹음 메시지에 한바탕 퍼부어놓아도 분은 조금도 풀리지 않는다. 이런 소리를 대체 몇 번을 했어야 말이지. 전화를 끊고 시각을 확인하면서 내 마음은 분노에서 초조함으로 껑충 건너뛰었다.

"여기서 그리로 갔다가 다시 병원으로, 어우, 8시 가능하려나. 장도 못 보겠네."

연오에게 저녁 준비는 내가 가서 해주겠다고 다짐해 놓았는데 시간에 쫓겨 실현 불가능에 가까워졌다. 급한 대로 배달이라도 시켜놓을까 하고 전화기를 들여다보던 나는 엄청난 맹점을 깨달았다. 나는, 연오 집 전화번호를 모른다!

"으아아아. 으아아아아. 성우야, 누나 둔갑술이라도 해야 할 판이다. 뭔가 계시를 좀 내려줘!"

위를 올려다보며 부르짖어 봤지만 당장엔 아무런 계시도 내려오지 않아 울상을 하고서 기숙사를 뛰쳐나갔다. 급해 죽겠는데 기숙사 현관에서 지갑이 없다는 것을 깨닫고 왔던 길을 되밟기까지 했다.

"날개가 필요해!"

버스정류장으로 달려가는 그 순간엔 절실히 바라는 건 정말 그 하나였다. 게다가 하늘이 무심하게도 백오산으로 가는 단 한 대의 버스가 나를 지나쳐 가더니 사뿐히 정류장에 섰다가 나비처럼 훨훨 떠나가는 모습을 두 눈으로 보고 말았다. 배차 간격 40분짜리 버스였는데……! 털썩 무릎이라도 꿇고 말 것 같은 내 눈에 이 공장지대에서 보기 쉽지 않은 빈 택시 한 대가 맞은편 도로에서 오고 있는 게 보였다. 나는 두 번 고민할 것 없이 손을 번쩍 들어 "택시!"하고 외쳤다. 우아하게 유턴을 해서 내 앞에 멈춰선 택시 문을 여는 손이

아주 조금 떨렸다.

"어서 오세요~, 손님. 어디로 모실까요?"

쌈바를 외치는 설운도의 노랫가락에 맞춰 노래하듯이 말을 건네오는 흥 많은 기사님에게 마른침을 꿀꺽 삼키고 대꾸했다.

"배, 백오산 사거리요."

"백오산 사거리, 안전하게 모시겠습니다. 벨트 매십시오!"

기사 아저씨의 목소리가 한층 더 흥겹게 들리는 건, 내 귀의 착각만은 아니었을 것이다. 지갑을 쥔 손을 바들거리는 나를 태우고 택시는 쌩하니 출발했다.

만오천 원이 넘게 나온 택시비는 내 가슴에 커다란 구멍을 뚫고 말았다. 만오천 원을 길에 뿌리다니. 그 돈이면 티셔츠를 두 벌도 살 수 있건만. 재작년에 아울렛 매장에서 산 자주색 티셔츠를 내려다보며 현기증이 나려는 이마를 짚었다. 그나마 내 여름옷 중에서도 신상품. 비단 여름옷만이 아니라 내 모든 옷 중에서 가장 신상품일 것이다.

막 나온 슈퍼마켓 윈도에 비친 내 모습을 보고 수심은 조금 더 농도가 짙어졌다. 티셔츠, 무릎 위로 올라오는 청 반바지, 데님 소재 캔버스화에 이르기까지 모든 것이 고만고만하게 낡아서 후줄근해 보이는 건 어쩔 수 없었다.

"월급 들어오면 위아래로 쫙 장만해볼까."

말만 해봐도 사고 싶은 것들이 머릿속에서 좌르륵 펼쳐졌지만 이내 설레설레 고개를 젓고 만다. 월급이 들어와도 여윳돈이라고 해봤자 빤한데다 엉뚱한 구멍까지 생긴 참이다. 이번 주 들어 잔업 한 번 못했으니 더 허리띠를 졸라매도 간당간당한 판에 무슨 옷이고 신발이냐.

"으아, 덥다. 여름은 여름이네. 눈에서 땀도 나고."

캡모자를 푹 눌러쓰고 나는 양손의 짐을 다시 추켜잡고서 힘차게 걸음을 옮겼다. 돈을 쓰긴 했지만 택시 덕분에 시간을 벌어서 잘하면 연오에게 저녁 준비도 해줄 수 있을 것 같다고 생각했는데, 연오 집까지 가는 오르막길을 간과한 감이 없잖아 있었다.

숨이 차서 중간에 잠깐 쉬어갈까 하다가 기어코 안 쉬고 발을 채찍질한 끝에 연오의 담쟁이넝쿨집 굴뚝이 보이는 지점까지 왔다. 거기서 짐을 내려놓고 땀을 훔치고 있는데 아직 쨍한 햇살 속으로 두 마리 새가 다투듯 날아와 오락가락하고선 날아갔다. 멍하니 숨을 고르며 방금 그 새들도 낯이 좀 익다고 생각하다가 다시 걸음을 내디뎠다.

대문 노릇을 하는 거나 다름없는 빨간 우체통을 만나 돌아본 뜨락은 비 온 다음 날임을 증명하듯 아찔한 생명력을 뿜어내고 있었다. 조금은 소란할 정도로 화사한 뜨락 안쪽에 꽃을 들여다보고 있는 연오와 그 주위를 날고 있는 새들이 마치 풍경처럼 녹아 있어 무심코 그대로 시선을 지나쳤다가 몇 걸음 더 가서야 멈칫하며 눈에 힘을 주어 쳐다보았다. 연오가 자리에서 일어나며 빙그레 웃었다.

"어서 와."

아침에 내가 묶어주었던 머리카락이 어느새 느슨해졌던지 몇 가닥 흘러내린 긴 머리가 흔들리며 연오의 웃는 얼굴을 한결 곱다랗게 물들였다. 나는 무자비한 햇살 아래서도 그지없이 단정한 그 얼굴에 감탄하느라 인사도 건네는 둥 마는 둥 했다.

"무거워 보이네. 뭘 그렇게 가져온 거야?"

"어? 아, 저 아래 슈퍼에서 이것저것 좀 샀어. 저녁거리로."

"그러지 말라니까. 내가 준비한댔잖아."

"어떻게, 기적적으로 두 팔이 다 멀쩡해져서?"

"배달. 뭐든 다 앉아서 받을 수 있는 편리한 세상이잖아."

"뭐든 다라고 말하기엔 이 집이 좀 외졌다는 생각 안 들어?"

그런 말을 주고받는 사이 바로 앞에 다다른 연오가 불쑥 내게 뭔가를 내밀었다. 눈에 너무 가까워서 되레 잘 안 보이는 그것의 정체는 코가 먼저 감지했다. 한없이 들이마시고 내뱉고 싶지 않을 만큼 달고 매혹적인 향기. 언뜻 재스민 향과 착각하기 쉬운 이 꽃을 나는 잘 알고 있다.

"치자꽃! 벌써 이게 필 즈음이구나."

연오의 왼손에 들린 하얀 꽃을 바라보며 나는 활짝 웃고 코를 대어 흠뻑 그 향기를 마셨다.

"올해 처음 꽃봉오리를 터뜨렸어."

"그랬구나, 반가워라. 이거 산속에서 자라서 그런가 한결 향이 강한 것 같아."

"이 꽃, 좋아해?"

연오의 물음에 나는 크게 뜬 눈으로 그를 올려다보며 "좋아하냐고?"라고 반문했다. 그러곤 내처 웃음을 터뜨렸다.

"난 치자꽃을 사랑해! 어릴 때 살았던 집 마당에 치자나무가 있었는데 내가 그 나무를 얼마나 좋아했다고. 이 꽃이 필 때가 일 년 중에 최고야. 이 꽃이 피어야 비로소 진짜 여름이라 이거지. 치자꽃이 필 때까지 나는 아직 나의 여름을 기다리고 있을 테요!"

살짝 변형한 시까지 낭송하며 들떠서 어쩔 줄 모르는 나를 연오가 재미있다는 듯이 바라보았다. 당장에라도 치자나무를 찾아가려고 나무가 어디 있냐고 물었더니 연오가 아직은 다 망울뿐이라고 만류했다.

"며칠 더 기다리면 원 없이 핀 걸 볼 수 있을 테니까. 일단은 저녁 먹어야지. 배고프지 않아?"

그의 말에 잠깐 잊었던 현실이 확 떠올랐다. 손목시계를 들여다보고 여유 부릴 때가 아니란 생각에 치자나무 생각은 깨끗이 내려놓았다.

"그래, 들어가자. 안 그래도 나 조카 병원에 가봐야 해서 오래는 못 있거든. 참, 연락해본다던 친구는 어떻게 됐어?"

현관에 들어가 신발을 벗는 내 뒤로 따라 들어온 연오가 가볍게 고개를 저었다.

"지금 좀 멀리 있더라고. 빨라도 일주일 후에나 무주에 올 수 있겠대."

"일주일 후? 그건 너무 늦잖아. 다른 사람은 없어?"

"없어. 그다지 사교적인 사람이 못돼놔서."

연오는 덤덤히 말했지만 나는 아무래도 그 말이 잘 믿기질 않았다. 썩 외향적이진 않을지 몰라도 이 정도 인물이면 저절로 사람이 모여드는 게 정상 아닌가?

"그렇군. 절벽 위의 꽃인가?"

"절벽 위의 꽃?"

"아냐, 아무것도. 혼잣말."

혀를 날름하며 시치미를 뚝 떼고 부엌으로 향한 나는 별안간 맞닥뜨린 광경에 흠칫 놀라 무르춤하고 말았다.

"이, 이건 대체?"

"말했잖아. 저녁 준비해놓는다고."

당연하다는 듯 말하는 연오와 부엌의 광경을 갈마보며 나는 헛웃음을 짓지 않을 수 없었다. 상다리가 부러질까 싶은, 이 경우엔 식탁 다리가 휘어지겠다 싶을 만큼 갖가지 음식들이 즐비했다. 양식, 중식, 일식에 한식까지. 이만큼이나 주문하면 아무리 외진 곳이라고 해도

배달하지 않을 수 없겠다 싶은 만찬이다.

"세상에. 뷔페가 따로 없네. 누구 또 올 사람 있어? 손님 초대한 거야?"

"없어."

"그럼 이 많은 음식을, 달랑 우리 둘이 먹으려고 주문했다고? 이거…… 아무리 봐도 서른 명은 먹겠는데."

연오는 어깨를 으쓱하더니 대꾸했다.

"네가 뭘 좋아할지 몰라서."

너 바보냐, 하고 묻고 싶은 눈빛을 던졌지만 연오는 그 단정한 얼굴로 진지하게 내게 저기에 좋아하는 게 있느냐고 물었다.

"없으면?"

"말해줘. 이번엔 유감스럽지만 내일은 틀림없이 준비할 테니까."

터무니없는 음식 이름을 대도 이 사람이라면 준비하고 마는 거 아닌가 하는 묘한 확신이 들어서 나도 모르게 꿀꺽 침을 삼켰다. 그리고 다시 식탁을 둘러보며 혀를 찼다.

"이리 준비할 겨를에 전화로 물어보고 말겠다."

"알아야 물어보지."

그제야 나도 여기 오면서 깨달은 허점이 떠올라 맞다, 하고 맞장구를 쳤다.

"이따가 가기 전에, 아니 지금 당장 알아두자."

여태 들고 있던 짐을 한편에 치워두고 휴대전화를 꺼내며 번호를 물었더니 "없는데"하는 답이 돌아왔다. 나는 멍하니 고개를 들었다가 번쩍 뇌리를 스치는 게 있어 놀라 물었다.

"사고 났을 때 떨어뜨린 거구나? 미안해, 미처 거기까지 생각 못했어."

"아니 그게 아니라."

손을 흔들면서 연오는 아예 그런 게 없다고 말했다. 나는 잠시 그 말을 이해하지 못했다. 그 반응에 연오가 다시금 또박또박 설명했다.

"애초에 휴대전화 같은 걸 가지고 있지 않았어. 가져본 적도 없고. 그러니까 놀랄 것 없어."

"어…… 혹시 너 아미시(Amish)파 비슷한 거야?"

"전혀."

불쾌하다는 표정을 짓는 연오를 보고 나는 재빨리 머리를 굴렸다. 문명의 이기와는 아주 동떨어진 이 집과 휴대전화를 애초에 가져본 적 없다고 말하는 집주인. 나는 그에 합당한 설명을 찾아 머릿속 여기 저기를 뒤졌다.

"그게 아니면…… 아, 나 TV에서 본 적 있어. 아직 어딘가엔 개화기 전의 풍습 지키면서 고유의 전통을 지켜가는 사람들도 있다고 하던데, 너도 그런 식으로 잠깐 세상에 유학 나온 거니?"

나는 진지했다. 연오에게서 풍기는 묘한 이질감이 어쩌면 도학자라서 그럴지도 모른다면! 그렇다, 눈앞의 목연오는 당장 도포 입히고 갓만 씌우면 조선시대 선비가 되어도 이상하지 않을 것 같았다. 정말이지 양반댁 도련님 같은 귀티가 물씬물씬!

"전혀 그런 거 아니야. 가지고 있을 필요를 못 느꼈을 따름이지."

하지만 연오는 내 상상의 여지를 깨부수며 단호하게 대답했다. 나는 조금 맥이 빠져서 연오에게서 도포와 갓을 치워놓고 휴대전화와 그를 갈마보며 고개를 갸웃했다.

"그럼 사람들이랑 연락은 어떻게 해?"

"전화기 있잖아. 저기에."

연오는 고갯짓으로 거실을 가리켰다. 2000년이 훌쩍 넘은 세상에

유선전화기에만 의지해 사는 사람이 얼마나 된다고. 나만 해도 고등학교 때 반에서 유일하게 휴대전화가 없는 경우였는데 꽤나 별종 취급당했던 기억이…… 어휴, 말을 말자.

하지만 연오는 당시의 쭈뼛거렸던 나와는 전혀 다르게 당당했다. 그 점이 멋져서 나는 자유로운 영혼을 인정하는 뜻으로 엄지를 치켜들었다.

"꿋꿋한 소신, 근사하다."

"필요 없어서 안 구한 건데 소신 이야기가 왜 나오지?"

연오가 고개를 갸웃하건 말건 나는 그의 고고한 천상천하 유아독존 식의 라이프스타일에 높은 점수를 주었다. 이런 게 바로 진정 시크한 사람이라고 감탄하면서. 그러면서도 결정적인 순간에 위험에 닥친 사람을 돕기 위해 제 몸을 던지는 의협심을 가지고 있다니, 이 얼마나 인간적으로 훌륭한가.

"너, 뼛속까지 우월한 사람이구나. 나는 사람은 평등하다고 생각하는 쪽이지만 너라면 내 위에 서도 인정할 수 있어."

"미안한데 나…… 네 사고의 흐름을 따라갈 수가 없거든?"

연오가 의아해하는 걸 모른 체하고 일단 나는 연오의 집전화라도 휴대전화에 입력해 두었다. 번호를 입력하고 이름을 입력하기 전에 살짝 주춤했다가 이내 결정한 대로 손가락을 움직이는데 연오가 하는 말이 들려왔다.

"언제 가야 해?"

"8시까지 병원에 가기로 했어, 그러니까 으아, 벌써 시간이 이렇게 됐네. 버스 타려면 7시에는 나가야겠지? 얼른 밥부터 먹자."

마음이 급해져서 재빨리 손을 씻은 뒤 아직 멀뚱히 서 있는 연오의 팔을 이끌어 의자에 데려다 앉혔다. 앞접시를 준비해와 어떤 것부터

집어줄까 물었더니 연오는 내가 좋아하는 게 있긴 하냐고 물었다. 나는 새삼스레 떡 벌어진 상차림을 돌아보며 한숨을 쉬었다.

"한 십 년간 못 받은 생일상을 다 받은 것 같은데 싫고 말고가 어딨어."

"그래도 몇 가지 꼽자면?"

"다 좋아, 가리는 거 전혀 없어. ……라고 말하고 싶지만 생선은 좀."

"알레르기?"

"그냥 바다에서 나는 건 먹고 싶지 않아. 굶어 죽을 상황이라면 모를까."

"그 정도면 그냥이 아닌데? 엄청 싫어하는 거잖아."

"안 싫어해. 전엔 엄마가 나더러 김귀신이라고도 했어. 김 못 먹다 죽은 귀신 붙었다고. 김이라면 사족을 못 썼거든. 그리고 나 다섯 살부터 산낙지에 과메기도 모자라 홍어 삭힌 걸 먹었다 이거야."

"그런데?"

연오는 그저 궁금해서 던진 질문이겠지만 나는 그만 말문이 막혀서 뚫어져라 시선 끝의 회 접시를 응시했다. 전에는 없어서 못 먹었지만 이젠 조금도 먹음직스럽지 않다. 아니, 그 정도를 넘어서 보고 있으면 살짝 메스껍다. 천천히 속이 뒤틀리며 소름마저 얇게 일어난다.

"동생이 바다에서 죽었어."

이젠, 연오의 말대로 엄청 싫어하고 있다.

"근데 못 찾았거든."

내 동생, 성우를 삼킨 그 거대한 물. 바다라고 불리는 그 저주스러운 포식자를 나는 내 존재의 전부를 걸고 증오한다. 별 같은 그 아이를 세상에서 무참히 앗아가 놓고선 머리카락 한 올 돌려주지 않은 그

뻔뻔한 것, 죽도록 싫어도 그 어떤 복수조차 할 수 없다는 게 더욱 싫어서—.

그만 눈물이 핑 도는 감각에 나는 부랴부랴 눈에 힘을 주면서 젓가락을 치켜들었다.

"뭐 그렇게 된 거야. 식탁머리에서 나눌 이야긴 아니니까 이 정도로 하고, 자, 뭐부터 줄까? 갈비 실해 보이는데 하나 뜯어줄까? 그래, 갈비 먹자, 갈비."

가져온 갈비를 젓가락으로 바르다가 답답해서 아예 손을 쓰기 시작한 나를 연오가 빤히 보는 시선이 느껴졌다. 열심히 눈을 말리는데도 눈물이 들어가긴커녕 시야가 흐릿할 정도로 자꾸만 차오르는 통에 나는 갈비 한 조각을 급히 입에 던져 넣고선 사레들린 척 고개 돌려 기침했다. 기침을 쏟아내는 시늉을 하며 안 되겠다는 듯 싱크대로 가서 손을 씻는 김에 눈도 훔쳐냈다. 그만하면 성공적인 은폐라고 생각했지만 돌아서다가 마주친 연오의 눈빛에 이미 속을 훤히 보이고 만 점을 깨달았다.

"난……"

꼼짝없이 발이 굳어버린 나를 바라보며 연오가 입을 열었다.

"난 혈육의 정 같은 건 몰라. 동기간도, 부모도 없거든. 그래서 피붙이의 빈자리나 상실에서 오는 고통도 절실하겐 이해 못해."

덤덤한 토로는 더하고 뺄 것도 없는 진심임을 느낄 수 있었다. 동기간도 부모도 없는 사람? 혈혈단신이라던 말이 더욱 생생하게 다가와 내 주의가 온전히 그에게 향했다. 연오는 말끄러미 내 눈을 보면서 보일 듯 말 듯한 미소를 지었다.

"솔직하게 말하자면 다른 정도 잘 몰라. 더러 냉정하다거나 박정하다는 말도 들었는데 그게 아마 맞을 거야."

"말도 안 돼! 길을 막고 물어봐, 냉정하고 박정한 사람이 생판 모르는 남을 제 목숨 아까운 줄 모르고 도우러 뛰어들겠어?"

그건 정말 아니다 싶어서 이의를 제기했더니 연오의 미소가 더욱 또렷해졌다. 보라지, 저렇게 눈빛이 따스한 사람이 무슨 냉정에 박정인가.

"응. 나도 너한텐 그런 소리 안 들었으면 싶어."

"그런 말 못 해, 절대 안 해. 어디 감히 생명의 은인에게, 게다가 친구도 된 마당에."

연오가 운신이 자유로운 왼손을 들어서 내게로 손바닥이 보이게 뻗었다. 다가와 잡으라는 뜻으로 해석하고 나는 망설임 없이 그렇게 했다. 차갑고 매끈한 손가락을 가볍게 쥐어 잡는 나를 올려다보며 연오가 말했다.

"가만히 들어주는 거라면 누구보다 잘할 자신 있어. 그리고 조용히 간직하는 것도. 그러니까 나랑 있을 땐 등 돌리고 눈물짓지 마. 위로가 되진 못해도, 적어도 외면하진 않을 테니까."

한없이 깊은 심사를 가지고만 있을 것 같은 그윽한 눈과 육신 너머의 더 근본적인 무엇에 사무쳐 휘감기는 부드러운 목소리. 연오의 눈에서 눈길을 뗄 수 없는 자신을 의식하느라 어느새 뺨을 적시고 있는 눈물이 언제 시작되었는지도 몰랐다.

'또 이렇게…….'

방금 또 목연오라는 존재가 내 생에 차지한 영역이 늘어났다.

연오의 손을 잡은 내 손이 희미하게 떨리고 있다. 놓고 싶다고 생각하는 마음과 이대로 잡고 있었으면 하는 마음. 두 가지 마음이 끼익끼익 끊임없이 시소를 탔다.

참 착하고 잘생기고 똑똑하기까지 한 동생이 있었다. 그 동생과 거의 비슷한 정도로 착한 귀여운 조카도 있다. 여태까지 내 삶에 있어 사람과 관련된 좋은 운은 그게 전부. 그런데 내 멋진 동생, 성우는 갓 입학한 대학을 휴학하고 돈 벌러 바다에 나갔다가 다시는 돌아오지 않았고 천사 같은 조카, 아희는 백혈병이 재발해서 다시 병원 신세를 지고 있다. 내가 더없이 사랑한 두 사람이라 그들로 인한 슬픔은 다른 누구에게 입는 상처보다도 깊게 남아 아물지를 않는다.

그래서 나는 그 둘만큼 절실한 사람은 바라지 않는다. 아직은. 여기서 또 다른 치명적인 사람이 생겨서 상처를 입을 때엔 빈혈로 회생 불가능 지경에 이를지 몰라서 말이다. 내 조카, 아희가 어서 병을 털고 일어난다면 문제는 달라지겠지만.

"꼬맹이. 네 임무가 아주 막중하다. 아냐?"

잠든 아희의 손을 잡아 손등에 쪽쪽 입술을 대고 있는데 그게 그만 잠을 깨웠던지 아희가 실눈을 뜨며 "이모"하고 불렀다. 나는 이크 하고 아희의 눈을 손으로 쓸어 감겨주면서 아직 밤이라 더 자야 한다고 달랬다.

"응, 잘게, 이모. 근데 엄마는 언제 와?"

아희의 웅얼거리는 목소리에 설깨었음을 알 수 있었다. 자기 전에 몇 번이고 말해주며 다짐한 것을 다시 확인하려는 것에서도 잠결임이 드러났다.

"오늘은 이모랑 자고, 한 밤 자고 두 밤 자면 오겠다. 어쩌면 두 밤 자고 있을 때 올지도 몰라."

"이모랑 자고 또 한 밤 두 밤 잘게. 안 울고 아줌마 말도 잘 듣고."

"우와, 우리 아희, 대~단하다. 상 줘야겠다, 상."

"상으로 엄마한테 전화해줘."

"그럴까? 그럼 어서어서 자고 일어나야겠네?"

"응, 아희 자. 이모도 잘 자."

여섯 살짜리가 기특하게도 칭얼거리는 법 한 번 없이 꿈나라로 돌아갔다. 일찍부터 병원 신세를 지느라 훌쩍 조숙해져버린 감이 없지 않은 꼬맹이지만 엄마 목소리라도 한 번 더 들으려고 애면글면하는 것은 영락없는 어린애였다.

그런 아이를 보고 있자니 더욱 그 엄마에게 화가 치밀어 오른다. 일주일에 두 번 애 보러 오는 것도 못하는 건 그렇다 치자, 매일 전화 한 통씩 해주는 게 그렇게 무리일까? 애가 어찌나 제 엄마 목소리 녹음된 인형을 물고 빨았는지 너덜너덜 누더기가 따로 없건만 요 계집애는 가슴이 반은 돌로 된 게 틀림없다.

"화경아, 유화경, 철 좀 들어라, 응?"

가슴이 답답해서 복도로 나가 휴게실로 향했다. 텅 빈 휴게실은 음료자동판매기 돌아가는 진동 소리가 단조로울 뿐 어둑한 고요에 잠겨 있었다. 통유리로 된 창으로 다가가 한동안 바깥을 내다보았다. 아직 켜져 있는 얼마 안 되는 네온사인 불빛과 가로등 불빛 위로 별조차 보이지 않는 어둠이 내려앉아 있었다. 그 어둠을 깨치듯 야행성 새 두어 마리가 날갯짓을 재촉하는 가운데 교회의 십자가들 몇 개가 별나게도 시뻘겋게 불타는 것이 문득 무덤을 보는 것만 같아 불쾌해졌다.

괜한 생각이고 불길한 생각이란 건 알지만 떨쳐내려고 할수록 더 끈질기게 쫓아오기 마련이라 아예 보지 말자 하고 창에서 뒤돌아섰다. 그 순간 날카롭게 울리는 휴대전화 벨소리에 가슴이 철렁하도록 놀랐다.

'또 무슨 나쁜 소식이—?'

나도 모르게 그런 불안에 사로잡혀서 휴대전화를 들여다보았다.

거기 떠 있는 번호의 끝자리가 112로 끝나는 걸 보고 심장이 걷잡을 수 없이 움츠러들었다. 아직도 부족했나? 아직도 죽을 사람이 남았던가? 나쁜 소식, 이번에야말로 화경이에게?

"여보세요?"

잔뜩 가라앉은 목소리로 조심스럽게 전화를 받자 저편에서 우렁차다 싶을 정도의 목소리가 들려왔다.

"여보세요? 여기 경찰선데 유수경 씨, 맞습니까?"

"예, 제가 유수경입니다. 제, 제 동생이 유화—."

"아, 나 박 형삽니다."

내가 화경이 운운하기 전에 저편에서 들려온 말에 번쩍 정신이 들었다.

"네, 네, 형사님."

방금 대체 무엇에 사로잡혀 있었나 황당해하면서 나는 힘이 풀린 다리를 끌어 가까운 의자에 앉았다. 머리를 몇 번 쓸어 넘기는 동안 박 형사의 목소리가 웅웅거리며 귓전에서 울렸다. 건성으로 들어 넘긴 말 속에서 '목연오'라는 이름만은 유난히 또렷하게 들렸다.

"……퇴원하면 한다 말을 좀 하셔야지 기껏 갔다가 헛걸음했잖습니까. 퇴원하고 집으로 갔다던데, 전화를 몇 번 걸어봐도 연락이 안 닿고. 혹시 뭘 아나 싶어서."

"마당에 있을 때 거셨나 보네요. 집으로 간 거 맞아요. 지금은 통화가 될 것 같은데요."

"오, 꽤 잘 알고 있네요. 연락처 혹시 알고 있으면 한 번 확인해주시겠습니까?"

박 형사가 읊어주는 전화번호와 내가 아는 번호가 일치하는 걸 확인해주자 박 형사는 해소기침을 한바탕하더니 어쩐지 능글거린다 싶은

말투로 과연 청춘남녀들이라 죽이 착착 맞는다느니 하는 흰소리를 해 댔다. 그런 말엔 일체 아는 체하지 알고 나는 범인을 찾는 건 어떻게 돼 가느냐 물었다.

"이런 일이 드라마처럼 뚝딱뚝딱 해결되면 너나 할 것 없이 형사를 하지. 세상은 드라마하고는 달라요, 아가씨. 아무튼 시간이 좀 걸릴 겁니다. 바퀴벌레 잡는 거하고 똑같아요. 숨어들면 꿈쩍 않고 있다가 어두워지면 슬슬 더듬이 내밀고 나오는 게."

"영영 숨어 있을 수도 있다는 말씀이시네요?"

"그런 경우도 있긴 있지. 대개는 딴 일로 감옥에 간다든가 하는 거고 또 일없이 죽기도 하니 말이야."

슬슬 말이 짧아지던 박 형사가 전에 없이 단호하게 못을 박았다.

"그렇지만 사람 해코지하는 거, 한 번 해본 녀석이 또 하는 법이거든. 안 걸리고 잠잠해지면 분명히 얼마 못 가서 다시 그 지랄할 거야. 그러니 좀 기다려보슈, 아가씨. 지금은 아무래도 너무 정보가 적어서 원."

제법 형사처럼 들리는 말에 고개를 끄덕이는데 불쑥 한 가지 걱정이 들었다.

"범인이 무주 말고 다른 데서 그런 짓을 하면요?"

박 형사가 태평스럽게 대꾸했다.

"그건 내 관할이 아니니까."

뭐라 대꾸할 말이 없는 소리에 가만히 있자니 박 형사가 그 후에 별다른 일은 없었느냐고 물었다. 유감스럽게도 내겐 아무 불상사도 없었다고 쏘아붙인 후 전화를 끊었다.

몹시 부실한 민중의 지팡이를 만난 내 불운을 저주하면서 정수기에서 냉수를 받아 벌컥벌컥 들이켜는데 또 전화기가 울렸다. 액정을

보고 나는 통화를 받기도 전부터 씩씩거리기 시작했다.

"야, 유화경······."

"그래, 우리 착한 언니야~, 나야~."

목소리 착 깔아서 받은 전화에 꼬리 아홉 달린 여우는 대뜸 코맹맹이 소리로 알랑거렸다. 나는 쥐고 있던 종이컵을 일그러뜨리며 눈으로 불을 뿜었다.

"착한 언니고 뭐고 오늘은 왜 또 잠수야? 내 휴가 끝난 게 며칠이나 됐다고, 엉?"

"아이, 화내지 마, 미간에 주름 생겨. 저번에 보니까 벌써 주름 두 개 서 있더라니까, 글쎄. 나이 스물셋에 주름살이 다 뭐야. 언니도 좀 가꿔야지. 내가 다음에 보면 좋은 크림 하나 줄게."

"됐고, 어디야 지금? 아희가 얼마나 널 찾는지 알기나 해? 네가 사람이면 당장 튀어오라고, 좀!"

"미안 언니, 내가 몸이 좀 안 좋아서 그래. 말했잖아, 나 요즘 부쩍 피곤하다고."

"그러니까 낮에 하는 일을 좀 해. 당장 그 일부터 때려치우고."

"때려치우면 하늘에서 돈이 뚝 떨어져? 또 공장이니 뭐니 말할 거면 하지 마. 언니 일 년 버는 돈, 나는 두세 달이면 벌어."

"그렇게 잘 버는 돈, 다 어디로 가고 나한테 아쉬운 소리를 하니?"

매번 반복되는 레퍼토리가 징글징글도 하다. 하지만 반복이 반복인 데엔 이유가 있다. 화경은 심드렁하게 코웃음치더니 조금만 더 기다려보라는 뻔한 말을 꺼냈다.

"조만간에 좋은 소식 들려줄 수 있을 거 같으니까. 우리도 언제까지 이렇게 구질구질하게야 살겠어? 아희도 큰 병원 보내서 말끔히 낫게 할 거야, 두고 봐."

두고 보란 이야긴 하나도 믿음직스럽지 않지만 좋은 소식 운운하는 것은 도리어 불안하다. 또 어떤 호구 하나를 호시탐탐 노리는 모양인데 언제쯤 돼야 화경이가 깨달을까? 제대로 된 남자라면 룸살롱을 다니면서 미래의 신붓감을 찾지는 않을 거라는 것. 저 오래된 신데렐라 영화 〈귀여운 여인〉의 줄리아 로버츠는 적어도 싱글맘이 아니었고, 그녀를 등쳐먹고 사는 제비 같은 호스트 애인도 없었다.

"유화경. 부탁이니까 이제 좀 구름에서 내려와라, 응? 나중에 올라갈 때 다시 올라가더라도 지금만 좀, 아희를 위해서라도 얌전히 살면 안 되겠어?"

백만 번쯤 반복됐을 쌍둥이 동생을 향한 호소는 마찬가지로 백만 번쯤 되돌아온 싸늘한 반응으로 귀착되었다.

"유수경, 너나 잘 살아. 한 치 앞도 못 보는 맹꽁이 주제에. 그리고 너만 아희 위하는 척하지 마. 아희, 내 배 아파 낳은 내 딸이야. 어디서 엄마 행세야? 흥."

그대로 전화는 끊어졌다. 나는 마른세수를 하면서 목까지 치밀어 오른 묵직한 덩어리를 한숨으로 토해냈다. 이 철없는 애는 어디까지 가봐야 자신이 가는 길이 길이 아님을 깨닫게 될까?

워낙에 어릴 적부터 제멋대로인 애였지만 요즘 들어 화경을 감당하는 게 부쩍 힘들다. 그 때문인지 더욱 성우의 부재가 사무쳐 오는 것이다. 곁에서 웃고 있는 것만으로도 힘이 됐던 내 동생. 내 예쁜 동생. 동물들 낫게 하는 법을 배우며 미래의 수의사 꿈을 키우고 있었을 아이가 알량한 돈 몇 푼 벌겠다고 바다로 갔다가 영영 돌아오지 못하게 된 현실이 아직도 지독한 꿈만 같아서 견딜 수 없을 때가 있다. 그 감정 끝에는 늘 똑같은 후회가 따른다. 다리를 부러뜨려서라도 대학에 다니게 할걸. 누가 뭐래도 내 말은 듣던 아이였는데.

얼굴에서 손을 떼고 병실로 돌아가기 위해 몸을 돌리다 언뜻 눈에 들어온 창문 밖 풍경이 여전히 살풍경한 무덤 같았다. 어두워서 그렇게 보이는 것뿐이라고 생각해 보지만 낮이라고 뭐 다를 게 있을까 하는 우울한 생각이 치밀었다. 세상은 몇 안 되는 좋은 일과, 압도적으로 많은 나쁜 일들로 이루어진 거 아니었나? 판도라의 상자를 열었을 때 흘러나온 것들처럼 말이다. 기쁨, 불행, 슬픔, 고통과 저주 등등.

"거기 마지막으로 남은 게 뭐였더라?"

고개를 갸웃하면서 걸어가던 내 귓가에 또 전화벨 소리가 들려왔다. 설마 화경이가 사과하려고 전화를? 내일 해가 서쪽에서 뜨는 건가 하면서 휴대전화를 든 나는 거기 떠오른 이름을 보고 눈이 동그래졌다.

—달님의 은인.

"어, 연오야. 무슨 일 있어?"

거의 소리치다시피 큰소리로 전화를 받았더니 저편에서 약간 웃음 섞인 목소리가 들려왔다.

"아니, 무슨 일이 있어서 건 게 아니라……"

조금 뜸을 들인 후 감미로운 속삭임이 귀엣말처럼 스며들었다.

"그냥 문득, 목소리가 듣고 싶어졌어. 안 돼?"

안 되긴, 당연히 되지, 하고 대꾸하면서 나는 바지 주머니를 뒤적여 뭔가를 꺼냈다. 어느 결엔가 시들어 가장자리가 누르스름해진 치자꽃. 향기를 맡기 위해 코에 그걸 댄 순간 머릿속에서 팟, 하고 떠올랐다.

판도라의 상자에 남은 마지막 하나.

그건 분명히, '희망'이었다.

5. 별빛 속에서

GOOD WORLD ROMANCE NOVEL

"이모, 아희 이모? 그만 일어나. 준비하고 가야지."

누군가 흔들어 깨우는 소리에 퍼뜩 눈을 떴다. 아직 몽롱한 머리를 들면서 앞을 보니 아희 간병을 해주시는 아주머니였다. 오셨어요, 하고 인사하면서 눈을 비비는 내게 아주머니는 바깥에 비 한 방울씩 떨어진다고 하시며 우산 가져왔느냐고 물었다.

"비요? 아마 전에 두고 간 게 있을 텐데."

"그거라면 일전에 아희 엄마가 들고 갔지."

"또요? 하여간에 진공청소기야."

나는 가져다놓고 화경인 챙겨가고 참 죽이 잘 맞는 쌍둥이……라고 하기엔 내 손해가 크다! 우산이 됐든 뭐가 됐든 가져가면 뱉어내는 법이 없으니 이거야 원.

"내 우산이라도 빌려줄까?"

"아니요, 아주머니도 가실 때 쓰셔야죠. 봐서 얼른 뛰어가든가 할게요. 우리 아희, 오늘도 잘 부탁드려요."

막 여섯 시가 넘은 시각을 확인하고 나는 곤히 자고 있는 아희에게 조심스레 작별인사를 했다. 보들보들하지만 살집이 거의 없는 뺨에 입술을 댔다 떼며 또 올게, 하고 손을 꼭 쥐어주었다. 누더기나 다름없는 인형을 꼭 안고 있는 그 손이 짠해서 마음이 안 좋아지는 것을 누르고 급히 병실을 뒤로했다.

화장실에서 찬물로 세수하고 병원을 나서려니 과연 빗발이 조금 보이긴 했지만 거의 는개 수준이었다. 여느 때 같으면 해가 떠서 사위가 환해졌을 즈음이지만 비구름이랍시고 층층이 깔려 있는 탓인지 가로등이 꺼진 길이 조금 으슥했다. 나는 무심히 아직 개장 전의 인도 주변의 가게 간판들을 훑어가면서 이어폰에서 흘러나오는 노래를 따라 흥얼거렸다.

지금이 겨울이라면 아직도 캄캄할 테고 달이 떠 있을지도 모르는데 아쉽다고 생각하면서 신호등 없는 횡단보도 앞에 서서 주위를 살폈다. 드문 인적만큼이나 썰렁하게 비어 있는 차도의 반대편 차선에 검은 밴 한 대가 쌩하니 달려가는 걸 보고 종종걸음으로 횡단보도를 건넜다.

그렇게 몇 걸음쯤 뗐을까, 막 중앙선에 다다를 즈음에 듣고 있는 노랫소리가 들리지 않을 정도로 커다란 타이어 마찰음 소리가 들려서 고개를 돌린 나는 별안간 눈앞에 보이는 검은 밴을 보고 눈이 벌어졌다.

"어, 어어……?"

드라마나 영화에서 달려오는 차를 본 등장인물이 날렵하게 몸을 굴려 피하는 광경은 숱하게 봤지만 정작 자신이 그 상황에 처하면 아무 생각도 나지 않는다는 걸 나는 또 한 번 온몸으로 체험했다. 눈 한 번 깜빡일 짧은 사이에 나는 멍청하게 어어어를 되풀이했다. 그러면서도 나도 모르게 뒷걸음질을 쳤는지 문득 젖은 노면에 발이 미끄러

지면서 벌러덩 옆으로 넘어져버렸다.

그런데 그렇게 미끄러진 게 신의 한 수였던가, 달려오던 검은 차가 바로 옆을 스쳐 지나갔다. 차의 앞바퀴가 내 왼쪽 캔버스화 앞코를 밟고 지나가는 걸 그 경황없는 중에도 생생히 느꼈다. 그리고 귀가 먹먹하도록 들려오는 타이어의 진동 속에 무언가 딱딱한 것이 뚝 부러지는 듯한 소리도 들었다.

나는 바로 몸을 일으키지 못하고 얼떨떨해 있다가 뒤늦게 방금 전의 차를 찾아 고개를 돌렸다. 큼지막한 검은 차는 어느새 저만치 멀어져 왼쪽으로 급하게 차체를 틀어 내 시야에서 사라져버렸다. 막연히 횡단보도를 건널 때 보았던 검은 밴이란 생각을 했을 뿐 차량 넘버를 보겠다던가 하는 생각은 전혀 해볼 틈도 없었다.

"어이, 괜찮아요? 괜찮소, 아가씨?"

반대편 인도에서 출근길인 듯한 중년 남자가 달려와 묻는 말에 나는 건성으로 고개를 끄덕거렸다.

"원, 간밤에 처먹은 술이 덜 깬 미친놈인가, 유턴해서 역주행을 하기에 별꼴이다 했더니 사람도 칠 뻔하네. 암만 그래도 내다보지도 않고 내빼는 놈이 다 있나. 말세구먼, 말세. 아가씨, 설 수 있겠어요? 119 불러줄까?"

"괜찮아요, 치인 건 아니에요. 그냥 스쳐 지나갔어요."

입은 풀렸지만 바싹 긴장했던지 몸이 말을 듣지 않아 엉거주춤하게 일어났다. 문득 아까 바퀴에 끄트머리를 깔린 왼쪽 발이 마음에 걸려 신발을 벗어보았지만 아주 멀쩡했다. 차바퀴가 밟은 곳이 발가락과 운동화 사이의 빈 공간이었던 모양이다. 이럴 수도 있네 하고 불행 중의 행운에 놀라 눈을 끔벅거리던 눈에 횡단보도의 하얀 선 위에서 뭔가가 반짝거리는 게 눈에 들어왔다.

허리를 굽혀 집어든 것은 작고 가느다란 나무토막 같은 거였다. 가운데가 바스러지다시피 두 동강이 나긴 했지만 원래는 잘 다듬어진 장식의 한 부분 같은 거였는지 매끌매끌한 결이 아직 살아 있었다. 나는 바로 이것이 방금 전의 차에 깔려 부러진 거라는 확신 같은 게 있었다.

내가 그러고 멍하니 부러진 나무토막이나 보고 있자 날 보러 온 중년 남자는 걱정이 됐는지 이러고 서 있으면 안 된다고 내 어깨를 감싸듯이 해서 인도로 데리고 나갔다. 그때쯤엔 나도 정신을 확 차리고 예의를 차릴 수 있었다.

"아침부터 액땜 크게 했네요. 감사합니다."

"그래요, 아가씨가 앞으로 장수할 모양이요."

허허하고 웃는 중년 남자와 헤어져 나는 다시 버스를 타러 걸음을 옮겼다. 한 손엔 아직 아까의 그 부러진 나무토막을 꼭 쥐고 있다. 뭘 어쩌겠다는 생각으로 주운 건 아니었지만 자꾸 보는 사이에 어떤 생각이 일어났다.

날 공장까지 데려다줄 첫차에 올라타 자리를 잡고서 나는 새삼 그 조각을 들여다보며 고개를 주억거렸다.

"내 부적 삼아야지."

그렇게 생각해서 그런지 손 안의 나무토막이 왠지 좀 따듯한 것 같았다.

"저런, 위험했구나."

저녁 식사로 어제 남았던 잡채로 만든 볶음밥을 먹으며 내가 이른 아침에 겪은 일을 말하자 연오가 이맛살을 찌푸리며 쥐고 있던 숟가락을 내려놓았다.

"말 그대로 액땜했지. 내가 아무리 주의해도 일이 일어나려고 하면 무슨 수로 막겠어? 막말로 길가다 하늘에서 피아노가 떨어지는 수도 있다고. 난 우스갯소린 줄 알았는데 진짜 실화래. 그 사람은 얼마나 황당하고 가족들은 또 얼마나 기가 막혔을 거야? 나는 용케 비켜간 걸 감사해야지. 먹어, 먹어. 심각한 얼굴 할 것 없어."

실제로 나는 아침에 그런 일을 겪고 전에 없이 왕성한 식욕을 느끼고 있다. 살아 있다는 실감을 느낄 수 있는 일 중에 먹는 게 단연 최고 아닐까? 오늘 하마터면 나는 숟가락 놓고 관에 누울 뻔했던 것이다! 죽음이라는 건 크게 실감 나지 않지만 이 맛있는 볶음밥을 다시는 못 먹을 뻔한 나와 지금 먹고 있는 나 사이에 아주 간발의 차이밖에 없었단 걸 생각하면 내가 얼마나 엄청난 일을 겪었는지 깨닫고 놀라게 된다.

그런 논지의 말을 신 나게 하다가 고개를 갸웃이 하고 나를 보는 연오와 눈이 마주치자 조금 뻘쭘해졌다.

"내가 조금 일차원적이지? 가방끈이 짧아서 그런가 보다 하고 이해해줘. 나 그래도 고등학교 때 공부 좀 한다는 축이었어. 절대 바보 아니다."

"바보라고 생각 안 해."

내 진지한 변명에 연오가 웃으면서 숟가락을 들었다. 밥을 떠서 입으로 옮기는 손놀림이 아무래도 어색했다. 마음 같아선 병원에서처럼 떠먹여 주고 싶은데 역시 그건 오버인가 곰곰이 생각하는 중에도 연오의 숟가락에선 잡채 당면이 슝슝 도망쳐 나왔다. 맛은 있지만 내가 저녁 메뉴를 잘못 고른 건 분명했다.

"머리를 안 써 버릇하니까 바보가 돼가나 봐. 내가 왜 잡채밥을 했지?"

원래는 카레를 하고 싶었지만 워낙 어제 먹고 남은 음식이 많아서 그중 하나를 해치운다는 게 그만. 후회로 고개를 떨구는 나를 연오가 다독거렸다.

"괜찮아, 맛있는데 뭘. 밥은 다 먹을 테니까 남은 잡채는 네가 몇 번 도와주면 되겠네."

"오케이, 맡겨줘."

금세 씩씩해져서 나는 스피드를 올려 밥을 해치웠다. 천천히 먹으라는 연오의 말을 듣는 둥 마는 둥 접시를 비우고 달달한 수정과로 입가심을 하는 사이 연오의 접시에 당면만 남았다. 나는 냉큼 연오 옆으로 가서 접시째 들고 젓가락으로 당면을 연오에게 먹여주기 시작했다.

"아, 하고, 옳지, 잘 먹는다."

우물우물 입 안에 든 걸 삼킨 연오가 슬쩍 못마땅한 표정을 지었다.

"그렇다고 애 취급하기야?"

"앗, 미안해. 버릇이 튀어나왔어. 아희를 보고 왔더니."

"내가 여섯 살 계집애로 보여?"

"절대 그럴 리 없지요. 그런 의미에서 알아서 벌리십시오."

젓가락으로 큼지막하게 집은 당면 뭉치를 입가에 가져가자 연오가 못 말리겠다는 듯 픽 웃었다. 그래도 용케 다 한입에 받아 넣고 우물거리는데 볼이 빵빵해진 게 꼭 햄스터 같아서 나는 아랫입술을 깨물며 웃음을 참았다.

"뭐야, 왜 웃어?"

"웃긴, 잘 받아먹는 게 기특해서."

"그런 게 아닌 것 같은데?"

"아니긴 뭐가 아니야. 자 먹어. 얼른."

이번엔 아까보다 더 잔뜩 욕심을 부려 당면을 돌돌 뭉쳤다. 조금은 곤란한 눈빛을 짓나 싶더니 연오는 그마저도 군소리 없이 입을 벌려 받아먹었다. 그리고 우물거리기 시작하자 그야말로 양 볼이 잔뜩 부푼 하얀 햄스터가 따로 없다.

"푸흡."

이번엔 도저히 못 참고 고개를 돌려 웃고 말았다. 입에 든 걸 급히 씹어 삼켰는지 연오가 "왜? 왜 웃어?"하고 묻는 말에 나는 손을 내저으며 아무것도 아니라고 했지만 말하는 목소리가 웃음으로 떨리고 있었다.

"뭔지 몰라도 같이 웃어."

"웃은 거 아니래도."

마저 남은 잡채를 먹이려고 고개를 돌렸지만 연오의 반들거리는 입술이 눈에 들어오자 잦아들었던 웃음이 되살아나고 말았다.

"나 보고 웃는 거 맞잖아. 내가 우스꽝스러운 짓이라도 했어?"

"그런 게 아니야, 그런 게 아니라…… 자, 마저 먹고 말할까?"

남은 잡채를 모아서 들이밀자 연오는 불신어린 눈빛을 내게 던지면서도 고분고분 입을 벌려 잡채를 먹었다. 이번엔 양은 많지 않았지만 우물거릴 때마다 양 볼이 실룩거리는 게 남다른 건 변함없었다.

"다 먹었어. 웃은 이유가 뭐야?"

"여기, 수정과도 마시고. 이거 진짜 맛있더라."

보챔에 가까운 권유에 연오는 내가 들이민 수정과 그릇에 입술을 대고 꿀꺽거리며 수정과를 마셨다. 그 모습도 뭐라 말할 수 없이 귀엽다.

"그래서 웃은 이유는?"

다 비운 수정과 그릇을 내려놓고 후식으로 뭔가 먹일 게 없나 머리

를 굴리는 내게 연오가 지치지도 않고 물었다. 이실직고를, 물론 약간 의 포장을 해서 하기로 했다.

"너 먹는 모습이……."

"내가 먹는 게 왜? 이상해?"

그가 눈에 띄게 당황한 얼굴을 해서 나는 재빨리 손을 내저었다.

"전혀 이상하지 않아. 오히려 참 맛깔나고 복스럽게 먹어."

"그……래? 그런가?"

금시초문인지 연오는 고개를 갸웃거렸다. 그래도 마냥 순진하진 않아서 의심의 눈초리를 짓긴 했다.

"단순히 그래서 웃은 게 아닌 것 같은데?"

"그거야, 갭이지 갭. 허여멀끔하게 귀티 나는 다 큰 남자가 아기 새 처럼 부리 벌리고 모이 기다리는 걸 보니까 갑자기 막 웃음이 나와서. 내가 웃음 코드가 그렇게 좀 느닷없고 엉뚱해."

"그러게. 엉뚱하네."

아주 이해가 가지는 않았는지 이쪽을 보는 연오의 시선이 조금 따끔하다. 그저 도둑이 제 발 저린 거라고 생각하면서 나는 턱을 괴고서 싱글거렸다.

"아희 밥 먹일 때도 곧잘 웃어. 그 경우엔 고 작은 녀석이 꿋꿋하게 먹어주는 게 기특하고 행복해서 웃지. 그게 아니더라도 난 내가 좋아 하는 사람들 입에 밥 들어가는 게 그렇게 좋더라."

"……조카, 무슨 병인지 물어도 돼?"

조심스러운 질문에 내가 힐끗 그를 보자 불편하면 답할 것 없다고 그가 덧붙였다. 괜히 잘 알지도 못하는 사람한테 아희의 병을 떠벌리 는 건 질색이었지만—돌아오는 반응이 이젠 좀 진절머리가 나서 말이 다—연오라면 괜찮을 것 같았다.

"백혈병이야."

"아……. 골수성? 아니면 림프구성?"

차분한 얼굴로 되묻는 그를 보며 내 판단이 틀리지 않았다고 생각했다.

"급성 림프구성 백혈병. 달을 많이 못 채우고 태어나서 아희한텐 병원이 어린이집이나 다름없었거든. 그러다가 재작년에 백혈병 진단 받고 아예 거기가 집이 돼버렸어."

그 판정이 참으로 많은 것을 바꾸어 놓았다. 성우가 원하던 대학에 무난히 합격하고서도 돈을 벌겠다며 학교를 쉰 것도 그 중의 하나였다.

"전엔 몰라도 요즘은 의술이 발달해서 완치율이 퍽 높은 걸로 아는데. 특히 소아의 경우엔 말이야."

"높지. 그런데 아희는 올해 들어 재발을 해서."

힘든 치료를 용케도 견뎌내고 앞으로 2년, 재발만 하지 않으면 된다고 한시름 놓았던 것도 잠시 1년도 못 넘기고 재발했을 때의 낙담이 떠올라 나는 한숨을 내쉬었다. 지금은 병세가 더 악화되지 않기만 바라며 아희와 맞는 골수기증자가 나타나기만 기다리는 상황이다. 엄마인 화경인 물론 나 또한 부적합 판정을 받았을 때의 낙담이 두 번째로 내게서 한숨을 끌어냈다.

"어린아이가 고생이구나."

연오의 중얼거림에 나는 퍼뜩 고개를 쳐들었다. 그렇다. 그 어린 아희도 불평 한마디 없이 견디고 있는데 내가 이렇게 우울해해서야 말이 안 된다. 슬며시 민망스러워져서 목덜미를 문지르며 나는 재깔거렸다.

"다행히 우리 아희가 엄청 씩씩해! 아마 세계에서 제일 조숙한 여

섯 살일 걸? 거기다 얼마나 똑똑한지 몰라. 외탁을 했나봐, 성우처럼
똑똑한 걸 보면. 아, 물론 나도 바보는 아니지만 두뇌 명석, 까지는 아
니거든."

"동생, 정말 좋아했나봐."

연오의 엷은 웃음에 나는 짐짓 큰 몸짓으로 두 팔을 펼쳐 원을 그
렸다.

"하늘만큼 땅만큼 좋아해. 여자애들 어릴 때 크면 아빠랑 결혼할
거라고 하는 거 들어봤어? 나는 어릴 때, 크면 성우랑 결혼해야지 했
어. 어쩜 자라면 자랄수록 그렇게 잘나기만 한지. 내 동생이지만 정말
근사했어. 어떤 여자가 짝이 될지, 샘나서 시누이 노릇 잔뜩 해주려고
벼르고 있었는데……."

올케는커녕 여자친구 한 명 변변히 못 사귀고 떠날 줄은 몰랐다.
그 사실이 새삼스레 가슴 아파서 또 눈시울이 뜨끈해졌다. 식탁에서
또 무슨 청승인가 싶어 나는 급히 의자에서 일어나 자리를 정리하기
시작했다. 그렇게 연오 앞의 빈 접시를 가져가려는데 불쑥 연오의 손
이 내 손등을 건드렸다.

"그새 잊었구나."

연오의 중얼거림에 나는 기를 쓰고 아무렇지 않은 얼굴로 그를 쳐
다보았다. 연오가 그러지 말라는 듯 고개를 저었다.

"내 눈치 같은 거 보지 말라니까."

"누, 눈치 같은 거 누가 본다고 그래."

"그럼 왜 그렇게 애쓰고 있어? 울고 싶으면 울랬잖아."

그의 새카만 눈동자에 어른대며 비치는 내 모습이 순간 너무도 나
약해 보여 나는 그만 시선을 피해 버렸다.

"눈치를 보는 게 아니라 나답게 행동하는 거야. 울음이 치민다고

다 울어버리는 거 어른스럽지 못하잖아. 나는 그렇게 약한 거 싫어. 자기 기분 하나 처리 못해서 남한테 괜히 폐 끼치고 싶지도 않고."

"우는 게 약한 거야?"

"강한 건 아니지. 오죽하면 남자는 태어나서 세 번 운다는 말이 있을까."

"그래서, 네가 남자야?"

"말이 그렇다고. 그리고 남자도 하는 거 여자라고 왜 못해."

지지 않고 받아치는 내 말에 연오가 작게 한숨 쉬는 소리가 들려왔다. 순간 질려버린 건가 싶어 가슴이 덜컹했다. 나더러 넌 생활력이 강한 게 아니라 억척스러운 거라고, 여자다운 맛이 전혀 없다고 핀잔하던 화경의 말도 떠오르면서 기분이 뭐라 말할 수 없이 곤두박질쳤다.

'뭐 어때. 딱히 여자로 보이고 싶은 것도 아니야.'

속으로 이를 악물면서 나는 연오의 손을 밀치며 접시를 움켜쥐었다. 그대로 들어 올리는데 다시금 연오의 손이 다가와 내 손목을 잡았다. 힘은 그다지 들어가지 않았지만 손목을 감싸 쥔 다소 차가운 손가락들이 내게는 그 어떤 바이스보다도 더 강하게 느껴져 뿌리칠 엄두가 안 났다.

"너 강하다는 거 인정해줄게. 그런데 난…… 네가 나한테 폐를 좀 끼쳤으면 싶은데. 안 될까?"

천천히 눈길을 들어 연오의 눈을 바라보았다. 그는 진심이다. 진심으로 내게…….

갑자기 가슴이 답답한 느낌에 심호흡을 하면서 나는 부엌이 부쩍 더워진 원인을 찾아 주위를 둘러보았다. 이렇다 할 이유를 못 찾고 괜스레 말라붙은 입술만 잘근거렸다.

"이 이상 더 어떻게 폐를 끼쳐? 나 때문에 다리라도 부러지고 싶어?"

"그것도 나쁘지 않겠네."

못 알아들은 척 건넨 말에 연오는 겁도 없이 대꾸를 했다.

"어허, 못하는 소리가 없네, 두 팔도 모자라 다리까지 그렇게 되면 나더러 어쩌라고."

"그땐 꼼짝없이 내 옆에서 시중들어 주겠지?"

부드러운 목소리엔 희미하게 웃는 기색마저 깔려 있어 눈살을 찌푸리며 그를 보았다. 농담으로 할 말이 있고 못할 말이 있지.

"와, 그거 엄청 재미있겠네. 고생스럽게 돈 버는 일 때려치우고 너랑 같이 환자랑 간호사 놀이를 할 수 있겠어. 네 잘생긴 얼굴만 봐도 안 먹어도 배가 부를 테고. 천국이다, 천국. 그치?"

보란 듯이 이죽거리는 말에 연오는 이를 드러내며 웃었다. 여태까지 본 중에 가장 환한 웃음이 아닌가 싶었다.

"나는 그럴 것 같아. 너도 그래?"

그건 내가 전혀 예상도 못한 방식의 공격이었다. 때문에 머릿속이 온통 모래가 들어찬 것처럼 서걱거릴 뿐 한동안 아무것도 생각나지 않았다.

새하얀 정전. 나는 간신히 입을 떼며 물었다.

"목연오, 너 혹시 선수야?"

자박자박 옮기는 발걸음을 따라 딱, 딱 하고 지팡이로 바닥 짚는 듯한 소리가 뒤따라간다. 하지만 실상은 지팡이가 아니라 보라색 장우산이다. 산책을 나오는 길에 비가 올지도 모른다는 연오의 말을 듣고 챙겨온 우산이 지팡이 노릇을 톡톡히 하고 있다. 그 말은 정작 비는 내리지 않고 있다는 뜻이 된다.

"날만 좋네. 별도 초롱초롱하고."

우산을 들어 하늘을 가리키며 내가 중얼거렸다. 달은 보이지 않지만 드문드문 서 있는 가로등이 그럭저럭 환했다. 어디까지나 걷다가 넘어져 코 깨질 일이 없다는 정도의 그럭저럭이다. 게다가 길을 따라 늘어선 나무들이 하나같이 울창한 산자락에 접한 도로인 터라 혼자였다면 감히 산책은 꿈도 꾸지 않았을 것이다.

"겉보기에는. 하지만 습도가 매우 높아. 8~90퍼센트 가까이 되지 싶은데."

연오의 대꾸에 나보다 앞서가는 길쭉한 그림자에서 시선을 들며 고개를 갸웃했다.

"그렇게나? 그런 것치곤 상쾌하다고 생각했는데."

"바람이 불잖아. 바람만 빼면 무척 후텁지근한 날씨야."

후우 하고 그가 한숨까지 쉬는 게 크게 내색을 안 할 뿐 견디기 힘든 모양이었다. 더위를 타느냐고 막 묻는 중에 깁스가 된 그의 팔이 보여 아차 했다.

"팔이 그 모양이니 오죽 답답하겠어."

"이것 때문만은 아니야. 원래 더위를…… 정확히는 습기를 싫어해. 몸이 무거워서 축축 늘어지는 기분이 든달까."

"뭐야, 한창나이에 아저씨 같은 말을 하네."

키득거리고 웃은 나는 또 한 가지 반박거리가 떠올라 눈을 크게 떴다.

"우산 챙기라고 한 거 보면 대충 이럴 줄 알았을 거 아냐. 근데 왜 산책은 하자고 해서 고생을 사서 해?"

"걷고 싶어서."

"알고 보면 산책 중독자라니까. 세 시간씩 산책한다는 말 들을 때

부터 알아봤지."

"그 정도는 아니야. 비 올 조짐이 보이면 알아서 칩거해."

"칩거씩이나? 그런데 오늘은 왜?"

연오가 힐끗 날 쳐다보더니 "걷고 싶어서?"라고 또 같은 대답을 했다. 내 자의식이 넘치는 걸까, 나는 그 말 뒤에 생략된 '너랑 같이'란 말이 들린 것만 같았다. 아까 내가 너 선수냐고 물었을 땐 딱히 운동 같은 건 해본 적 없다고 진지한 얼굴로 생뚱맞은 대답을 하더니만 역시 의뭉을 떤 거였을까?

의심 가득한 눈초리로 쳐다보았지만 그는 웃는 듯 마는 듯한 얼굴로 보여줄 것도 있다고 덧붙여 말했다.

"보여줄 것? 뭔데?"

"미리 말하면 재미없잖아. 그런데 날이 이래서 보일지 모르겠다."

어떤 걸 보여주려고 그러는 건지 내심 궁금해져서 저도 모르게 주위를 더 크게 두리번거리며 걸었다. 그러다 한참 앞쪽에서 큰 새가 나뭇잎을 떨치고 날아가는 소리에 펄쩍 뛰다시피 놀라서 연오의 팔을 잡았더니 그가 피식 웃었다.

"뭘 그렇게 겁내? 곰이나 호랑이 같은 거라도 있을까 봐?"

"워, 원래 보이지 않고 소리만 들리는 게 더 무서운 법이다 뭐."

"글쎄, 꼭 그렇지만도 않을걸."

"무슨 뜻이야?"

"어중간하게 시력에 의지하려 드니까 무섭게 느껴지는 건지도 모른다는 이야기야."

"그럼 아예 의지를 하지 말라고? 말도 안 돼."

고개를 가로젓자 연오가 슬쩍 오른쪽 팔꿈치를 내게 내밀었다.

"어때? 보는 건 내게 맡기고 소리만 들으면서 걸어보는 건?"

"……이 밤중에?"

"밤이니까 더 완벽하잖아."

딴에는 그렇다. 햇볕 환한 낮이라면 눈을 감아도 빛은 느껴지게 마련일 테니까. 그래도 그렇지, 여기에서? 나는 못내 떨떠름한 얼굴로 주위의 우거진 녹음을 돌아보았지만 내키지 않는다고 말하려던 마음도 연오의 얼굴을 보자 급선회를 했다.

"엉뚱하긴."

핀잔을 하면서 그의 오른쪽 위팔을 반쯤 팔짱을 끼듯 붙들고 나는 슬며시 눈을 감았다. 과연 그것만으로도 간단하게 상당한 어둠 속으로 들어섰다. 돌부리가 나오면 말해줘야 한다고 신신당부하면서 조심스레 걷는데 처음 몇 걸음이 어렵지 점차 보폭도 늘고 안정적으로 걷게 되었다.

앞이 보이지 않으니 괜스레 몸이 붕 뜬 느낌이긴 하지만 금세라도 바닥이 꺼질 듯한 걱정 같은 건 들지 않았다. 마음을 돌렸던 이유처럼, 역시 연오를 믿는 게 컸다. 그러면 결코 내게 나쁜 일은 하지 않는다는 확신 같은 것.

믿음이 틀리지 않자, 그 상황 자체가 재미나서 은연중에 즐기는 마음까지 들었다. 시야가 제한되니 과연 소리에 더욱 민감해졌지만 이런저런 소리를 좇아 귀를 종긋거리다 들려온 제법 큰 소리에도 아까처럼 펄쩍 뛸 정도로 놀라진 않았다. 하지만 연오에게 방금 그거 뭐냐고 다그쳐 묻는 목소리는 왠지 좀 호들갑스럽다. 어쩐지 꼭 어리광을 부리는 것처럼 높직하고 새된 것이, 이러다 꺄아 꺄아 하면서 귀여운 척까지 하는 건 아닐까 나는 덜컥 무서워졌다.

"와아, 저기 멧돼지가!"

묻는 것마다 살뜰히 대답해주던 연오가 별안간 내뱉은 말에 설마

하고 생각하면서도 "어디 어디?"하며 번쩍 눈을 떴다. 연오의 어설픈 연기에 속았다고 분해할 겨를도 없이 나는 눈앞의 광경에 덩달아 "와아!"하고 입을 벌렸다.

어느새 산자락 아래로 흘러가는 개천 위의 다리에 서 있는 내 눈앞에 보인 건 무수한 반딧불이의 군락이었다. 졸졸 흐르는 개천 옆으로 늘어선 갈대며 골풀에 앉아 있거나 날아다니는 반딧불이들이 뿜어내는 아스라한 녹황색이며 금, 은, 황색 불빛은 내가 익히 본 그 어떤 불빛과도 달랐다. 은은하고도 정감 있는 자그마한 반짝임들이 물결치는 모습에 나는 몇 번이고 거듭해서 감탄사만 쏟아냈다.

"이거 진짜 굉장하다, 연오야. 이리 와서 봐, 여기서 보자. 와, 나 꿈꾸고 있는 것 같아."

연오의 팔을 이끌어 다리의 난간까지 데려간 걸로 부족해 한껏 상체를 난간 너머로 내밀고 나는 눈 깜빡이는 시간조차 아까워하며 풍경에 빠져들었다.

"어쩜, 나 무주 토박이인데도 이렇게 멋진 걸 볼 수 있다는 거 새까맣게 몰랐어. 저기 무영산은 몰라도 백오산은 반절밖에 안 남아서 볼품없다고까지 생각했는데 오늘부로 취소야, 취소."

"잘 알겠으니까 몸 너무 내밀지 마. 그러다 물에 빠지면 이 손으론 구하기도 어려워."

"아하하, 너무 들떴나봐. 자, 이렇게 난간 꼭 잡을 테니까."

혀를 날름 내밀며 자세를 고쳤지만 또 슬금슬금 나도 모르게 상체를 앞으로 내밀고 말았던 모양이다. 연오가 왼팔을 내 목에 감다시피 해서 뒤로 끌어당기며 말했다.

"정취를 모르는구나. 이런 건 멀리서 보는 쪽이 더 나아."

"그치만 나 반딧불 가까이서 본 적이 없는 걸."

난간을 쥔 손에 힘을 주어 빠져나가려 버둥거렸더니 연오가 못 말리겠다는 듯 한숨을 쉬었다. 그리곤 한차례 나직하게 휘파람을 불었다.

휘이익— 하고 가늘게 꼬리가 하늘로 올라가 삼켜지는 소리에 내 눈엔 보이지 않는 마법의 가루라도 뿌려져 있었던 걸까? 호루라기 소리에 모여드는 요정들처럼 하나둘 반딧불이가 우리 곁으로 날아드는 것을 나는 숨을 죽이고 지켜보았다.

꼬리에 매단 뿌연 빛의 등롱을 자랑하듯 바로 눈앞에서 오락가락 하기도 하고 난간에 앉은 몇 마리는 날개를 떨면서 뿔뿔뿔 기어 다니 기도 했다. 가까이서 본 빛은 거의 연두색에 가까운 노랑. 손톱 정도 의 크기밖에 되지 않는 까만 몸에서 무슨 조화로 이런 예쁜 빛이 나올 까 보면 볼수록 신기하기만 했다.

"만족해?"

"말이라고……."

귓전에 닿는 연오의 질문에 대꾸하며 슬쩍 손을 내밀어 반딧불이 를 만져볼까 했더니 너나 할 것 없이 금세 알아채고 재빨리 날아가 버 렸다. 그래도 멀리 가지 않고 머리 위 하늘을 유유히 가르면서 황홀한 마법이 이어졌다.

"아주 멀리서 보면 말이야."

고개를 젖혀 반딧불이 너머의 까만 밤하늘을 수놓은 별들을 보며 나는 물었다.

"별들이 잠시 땅으로 내려와 춤추는 걸로 보이지 않을까?"

"그럼 우리는 뭐로 보이고?"

"음. 은하수 타고 마실 나온 견우와 직녀?"

이틀 전이었던 칠석 생각이 나서 꺼내본 말인데 연오와 눈이 마주

치자 영 어색해지고 말았다. 결코 이상한 뜻으로 한 말이 아님을 증명하기 위해 나는 또 다른 비유를 황급히 끌어왔다.

"아니면 쪽배 타고 내려온 토끼랑 항아!"

"토끼랑 항아?"

그의 의아해하는 모습에 슬며시 회가 동해 나는 아예 몸을 돌려 그를 마주보고 섰다.

"토끼랑 항아가 하루는 둘이서 무술 연습을 하다가 항아가 멋진 발차기로 절굿공이를 우주로 날려 보내고 만 거야. 그래서 새 절굿공이를 구하러 지구로 긴급 출동한 거지. 그도 그럴 것이 우주는 너무 넓어서 절굿공이를 찾는 게 보통 일이 아니고, 달에는 계수나무 한 그루밖에 없잖아? 옥황상제님께 올릴 선약仙藥 기한을 맞추려면 사흘 안에 꼭 맞는 절굿공이를 찾아야 해서 토끼는 지금 마음이 급해……."

내 가상 시나리오를 진지하게 듣던 연오가 왜 꼭 사흘이어야 하냐고 지적했다. 나는 그것도 모르냐는 듯이 제꺽 대답했다.

"알맞은 계수나무를 찾는데 하루, 나무를 다듬는데 하루, 그리고 달로 올라가는데 하루. 그래서 사흘이지."

"왜 달로 올라가는데 하루나 걸려?"

"달에서 타고 온 배는 지구에 닿으면 수명이 다하거든. 돛이 없어서."

"아아."

허점이 너무 많아서 뭐가 허점인지 말할 수도 없는 해명에 연오는 진지한 얼굴로 고개를 주억거리더니 계속 진지하게 물었다.

"토끼치곤 내가 너무 큰 게 아닐까?"

그런 식으로 따지면 항아치고 안 예쁜 나도 문제다. 그러나 내가 누구인가? 자기 전에 몇 개나 되는 이야기를 들어야 눈을 감는 아희의

이모로서 얼렁뚱땅 이야기 만드는 능력을 수년간 갈고 닦은 반은 동화작가란 말씀. 동화에선 안 될 일이 없다.

"노노, 토끼는 네가 아니야. 토끼는 나. 너는 항아."

연오의 얼굴에 미세한 균열이 일었다.

"내가 알기론 항아는 달에 사는 선녀인데 내가 왜……."

"그거야 여기가 지구이기 때문이지. 달에서 지구로 내려오는 경계를 지날 땐, 신비스런 변화가 일어나는 거야. 이 정도 변한 건 양호하다고."

"이게 양호한 거면 양호하지 않을 땐 어떻다는 거야?"

"한 번은 눈이 세 개 달린 고양이가 된 적이 있어. 그리고 또 한 번은……."

이미 어째서 토끼와 항아 이야기가 나왔는지는 안중에도 없다. 꼬리에 꼬리를 물고 말을 이어가며 나는 나중에 아희에게 들려줄 수 있는 이야기 한 편을 머릿속으로 구상했다. 반딧불이의 후광 속에서 보니 더 그 미모가 돋보이는 항아, 아니 연오는 아희만큼이나 훌륭한 청자 노릇을 했다. 조금도 한눈팔지 않고 눈 깜빡이는 시간조차 아까운 듯 물끄러미 나와 눈을 맞추는 그 순수한 눈빛이 어쩌면 그리도 닮았는지.

하지만 아희와는 달랐다. 전혀 다르기 때문에 머리를 쓰다듬어주는 쪽이 그이고 쓰다듬을 받는 쪽이 내가 되었다. 병원에서라면 내가 아희를 내려다보며 손이나 머리를 토닥여줄 텐데…….

잠깐. 그러고 보니 왜 이러고 있는 걸까? 아희야 늘 엄마 손길이 그리운 아이라 만지는 걸 좋아해서 그런다고 치지만 나는? 내가 설마 아희처럼 정에 고픈 눈을 하고 있는 걸까? 그렇게 의아해하는 동안에도 머리카락을 만지는 연오의 손길이 이어졌다. 괜스레 목덜미가 간

질간질한 나머지 못 참고 말해버렸다.

"너 가만 보면 손 가만히 못 놔두는 것 같아. 아니면 스킨십이 버릇이야?"

"그렇지 않을걸?"

"그럼 지금 하는 건?"

"음……. 버릇이 되어가나? 아, 이러는 거 성가셔?"

"어? 아니, 그런 뜻은 아니야."

"그럼 안심이네."

연오는 조금도 멋쩍어하지 않는데 정작 나는 미소를 머금은 그의 입매며 반짝이는 유리알 같은 그의 눈을 올려다보며 별안간 밀려온 겸연쩍음을 소화시키려고 노력했다. 어쩌다 보니 만져도 좋다는 반허락을 해버린 셈이 되었다. 깊게 생각하면 기분만 더 이상해질 것 같아 급히 하던 이야기로 돌아갔다.

"방금 했던 이야기, 많이 유치하지? 아희가 구연동화를 좋아해서 하나둘 해준다는 게 버릇이 됐나봐. 그래서 나도 요 몇 년간 동화책밖에 안 읽었거든."

"유치하지 않아. 흥미롭게 들었는걸. 말하는 재주가 있나봐 너."

"에이, 그 정도는 아니고."

손사래를 치는 내 머리카락을 계속 문질문질거리며 연오는 읽어본 적 없지만 동화도 썩 볼 만하겠다고 말했다. 당연히 자라서는 안 읽었다는 뜻으로 이해하고 당장 그렇다고 맞장구쳤다.

"동화 중에도 수작이 얼마나 많다고. 막 글 배울 무렵 아이들 대상으로 나온 글을 생각하면 오산이야. 그러니 어른이 동화 읽는 거 전혀 부끄러울 게 없다고 생각해. 읽을 거면 내가 괜찮은 걸로 추천해줄까?"

연오가 싱긋 웃으며 고개를 저었다.

"이왕이면 나도 구연동화 쪽이 좋겠어."

"그래?"

"잠들기 전에 한 편씩. 네 조카에게처럼."

"으, 응?"

어라라? 하고 어리벙벙해 있는 사이 내 머리 위로 연오의 입술이 다가왔다가 멀어졌다. 내가 눈을 뜨고 꿈을 꾸고 있는 게 아니라면 방금, 내 정수리에 그가 입맞춤 비슷한 걸 했다. 물론 그럴 리가 없다. 그런데 이게 꿈도 아닌 모양이다. 아니, 꿈일지도 모른다. 연오가 휘파람을 불어 반딧불이를 주위로 불러 모은 때부터 뭔가 현실 같지 않았으니까.

그 꿈속에서 연오는 매끄럽고 차가운 손가락을 내 이마에서 뺨으로 사르륵 쓸어내리다가 턱을 지그시 받쳐 올렸다. 연오의 얼굴이 가까워지면서 그의 붉은 입술이 속삭이는 소리가 들렸다.

"달아나지 마."

지금 나는 다리 난간에 기대어 서 있다. 등 뒤는 허공이고 그 아래로는 개천이 흐르는. 바로 앞, 한 뼘도 안 될 거리엔 달에서 온 아름다운 남자가 있다. 달아날 수 있을 리가 없다.

그 남자의 고운 입술을 내 입술로 맞이했다.

스르륵 눈을 감았다.

이번에야말로 꿈에서, 이 황홀한 마법에서 깨리라, 생각하면서.

6. 풍랑에 대처하는 법

GOOD WORLD ROMANCE NOVEL

나는 스스로가 공과 사를 잘 구별하는 인간인 줄 알았다. 바로 어제까지는. 하지만 아주 그렇지만도 않다는 것을 이날 공장에서 온몸으로 깨달았다.

"몸이 안 좋은 모양인데, 일찌감치 들어가서 쉬어."

다섯 시 작업종료 벨이 울린 후 라인 반장님이 내게 걸어와 툭툭 어깨를 두드리며 말했다. 점심 먹으러 가서 한소리 듣고 두 번째로 듣는 걱정의 말. 이번에는 보다 강한 권유였다. 워낙에 잦은 불량품을 만들어낸 나는 할 말이 없어서 푹 숙인 고개를 주억거리는 수밖에 없었다. 하루 만에 작년 한 해 동안 저지른 실수보다 더 많은 실수를 저질렀지 싶다.

모처럼 잔업신청을 한 것도 없었던 일이 되어 그 길로 기숙사로 돌아온 나는 씻으러 가는 것도 뒤로 하고 침대로 숨어들었다. 얇은 홑이불을 머리끝까지 뒤집어쓰고 눈을 감았지만 잠의 요정이 나타나 잠가루를 뿌려주고 가는 기적 같은 건 일어나지 않았다. 되레 크게 심장

뛰는 소리를 의식하다 보니 머릿속은 또 어젯밤의 일로 와글와글 시끄러워졌다. 결국 나는 벌떡 일어나 앉으며 애꿎은 머리칼을 마구 헝클어뜨렸다.

"아무리 생각해봐도 역시 결론은 하나야. 목연오는 선수야, 선수가 틀림없어. 그 얼굴에 그 목소리, 하물며 그런 곳에 데려가서 키스하는 것 좀 봐. 길을 막고 물어봐, 어느 여자가 안 혹해. 연오 정도면 남자라도 혹하겠다."

그러니까 내가 이렇게 휘둘리는 것도 자연스럽다는 항변이다. 어릴 때 그 흔한 풋사랑 한 번 안 해본 스물셋 여자, 진정한 모태솔로로서 분위기에 휩쓸려 첫키스를 한 여파가 혹독한 것도 당연하지 않은가?

그러나 난 어젯밤 첫키스를 첫키스라고 밝히지 못했다. 짧은 입맞춤 후에 연오는 내게서 물러섰고 나도 무슨 일이 있었냐는 듯 돌아서서 반딧불이만 죽어라 보았다. 그렇게 이렇다 할 말없이 다리 위에서 구경을 더 하다가 집으로 돌아갔다. 반보쯤 떨어져서 걷는 내내, 그리고 집으로 돌아간 후에도 그 키스에 대해서는 나도, 그도 언급하지 않았다. 내가 다리에 대한 말을 꺼낸 건 딱 한 번 "아, 다리에 우산 놓고 왔나봐."라고 한 게 전부였다. "내일 내가 찾으러 갈게." 그게 연오의 대답이었고.

물론 어제 연오의 집엔 전기도 잘 들어와서 내가 거실에서 자는 덴 아무 문제가 없었다. 베개는 수건 두 개를 접어서 급조했지만 덮고 잘 새 이불도 한 채 있었고 말이다. 이불 사오면서 양초도 한 갑 사왔다고 보고하는 연오에게 나는 아주 잘했다고 박수까지 쳤더랬다.

열한 시 조금 못 돼서 연오는 자러 가고 나도 거실에 남아 잠을 청했지만 내가 무슨 수로 쿨쿨 단잠을 잤겠는가. 전전반측, 그야말로 까

만 밤을 하얗게 지새우다 얼핏 들었던 선잠도 세 시 반인가에 걸려온 전화 한 통에 깨버렸다. 그 시각에 전화로 날 깨우는 데 주저가 없는 단 한 사람. 유화경, 내 쌍둥이 말고 달리 없다. 무슨 술을 그리도 마셔댔는지 혀가 꼬부라질 대로 꼬부라져 미안하다는 소리 말고는 알아듣기도 힘든 말을 반 시간 가량 주절거리다가 끊는다는 말도 없이 전화가 끊겼다.

그만 하면 주사에서 아주 빨리 해방된 셈이지만 화경이 발로 걸어 찬 잠은 다시 돌아오지 않았다. 결국 일어나서 이른 아침 준비를 하러 부엌으로 갔다.

냉장고에 꽉 찬 음식들을 보며 무엇부터 해치울까 고민하던 것이 기왕 할 거 저녁 준비까지 해놓자로 굳어진 경로는 애써 설명하지 않겠다. 저녁 준비뿐만 아니라 그다음 날 아침과 점심 준비도. 오늘 저녁엔 여기 오지 않겠다는 결심은 확고해져만 갔다.

연오가 불편한 왼손만으로도 먹기 쉬운 음식을 이것저것 해놓고 씻고 나와서 시계를 보니 그래도 여섯 시 전이었다. 아직 잠잠하기만 한 연오의 침실 쪽을 바라보다가 나는 몇 줄의 메모를 써서 식탁에 놓아두고 발소리를 죽여 마당으로 나갔다.

〈갑자기 기숙사 아침 배식 당번을 대신해 달라는 연락이 왔어. 오늘은 잔업 때문에 못 올 것 같아. 간단히 먹을 요리 몇 가지 해놨어. 식탁 위에 있는…….〉

급조한 메모의 내용을 떠올리는 것만으로도 슬며시 뺨이 붉어진다. 그 메모만 남기고 인사도 없이 내뺐다. 연오는 그게 핑계에 불과하다는 걸 알아챘을까? 알면 아는 대로 모르면 모르는 대로 걱정이다.

"경찰서에 다녀온다던 건 잘됐나 모르겠네."

어제 이야기하기론 연오가 오늘 병원에 다녀오는 김에 경찰서에 가 박 형사도 만날 계획이라고 했다. 의심의 여지없이 연오는 피해자이지만, 그럼에도 불구하고 나는 불쾌한 일은 없었나 싶어 걱정이 밀려왔다. 여러 해 전 화경이 내 주민등록증을 도용해 앞자리 숫자를 살짝 바꿔서 담배나 술을 사고 다니다 걸려서 애꿎게도 나까지 경찰서 구경을 한 이래 죄 없이도 두려운 곳이 경찰서가 된 탓이다.

쌍둥이인데 어째서 화경이가 내 주민등록증을 도용했느냐, 그게 또 이야기가 길다. 고등학교 2학년 때 주민등록증 만들라는 통지가 온 뒤 화경에게 같이 다녀오자고 했지만 늘 다음, 다음 하는 바람에 결국 나 혼자 먼저 다녀왔다. 그 뒤로 내가 틈만 나면 일깨웠어도 화경은 최종 기한을 훌쩍 넘겨버리더니만 슬쩍슬쩍 내 주민등록증을 가지고 나가는 버릇이 들었다. 내가 딴에는 열심히 숨겨놔도 귀신같이 찾아내는 재주는 당해낼 수 없었다. 그렇게 가지고 다니는 걸로 부족해 앞자리 숫자를 고쳐서 쓸 거라고는 생각도 못한 나도 잘못이다. 유수경, 세상에서 나만큼 유화경을 아는 사람이 또 누가 있다고.

아무튼, 경찰서는 최대한 멀리하고 싶다. 할 수 있다면 연오도 멀리하게 하고 싶다. 그 험악한 곳에 연오처럼 아름다운 꽃을 떨어뜨려 놓는 건 차마 못할 짓……. 까마귀 노는 곳에 백로야 가지 마라는 말도 있건만.

"못된 사람들이 연오 보고 나쁜 꿍꿍이라도 품는다면 어쩌지?"

그럴 수도 있다. 충분히 그럴 수 있다. 세상엔 예쁜 꽃을 보고 웃으며 감탄하는 사람이 있는 반면 자기만 보려고 싹둑 끊는 사람도 있고 더 나쁘게는 자기는 불행한데 꽃이 아름다운 게 화난다고 짓밟는 사람도 버젓이 있으니 말이다.

눈더미처럼 불어난 걱정에 나는 침대에 앉아 있지도 못하고 내려

서서 서성거리다가 그만 참지 못하고 휴대전화를 들었다. 당장 연오의 집전화로 전화를 걸었다. 신호가 길게 이어져서 아직 집에 오지 않았나 생각하고 전화를 끊을 참에 달각 소리에 이어 저쪽에서 전화를 받았다.

"아, 연오야, 나야. 집에 있었구나. 오늘—."

나간 일은 잘됐느냐고 물으려는데 달카닥 수화기 놓는 소리에 이어 뚜우, 뚜우 하는 신호음만 크게 들려왔다. 어리둥절해서 다시 걸어 봤는데 이번엔 상대방이 통화 중이라는 안내멘트가 흘러나왔다. 5분여를 기다렸다가 다시 걸어 봐도 마찬가지.

처음엔 저쪽에서 전화를 끊는 것 같았는데 그 후엔 통화 중이라고? 애초에 연오가 한마디 대꾸도 하지 않았다는 생각에 내 머릿속에선 여태껏 봐온 온갖 스릴러 영화 장면들이 펼쳐지기 시작했다. 주인 없는 빈집에서 전화를 받은 검은 그림자? 아니 실은 주인이 있는데도 불구하고 다른 누군가가 받은 거라면? 머리를 맞아 쓰러져있는 연오며 재갈을 물리고 밧줄로 묶여 있는 연오, 칼로 위협을 받고 있는 연오 등등이 파노라마처럼 펼쳐졌다.

다시 10분을 기다리고 전화를 걸었지만 직전에 들었던 것과 같은 소리만 났다. 아무래도 수화기가 잘못 놓여 있는 듯했다. 그러나 그게 실수가 아니라 일부러 잘못 놓은 거라면?

"연오야, 내가 갈게. 내가 가서 구해줄게."

나는 이미 반쯤 울먹거리며 나갈 준비를 하고 있었다. 폭주하는 머릿속처럼 몸도 허둥거린 나머지, 지갑을 손에 들고 지갑을 찾느라 사방을 뒤지다가 마침내 손에 있는 지갑을 발견하고 돌아서는 와중에 휴대전화 벨이 울리기 시작했다.

"연오니?"

대뜸 소리쳐 묻는 말에 "연오가 누구야?"라는 화경의 한가로운 대꾸가 들려왔다. 언제 그랬냐는 듯 멀쩡한 목소리였지만 새벽에 주사 부리던 걸 들은 기억이 생생한 나는 징글징글해서 일없다고 쌀쌀맞게 말했다.

"바쁘니까 용건 없으면 끊어."

"왜, 잔업 하는 거 아닐 거 아냐. 일할 땐 전화 아예 안 받으면서 왜 갑자기 비싼 척?"

"나도 너 모르는 사정이란 게 있거든? 됐고, 중요한 용건 아니면 나중에 해."

"나 참, 내가 주사 좀 부렸다고 삐쳤어? 속 좁게 왜 그러냐, 우리 언니? 나 그러는 거 한두 번 보는 것도 아니면서. 봐 주세요, 언니, 응?"

화경이 코맹맹이 소리로 애교를 부리는 걸 들으며 이럴 때만 언니지 하고 속으로 이를 갈았다.

"네 말대로 한두 번 이러는 것도 아닌데 매번 이러는 거, 지겹지 않아? 이젠 그놈의 주사를 좀 어떻게 해봐. 스물셋이면 이제 20대 초반도 아니고 중반이다, 중반."

"에이, 스물셋이 무슨 20대 중반이래. 아직 초반이야, 초반."

좋게 넘어갈까 했었지만 한 오라기의 근심도 없는 화경의 말에 울기가 확 치솟았다. 정말이지 뭘 믿고 이렇게 가벼운 건지.

"초반이든 중반이든 경각심을 키우란 말이야. 유화경, 너 계속 청춘일 줄 알아? 내세울 게 외모면 철저하게 가꾸기라도 할 것이지, 이도 저도 안 하고 타고난 거 하나 믿고 뜯어먹는 게 얼마나 갈 것 같아? 운동은 운동대로 싫어해, 술은 술대로 마셔, 그러다 한순간에 훅 가버리면 그땐 어쩔 거야? 너 혼자 몸도 아니고 아희 생각 안 해?"

"아으으, 잔소리, 그놈의 잔소리, 또 시작이야!"

저편에서 화경이 버럭 내지르는 소리에 난 잠시 휴대전화를 귓가에서 떼어놓았다. 조금 멀리서도 화경이 발끈해서 소리치는 말이 잘 들렸다.

"유수경, 너나 잘하라고 내가 몇 번을 말해? 너 보면 나야말로 답답해 죽어. 미모가 곧 돈이고 권력인 세상에서 타고난 거 써먹는다는 게 왜? 뭐가 문제야? 너는 좀 써먹기나 하고 훈계질을 하란 말이야. 멀쩡한 몸뚱이 공장에서 썩히면서 기름 묻은 푼돈 버는 게 뭐 자랑이라고 참나. 너 그러면서 나보다 성실하게 산다고 나 깔보는 거 누가 모를 줄 알아? 웃기지 마. 인생 살아봐야 알거든? 내가 죽었다 깨도 너한텐 안 져. 너 나 못 이긴다고."

할 말이 대충 끝났는지 씩씩거리는 숨소리가 풀무질하듯 들려오기에 나는 전화기를 다시 귓가로 가져왔다.

"잘 알았으니까 물이나 한 잔 마셔. 우린 혈압 조심해야 해. 아빠랑 엄마가 고혈압이었잖아."

"병 주고 약 줘?!"

"병은 누가 줬다고 그래. 애초에 내가 네 경쟁 상대 같은 것도 아니잖아? 나 보면 답답해 죽는다면서 날 이겨 먹는 게 무슨 의미가 있다고 씩씩대냐, 응?"

화경이 한 말을 이용해서 받아쳤더니 제 딴에도 꼬투리 잡기가 뭐했던지 말은 못하고 뭔가를 걷어차는 듯한 소리만 들려왔다. 내 동생이지만 한 성격 한다. 엄마 아빠, 두 분 다 폭력성하고는 만 리쯤 떨어진 온건하신 분들이었는데 거기서 어쩌다 화경이 같은 별종이 태어났는지 참 모를 일이다. 이란성이긴 해도 우리가 퍽 닮았기 망정이지 안 그랬으면 진지하게 산부인과에서 애가 바뀌었나 의심해봤을 것 같다.

"하여간 이래서 너한테 전화하기가 싫어."

네, 네, 어련하시겠습니까. 할 말은 많아도 입을 다무는 쪽을 택했더니 잔뜩 골난 목소리로 화경이 툭 내뱉었다.

"저녁 전이지? 시간 좀 내."

"웬일이래, 나한테 밥 사주려고? 야, 미안한데 나 꿍쳐둔 돈 같은 건 먹고 죽으려고 해도 없다."

또 무슨 아쉬운 소리를 하려는 건가 하고 벌써부터 긴장하는 내게 화경이 소개시켜줄 사람이 있다고 힘주어 말했다. 대뜸 불길한 예감에 휩싸여 그게 누구냐고 조심스럽게 물었다. 설마 이젠 하다 하다 빚보증을 세울 셈인 건……?

"결혼할 남자 소개시켜줄게."

"……엉?"

"전부터 너 한 번 보고 싶다고 했거든. 복잡하게 날 잡고 뭐하고 할 일 있어? 말 나온 김에 오늘 간단히 밥이나 한 끼 해."

나는 아직 화경의 말을 제대로 이해하지 못했다. 듣긴 들었는데 말이 뇌로 흡수되지 않고 귓전에서만 오락가락하는 느낌이라고 해야하나.

"유화경, 네가 뭘 한다고? 결혼? 결혼을 한단 말이야?"

어리벙벙한 내 반문에 수화기 저편에서 화경이 득의양양하게 웃음을 터뜨렸다.

"내가 말했지? 넌 나 못 이겨."

아직 생존해 계신 조부님이 무주에서 땅부자로 손꼽히는 위인이고 시의원인 큰아버지에 주유소 몇 곳과 실내 골프장 두 곳을 운영하는 부친을 둔 서른일곱 살 남자. 화경이 전화로 일러준 남자에 관한 신상

이 이러했다. 실제로 만나본 남자는 체격 좋고 보기 좋게 그을린 얼굴이 호남형이었다.

"이런 일을 하고 있습니다."

무주 시내에 있는 호텔 레스토랑에서 만나 통성명을 하고 자리에 앉기 무섭게 남자는 금빛 명함 케이스를 꺼내 내게 명함을 건넸다. 잘 다듬어지다 못해 광이 나는 남자의 엄지손톱에서 시선을 떼고 명함을 보았더니 시의원인 큰아버지의 보좌관 직함이 가장 두드러진 가운데 이름도 낯선 외국대학 세 곳에서 취득한 학위며 MBA, 역시 이름이 낯선 한국 소재 대학원에서 밟은 지도자 과정 등등을 줄줄이 늘어놓고 그 아래론 '무주 발전을 생각하는 청년단체 회장'이라거나 '○○고 동문회 총무', '21세기형 젊은 정치인연합회 무주지부장' 등의 감투에 대해 빼곡히 한 면을 채운 것으로 모자라 뒷면으로도 약력이 이어지고 있었다.

머릿속에 '빈 수레가 요란하다'라든가 '빛 좋은 개살구' 등의 말이 떠올랐지만 차마 내색할 수는 없는 노릇. 되도록 오래 명함을 바라보는 척하다가 고개를 들며 "공사가 참 다망하시겠네요."라고 대답한 게 내 최선이었다.

"젊어서 고생은 사서도 한다는데 한창때엔 바쁜 것이 오히려 복이지요. 그리고 저희 같은 사람에겐 노블레스 오블리제가 있으니까요."

진지한 얼굴로 그런 말을 하는 남자를 어떻게 판단해야 할지 갈팡질팡하고 있는데 남자의 옆에 앉은 화경이 남자의 어깨를 쓰다듬으며 이 사람 집안 가풍이 그렇다며, 단순히 자기 집안만 잘 먹고 잘 살면 되는 줄 아는 졸부들과는 차원이 다르다고 거들먹거렸다.

"큰 힘에는 책임이 따른다고 무슨 영화에서도 그랬잖아? 이이네 집안 어르신들도 그런 신념을 갖고 계신 거야. 단순히 부를 쌓는 걸

넘어 차근차근 다듬은 지도자급 인물을 지역 사회에 내놓아 발전적인 상생을 추구하는 거지. 이런 분들이 진정한 지역의 유지 아니겠어?"

"너무 과한 칭찬이야. 지금은 그럭저럭 욕이나 먹지 않을 수준이고, 진정을 의심받지 않을 단계까지는 아직도 할 일이 많지. 거듭 말하지만 앞으로 자기 내조가 중요해."

"염려 말아요. 자리가 사람을 만든다는데 나라고 마냥 손 놓고 있을까 봐? 나 공부엔 취미가 없었지만 머리 회전은 누구 못지않단 말이에요."

살짝 삐친 체하는 화경을 달래는 남자의 눈에서 소위 말하는 '꿀'이 뚝뚝 떨어졌다. 나는 화경의 입에서 나올 만한 소리가 아닌 것들이 줄줄이 흘러나오는 것에 놀라서 입을 벌리지 않으려고 애썼다. 여태 단 한 번도 선거라곤 해본 적 없을 정도로 정치 따위 알 바 아니라던 애가—우리나라 정당 이름이나 제대로 알까?—결혼 앞에서 당당하게 소신을 굽힌 모양이었다.

그러나 남자와 화경이 날 앞혀두고 권력층의 사회에 대한 공헌 운운하는 말들을 주고받는 모습에는 그 어떤 감흥도 느끼지 못했다. 유화경이 유화경답지 않으니, 그런 화경의 진면목을 보지 못하는 남자가 미더워 보일 턱이 없었다. 호스트만 아니면 다행이라고 생각했었는데 이건 이것대로 무섭다.

40대가 되면 본격적으로 정치에 입문할 거라는 남자의 말을 들어도 멀거니 고개를 끄덕이는 게 고작이었지만 그런 내가 화경에겐 남자의 위세에 눌린 것처럼 보였던지 "그렇게 기죽을 거 없어. 암만 대단해봤자 나한테 빠진 평범한 남자일 뿐이야."하고 다독이듯 말했다. 말투는 다감해도 눈빛엔 여전히 거들먹거리는 기운이 넘실거렸다.

말과는 달리 제대로 내 기를 꺾어놓고 싶어 하는 기색을 묵묵히 모

른 체했다. 어쨌든 내 자매가 좋은 결혼을 하게 됐다면 축하함이 옳고 그걸 자매가 바라는 방식대로 표현한들 손해 볼 사람은 없다. 이런 경우엔 부러워하는 척이라도 하는 게 화경이 바라는 바일 테지. 그래서 짐짓 호들갑스럽게 어디서 이렇게 멋진 분을 다 만났느냐고 묻자 기다렸다는 듯이 화경이 겨울에 스키장에서 만났다고 대답했다.

"알고 보니까 내가 가는 골프장 회원이기도 한 거 있지. 내가 골프는 별로 안 즐겨서 회원권 거의 묵히고 있었잖아."

"……음, 아무래도 네가 피부가 예민하니까 야외골프장은 좀."

진짜 문제는 회원권이라고 가지고 있는 게 일전에 만나던 호스트에게 받은 선물이라는 거였을 테지만 나는 소극적으로 동생의 말을 거드는 쪽을 택했다.

"그리고 내가 전에 승마 배울까 한 적 있었잖아. 하필 일이 바빠서 흐지부지돼 버렸지만 배웠으면 좋았을 뻔했어. 무주 외곽에 있는 승마장 알지? 글쎄, 그게 이이네 집안 거래."

"아, 거기 꽤 넓지 아마."

"이이 10살 생일 때 할아버지가 선물로 준 조랑말도 있었대. 근데 그 말이 몇 년 뒤에 발을 다쳐서 자기가 직접 엽총 방아쇠도 당겼대며. 그때 중학생이었댔지?"

"어쩔 수 없어서 안락사시킨 거야. 그게 무슨 자랑이라고 그래."

남자가 난감해하자 화경은 남자의 어깨에 올렸던 손을 들어 남자의 뺨을 꼬집으며 애교가 듬뿍 담긴 미소를 흘렸다.

"하여간 분명한 건 우린 어디서라도 만날 인연이었다는 거야. 어찌나 겹치는 관심사며 취미가 많은지……. 이제야 만난 게 신기할 정도야."

무엇보다도 화경이 일하는 곳에서 만나지 않은 게 다행이라고 생

각했지만 역시 조금도 내색하지 않았다. 남자가 화경에 대해서 얼마나 아는지 전혀 모르는 지금, 과묵한 컨셉을 유지하는 것만이 내겐 최선이었다.

"넌 어때? 아직 만나는 남자 없어? 아, 저렇다니까. 말했죠? 돈 버느라 정신없는 짠돌이라니까요. 자기, 말만 하지 말고 오늘 내 언니 얼굴 봤으니까 쓸 만한 남자 없는지 잘 찾아봐요, 응? 안 꾸몄어도 저만 하면 바탕이 나쁘지 않잖아. 안 그래요?"

쓸데없는 소릴 못 하게 하려고 테이블 아래로 열심히 화경 쪽으로 다리를 뻗어봤지만 화경의 다리가 통 닿지 않았다. 포크를 떨어뜨리는 척하고 테이블 아래로 머리를 숙여서 봤더니 재주도 좋지, 화경이 늘씬한 다리를 남자의 다리에 칭칭 휘감고 비벼대는 게 눈에 들어왔다. 과연, 이라고 해야 할지. 그 사이 머리 위에서 화경이 혀를 찼다.

"떨어졌으면 그냥 둬. 새로 하나 달라고 하면 되지 무슨 궁상이야. 쟤가 저렇다니까요. 성실한 거 하나는 끝내 주는데 영 촌스러워. 무주 토박이니까 말 다했죠? 근데 그런 여자가 또 결혼상대로는 좋지 않겠어요? 제대로 요리를 배운 적은 없지만 가정식이라면 그럭저럭할 줄 알고, 그리고 쟨 틀림없이……"

제대로 앉으면서 보니 화경이 남자의 귀에 거의 입술을 대다시피 하고 귀엣말을 하고 있었는데 나와 눈이 마주치자 화경과 남자, 누가 먼저랄 것도 없이 쿡쿡 웃는 것이었다. 나에 대한 이야기겠지만 모르는 게 백번 나을 거라는 예감이 드는 웃음이다.

부쩍 씁쓸하고 한심한 기분이 드는 것을 와인 한 모금과 함께 삼켰다. 그렇게 마시고 나니 새삼 한 가지가 분명해졌다. 그건 내가 **아직도**, 술맛을 모른다는 사실이다.

나는 고3 가을에 교통사고로 부모님을 한꺼번에 잃었고 작년 봄엔

눈에 넣어도 안 아프던 막냇동생도 잃었다. 그림이랍시고 그려대다가 열일곱에 임신해서 열여덟에 애 엄마 되느라 고등학교도 중퇴한 내 쌍둥이는 미용 공부하고 올 테니 자기 딸 부탁한다는 메모 하나 남기고 부모님 사고 보상금을 챙겨서 일본에 가더니 일 년도 못 채우고 스리슬쩍 돌아온 후 부산의 술집에서 일하고 있다. 여섯 살 조카는 백혈병이 재발했다.

그러나 그 정도 신산辛酸도 우습다는 듯 여전히 술을 마시면 쓰기만 할 뿐이니 대체 얼마나 더 삶에 찌들어야 술 맛을 알게 될지 가늠도 안 된다. 단순히 내 멘탈이 단단해도 너무 단단한 건지도 모르겠으나.

그런 생각을 하는 머리 한편에 온통 술로 가득 차 있던 연오의 냉장고가 두둥실 떠올랐다. 내게 주량이 뭐냐고 물었던 그 말간 샘 같은 남자. 어느 쪽이 진실일까, 하고 생각하는데 얼핏 화경이 뭐라고 말을 건네는 게 들렸다.

"너 전화 오는 거 아냐?"

그 말에 주의를 돌려보니 아니나 다를까 귀에 익은 벨소리였다. 나는 핸드백 속의 전화기를 확인해보고 얼마쯤 신기해했다. 호랑이 이야기를 하면 호랑이가 온다더니 딱 연오에게서 걸려온 전화였던 것이다. 무심코 전화를 받으려고 했던 손을 멈칫한 후, 나는 잠자코 벨소리만 줄여서 전화기를 도로 가방에 넣었다.

"안 받아?"

"응, 쓸데없는 전화야. 핸드폰 바꾸라는 거 있잖아."

그렇게 둘러댄 말을 화경이 의심 없이 받아들여 계속 울리는 전화벨 소리는 무시한 채 식사를 했다. 대화가 간간이 이어졌지만 마음이 콩밭에 가 있었기에 기억에 남는 내용이 거의 없다.

그럭저럭 식사를 마치고 일어서게 되었다. 버스 타고 돌아가겠다

는 나를 화경은 기어코 바래다주겠다고 우겼다. 말이 바래다주겠다는 거지 결혼할 남자 운전기사 시키겠다는 소리에 나는 몇 번이고 사양했다.

"차 태워다 주는 게 뭐 큰일이라고 그렇게 질색팔색을 해? 처형 될 사람에게 점수 좀 따겠다는데 진짜 야박하게 굴 거야?"

"야박한 게 아니라 거기가 좀 외지잖아. 왔다갔다하면 시간도 걸리고."

"드라이브한다고 치면 오히려 좋지요. 그리고 이대로 보내드리면 저 화경이에게 야단맞습니다. 처형, 사양 마시고 제 차로 가시죠."

화경이도 화경이지만 서른일곱, 띠동갑보다 더 연상인 남자가 굽실거리는 모습에 더는 버틸 재간이 없었다. 결국 남자가 모는 차의 뒷좌석에 화경과 함께 올라타 한참 동안 화경이 늘어놓는 차 자랑을 들으며 차창에 붙어 있는 범퍼스티커와 눈싸움을 벌였다. 세련된 차의 장식으로는 다소 튀는 '배트맨'의 박쥐무늬 아래 거꾸로 된 영어는 슈퍼맨이랑 잘 아는 사이 아니면 눈깔아, 정도의 뜻인 듯했다.

마침내 자랑도 질렸는지 화경이 차내에 흐르는 음악을 따라 흥얼거리기 시작했다. 노래를 부르는 사이사이 남자랑 이야기를 하느라 바쁜 화경을 두고 나는 차창 밖을 응시했다. 둘이선 내가 듣든 말든 무방할 정도로 시시한 잡담을 나누는 터라 마음은 금세 콩밭으로 옮겨갔다. 당연히 목연오가 거니는 콩밭이었다.

또 한 번 연오에게서 전화가 온 것은 그때였다. 혹시 메시지를 남기진 않을까 하고 휴대전화가 울리는 걸 물끄러미 보고 있는데 별안간 화경의 손이 훅 전화기를 채어갔다.

"이리 내, 화경아, 달라구."

"달님의 은인? 이게 뭐야? 설마 이 달님이란 거 너야?"

뺏으려고 몸싸움을 벌이자니 운전석의 남자가 걸려서 최대한 조심하는 내 마음도 모르고 화경은 액정에 뜬 이름을 보고 깔깔 웃어댔다.

"아무래도 남자 같은데, 이거? 냄새가 나, 냄새가."

"그런 거 아니야. 장난치지 말고 이리 줘."

"어머, 심각한 얼굴. 너 그렇게 쩔쩔매는 거 보니까 더 궁금하네. 확 받아버릴까?"

"그러지 마!"

나도 모르게 큰소리를 냈고 바로 그 순간 화경은 잘 걸렸다는 듯이 눈을 빛내며 정말로 전화를 받아버렸다.

"네, 여보세요, 유수경 씨 핸드폰입니다~!"

한 손으로 눈을 가리느라 제대로 못 봤지만 화경은 연오의 목소리를 듣고 눈이 휘둥그레질 정도로 놀랐던 모양이다. 하는 일이 일이다 보니 뭇 남자를 접해 본 화경으로선 목소리만 듣고도 대충 상대방에 대한 느낌이 왔던 건지도 모른다.

"……지금 잠시 어디 갔는데, 누구라고 전해 드릴까요? 아, 연오씨? 연오, 연호? 호호 할 때 호 아니고 오빠 할 때 오 맞아요? 아, 알겠다. 근데 언니가 이름만 들으면 알까요? 네, 그래요?"

이성을 대하는 목소리가 평소와 확 달라지는 사람이 종종 있는데 바로 화경이 그렇다. 게다가 남자에 따라 또 한 번 변화를 준다. 그런데 연오에게 들려주는 목소리가 결혼할 남자를 대할 때처럼 애교가 잘잘 끓는 것에 나는 순간적으로 욱해서 화경의 팔을 꽉 잡았다. 마침 운전석의 남자도 장난은 그쯤 하라고 한 마디 보탠 게 도움이 되어 화경이 힐끗 날 보더니 재미없다는 투로 중얼거렸다.

"어머, 지금 언니 왔네요, 바꿔드릴 게요."

전화기를 받아든 나는 연오가 말할 겨를도 주지 않고 이따가 내가

다시 걸겠다고 하고 전화를 끊었다. 화경은 가느다랗게 좁힌 탐색의 시선으로 위아래로 날 훑었다.

"진짜 수상한데, 너? 그 목소리 좋은 남자랑 무슨 사이야?"

나는 화제를 돌려야 할 심각한 필요를 느꼈다. 그때 마침 차의 전면 유리 앞에 놓인 묵주 십자가가 눈에 들어왔다.

"장난치지 마. 공장 분인데 자꾸 종교 이야기를 꺼내서 안 그래도 난감해 죽겠다고."

"아, 종교? 어쩐지 목소리가 좋더라니. 근데 왜 이름을 그렇게 저장해?"

"자기 멋대로 가져가서 저장한 거야."

"흐응. 설마 이단은 아니지? 조심해, 너 같이 외골수가 한 번 그런 길로 빠지면 답도 없어. 저이는 교회 다녀. 모태 신앙이라나 봐. 그래서 결혼하면 나도 한 번……."

화경의 지절거림을 들으며 나는 속으로 한숨 돌렸다. 화제 바꾸기는 대성공. 이대로 화경이 이 해프닝을 영영 잊어버리길 바랐다.

공장 진입로 바로 앞에 나를 내려주고 은색 벤츠가 돌아가는 모습을 지켜보았다. 그런 뒤 나는 공장으로 들어가는 대신 도로 거리로 내려갔다. 왔던 방향을 되짚어 인도를 걸어가면서 옷매무새도 살피고 머리카락도 슬쩍슬쩍 다듬었다. 혹시나 하는 불안이 들어 걸음이 빨라졌다. 아까 차로 지나칠 때 보기로는 이쪽으로 오는 것 같았는데 그 새 마음이 변해서 돌아간 건 아닐지…….

인적 없이 텅 빈 길을 더듬어 보는 마음이 한층 더 술렁거렸다. 애초에 제대로 본 걸까? 내가 지나치면서 본 게 분명히 연오였던가? 그 키며 분위기가 영락없다고 생각했는데.

보고 싶은 나머지 착각했나 싶어 다리에 힘이 빠지면서 거의 터벅거림에 가까워졌을 때 그런 내 게으름에 경종을 울리는 어떤 소리가 귀에 닿았다.

"거봐, 맞네!"

언제 의심했냐 싶게 반색을 하며 웃고 말았다. 내 앞에 펼쳐진 인도의 저 앞쪽에서 밤하늘 속으로 깔끔한 휘파람 소리가 흘러오고 있었다. 휘휘휘휘 하는 가붓한 선율을 따라 힘을 얻은 내 발이 성큼성큼 보폭을 늘려 앞으로 향했다.

휘파람의 주인이 인도 위에 보이지 않던 이유.

"여기서 뭐해?"

버스정류장의 유리 부스 안쪽에 연오는 감쪽같이 숨어 있었다. 물론 나를 보고 사르륵 눈웃음 짓는 그에게 숨으려는 의도 같은 게 있었을 리 없지만. 휘파람 소리가 뚝 끊긴 자리에 그의 우아한 목소리가 낮게 깔렸다.

"다리쉼 중이었어. 며칠 게을리했더니 금세 꾀가 나나 봐."

"원래 부지런한 사람이 나태해지는 건 순식간이지."

짐짓 아는 체하면서 나는 연오 옆자리에, 한 사람쯤 앉을 만한 공간을 두고 떨어져 앉았다.

"어떻게 그쪽에서 와?"

연오의 물음에 나는 저녁 일정을 간략히 추려 말했다. 연오에게서 온 두 번째 전화를 끊은 후 공장에 오던 길에 화경이 변덕을 부려 칵테일 한 잔 하자고 우기는 바람에 이미 시간은 그때로부터 두 시간이 훌쩍 지난 후였다. 와인 두 잔에 칵테일 한 잔을 마셔 본의 아니게 음주 상태인 걸 의식하며 나는 자세를 꼿꼿이 했다.

"차 속에서 언뜻 봐서 맞는지 긴가민가했는데 저녁 먹은 거 소화도

시킬 겸 걸어봤어. 잘못 봤나 싶어 돌아갈까 하는 참에 휘파람 소리 듣고 너구나 했지."

"더 크게 부를 걸 그랬네. 자칫 못 만날 뻔했어."

부드러운 말에 이어 연오는 왼손을 내게로 뻗어 보였다. 손등에 이어 손바닥이 보이도록 손을 뒤집어 보이는 걸 멀뚱히 쳐다보던 나는 뒤늦게 거기에 있던 깁스가 없다는 걸 깨닫고 그를 쳐다보았다.

"벌써 깁스 풀었어?"

"아무래도 영 답답해서."

"그거야 그렇겠지만 그래도 왼팔에 금이 간 건……."

"오늘 병원 간 김에 엑스레이 찍어봤어. 조심하면 큰 문제없을 거래. 쌀가마니를 번쩍번쩍 들거나 하지만 않는다면 괜찮다나."

불과 며칠 전에 의사에게 들은 이야기하고는 좀 달랐지만 회복이 빠르다는 건 반가운 일이었다. 소매를 접어 올린 팔꿈치 아래로 드러난 그의 갸름한 듯 남자다운 팔이며 길쭉길쭉한 손가락들이 쥐락펴락 움직이는 모습을 흡족하게 쳐다보면서 나는 잘 됐다고 고개를 주억거렸다.

"기념 삼아 하이파이브?"

연오의 말에 씩 웃으며 풀스윙을 할 듯이 시늉하다가 그 직전에 힘을 팍 죽여서 살짝 손바닥을 마주치는 날 보고 연오가 웃었다. 질리지도 않고 같은 장난을 서너 번 했나, 그의 손에 닿은 내 손을 연오가 가볍게 움켜쥐자 거짓말처럼 스르륵 손가락이 감겨들며 깍지를 낀 것처럼 맞물렸다. 손가락들이 그러했듯이 서늘한 기운이 도는 그의 손바닥은 보송보송하니 몹시 매끄러웠다.

그렇지만! 그에게 잡힌 내 손에선 대번에 땀이 나기 시작했다. 그래서 슬며시 깍지를 풀려고 하는 내 몸짓을 아는지 모르는지 연오가

웃는 얼굴로 말했다.

"손 하나 부활한 김에 모처럼 목욕 꼼꼼히 했는데 나한테서 좋은 냄새 안 나?"

"어…… 그러고 보니까. 재스민 향? 아니다, 치자꽃 냄새?"

은은하게 풍기긴 해도 머리카락이며 살갗에서 풍기는 향의 정체는 치자꽃의 그것이 분명했다.

"집에서 나오기 전까지 뒤뜰에서 책을 읽었어. 그래서 향이 물들었나 봐."

"향이 물들다니…… 멋지다. 그새 꽃이 많이 피었어?"

본다고 말만 하고선 아직 못 본 뒤뜰 생각에 스스로도 목소리가 살짝 들뜨는 걸 느꼈다. 쥐고 있던 손을 제게로 약간 당기며 연오가 물었다.

"보러 갈래? 아직 절정은 아니지만."

딱히 잡힌 손을 의식하진 않았지만, 그렇게 말하는 연오의 얼굴에 나도 모르게 동요를 느꼈다. 이렇게 가까운데도 두드러진 모공 하나가 보이지 않는 해끔한 얼굴에서 긴 속눈썹이 나긋이 그림자를 드리우며 새카만 눈이 그윽이 반짝거리는데…… 그만 순간적으로 머릿속이 하얘져서 아무 생각도 할 수 없었다.

잠시 잠깐이나마 온 세계가 다 뇌리에서 사라지고, 버스정류장과 거기 앉아 있는 나와 연오뿐이었다. 아니, 어쩌면 나도 없었을지 모르겠다.

연오뿐이었다. 연오의 깊은 눈뿐이었다.

세상 끝의 심해 같은, 한없이 고요의 물결만이 일어가는 암흑의 바다 같은 눈.

서서히 그 눈에 빠져 죽어도 모르도록 홀린 나머지 무슨 정신에 말

을 했는지도 모르겠다.

"……있지. 네 눈은 내가 아는 누구하고도 달라."

"어디가 다른데?"

"처음 볼 때부터 눈이 정말 아름답다고 생각했어. 상황이 상황인데
도 네 눈을 보고 잠시 어리둥절해질 정도로 놀랐었어. 이런 눈이……
사람인데 이렇게 무섭게 아름다운 눈도 있구나 하고."

"무서웠다고?"

조금 가늘어진 그의 눈을 바라보며 나는 한숨을 내쉬었다.

"그만큼 아름답다는 뜻이야. 농담 좀 보태서 어째서 사람들이 너한
테 죄다 반하지 않는 건지 이상해. 쫓아다니는 여자가 한 트럭이 있어
도 부족할 것 같은데 무슨 수로 이렇게 자유롭게 다니는 거야?"

농담하듯 던진 말에 연오의 입가에 희미한 미소가 떠올랐다. 그리
고 미처 반응할 새도 없이 내게로 고개를 기울여 입을 맞췄다. 가볍게
댔다가 뗀 어제의 입맞춤과는 달리 내 입술에 와 머문 그의 입술이 지
긋이 그 자리를 지키며 언제까지고 떠날 줄을 몰랐다. 이젠, 아, 이젠
내가 얼렁뚱땅 모른 체하고 넘길 수준을 넘어섰다!

"저, 저기, 이러면 안 돼."

소심하게 고개를 뒤로 빼면서 입술을 피했다. 안 된다고 중얼거린
말은 발음이 다 뭉개져 나오니까 무슨 뜻인지 알아듣지 싶었다. 정
신 차릴 요량으로 두 눈을 꽉 감으며 심호흡을 하는데 퍼뜩 또 느껴지
는 숨결에 이어 감싸 물듯 내 입술을 머금는 촉촉한 온기가 있었다.
눈을 뜨자 다시금 코앞에 연오의 얼굴이 보였다. 맞물린 입술 사이로
전해져 오는 힘도 보다 더 은근해져 온통 생생하게 그의 입술을 느끼
지 않을 수 없다.

아…… 이상하다. 이상해 죽겠다. 왜, 왜 연오가 내게 이러고 있는

걸까. 삽시간에 열이 확 끓어올라 머리가 터질 것 같은 나머지 견디지 못하고 그를 밀어내 버렸다.

"이, 이러지 마, 왜 나한테…… 곤란해, 이러는 건……, 나는……."

당황해서 지리멸렬하게 이어지는 말들을 귀로 들을수록 더 당황스러워 말을 제대로 이을 수가 없었다. 내가 할 줄 아는 말은 한국어 하나인데 당장엔 그 한국어를 다 잊어버린 거나 다름없었다.

"안 돼?"

연오가 묻는 말이 들렸지만 그 말조차 무슨 뜻인지 혼란스러웠을 정도였다. 안 돼? 안 돼? 안 돼가 대체 무슨 뜻이었지?

"안 되는 거야? 왜?"

왜는 또 무슨 뜻이었더라. 왜, 왜…….

눈 둘 곳을 몰라 쩔쩔매며 한사코 뒤로 몸을 빼치는 나를 별안간 연오가 확 제게로 당겼다.

"마음에 둔 다른 남자가 있어?"

거기서 정신이 번쩍 들며 그가 말하고자 하는 바가 이해됐다.

"절대 아니야! 다른 남자고 뭐고, 아예 그런 생각조차 해본 적 없단 말이야. 진정 꿋꿋한 모태솔로였다고!"

……흥분한 나머지 목소리가 지나치게 컸음을 휘둥그레진 연오의 눈을 보면서 깨달았다. 이번에야말로 하늘로 솟구쳐 사라져버렸으면 하고 얼굴을 가리는데 귓가에 잘게 반짝임이 일 것 같은 연오의 웃음 소리가 들려왔다.

"고작 그 정도로 꿋꿋하다고 말하다니. 그래도 다행이야. 기쁘다."

그 기쁨을 말로 표현하는데 그치지 않고 연오는 내 뺨에 입을 맞췄다. 쪽쪽 소리가 나게 거듭되는 그 몸짓에 또 아까처럼 당황해서 어쩔 줄 모르게 될 것 같은 걸 마음속으로 구구단을 외우며 헤쳐 나갔다.

개인적으로 극악의 난이도라고 생각하는 7단을 끝까지 외웠더니 용광로가 들끓던 게 어느 정도 잠잠해졌다.

"잠깐만, 목연오, 내 말 좀 듣고—."

그와 눈이 마주치자, 그것은 내 착각으로 밝혀졌다. 가슴이 뛰고 머릿속이 아뜩해지면서 숨조차 간당거리는데 그래, 이러다 사람이 죽는구나 싶었다.

"저, 저기 좀 떨어져줘! 너 때문에 말을 할 수가 없잖아."

내 말대로 떨어지긴커녕 연오는 당치 않다는 듯 말했다.

"왜 말을 못해? 내가 입을 막고 있는 것도 아닌데."

"물론 입을 막고 있는……."

그 별것 아닌 말에 얼굴이 새삼스레 달아올라 종국엔 딸꾹질까지 나기 시작했다. 고개를 돌려 코와 입을 한 손으로 틀어막고 숨을 참아봤지만 힘들기만 하고 효과는 통 나질 않았다. 엉뚱한 일로 기력을 낭비해 허덕거리며 여전히 딸꾹질 중인 내게 연오가 바싹 얼굴을 디미는 바람에 화들짝 놀라 얼굴을 가렸다.

"안 돼, 목연오, 안 된다니까."

"그러니까 왜? 안 되는 이유가 있을 거 아냐. 말해줘. 내가 나라서 안 되는 거야?"

이상한 소릴 한다고 생각했지만 이때는 별생각 없이 끙끙거리며 답을 짜내기 바빴다. 시원한 해답 같은 게 있을 리 없었다.

"이, 이런 건 좋아하는 사람들끼리나 하는 거잖아. 우, 우리는 아직 그런 사이도 아니고 서, 설사 그런 사이가 된다고 해도 이런 건 좀 더 알아간 후에……."

놀랐던 나머지 딸꾹질은 들어갔지만 전에 없이 말더듬이가 됐나 싶게 어버버거리는 게 창피해 얼굴에서 불이 났다. 그런데 아예 날 자

연발화라도 시킬 셈인지 연오가 나를 덥석 끌어안았다. 당장 품에서 벗어날 생각으로 몸을 비틀던 중에 등에 와 닿은 딱딱한 깁스에 생각이 미쳤다. 연오의 오른팔은 왼팔하고는 비할 수 없이 큰 부상을 입었다는 걸 내가 어찌 잊겠는가. 내 버둥거림은 그대로 멈추고 말았고 연오가 스르륵 내 어깨 위로 머리를 기울이는 것도 꼼짝없이 눈 뜨고 보기만 했다.

"하루 종일 네 목소리가 듣고 싶었어."

심장이 너무 거세게 뛰는 탓인지 연오의 목소리가 이상하리만치 멀리서 들려오는 것 같았다.

"단 한마디라도 들었으니 됐다 싶었는데……."

풀죽은 듯 가늘어진 음성이 내 심장에 또 몹쓸 영향을 미쳤다. 전화를 피한 건 일부러 속상하게 하려는 뜻이 아니었는데 그렇게까지 의기소침해지면…….

"목소리를 들었더니 보고 싶어지는 거야. 그래서 얼굴을 봤는데 또 그걸로는 성에 차지 않아. 너랑 계속 함께 있고 싶어."

원치 않아도 가슴을 비집고 들어와 심장을 건드리는 호소였다. 그러나 지금 꿈을 꾸는 건가 싶을 만큼 얼떨떨한 와중에도 한사코 현실감을 찾으려 하는, 신산에 이골이 난 내가 있었다.

"그…… 마음은 고맙지만 난 잘 모르겠어. 만난 지 얼마나 됐다고 그런 감정을……. 내가 첫눈에 반할만한 미인도 아니고, 정신없이 남자를 끌어들일 만큼 매력이 있는 것도 아닌 거 잘 아는데, 하물며 너 같은 사람이 왜 내게—"

그때 고개를 쳐든 연오와 정면으로 눈이 마주쳤다. 여태 잡고 있던 손을 풀어주나 싶더니 그의 왼손이 내 얼굴로 올라와 천천히 뺨을 감싸듯 쓰다듬었다.

"몇 백 년 같은 며칠이라고 생각하면 안 될까? 네가 정 바란다면 더 기다릴 수도 있어. 그렇지만 아쉬울 거야. 만나지 않았다면 모를까, 만났는데 하루하루를 헛되이 보내야 하는 건……."

연오의 눈이 조금씩 일그러지며 보는 이쪽의 가슴이 출렁거릴 정도로 괴로운 표정을 지었다.

"어쩌면 못 기다릴지도 모르겠어. 인내할 줄 몰라서가 아니라 시간의 의미가 달라. 시간이…… 전과는 아주 다른 식으로 흘러. 오늘처럼 긴 하루, 나는 여태 겪은 적이 없거든. 내일도, 내일모레도 오늘같이 흘러간다면 나는……."

조금씩 말이 빨라지던 그가 뚝 말을 그치고 나를 빤히 쳐다보았다. 그저 바라만 볼 뿐인데 나도 모르게 몸을 사리며 그의 눈에서 달아나고 싶어졌다. 그러나 현실은 반대로 그 눈빛에 꼼짝없이 붙들려 애꿎은 입술만 깨물었다. 고요하게, 나를 태워나가는 푸른 불꽃같은 그 눈빛에.

"차라리 작정하고 훔쳐서 아무도 볼 수 없는 곳으로 데려가 버릴까 봐."

침묵을 깨트리며 그가 속삭인 말에 등줄기를 타고 찌릿찌릿 전율이 흘렀다. 무서워서가 아니다. 불쾌해서도 아니다. 어처구니없게도 흥분에 가까웠다. 그것을 나는 마지막 남은 이성을 부여잡고 한사코 부인했다.

"그런 대단한 각오…… 좀 더 근사한 여자에게 쏟는 게 어때? 너 정도면 지원자가 넘칠 텐데. 그리고 유감스럽지만 나도 한가롭게 연애나 할 팔자가—."

간신히 침착하게 이어지나 싶던 말은 갑자기 내 뒤통수를 끌어당겨 입술을 겹쳐오는 연오에게 가로막혔다. 맙소사, 그의 입맞춤은 번

번이 바로 직전의 것을 훌쩍 뛰어넘었다. 은근함이 사라진 자리를 조바심으로 채운 이번 입맞춤에선 날것 그대로의 비린내마저 느껴졌다. 빠끔히 벌어진 상처의 그 선명한 적색 같은 감정이 겹쳐진 입술에 고스란히 묻어났다.

그 또한 착각. 나는 그때에도 여전히 잘 모르고 있었다.

"다른 건 아무 소용없어. 아무 의미도 없어."

가쁘게 섞이는 숨결 사이로 연오가 속삭였다. 물끄러미 다가오는 시선을 나도 마주했지만 어느새 또 홀릴 것만 같은 내 마음이 두려워 그만 시선을 피하고 말았다. 그런 내 눈을 스르륵 연오의 손이 덮어왔다.

"보고 싶지 않다면 들어줘. 내가 원하는 건 너야. 네 곁에 있게 해줘. 그래도…… 모르겠어? 내 마음, 들리지 않아?"

사무쳐오는 음성이 듣는 것조차 아플 정도로 절절했다.

"들려."

그의 마음, 보다 정확하게는 내 마음이…….

7. 풋내기

GOOD WORLD ROMANCE NOVEL

두 번째 동침.

불과 얼마 전의 나로선 상상도 할 수 없는 일이다. 며칠 전 밤 같은 경우, 정전이 일어나 피치 못했다는 핑계라도 댈 수 있지만 이번엔 변명의 여지가 없다.

나는 남자와 밤을 보내고 있다.

비록, 진짜로 손만 잡고 자는 경우지만.

푸르스름한 야광주 불빛에 의지해 나는 깍지를 끼워 꼭 잡은 손에 이어 고요히 잠든 그의 얼굴을 바라보았다.

그러는 사이 겨우 잠잠해졌던 심장고동이 또 주체할 수 없게 빨라졌다. 정말이지 몹쓸 눈, 이라고 생각하며 눈을 감아버린다. 눈을 감으면 요란한 심장 소리를 의식하는데 그치지 않고 숨 쉬는 소리까지 지각 속으로 밀려들어오지만 그럼에도 불구하고 눈을 뜨고 있을 때보다는 견딜 만하다. 마음이 제멋대로 널뛰는 바람에 의도치 않게 불면의 밤을 보내게 만든 원흉이지만 전혀 원망스럽지 않다. 내일 일하기

가 버거울 게 분명해도, 나는 지금 생생하게 깨어 있는 게 좋다.

또 살짝 실눈을 떠서 잠든 연오의 얼굴을 훔쳐보고 입술을 깨물며 천장을 본다. 야광주 불빛을 머금은 비단 휘장이 아스라이 반짝이는 이 공간은 여전히 꿈같기만 하다.

내게 대체 무슨 일이 일어났을까. 보면서도 믿기지 않는다.

확실한 한 가지. 나는 이 남자가 좋다. 좋아져 버렸다.

어쩌면 지난 며칠 중 어느 때, 어느 곳에서 나는 다른 세계로 통하는 관문을 지났는지도 모르겠다.

하늘엔 달과 별이 빛나고 땅에선 반딧불이가 나는 세계.

새를 키우고, 휘파람을 부는 아름다운 남자가 있는 세계로.

"조카가 많이 안 좋아?"

룸메이트인 미라 언니의 질문에 나는 머리 말리던 손을 움칫했다.

"요즘 통 경황이 없는 것 같아서. 휴가 다녀와서부터 하루도 제대로 못 쉬네."

"아, 별다른 일은 없어요. 간병인 아주머니한테 좀 사정이 생겨서."

내가 어젯밤 외박하고 돌아온 이유를 으레 병원 때문이겠거니 하는 모양이다. 그도 그럴 것이 지난 몇 년간 내 삶은 공장과 병원, 그 두 공간을 오가며 흘러갔다. 저번 사고에 대해서도 굳이 알리지 않았으니 아는 사람도 달리 없고. 그로 인한 착각을 정확한 이유로 대체하는 건······ 못하겠다, 아직은.

'아희야, 미안해.'

엉뚱하게 방패막이가 된 아희와 간병인 아주머니께 심심한 유감을 전하며 드라이어를 강으로 해놓고 마구 머리를 비볐다. 그런 나를 보며 미라 언니는 머릿결 다 상한다고 혀를 찼다.

"털털한 것도 좋지만 슬슬 멋 좀 부려야지, 너도. 좋은 시절 가는 거 순식간이야."

전에는, 예, 예 하면서 한 귀로 듣고 한 귀로 흘릴 말인데 오늘은 왠지 미라 언니의 말이 예사롭지 않게 들려 말리던 머리칼을 쳐다보았다. 그리고 슬쩍 미라 언니를 쳐다보았다.

스물아홉 살인 미라 언니는 올해가 가기 전에 결혼하겠다면서 의욕이 대단하다. 나처럼 고등학교 졸업하기 무섭게 공장에 취직한 뒤 자기만 보며 손 빠는 식구들 건사하느라 십 년 가까이 흘려보내고 바야흐로 작년 봄 취직한 둘째 여동생에게 가장 노릇 하라며 바통 터치를 했다. 그 뒤 일 년여 동안 퇴근 후엔 청춘을 불사르겠다며 실컷 놀러다니더니 올해엔 조신한 신붓감으로 변신해 공장 일이 끝나면 요리 학원에 다니고 있다. 헬스클럽을 다니며 살을 빼고 꾸준히 체형 관리를 하는 것은 물론 작년부터 손을 댄 화장술은 일취월장, 다소 수수하다 싶었던 외모가 몰라보게 화사해졌다.

지금도 바로 옆 공장에 일하러 갈 뿐인데도, 머리를 곱게 손보고 풀메이크업에 가까운 화장을 하고 있다. 언제 어떤 기회가 올지 모르니 사람은 늘 준비가 되어 있어야 한다나. 불과 얼마 전까지만 해도 참 귀찮을 텐데 부지런도 하다, 그 정도의 감흥밖에 없었지만 오늘은 그 모습을 보는 감회 역시 남달랐다.

'여자는 확실히 가꾸면 예뻐지는구나.'

나는 새삼 삐죽삐죽 사방으로 뻗친 머리카락을 쳐다보고 씻고 와서 로션 하나 바른 얼굴을 문질렀다. 머리를 빗은 후 선크림 바르고 립밤 쓱 입술에 비벼주는 걸로 내 외출 준비는 끝이다.

다 쓴 드라이어 선을 돌돌 말아 선반에 가져다 두면서 나는 미라 언니의 화장품 컬렉션을 기웃거렸다.

"언니, 그…… 입술에 바르는 건 무슨 기준으로 사요?"

"궁금해?"

당연히 궁금하니까 물은 거겠죠? 그런데 미라 언니가 씩 웃더니 주르륵 늘어선 립 제품들을 훑어보고는 거기서 하나를 골라냈다. 그리고 내게 가까이 오라고 손짓하는 걸 내가 주저하자 한 손에 눈썹칼을 들고 위협하는 시늉을 했다. 나는 협박에 못 이긴 척 웃으면서 언니 옆 의자에 앉았다.

"수경이 네가 피부는 좋은데 좀 창백한 편이잖아. 입술색도 흐릿하고. 전부터 늘 이거 발라주고 싶어서 손이 근질거렸어."

내 턱을 잡고 살며시 립스틱을 발라준 후 슬쩍 머리를 뒤로 하고 쳐다보면서 미라 언니가 감탄했다.

"얼굴이 산다 살아. 아, 결국엔 바탕 좋은 애가 최고라니까."

"에이, 비행기 태우긴. 나 털어도 먼지만 풀풀 날려요."

칭찬이 겸연쩍어 손사래를 치는 내게 미라 언니가 슥 화장 거울을 내밀었다. 거기 보인 내 얼굴에 얼마쯤 눈이 벌어지긴 했다. 선명한 핑크색 립스틱을 발랐을 뿐인데 희한하게 피부색도 달라진 듯한 느낌?

"어때, 내 감식안이?"

"음…… 좀 야하지 않아요?"

"이 정도가 뭘! 그리고 넌 이목구비가 큼직하니 또렷해서 화장 조금만 해도 티 확 나는 얼굴이야. 야하니 뭐니 헛소리 말고 복인 줄 알아."

아, 그래서 화경이가 늘 화장이 진해 보이나 하고 생각했다.

"그렇지, 이 기회에 눈썹 손질 좀 하자. 너, 눈썹 형태는 나쁘지 않은데 숱이 너무 많아."

"네? 아뇨, 됐어요, 해줘도 간수도 못하는데……."

"언니가 한 번 해줄 테니까 앞으로 그대로 유지만 해. 아무렴 그것도 못해? 자, 가만있어봐!"

나는 꼼짝 없이 미라 언니 손에 붙들려 눈썹이 깎이고 뽑히는 수난을 당했다. 호기심은 고양이를 죽인다, 어디선가 주워들은 경구가 머릿속에서 쟁쟁히 울려 퍼졌다.

이날 나는 공장에서 가는 곳마다 구경거리가 됐다. 립스틱 바르고 눈썹 정리하고 머리를 좀 말았을 뿐인데—미라 언니가 고데기까지 쓰는 초강수를 두었다—이게 누구냐, 무슨 좋은 일 있냐, 수경이 시집가냐 등등 별소릴 다 들었다. 그만 좀 놀리라고 나중엔 진짜 화를 냈는데도 통하지 않아서 점심 먹고 양치질할 때 입술까지 아주 닦아버렸다.

오후 작업이 끝나고 기숙사로 돌아온 나는 방에 아무도 없을 때 재빨리 휴대전화를 켜서 전화를 걸었다. 마치 전화기 앞에 앉아 기다린 사람처럼 신호가 가기 무섭게 연오가 전화를 받았다.

"일 끝났어?"

귓전에 닿자마자 녹아내리는 부드러운 목소리에 나는 흐느적거리며 의자에 기대앉았다.

"응. 이제 씻으러 가려고."

"언제쯤 와? 정류장에 마중 나갈게."

"더운데 뭐 하러. 그냥 집에 있어."

"한시라도 빨리 보고 싶어서."

으아아아아. 다른 사람의 입에서 나왔으면 버터 냄새가 났을 텐데 어쩜 이렇게 달기만 할까? 나는 빨개진 얼굴의 열을 식히려고 책상에 이마를 기대고 방에 아무도 없음에도 불구하고 입가를 가리고 속

살거렸다.

"오늘 아주 푹푹 찌니까 제발 집에 있어. 내가 한시라도 빨리 갈게."

"더운 거 잘 참아, 나. 불구덩이만 아니면 끄떡없지."

"그러다가 깁스한 팔에 땀띠라도 나면 그때 가서 땅을 치고 통곡할 걸? 내가 전에 한 번 해봐서 아는데 간지러운 데엔 장사 없다."

겁주는 말이었는데 연오는 쿡쿡 웃기만 했다. 아직 살 만하다 이거지. 어디 한 번 당해봐라 하는 마음도 있었지만 잠시 후 마음을 곱게 먹고 절대 나오지 말라고 신신당부했다. 연오는 끝까지 "봐서"하고 애매하게 대답했다.

전화를 끊고 쌩하니 샤워를 하고 돌아온 나는 옷을 갈아입다 말고 책상 쪽으로 다가갔다. 로션, 선크림, 립밤에 핸드크림 하나가 전부였던 내 화장품 속에 단연 이채를 발하는 신참이 하나 있다. 오늘 아침까지 미라 언니의 화장품이었던 마젠타 핑크색 립스틱이 바로 그것. 자신에겐 어울리지 않는 색이라며 떠넘기는 걸 받긴 했는데 오늘 같은 일을 겪고 또 바를 것 같진 않다.

"마젠타 핑크."

단순한 핑크색에도 무수한 종류가 있다는 걸 배웠다. 들어 올렸던 립스틱을 내려놓고 문으로 가다가 결국 되돌아와 집어 들어 크로스백에 넣었다. 공장에선 안 발라도 뭐, 밖에서라면야?

백오산으로 가는 버스 안에서 그놈의 립스틱을 아마 수천 번은 만졌을 것이다. 에이, 내가 무슨 립스틱이야 하다가도 버스에 올라타는 여자들 얼굴을 샅샅이 살폈다. 오늘 날이 그런지 어째 죄 화장 안 한 사람이 없다. 하물며 나이 여든은 족히 되어 보이는 할머님도 뽀얗게 분 바르고 빨간 립스틱을 바른 모습을 보고 얼마쯤 충격에 빠졌다.

내가 무심해서 그렇지 알고 보면 세상 여자들은 모두 자신을 가꾸고 다니는 건가? 버스 차창에 비친 얼굴을 들여다보는 내 머릿속에서 아침에 미라 언니가 했던 말들이 떠다녔다. 피부는 좋지만 창백하다, 입술색이 흐릿하다……

비교 대상으로 떠오른 건, 엉뚱할지 몰라도 연오의 얼굴이다. 희고 깨끗한 피부며 그린 듯 깔끔한 눈썹. 섬세한 이목구비에 진한 붉은 입술은 또 어떻고. 그는 아름답다. 수려하고도 단아하고, 아…… 내 부족한 어휘가 진저리난다. 정말이지 나는 그런 미모를 여태 본 적이 없다. 그런데 그런 남자가 날 좋아한다니!

기쁨으로 가슴이 벅차오른 것도 잠시, 여전히 차창에 비치는 얼굴을 보고 나는 울적해졌다. 씻고 말리기가 귀찮다고 늘 목을 넘겨본 적 없는 보이시한 단발에 화장기 없는 얼굴이 아닌 게 아니라 창백했다. 예뻐지고 싶다. 계기야 어찌 됐든 절실히.

'나는 노력이 필요해!'

립스틱을 움켜쥐면서 속으로 크게 기합을 넣었다.

백오산 사거리. 뒷문에서 내려서자마자 주위를 둘러보고 왼쪽으로 뛰었다. 피자 가게 옆에 세워진 오토바이 사이드미러에 얼굴을 비추고 립스틱을 바르는 나를 안의 점원이 멀뚱히 쳐다봤지만 얼굴에 철판을 깐 나는 부끄러울 게 없다.

"좋아."

립스틱을 삭삭 바르자 금세 얼굴이 야해…… 보이지만 그런 생각은 금물. 금물이지만 야한데……. 아까보다는 낫다는 생각과 당장이라도 지우고 싶다는 생각 사이에 또 갈등에 빠져 머리를 쥐어뜯는 내 위로 슥 그늘이 졌다.

"뭐해?"

이 목소리는?!

"연오야."

나도 모르게 입술을 가리며 뒤를 돌아보자 연오가 바로 내 뒤에 있었다. 그것도 하얀 레이스가 달린 양산을 들고서. 그 양산이 내 위로 그늘을 드리우고 있었다.

"웬 양산이야?"

"저기서 샀어."

근처에 있는 잡화점을 가리켜 보이며 그가 빙긋 웃었다.

"정류장에 앉아서 보니까 버스에서 내리는 여자들 둘 중 하나는 양산을 펴더라고."

"어…… 요즘 같아선 조금만 나와 있어도 금세 타니까."

고개를 주억거리다 말고 나는 눈을 깜빡거렸다.

"혹시 날 주려고 산 거야?"

당연하지 않냐는 듯 연오가 고개를 갸웃했다. 나는 머쓱하니 입술을 빨았다.

"나는 잘 안 쓰는데. 우산이나 그런 거하고 궁합이 나쁘달까, 자주 잃어버리거든. 그래서 아예 모자를……."

그러나 말하는 사이 어느새 시무룩해지는 연오의 표정에 나는 놀라서 손을 내저었다.

"하지만 네 선물이니까 잘 쓰고 다닐게, 절대 안 잃어버리게 스트랩 손목에 꼭 걸고. 잃어버리면 내가 성을 갈 거야, 암!"

"그렇게까지 하란 건 아니고. 그런데 뭐지……?"

웃음을 되찾았나 했던 연오가 미간을 좁히며 내게로 얼굴을 기울였다. 뭐가 뭐냐고 물으려다가 나는 입술을 가린 손을 치워버렸음을 깨달았다. 아니나다를까 연오는 내 입술을 빤히 보고 있었다.

"화장을 했네."

"응, 아니, 그게 그냥 립스틱만 발랐어!"

"왜?"

왜? 이런 걸 물어볼 줄은 꿈에도 몰랐는데. 곧이곧대로 예뻐지고 싶었다, 너랑 너무 비교되니까 라고는 절대 말할 수 없다. 나는 어색한 미소와 함께 "기분 전환이랄까?"하고 대답했다. 연오는 마치 기억해두겠다는 듯 "기분 전환이구나."하고 그 말을 되풀이했다. 너무 진지한 그가 어쩐지 우스워서 픽 웃음이 나왔다. 그 웃음 덕택에 가뿐해진 마음으로 그를 똑바로 쳐다보며 예쁘지 않냐고 물었다.

"예뻐."

즉각적인 반응에 내가 쑥스러움을 느낄 새도 없이 그가 덧붙여 말했다.

"하지만 그런 거 안 발라도 예뻐. 있는 그대로도 미인인걸."

목연오 효과가 분명하다. 다른 사람이 했으면 사탕발림으로밖에 안 들릴 말이 귀로 들어온 그대로 심장을 직격하는데, 내가 조금만 심약했으면 그대로 기절했을 것만 같다. 그러나 기절을 면한 대신 얼굴은 삽시간에 홍당무가 되었다.

"가, 가만 보면 진짜 선수야. 눈 하나 깜빡이지 않고 그런 말을. 카사노바 소리 들은 적 없어?"

"없어. 애초에 누구한테도 이런 말을 한 적 없는 걸."

"정말로 처음?"

지난밤 연오도 여자를 사귄 건 내가 처음이라고 밝혔지만 그때와 마찬가지로 아직도 나는 의아스럽다. 내 눈에 드러난 의심을 읽었는지 연오가 못 말리겠다는 듯 고개를 저었다.

"이런 걸로 거짓말 같은 거 안 해."

"거짓말이라고 생각하는 건 아니야. 나는 좀…… 신기할 따름이야."

슬쩍 연오가 쥔 양산 손잡이에 손을 얹어 손잡이를 잡으려는 척하며 그의 손가락을 쓰다듬었다. 나름대로 의심해서 미안하다는 사과의 제스처이다.

"어떻게 세상이 이런 남자를 여태껏 솔로로 둘 수 있단 말인가. 세계 8대 불가사의가 추가됐다고, 내 기준에선."

연오는 빙그레 웃고선 문득 고개를 기울여 내 뺨에 입술을 댔다. 그러곤 고개를 들면서 중얼거렸다.

"이제야 널 만났으니까. 그러니 네 탓이야."

이래도 선수가 아니라니! 얼굴에서 김이 날 것 같은 걸 나는 서서 이러지 말고 어서 가자고 발걸음을 뗐다. 허둥거리며 걷는 내 곁으로 연오가 다가와 다시 그늘을 만들어 준다.

"집에 있으랬더니 말도 안 듣고."

삶은 문어나 다름없을 얼굴을 푹 수그리고 한참 걸은 끝에 주변이 한적해지면서 산길이 나타났다. 그때서야 슬쩍 고개를 들고 타박했더니 연오는 말없이 웃기만 한다. 그게 정말이지 다정하게 느껴져서 가슴이 몽글몽글 부풀어 올랐다. 또 문어로 둔갑하기 전에 가슴이 뛰지 않을 만한 대화를 찾으려 기를 썼다.

"오늘은 뭐 했어?"

"독서."

"어떤 책 읽었는데?"

그 질문에 연오의 입에선 연달아 네 권의 책 이름이 술술 흘러나왔다. 애석하게도 나는 들어본 적도 없는 것들이라 멍하니 고개를 주억거리는 게 고작이다.

"나도 한때는 공부깨나 한다는 소리 들었었는데. 책하고 담쌓은 지 몇 년에 무식쟁이가 다 됐어."

"공부가 하고 싶으면 지금도 늦지 않았잖아?"

이제 스물세 살이니 틀린 소리는 아니지만 그렇지! 하고 맞장구치기엔 내 앞날이 뿌연 안개 속이다. 무엇보다도 아희의 일이 불투명하다. 화경의 결혼 이야기가 아희에겐 어떻게 작용할지, 나는 아직 화경과 깊은 이야기를 나누지 못했다.

아희 일에 있어서만큼은 화경을 내 멋대로 판단할 수 없다. 열일곱 살에 별안간 임신으로 집안을 발칵 뒤집어 놓았을 때부터 화경의 행보는 파격 자체였다. 유화경이란 사람은 자신에게 아무 이득도 되지 않는 일에 스스로를 희생할 사람이 아니다. 때문에 화경이 결단코 아이를 낳겠다고 하는 걸 보고 돌아가신 엄마랑 나는 아이 아버지 쪽에 뭔가 바라는 게 있는 거 아니냐는 말까지 했었지만 웬걸, 클럽에 놀러 가서 하룻밤 놀았을 뿐 이름조차 제대로 모른다는 것이었다. 순수하게 제 아이라서 낳겠다는 화경이 얼마나 놀라웠는지. 그렇게 놀랐어도 마음 한편엔 그래도 혹시…… 하는 의혹이 남아 있었으나 아희의 발병 후에도 친부에 대한 말이 전혀 없는 것에 한 조각 의심마저 털었다.

하기야, 아희를 낳았던 것까지가 놀라움의 최대치였다. 낳은 뒤엔 젖 한 번 안 물리고 부모님께 아기를 맡겨버린 걸로 모자라 부모님이 돌아가신 뒤에 한 일을 생각하면…….

"뭘 그리 골똘히 생각해?"

연오의 물음에 나는 순간적이나마 가라앉았던 기분을 떨치며 어깨를 으쓱했다.

"그냥 이것저것. 역시 지금은 때가 아니다 싶어서. 그래도 내 룸메

이트 언니가 스물여덟 살이 되고서야 자기 삶 시작한 거에 비하면 나는 아직 여유가 있단 말이지."

5년 후의 나를 생각하자 근거는 없지만 희망이 솟구쳤다.

"아무렴, 그전에 아희도 낫고 다 좋아질 거야. 그럼 공부해서 나도 대학생이 돼야지!"

주먹을 불끈 쥐어보는데 어떤 생각이 들어서 눈을 빛내며 연오를 보았다.

"그러고 보니 너 군대 아직이지? 대학 졸업하기 전에 다녀와야 하지 않아? 잘하면 너 군대 다녀오고 어쩌고 하는 사이에 내가 무주대생이 될지도 모르겠는 걸?"

어쩌면 연오랑 같이 대학 생활을 보낼 수도 있다는 갑작스런 상상에 들떠버린 내게 찬물을 쫙 끼얹는 말이 들려왔다.

"아직이긴 한데 앞으로도 갈 일은 없을 것 같아."

"군 면제야? 어······."

어째서냐고 물어보려다가 급히 입을 다물었다. 연오의 자존심을 지켜주기 위해서라도 침묵을 다짐하는데 연오는 덤덤하게 걸음을 옮기며 중얼거렸다.

"생각해본 적도 있었지만 아직 그 정도로 지루해지진 않아서."

지금 연오가 군대란 곳을 거의 심심풀이 땅콩과 비슷한 반열에 두고 말한 기분이 드는데······ 설마, 내 착각이겠지. 고개를 갸웃하며 그를 올려다보자 시선을 느꼈는지 연오도 날 보며 웃음 지었다.

"이젠 너도 만났고."

역시 알쏭달쏭한 말을 한다. 나는 눈을 말똥거리며 그를 쳐다보다가 해석을 포기하고 한숨을 쉬었다.

"너 가만 보면 좀 엉뚱한 데가 있어."

연오는 빙긋 웃기만 하더니 대학 이야기로 돌아갔다.

"군대는 안 가도 내가 휴학하고 기다리면 되는 거잖아. 그럼 나중에 네가 대학 들어오면 같이 다닐 수 있을 거 아냐."

"에이, 그건 아니지. 그때가 언제일 줄 알고."

손사래를 치며 웃었더니 연오는 진지하게 "당장 내년이라도?" 하고 반문했다. 살짝 어이가 없어서 들으란 식으로 혀를 찼다.

"내 얘길 어디로 들은 거야. 아직은 때가 아니래도."

"어떻게 하면 그때가 되는데?"

"저기서 돈벼락이 떨어지면 당장이라도 되지."

양산 밖의 하늘을 가리키며 말했다. 반은 농담이지만 반은 진담이다. 실은 일주일에 꼭 한 번씩 복권을 산단 말씀. 하늘과 나를 갈마본 연오는 내가 말하는 돈벼락이 대충 어느 정도냐고 물었다. 고민하고 말 것도 없이 튀어나온 답은, 10억이었다.

"10억, 그게 23살 현재의 유수경이 바라는 꿈의 액수야."

두 손을 쫙 펴서 열 개의 손가락을 보며 나는 말했다.

"일단 그걸 모으면 엄마 아빠 보러 가서 딸내미 자수성가했다고 자랑할 거야. 그리고 그걸 열 배로 키운다는 게 그다음 꿈! ……이지만 당장엔 먹고 죽을 돈도 없지. 꿈만 부자인 맨발의 청춘이야, 아하하."

물론 현실과의 격차가 너무도 큰 나머지 한숨이 따라오긴 한다. 당장 1억만 있어도 병원비 걱정에 전전긍긍하지 않고 아희 옆에서 살뜰히 챙겨줄 텐데, 지금은 현상 유지도 급급해서 덜컥 골수 기증자가 나타난다고 해도 수술비 걱정부터 해야 할 판이다. 모쪼록 화경에게 무슨 생각이 있어야 할 텐데, 하고 미련한 기대를 해보는 나를 연오가 한마디 말로 번쩍 일깨웠다.

"내가 준비할게."

뭘. 10억을? 말로 묻는 것조차 웃겨서 입만 벌리고 그를 쳐다보니 연오는 물끄러미 아래를 내려다보며 말하는 것이었다.

"당장엔 곤란하고 얼마쯤 시간이 필요해. 지금이 7월이니까 8월 안으론 해결되지 싶은데…… 저쪽이 철저한 장사치라 조금 애를 먹일지도 몰라. 그 경우엔 나도 생각이 있으니까 길어도 9월엔 성사가 될 거라고 생각해."

연오가 진지해 보여서 나는 더욱 말이 나오지 않았다. 10억을 8, 9월 안으로 해결하겠다고? 설마 진짜 이 벽촌에 은둔해 사는 어느 재벌가의 자제분이라도 되는 거야? 에이, 비록 장래 백억 부자를 꿈꾸는 나지만 그렇다고 현대판 신데렐라 스토리를 꿈꾸는 멍청이는 아니라고! 이 경우에 가능한 해답은, 오로지 하나!

"연오야, 너 더위 먹었니?"

손을 만져보고 이마며 얼굴, 목덜미도 짚어 보았다. 서늘하고 매끄러운 피부는 금방 파우더라도 바른 양 보송보송할 뿐 열이 오른 기미는 전혀 없다. 나는 보다 두려운 걱정을 품게 되었다.

"설마 그때 사고로 머리가……?"

병원에서 그쪽은 이상 없다고 했지만 안타깝게도 무주종합병원은 대한민국 최고와는 거리가 좀 있다. 하물며 연오는 만으로 하루 가까이 못 깨어났었다. 아아, 그때 서울 병원으로 옮겨서 검사를 받아야 했던 거라면? 마른침을 꿀꺽 삼키며 나는 말했다.

"연오야, 우리 저녁만 먹고 바로 서울 가자."

내 심각한 표정을 멀뚱히 바라보던 연오가 피식거리며 웃었다.

"서울 가는 거다. 알았지?"

나는 진지한데 그는 자꾸 웃기만 했다. 그래도 약속하자고 새끼손가락을 걸려고 했더니 그제야 웃음을 참으며 그가 말했다.

"다음에 얼마든지. 날 좀 서늘해지면 느긋하게 놀 겸. 거긴 여름에 너무 덥더라. 너 더위에 약하잖아."

"지금 내가 더운 게 문제야, 네 머리가 문제지."

"내 머린 아무 문제없으니까 걱정 마시고."

"아무 문제없는 사람이 다음 달 안에 10억 준비 운운해?"

답답해서 재삼 한숨을 쉬었더니 연오가 걸음을 멈추며 내게로 몸을 돌렸다.

"지금은 안 믿어도 돼. 준비되면 그때 보면 되잖아. 그 준비 때문에 당분간 좀 멀리 가야 하는 게 마음에 걸릴 따름이야."

마주한 연오의 눈빛에서 읽히는 진심에 나는 덜컥 심장이 내려앉았다.

"야, 목연오, 나 이런 농담 안 좋아해."

연오는 또 빙긋이 웃기만 한다. 그렇게 믿고 싶으면 그렇게 믿어, 라고 말하는 듯한 상냥한 미소. 애가 닳아 그만 투정하듯 소리쳤다.

"뭔데, 대체! 평범한 사람이 무슨 수로 뚝딱 그 큰돈을 만들어! 사람이라도 죽일 참이야?"

연오의 눈이 휘둥그레졌다. 나는 슬며시 이슬마저 치밀어 오른 눈을 의식하고 푹 고개를 숙이며 중얼거렸다.

"괜한 소리로 사람 놀라게 만들지 마. 허풍선이고 뭐고 그런 사람은 내 쌍둥이 하나로 족해. 웃자고 해본 소리를 다큐멘터리로 받으면 나더러 어쩌란 거야."

못난 눈물이 그예 못 참고 방울방울 떨어지기 시작했다. 급히 눈물을 훔치는 내 머리 위로 연오가 툭 이마를 가져다대는 게 느껴졌다.

"……사람은 죽이지 않을 테니까, 울지 마."

달래는 말치곤 너무 주변머리 없는 말에 웃음이 나려는 것을 입술

을 깨물어 참았다. 겸연쩍지만 확실히 못박아두고자 했다.

"그야 나도 사람이라 요행을 바라는 마음이 아주 없진 않지만 얼토당토않게 도움 받길 원하는 것도 아니야. 열심히 일해서 번 내 돈이어야 엄마 아빠한테 자랑도 하지. 그러니까 돈 이야긴 한 귀로 흘릴 것. 알았지?"

"무슨 말인진 알겠어."

그렇게 대답은 했지만 그는 결코 제대로 이해한 게 아니었다. 물론 한 귀로 흘리지도 않았고. 확실히 거짓말은 하지 않았다. 하지만 진실을 말한 것도 아니었다.

내가 지나치면서 한 말이었던 8대 불가사의 운운. 때론 그렇게 소가 뒷걸음질 치다 쥐를 잡는 일도 일어난다.

"가만 보니 너 울보야."

"울보? 말도 안 돼, 내가? 나 유수경이? 흥, 내가 울 확률이 아프리카 사막에 미나리 날 확률보다 더 적어. 이거 왜 이래."

"어딘가의 아프리카 사막은 미나리밭이 됐겠군."

"흥, 그런 곳 있으면 사진으로 찍어서 갖고 와 보라지."

눈 밑을 까뒤집으며 혀를 내미는 유치한 대응에도 연오는 씩 웃기만 했다. 내 감수성 폭발의 원인 제공자면서 여유만만인 게 조금 얄미워 어딘가 때려주고 싶은 걸 냅다 머리채를 잡아당기는 걸로 대신했다. 휘청 머리가 뒤로 젖혀졌던 연오가 날 쳐다보았지만 왼손으로는 내게 씌워주는 양산을 들고 있고 오른손은 깁스 상태이니 보복은 쉽지 않다.

"내가 손이 이렇다고 방심하는 모양인데……."

"방심은 무슨. 다 계산한 거지. 학교 다닐 때 공부 좀 했다니까? 억울하면 양산 내가 들 테니 꿀밤이라도 먹이든가."

어쩔 거냐는 식의 도발에 연오는 그럴 것까지도 없다면서 씩 웃었다. 그러고서 앞을 본 그가 높다랗게 휘파람을 불었다. 휘이휙, 하는 짤막한 휘파람은 마치 누군가에게 보내는 신호 같았다. 이게 서부영화라면 말이 먼지구름을 일으키며 달려오겠지만, 이 경우엔…… 새가 날아왔다!

"앗, 비겁해!"

찌르레기 두 마리가 쏜살같이 날아와 내 옆을 정신없이 날아 채며 경고하는 건지 위협하는 건지 시끄럽게 울어댔다. 굴색 부리로 날 금세라도 쫄 것 같아서 바싹 움츠러든 나를 연오는 빙글거리며 구경할 뿐 도와줄 생각도 안 했다.

"목연오, 약았어, 부하를 부린다 이거지?"

"딱히 부하라고는 생각해본 적 없는데."

"휘파람 한 번에 쪼르륵 날아오는데 부하가 아니면 뭐야? 앗, 저리들 가! 나 화나면 무섭다, 이놈들!"

머리를 감싸고 이리저리 피하느라 바쁜 와중에 새들 울음소리가 더 요란해져서 힐끗 보았더니 어느새 새들이 세 마리로 늘었다. 마지막으로 합류한 작은 새는 아니나 다를까, 휘파람새였다. 고 작은 녀석이 또 둘을 상대로 분전 중이었다.

"축하해. 네 부하가 왔어."

연오의 놀림에 입술을 삐죽거리며 이번엔 머리 꽁지가 아닌 그의 볼을 꼬집었다.

"목연오 씨, 정정당당하게 덤비시죠? 이게 무슨 아바타 싸움입니까, 네?"

"정정당당하게 싸우면 내 상대가 안 될 게 뻔한데?"

"아, 자신만만하십니다? 정말 그럴까요? 오호호호호?"

꼬집는 손에 힘을 줘서 볼이 빨개지는 데도 연오는 눈 하나 깜빡 안 했다. 오히려 빙글거리면서 별안간 내게 고개를 기울여 뺨에 입 맞췄다.

"귀엽다. 하룻강아지 같은 게."

"하룻강아지?"

그러니까 뭐, 하룻강아지 범 무서운 줄 모른다고 할 때의 그 하룻강아지? 요컨대 자신은 범이라 이 말이겠다? 오냐, 너 하룻강아지 매운맛 좀 봐라 하고 덤벼들고 싶은 생각이 굴뚝같았지만 그러는 중에도 휘파람새의 수난은 거듭되고 있었다.

"보지만 말고 못 싸우게 좀 해. 저러다 크게 다치겠어."

"그거 종전 제안인가?"

"종전終戰은 무슨. 정전停戰이야, 정전!"

"글쎄, 암만 봐도 이쪽 형세가 유리한데 내가 왜."

연오가 모른 체 딴청을 피우는 게 약이 올라 주먹을 불끈 쥐었지만 불꽃 펀치를 날리기 전에 보다 더 평화롭고 고상한 협상안이 떠올랐다.

"뽀뽀 해줄게, 뽀뽀."

슬쩍 연오가 눈을 굴려 날 보더니 "몇 번?" 하고 물었다. 당장 손가락 세 개를 펴 보이자 연오는 일없다는 듯 또 먼 곳을 본다. 한 손을 다, 이어서 다른 손까지 펼쳐 들었다.

"열 번, 열 번! 나도 더는 양보 못해!"

"좋~습니다. 그대가 그리도 간절하시니 내 너그러이 한발 물러나지요."

연오가 싱긋 웃고 짤막하게 휘파람을 불자 한사코 내 주위를 떠나지 않던 찌르레기 두 마리가 언제 그랬냐는 듯 높은 하늘로 날아올라

한 바퀴 선회 후 윗길로 멀어져갔다. 어찌나 척척인지 자못 놀라 쳐다보다가 휘파람새가 날갯짓해서 내 앞으로 오는 걸 보고 재빨리 손등을 위로 해서 손을 내밀었다. 사뿐히 내려앉아 머리를 갸웃하며 날 보는 작은 새에게 다친 곳은 없느냐고 물었더니 작은 부리를 벌려 구슬 같은 지저귐을 들려주었다.

"연오야, 얘 정말 말을 알아듣는 것 같아. 안 그래?"

"네가 착한 사람이라서 그래."

연오의 생뚱맞은 대답에 에이, 하고 웃으면서도 기분이 나쁘진 않았다. 보면 볼수록 사랑스러운 작은 새를 보며 나는 불현듯 그런 생각을 했다.

"나 있지, 수의사가 될까 봐."

"수의사?"

"그게 우리 막내 꿈이었는데 이뤄주고 싶어졌어. 내가 수의사가 돼서 유성우 동물병원을 개업한다면…… 와, 나 방금 목에 소름 돋았어. 왜 여태 이 좋은 생각을 못했지?"

고개를 갸웃거리는 나를 따라 휘파람새도 머리를 갸우뚱거렸다. 그 작은 머리를 살짝 문질러주자 기분 좋다는 듯이 눈을 꾸욱 감는 게 마냥 신기하고 재미났다.

"이것 좀 봐, 어쩜 이리 예쁘지?"

연오에게 자랑하자 대뜸 연오가 내게로 머리를 숙여 보였다. 무슨 뜻인가 싶어 어리둥절한 것도 잠시, 머리를 쓰다듬어달란 뜻임을 알고 나는 웃음을 참으며 그의 머리를 살살 어루만졌다. 기분 좋다는 듯 한껏 입꼬리를 올려 웃는 얼굴을 보자 더는 웃음을 참을 수 없었다.

"뭐야, 유치하긴. 그만한 일로 애들처럼 의기양양해져서."

"유치한 게 뭐? 내가 좋으면 됐지."

연오는 정색을 하더니 손을 흔들어 휘파람새를 쫓아냈다. 그래도 주변을 맴도는 새를 지그시 따라가는 그의 눈길이 따가웠는지 얼마 못 가 작은 새는 휘적휘적 날아가 버렸다.

"내 곁에선 나만 봐줘."

한눈판 나를 나무라듯 토라진 목소리에 이어 연오가 내게로 입술을 기울여왔다. 웃음이 간질거리는 입술을 안으로 깨물며 나는 가만히 눈을 감고 그를 맞이했다.

하늘을 가린 하얀 양산 탓인지 오롯이 둘만의 세상에서 나누는 듯한 달콤한 입맞춤에 속절없이 마음이 두근거렸다. 그러면서 또 한 번 그에게로 빠져드는 자신을 느꼈다. 자신이 키우는 작은 새에게 질투를 하는 어린 면조차 사랑스럽기만 하니 이미 충분히 깊게 빠져든 것 같은데.

아, 그런 생각을 한 나야말로 어린아이 같았다. 이때의 내 사랑은 아직도 봄. 나는 마젠타 핑크색을 한 미러볼의 반짝반짝한 환상을 좇는 풋내기였다.

8. 고생과 근심, 그리고 감사

GOOD WORLD ROMANCE NOVEL

날이 아주 저물기 전에 저녁을 먹고 포도 한 송이를 씻어서 이층 서가로 올라갔다. 기다란 쿠션 하나에 함께 기대앉아 도란도란 이야기를 나누고 있을 때 휴대전화가 울렸다. 받지 말란 듯이 연오가 고개를 저었지만 병원에서 온 전화라 그럴 수 없었다. 네, 하고 전화를 받자 간병인 아주머니 대신 "이모"하고 부르는 아희 목소리가 들렸다.

"응, 아희야, 이모야. 저녁 잘 먹었어?"

"안 남기고 싹싹 다 먹었어. 잘했지?"

"잘했어. 우리 아희 참 착하다."

"아희 착하니까 한 밤 자면 엄마 오는 거 맞지? 오늘 코 자고 일어나면 엄마 오잖아."

"아무렴, 엄마 올 거야. 엄마가 전화 안 했어?"

아희는 가만히 대답을 하지 않았다. 어린 게 눈치가 어찌나 빠른지 사실대로 말하면 내가 언짢아할 걸 아는 것이다. 물론 나는 언짢아졌다. 부산에 있는 것도 아니고 무주까지 왔으면서 아이한테 전화 한 통

을 안 하다니. 화경이 요 계집애 보기만 해봐라, 하고 이를 갈면서 억지로 목소리를 밝게 했다.

"내일 엄마 올 거야. 꼭 올 거니까 걱정하지 말고 조금만 놀다가 일찍 자. 엄마 왔는데 아프면 안 되잖아. 그치?"

"응, 이모. 근데 이모도 내일 와?"

"왜? 엄마 오면 이모 필요 없는 거 아니었어?"

"아니야, 아희 이모 이야기 듣고 싶어."

"엄마가 동화책 읽어주면 되겠네 그럼."

"아니야, 아니야. 아희 이모 보고 싶어, 이모 좋아해."

"치. 그래 봤자 엄마 다음으로 좋아하잖아. 이모는 2등 싫어."

"아니야, 2등 아니야, 이모도 엄마랑 같이 1등이야."

여섯 살 아이가 쩔쩔매는 걸 들으며 웃음을 삼키는 나도 참. 키운 걸로는 내가 압도적이지만 그래도 저 낳아준 엄마라고 찾는 걸 보면 뱃속에서 맺은 정이 참 크구나 실감하면서 이모도 내일 갈 거라고 아희를 안심시켰다. 아희에게서 전화기를 넘겨받은 간병인 아주머니도 그걸 확인하는 걸 잊지 않았다.

"아무래도 아희 이모 얼굴을 봐야 마음이 놓여서."

"알죠. 늦지 않게 갈 테니까 염려 마세요."

부탁한다며 전화를 끊고 난 뒤 화경에게 전화를 걸어봤지만 대답 없는 메아리였다. 내일 병원에 안 오면 진짜 그냥 안 둔다고 협박 메시지를 남기고 연오를 돌아보며 머쓱하게 웃었다.

"들었지? 기적은 일어나지 않네. 내일도 일찍감치 병원에 가봐야겠어. 아침 같이 못 먹겠다."

"나도 같이 가면 안 될까?"

"어? 병원에?"

"응. 방해 안 하고 옆에만 있을게. 안 돼?"

그냥 해보는 소리가 아닌 얼굴이라 곰곰이 그의 말을 생각해 보았다. 아희가 좀 수줍음을 타는 게 걸렸지만 애들은 미남미녀를 좋아한다는 말이 떠올랐다. 연오라면 당연히!

"음, 안 될 것까진 없는데 지루하지 않겠어? 병원이란 곳이 원래—."

연오가 내 말을 끊듯이 당장 고개를 가로저었다.

"너만 있으면 백 년이고 이백 년이고 꼼짝 안 할 자신 있어."

엄청난 표현에 그만 웃음을 터뜨렸다.

"그러다 망부석 되겠다. 애초에 그전에 늙어죽어. 바보."

연오는 내 어깨에 머리를 기대며 중얼거렸다.

"망부석도 나쁘지 않아."

웃어넘기기 힘들 정도로 애틋한 목소리에 나는 살짝 눈살을 찌푸렸다. 흰 눈을 연상케 할 만큼 차갑게 느껴지는 외면과 달리 내면엔 열 덩어리라도 간직한 듯 문득문득 나오는 말이 뜨겁고 대담하기 짝이 없다. 둘 사이의 간극이 워낙 커서 앞으로도 깜짝깜짝 놀랄 것 같다.

"아휴, 병원에 같이 가면 되잖아. 하지만 아희가 싫어하면 쫓아낼 거야."

두 손 들었다는 듯이 한숨을 쉬자 연오는 눈을 감은 채로 웃었다.

"같이 돌아올 수만 있다면 아무래도 좋아. 내일은 치자꽃이 딱 보기 좋게 필 거야."

"아, 그러고 보니 향내가 실려 온다 했어."

새들이 드나들 수 있도록 유리가 빠져 있는 창 사이로 밤공기는 뒤뜰의 꽃향기를 은은히 실어 나르고 있었다. 기분 좋게 호흡하며 포도

송이를 고르면서 나는 얼마쯤 쓴웃음을 지었다. 순간이나마 병원에 같이 가자는 연오의 말에 망설인 이유. 아희도 아희지만 그보다는 화경이가…….

"일단 아희한테 점수 딸 만한 비기를 전수해줄게. 아희가 구연동화 좋아한다고 말한 거 기억하지?"

노파심을 떨쳐내려고 급하게 넘긴 화제에 연오가 크게 고개를 주억거렸다.

"기억하지. 나도 한 번 보여달랬더니 들은 체도 안 했잖아."

"다 큰 어른 앞에서 구연동화 하기가 쉬운 줄 알아? 이번에 특별히 한 가지만 보여주겠어. 아희가 제일 좋아하는 이야기니까 보고서 장단 맞추는 시늉만 해도 호감도가 껑충 뛸 거야."

"경청하지요."

순순히 대답한 연오가 머리를 들어 나를 보았다. 막상 자리를 깔아주니 괜스레 쑥스러워 얼굴에 열이 올랐지만 사회인의 관록으로 허리를 꼿꼿이 펴고 시선은 먼 곳, 서가의 책 하나를 콕 찍어 응시했다.

"이야기 제목은 해님달님."

"……해님달님?"

"아, 흔히 남매로 나와서 동아줄 운운하는 전래동화하곤 달라. 내 이야기 속에서 해님달님은 한날한시에 태어난 쌍둥이 자매야. 둘은 깊고 깊은 산골에서 홀아버지와 함께 살았어……."

이야기를 들려주는 동안 정말이지 연오는 한눈 한 번 팔지 않고 내 옆얼굴만 뚫어져라 응시했다. 이제 보니 집중력도 대단한가 보다 싶어 감탄스러웠지만 화자의 목소리가 자꾸 기어들게 만드는 부작용도 있었다. 어찌어찌 이야기를 다 끝내고 대충 기억하겠느냐고 물으니 연오는 대답 대신 질문을 했다.

"그거 순수한 네 창작물이야?"

"으으, 순수하냐고 물으면 곤란해지는데. 조카 들려주려고 이렇게 저렇게 만든 이야기니까 깊게 생각하지 마."

"이렇게 저렇게……."

"깊게 생각하지 말래도."

내가 손사래를 치자 연오는 천천히 고개를 끄덕였다. 그러곤 내가 다시 말할 것도 없이 방금 전 이야기를 되풀이해 말했다. 내가 단 한 번 끼어들 여지도 없이, 술술 흘러나오는 이야기는 심지어 토씨 하나까지도 내 것과 닮아 있었다. 아니, 닮은 정도가 아니라 카피에 가까웠다.

"와, 너 그걸 그새 다 외운 거야?"

얼마쯤 기가 막혀서 묻자 연오가 빙그레 웃었다.

"네 이야기라면 모두 다 기억해."

"그래, 그런 것 같네."

고개를 끄덕였지만 문득 그게 단순히 방금 전 구연동화에 국한된 말이 아니란 생각이 들었다. 하지만 차마 말로 그걸 확인할 엄두가 나지 않았다. 객관적인 조건만 두고 봤을 때 지금도 충분히 내 수준이 낮은 판에…….

별안간 일어난 거리감에 가까운 무엇을 희석시키고자 나는 내게는 퍽 중요한 질문을 연오에게 던졌다.

"있잖아, 너 못하는 게 뭐야? 그러니까 내 말은 지금까지 뭘 하려고 했는데 능력이 부족해서 단념하거나 한 게 있냐고."

"음……."

연오는 진지하게 고민했다. 그 고민의 시간이 길어지는 자체가 나로선 재미없는 상황이었다. 용케 답이 나오긴 했다.

"일단 요리. 아무래도 불은 별로거든."

"아니 그런 거 말고. 하긴 그것도 약점은 약점인가."

체념에 가까운 한숨을 내쉬자 연오가 눈을 동그랗게 뜨며 물었다.

"내 약점이 궁금해?"

"딱히 약점이라기보다, 인간미를 찾아볼까 했지. 내가 커버해줄 수 있는 거면 좋겠다 싶기도 했고. 내가 생각하는 애인이란 건 하나 더하기 하나가 셋이 되는, 뭐 그런 거였거든. 오해하지 말고 들어, 시너지 효과를 말하는 거야. 시너지, 알지?"

연오는 아무 말 없는데 덜컥 내가 이상한 생각을 하고는 얼굴이 빨개졌다. 다행히 연오는 그 점에 대해선 아무 말 않고 날 보다가 내 오른손을 감싸 쥐곤 손가락 하나하나에 간질이듯 입맞춤하며 중얼거렸다.

"내게 인간미 같은 게 없다면 그건 완벽해서가 아니라 너무 텅 비어서야. 괜히 어렵게 생각하지 마. 넌 지금도 충분히 날 채워주고 있으니까."

불쑥 연오가 이빨을 세워서 내 손가락 하나를 깨물었다. 천천히 자국이 남을 정도로 강하게 이를 박아오는 것에 내가 살짝 신음하자 스르륵 눈길을 들어 날 보며 웃었다. 괴상한 장난을 벌이는 데도 그 뜻밖의 색향이 풍기는 눈웃음에 아무 말도 못하고 얼굴만 붉혔다. 검붉게 자국이 남은 손가락을 어루만지며 그가 속삭였다.

"그리고 내 약점은 아까도 말했듯이 불이야. 나중에, 혹시 나중에 내가 싫어져서 더는 보고 싶지 않아지면 아무 말도 하지 말고 그냥 내 집 문 앞에 불붙은 횃불을 던지고 가."

"말도 안 돼! 그러다 집에 불이라도 옮겨 붙으면, 꺄아, 꼼짝없이 방화범, 잠재적인 살인자잖아!"

호들갑을 떤 나는 무엇보다도 잘못된 가정을 바로잡아 놓았다.

"그리고 내가 널 싫어하게 될 일도 없어. 나야말로, 백 년이고 이백 년이고 끔찍이 좋아해 줄 테니까 각오나 단단히 해."

이런 말은 아무나 하는 게 아니란 것을 내뱉기 무섭게 실감했다. 당장에 희미한 미소를 머금은 연오와 눈이 마주치자 쑥스러워 어쩔 줄을 모르겠다. 푹 고개를 숙이자 연오의 단정한 목소리가 목덜미에 내려앉았다.

"그런 말은 하는 거 아니야. 정말 묶어놓고 싶어진다고."

"뭐, 뭐야, 자기는 훨씬 더한 말도 잔뜩 하면서. 망부석 운운한 건 누구였더라?"

"나는 할 수 있으니까."

"그 말 그대로 반사. 나라고 못할 줄 알고? 대체 무슨 배짱으로 사람을 얕보는 거야? 오, 그렇군. 알고 보니 이게 네 약점이야. 거만하다, 목연오!"

우우우 하고 야유하는 나를 물끄러미 보던 연오가 마침내는 이를 드러내며 웃기에 이르렀다. 저렇게 웃을 줄 아는 사람이 정말 거만한 건 아닐 테고 어쩌면 쉽게 사람을 못 믿는 건 아닐까 하는 생각이 들었다. 지난 며칠 새 꽤 많은 이야기를 나누면서도 한사코 자신의 가정사에 대해서는 화제를 피해간 연오의 태도가 심상찮기도 했다. 내가 부끄러운 줄 모르고 이것저것 다 오픈해버린—나는 나름대로 사람을 가리고 그렇게 가린 사람과도 속까지 친해지기엔 시간이 필요한 사람이다. 그런 의미에서 연오는, 단연코 예외에 속한다—것과는 달리 연오는 신상의 많은 부분을 아직 덮어두고 있다.

그래서 아직 연오에 대해서 모르는 것이 산더미 같지만 그래도 나는 다 괜찮을 거라고 막연히 믿고 있다. 생명의 은인이라서? 물론 그 것도 있겠지만 이것은 보다 본능적인 반응에 가깝다. 우리가 다른 방

식으로 만났다고 해도 꽤 빠르게 허물없는 사이가 되었을 거라고 생각한다. 이성 간이든 동성 간이든, 설사 부모 형제간이라고 해도 사람의 어울림에는 일정한 노력이 소요되는 법인데 별다른 노력 없이도 파동이라고 해야 하나, 공기라고 해야 하나, 그런 게 마냥 편한 상대, 그래서 왠지 모르게 죽이 잘 맞는 그런 경우가 있다. 성우가 내겐 그런 존재였다.

그리고 지금은 연오가 그렇다. 안타깝게도 내가 그를 워낙에 의식한 나머지 마냥 편한 것과는 거리가 좀 있지만 큰 의미는 변하지 않는다. 나는 그를 믿는다. 설사 그가 앞으로도 지금처럼 내게는 닫힌 공간을 간직한다고 해도 마찬가지다.

비밀의 존재. 어찌 보면 바로 그게 연오의 인간미라고도 할 수 있을 테니까.

아직도 웃고 있는 연오를 따라 언제 비죽거렸냐 싶게 나도 따라 웃었다. 왠지 내 자신이 무척이나 너그럽고 관대하게 느껴져 기분이 나쁘지 않았다. 성우가 죽고 나서 실로 오랜만에 맛보는 자기만족이었다.

이날 밤, 나는 더없이 깊은 잠을 잤다.

"마음을 바꿀 기회는 아직 남았는데."

버스정류장에서 연오에게 건넨 말에 그는 맞잡은 손을 꼭 쥐는 것으로 대답했다. 늘 고만고만하게 서늘한 그의 손. 여름엔 괜찮겠지만 겨울이 되면 손이 시려 고생하는 건 아닐까 벌써부터 걱정하면서 잡은 손을 가벼이 앞뒤로 흔들었다.

겨우 여섯 시가 넘었을 뿐이지만 이미 쨍한 하늘 아래에서 정류장 주변의 매미들도 부지런히 울고 있다. 일요일이라서 차량이 한적한 도로를 바라보며 나는 밑도 끝도 없이 소풍 가는 것 같다고 중얼거렸다.

"소풍 가고 싶어?"

"아니, 그냥 해본 소리……."

연오의 물음에 나는 대꾸하다가 말끝을 흐렸다. 별생각 없이 튀어 나온 말인 줄 알았는데 아닌 게 아니라 소풍이 가고 싶었다. 꼭 소풍 이라고 이름 붙이지 않더라도, 가까운 곳에 바람 쐬러 나간 일조차 퍽 예전의 일이었다.

"음, 굳이 먼 곳이 아니라도 도시락 싸서 물놀이라도 한 번 가고 싶 다."

"어렵지 않네. 백오산 계곡이라면 반나절로도 충분하잖아. 오늘 동 생 오는 거 보고 오후에라도 다녀올까?"

순간적으로 솔깃해졌지만 입술을 들썩이기 직전에 머릿속이 싸해 졌다. 우선, 화경이 병원에 나타날 확률이…… 낮다. 설사 변덕의 여 신께서 오전 안에 강림하시는 자비를 베푸신다고 해도, 냉큼 물놀이 를 실행에 옮길 수 있을 것 같지도 않다.

"아냐, 역시 관둘래. 물놀이는 나중에."

"왜? 아픈 조카가 마음에 걸려서?"

"음, 뭐 그렇지."

발치로 시선을 떨어뜨려 부서진 아스팔트 틈 사이에 용케 돋아난 잡초를 바라보며 내 신경도 저 잡초만큼이나 질기구나 싶어 속으로 한숨을 쉬었다. 물놀이라니. 잠시나마 머릿속에 성우의 사고가 아예 존재하지 않았다는 것이 기가 찰 따름이다.

"그럼 그건 나중에 하고, 오늘은 아쉬우나마 우리 집 뒤뜰에서 쉬 자. 치자나무 옆에 자리 펴고 음주가무를 즐기는 거지."

"오오, 꽃구경에 음주가무?"

들뜬 척 목소리를 높이며 연오를 쳐다보자 그가 고개를 끄덕이며

한 가지 덧붙였다.

"날이 저물면 달 구경도 플러스. 자고로 달과 꽃, 술은 삼위일체이
지."

"히야, 풍류남아 나셨어."

푹 옆구리를 찌르며 웃다가 진지한 얼굴로 물었다.

"그래서 가무라면, 네가 춤추고 노래하겠다는 뜻이지?"

순간 연오의 얼굴이 경직되며 눈동자가 또르륵 다른 방향으로 향
했다.

"노래라면 몰라도 춤은 좀……."

그 눈을 따라 집요하게 얼굴을 디밀었더니 그가 불쑥 자신의 오른
팔을 들어보였다.

"나는 환자라고."

삼각건과 깁스. 절묘한 방패에 나는 푹 한숨을 쉬었다.

"그렇구나. 춤은 안 추는구나. 모처럼 눈이 호강하나 했더니, 안 추
는구나."

"둘 중 하나라도 호강하면 되는 거지."

"그래, 둘 중 하나라도…… 뭐야, 설마 내가 춤추길 기대하는 거야?"

흠칫하여 쳐다보니 연오가 아름다운 눈을 반달처럼 기울여 웃고
있었다. 나는 냅다 손을 저었다.

"아니야, 연오야. 무슨 생각을 하는지 몰라도 당장 사뿐히 밟아버
려. 나는, 춤이 안 돼. 내 의지랑은 다르게 팔다리가 따로 놀아. 허우
적허우적 탈춤 추는 꼴을 보고 싶진 않을 거 아냐."

"나, 탈춤 좋아해."

"그런 의미의 탈춤이 아니래도. 맞다, 전에 누가 나 춤추는 거 보고
좀비 같댔어. 좀비 춤. 얼마나 끔찍했으면!"

"누군지 눈이 얼굴이 아니라 발에 달린 모양이네. 아, 저 버스 병원 가는 거 아니야?"

연오가 턱짓하는 걸 보고 돌아보니 타야 할 버스가 오고 있었다. 버스에 올라 가장 뒷자리에 앉은 뒤 다시금 춤 논쟁을 재개했으나 투입한 노력 대비 효과 전무. 연오의 눈에 콩깍지가 단단히 씌어 있다는 것만 확인한 계기였다. 글쎄, 내가 두 발로 콩콩 뛰기만 해도 예쁠 거라나. 노래에도 썩 자신이 없긴 마찬가지라 그렇다면 차라리 연오 노래에 맞춰서 줄넘기라도 할까 진지하게 고민하는 사이 목적지가 다가왔다.

그냥 가도 된다고 말렸지만 연오는 기어코 병원 앞 마트에서 아희가 좋아하는 파인애플과 망고 등이 담긴 과일바구니를 샀다.

"참, 어린 여자애들은 인형 같은 거 좋아하잖아. 그런 것도 하나 살걸 그랬나?"

"정말이지 괜찮아. 아희는 다른 애들이랑은 달라서 선물 공세에 무조건 기뻐하진 않아. 자칫하면 역효과가 날 수도 있어."

"역효과?"

나는 머리를 헝클어뜨리며 쓴웃음을 지었다.

"어린이날이나 제 생일, 크리스마스 같은 날이면 어린 게 말은 안 해도 엄마 기다리는 게 딱해서 엄마가 보내준 거라고 내가 이런저런 선물을 사줬었거든. 그걸 철석같이 믿고 애지중지하다가 나중에 제 엄마 왔을 때 고맙다고 인사했나 봐. 내가 그 자리에 없었는데 동생이 그런 거 보낸 적 없다고 말실수를 해버린 거지. 뒤늦게 실수한 거 깨닫고 자기가 보낸 거 맞다고 말을 바꿨지만 아희가 좀 똑똑해야 말이지. 그 뒤론 뭘 줘도 시큰둥, 어떨 땐 얼굴까지 찌푸리며 돌아앉아버린다니까."

한숨을 쉬는 내 머리 위로 연오의 왼손이 가만히 얹어졌다.

"속상했겠구나."

"응, 여섯 살짜리가 얼마나 속이 상했으면……."

"수경이 너 말이야. 물심양면 애쓴 보람도 없이 중간에서 얼마나 허탈하고 난처했겠어."

연오의 말에 나는 별안간 가슴 한구석이 뭉클거리며 눈마저 찡해졌다.

내 가족이기에 으레 해야 할 일, 거기서 비롯된 마음고생은 그저 나 혼자 삭히는 것이었다. 성우가 있을 땐 굳이 말로 옮기지 않아도 이심전심 통하는 게 있어 서로 위로가 됐다지만 그 뒤론 철저히 혼자였다. 언니로서, 이모로서 하는 일을 두고 생색을 내는 건 무슨 소용이요, 불평은 더더군다나 무슨 소용인가 했었다. 아직도 내가 어른스럽지 못해서 이런 걸 고생이라고 여기는구나 싶어 스스로를 질책하기도 했었다.

그런데 그거, 부끄러워하지 않아도 되는 거였나. 조금쯤 속상해도 되는 거였나.

내 머리카락을 가만가만 정돈해주며 말하는 연오의 음성이 부드러운 물결처럼 귓전에 파도쳤다.

"가엾게도. 혼자서 얼마나 맥이 빠졌을까."

"그, 그 정도 아니었다 뭐. 내가 멘탈이 얼마나 단단하다고."

더하면 정말 울어버릴 것 같아서 나는 부러 통명하게 말하며 머리를 획 옆으로 돌렸다. 연오는 그래도 내 머리를 만져주다가 얼마쯤 후에 손을 내리며 말했다.

"단단한 멘탈도 좋지만 너무 단단한 나머지 부러질 정도는 곤란한데."

"안 부러져, 내가 무슨 대나무도 아니고."

과일바구니를 툭툭 무릎으로 차듯이 걸어가며 한사코 눈을 크게 떠 물기를 말렸다. 옆에서 대꾸하는 연오의 목소리에서 웃음이 느껴졌다.

"대나무가 아니라니 다행이네. 그럼 수양버들 정도이려나?"

나는 곰곰이 생각해보고 그 정도쯤 되겠다는 뜻에서 고개를 끄덕였다. 연오가 쿡쿡 소리 죽여서 웃는 기색에 나는 혹시 놀리는 말이었나 하고 그를 돌아보았다.

"왜, 왜 웃어? 수양버들이 뭐가 어때서?"

"어떻긴, 잘 어울려."

"그치만 웃고 있잖아."

안 웃을게, 하며 정색을 하는 연오를 나는 미심쩍게 주시했다. 연오는 헛기침을 하더니 자고로 미인의 가는 허리는 버들가지에 견주었고, 버들잎은 미인의 눈썹을 표현하는 말이었다며 전혀 나쁜 뜻이 없노라 역설했다. 눈썹은 어제 미라 언니가 정리해준 바가 있어 그럴싸했지만 허리를 내려다보니 못내 찜찜했다. 밥 먹듯이 야근을 하며 야식이 선택이라기보다는 필수에 가까운 삶을 몇 년 보내는 사이 내 허리는 조금씩 조금씩 살이 붙어 잘록함과는 거리가 멀어졌다. 장시간 서서 일하는 직업에 튼실한 허벅지와 허릿심이 믿음직했지만 여성스러운 몸매를 따졌을 때는 이야기가 다르다.

"……가느다란 허리 좋아하나보네."

내 딴엔 덤덤하게 말하는 건데 왜 자꾸 입가에 경련이 이는지 모르겠다. 가만, 눈도 조금 실룩이나? 아니, 안면에 경련이 오는 것 같은데, 왜 이러지?

"가는 허리? 아무렴 어때, 가늘든지 굵든지."

연오의 진지한 답은, 한마디로 내 허리가 굵다는…… 윽, 갑자기 심장도 지끈거린다.

"그런 것에 일일이 선호 같은 것 갖고 있지 않아. 아, 그렇지만 네 허리는 좋아. 너라는 전체의 일부니까."

소용없어, 이제 와서 그런 입에 발린 말 따위—! 하고 쏘아주려고 홱 연오를 쳐다보았는데, 까만 구슬 같은 그의 눈이 너무도 따뜻하게 빛나고 있었다. 나와 눈이 마주치자 그 따스한 눈을 내게 기울이더니 머리칼 위에 입술을 대어왔다. 지그시 대어서 가볍게 문지르듯 비비고서 살짝 떼어낸 입술로 속삭였다.

"바람이 조금만 불어도 금세 헝클어지는 이 짧은 머리도 좋아. 한 올, 한 올 다 예뻐서 빠지는 게 아깝기 짝이 없어. 졸졸 따라다니면서 빠지는 머리카락마다 주워 모을 수 있다면 좋겠는데."

"뭐, 뭐야, 자기 비단 같은 머리채 놔두고 왜 이런 걸 탐내? 변태야?"

변태라는 말은 너무 심했나 하고 순간 당황했는데 연오는 정말이지 태연했다.

"말했잖아. 네 거니까 좋아. 네가 더없이 사랑스러우니 머리끝부터 발끝까지, 너라는 존재를 이루는 모든 게 어여쁠밖에."

아까 지끈거렸던 심장에 다시금 해일 같은 타격이 갔다. 목연오, 이 남자 눈에 지상 최대 수준의 콩깍지가 씌었지 싶었고, 할 수 있다면 그의 눈을 통해 나를 한 번 쳐다보고 싶었다. 그래야 눈이 문제인 건지 머리가 문제인 건지 알아서 대처 방안을 찾을 텐데. 그렇게 내 안의 착한 면은 연오를 진심으로 걱정했으나 겉으로 드러난 건 안타깝게도 억센 면에 가까웠다.

"네가 나한테 푹 빠져서 아주 정신이 없구나. 내가 옆에 없으면 불안해서 어떻게 사나 몰라."

히죽거리며 쿡쿡 옆구리를 찔렀는데 연오는 묘한 미소를 머금었다.

"불안하다기보다는……."

잠시 내리깔았던 눈을 들어 나를 바라보며 그가 중얼거렸다.

"쓸쓸해. 내 태엽이 잠시 멈춰 있다가 네가 왔을 때 다시 움직였으면 좋겠어."

먹먹한 눈과 가라앉은 음성. 거기 배어 있는 은근하고도 헤아릴 수 없이 묵직한 감정이 순간 내 뺨을 후려치기라도 한 듯이 얼얼해졌다.

나도 그를 좋아하지만, 못내 많이 좋아하지만 그의 것에는 결코 미칠 바가 아니란 생각이 다시금 강렬하게 날 사로잡았다. 그리고 그것이 기쁨 이전에 날 주저하게 만들었다.

어릴 때부터 난 어지간히 깐깐하다는 말을 심심찮게 들을 만큼 다른 사람에게 폐를 끼치는 것도, 정도 이상으로 신세를 지는 것도 싫어했다. 그 반대의 상황, 즉 내가 누굴 도와주거나 누군가 내게 실수를 해서 사과 받는 경우는 괜찮았다. 화경인 그걸 두고 내가 자존심만 쓸데없이 세서 잘난 체하는 거라고 말했지만 난 그저 내 마음이 편한 대로 행동한 것에 지나지 않았다.

그러던 것이 이런 일, 연애에 있어서도 작용할 줄은 몰랐다. 빚지고 신세지는 일이 질색이던 습성이 지금 당해내지 못할 연오의 감정 앞에서 뒷걸음질을 치게 만드는 것이다.

머리로는 알고 있다. 머리로는 저렇게 멋진 사람이 넘치게 마음을 기울여주는 것에, '와, 봉 잡았다, 고생운만 득시글거리는 줄 알았더니 남자복이 다 있었구나, 만세!' 하고 춤을 추는 게 옳다는 것도 안다.

그런데 앎은 앎이고 부담은 부담대로 느끼고 있으니 이거야 원. 호박이 넝쿨째 굴러와도 우리 밭 거 아니야, 하고 발로 뻥 찰 사람. 내 깐깐함은 그 정도의 중증이었던가. 아, 나도 사근사근하고 다사로운

봄날의 햇살 같은 사람이고 싶은데!

"기분 나쁜 말을 해버렸나."

"전혀, 그만큼 내가 좋다는 건데 기분 나쁠 게 뭐야."

"너, 무척 난감하다는 표정이었어."

"내가? 에이, 속으로 우쭐거리고 있었는걸?"

표정 단속을 좀 하자는 굳은 결심을 하며 한껏 환하게 웃어보였다.

"사랑 확인은 이따 또 하고 어서 부지런히 걷자고. 우리 여기 데이트하러 온 게 아니라 꼬마 숙녀를 보러 온 거 잊지 않았지?"

연오가 고개를 주억거려서 이야기는 일단락되었다. 속으로 가슴을 쓸어내리며 종종걸음을 쳤다. 병실 복도 앞에 나와 있던 간병인 아주머니와 간단히 인사를 나누고 교대하듯이 병실로 들어갔다. 아희는 일찍 일어나 동화책을 보고 있었다.

"아희 공주님, 기체후일향만강하십니까?"

가까이 다가가도록 모르고 책에 푹 빠져 있던 아희가 내 거창한 인사에 두 눈을 반짝이며 고개를 들었다. 이모, 하고 웃던 아이는 내 바로 뒤로 따라오는 연오를 보고 흠칫 얼굴이 굳어졌다.

"아희야, 이쪽은 이모 친구야. 아희가 보고 싶다고 해서 같이 왔는데 인사할래?"

아희는 잔뜩 커진 퀭한 눈으로 빠히 연오를 올려다보는 잠시 동안 눈도 깜빡이지 않았다. 내가 보다 못해 아희 얼굴 앞에서 손을 흔들었다.

"이봐요, 공주님, 너무 넋 놓고 보는 거 아닙니까? 이모 친구가 암만 잘생겼어도 그렇지."

"이모…… 친구?"

"응. 이모 친구. 연오야, 인사해."

아희가 간신히 말문을 틔웠지만 이번엔 연오가 낯가림을 하는지 침대 발치에 서서 살짝 고개를 숙여 보이는데 그쳤다. 아이들과 인사할 때는 눈높이를 맞추고 밝게 웃어주는 게 으뜸이라고 가르쳐준 말을 귓등으로 흘렸나 보다. 뻣뻣이 서서 고개만 까딱이라니, 게다가 전혀 웃지도 않고. 시선을 피하는 건 또 뭐람.

여러모로 총체적 난국인 연오의 팔을 이끌어 침대 머리맡으로 데려온 뒤 나는 아희의 옆에 앉아 짤막하게 그에 관한 소개를 했다. 일전의 사고 이야기는 할 수 없었지만 내가 아주 큰 은혜를 입은 은인이란 말은 잊지 않았다.

"아희 보러 오는 길에 이렇게 맛있는 과일도 많이 사주셨어. 고맙다고 인사해야지?"

"고맙……습니다."

내가 시키는 대로 꾸물거리며 인사한 아희는 그대로 고개를 푹 숙인 채 우리가 오기 전에 보고 있던 동화책만 만지작거렸다. 나는 연오를 돌아보며 무슨 말이라도 해보란 뜻으로 팔을 툭툭 건드렸지만 여전히 그는 데면데면하기 그지없었다. 나 혼자 발을 동동 구르며 상황을 타개할 방책을 찾아 머리를 굴리다 아희의 손에 들린 동화책을 보고 이거다, 하고 생각했다.

"무슨 책 읽고 있었어요, 공주님? 어디 보자, 백조의 호수네?"

〈백조의 호수〉라면 아희가 손때가 반질반질하도록 보고 또 보는 동화책이다. 첫 만남의 어색한 공기를 깨부수기 위해서 더할 나위 없는 소도구라고 여기며, 자연스럽게 아희에게서 책을 넘겨받았다.

"이모가 모처럼 한 번 읽어볼까나. 아, 참. 이모는 이거 많이 읽었는데 이모 친구는 안 읽어봤네! 아희야, 이모 친구가 이거 잠깐 읽어도 되니?"

당연히 내가 읽어주겠거니 했던 아희는 동그래진 눈으로 나를 보다가 재빨리 연오 쪽을 한 번 쳐다보고 고개를 푹 숙였다. 옅은 겨자색 모자를 쓴 머리를 살그머니 움직여 허락해주는 걸 보고 내심 싫다고 할까 봐 긴장했던 나는 가슴을 쓸어내렸다. 동화책을 연오에게 내밀자 연오는 썩 달갑지 않은 듯이 그것을 받아들고는 멀뚱멀뚱 볼 뿐이다. 나는 그를 의자에 눌러 앉히고 책을 가리키며 어서 읽으라고 입 모양으로 명령했다. 연오는 나를 쳐다보고는 받은 책을 뒤적여 첫 페이지를 펼쳤다.

"아주 먼 옛날, 어떤 나라에 지그프리트 왕자님이 살았습니다……."

아이를 대상으로는 지나치게 담담한 감이 없잖아 있지만 목소리며 발성이 워낙 좋아 대충대충 읽어도 귀에 쏙쏙 들어오는 효과는 있었다. 단순히 내가 연오에게 반한 나머지 그렇게 들리는 게 아니라는 걸 증명하듯 잔뜩 움츠러들어 있던 아희의 고개가 서서히 들리는 게 눈에 보였다. 혈색 하나 없이 창백한 얼굴로 입술을 꼭 다물고 있어도 연오를 힐긋거리며 훔쳐보는 아희의 눈에 총기가 반짝였다.

하지만 책장을 넘기다가 무심코 시선을 든 연오와 눈이 마주치자 또 언제 그랬냐는 듯이 고개를 숙이며 이번엔 아예 나를 방패로 삼아 숨어버렸다. 이렇게까지 낯을 가리니 괜히 자꾸 보고 말을 섞게끔 하는 게 도리어 역효과이겠다 싶어 나는 이 첫 만남에 가졌던 환상을 고이 옆으로 내려놓았다. 그러자 차라리 편한 기분이 되어서 연오가 들려주는 동화에 귀 기울일 수 있었다.

백조의 호수에 이어 아희가 좋아하는 동화 넘버2인 백조왕자 이야기까지 다 읽어갈 즈음 돌돌돌 하고 아침식사를 실은 카트 소리가 복도를 따라 들려왔다. 내가 식판을 받아 오는 사이 읽기를 마친 연오는 내게 의자를 내어주고는 밖에 있겠다면서 병실을 나갔다. 기회는

이때란 듯한 민첩함에 씁쓸하면서도 차마 말릴 수가 없었다.

"미안해, 이모. 아희가 안 착해서 이모 친구가 나간 거지?"

눈치 빠른 아희의 말에 나는 급히 표정 수습을 하며 그런 게 아니라고 손을 저었다. 그래도 아희는 의기소침해져서 가뜩이나 입이 짧은 아이가 더 먹는 게 부진했다.

"아희가 나빠. 어른들한텐 인사도 잘해야 하는데."

"인사 잘했어, 아주 잘했으니까 그런 소리 마. 연오도 아희가 착한 아이니까 동화책 읽어준 거야."

내가 열심히 달래도 아희의 기분을 북돋는 게 쉽지가 않았다. 일요일이고 하니 화경이가 와야 좀 달라지려나 싶어 마음속으로 한숨을 삼키곤 나라도 활기차게 바람을 넣어가며 아희가 골고루 먹게 했다.

"응? 우리 아희 오늘은 어째 김에 손도 안 대네? 천하에 다시 없을 김 공주가 말이야. 김이 좀 눅눅한가?"

나는 김 한 귀퉁이를 떼어먹어 본 후 바삭하다며 아희의 밥 위에 놓아주려고 했다. 그런데 아희가 "그거 싫어"라고 정색하고 말하는 바람에 김은 아슬아슬하게 밥 위에서 멈췄다.

"싫어?"

"싫어. 안 먹을래."

머리도 연방 흔드는 걸 보고 나는 별수 없이 김을 제자리에 가져다 놓았다. 무슨 심경의 변화인지 천천히 물어봐야지 하는데 두부부침을 우물거리며 먹고 난 아희가 불쑥 미간을 찡그리며 말했다.

"너무 까매서 무서워."

"응? 그렇게 까만가."

나는 영락없이 김 이야기를 하는 줄 알고 멀뚱히 김을 들춰보며 김이야 원래 고만고만하지 않나 의아해했다. 그런데 이어지는 아희의

말이 아주 다른 방향으로 흘러갔다.

"이모 친구 말이야. 눈이 너무 까맣고…… 무서웠어."

"어?"

"자꾸 봐도 눈이 너무너무 무서워서 나도 모르게 팬티에……."

아희는 병실의 다른 사람들을 힐긋거리고 내게 귀를 가져오란 시늉을 해서 속닥였다.

"엄마 오기 전에 나 팬티 갈아입을래. 아희, 아까 쪼끔 실수해서 척척해. 이모, 엄마한텐 말하지 말기."

"말 안 할게. 약속."

약속해주자 아희는 다시금 내 귀에 대고 속살댔다.

"이모, 이모 친구랑 많이 친해?"

"응, 친해."

"그럼 이모는 안 무서워? 그 눈 보고도 오줌 찔끔 안 해?"

아희는 정말로 궁금하다는 얼굴로 나를 보며 대답을 기다렸다. 나는 할 말을 잃고 여섯 살 조카의 천진한 눈만 멍하니 바라볼 따름이었다.

이래저래 여느 때보다 배는 늦어진 식사 후 빈 식판을 복도의 카트에 가져다 두려고 일어섰는데 병실문 앞에서 막 안으로 들어오려던 화경과 마주쳤다. 오후에나 어슬렁거리며 나타나겠거니 했던 터라 어떻게 이렇게 빨리 왔냐며 칭찬하는 나를 화경이 본체만체 지나쳐 들어갔다. 화장기 없이 퉁퉁 부은 얼굴을 선글라스로 가리고 있어도 뚱한 표정은 훤했지만 아희는 엄마가 왔다고 그저 반색을 하며 품으로 파고들었다. 다행히 화경이 건성이나마 아희를 토닥거리는 걸 보고 나도 덩달아 즐거워져서 식판을 내놓고 들어갔더니 화경은 그새 과일 바구니를 봤는지 누가 다녀갔냐고 묻던 중이었다.

"이모 친구가 왔었어. 동화책도 읽어줬어."

"이모 친구? 누굴까. 공장 동료?"

아희의 재빠른 대답에 화경이 조금 말을 끌며 물었다. 흘겨보는 눈빛이며 말투가 네 친구라고 해봤자 빤하지 라는 투로 들려서 나는 살짝 발끈했다.

"흥, 나도 대학교 다니는 멋진 친구 있다고."

"대학도 대학 나름이지 요새 그게 무슨 벼슬이라고."

저나 나나 대학을 못 나오긴 피차일반이면서도 화경은 가차 없이 대학생 버프를 무시했다. 어떤 의미에선 부럽다고 생각하며 나는 적당히 나무랐다.

"아무튼 문병 와준 사람인데 조금은 고맙게 여기지? 제 피붙이도 아니고 남한테 시간 내주고 돈 들이는 게 쉬운 것도 아니고."

네가 네 딸한테 하는 걸 좀 생각하라는 뼈를 담은 말이었지만 화경은 하품을 하고 입가를 매만지며 "생색은"하고 고깝다는 듯 중얼거렸다. 뿐만 아니라 대뜸 과일바구니를 이리저리 헤쳐 보더니 먹을 만한 건 하나도 없다며 혀를 찼다.

"야, 파인애플이랑 망고도 있다, 여기서 더 뭐?"

"뭐가 파인애플이랑 망고야. 흔해빠진 걸 가지고. 넌 이런 것도 못먹고 사니? 하여간에 지지리 궁상이다, 진짜."

다른 사람은 몰라도 유화경이 나더러 궁상 운운하는 건 대체? 하지만 여기서 내가 돈 벌어서 다 뭐하는지 모르냐고 물었다가는 아희 붙들고 대성통곡을 하면서 둘이 같이 죽느니 마느니 난리를 피울 것이다. 부모복 없는 년이 형제복은 있겠느냐며 천하에 불쌍한 고아 운운. 주변에 민폐 끼치는 게 창피하기도 하고 중간에 시달릴 아희 생각하면 내가 참는 것 말고는 답이 없다.

그럼에도 불구하고 화경의 말본새며 얕보는 눈빛에는 이가 갈렸다. 기억은 안 나지만 전생에 내가 저지른 많은 잘못을 뼈저리게 반성하면서, 모쪼록 얘랑 결혼하겠다는 남자의 콩깍지가 떨어지지 않기를 기도했다. 잠깐, 혹시 지금 내가 이렇게 침묵하면서 멀쩡한 남자를 고생길로 몰아넣는 무지막지한 죄를 저지르고 있는 거라면?

"아희, 과일 먹을래? 먹어? 먹고 싶은 거 골라봐. 언니, 이것들 좀 씻어다 줘. 난 머리 아파서 좀 누워야겠다."

내가 헤어 나올 수 없는 윤회의 수렁에서 허우적거리는 사이 화경은 아희 침대를 차지하고 턱 끝으로 나를 부렸다. 아희에겐 미안하지만 어서 씻어다 주고 여기서 사라져야 내가 숨을 쉬겠다 싶어 과일을 주섬주섬 챙겨서 일어났다.

"아, 언니. 전화기 좀 줘봐. 나 배터리가 떨어졌거든. 한 통화만 하고 줄게."

"거기 가방 앞주머니 열어봐."

"내가 어지간하면 말을 안 하겠는데 이걸 가방이라고 들고 다니니? 고리짝 유물도 아니고 남자친구 보기 창피하지도 않아?"

나는 말없이 병실을 나가 과일을 씻는 것으로 화를 눅였다. 씻어온 과일 깎기나 하라고 내밀어 봐도 화경은 한 김에 네가 하라며 뻔뻔스레 꼰 발을 흔들었다. 돈깨나 썼을 법한 발의 페디큐어를 보면서 나는 참을 인자를 정성스레 마음속에 새겼다.

"아희야, 과일 맛있게 먹어. 엄마랑 오순도순 재밌게 보내고. 이모는 그만 가볼게."

"맛이나 좀 보고 가지? 친구가 사온 과일이라며 생색낼 땐 언제고."

자리에서 일어나는 날 보고 화경이 건들대며 하는 말에 한마디 쏘아줄까 하다가 너그럽게 넘어가기로 했다. 접시가 충분히 꽉 차기에

안 깎고 남겨둔 사과를 챙겨들면서 "오냐, 맛보면서 가마." 하고 대꾸한 뒤 아희와 작별인사를 했다. 힐끗 아희 머리 너머로 화경에게 밖으로 나와 보라고 눈짓하면서.

"뭐?"

복도에 나온 화경은 팔짱을 끼면서 미간에 주름을 잡았다. 나는 출입문에서 보다 멀리 화경을 데려가 목소리를 낮춰 결혼이야기에 대해 물었다.

"계속 진행되는 거 맞아?"

"맞지 그럼. 깨지라고 빌고 있니?"

일찍 일어나서 그런가 여느 때보다 더 신경질적인 화경의 말본새에 참을 인을 더없이 깊게 아로새기며 물었다.

"그 사람, 아희 일도 알고?"

"알아. 뭐 비밀이라고."

전혀 망설이지 않고 화경이 대답했다. 놀라운 마음의 한편으로 하긴 얘가 알고 보면 바닥까지 말종은 아니라는 흡족함이 일기도 했다. 누가 뭐래도 아희를 낳지 않았던가. 그래도 언니 입장에서 화경이 너무 솔직한 건 아닌지 걱정이 드는 건 사실이었다.

"그 남자 집안에선? 어르신들 입장에서 반길 것 같진 않은데 괜찮아?"

"적당히 포장할 건 포장해야지. 조실부모한 것도 큰 흠인데 난치병인 동생까지 달고 있는 게 자랑은 아니잖아."

무심코 고개를 끄덕이던 나는 잠깐 내 귀를 의심했다가 천천히 되물었다.

"……동생? 너 지금 동생이라고 했어?"

물끄러미 나를 보던 화경이 피식 실소를 지었다.

"언니, 당연한 거 아니야? 동생인 것만으로도 얼굴 찌푸릴 마당에 동생이 아니면 어쩌라고? 언니는 그만한 상식도 없어?"

"야…… 유화경, 너―."

나도 모르게 언성이 높아진다 싶은 순간 화경이 매서운 눈빛으로 내 얼굴을 움켜잡았다.

"유수경, 멍청한 소리 지껄일 거면 입 다물어. 지금 나만 좋자고 이러겠어? 내가 살아야 아희가 살아. 그리고 아희가 살아야 너도 이 수렁에서 빠져나갈 거 아냐. 언제까지 찌질하게 돈 몇 푼에 허덕이면서 살래? 너도 머리가 있으면 생각이란 걸 좀 해. 간신히 붙잡은 봉에 재 뿌릴 생각만 해봐, 가만 안 둬."

유난히 날카로운 송곳니까지 드러내며 으르렁거리던 화경이 또 언제 그랬냐는 듯이 활짝 웃으며 내 얼굴이며 어깨의 먼지를 털듯 톡톡 쓰다듬었다.

"도와줄 거지, 언니? 우리 사람답게 좀 살자, 응?"

화경은 그대로 찰박찰박 조리를 끌며 복도를 걸어가나 싶더니 병실문 앞에 서서 날 돌아보며 찡긋 윙크를 했다. 그 후 도로 선글라스를 쓰고 병실 안으로 쏙 모습을 감추었다.

"저 녀석 진짜……."

나는 뒤늦게 여러 가지 의미로 한숨을 내쉬었다.

"철들려면 아직 멀었구나."

우선 화경이 중고등학교 때 일진놀이 하면서 놀던 버릇을 아직도 못 버리고 있다는데 대한 개탄. 이젠 빗자루로 등짝을 때리고 머리를 잘라서 버릇을 고쳐줄 부모님도 없는데 말이다.

돌아가신 부모님이야 화경의 앞날이 걱정돼 아희 호적을 자신들 앞으로 해두었다지만 아희도 제 엄마가 누군지 뻔히 아는 마당에

저렇게 당당히 동생 운운하고 나설 줄은 몰랐다. 하물며 남자 쪽이 평범한 집안도 아니라면서 그 얕은수가 통할지. 괜히 헛물만 켜고 호된 꼴을 당할까 불안해지는데 내 말은 어느 집 개가 짖냐는 식으로 무시하는 쪽으로 이골이 난 아이라 충고를 해도 이빨이 박힐 성싶지 않다.

"에이, 몰라. 될 대로 되라지."

어디, 세상이 얼마나 네 뜻대로 흘러갈지, 난 뒷짐 지고 구경이나 하련다. 네 원대로 봉을 잡으면 박수쳐줄 테고, 봉은커녕 그나마 가진 쪽박마저 깨지면 인생 경험 비싸게 했다고 등 두드려주마.

—라고 쿨하게 마음먹을 수 있다면 오죽이나 좋을까.

아, 그릇이 작은 나는 벌써부터 근심으로 머리가 지끈거리기 시작했다. 화경이는 그렇다 치고, 아희가 이래저래 상처 입을 일이 생기는 건 아닌지 벌써부터 입이 바싹바싹 말랐다.

"고생하고 근심하는 별자리 밑에서 태어났나, 어떻게 된 게 하루가 마음 편할 날이 없어."

같은 초성으로 시작하는 말이라면 기왕에 '감사' 하는 삶을 살고 싶은 게 그리 큰 욕심일까. 해보나 마나 한 신세 한탄으로 우울해져서 나는 터덜터덜 병원을 나섰다.

그러다 불쑥 머리 위에 그늘이 드리워지며 "가?" 하는 물음이 들려왔다. 멍하니 고개를 들었더니 그만 까맣게 잊고 있었던 연오의 얼굴이 거기 있었다.

"설마 나 버리고 가는 거야?"

양산 그늘 아래로 고개를 갸웃하며 나를 보는 연오의 눈을 마주한 순간, 머릿속에서 아희의 목소리가 들렸다.

'눈이 너무 무서웠어.'

깊고 그윽한 먹빛…… 빨려 들어갈 듯한…… 그럼에도…….

"이 눈의 어디가."

나도 모르게 소리 내서 반박하며 연오의 품으로 달려들었다. 어엇, 하며 연오는 살짝 뒤로 밀리다가 이내 굳건한 기둥처럼 나를 지탱해 주었다. 그의 가슴팍에 얼굴을 묻은 내 정수리에 가벼이 그의 턱이 얹혔다.

"왜 그래? 무슨 일 있었어?"

다정한 목소리에 나는 아무것도 아니라고 고개를 젓다가 다시 대답할 말이 떠올랐다.

"고마워서."

"응? 뭐가?"

"다. 전부 다."

하나의 샘이 말라버렸다고 해도 세상을 열심히 살아가다 보면 또 다른 샘을 만날 수 있다. 그만큼 세상이 넓으니 그게 당연한 거라고 해도, 내게는 그것이 기적만 같았다. 아니, 다른 사람들이 뭐라 하든 상관없다. 내가 기적이라고 느끼면 기적인 거지.

내 사막 같은 삶 속에 기적처럼 샘솟아준 맑고 파란 물.

나는 그의 존재에 감사했다.

9. 꽃멀미

GOOD WORLD ROMANCE NOVEL

"맛있는 거 사주려고 했는데."

분식집을 뒤로하고 나오며 나는 새삼 겸연쩍음에 목덜미를 긁적거렸다. 병원에서 나온 뒤로도 길에서 시간을 잡아먹느라 브런치가 되어버린 식사를, 그나마도 간식 같은 것으로 대접한 참이었다. 연오는 반짝이는 붉은 입술에 웃음을 담아 대답했다.

"충분히 맛있게 잘 먹었어."

"그래도 일찍부터 데리고 나와선 김밥이 뭐야."

"말은 똑바로 해야지, 김밥에 오므라이스였어."

연오의 지적에 나는 쿡 웃으면서 인정했다.

"그러고 보니 너 오므라이스 잘 먹더라."

"응, 네가 나한테 처음 해준 게 그거잖아."

"그랬나?"

고개를 갸웃하며 생각해 보니 과연 그랬다는 기억이 났다. 손이 불편한 그가 쉽게 먹을 만한 걸로 급하게 생각해낸 것. 그 뒤 연오가 잔

182

뜩 시킨 배달 음식을 처리하는 방도로도 오므라이스가 재차 등장했었다. 이제 보니 고개를 갸웃하고 말 것도 없다. 내가 할 줄 아는 음식의 종류가 애초에 몇 가지 안 되니 말이다.

"자투리 음식에 밥 넣고 볶다가 달걀로 포장하기. 내 얼렁뚱땅 레시피에서 펜케이크 다음으로 단연 선두지. 하, 몇 년 전이나 지금이나 진보가 없다. 아니, 그래도 지금은 단연 라면이 톱, 으아, 이건 자랑할 게 아니잖아."

그야말로 퇴보로구나 하며 고개를 잘래잘래 젓는데 연오도 크게 고개를 끄덕이며 한마디 했다.

"오므라이스는 얼마든지 먹겠지만 라면은 안 돼. 그건 건강에 안 좋아."

"안 좋지. 게다가 너무 먹어서 물렸어. 그런데도 못 끊어."

"물렸는데도?"

"그게 말이지, 잔업 끝나고 기숙사 돌아갈 때는 씻고 바로 자야지 그래. 근데 씻고 나면 꼭 배가 출출해서 눈이 말똥거리네? 그럴 때 방문 틈으로 솔솔 흘러들어오는 라면 냄새를 맡으면…… 어느새 취사장에서 라면 봉지를 들고 있는 나를 발견하는 거야. 아, 징글징글해, 하고 투덜대면서 라면국물에 밥 말아서 후루룩후루룩 해치우는 거, 어떤 의미론 길티 플레저랄까. 다람쥐 쳇바퀴가 달리 있는 게 아니야."

그 결과가 지금 여기 붙어 있는 뱃살이라고 두드리다가 지그시 내려다보는 연오의 눈길에 속없는 내 수다를 반성했다.

"너무 빤히 본다, 너. 창피하게."

직접 내 손으로 연오의 고개를 다른 쪽으로 돌리기까지 했지만 본인의 의지로 돌아온 고개가 다시 내 배 방향으로 향했다.

"네 이야기는 이해했는데 네가 말한 뱃살이란 게 어떤 의미인지

아직 이해가 안 가서. 혹시 농담으로 한 말인데 내가 웃어야 할 타이밍을 놓쳤나?"

"뭐, 뭐라는 거야. 너야말로 그걸 지금 농담이라고 하는 거야?"

뱃살이 뱃살이지 거기에 무슨 의미가 달리 있다고. 순간 욱해서 눈살을 찌푸렸지만 연오의 표정이 워낙에 진지해서 혹시 이거야말로 하이 퀄리티의 조크인가 하고 아리송해졌다. 그러나 혼란에 빠졌던 내 눈길이 그의 허리춤으로 향했을 때 만사가 확실해졌다. 이렇게 늘씬한 허리를 가진 주제에, 내 뱃살에 관해선 시치미를 뚝 뗐다 이거지. 하기야, 차마 뭐라 할 말이 없었을지도 모르겠다.

"나도 한때는 24인치 허리를 자랑하던 때가 있었으니까 그렇게 불쌍하게 볼 거 없어. 나중에 한가해지면 운동해서 몸 만들 거야. 나름대로 타고난 조건은 훌륭하거든. 아, 네가 화경일 봤어야 내 말을 이해하는데."

연오는 여전히 예의 진지한 표정으로 내 허리 부근을 보고 있다. 그만 좀 보라고 인상을 썼더니 그제야 고개를 들긴 했다. 그러고서 잠시 동안 이렇다 할 말없이 걸으면서 실은 연오가 화경일 보지 못한 걸 다행스럽게 여겼던 자신을 씁쓸하게 여겼다.

아침이라 거의 민낯으로 나타나긴 했지만 그럼에도 복장이라든가 분위기에서 풍기는 묘한 색기라고 할까, 그런 게 아주 감춰지지는 않았던 내 쌍둥이. 그게 이른바 물장사라고 해야 할 특유의 직업에 물들어 비롯된 것인지 뭇 연애를 거치며 가꾸어진 자연적인 매력인 것인지, 솔직히 말해서 나는 구분하지 못한다. 그러나 화경이가 참 요염하다는 것은 알고 있다. 그것을 딱히 부럽게 여기는 것은 아니지만 때때로 어쩜 이렇게 화사한 아일까, 하고 시선을 빼앗기는 건 사실이다.

'생긴 건 닮았는데, 느낌은 전혀 딴판이잖아.'

그런 소리, 고등학교 다닐 때까지만 해도 숱하게 들었었다. 그 말이 같은 여자애들이라면 몰라도 남자애들에게서 나올 땐 의미가 사뭇 다르기도 했다.

하지만 나는 일찍부터 착한 장녀 콤플렉스라고 할까, 부모님 말 잘 듣는 장녀 노릇 하는 데 맛이 들린 나머지—우리 딸 다 컸네, 쌍둥이어도 큰애는 큰애야, 의젓하기도 하지, 따위의 말들이 얼마나 듣기 좋던지!—학교 들어간 후로도 모범생이 되는 게 최고인 줄 알았던 터라 그 차이를 유감스럽게 느낄 새도 없이 학창 시절을 보냈다. 부모님이 돌아가신 뒤에는 성우와 아희를 부양한다는 책임감 말고 다른 원동력에 눈을 돌릴 틈이 없었다. 단순히 화경의 표현대로 놀 줄 모르는 바보였을 수도 있지만.

그러나 흘러간 과거야 어찌 됐든 이젠 뭘 좀 알겠다 이 말씀. 그래서 난 약간, 아주 약간 마음이 수런거리고 있다. 연오는 지금의 날 보고도 반했다는 말을 해준다지만 지금의 나보다 두 배쯤 업그레이드된 버전의 날 본다면, 아니 꼭 화경이가 그렇다는 건 아니지만, 아무튼 우린 닮았으니까, 그리고 그 아인 참 요염하니까, 남자한테 인기도 많고, 그러니까 혹시라도……

아아아, 둘이 마주치는 상상을 하는 것만으로도 심장에 콕콕 바늘을 꽂아 넣는 느낌이다. 일어나지도 않은 일로 이렇게 조마조마해하다니 내가 이토록 예민한 사람인 줄 몰랐는데. 아까 연오를 보고 푹푹 찌는 더위 속에 나타난 기적 같은 맑은 샘이라고, 그 기적에 감사한다고 생각했던 나는 온데간데없이 또 근심으로 불타고 있다. 역시 타고나길 고생 별 출신인가!

"아이스크림 먹고 싶어?"

"응?"

"저거 먹고 싶은 거 아니야?"

연오의 말에 머리를 짓누르던 생각에서 한 발 빠져나오니 내 눈길 정면에 소프트 아이스크림을 사가는 사람들 줄이 보였다. 인상을 쓰는 것으로 모자라 얼결에 주먹마저 꼭 쥐고 있던 나는 재빨리 표정을 수습하며 목이 좀 말랐던 참이라고 얼버무렸다.

"그냥 먹자고 하지 너무 심각하게 고민하더라. 있어봐, 내가 사올 게."

"어? 아니, 꼭 저게 먹고 싶다기보다……."

미처 말릴 새도 없이 연오는 내게 양산을 주고 아이스크림을 사러 갔다. 정말 괜찮다고 불러 세울까 하다가 나는 가만히 주위를 둘러보며 입을 다물었다.

무주대학교 후문 거리는 일요일 점심 무렵인데도 오가는 인파가 꽤 많았다. 대개가 대학생 정도로 보이는 연령대이고 특히 커플의 비중이 많다. 아마 이 부근에 온 게 햇수로 족히 3년은 됐지 싶었다. 구태여 올 일이 없기도 했지만 아무래도 씁쓸한 감개가 들 것 같아 이쪽 걸음을 피한 것도 있었다.

그러던 것이 오늘 도서관에 가서 책이라도 읽자는 내 말 한마디로 용건이 생겼다. 아희가 입원해 있는 병원에서 백오산 가는 길목, 딱 그 중간쯤에 무주대학교가 놓여 있었던 것이다.

"그새 또 표정이 바뀌었네."

아이스크림을 사들고 온 연오가 나를 보며 웃었다.

"내 표정이 어떤데?"

"눈에서 별이 뚝뚝 떨어질 것 같아. 아이스크림이 진짜 먹고 싶었나봐."

"그렇게 티가 나? 곤란하네. 선글라스라도 사야 하나."

짐짓 눈을 가리는 척하며 연오의 손에서 아이스크림을 가져오려는데 연오가 슬쩍 손을 높이는 바람에 실패했다. 힐끗 올려다보니 그가 살짝 짓궂게 입술 끝을 올렸다.

"주위 사람들 보면서 뭐 느낀 거 없어?"

"……글쎄?"

뭔가 놓친 게 있나 하고 재빨리 주변을 둘러보는데 연오가 아무 말없이 잠자코 턱짓으로 누군가를 가리켰다. 봤더니 그냥 지나가는 커플에 지나지 않았다. 무더위에도 아랑곳하지 않고 팔짱을 끼고 찰싹 붙어 다니는 꿋꿋한 청춘 전사의 흔한 예.

"저러다 땀띠 나겠다."

멀어져가는 모습을 보며 혀를 차던 나는 연오와 눈이 마주쳤을 때 그 눈빛의 뜻을 이해했다. 그러나 혹시 몰라 심호흡 후에 살짝 눈을 찌푸리며 물었다.

"땀띠가 날지도 모르는데……?"

연오는 전투에 뛰어들 준비가 되어 있었다. 어쩌면 땀띠가 나본 적이 없어서 그 고생스러움을 모르는 것일지도 모르지만 나는 그 기대의 눈빛을 저버릴 만큼 모질지는 못했다.

정말 더운 날이었다. 무주의 낮 최고 온도가 오후 세 시를 기해서 37도까지 올라갔던 날이었으니 남들보다 더위를 더 심하게 타는 내가 밖에 나와 있었다는 자체만으로도 기록이 되었을 것이다. 그 기록에 살포시 한 가지를 더할 결심으로 나는 엄숙하게 연오의 팔에 팔짱을 끼었다.

"어머?"

놀랍게도 그편이 한결 시원한 반전이 일어났다. 사막에서는 사람의 체온이 더 시원하다고 하더니 그게 바로 이런 식으로 통용되는 말인가

하면서 나는 본능적으로, 살기 위해서 연오에게 찰싹 붙었다.

"오, 뭐더라, 그거, 그거 있잖아. 더울 때 옆에 끼고 자는 거?"

"죽부인?"

"맞아, 죽부인. 너 죽부인 같아. 아, 연오야, 너는 어때? 나 열이 좀 많지?"

혹여 그런 낌새만 보여도 당장 떨어지려 하는 내게 연오는 빙글거리며 아이스크림을 불쑥 들이밀었다. 입술에 충돌 직전에 한껏 벌려서 한 덩이 크게 베어 문 아이스크림의 달고 찬 맛에 부르르 떠는 나를 보며 연오가 잘게 소리 내어 웃었다.

"난 더도 덜도 없이 딱 좋아. 할 수만 있다면 접착제 같은 걸로 나한테 딱 붙여 놓고 싶다."

꿀꺽 삼키기 무섭게 다시 입을 아이스크림으로 봉해놓고선 귓가에 속삭여오는 말에 아이스크림이 입으로 들어가는지 코로 들어가는지 알 수가 없었다.

"맛있어?"

"맛이 다 뭐야, 죽는 줄 알았잖아."

"그렇게 엉망이야?"

연오는 고개를 갸웃하더니 남은 아이스크림을 맛보았다. 빨간 혀를 쏙 내밀어 흰 크림을 핥아내더니 쩝쩝 입술까지 움직여가며 입맛을 다셨다. 별것 아닌 행동인데 단정한 얼굴로 그러고 있으니, 이상할 정도로……

"야하다."

그렇게 생각했는데 연오가 날 쳐다보았다.

"야해?"

무슨 소리냐는 듯 그가 물어서 나는 아차 했다. 살다 보면 머릿속

생각이 아주 가끔씩 여과단계를 깜빡하고 새어버릴 때가 있다. 일테면 누수 같은 건데, 하필 그게 지금 일어나다니!

"아니, 그게, 그게 그런 뜻이 아니라, 말이지 나는……."

나는 떫은 감을 한 움큼 베어 먹은 것처럼 어버버거리다가 그의 손에 남은 콘을 보곤 냅다 빼앗아 한 입에 마구 씹어 삼켰다.

"보, 보라고, 이거 맛이 촌스럽다니까. 소프트라고 해놓고 거칠어, 입자가. 그런 의미에서 야, 하다 이거지. 처음 들어? 나 일하는 데선 흔히들 쓰는데, 전혀 몰라?"

"처음 들어."

딱 잘라 부정당했다. 연오는 진지하다.

알고 보면 국어박사일지도 몰라서 "우리만 쓰는 은어였나보네……."하고 미약한 마지막 버티기를 해보며 슬그머니 눈길을 피했다. 연애도 좋지만 제발 정신줄은 놓지 말자.

진지한 반성의 와중에 불쑥 눈앞을 차지해오는 잘생긴 얼굴에 대해 뭐라 생각할 겨를도 없이 기습을 당했다. 와아아앗? 속으로만 허둥거릴 뿐 두 눈 뜨고 코 베이는 어리보기처럼, 나는 두 눈 빤히 뜨고 연오에게 입술을 점령당했다. 선홍색 입술 새로 나온 반짝이는 혀끝이 삭삭 내 입술 가장자리를 따라서 쓸어가는 모습을 실시간으로 보며 나는 발밑이 허물어지는 착각이 들었다. 함정이다, 내가 또 뭔가를 잘못한 게 틀림없다!

"은어는 잘 모르겠지만…… 야하긴 하다."

천천히 내게서 얼굴을 떼며 연오가 중얼거렸다. 음미하듯이 입술을 싹 핥는 그를 보면서 어렴풋이 그가 내 입술에 묻어 있던 아이스크림 부스러기를 닦아준 게 아닌가 하는 생각을 했지만 결코 그런 순수한 뜻만은 아니란 게 다음 말로 확실해졌다.

"아이스크림 맛이란 거, 담고 있는 용기에 좌우되나 봐. 방금 굉장히 맛있었어."

뭔가 하고 싶은 말도, 해야 할 말도 폭풍처럼 많은 것 같은데 당장에 나는 초승달처럼 휘어진 두 눈과 입가에 함빡 웃음을 머금은 연오가 같은 사람으로 여겨지지 않을 만큼 눈이 부셔서 어쩔 줄을 모를 뿐이다. 이럴 때 말을 꺼냈다간 또 어떤 엉뚱한 함정으로 걸어 들어갈지 짐작도 할 수 없다. 때문에 화끈화끈 김이 날 것 같은 얼굴을 푹 숙이고 나는 연오의 팔을 잡아당겼다.

"도, 도서관에 어서 가자. 여기, 너무 더워."

"어, 정말. 갑자기 땀도 더 많이 흘리네? 못 견디겠으면 요 근처에서라도 쉴까? 저기 카페라도 들어갈래?"

"아니, 카페 안 돼. 도서관, 도서관으로. 난 책이 필요해!"

잠시 연애에서 한 발짝—가능하면 열 발짝쯤—물러나 숨 돌리기를 할 수 있는 곳, 나는 그런 곳이 필요했다. 내 자아를 회복하기 위해서!

"그렇다면 이쪽으로 가는 게 더 빨라. 내가 안내할 테니까 나만 꼭 잡고 따라와. 혹시라도 가다 어지러우면 말해."

무턱대고 앞으로만 걸어가는 내게 연오가 얼굴을 숙여 보이며 당부했다. 너만 자꾸 얼굴을 보여주지 않으면 난 괜찮을 거야, 연오야. 차마 말로 옮기지 못한 말을 삼키며 나는 멋대로 파도타기를 하고 있는 심장을 부여잡았다. 그러면서 애면글면 연오를 안심시키기 위한 미소를 짓는다.

연애가 얼마나 어려운 건지, 해보기 전에는 미처 몰랐다. 그리고 방금 불현듯 이대로라면 낙제생이 될지도 모른다는 예감이 들기 시작했다.

나는 심각했다.

내가 낙제생이 된다면 그건 내 대진운이 너무도 강력한 탓이 분명하다.

정신을 좀 차려볼 요량으로 도서관으로 가면서 연오 말고 주변을 오가는 남자들의 면면을 꼼꼼히 살펴봤지만 그 바람에 내 옆에 있는 남자가 얼마나 대단한지만 더 확고히 깨달았다. 결코 내 눈에 쓰인 콩깍지 차원이 아니라 사실이 그러했다. 내가 지나가는 남자들을 보는 것처럼 지나가는 여자들은 연오를 보았다. 아예 못 보고 지나치면 모를까 한 번 본 여자는 잠시 동안 눈을 못 떼고 몇 번이고 돌아보는 것이었다.

도서관 종합열람실로 자리를 바꾼 후에도 상황은 변하지 않았다. 나는 연오가 고요히 앉아서 끌어들이는 시선들의 숫자를 헤아리다가 지쳐서 그만두었다. 막 들어갔을 땐 시원하게 느껴지던 열람실 안의 공기가 시간이 흐르면서 사람의 열기로 뜨거워지는 걸 실시간으로 목도했다는 데에도 의미를 두겠다. 집중이 안 되는 상황을 책 탓인 듯이 돌려서 몇 차례 다른 책을 골라볼까 하고 일어났다가 번번이 따라 일어서는 연오 때문에 시선의 화살받이가 되는 경험도 해보았다.

변변찮게 본 것도 없이 결국 도서관을 뒤로 했다. 오후 다섯 시가 넘었어도 여전히 환하기만 한 도서관 밖으로 나서는 순간 훅하니 밀려온 뜨거운 공기에 숨이 다 막혔다. 펼쳐든 양산 그늘과 연오의 서늘한 체온에 의지해 그 더위 속을 떨쳐나가며 버스정류장까지 간 뒤 백오산행 버스를 삼십 분 가까이 기다려서 겨우 올라탔다.

백오산 사거리에 다다랐을 땐 여섯 시가 훌쩍 넘었다. 그 정류장에서부터 연오의 집까지는 또 만만찮은 오르막이 기다리고 있는 상황.

걷다 보니 그만 웃음이 나왔다. 연오가 묻지는 않았지만 왜 웃는지 궁금한 얼굴을 하고 있는 걸 보고 나는 솔직하게 인정했다.

"역시 괜히 데려갔다 싶어서. 그냥 나 혼자 병원에 잠깐 다녀오는 게 백번 나았겠어. 아, 통 마음 같지 않은 하루였어."

"그랬어? 난 아주 즐겁게 보냈다고 생각했는데."

"목연오, 마음은 알겠는데 이건 즐겁다고 포장할 만한 게 아니지. 많이 봐준다고 해도 한 삼십 점짜리 데이트나 되겠다. 남들 다 하는 대로 영화라도 보러 갈 걸 무슨 도서관 타령을 해서는. 이래서 정석에는 다 이유가 있나 봐."

머쓱하게 입술을 잘근거리는 내가 안 됐는지 연방 연오는 고개를 저었다.

"포장 같은 거 하지 않았어. 네가 말하는 점수가 백 점이 만점인 기준이라면, 내 생각으론…… 팔십 점 정도는 됐어."

"지나친 고득점에 이의 있습니다."

짐짓 목소리를 깔아 반론을 제기했지만 그럼 수정하겠다며 연오가 말한 점수는 85점. 어찌 된 게 더 올라갔다. 내가 말도 안 된다고 야유했더니 연오가 진지하게 점수의 근거를 댔다.

"그게 대략 오늘 외출에서 내가 너랑 보낸 시간의 정도니까. 알다시피 십 오 프로 정도는 아니었지."

"나 참, 그냥 뭘 하건 간에 나랑 같이 있으면 즐겁다 이거네?"

"응. 그거야."

별 싱거운 소리 다 한다고 핀잔하려고 연오를 본 나는 웃음을 머금은 연오의 눈빛을 보고 나오려던 말을 삼켰다. 뿐만 아니라 너도 그렇지? 하고 연오가 묻기라도 하면 나도 모르게 응, 하고 맞장구까지 칠 것 같아 급히 고개를 돌렸다.

"그럼 아예 백 퍼센트 채우게 계속 옆에 있지 그랬어? 잠깐 나간 줄 알았는데 아예 잠수를 탔잖아. 비장의 구연동화는 시도도 못 해보고."

"음…… 노력할 의미가 있을까 싶어서. 괜히 나 때문에 그 이야기까지 싫어하게 되면 곤란하잖아."

생각지 못한 대꾸에 나는 휘둥그레진 눈으로 연오를 보았다.

"그런 생각을 했단 말이야? 왜? 아, 물론 아희가 낯을 좀 많이 가린 건 알아, 하지만—."

"애써 포장할 것 없어. 어떤 건지 알아."

조금 먼 곳을 보는 눈빛을 짓고서 연오가 말했다.

"그냥 내가 싫은 거지. 드문 일 아니야. 어떤 사람들은, 날 보는 걸 껄끄러워하거든."

어디까지나 담담한 말투였지만 묘하게 마음에 걸리는 그림자가 묻어나서 나는 멈칫했다. 저간에 어떤 사연 같은 게 있는 건 아닌가 하는 짐작에, 아희가 연오에 대해 했던 말도 새삼 뇌리에서 오락가락했다. 잠시 무어라 대꾸할지 몰라 눈을 깜박거리다가 일단 가볍게 운을 뗐다.

"하기야 사람마다 상성이란 게 있긴 있더라. 좋은 사람인 건 아는데도 이상하게 안 맞는 사람도 겪어봤고, 딱히 나한테 뭘 한 것도 아닌데 얄밉다 싶은 사람도 있었어. 반면에 뭘 해도 찰떡궁합이다 싶은 사람도 있지."

그 일환으로 같은 가족 중에서도 성우랑은 참 합이 잘 맞았다. 성우 외에 그런 기분은 거의 못 느끼다가 요즈음 기분 좋게 되살아났다. 다름 아닌 연오를 만나서……. 힐긋 그를 보는데 기다렸다는 듯한 그의 시선과 마주쳤다.

"나는 어느 쪽인데?"

듣고 싶은 답을 정해놓고 묻다니, 목연오, 은근히 약았다. 딴청을 피워서 못 들은 체하고 싶은 마음이 굴뚝같았지만 아희의 일로 내심

곤혹스러웠을 생각에 이렇게라도 보상해야지, 결심했다.

"그야 당연히 찰떡궁합 아니겠어요?"

나름 익살을 부린다고 장난스럽게 대꾸했지만 훗, 하고 부드럽게 퍼져가는 연오의 미소에 가슴이 덜컹했다.

"기쁘다."

웃으며, 날 보는 눈빛. 그저 눈빛일 뿐인데도 얼굴에 따사로운 기운이 느껴질 만큼 정이 뚝뚝 묻어나는 통에 심장이 울렁증을 호소하기 시작했다. 발밑마저 위태로운 듯한 이 기분, 아, 좋은 데도 자꾸만 조마조마한 간질거림에 어떡해야 익숙해질까.

발작적으로 달아오른 생체온도를 조절하려고 하는 한편으로도 너무 정신없이 휘둘린다 싶어 슬며시 심통이 났다. 연애의 초보인 건 나랑 마찬가지라면서 어쩌면 저렇게 어려운 게 없을까? 멘탈은 누구에게도 뒤지지 않는다고 자부했던 나인데 연오에 비하면 숫제 치즈 멘탈이 따로 없는 느낌.

잠깐만. 이건 단순히 멘탈의 문제가 아니라 살면서 받아온 관심, 그 집중도 내지는 농도의 개인차 때문은 아닐까?

문득 생각난 김에 나는 크로스백에서 지갑을 꺼내 늘 간직하는 사진들을 확인해보았다. 맨 앞엔 돌 때 찍은 아희 사진, 그 뒤에 고등학교 졸업식 때 성우와 둘이 찍은 사진, 그 뒤가 15년 전, 우리 쌍둥이가 초등학교 입학하던 날 찍은 부모님과의 사진이다. 학교 벤치로 기억하는 장소에 부모님이 앉아 계시는데 엄마 품에는 그때 한창 볼거리를 앓느라 아팠던 성우가 안겨 있고 아빠 무릎은 꽃다발을 안은 화경의 차지다. 엄마 옆 벤치 끄트머리에 살짝 딴청을 피우듯이 고개를 갸웃하고 있는 내가 있다.

여덟 살의 내 얼굴에서 나는 혼자서도 괜찮으니까 동생들이나 신

경 써 주세요, 라는 거들먹거림이 읽힌다고 하면 우스우려나. 착한 장녀 노릇은 뒤집어보면 어차피 나한테까지 돌아올 손길이 없다는 것을 안 서운함의 다른 표현이었을지도 모른다.

"이게 너지? 몇 살 때쯤이야?"

조용히 옆에서 사진을 들여다보던 연오의 질문에 나는 잠깐 곁길로 샐 뻔한 생각의 가지를 똑 잘라냈다.

"여덟 살. 이날 초등학교 입학식이었어. 내 동생은 볼거리 앓고 있었는데 알겠어?"

생각하기 나름이라지만 공연한 자기 연민은 부끄럽다. 나는 이날 행복했다. 집에 돌아가는 길에는 꽃다발도 내 차지가 됐었고 그날 저녁엔 통닭 파티도 했었다. 통닭이 한 마리 반인가 돼서 애들 셋이 저마다 닭다리 하나씩 나눠 먹었던 기억도 있다.

"엄청 작다. 여덟 살인데 이렇게 작구나."

신기한지 사진에서 눈을 떼지 못하는 연오를 보며 나는 속으로 피식 웃었다. 그래, 뭐 농도 면에서 조금 옅었을지는 모른다. 하지만 손 귀한 집의 외둥이들이 받을 법한 애지중지를 세상사람 모두 받고 자라는 것도 아닐진대 고만고만한 집안에서 누가 더 사랑받고 말고에 무슨 대단한 차이가 있었겠는가. 그리고 성우가 꽤 자란 뒤에는 나랑 둘이 단짝 먹었다고 화경이 뻔질나게 비아냥거릴 만큼 날 잘 따랐으니 정이 부족했다고 투정하기도 좀 뭣하다.

"이건 몇 살 때?"

성우랑 둘이 찍은 사진을 보며 묻기에 스무 살이라고 했더니 연오는 깜짝 놀란 표정을 지었다.

"많아도 열여섯 살이나 된 줄 알았어! 이게 스무 살인데 지금은……."

"지금은 뭐? 삭았다 이거야? 젖살만 빠졌지 생긴 거 그대로거든?

목연오, 두 눈 크게 뜨고 봐봐? 뭐가 달라, 뭐가 다르냐고."

나는 차분히 말할 셈이었는데 자꾸 언성이 높아지면서 관자놀이에 핏대도 서는 느낌이었다. 화난 게 아닌데 입가에 경련도 나니 참 이상한 일도 다 있다.

연오는 쿡쿡쿡 웃더니 불쑥 내 볼에 쪼옥 소리가 나도록 입술을 댔다가 뗐다. 불시의 스킨십에 말문이 막혀 바라보는 나를 그가 고개를 갸웃해하며 살폈다.

"젖살도 안 빠진 것 같은데, 삼 년 사이에 무슨 일이 일어난 거지?"

"뭐, 뭐? 무슨 말이 하고 싶어서 그래?"

설마 환한 데서 보면 눈가에 잔주름이라도 잡히는 건가 싶어 심장이 내려앉는 기분으로 얼굴을 더듬거렸다. 연오는 또 당장이라도 입술이 닿을 정도로 내게 얼굴을 가까이하더니 엄숙하게 말했다.

"아무리 봐도 지금이 열 배는 더 예뻐. 하지만 말이 안 되잖아. 사람은 스무 살쯤 되면 성장이 멈추는 거 아니었어?"

"으…… 너, 너 진짜 그렇게 말하는 거 어디서 배우지? 하여간 입만 열면 감언이설인 게 타고난 바람둥이인가 봐."

예쁘다는 말로 기분이 나쁠 리 없지만 나오는 건 심통스러운 말이다. 이제 내 문제를 알았다. 여자는 크게 여우와 곰으로 나뉜다더니 나는 곰이었던 것이다!

"그거…… 내가 실없는 사람이라고 말하는 거야? 난 그냥 떠오르는 말을 다 하는 것뿐인데 지나쳐? ……아, 말은 어렵네."

그 결과 연오가 눈에 띄게 시무룩해졌다. 정작 달콤한 말 한마디 제대로 못 하는 주제에 해주는 말도 못 받아먹고 분위기만 싸하게 만들다니, 나는 곰 중에서도 최강, 북극곰인가 보다.

"미안해, 앞으론 내가 말을 가려서 할 테니까 너도 듣다가 지나치

다 싶은 건 말해줄래? 고치려고 노력할게, 그러니까 나一."

"고치긴 뭘! 에이, 목연오, 너 반어법 몰라? 반어법?"

당치도 않은 말이 나오기 전에 그의 말을 가로막고 나섰다.

"반어법?"

"그 왜 속마음하고 반대로 표현하는 거 있잖아. 나도 그랬다고. 예쁘단 소리 들으니까 괜히 쑥스러워서 퉁겨본 건데 너야말로 뭘 그렇게 진지하게 받아들여? 호호호, 내가 원래 사진이 잘 안 받아서 실물보고 놀라는 사람 꽤 있어. 이래서 내가 사진은 남한테 잘 안 보여주는데. 그래도 사진이 실물보다 열 배 예쁜 쪽보다는 낫지 않겠어?"

"그런 것 같아."

"그런 것 같아가 아니라 그렇지요. 사진이 아무리 예뻐도 사진하고는 연애 못 합니다. 이렇게 팔짱 끼고 눈 맞출 수 있는 실물 미인이 여자친구인 걸 복으로 아세요."

"명심하겠습니다."

대꾸하는 연오의 입가에 희미하게 미소가 돌아왔다. 그 정도로는 충분치 않은 것 같아 나는 주위에 아무도 없는 걸 확인하고 그의 허리를 답삭 끌어안았다.

"있잖아, 나도 뭘 하건 너랑 있는 게 최고로 즐거워. 시시한 수다로 타시락거려도 기본적으로 행복한 기분, 깔고 있다는 거 알아줬으면 해."

"……행복해?"

머리 위에서 들려오는 그의 목소리가 나지막해서인지 조금 멀게 느껴졌지만 아랑곳하지 않고 나는 힘차게 말했다.

"응, 행복해. 솔직히 지난 몇 년간 뭘 해도 머리 한편엔 근심거리가 있었는데 너랑 있을 땐 그것마저 깜빡깜빡 잊을 정도야. 해야 할 일

말고, 하고 싶은 일이 있는 게 이렇게 좋다는 것도 오랜만에 다시 느꼈어. 그래서 말이지—."

이다음 말은 그의 눈을 보며 해야지 하고 위를 올려다보았지만, 가늘게 좁힌 눈매로 날 내려다보는 연오와 눈이 마주치는 순간 북극곰 기질이 되살아나고 말았다. 어쩌면 남자 눈이 고운 걸 넘어 청초하도록 시린지…….

"고마워, 고맙다고."

"또 그 말이야?"

"고맙다는 말은 많이 할수록 좋은 거래. 고맙습니다, 목연오 씨. 자, 오늘분 감사는 충분한 것 같으니 이만 집으로 가시죠. 어떻게 된게 산에 들어와도 덥네. 열대야라도 오는 거 아냐?"

어설프게 말을 돌리며 나는 연오에게서 물러났다. 더위를 핑계로 슬그머니 손조차 떼고 걸었지만 연오는 딱히 아무 말도 없이, 변함없이 내 머리 위로 양산을 기울여주었다.

따가울 정도로 환했던 볕은 울창한 나무 그늘 아래로 접어들면서 옆으로 비켜갔다. 그래도 연오는 양산을 치우지 않았다. 접는 게 어떠냐고 말을 걸려는데 그가 휘파람을 불기 시작했다. 바람 한 점 없는 그늘에 점점이 스며들어 빛나는 햇살처럼 휘파람 소리에서도 반짝반짝 빛이 나는 듯했다. 그 선율이 귀에 몹시 익었지만 막상 따라서 흥얼거리자니 막막한 기분이 들어 뒷짐을 지고 귀 기울여 듣는데 만족했다.

그러다 문득 멀리서 새 날갯짓 소리가 들려오기에 나는 연오를 돌아보며 호들갑스럽게 말했다.

"집이다."

"그러게."

연오가 웃으며 내게 살짝 팔을 내밀었다. 기다렸다는 듯이 팔짱을 끼며 나는 그것 좀 해보라고 부탁했다. 그게 뭐냐는 듯이 바라보는 그에게 나는 씩 웃어보였다.

"부하 호출 말이야. 찌르레기 호위병, 출동!"

"너부터 해보지 그래?"

"나? 난 부하가 없어……. 에이, 안 와. 저번엔 요행이었고."

나는 손을 내저었지만 연오는 지그시 날 쳐다보며 걸음까지 멈추고 기다렸다. 안 온다는 것을 증명하기 위해 나는 번데기 앞에서 주름 잡는 심정으로 어설픈 휘파람을 한 번 날렸다. 뒤이어 연오가 호루라기 소리 뺨칠 만한 휘파람을 불었다.

곧 새들이 나타났다. 두 마리 찌르레기와, 한 마리 휘파람새.

"오오오, 똑똑한 것 좀 봐. 새 중의 천재들인가 봐."

박수 치는 내 옆에서 연오가 하하하 소리 내어 웃었다.

저녁 식사 후 샤워하면서 내내 고민했던 대로 냉장고 앞으로 돌아와 아직도 해치우지 못한 배달 음식과 눈싸움에 들어갔다.

"뭘 해도 잡탕이 될 텐데……."

거하게 지낸 명절 뒤의 일주일처럼 산 것으로 모자라 또 잡탕찌개를 만들어야 하는 현실이 싫었다. 내가 먹을 거라면 한 달인들 못 먹을 거 없겠지만 연오가, 내 은인이 그런 음식을 먹는 건 이야기가 다르다.

"차라리 몽땅 내가 다 싸가고 일찍 장을 봐와서 몇 가지 새로 만드는 게 어떨까……. 그래, 그게 좋겠어. 산이라 다섯 시만 돼도 환하겠지? 근데 내려갔다 올라와서 요리하고 어쩌고 하면…… 아, 시간이 빠듯한데."

그렇게 구시렁거리고 있는데 목덜미에 뭔가 차가운 게 똑 하고 떨어졌다. 화들짝 놀라 문지르면서 위를 봤더니 감은 머리를 대충 수건으로 싸맨 연오가 뭐하냐고 물으며 웃었다. 그러는 중에도 머리카락에서 흘러내린 물이 얼굴을 타고 내게로 자꾸만 떨어져서 나는 앉은 채로 도망을 가고 장난기가 동한 연오는 부러 머리를 내 쪽으로 기울이고 쫓아오며 뭐한 거냐고 물었다. 부엌을 빙 돌아가며 쇼를 한 끝에 결국 나는 일어나서 연오의 옷자락을 잡아 거실로 끌고 나갔다.

"드라이어를 사는 게 좋겠대도 그러네."

"벌써 머리 말려주기 귀찮아?"

내 충고에 연오가 대뜸 서운한 눈망울로 날 돌아보았다. 귀찮다니! 손에 착착 감기는 이 머리카락이며 보들보들한 두피를 조물거리는 감촉이 얼마나 근사한데 그런 황당한 생각을 하겠는가. 오, 나는 연오의 이 뒷모습에도 백 번은 반할 것 같다.

"백 년이고 천 년이고 내가 해주고 싶긴 한데 그럴 상황이 안 되니까. 나, 다음 주에는 자주 못 올 거야. 한창 일감 많을 때라 계속 잔업을 뺄 수가 없거든."

이맘때가 바쁜 것도 사실이지만 일을 하지 않으면 당장 월급에 타격이 온다. 공장 일이란 게 잔업이든 특근이든 닥치는 대로 해야 삼백 겨우 넘는 수준인데 이래서는 이백도 어림없다.

"그럼 언제쯤 다시 볼 수 있어?"

"음, 목요일?"

"……목요일?"

"아니, 수요일. 수요일에 올게."

목소리만 들어도 연오의 표정을 알 것 같아 나는 부랴부랴 하루를 당겼다. 하지만 대신 내 표정이 울상이 되었다. 연오가 나을 때까지

만사 제쳐놓고 도와주고 싶었던 생각이 그새 흐지부지된 건 아니다. 다만 오늘 병원에 다녀오고서 어떤 현실은 제쳐둘 수 없다는 생각을 한 것이다.

슬슬 아희 병원비 중간 정산이 닥쳐올 때였다. 5월 정산 때도 화경은 해결한다고 큰소리만 쳤지 결국 내가 메꾼 후 6월 다 돼서 한다는 소리가 다음엔 자기가 깔끔히 처리할 테니 신경 끄란 거였다. 넋 놓고 그 앨 믿는 모험을 할 수는 없다. 그 애가 목하연애 중이라서 더더욱. 전에도 화경은 사귀던 남자랑 꽘에 놀러 간다며 성우 49재를 모른 체한 일을 나는 결코 잊지 않았다.

"수요일에 오면 그다음은?"

"……토요일 저녁에 시간 내볼게. 일요일엔 특근하려고."

잠시 말이 없던 연오가 곧 고개를 끄덕이더니 저녁은 먹을 거 아니냐고 물었다.

"내가 산책 삼아 그리로 걸어갈게. 너 저녁 먹는 시간 맞춰서."

"여기서 거기까지 그 시간에? 너 그러다 열사병으로 죽어."

"그럼 아침에 갈까? 그땐 비교적 선선하잖아."

"왔다가 돌아가는 길은 또 어쩌고. 너 아직 환자거든? 부탁이니까 시원한 집에서 푹 쉬면서 우아하게 독서를 즐겨주세요."

"그건…… 지루해."

"지루한 것도 참아봐야지. 안 그럼 날 만나기 전까진 지루해서 어떻게 살았대?"

웃자고 한 말이었는데 연오는 대답하지 않았다. 나는 난처한 기분으로 잠자코 그의 머리를 말리는 데만 집중했다.

머리 빗질까지 마치자 연오는 짤막한 감사인사를 남기고 자리를 떠났다. 몇 가닥 떨어져 있는 머리카락을 주워 모으며 나는 당장 돈이

여유가 없는 것도 아니니 하루 더 쉬고 화목토에 온다고 할까 고민했다. 오늘 하루 잘 흘러간 게 고작 얼마 안 되는 돈 때문에 이렇게……. 아니, 그 얼마 안 되는 돈이 모여서 뭉칫돈이 되는 건데, 아, 그렇지만 연오가……. 그렇다고 나까지 연애 때문에 책임을 방기할 수는……. 찰나에도 이리저리 흔들리는 생각으로 울적해져 있는데 불쑥 연오의 목소리가 주의를 깨웠다.

"맥주 좋아한댔지? 차게 얼려놓은 거 있는데, 마실래?"

목소리가 들리는 곳을 바라보자 연오는 내 생각보다 밝은 얼굴로 맥주캔 두 개를 흔들었다. "샤워 후에 맥주가 최고지"하고 내가 반색하며 일어나자 그가 빙긋 웃었다.

"거기에 꽃이랑 달구경 플러스. 어때?"

눈이 동그래졌던 나는 이내 그 뜻을 이해하고 엄지를 척 추켜세웠다. 그러나 고새를 못 참고 잡초 같은 북극곰 기질이 눈치도 없이 툭 튀어나왔다.

"근데 그러다 모기한테 습격당하는 거 아냐?"

연오의 눈이 휘둥그레졌다. 어쩌자고 그런 소릴 꺼냈을까 좌절로 이마를 짚는 내게 웃음 섞인 그의 답이 들려왔다.

"아마 그러지 않을 거야. 혹시 습격해오면, 물리쳐줄게."

모기를 의지로 물리칠 수 있다고는 믿지 않았다. 하지만 이번만큼은 이의를 제기하지 않았다. 설사 산모기에 벌집이 되도록 뜯겨 내일 병원에 실려 가는 한이 있더라도 연오가 지켜줄 거라고 믿기로 했다.

그리하여 여태 벼르던 후원의 치자꽃을 구경할 기회가 왔다. 부엌 왼편의 뒷문을 열고 밖으로 나가는 계단을 막 내려가자 앞마당에서도 종종 맡곤 했던 화사한 향기의 색채가 벌써부터 코끝을 간지럽혔다. 사박사박 발아래에서 밟히는 흙 소리도 목덜미가 오싹거리도록

좋았다.

너무 기대했다가 실망할까 봐 들뜬 마음을 눅잦히며 심호흡을 하는데 연오가 "이쪽"하고 속삭이며 내 등을 부드럽게 감싸 당겼다. 입고 있는 민소매 티셔츠 한 겹 위로 와 닿는 그의 팔이 시원하면서도 다부지게 든든해서 가슴이 뛰었다. 날 구해줬던 팔. 날 구해준 남자. 은인이자 연인이 된 남자. 어쩌면 내 세계에 이렇게 멋진 사람이 나타났을까. 간단한 접촉만으로 또 스위치를 켠 듯이 연오가 내 머릿속을 점령해가는 걸 가까스로 빠져나와 꽃구경이라는 본래 목표에 집중했다.

집에서 흘러나오는 불빛이 미치는 거리가 지나자 숲은 확연히 달의 창백한 은백색 장막 아래로 스며들며 이질적인 공기를 발했다. 돌아보면 아직 불 켜진 집의 창문이 보였지만 진짜 어둠이 기다리는 산으로 들어가는 느낌이 마냥 편하지는 않았다.

"뒤뜰이 이렇게나 넓어?"

나도 모르게 속삭이듯이 흘러나온 물음에 연오가 고개를 갸웃하며 웃었다.

"내 집 뒤에 있는 거면 다 뒷마당이라고 생각했는데, 난?"

"뭐, 뭐야 그게. 설마 진짜로 하는 말이야?"

기가 막혀서 툭 그의 옆구리를 때리자 연오는 신음인지 웃음인지 모를 소리를 내면서 나를 이끌고 걸음을 재우쳤다.

"염려 마, 일단 토지대장상으론 내게 권리가 있는 임야니까. 아, 다 왔다."

연오의 말보다 피부에 물들 것 같은 짙은 치자꽃 향기가 먼저 내 숨을 앗아감으로써 나는 목적지에 다다랐음을 알았다. 하지만 바라보이는 광경에 감탄사를 뱉을 여유도 잃고 잠시 멍해 있었다.

가장 작은 것도 가지 끝이 내 허리에 닿을 듯한 치자나무가 둥그런 뜨락 주위로 나란히 늘어서 가지 끝마다 흰 꽃을 피워 올리고 있었다. 언뜻 눈에 들어온 것만도 십여 그루, 아니 그 뒤의 형체도 감안하면 스무 그루도 넘을 듯했다. 내 키보다 더 큰 치자나무가 무성히 우거져 가지가 무겁도록 꽃을 터뜨린 모습은 아무리 봐도 현실 같지 않아 그쪽으로 비척거리며 다가가 꽃을 만져보고서야 딸꾹, 하고 침을 삼키며 놀랐다.

"여기, 뭐야, 연오야? 과수원 같은 그런 거야? 아니다, 치자나무는 과수는 아닌데. 잠깐, 설마 과수던가?"

"열매가 열리긴 해도 과일은 아니지. 따서 약재로는 쓰겠지만 여기 이 녀석들은 딱히 그런 이유도 없어. 그냥 존재하는 거야. 굳이 이유를 찾아야 한다면 주인이 좋아해서 모은 거지."

"근사하다! 그분 정말 취향이 좋았나 봐, 삶을 즐길 줄 아는 사람이 분명하다고. 아, 세상에, 이 향기 좀 봐. 너무 감미로워, 너무너무, 아, 사방이 꽃향기로 가득 차서 심장이 터질 것 같아."

화분 하나의 치자나무에 핀 꽃으로도 작은 마당이 온통 달콤해질 정도로 향기가 좋은 것을 수십 그루의 꽃들이 발하는 향의 안개 속에서 있노라니 그만 그 대단한 향에 머리가 아찔해지며 다리가 풀릴 지경이었다. 그만큼 내가 격정적으로 느낀 탓도 있었지만 실제로도 어지럼증이 일어나 나는 취한 듯 비치적거렸다. 안 되겠다 싶었던지 연오가 잠시 앉아 있어야겠다고 나를 옆으로 데려갔다. 꽃에서 멀어지고 싶지 않아서 도리질을 하는 내게 연오는 멀리 가지 않는다며 안심을 시켰다.

그가 날 데려간 곳은 치자나무 군락 남쪽에 우뚝 선 아름드리 오동나무의 그늘 아래였다. 먼저 나무에 다가앉은 연오가 품으로 끌어 앉

흰 그대로 나는 머리를 젖혀 그의 어깨에 기대고 숨을 고르며 눈은 끊임없이 움직였다.

명당이라고 할지, 그 자리는 치자나무와 더불어 그 위의 하늘에 나른히 얼굴을 내민 달구경도 맞춤한 곳이었다. 흰 치자꽃이 야만적일 정도로 생생한 것에 비해 만월을 며칠 남겨둔 달은 오랜 더위에 지친 미인처럼 파리하기만 했다. 하늘은 얇게 뜯어낸 솜 같은 구름을 제 뜰 가득히 풀어 미인이 언제든 쉬어갈 준비를 하고 있었다. 창백한 미인의 조금은 신경질적인 아름다움을 나는 얼마쯤 넋을 잃고 바라보았던 것 같다.

"맥주 좀 마셔볼래?"

귓가에 들려오는 물음에 나는 연오의 존재를 새삼 떠올리고 뒤를 돌아보았다. 그리고 이 밤, 세 번째로 숨죽일만한 아름다움과 마주쳤다.

소용돌이치는 듯한 치자꽃의 단내와도, 옷매무새를 가다듬고 한발 물러서야 할 듯한 달빛의 성스러움과도 다른 황홀함.

달이 연오의 기려함에 한발 양보하듯 구름 뒤로 숨어들어 어스름이 깔리자 반듯한 이목구비에 정적이 내려앉으며 차마 범접 못할 지고의 솜씨로 빚어낸 조각처럼만 여겨졌다. 분명 또 한 번 나는 넋을 잃었다. 하지만 그 지독한 아름다움은 별안간 내게 강한 통증으로 다가왔다. 불안하고, 괜스레 애달파져 그만 눈물까지 샘솟았다.

"수경아?"

옅어진 구름 사이로 달빛이 연오의 얼굴을 어루만지며 그의 눈이 빛나는 순간, 문득 찾아들었던 전율 같은 슬픔도 느슨해졌다. 그러나 치밀어 오른 눈물은 그대로 가라앉지 않고 내 안에 잠들어 있는 슬픔을 일깨워 새로이 방울방울 흘러내렸다.

"왜 그래? 왜 갑자기 울어?"

"……그냥."

말하면 너무 바보같이 보일 것 같아서 말하고 싶지 않았다. 하지만 연오가 살뜰히 눈물을 훔쳐 주며 근심스레 바라보는 눈길에 입술은 제멋대로 말을 쏟아냈다.

"그냥, 지금 이 순간이 너무 아름다워서 가슴이 아파. 모든 게 너무 고와서 슬퍼, 슬퍼 연오야."

"……행복한 게 아니라 슬퍼?"

어리둥절해하는 그에게 어찌 말해야 조금이라도 닿게 될까. 행복한데도 슬픈 이 기분을 어떻게 해야 전할 수 있을까. 말로 옮길 수 없을 거란 생각이 들었다. 그러나 나는 어떻게든 그에게 말하고 싶었다. 이해는 못 해도 그 상냥한 눈으로 들어주길 바라며. 나는 그에게 어리광을 부리고 있었다.

"이렇게 아름다운 것에 주어진 시간이 너무도 짧아. 꽃은 다시 피고 달도 매일 다시 뜨겠지. 하지만 다시 핀다고 해도 우리가 보는 저 꽃은 아니야. 오늘 밤 같은 달은 다시없어. 같다고 해도 달라. 그리고 우리는…… 우리는 어떻게 될까? 이렇게 함께 있는 것만으로도 좋은 때가 얼마나 갈까?"

"난 영원이었으면 하는데."

아이 같은 연오의 말에 나는 웃음 지었다. 아플 지경으로 뜨거운 눈물이 후드득 솟구쳤다.

"나도 그래. 영원이었으면 싶어. 하지만 그게 이루어지려면 지금 이 순간 세상이 끝나는 것 말고는 답이 없을 걸?"

손을 들어 연오의 뺨을 쓰다듬으며 지그시 눈을 감았다. 내가 느끼는 온기와 감촉. 이렇게 생생한 현실이 언젠가 끝나는 것이다. 그 끝

이 언제일지 결정하는 건 우리가 아니다. 영원도, 절대도, 하물며 내일에 대한 약속도 한 찰나에 완전히 사라질 수 있는 세계에 살고 있음을 알고 있다.

"모든 게…… 그저 덧없다는 느낌, 알아?"

눈을 뜨자 미동도 없이 날 바라보는 연오의 깊은 눈이 기다리고 있었다. 꽃보다도, 달보다도 내게는 아름다운 사람. 나는 그를 사랑하고 있다. 그 현실이 사무치도록 행복하면서 망망하도록 서러운 것이다. 지금은 이렇게 함께여도, 언젠가 나는 또 이것을 잃을 테니까. 부모님을 잃었던 것처럼, 성우를 잃었던 것처럼.

아니, 이번에야말로 내가 연오보다 운이 좋기를 바란다. 그 반대는, 다시 견뎌낼 수 있을 것 같지 않다. 그때는 정말 심장이 터져서 죽고야 말리라.

"덧없고, 슬프고…… 난리도 아니네. 에헷."

억지로 웃어보면서 쓱쓱 눈물을 문질러 닦았다. 그리고 연오를 한껏 껴안았다. 또 배어 나오려는 주책없는 눈물을 이를 악물어 참고서 말했다.

"맥주는 아직 입도 안 댔는데 꽃 냄새에 취했나봐. 차라리 꽃멀미라고 해야 하나? 아무튼, 다 허튼소리야. 잊어버려, 방금 건. 중요한 건…… 내가 널 좋아한다는 거야."

고개를 들어 그의 얼굴을 바라보며 나는 배시시 웃었다.

"좋아해, 연오야."

쪽 그의 입술을 훔치고 다시금 웃었다. 성에 차지 않는 자신이 욕심꾸러기 같았다. 그래서 또 그에게 입을 맞췄다. 이번엔 꼬옥 마주 댄 입술을 오래도록 떼지 않는다. 두근거리며 뛰는 내 심장소리가 너무 요란해서 주변 공기마저 떨리고 싶었다.

정말로 나비효과라도 일어났는지 홀연히 살랑거리는 미풍이 목덜미에 물결쳤고 이내 치자 향기가 더 자욱해졌다. 눈에 보이지 않는 그 요염한 손길이, 더 솔직해지라고 내 등을 떠밀었다.

알잖아. 기다려도 내일이 온다는 보장은 어디에도 없다는 거. 영원에 한없이 가까워지는 건, 지금을 온전히 사는 것뿐이야.

자꾸만 바람이 불었고 달도 다시 구름 속으로 숨어들었다.

"사랑해."

속삭였다. 살아서, 너를 사랑하고 있다고.

눈을 떠 똑바로 마주한 연오의 눈도 분명히 그렇게 말하는 걸, 나는 들었다.

"네 말이 맞아."

연오가 속삭였다.

"지금 이 순간 세상이 끝났으면 좋겠어."

우리가 바란 종말, 대신에 연오의 손이 내 목을 휘감아 그에게로 끌어당겨졌다. 입술의 형태를 띤 불꽃이 나를 휘감아 물어뜯었다. 바람을 타고 번지는 산불처럼 불꽃은 점점 더 강렬한 기세로 내 전신에 넘실거리며 번져갔다.

당혹감은 잠시뿐, 내 안에 있는 줄도 몰랐던 미칠 듯한 열정으로 들끓어 올랐다. 연오에 못지않게 버둥거리며 안달이 난 몸짓으로 껴안아 어루만지고 떨어지면 죽을세라 숨 가쁜 입맞춤을 거듭했다. 말려 올라간 티셔츠 아래의 맨살에 그의 손길이 닿아 전율한 다음 순간 그의 셔츠를 찢듯이 벗기는 내가 있었다. 쇄골 아래의 연한 살을 씹고 그보다 아래의 젖가슴에 입 맞추는 그를 위해 한껏 등을 젖히며 나는 손가락으로 그의 머리카락을 휘감아 헝클어뜨렸다.

아무것도 모르지만 이미 모든 것을 알고 있다……

그런 확신에 찬 생경하면서도 격렬한 충동을 알싸한 치자꽃 향기가 자꾸만 부추기고 있었다. 다시금 연오가 내 입술을 훔치며 격한 포옹과 함께 내 몸이 강하게 뒤로 떠밀렸다. 아주 잠시 버텼을 뿐, 그대로 연오와 함께 바닥으로 쓰러졌다. 보드라운 이끼 같은 풀밭이 낙하의 충격을 상쇄했지만 내게 고스란히 실려 온 무게의 묵직함에 등 뒤가 더는 달아날 곳 없는 땅이라는 걸 번쩍 실감했다.

수줍음인지 두려움인지 모를 일말의 주저가 깨어나 연오의 눈길에서 달아나게 했다. 시선을 피한 것에 그치지 않고 내려온 입술을 피해 버렸을 때 연오는 내 얼굴을 억지로 붙잡아 돌려 입술을 덮쳐왔다. 망설임이 피어나자 갑자기 거칠게만 느껴지는 키스로 힘들어하다가 문득 허리를 더듬어 오는 손길에 깜빡 잊고 있던 무언가를 생각해내고 도리질을 해서 겨우 말문을 틔웠다.

"연오야, 잠깐만, 네 손, 오른팔로 이런 일……."

오른팔은 손을 비롯해 팔꿈치까지 통으로 깁스가 된 터라 최대한 움직이지 않도록 주의시켜 왔는데 지금 그는 금기엔 아랑곳없이 손을 쓰고 있었다.

"상관없어."

"하지만—."

"아무렇지 않아. 정말로."

싱긋 웃는 연오의 머리카락이 순간 바람에 나풀거리며 헝클어지는 것을 그가 쓸어 넘겼다. 깁스가 된 오른손을 써서 보란 듯이. 그러고 선 내게로 연오가 스윽 얼굴을 기울여오며 물었다.

"불안한 눈을 하고 있네. 벌써 덧없어졌어? 이젠 날…… 좀 전만큼 사랑하지 않아?"

"그럴 리 없잖아."

자그맣게 중얼거리는 내 귓가에 연오가 바싹 입술을 붙여왔다.

"그럼 증명해봐. 이제 와서 달아나지 말고."

"달아나려는 게 아니라······."

발갛게 얼굴을 물들이는 내게 더 나직이 잠겨든 목소리가 호소했다.

"날 사랑해줘. 그리고 나도 널 사랑하게 해줘."

그의 간절한 목소리는 눈을 감은 순간, 더 치명적으로 가슴에 스며들고 만다. 그것은 수십, 수백의 치자꽃이 뿜어내는 향기보다도 더욱 강하게 나를 동요시키는 꽃이었다. 그 향기에, 거기 배인 진정에 얇은 소름처럼 몸을 감쌌던 긴장 대신 나른한 울렁거림, 멀미와도 같은 아릿한 충동이 되살아났다.

망설임은 여전했다. 그러나 그에게로 향하는 열정은 그보다 더 컸다. 나는 축 처져 있던 팔을 들었다.

'후회하지 않아. 너와, 지금을 살겠어.'

떨리는 손가락들이 하나하나 천천히 그의 살갗에 내려앉았다.

연오의 등을 끌어안았다. 연오의 입술을 받아들였다.

그리고 마침내―.

"······아!"

나는 붉은빛을 발하는 사랑을 배웠다.

그 아찔함에, 흠뻑 젖어들도록.

10. 여름 감기

GOOD WORLD ROMANCE NOVEL

몽롱했다.

우리는 흐릿한 달빛 아래에서, 치자꽃 향기라는 미약에 홀린 듯이 얼크러져 서로를 나누어 가졌다. 돌이켜보면 쏜살같이 내달리는 마음의 갈급함을 겨우겨우 두 발로 쫓아가기 급급한 서툴기 짝이 없는 몸부림이었다. 아, 그러나 그 어설픈 첫 번째 섬광은 우리의 눈과 귀를 멀게 할 만큼 강렬했다.

방금 나눈 게 대체 뭐였을까? 마냥 얼떨떨한 기분으로 다시금 정신없이 몸을 얽었던 것을 기억한다. 막 지나온 섬광의 여파인가, 화산으로 돌변한 심장은 온몸에 뜨겁디뜨거운 피를 내보냈고, 나는 그 열을 발산하려고 발버둥 치며 연오에게 매달렸다.

호흡이 순조로웠던 것은 아주 잠깐뿐, 점차 내 안의 것보다 더 지독한 열기가 그에게서 밀려드는 바람에 거기서 벗어나려고 한바탕 씨름하기도 했다. 하지만 한사코 휘감아 누르고 파고드는 몸으로부터 단 한 번도 벗어나지 못했다. 연오의 늘씬한 외관으로 어렴풋이 짐작

했던 것과 달리 무서울 정도로 강한 완력에 내가 작정하여 온 힘을 다해 바르작거렸건만 그는 알아채지도 못하는 것 같았다. 놓아달라고 말하려 해도 잠시만 떨어져도 안달을 내며 내 입술에 집요하게 달라붙어오는 연오 때문에 나는 애써 호흡을 놓치지 않는 게 고작이었다. 하물며 너무 아픈 나머지 마비가 된 것처럼 멍하게 지나갔던 처음과 달리 욱신욱신 아린 동통이 쉴 새 없이 물결쳐 올라와 나는 이중, 삼중고를 겪었다.

숫제 체념하여 어서 빨리 끝나기만 바랐건만 전혀 내 마음 같지 않았다. 흡사 이제 막 자전거타기를 배운 아이처럼, 연오는 내게서 떨어질 줄 몰랐다. 두 번, 세 번, 쉴 새 없이 쏟아내는 그의 격정에 나는 반은 까무러치다시피 맥을 놓고 눈물까지 터뜨렸다.

그때야 비로소 연오가 나를 보듬어 일으켜 집으로 데려갔다. 불편한 팔을 하고서도 욕실에서 나를 조심스럽게 씻겨주며 괜찮으냐고 거듭 물어오는 그를 보니 또 그만 마음이 약해져버렸다. 힘들어서 눈물까지 흘린 게 이미 백만 년 전의 일이라도 된 것처럼 나는 견딜 만하다고 대답하며 사르륵 웃음까지 흘렸다.

"하지만 울었잖아. 버거웠던 거 아니야?"

"왠지 뭉클거리는 걸 어떡해. 슬프고 힘들어야만 울 수 있는 거 아니잖아. 나 아까 엉뚱하게 울음 터뜨리는 거도 봤으면서."

"그럼…… 기뻐서?"

꼭 말로 해야 알겠냐는 듯 살짝 그에게 눈을 흘겼다. 그제야 안심했는지 마주 웃는 그를 보자 그런 허세에 들인 노력이 전혀 아깝지 않았다.

"이렇게 기분 좋은 일인 줄 몰랐어, 무엇보다 네가 너무 사랑스러워서……."

양 뺨과 두 눈가를 발갛게 물들이며 속삭이는 연오, 주저하듯이 입술을 가까이하며 더 만져도 좋을지 묻는 연오에게 아니라고 말할 수 있는 방법을 나는 알지 못했다.

그리하여 다시금 연오의 커다란 침대 위에서 우리는 칭칭 얽혀들었다. 몸을 열어 그를 받아들이는 것만으로도 까진 상처에 소금을 비벼대는 게 이럴까 싶을 만큼 무리가 왔지만 이를 악물고 견뎌냈다. 연오가 쏟아내는 열의를 보는 것만으로도 의의는 충분했다. 야광주가 밝히는 푸르스름한 어둠 속에서 어쩌면 안타까운 듯이, 어쩌면 홀린 듯이 흐트러진 눈빛으로 나를 갈구해오는 그는 평소의 그 청결하고도 사늘한 기운을 풍기는 반듯한 미모를 알기에 더 견딜 수 없이 사랑스러웠다.

그가 좋았다. 너무 좋아서 몸은 아픔으로 신음해도 마음은 터질 것처럼 기뻤다. 그에게 사랑 받고 그를 사랑할 수 있는 내 자신이 그 어느 때보다도 자랑스러웠다. 찌르는 듯한 통증조차 그와 사랑을 나누고 있다는 생생한 증거로서 더없이 소중했다. 이 미칠 듯한 감격마저 언젠가 덧없어지는 때가 온다고 해도—.

내가 최선을 다해 그를 사랑했다는 것은 없어지지 않는다.

"사랑해, 연오야."

거듭되는 입맞춤 사이로 나는 몇 번이고 속삭였다. 달아오른 뺨을 뜨거운 눈물이 지나갔다. 이번엔 정말 기쁨의 눈물이었다.

움직임을 그치고 그런 나를 바라보던 연오가 무어라 말할 듯이 입술을 달싹이다가 희미하게 웃더니 내게로 아주 몸을 포개고 으스러져라 날 껴안았다. 숨이 아득해질 정도로 강하고 긴 포옹에 이어 다시 내게로 쇄도해 들어왔다. 밖에서와 달리 조금은 느릿하게, 완만해졌던 몸짓이 또 일변하여 그 온유함을 잃고 막무가내에 가까워졌다.

바스러져라 껴안은 팔에 옴짝달싹 못할 정도로 묶인 채 깊게, 더욱 깊게만 몰아붙여오는 거친 힘을 받아들이는 것에 나는 빠르게 버틸 힘을 잃어갔다.

조금만 천천히, 부드럽게 해달라는 내 호소가 연오에겐 들리지 않는 것 같았다. 어쩌면 그 말을 했다는 건 내 상상일 뿐인지도 모르겠다. 나는 결국 그 무렵 까무러쳤던 것이다.

때문에 어느 쪽인지는 잘 모르겠다. 생시인지 꿈속에선지 한없이 몽롱한 와중에 나는 얼핏 눈을 떴고 뭔가 생각에 잠겨 있는 연오를 보았다. 그는 팔을 괴어 머리를 받치고 내 머리카락을 가만가만 쓰다듬고 있었다.

"……설사 더불어 늙지는 못한다 해도 언젠가, 세상이 무너질 때 함께 있으면 그 아니 좋으리."

말투가 무척 예스럽게 들려 얼마쯤 의아했다. 눈을 더 크게 떠보고 싶었는데 몹시 졸려서 속수무책으로 감겨만 들었다. 눈은 감았어도 뺨에 그의 손길이 느껴졌고 부드럽게 와 닿는 그의 입술이 느껴졌다. 서늘한 감촉이 참으로 기분 좋았다.

"하늘이 무너지면 네 위에서 하늘을 받쳐주고, 땅이 무너지면 네 아래를 받치는 자리가 되어주마. 꼭 너보다 한 걸음 먼저 떠나야지. 기다림은……."

그의 속삭임이 더 이어졌지만 미처 다 듣지는 못했다. 그토록 졸렸다. 꿈속에서 그리 졸렸다는 게 참 이상하지만, 그건 아무래도 꿈일 수밖에 없다. ……왜냐하면 그는 분명히 오른팔로 머리를 받치고 있었다. 깁스는 어디에도 보이지 않았다.

늦잠을 자서 하마터면 공장에 지각할 뻔한 위기의 월요일 아침이

었다. 정신없이 나오는 통에 인사도 제대로 못 했으니 연오의 식사 준비는 꿈도 못 꿨다. 그게 마음에 걸려 일하러 가서도 머릿속이 찝찝했다. 몸은 몸대로 물먹은 솜 같은 게 딱 몸살 직전에서 관절의 욱신거림만 없는 수준이었다.

점심시간이 되어 급히 연오의 집으로 전화를 걸어봤으나 신호만 갈 뿐 받지 않았다. 연오야말로 몸살이 났을지 모른다는 생각으로 피식 웃고는 점심을 먹으러 가서 하품 반, 카레라이스 반을 먹었다. 그대로 일하는 게 무리일 것 같아 진통제 한 알을 먹고는 다들 아침드라마 재방송을 보느라 바쁜 휴게실 한 귀퉁이에서 쪽잠을 잤다.

약의 효과로 오후는 그럭저럭 버텼다. 저녁 먹으러 가면서 연오에게 전화를 해봤지만 이번에도 연결되지 않았다. 메시지를 남기는 기능도 없는 전화라 하릴없이 끊고는 식당으로 갔다.

야간작업을 하면서 컨디션은 더욱 안 좋아져서 숙소로 돌아온 열한 시 무렵엔 눈을 뜨고 있어도 세상이 뿌옜다. 꾸벅꾸벅 졸면서 샤워를 했고 2층 침대로 기어든 후 눈꺼풀을 손가락으로 붙잡다시피 하고 연오에게 전화를 해봤다. 여전히 들려오는 뚜르르르, 뚜르르르, 하는 단조로운 신호음을 자장가 삼아 결국 나는 곯아떨어졌다.

화요일 아침 여섯 시 반, 눈 뜨는 그 순간부터 목이 아프고 머리가 지끈거렸다. 징조는 명백했지만 나는 내가 감기 초입이라는 것을 인정하지 않았다. 내 생애에 여름 감기는 한 번으로 족하다. 그리고 그건 이미 성우 49재 치르고 써먹었고 말이다.

일곱 시 땡 하는 걸 보고 미라 언니를 깨운 뒤 나가서 첫 타자로 식사를 든든히 먹었다. 안 넘어가는 걸 꾸역꾸역 밀어 넣은 게 없잖아 있어 기숙사 방으로 돌아와 소화제를 챙겨 먹으면서 겸사겸사 종합감기

약도 한 알 먹었다. 감기는 아니지만 어디까지나 예방은 나쁠 게 없으니까. 한 삼십 분쯤 있는 짬을 두고 도로 침대에 올라가 반쯤 기대 누웠다가 생각난 김에 연오에게 전화를 해봤다. 이번에도 허탕을 쳤다.

"무슨 일이 있나?"

겨우 하루 연락이 안 닿은 걸로 호들갑을 부리는 건 아닌가 싶어 애써 별거 아니라고 넘겼다. 하지만 전화기를 바라보는 눈에 미련이 남는다. 매일 여기까지 산책 온다고 할 땐 언제고 이젠 내 목소리도 안 듣고 싶은 건가, 하는 서운함이 삐죽 솟아났다.

"설마 이미 잡은 물고기라서?"

연애는 못해봤어도 어디서 보고 들은 건 많은 머리가 최악의 상상으로 치닫는 것을 잽싸게 흔들어서 털어버렸다. 다른 남자는 다 그래도 연오는 그럴 리가 없다. 아무렴, 그는—.

"하늘이 무너지면 하늘을 받쳐주고 땅이 무너지면 날 받쳐줄 거라고 했단 말이야."

그렇지, 그렇지 하고 고개를 끄덕이다가 문득 멍해졌다. 그러니까 방금 그 말을, 언제 들었더라?

그걸 곰곰이 생각한다는 게 퍼뜩 정신을 차렸을 땐 휴대전화 알람이 울리고 있었다. 작업 시작 5분 전 알림음. 아이쿠야 하고 급히 일어나서 방을 나섰다.

인후통, 두통에 속까지 거북한 상태로 오전 작업을 마치고 점심을 먹는 대신 기숙사에 돌아가 한숨 잤다. 자고 났더니 목이 더 끔찍하게 아파져서 이번엔 긴장감을 가지고 종합감기약 두 알을 먹었다. 그게 조금 효과가 있었는지 무난히 오후의 일을 끝냈는데 저녁식사 하러 가면서 또 두통이 시작되었다. 잔업을 빼고 쉬어야 하는 건가 갈등했지만 오늘만 참으면 내일 충분히 쉴 수 있다는 생각으로 야간

작업까지 강행했다.

밤에 기숙사로 돌아갈 즈음엔 오한의 기미가 있었다. 샤워 후 방으로 돌아오니 얼굴에 오이 팩을 하고 있던 미라 언니가 전화가 왔었다고 말해주었다.

"전화요?"

머릿속이 멍해서 무슨 전화인지 짐작도 가지 않았다.

"응, 목소리가 엄청 좋은 남자던데, 이름이 연오라던가?"

나도 모르게 허둥거리며 휴대전화를 찾아 달려가는 뒤에서 미라 언니의 말이 이어졌다.

"잠시 어딜 좀 가느라 한동안 무주에 없을 거래. 토요일 전엔 돌아오고 싶은데 안 될 수도 있다나. 오는 대로 바로 연락할 테니까 소식 없어도 걱정하지 말라더라."

확실히 휴대전화에 남아 있는 번호는 무주 지역번호가 아니었다. 만났을 때 별 이야기 없더니 갑자기 어딜 간 걸까 하는 궁금함과 그러면 내일 못 보는 거네 하는 섭섭함이 왈칵 일어나 가뜩이나 축축 처지던 몸이 한없이 아래로 곤두박질칠 것 같았다.

"너 몸 챙기라고 신신당부를 하던데. 엄청 자상하게 말이야. 수경이 너, 연애하니?"

미라 언니의 질문에 나는 침대로 향하면서 힘없이 웃기만 했다.

"어허, 얼렁뚱땅 웃기만 하면 쓰나. 비밀 엄수할 테니까 이 언니한테만 살짝 말해봐. 연애해, 진짜? 맞구나? 저번에 립스틱도 그렇고 요즘 어째 느낌이 다르다 싶더니 역시 굴뚝에 일없이 연기가 올라오지 않는다니까."

말할 기운도 없고, 기분도 아닌 상태였다. 때문에 아직 잘 몰라요, 라는 애매한 말로 얼버무렸다.

"아직? 그럼 사귈락 말락 하는 그 단계야? 이야, 그럴 때가 알고 보면 제일 설레는 시간데. 어떻게 만났어? 뭐하는 사람이고?"

이제 막 대화의 물꼬를 튼 듯한 미라 언니의 기세에 나는 한숨을 쉬며 다음에 이야기하자고 말했다.

"몸이 어째 안 좋아서요. 얼른 좀 자야지 싶어요."

"아파? 어디가? 어머, 이제 보니 지금 따끈따끈한 게 열나는 거야? 에그, 열 좀 봐. 약은 먹었어?"

당장에 미라 언니가 침대에서 나와 내 이마를 짚어보곤 서둘러 나를 올려 보냈다. 옷장을 열어 얄따란 이불 하나를 더 꺼내 위로 올려주는 것도 잊지 않았다.

"넌 그런 몸으로 잔업을 하니. 그리고서 돈 벌어도 몸 아프면 배는 더 손해야. 내일 일어나서 안 좋으면 병원부터 가. 여름 감기 무시하면 안 된다, 너. 내가 작년에 거의 한 달을 앓았잖아."

"약 먹었으니 자고 일어나면 나아지겠죠. 언니, 저 잘게요."

말하면서 슬슬 눈이 감겨들고 목소리도 기어들어갔다. 미라 언니가 올려 보냈던 이불을 펼쳐서 두 채가 된 이불을 덮고 눈을 감기 무섭게 세상이 깜빡깜빡 명멸했다. 미라 언니가 방 불을 끄고 침대맡의 스탠드를 약하게 켜는 걸 소리만으로 짐작했다.

그런 배려가 고마운 한편으로 못나게도 원망하는 마음도 있었으니, 어째서 연오 전화를 언니가 받았을까 하는 점이었다. 일하면서도 진동으로 해서 가지고 다니다가 씻으러 가는 그 짧은 새에 잠시 책상에 놔둔 것을 덥석 미라 언니가 받았다는 게 얄궂기만 했다. 벨이 울리건 말건 내버려뒀다면 얼굴은 못 봐도 휴대전화에 녹음된 목소리라도 들을 수 있었는데 말이다.

'아, 연오가 이런 기분이었을까.'

목소리가 듣고 싶어서 전화했다는 그의 감미로운 목소리가 귓가에 쟁쟁했다. 아니다, 쟁쟁을 넘어 바로 옆에서 말해주고 있었다. 그랬다, 이미 현실이 아닌 꿈의 영역이었다.

'목소리만으론 싫어. 보고 싶어, 연오야. 보고, 만지고 싶어.'

내 투정에 '역시 그렇지?' 하고 그가 말했다.

잠시 후 조용히 방문이 열리고 연오가 안으로 들어왔다. 곧장 이층 침대로 다가온 그가 계단을 타고 올라와 이불을 들추고 내 옆으로 누웠다. 열이 나는 내 이마를 만지고 뺨을 쓰다듬은 손이 목덜미로 내려가더니 가볍게 내 머리를 당겨 자신의 품으로 이끌었다. 담뿍 날 껴안아주고서 그가 속삭였다.

'아프지 마. 나 때문인 것 같아서 언짢아.'

'에이, 아프려니까 아프지 너 때문이겠어. 속상해하지 마.'

'너 아픈 거 내가 넘겨받을 수 있다면 원이 없겠다.'

'그건 더 싫어. 바짝 아프고 얼른 털어낼 테니까 너야말로 아프지 마.'

도리질치는 나를 그가 더 꼭 끌어안아줬다. 꿈인데도 너무나 생생해서 그 체온이며 감촉, 어렴풋이 감도는 달콤한 향내까지 생시와 다를 바가 없었다.

'아, 좋다. 너한테서 치자꽃 향기, 나는 거 알아?'

'물든 걸 거야, 네게서.'

'나?'

엉뚱한 소리를 해서 설핏 웃었는데 전혀 웃음기 없는 목소리로 연오가 말했다.

'치자나무 아래 누워 있었거든. 꽃이 피면 눈을 뜨고 꽃이 지면 잠들면서.'

'그럼 치자나무한테서 물든 거네.'

'나는 너라고 생각했어. 꽃이 피면 널 생각하라고 했으니까.'

'……내가?'

금시초문. 어리둥절해서 눈을 깜박이는 내 등을 연오가 토닥거리며 그만 자라고 중얼거렸다.

'푹 자. 어둠을 건너는 동안 휘파람을 불어줄게.'

어둠을 건너는 동안……. 그 말에 마음 깊은 곳 어딘가에서 가벼운 파동 같은 게 일었다. 뭔가가 떠오를 듯 말 듯 반짝이다가 끝내 떠오르지 못하고 잠겨 들었다. 원래의 자리로…….

어둠……. 왜일까, 그 평범한 단어에 살갗의 안을 따라 기묘한 한기가 퍼졌다. 안개가 퍼지듯이─. 안개, 안개가…….

'걱정 마. 내가 여기 있잖아.'

마치 내 생각을 들여다본 것처럼 연오가 말했다. 등을 쓰다듬어주는 손이 따스했다. 꿈은 현실과 반대라더니 오늘 밤, 차가운 것은 내 쪽이고 연오는 봄날의 햇살처럼 따뜻하다. 그렇기에 차가운 안개도 여기에 미치지는 못하리라. 나는 그에게 더 꼭 안겨들며 속삭였다.

'이틀이 너무 길었어. 어서 만나고 싶어.'

'나도 그래.'

'만나면 지금처럼 꼭 끌어안고 있자.'

'끌어안기만? 더 좋은 걸 하면 안 될까?'

살며시 애원조가 된 목소리가 귀여워 웃음이 났다. 더 좋은 것. 어떨까. 다음번엔 나도 그 좋은 기분의 맛이라도 볼 수 있으려나. 모쪼록 그러길 희망해 보면서 나는 어디 한 번, 하는 기분으로 새침을 떨어보았다.

'봐서. 치자꽃이 다 지기 전에 만날 수 있다면 말이야.'

'······아아, 서두를게. 서두를 테니까.'

조바심이 난 듯 연오가 거듭 강조하는 걸 들으며 나는 까무룩 잠든다. 행복한 꿈이라고 생각한다. 꿈에서조차 다정한 내 남자가 좋아서 견딜 수 없는.

그렇게 좋은 꿈이었지만, 아침에 깨었을 땐 서운하기만 했다. 무슨 급한 용무가 있느냐고 물어보든가 할 것이지 별것 아닌 이야기만 하다가 잠들다니. 하기야 꿈에서 대답을 들었다고 그것을 진지하게 믿으면 그건 그것대로 우스꽝스러울 테지.

"으, 으잇춰!"

목 아픈 게 어제보다 좀 나은 듯해서 방심하고 있었는데 문득 코가 간질간질하다 싶더니 재채기가 나왔다. 한 번에 그치지 않고 연달아 네 번이나 몰아치는 바람에 정신을 차릴 수가 없다.

"······너 감기다, 정통으로 걸린 거라고. 오늘 꼭 병원 가봐."

아래층의 미라 언니가 잠이 덜 깬 목소리로 말하는 게 들려왔다. 그 정도는 아니라고 말하려는데 또 한 번 재채기를 했다. 콧물이 흐를 것 같아 부랴부랴 침대에서 내려가 화장지를 뽑아들었다. 시원하게 코를 푼다고 풀었는데, 불과 얼마를 못 가서 오른쪽 콧속이 뻑뻑해졌다.

인후통 플러스 코막힘에 재채기, 두통, 이어서 찾아온 갑작스런 오한. 제반 감기 증상이 모두 나타나고 있었다. 시계를 보고 일곱 시가 거의 다 된 것을 확인했지만 나는 도로 2층 침대로 올라가기 바빴다. 아무것도 하고 싶지 않았다. 이불을 둘러쓰고 누워 눈을 감는 것 말고는.

"못 일어나겠어? 그럼 오늘 쉰다고 말해줄게."

"푹 자고 있어. 점심때 뭐라도 가져올게."

미라 언니가 일어난 뒤로 종종 말을 걸어오는 걸 듣긴 했지만 뭐라 대답했는지 거의 기억할 수가 없다. 중간에 목이 타는 듯이 말라서 물을 한 번 마신 것 말고는 거의 실신한 것처럼 잤다.

"나 일 끝나고 오면 저기 장 내과에 가자. 마침 오늘 야간진료 받는 날이니 잘 됐지. 반장님한테 가는 길에 태워다 달라고 말해놨어."

"……아니에요, 언니. 오늘 언니 약속 있다면서요."

"그래, 일곱 시에 소개팅 있어. 말이 소개팅이지 맞선이야, 맞선. 어차피 그 병원 옆 패밀리 레스토랑에서 볼 거니까 너 병원 들여보내고 가도 충분해. 나 저녁 먹을 동안 삼만 원짜리 링거나 한 대 맞아. 밥만 먹고 빠이빠이면 내가 데리러 가고, 그게 아니라도 너 혼자 돌아올 힘 정도는 날 테니까."

점심때 잠깐 들여다보러온 미라 언니 말에 고개를 끄덕였다. 나중엔 어떨지 몰라도 지금 같아선 혼자 병원에 갈 엄두가 나지 않았다.

"꼭 멋진 남자가 나와서, 나 혼자 돌아오게 해달라고 빌게요."

내 말에 미라 언니가 코를 찡긋거리며 웃었다.

"마음을 비워야 해, 마음을. 기대하고 나간 날은 외려 폭탄을 만나는 법이거든. 아무튼 이따 보자."

다른 공장 식구들이 모두 일하느라 바쁜 오후를 나는 잠으로 혼곤히 보냈다.

여섯 시 사십 분 조금 넘었을 무렵 진료접수를 마치고 내과의 의자에 앉아 있었다. 미라 언니는 내가 진료실로 들어가는 걸 보고는 약속 장소로 향했다. 몸살이라고 주사 한 대를 맞고는 방을 옮겨서 링거를 맞으며 누워 있었다. 한 시간쯤 자고 나니 수액이 거의 다 되어 간호사를 호출했다. 병원에 들어설 때와 달리 확실히 기운이 도는 것에 반

쯤 한숨처럼 웃었다.

"좋은 세상이다, 참."

환자대기실로 나가면서 접수대의 간호사들에게 인사를 하고 고개를 돌리는데 대기실 의자에 앉아 잡지를 보고 있는 미라 언니가 보였다. 여덟 시 반도 안 된 시각을 확인하고선 뭐라고 말을 걸어야 하나 고민하면서 언니에게 걸어갔다. 그러나 내가 말을 걸기 전에 언니가 먼저 잡지를 덮고 자리에서 일어났다.

"이제 좀 사람으로 보이네. 그럼 갈까?"

네, 하고 씩씩한 미라 언니를 종종종 따라나섰다. 엘리베이터에서 내려 1층 약국에서 약을 짓고 건물을 나오면서 언니가 배고픈데 국밥 어떠냐고 물어서 나는 깜짝 놀라 묻고 말았다.

"설마 아직 저녁 안 먹었어요? 왜……."

"세상엔 별의별 한심한 놈들이 존재하거든. 수경아, 언니 충고 새겨들어. 좋은 남자, 쓸 만한 남자란 건 정말 일찌감치 여우들 밥이 된단다. 용케 그 레이더를 피한 남자들도 있다고 하지만 찾기가 힘들어. 많이 힘들어. 하아아아."

씩씩한 체했을 뿐, 실은 코가 쭉 빠진 언니의 한숨에 나까지 덩달아 침울해졌다. 그런 상황에서 어서 국밥을 먹으러 가자고 하는 것 말고 내가 무엇을 할 수 있었겠는가.

10분 정도 걸어서 도착한 인강전문대 부근 맛집에서 소머리 국밥을 먹고 나자 뱃속도 든든해져 당장 감기를 떨쳐낼 수 있을 것 같았다. 미라 언니는 국밥에 반주로 소주 한 병을 뚝딱 해치우더니만 국밥집을 나설 즈음엔 슬슬 말이 장황해졌다. 이대로 돌아가기 섭섭하다며 나를 영화관으로 이끄는 힘은 당해내기 힘들 정도였다. 저녁까지 얻어먹은 참이니 영화 정도는 쏴야 한다는 생각에 나도 순순히

영화관 구경에 나섰다.

"어머, 야, 수경아, 우리 저거 좀 보고 가자. 저거 저거."

영화관에서 나오고 얼마 안 있어 미라 언니가 가리키는 곳을 보니 작은 골목길을 따라 이른바 점술가들이 줄줄이 나앉아 있었다. 터가 그런 모양인지 전부터 인강전문대 부근엔 관상이며 신수풀이, 작명 등을 내세운 저런 치들이 수월찮게 모여드는 것으로 유명했다. 가뜩이나 공포영화를 본 바람에 머릿속이 지쳤던 나는 손을 내저으며 언니를 말렸다.

"다음에요, 언니. 이러다 막차 놓치겠어요, 버스 타러 가요."

"에이, 저거 보는데 얼마나 걸린다고 그래? 10분도 안 걸려. 10분, 10분만. 나도 저런 거 안 믿어, 그냥 장난으로 한 번 보자는 거야. 여기 연애운 기막히게 보는 사람이 있다는 걸 내가 들었거든, 그러니까 큼지막한 금테 안경 쓰고 입 옆에 검은 사마귀가 있는 중년 여자가, 아, 저기 있다, 저기, 저기."

결국 또 끌려가듯이 골목 모퉁이에 있는 관상 부스로 향했다. 백번 양보해 미라 언니만 보라고 들여보내고 나는 그 바깥의 파이프 의자에 앉아서 숨을 돌렸다. 안에서 나누는 말소리가 술술 들려오는 것을 못 들은 체하고 있었지만 정말이지 희망적인 것과는 거리가 먼 이야기에 시나브로 등에서 진땀이 다 났다.

"……시답잖아, 몇 놈 있어도 다 쭉정이에 빈 수숫대 같은 놈들이야. ……아니, 결혼은 아직 멀었어. 늦게 하면 늦게 할수록 좋아. 남편 복이 박해서 일찍 해봤자 자기 명만 깎아 먹을걸? ……그쪽은 남이 벌어다 주는 돈으로 편하게 살 팔자가 못 돼. 결혼 전엔 친정 기둥 노릇하다가 결혼하면 남편 기둥 노릇에 시댁 기둥 노릇해야 해. ……돈은 좀 만지겠네. 나가는 구멍이 많아서 탈이지 돈 없어서 굶어 죽을 일은 없어."

나 같으면 저런 소리 듣고 앉아 있으니 기분 나빠서 털고 일어나겠는데 미라 언니는 점점 더 절절해지는 목소리로 이것저것 묻느라 바빴다. 조금이라도 좋은 소리를 듣고자 하는 기대가 묻어나는데도 말투 까칠한 관상가는 추호의 인정도 없이 야박한 소리를 늘어놓았다.

"그리 원이라면야 지금이라도 해. 주색잡기에 노름, 주먹질 용케 피해서 그쪽 피땀 받아먹는 다 큰 애를 만날지 누가 아나. 알지? 암만 얌전해도 애 키우는 데는 돈이 들어. 그래도 좋다면 그거야 누가 말려?"

"남자가 꼭 여자 벌어 먹이란 법 없죠, 내가 일하고 남편이 가사를 돌볼 수도 있는 거고…… 그래도 착한 사람이라면,"

"그리 좋은 사람 만날 상이 아니래도. 분에 넘치는 짝이 온다 치자, 아가씨 그릇이 감당을 못해. 넘치면 필시 깎아 먹을 일이 생길 거야. 살다가 저쪽이 병신이라도 되면 가슴이 뜨끔할걸."

"세상에, 병신이요?"

더는 들어줄 수가 없어서 의자를 박차고 일어나 안으로 들어갔다. 이런 말도 안 되는 소리 들어주지 말고 그만 가자는 내 재촉에 미라 언니도 엉거주춤 일어서긴 했다. 그래도 뭔가 미진한 사람처럼 자꾸 관상가를 쳐다보는 걸 억지로 돌려세우며 나는 한껏 찌푸린 눈으로 관상가를 흘겨보았다. 입매의 끝이 볼품없이 아래로 처진 옆으로 심술살이 도도록하게 붙은 여자가 가느다란 눈으로 나를 마주 쏘아보다가 대뜸 소리쳤다.

"조만간 횡액을 당하겠어!"

이거야 원, 입만 열면 고약한 소리로군. 기가 막혀 어처구니가 없는 와중에도 언뜻 머릿속으로 스치고 가는 게 없지는 않았다. 확실히 근래에 횡액을 당할 뻔한 일이 있기는 했으니.

225

"흥, 이미 지나간 일이네요!"

툭 쏘아주고 돌아서는 내 등 뒤로 여자의 걸걸한 목소리가 날아와 부딪쳤다.

"헛소리, 아직 고스란히 걸고 있어. 액땜이고 뭐고 소용없어, 단단히 지랄 맞은 거에 물렸어. 아가씨, 등 뒤를 조심해, 믿는 도끼한테 큰 코다칠 거야! 가까이에 있는 사람, 사람이 문제야!"

한사코 무시하고 돌아보지 않았지만 목덜미에 예사롭지 않은 소름이 돋는 것을 어쩌지 못했다. 믿는 도끼, 가까이에 있는 사람……. 순간 뇌리에 떠오른 이의 얼굴을 지우려 나는 거세게 머리를 흔들었다.

버스정류장으로 향하면서 미라 언니가 내게 사과를 했다. 웬 미친 년한테 걸려서 기분만 나빠졌다면서 길길이 뛰는 언니를 일단은 진정시키기 바빴다.

"점쟁이가 저 죽을 날도 모른다는 말도 있잖아요. 신경 쓰지 말고 잊어버려요."

"그래야지, 너도 무시해. 재수 없어, 횡액이니 뭐니 나오면 다 말인가."

미라 언니처럼 퉤 하고 침 뱉고 짜증을 부릴 기운은 없었지만 끙 하고 씁쓸한 신음이 흘러나오긴 했다. 미라 언니는 한바탕 돌팔이라고 흉을 본 후 말수가 확 줄어들어 공장으로 돌아오는 길은 어색하리만치 조용했다. 나한테 무시하라고 해놓고 자신은 들은 말을 곱씹느라 여념이 없는지 애써 대화를 해보려 해도 툭툭 끊어지기 일쑤다. 결국 대화를 단념한 나는 넌더리가 나서 재미로든 뭐든 저런 곳엔 다시는 발길도 안 해야지 하고 다짐했다.

'당장 내일 일도 모르는 판에 일 년, 십 년 후의 일을 어찌 안다고 운명 타령이래. 횡액? 웃기고 있어.'

일찌감치 불을 끄고 잠자리에 들었지만 링거의 효과인지 눈이 말똥말똥해서 좀처럼 잠을 이룰 수 없었다. 간간이 나오는 기침 소리를 죽이려 입이 덮이도록 이불을 끌어올리며 돌아누운 아래쪽에서 미라 언니도 잠이 안 오는지 뒤척거리는 소리가 났다. 집이라고 해봤자 끼어들어가 몸 뉘일 데도 없다고, 하루바삐 번듯한 남자랑 결혼해서 기숙사를 나갈 꿈을 가진 사람인데 거기에 찬물 정도가 아니라 똥 구정물 끼얹는 소리를 들었으니 마음이 착잡할 만도 하다. 고작 몇 마디 튀긴 구정물 가지고도 내 기분이 이러니…….

―조만간 횡액을 당하겠어.

"지랄."

머리끝까지 이불을 뒤집어쓰는 것으로 나는 그 집요한 심술마귀를 추방했다.

웬일로 목요일이 되어도 간병인 아주머니의 전화가 없는 게 왠지 미덥지가 않아 점심때 잠깐 전화를 드렸더니 화경이가 전날 밤부터 와 있어서 자신은 지금 집에 있다는 놀라운 말을 들었다. 진짜 화경이가 왔냐고 두 번이나 확인을 하고 비로소 내 쌍둥이에게 전화를 걸었다.

신통하게도 유화경이 정말 병원에 있었다. 내가 몸이 아팠던 며칠 간 대체 지구에 무슨 일이 일어난 거지?

"어, 그러니까 오늘 저녁에도 있을 거라 이 말이야?"

"그렇대도. 넌 속고만 살았니? 왜 사람 말을 못 믿어?"

"너니까…… 아니야. 아주 믿음직스럽다. 아희가 좋아하겠어."

장한 일을 했으니 칭찬을 해서 의욕을 고취시키자. 그래서 최선을 다해 상냥하게 말했지만 화경은 누구 놀리냐고 발끈 화를 냈다. 잠시 기침이 나와서 말미를 두었다가 진정이 되자 물었다.

"이제 슬슬 일은 정리하는 수순이야?"

"그럼 내가 언제까지 그런 일을 하고 살 줄 알았어?"

"진짜 아예 관뒀다는 소리야?"

대답하기 귀찮다는 듯 저편에선 콧방귀 뀌는 소리만 났다. 바람직한 직업이 아니기에 언제든 그만두길 바라긴 했지만 정작 그런 상황이 닥치니 뒷머리가 무거워졌다. 내 동생이지만 워낙에 대책 없이 일을 저지르고 후회는 나중에 하는 기분파였다.

"알지? 곧 병원에서 중간 정산하란 말 나올 거야."

"벌써?"

"벌써가 아니지. 저번에 분명히 이번엔 네가 책임진다고 했다. 준비는 돼 있어?"

"그깟 거 얼마나 된다고. 안 떠넘길 테니까 신경 꺼."

"또, 또 그 소리. 조금만 더 미덥게 굴 수 없어?"

준비는커녕 생각도 안 하고 있었다는 사실에 한숨부터 나왔다. 일을 안 한다고 평소 쓰던 걸 안 쓸 애도 아니니 그 씀씀이를 무엇으로 감당할지 짐작만으로도 머리가 지끈거렸다. 할 말은 많은데 줄기침이 터져서 말을 잇지 못하는 사이 화경은 졸리다면서 일없으면 끊으라고 말했다.

"콜록콜록, 야, 유화경, 잠깐만, 너 지금 쓸 돈은 있는 거야?"

"당장 쓸 돈도 없을까 봐? 너 진짜 사람 무시하는데 나 유화경이야, 유수경이 아니라고."

"그러니까, 콜록콜록, 묻잖아, 너 카드 돌려막기 같은 거 하는 거 아니지? 너 또 그러면 사람도 아니다."

"누굴 병신으로 아나. 완용 씨가 준 카드 있거든? 빌어먹어도 두 번 다시 너한텐 손 안 내밀 테니까 잘난 체 좀 그만해."

"야, 그런 뜻이 아니라,"

"나 졸리다고! 잔소리 좀 엔간히 하고 끊어!"

결국엔 히스테리에 가까운 화경의 고성으로 통화가 끝났다. 전화기를 내리고 아직도 꼬리를 끄는 기침에 시달려가면서 지끈거리는 관자놀이를 눌렀다. 벌써부터 그 남자 카드로 살고 있는 건가. 남자가 자의로 준 건지 꼬드겨서 받아낸 건지는 몰라도 내 기준으로는 이해 못할 일이었다.

"결혼, 진짜 할 수 있으려나."

묵은 근심이 도로 생생해지는 것을 만끽하며 꺼칠한 얼굴을 쓸어만졌다. 모처럼 목요일 잔업을 하겠구나 하면서 다시 일터로 돌아갔다. 가면서 빤히 받지 않을 줄 아는 번호로 전화를 걸어보았다. 또르르, 또르르르 하염없이 울리는 신호음에 대고 나는 천천히 입을 열었다.

"나 수경이. 밥은 먹었어? 난 막 먹고 일하러 가. 어디 있든 간에, 밥은 챙겨 먹고 다녀. 그리고 연오야, 빨리 와."

돌아와. 보고 싶으니까.

목요일에 좋았던 건 딱 그 통화뿐. 금요일도 그랬다.

그리고 토요일이 되었다.

아침 일곱 시가 넘어도 날이 충충하게 흐려서 일기예보를 확인해보니 일요일 밤이나 월요일 새벽 무렵부터 비가 내릴 거라고 했다. 여름 가뭄 소리가 나올 정도로 비가 적었던 터라 비 소식 자체는 반가웠지만 한 가지 마음에 쓰이는 것이 있었으니 연오의 집 뒤뜰에 핀 치자꽃이었다. 이미 상당수가 졌을 텐데 비까지 내리면 아예 꽃들이 자취를 감추는 것은 아닐지. 그것도 그렇고 비가 오면 새들도 집안에서 비를

그을 텐데 물과 모이 그릇이 어떤지도 살펴볼 겸 오늘 연오에게서 소식이 있건 없건 백오산 쪽에 가보기로 결심을 굳혔다.

"주인 없는 집에 들어갔다고 불쾌해하면 어쩌지?"

일을 하다 보니 그런 걱정이 몽글몽글 피어나 머리 한쪽에서 떨어지지 않았다. 괜히 고생과 근심별 사람이 아닌 것이다.

망설이면서도 오전 작업이 끝날 무렵이 되자 벌써부터 들떠서 콧노래를 흥얼거렸다. 간간이 기침이 섞인 콧노래였다.

"이제 좀 살 만한가 보네. 노래를 다 부르고."

옆에서 일하는 아주머니가 농으로 그런 소리를 던질 정도로 기분이 업 되었다. "주말이잖아요"하고 배시시 웃었더니 우리 수경이가 언제부터 주말 같은 걸 챙겼냐면서 놀라워하신다. 생각해보니 틀린 말이 아니었다. 나는 괜히 변명 삼아 감기 깨끗이 나으라고 병원 가서 주사 한 번 더 맞으려고 그런다고 둘러댔다.

"그래, 주사도 맞고 나간 김에 삼계탕 한 그릇 사 먹고 그래. 젊다고 방심하지 말고 미리미리 몸 간수 잘해야 해."

"네, 그럴게요."

혼자서 삼계탕을 무슨 맛으로 먹나 하는 게 본심이었지만 싹싹하게 웃으면서 고개를 주억거렸다. 그러고 보니 오늘이 초복이었다. 금세 생각은 연오는 어디서 삼계탕이라도 먹고 있으려나 하고 흘러갔다. 육식을 별로 즐기지 않던데 그러면 더위를 물리칠 음식으로 뭘 좋아할까. 흠⋯⋯.

"나 쫄면 잘 만드는데!"

장 내과 대기실에서 기다리던 중에 나도 모르게 찰싹 무릎을 치면서 큰소리를 내서 사람들의 시선을 받았다. 고개를 푹 숙이고는 연오가 돌아오면 제일 먼저 비장의 쫄면 요리를 대접할 생각으로 회심의

미소를 지었다. 잊지 않도록 수첩을 꺼내 메모를 해두는데 별안간 화경의 전화가 와서 깜짝 놀랐다.

받기 전에 재빨리 전화의 내용을 추측하자니 떠오르는 건 딱 하나. 내일 아희를 봐달라는 게 틀림없다. 역시 일요일 특근은 욕심이었구나 하면서 전화를 받았다.

"뭐?"

하지만 잠시 후 내 귀를 의심했다.

"보양식 사줄 테니까 보자고. 초복이잖아, 오늘. 왜, 무슨 약속 있어?"

"아니…… 그런 건 아닌데, 보양식을 사주겠다고? 네가?"

"그래, 내가 산다고. 뭐 그 사람 카드긴 해도 거기까지 따지지 마, 싸우자는 거 아니면. 아무튼 이따 이쪽으로 와. 너도 목에 기름칠 좀 해야지. 공장에서 얻어먹는 게 어디 살로 가겠어."

화경이가, 내 쌍둥이 동생이 초복이라고 내게 저녁을 내겠단다. 하물며 내가 먹고사는 걸 걱정해주는 말을 하고 있다. 백 번 쌀쌀맞다가 한 번 상냥하게 굴면 그 효과가 이렇게 큰 건가? 나는 거의 감동하기 직전인 것을 입술을 꼭 깨물며 눅잦혔다.

"올 거지?"

"……어, 그러자. 그러지 뭐."

"그럼 여섯 시 반에 보는 걸로 안다. 바람맞히면 죽어."

"내가 너냐."

가벼운 타시락거림으로 전화를 끊고 아직 어리둥절해 있다가 "유수경 님"하고 간호사가 부르는 목소리가 들려 발딱 자리에서 일어난다는 게 무릎에 올려둔 몇 가지가 보기 좋게 쏟아지고 말았다. 수첩이며 볼펜, 포켓형 티슈 따위의 내용물들을 급히 가방에 모아 담던

내 손가락에 뭔가 딱딱한 게 잡혔다.

이게 뭐지, 하고 약 0.5초쯤 의아하게 바라본 그것은 금세라도 부러질 것처럼 간당거리는 길고 가느다란 목재 조각. 물론 몰라봤다는 게 곧 우스워졌을 만큼 정확히 기억해냈다. 일전에 차에 치일 뻔했던 날에 바로 그 자리에서 습득했던 파편이다. 부적 삼아야지 해놓고 가방에 넣어놓은 걸 까맣게 잊은 기억력에 혀를 날름 내밀며 다시 꼼꼼히 챙겨 넣었다.

진료 후 약국에 들러 약을 짓는 동안 옆에서 통화하는 젊은 여자의 휴대전화에 매달린 몇 개나 되는 스트랩을 힐끗 보고는 관심이 생겼다. 성우가 생각나는 별 모양 액세서리를 휴대전화 고리로 늘 달고 다녔는데 거기에 또 하나 추가해도 나쁘지 않을 것 같았다.

정류장으로 가는 길에 눈에 띈 잡화점에서 몇 가지를 쇼핑하고서 백오산 행 버스 안에서 일찌감치 궁리를 마친 뒤 바깥 풍경에 주의를 기울였다. 연오의 집에 가까워져 가는 것만으로도 마음이 점점 더 부풀어 오르며 부자가 된 것 같은 기분이 들었다. 마치, 아주 오랜만에 집에 돌아가는 듯한 느낌이랄까.

'이상도 하지, 연오야? 너랑 못 만나는 며칠 사이에 난 네가 더 좋아진 것 같아.'

보고 듣는 것 모두를 당연하다는 듯이 그에게로 귀결시키는 버릇이 들 것 같다. 충충한 하늘을 올려다보며 이거 조금 위험하지 않나, 생각했다.

아니, 어쩌면 많이 위험할지도…….

11. 기이한 경험

산길을 오르며 혹시나 하는 기대로 휘파람을 불어봤지만 찌르레기는 물론 휘파람새 그림자도 보지 못했다. 역시 지난번 일은 연오가 있어서 일어난 요행이었구나 하면서도 살짝 낙담했다. 손톱만큼 아주 살짝. 뭐 북극곰 손톱은 꽤 클지도 모르겠으나.

연오의 집 지붕이 보일 때쯤에야 잘도 여기까지 혼자 왔구나 싶어졌다. 정말이지 주변에 다른 집이라곤 보이지 않는 외진 자리인 터라 연오가 없다는 것은 반경 몇 킬로 안에 나 혼자라는 건데 겁날 거란 생각 자체를 해보질 않았다.

비로소 들었던 쭈뼛거리는 기분도 정작 연오의 집 앞뜰에 들어서자 또 언제 그랬냐는 듯 덤덤해졌다. 충충한 하늘 때문에 빛살이 시원찮아도 고즈넉한 뜰이며 집에선 그 어떤 섬뜩한 느낌도 다가오지 않았다. 연오는 없지만 연오가 거닐던 기억이 손에 잡힐 듯 생생한 뜰을 돌아보는 얼굴에선 자연스레 미소가 흘렀다. 한쪽 울타리에 새로이 파랗고 흰 나팔꽃들이 소담히 피어 있는 것을 감상하고선

집으로 향하는 발걸음이 가볍기만 했다.

"이럴 줄 알았다니까. 목연오, 진짜 무슨 자신감인지 원."

문손잡이를 잡아 돌리자 덜컥하면서 문이 열렸다. 설마 했는데 실제로 현관 문단속이 안 됐다는 사실에 나는 혀를 차면서 안으로 들어갔다.

신을 벗고 마루에 오른 나는 1층과 2층을 한 바퀴 둘러보아 도둑이 든 흔적이 없음을 확인하고서 팔을 걷어붙이고 청소에 들어갔다. 집이란 곳은 사람이 살아도 안 살아도 먼지는 소복소복 내려앉는다는 것을 약 한 시간 가까이 들여 검증해내고선 부엌으로 가서 독하게 마음먹고 냉장고 안도 청소했다. 아직도 남아 있던 배달 음식을 싹 정리하고 산 밑의 슈퍼에서 사온 재료들을 정리해 넣었다. 쫄면 사리를 비롯해 오이, 상추 등 기필코 쫄면을 만들고 말겠다는 의지가 돋보이는 구성품에 혼자서 낄낄거리며 웃다가 제풀에 사레들리는 코미디도 연출했다.

2층 서가 옆의 창가엔 연오가 준비해둔 새 모이며 물이 꽤 남아 있었다. 그래도 시간이 지나 눅눅해졌기에 모이와 물을 새로 갈아준 뒤 다리쉼을 할 겸 쿠션을 등에 괴고 벽에 기대앉았다. 불을 켜자니 환하고 안 켜자니 침침한 어중간한 정도의 조도 속에서 쉬고 있노라니 졸음이 밀려왔다. 어차피 화경이랑 만나기로 한 시각까지는 여유가 있어서 크게 저항하지 않고 낮잠을 잤다. 연오가 곧잘 앉아서 시간을 보내는 장소라서 그런가 그가 가까이 있는 듯한 안온함을 느껴 잠이 마냥 달았다. 다만 너무 편한 나머지 한없이 자버릴 것 같다고 잠결에도 근심했다.

그 근심을 덜어주려는 듯이 낭랑하게 들려온 휘파람 소리에 나는 언뜻 잠에서 깼다. 휘파람이라고 생각했던 것이 실은 새의 지저귐이

란 것을 천천히 깨닫고 소리가 나는 쪽을 돌아보았다. 예의 한 귀퉁이의 유리가 빠져 있는 창문에 눈에 익은 휘파람새가 앉아 있었다.

"안녕. 어디 갔다 오니? 아까 불렀는데."

지저귐이 그치길 기다려 물었더니 새는 슥 날갯짓해서 안을 한 바퀴 날고는 서가 속 제자리로 쏙 들어갔다. 정성스레 부리로 깃을 고르는 모습을 잠시 감상하다가 대답하건 말건 다시 말을 걸었다.

"치자꽃 아직 남아 있니? 내일 밤부터 비 온다고 해서 보러 왔는데, 이미 다 떨어졌으면 좀 허탈할 것 같아. 아, 이러다 진짜 어두워지면 낭패지. 그만 쉬고 얼른 보러 가야겠다."

자리에서 일어나 1층으로 내려가 음식 재료 말고 다른 게 들어 있는 비닐봉지를 열었다. 제일 먼저 큼지막한 플라스틱 바구니가 등장했다. 같이 산 다른 준비물들을 집어넣고도 안이 텅텅 빌 만큼 크다. 낙화한 치자꽃을 주워 모을 요량으로 산 바구니인데 적절했는지 야망이 너무 컸는지는 곧 밝혀질 것이다.

부엌 옆의 뒷문을 열고 밖으로 나와 몇 걸음이나 걸었을까, 가까이에 무슨 기척이 있어 돌아보니 머리 위에서 그리 멀지 않은 곳에 휘파람새가 날갯짓하는 게 보였다. 고개를 갸웃하고 유심히 확인한 끝에 역시 연오의 휘파람새라는 것을 확인했다.

"나 호위해주러 나온 거야? 기특하긴 한데 너도 걱정이 은근 많나 보다. 아무렴 내가 그 길을 못 찾고 미아라도 되겠니."

그 비슷하게 걱정이 많았던 누군가를 떠올리고 쿡쿡 웃었다. 닮을게 없어서 나랑 같은 근심별 태생인 게 닮았던 그 녀석. 걱정거리가 없는 날엔 세계의 평화를 걱정하면서 한숨 쉬던 모습이 아직도 생생한데 다시는 볼 수 없다고 생각하니 새삼스레 마음속 실타래가 마구 헝클어졌다.

"에잇, 유성우 이 바보 녀석, 누가 보고 싶어서 울 줄 알고! 원망 마라, 큰누나가 원래 독하단 거 모르냐?"

콧날이 시큰한 것을 훌쩍 들이마시며 손에 든 바구니를 머리에 푹 뒤집어쓰고 나는 냅다 노래를 불렀다. 〈엄마야 누나야 강변 살자〉를 크게 불러 젖히다가 그게 아희 갓난아이일 때 성우가 곧잘 불러준 자장가란 걸 떠올리고 뚝 그쳤다. 이제 보니 노래도 좀 그렇다. 다 큰 성인이 동요가 웬 말이람.

그래서 나는 심기일전, 비장의 18번인 마야의 〈진달래꽃〉을 부르기 시작했다. 오랜만에 두성을 써가며 쩌렁쩌렁하게 노래를 되풀이해 불렀더니 대나무 숲길이 끝나고 치자나무들이 보일 즈음엔 머리가 어지러워 잠시 주저앉아야 했다.

쉬면서 바라본 시야 속에 아직 매달려 있는 흰 꽃들이 보였다. 애석하게도 떨어진 꽃이 훨씬 많았다. 그래도 저번 날 밤에는 보지 못했던 나비며 벌 등이 꽃 사이를 노니는 모습을 시선으로 따라가다가 불쑥 중얼거렸다.

"치자꽃 지기 전에 만나는 거, 안 되려나."

약한 한숨과 함께 고개를 갸웃하는 시야 오른쪽으로 보이는 오동나무 때문에 나도 모르게 화르륵 얼굴이 달아올랐다. 저기 저 나무 그늘에서 그와 맺어졌다. 아무리 주변에 사람이 없었다고 해도 엄연히 바깥의 열린 공간인데…….

쑥스러워져서 찰싹찰싹 뺨을 두드리는 내 옆에서 휘파람새가 부산스레 날갯짓하며 이리저리 오갔다. 먹이를 잡으려고 그러는 건 아닌 것 같고, 비가 오려니 저러나 하고 멀뚱히 쳐다보다가 여기까지 온 목적을 떠올리고 다시 일어났다.

고성방가로 인해 잠시 찾아들었던 빈혈이 깨끗이 가셨기에 느긋

하게 치자나무들을 돌아보고 꽃향기를 맡는 등 여유를 부렸다. 사람을 겁내지 않는 나비며 벌을 피하는 스릴도 있고 떨어진 꽃 중에서 깨끗하고 되도록 덜 상한 것들을 골라 바구니에 담는 일도 재미났다.

그리하여 두 손으로 껴안은 바구니에서 올라오는 꽃향기를 맡으며 돌아가는 길도 휘파람새가 안내인처럼 먼저 앞서갔다. 뭐가 그리 즐거운지 내가 집에 들어갈 때까지 지저귀는 소리가 그치지 않아 퍽 운치 있는 귀환길이 되었다.

집에 들어가 2층 서가로 올라간 나는 꽃바구니를 한쪽에 두고 아까 사들였던 것들을 주섬주섬 늘어놓았다. 다름 아닌 반짇고리와 테디베어 얼굴 모양의 휴대전화 고리 만들기 키트였다. 약국에서 전화하던 여자 손님의 휴대전화에 달린 비즈로 된 곰인형을 보고 언젠가 방향제 사러 들어간 잡화점에서 고리 만들기 키트란 걸 본 기억이 나서 이거구나 했던 것이다.

바느질은 웬만큼 자신이 있기에 최소한 돈 낭비로 만들지는 않을 셈이다. 키트 포장을 풀고 내용물을 꺼내는데 기분이 좋아서 콧노래가 절로 나왔다. 분홍색 펠트에 본을 뜨고 싹둑싹둑 자를 때는 헤헤헤, 하고 바보처럼 웃기까지 했다.

"이렇게 자르고 만드는 거 진짜 좋다."

손이 무디지 않은 덕분에 공장에서 조립 일을 하면서 벌어먹고 살지만 더 섬세한 일을 하고 싶다는 생각은 곧잘 했다. 더 섬세하고 공들여 할 수 있는 일. 마음먹은 대로 수의대에 갈 수 있다면 나중에 수술의 달인이 되는 것도 상상해봄직해서 쿡쿡 웃었다. 이뤄진다고 해도 대체 그게 몇 년이나 후의 일일지.

당장엔 펠트 테디베어 만들기에 혼신을 다할 것.

앞뒤가 될 두 장의 펠트를 겹쳐 바느질을·하고 솜을 채울 때 문제의 목재 조각을 꺼냈다. 다행히 잘 들어갈 것 같다. 작은 천으로 조각이 도드라지지 않게 싸맨 뒤 솜으로 감싸서 조심조심 채워 넣었다. 마무리 바느질을 끝내자 그 안에 솜 말고 달리 뭐가 들었다고는 짐작도 안 될 만큼 완벽했다.

"짠, 분홍곰 부적 완성!"

성공에 도취되어 바로 다른 키트도 풀어서 두 번째 곰 만들기에 돌입했다. 노란색 곰돌이는 아희에게 줄 선물. 뚝딱뚝딱 해치운 뒤 마지막으로 세 번째 키트를 푼다. 이번엔 검은색으로 연오에게 줄 생각으로 샀다. 비록 그에게 휴대전화는 없지만 열쇠고리에라도 달고 다니게끔. 순풍에 돛 단 듯 세 개 완성.

알록달록 앙증맞은 곰 머리들을 나란히 늘어놓고 흐뭇하게 바라보다가 시각을 확인하니 네 시 반이 막 지나고 있었다. 화경과 약속한 장소까지 걸릴 시간을 대충 계산하며 자리를 정리한 뒤 꽃바구니를 안고 아래층으로 내려갔다.

연오의 침실로 가서 환기시키려고 열었던 창문을 닫고 커튼을 치자 방은 은은한 어둠의 영역으로 돌아갔다. 따로 냉방 장치가 없음에도 창문 너머에 넘실대는 무더위가 거짓말인 양 말간 서늘함이 머물러 있는 이 공간의 분위기에 큰 몫을 하는 침대로 다가가 휘장을 걷어 꽃바구니를 안쪽으로 들여놓았다. 연오가 집에 돌아왔을 때 치자꽃 향내가 반겨주었으면 좋겠다.

"아직 시간이 좀 있으니까."

꽃바구니 옆에 앉아 싱싱한 꽃 하나를 골라 향을 음미하다가 쉬어 갔다 가라고 자꾸만 유혹하는 것 같은 침대에 슬며시 몸을 뉘었다. 주인이 며칠 자리를 비운 침대 시트가 조금 차가워서 썩썩 팔의 살갗을

문지르며 코끝에 치자꽃을 올려놓았다. 눈을 감고 들이마신, 강렬하게 콧속을 채워오는 향내가 여름꽃임에도 불구하고 묘하게 겨울을 연상시켰다.

백색의 눈瑩과 같은 화사함, 겨울 햇살 같은 선명한 향기. 내가 좋아하는 꽃은, 내가 좋아하는 사람과도 닮았다.

설사 미래에 우리의 인연이 다해서 각자의 길을 가게 된다고 해도 나는 치자꽃을 보면 연오를 떠올릴 거라는 생각을 했다. 앞날에 무슨 일이 기다리고 있든 간에 못내 아름다운 첫사랑과 함께한 이때의 기분을 심장에 새겨 넣고 싶다는 생각도 했다.

"잊고 싶지 않아……."

귀에 닿는 그 속삭임이 어쩐지 몹시 나약하게 느껴져서 재빨리 정정했다.

"잊지 않을 거야. 잊지 않아. 난 널 결코 잊지 않아."

'당신을 잊지 않아.'

"십 년, 이십 년, 꼬부랑 할머니가 된 먼 훗날에도."

'백 년을 하루같이, 설사 천 년이 기다리고 있다고 해도.'

"너를 기억할 거야."

'돌아올게. 당신에게.'

나는, 못내 이상한, 말로 표현하기 뭣한 위화감을 느끼고 번쩍 눈을 떴다. 떨떠름한 기분으로 천천히 눈을 굴려 시야에 들어오는 것들을 확인해 보았다. 으레 볼 거라고 짐작했던 것들뿐, '있을 수 없는 것' 따위는 없다. 당연히 그럴 것이다. 나는 평범하기 짝이 없는 사람이라서 영감 같은 건 평생 모르고 살았다.

그래서 나는 내 귀를 의심하는 쪽을 택했다. 오른쪽, 왼쪽 공평하게 몇 번씩 두드려보면서 방금 전에 있었던 이상한 혼선에 대한 합당한

이유를 찾아본다.

"흐잇취!"

두 번 연달아 재채기를 하면서 감을 잡았다. 막바지에 이르긴 했어도 일주일간 호되게 앓은 참이다. 몸이 전만 못한 것도 있고, 귀에 좋지 않은 줄 알면서도 답답한 게 싫어서 코를 세게 풀어댔으니 난데없이 귀울음이 날 만도 하다. 그게 뭐랄까, 뜻이 있는 듯한 환청처럼 들리긴 했어도 진지하게 여기는 것은 오버라고 생각했다. 하물며 귀신은······.

"아유, 영감 쪼가리라도 있었으면 로또에서 그렇게 매번 미끄러질까. 일없네, 진짜."

행운과 백만 광년쯤 떨어져 있는 내 삶을 생각하며 나는 오싹 목덜미에 돋아난 소름을 무시했다. 무시는 하지만 별안간 텅 빈 집에 혼자 있다는 사실을 무겁게 자각했다. 이를테면 산장에 가까운 집에 나 홀로······.

"여유 부리지 말고 일찍 나가야지. 토요일이니까 길이 막힐지도 몰라. 화경이가 제시간에 올린 없겠지만 나는 그러면 안 되지. 언니로서 모범을 보여야 해."

두 톤쯤 더 높아진 목소리로 구시렁거리면서 떠날 준비를 했다. 꽃바구니 옆에 오늘 만든 인형 고리와 메모를 남기고 발소리도 요란하게 마루를 가로질러 현관으로 갔다. 집을 나서며 조금 더 구름 빛깔이 짙어진 하늘을 올려다보면서 가방끈을 정리하고 걸음을 옮기는 내 머리 위에서 귀에 익은 새소리가 들렸다.

"아, 그래. 나 이제 갈 거야. 또 보자."

우아하게 이쪽 하늘로 비상하는 휘파람새를 보고 나는 크게 손을 흔들며 인사를 했다. 두어 번 길게 이어지는 휘파람새의 지저귐이 그

에 대한 인사 같아서 빙그레 웃었다. 마치 손님 배웅을 하는 것처럼 한동안 뒤를 돌아보면 그리 멀지 않은 하늘에 휘파람새가 보였다.

"또 보자."

요 다음에는 찌르레기도 같이. 비록 앙숙 같은 동무라고 해도 없는 것보다는 낫다. 사람이든 새든, 혼자는 쓸쓸하니까.

그런 이유로 나는 열심히 내 쌍둥일 보려고 걸음을 재우쳤다.

시계가 여섯 시 사십 분을 가리킬 즈음, 연석으로 다가온 은색 벤츠가 경적을 울렸다. 아는 차 같아서 고개를 갸웃하며 바라보니 조수석 창문이 내려가고 화경이 뒷좌석을 턱짓하며 타라고 말했다. 언뜻 보니 운전석엔 역시 화경의 남자친구가 있었다. 화경과 둘이서 진지하게 이야기할 기회라고 생각했는데 공교롭게 됐다고 여기면서도 일단은 차 뒷문을 열고 올라탔다.

"안녕하세요, 또 뵙네요."

"예, 처형. 화경이가 처형 만난다는 소리에 제가 냉큼 끼어들었습니다."

"일도 바쁘실 텐데 무리하신 거 아니에요? 저 때문에 괜히……."

"쌍둥이 미녀들과 함께 하는 저녁이라면 열 일 제쳐놓고 달려와야지요. 양팔에 동서양 미녀를 거느리는 것만큼이나 쌍둥이 미녀도 남자의 로망 아니겠습니까. 핫하하."

유머감각이 고루한 걸 넘어 마초적인 건 저번에도 슬쩍 알아봤지만 얼굴 굳히고 있을 장소가 아니니 어색하나마 웃어주는 수밖에 없었다. 이런 자리면 전화로 귀띔이라도 할 것이지 하고 화경을 쏘아봤지만 화경은 전혀 개의치 않는 얼굴로 풍선껌을 씹기에 바빴다. 그러다 룸미러로 눈이 마주치자 껌 씹을 거냐고 물으며 풍선껌을 내

밀었다. 나중에, 라고 대꾸하며 껌을 받아드는데 화경의 남자친구가
말했다.

"화경인 껌도 참 예쁘게 씹어요. 보통 소리 내서 껌 씹는 여자는 천
박하게 보이기 마련인데 화경이가 그러고 있으면 도도한 고양이 같거
든요."

"······네, 좀 그런 매력이 있죠."

남자의 눈엔 어지간히도 강한 콩깍지가 씌워진 모양이다. 카드 때
문에 불안해졌던 마음이 좀 더 긍정적으로 움직였다. 결혼까지 갈 수
도 있겠어! 유머감각은 형편없지만 큰 그릇인지도 몰라!

어차피 이렇게 된 거 장래 제부 될 사람을 더 알아가는 기회로 삼
고 최대한 친절한 모습을 보이기로 했다. 그래서 썰렁한 이야기나마
귀담아듣고 웃으며 맞장구치는 사이 차는 무주 시내를 벗어났다. 아
예 무주 외곽으로 나갈 모양이기에 비로소 목적지가 어디인가 궁금해
하는데 얼마 안 있어 국도변에 접한 음식점 주차장에 차를 세웠다. 내
려서 간판을 보니 '복집' 상호가 눈에 확 띄었다.

"어때요, 복어 좋아하십니까, 처형?"

남자의 질문에 나는 고개를 저었다. 싫어한다고 생각할까 봐 급히
한 번도 안 먹어봤다고 고백했다. 화경이 풍선껌을 아무렇게나 옆에
뱉으며 애가 이렇게 촌스럽다고 투덜거렸다.

"기회가 안 닿았으면 그럴 수도 있지. 저는 집안 어른들 따라서 일
찍부터 복어 요리에 맛을 들였거든요. 이 집이 복요리로는 정평이 나
있으니까 기대하셔도 좋을 겁니다, 처형."

싹싹 손을 비비며 입맛을 다시는 남자를 보고 나는 그나마의 꺼림
칙함도 떨치기로 했다. 그 위험성에도 불구하고 사람들이 없어서 못
먹는 값비싼 몸이니 맛은 좋을 것이다. 다만 역시 회는 싫다는 기분

을, 여기에서 드러낼 수는 없는 노릇이었다.

주차장이 만석에 가까운 걸 보고 짐작한 대로 음식점 안은 1, 2층 어디랄 것 없이 상이 거의 차 있었다. 빈 좌석이 나오길 기다리는 이십 여분 남짓 동안 예약을 못했으니 어쩔 수 없다며 남자는 거듭 혀를 찼다. 나는 그만큼 맛있는 식사를 할 거 아니냐고 대꾸하면서 용케 조용히 기다리고 있는 화경을 흘깃거렸다. 평소 같으면 신경질을 내도 열두 번인데 오늘은 입술을 꾹 감쳐물고 기다릴 따름이다. 결혼할 남자 앞이라 내숭을 떠는 거든 뭐든 제법 어른스러워 보여 흐뭇했다.

이윽고 2층 창가 쪽으로 자리가 생겼다. 기다리긴 했지만 좋은 자리라고 좋아하는 남자 옆에서 화경은 벌써 여덟 시가 넘었다고 볼멘소리를 했다. 부루퉁해진 화경을 남자는 싫은 기색 없이 다독거렸고, 화경도 딱 밉지 않을 정도로 칭얼거리다가 나를 보고는 표정을 풀었다.

전채 요리로 나온 여러 해산물 요리 중에서 복껍질 무침을 먹은 게 나의 첫 번째 복어 요리가 되었다. 화경의 말대로 촌스러운 세계 속에서 살아온 나는 배고프면 뭐든 맛있다는 주의라 어려운 평가 따위 필요치 않았다. 감기 때문에 미각이 둔해진 입에도 이어지는 복어회 요리는 참 맛있었다.

"여기까지 오셨는데 술 한 잔 하셔야죠?"

남자의 물음에 복어껍질을 급히 삼키고 사양했다.

"어, 아니요, 아직 감기약을 먹고 있어서요. 술은 다음에요. 운전도 하셔야 하니까."

"운전이야 대리 부르면 되죠. 그냥 맛이나 살짝 본다고 생각하십시오. 혼자서 무슨 재미로 술을 마시겠습니까."

"제가 못해도 화경이가……."

술 마다하면 유화경이 아니지, 하고 쳐다보았더니 화경은 눈살을 찌푸리며 고개를 저었다.

"몸 관리 중이라서 안 돼."

"다이어트? 너한테 뺄 살이 어딨어."

남들 기준엔 좀 풍만할지 몰라도 그처럼 글래머러스한 면이 화경의 매력이라고 생각하는 내가 정색을 했더니 화경은 입술을 비죽거리며 남자를 힐긋 쏘아보았다.

"2세를 생각해서 말이야. 나한테만 강요 말고 자기도 좀 줄일 것이지."

"봐줘, 난 담배도 끊었잖아. 당장 술까지 끊으면 낙이 없지."

쩔쩔매는 남자에게서 화경에게로 시선을 옮기며 나는 설마 싶어 동생의 배를 보았다. 눈이 마주치자 귀신처럼 알아챈 화경이 아직 아니라고 핀잔했다.

"애 밴 거 무기로 결혼하는 거 아니거든? 이 사람이 결혼하면 당장 애부터 갖자고 성화라서 그래."

"저희 쪽이 은근히 손이 귀해서요. 아이 소식이 들리면 집안 어른들께서도 금이야 옥이야 하실 겁니다."

그도 그렇겠다고 수긍하는 사이 남자가 술을 주문해서 한 잔씩 나누었다. 입을 대는 시늉만 하고 회 한 점을 먹는 내게 남자가 대뜸 처형은 만나는 사람 없느냐고 물었다. 애매하게 고개만 갸웃했더니 남자가 솔로이시면 주변에 있는 사람 중에 괜찮은 녀석으로 소개시켜 드리고 싶다고 말해왔다.

"글쎄요, 저는……."

나는 물컵으로 손을 뻗으며 우리가 나누는 이야기엔 통 관심이 없다는 듯 턱을 괴고 복어껍질을 뒤적거리고 있는 화경을 쳐다보았다.

"누구를 만나고 그럴 때는 아닌 것 같아요. 일도 바빠서 시간도 없고."

"에이, 처형 말씀 같으면 세상에 연애하는 직장인들은 한 사람도 없겠습니다. 가볍게 인맥 늘려본다 생각하시고 몇 번 만나보시죠."

"천천히 생각해 볼게요. 술잔 비었네요, 한 잔 더 하셔야죠?"

남자의 잔을 채워주면서 전에 들었던 남자의 일에 대해 묻는 걸로 화제를 돌렸다. 남자는 자꾸 내 짝을 찾아주는 걸로 화제를 끌고 가려고 했지만 내 철벽 방어에 결국 그 화제를 단념했다.

간단히 만나는 사람이 있다고 대답했으면 될 일이었는지도 모른다. 그렇지만, 음, 역시 내키지가 않았다. 인정을 해버리면 다음 수순으로 연오에 대해 이것저것 물어올 텐데 그런 이야길 저녁 식사의 안주처럼 늘어놓고 싶지는 않았다. 화경의 매서운 혀가 마음에 걸린 건 둘째 치고라도.

'괜히 쓸데없는데 신경 쓰지 않게 둘이서만 알콩달콩 연애하고 싶어. 하지만 또 세상이 다 알았으면 싶기도 하고. 그렇게 멋진 사람이 내 남자란 거. 으음, 복잡하네.'

꽁꽁 숨겨둔 비밀이었으면 하는 마음과 온 세상이 다 알았으면 하는 마음. 내 마음은 둘 사이에서 오락가락한다. 연애는, 정말 심오하다.

번잡한 마음을 달랠 겸 술 반 잔을 마시고 내려놓는데, 갑자기 맞은편에 앉아 있던 화경이 배를 안으며 끙끙거렸다. 남자가 무슨 일이냐고 묻는 것을 귀찮다는 듯 밀쳐낸 화경이 슬쩍 내게 눈길을 보냈다. 나는 두말하지 않고 옆으로 가서 속이 안 좋은 모양이라며 화경을 부축해 화장실로 데려갔다.

"그놈의 변비 아직도 못 고쳤어?"

일을 보라고 들여보내놓고 밖에 서서 혀를 차며 물었다. 화경에게선 죽을 둥 살 둥 힘쓰는 소리만 들려왔다. 원체 편식이 심해서 일찍부터 변비를 달고 살면서도 식생활 개선의 뜻이 전혀 없는 고집쟁이다.

들어간 지 10분여가 지나서 창백한 얼굴로 나온 화경은 반지의 루주로 화장을 고치면서 다음에 또 말하면 못 이긴 척 받아들이라고 했다. 무슨 말인가 싶어 멀뚱히 쳐다보니 "남자 말이야, 남자"라고 쏘아붙였다.

"끼리끼리 논다고 저치 주변에 돈 때문에 고생하는 놈들은 없어. 잘만 물면 너도 그 지긋지긋한 궁상하고 갈라서는 거야."

나는 화경의 옆에서 손을 씻으면서 물었다.

"너는 순전히 돈 보고 저 남자랑 결혼할 셈이야?"

화경은 대답 대신 어깨를 으쓱하고 손을 씻기 시작했다. 그게 어때서, 라고 표정에 적혀 있다. 나는 한숨을 내쉬었다.

"그러지 마, 널 정말 좋아하는 것 같은데. 사람도 저만하면 나쁘잖아 보이고."

가소롭다는 듯이 입꼬리를 말아 올리며 화경이 중얼거렸다.

"네가 나쁜 사람이나 알아볼 줄 알고? 헛똑똑이. 넌 알고 보면 머리 되게 나빠."

톡, 물 묻은 검지로 내 이마를 밀치고 화경은 돌아서서 화장실을 나갔다. 그 등을 보며 고개를 흔들었다. 아직 내 쌍둥이에게 철들 시기는 멀었나 보다.

자리로 돌아온 우리를 보고 남자는 막 복어지리를 주문한 참이라고 말했다. 그러면서 남은 회부터 다 먹자고 회 접시를 내 쪽으로 밀어주었지만 화장실을 다녀오느라 도통 구미가 당기지 않아서 전채로

나왔던 오이 미역 냉국만 연방 떠먹었다. 화경은 회 두 점을 집어 소스에 찍으며 그런 나를 비아냥거렸다.

"저렇게 또 밑천 나온다니까. 먹을 게 지천인데 꼭 그런 걸 깨작깨작."

"그래요, 처형. 기왕이면 메인으로 배를 채우셔야죠."

남자도 한마디 거드는 통에 누구 때문에 입맛이 떨어졌는데, 하고 속으로 쓴웃음을 지으며 회 접시로 젓가락을 가져갔다. 내 앞쪽의 빨간 접시 색깔이 비쳐 보이도록 얄따란 회 한 점에 막 젓가락을 대는 순간, 돌연 와장창 하고 귀청이 떨어져라 날카로운 소리가 식당 안에 울려 퍼졌다.

2층에 있던 식당 손님들, 특히 우리 앞쪽 자리의 사람들이 크게 놀라 비명을 지르며 자리에서 일어났다. 달아나듯이 옆으로 몸을 피하는 그들 중 누군가가 유리 조심하라고 고함을 쳤다. 그 소리가 채 끝나기도 전에 그 일행의 여자가 유리를 밟았다며 히스테릭한 비명을 터뜨렸다. 다른 테이블에 서빙 중이던 직원이 달려와 보더니 아래층 계단 쪽으로 고개를 돌려 사모님을 부르는 등 야단도 아니었다.

느닷없는 소동에 얼마쯤 넋이 나가 얼어 있던 나는 홀연 꿈에서 깬 것처럼 우리 테이블을 내려다보곤 거기에도 유리 파편 몇 개가 떨어져 반짝이는 것을 보았다. 나는 아직 멀뚱거리며 뒤를 돌아보고 있던 화경과 남자를 불러서 그 점을 알리고 파편 튄 것은 없는지 살피라고 일렀다.

"뭐야, 이게! 아, 재수 없어!"

화경과 남자가 튕기듯이 자리에서 일어나 멀찍이 떨어진 곳으로 달려가는 동안 나도 천천히 자리에서 일어났다. 그리고 깨진 유리가 어지러이 널린 앞쪽의 음식상을 보다가 이 소란의 원인이 된 것을

발견했다. 마침 아래에서 급히 올라온 식당 사람들 중 나이 지긋한 남자도 상을 보고 말하고 있었다.

"올빼미야, 올빼미."

그랬다. 이제는 뻣뻣하게 굳어서 꼼짝하지 않는 거무스름한 새가 거기 쓰러져 있었다. 어찌 된 영문인지 몰라도 저 새는 하필 이 가게의 2층 창문으로 돌진해서 산산조각이 난 유리와 함께 생을 마감한 것이다.

생전 처음 먹어본 복어의 맛이 깨끗이 지워진 자리에 그렇게 누워 있는 올빼미의 잔상이 선명하게 새겨졌다. 아무도 왜인지 모를 죽음. 산도 들도 아닌 엉뚱한 곳, 엉뚱한 장소에서 생을 다한 그 새가 내겐 꼭 성우처럼 보였기에.

"기분 나빠, 진짜. 그게 뭐라고 네가 물어준다고 나서, 나서길?"

화경은 무주 시내로 돌아오는 내내 화를 풀지 못했다. 나는 쓴웃음을 지으며 희미하게 닭살이 돋아 있는 팔을 문질렀다. 차 안의 냉방이 너무 강했다. 식당에 가기 전까지만 해도 혹시 비가 올지 몰라서 챙겼던 얇은 바람막이를 입고 있었지만 이제 그건 죽은 새와 함께 묻혀서 달랑 티셔츠 한 장뿐이었다.

"오지랖이 넓어도 어지간해야지. 너 그거 병이야, 착한 게 아니라 병이라고."

"그만 해. 이미 끝난 일 가지고."

계속되는 레퍼토리에 질렸는지 남자가 시들하게 화경을 만류해 보았다. 그렇지만 얼마 못 가서 또 짜증을 부리는 화경의 목소리가 뒤로부터 날아왔다. 운전 중인 대리기사까지 해서 이제 차 안에 사람이 네 명인 상황. 그 속에서 실은 올빼미를 보고 성우가 떠올랐다는 이야기

는 차마 꺼낼 수 없다. 설사 둘뿐이어서 이유를 설명했다고 해도 화경이가 이해해줄 가능성은 한없이 제로에 수렴한다. 나는 계속 그랬듯이 불쾌했다면 미안하다고 사과하고 침묵을 고수했다.

"하여간 이상한 애야. 아, 정말 꼴도 보기 싫어. 야, 그러지 말고 너 내려. 내려서 혼자 가든지 말든지. 이봐요, 차 인도에 대요. 뭐해요. 차 세우라는데?"

"그렇다고 여기서 내리라고 하는 건 아니지. 처형, 신경 쓰지 마세요."

"이봐요, 차 세우라는 말 안 들려?"

남자의 만류에도 아랑곳 않고 화경이 운전석을 쾅쾅 발로 찼다. 나이 지긋한 대리기사의 얼굴에 떠오른 난감한 표정에 나도 나서서 인도에 차를 대달라고 부탁했다. 소란이 이어지자 결국 대리기사는 차를 인도 연석 옆으로 세웠다. 나는 남자가 따라 내리려는 것을 말리고 재빨리 차에서 내렸다.

"오늘 맛있게 잘 먹었어요. 화경이 부탁드려요."

차창 안의 남자에게 인사를 건네고 차문을 두드려 출발하라고 신호했다. 마침내 시야에서 멀어져가는 차를 보고 나는 속박에서 풀려난 자의 자유를 만끽했다.

"생각지도 못하게 하루가 파란만장해졌네. 진짜 내 뒤로 근심과 고생이 졸졸 따라다니나."

한숨 뒤에 기지개를 쭉 켜서 기분을 새로이 정비하며 여기가 어디쯤일까 하고 주위를 돌아보았다. 구름이 더욱 짙어진 하늘 아래 자욱이 안개가 깔린 거리가 눈에 퍽 익어서 고개를 갸우뚱하던 잠시 후 내가 서 있는 장소를 깨닫고 손가락을 튕겼다.

"병원 두 코스 앞이네!"

아희가 입원해 있는 무주병원 두 코스 전이니 눈에 익을밖에. 병원 앞 정류장까지 가면 공장으로 바로 가는 버스가 있었고, 잘만 하면 막차를 탈 수 있을 것 같아 나는 급히 걸음을 옮겼다.

조용히 안개가 흐르는 것이 보일 정도로 바람이 제법 있는 거리엔 토요일 밤치고 차량도 적고, 인적도 거의 끊기다시피 했다. 명색이 시내란 곳이 이러니 다른 곳은 더 말할 것도 없을 터. 화려한 것을 좋아하는 화경이 한사코 무주를 뜨려고 발버둥치는 것도 당연할지도 몰랐다.

"아희는 자고 있으려나."

멀리 병원을 둘러싸고 있는 하얀 담이 보이자 자연히 아희 생각을 했다. 이번 주엔 금요일이었던 어제 잠깐 통화를 한 게 연락의 전부였다. 감기 때문에 가고 싶어도 피하는 게 옳았지만 아희는 내가 감기에 걸린 줄 모르니 서운해 할지도 모른다. 아직 깨끗이 낫진 않았어도 내일은 마스크를 쓰고서라도 들러봐야지 했다. 가는 김에 만든 인형도 주고.

"일요일 특근은 다음 주에나…… 응?"

짭짤한 특근비를 생각하며 아쉬워하던 나는 문득 눈에 들어온 무언가를 보고 눈살을 찌푸렸다. 안개 속으로 병원을 둘러싼 담 위에서 어른대는 어떤 형체가 보였다. 나도 모르게 발소리를 죽이며 다가가는 가운데 형체는 점점 더 또렷해졌다.

처음엔 이 시간에 어린애들이 담에 올라가 놀고 있는 건가 싶어 의아했다. 조금 통통한 어린애 둘이 어기적거리며 걷듯이 담을 따라 형체가 움직였던 것이다. 하지만 점차 그것이 사람과는 다른 종류의 것임을 느꼈다. 걸어가면서 이따금 펼치는 팔이 지나치게…… 길고도 컸다. 오랑우탄? 언뜻 동물원에서 본 모습을 떠올렸으나 그것과

도 달랐다. 팔은 단순히 긴 것뿐만 아니라 아래로도— 아, 그렇다, 저것은 날개다. 날개가 틀림없다. 그러자 나는 더욱 어리둥절했다. 저렇게 커다란 새가 있던가? 아, 없지야 않다. 그러니까 독수리라면…… 아닌 게 아니라 정말 독수리인가 싶다. 그런데 무주에 독수리가 산다고?

내 의아함에도 불구하고 담 위를 어설프게 걸어가는 형체는 독수리인 듯했다. 이 신기한 광경을 휴대전화 사진으로라도 남길 생각에 주머닐 뒤적이다가 또 무언가를 보고 나는 움칫했다. 두 마리 큰 새의 앞에, 사람이 서 있었다. 이번엔 착각이 아니라 분명 사람의 형체였다. 뒤따르는 두 마리 새를 둔 그 사람은 어깨 부근에서 사락거리는 긴 머리를 하고 있긴 했으나 여자치고는 체격이 컸다. 늘씬한 키에, 위화감이 느껴지는 복장. 몇 발자국 더 다가간 나는 그것이 사극 드라마에서나 볼 법한 보라빛깔의 도포에 가깝다는 걸 알아보고 더 눈이 동그래졌다.

'혹시 이거 무슨 촬영인가?'

어딘가에 방송 카메라가 돌고 있는 모습을 상상하며 목을 빼고 주위를 두리번거리는데 문득 자욱한 안개를 타고 희미한 선율이 흘렀다. 무게를 못 이겨 가라앉는 안개처럼 나지막하게 우우우— 하고 울려 퍼지는 그 음은 고대의 전쟁터를 배경으로 한 영화에 어울림직한 뿔피리 소리와도 흡사했다. 한마디로 이런 장소에서, 이런 시각에 들릴 법한 소리가 아니란 말이다. 때문에 재삼 내 귀를 의심하고 툭툭 두드려 보는데 다시금 우웅 하고 길게 여운을 남기는 소리가 들렸다. 스르륵 목덜미를 타고 엷게 소름이 일어났다.

한 번, 또 한 번. 그렇게 총 세 번 울려 퍼진 소리. 꿀꺽, 마른침을 삼키며 나는 숨을 죽였다. 천지가 드르르 진동할 정도로 웅장하지

는 않았으나 적어도 이 부근의 사람이라면 모두 내다볼 정도로 큰 소리였다. 그런데도 소리가 끊어진 주위는 하염없이 고요했다. 그 부자연스러움에 더더욱 '작위'라고 믿고 싶어져서 숨겨진 카메라 같은 게 없나 주위를 돌아보고 병원 담 위에 서 있는 남자를 응시했다.

남자는 입가에 물려 있던 은은히 빛나는 흰 막대 같은 것을 천천히 옆으로 늘어뜨렸다. 피리? 그 길이와 형태로 나는 짐작해 본다. 더 자세히 보려고 눈살을 찌푸렸을 때 남자가 문득 다른 손에 들고 있던 무언가를 위로 치켜들었다.

그 무언가는 내게 비가 갠 뒤 반짝거리는 거미줄을 연상케 했다. 안개 때문에 그렇게 부시지 않은 듯하면서도 묘한 빛으로 아롱거리는 살로 이루어진 그것의 정체는…… 새장이었다. 새장일 수밖에 없는 것이, 안개를 뚫고 홀연히 나타난 작고 흰 새가 그곳으로 이끌린 듯이 들어갔기 때문이다.

새장 안을 바라보는 것처럼 꼼짝도 않던 남자가 잠시 후 손을 내리고 훌쩍 담 위에서 아래로 뛰어내렸다. 그 뒤에서 두 마리 새가 크게 날갯짓을 하며 허공으로 도약했다. 묘하게도 남자도, 새도 몸짓은 분명한데 그에 따른 소리가 들려오지 않아 음소거가 된 화면을 보는 기분이었다.

"대체 뭐하는 사람이지?"

나도 모르게 입을 열어 낸 소리가 컸던지 족히 이십 미터는 떨어진 간격에도 불구하고 남자가 언뜻 이쪽을 보는 기척이 있었다. 그 얼굴이 궁금해서 슬쩍 목을 빼며 눈을 크게 뜨는데 정작 내 시야를 가득 메운 건 저 큼지막한 새의 머리였다.

정말이지 순식간에 내게로 날아오더니 쩍 부리를 벌리며 괴성을

질렀다. 세상에나, 어린아이만 하다고 생각했는데 가까이서 보니 그보다 더 크다, 활짝 펼친 날개가 어지간한 성인보다도 더 크고 갈고리 같은 발이며 번득이는 발톱은 숫제 낫 같았다!

"꺄아앗, 저리 가, 사람 잘못 봤어, 난 착한 사람이라고!"

경황 중에 고작 그런 말이 튀어나오다니 내 위기대처능력에 큰 허점이 있는 게 분명하다. 아무튼 나는 머리를 감싸 안고 날아오는 새를 피해 반대쪽으로 달렸다. 뒤돌아보고 싶은 마음이 굴뚝같아도 공포영화를 보면 꼭 그렇게 돌아볼 때 사달이 나곤 했기에 죽어라 앞만 보며 달렸다. 그렇게 달리다가 옆구리가 미치도록 아파서 죽을 지경일 때 이러나저러나 죽는다는 심정으로 달리기를 멈추고 돌아본 곳에, 새는 그림자도 없었다.

비 오듯이 땀을 흘리며 몇 분간 숨을 고르다가 다시 몸을 일으켜 아까의 자리로 가봤다. 거리는 텅 비어 있었다. 터덜터덜 버스정류장으로 걸어가 막 의자에 엉덩이를 걸치고 앉았는데 안개를 헤치고 노란 불빛 같은 게 차도에 뿜어졌다. 멀거니 그 불빛 쪽으로 고개를 돌리자 이쪽으로 다가오는 32번 버스가 보였다. 탈지 말지 고민할 것도 없다. 공장으로 갈 수 있는 막차였다.

'그건 진짜 뭐였을까.'

버스에 탄 후 혹시나 싶어 버스가 나아가는 방향에 보이는 인도를 살펴봤지만 이상한 복장을 한 사람 따위는 그림자도 없다. 새는 말할 것도 없고.

아무리 평범한 사람도 살다 보면 한 번쯤 불가사의와 조우할 때가 있다. 그렇게 믿기로 했다. 호기심으로 죽기엔 아직 내 인생이 많이 남았으니까.

다음날인 일요일. 오전 9시쯤 해서 병원에 가보았다. 병실에 들어가기 전에 열심히 손을 씻고 준비해온 마스크를 했다. 엊저녁부터 딱히 기침도 코막힘도 없었지만 면역이 약해진 아희를 위해선 아무리 조심해도 지나치지 않다. 마스크 줄을 조절하면서 걸어가다가 복도에서 한 간호사와 마주쳤다. 안녕하세요, 하고 인사를 걸어도 시무룩하니 땅만 보고 걷기에 슬며시 따라가서 다시 인사를 걸었다. 그제야 나를 보고 인사하는 눈이 빨갛게 부어 있었다. 잘 웃고 농담도 잘하는 수더분한 간호사라 소아병동 환아들 사이에서 단연 인기가 좋은 사람인데 오늘은 무슨 일이 있지 싶었다.

"어디 아픈 거 아니에요? 컨디션이 나빠 보이는데……."

"예, 좀 얼굴이 부었죠. 몸은 괜찮습니다."

괜찮다고 말하긴 하는데 역시 목소리에 기운이 하나도 없었다.

"아플 것 같으면 비타민 하나 얼른 맞아버려요. 저도 이번 주에 감기로 고생했는데 그거 맞고 나니까 한결 좋아졌어요."

번데기 앞에서 주름잡는다고 간호사에게 그런 걸 일러주는 게 우스꽝스러웠지만 뭐 그게 다 오가는 정 아니겠는가. 한 간호사도 아닌 게 아니라 우스운지 희미하게 입꼬리를 올리며 고개를 끄덕였다. 하지만 막 병실로 가려는 나를 슬며시 건드려서 돌아보니 역시 얼굴빛이 나빴다.

"아희가 기분이 많이 안 좋을 거예요. 다독다독 해주세요."

"안에 없어요? 동생이 와 있을 텐데."

엄마가 있는데 아희가 왜 기분이 다운됐을까 의아해서 묻는 내게 한 간호사는 부어오른 눈가를 쓸어 만지며 말했다.

"아시죠, 옆방에 있던 진호요. 그 애가 어젯밤에……."

말을 채 잇지 못하고 한숨으로 대신했지만 뜻만은 단박에 전달되

었다. 약 열흘 전에 봤을 때만 해도 여느 아이 못지않게 잘 놀던 아이가 못 본 사이 그렇게 돼버렸단 소리에 새삼 망연해졌다. 이런 일이 처음이 아니지만 아무래도 익숙해지질 않았다.

차마 말은 못 하고 고개만 끄덕이며 돌아섰다. 병실로 가면서 아희네 옆 병실 명패를 훑어보고는 벌써 사라져버린 아이 이름에 새삼 마음이 내려앉았다. 다섯 살에 백혈병에 걸려서 힘든 치료를 견뎌냈지만 아희처럼 2년의 벽을 못 깨고 재발해 입원했었다. 장래희망이 비행기 조종사로 어딜 가든 비행기를 가지고 다니는 씩씩한 아이였는데…….

"좋은 데로 갔을 거야."

좋은 데로 갔으면. 다음엔 튼튼한 몸으로 태어나 원하는 일 실컷 할 수 있었으면. 그런 시시한 말로 빌어주는 것 말고는 할 수 있는 게 없다. 병실문 앞에 서서도 한동안 문을 열 엄두를 내지 못했다. 아무 일도 없었던 것처럼 아희를 볼 자신이 없었다. 불과 몇 달 전에도 저 어린 아희가 꾹 참는 걸 내가 못 견디고 펑펑 울어버렸었다.

몇 번이나 마른세수를 하고 호흡을 고른 후 나는 천천히 병실문을 열었다. 마치 낮잠시간인 것처럼 조용한 병실 안에서 아희는, 잠들어 있었다. 문을 열기 전엔 생각도 못했지만 나는 아희의 침대를 보고 어느새 미소 짓고 있었다.

한 간호사의 말대로 아희는 많은 다독임이 필요할 것이다. 하지만 오늘은 거기에 내가 나설 자리가 없었다. 저렇게 꼭 보듬어 재워줄 엄마가 옆에 있으니까. 한 이불을 덮고 잠이 든 화경과 아희의 모습이 내게는 마치 클림트의 그림처럼 보였다. 내가 보아온 모습 중에서 가장 어여쁜 동생을 물끄러미 바라보다가 한 발 물러나며 문을 닫았다.

마스크를 주머니에 욱여넣으며 종종걸음으로 복도를 떠났다. 그대로 로비의 원무과에 들러서 병원비 정산액도 알아보고 출납 기한에 대해 이야기 나눈 뒤 건물 밖으로 나왔다.

출입문 앞 포치 아래에서 비구름이 촘촘히 덮인 하늘을 올려다보며 나는 손에 든 우산을 톡톡 무릎에 대고 두드렸다. 결국 한바탕 퍼붓고는 언제 그랬냐는 듯 갤 거면서 어제부터 변죽만 울리고 있는 구름. 실상 근심이라고 내가 하고 있는 것들도 저 구름과 비슷하지 싶었다. 진짜 비가 되는 구름도 있지만 대개는 그냥 변죽만 울리고 말뿐이란 거다. 홍수가 될 만한 비를 뿌리는 구름은 몇 년에 한 번 있을까 말까 한 수준.

"아희는 괜찮을 거야."

그런 말뿐인 믿음이 시시하다고 해도 아예 하지 않는 것보다는 백 배 낫다. 믿지 않고 근심만 하는 것보다는 천 배, 만 배 낫다. 믿음이 바탕이 되면 고생 또한 허무하지 않다. 그렇기에 강한 믿음을 위해 흘린 땀에 덧없다는 말은 어울리지 않는다.

그런 식으로 살짝 비틀어질 뻔한 삶의 각角을 잡고서 오늘이라는 시간을 어찌 써야 할지 궁리했다. 이미 특근을 하러 공장에 돌아가기도 애매한 시점에 다 내려놓고 가고 싶은 곳, 하고 싶은 일이라면…….

"이럴 때 연오한테 전화가 딱 오면 기가 막힐 텐데."

넋두리하듯이 주머니 속의 휴대전화를 만지작거리고 있는데, 정말로 그 순간 내 전화기가 쟁쟁 울어댔다. 눈이 휘둥그레져서 전화길 꺼내 들여다보니 무주 지역번호가 뜨긴 하는데 연오네 집 번호는 아니었다.

"여보세요."

실망한 걸 전혀 감추지 않고 시들하게 전화를 받았다.

"어디야?"

"어디긴, 병…… 어? 연오? 연오 너야?"

화들짝 놀라 연방 확인했더니 저쪽에서 부드럽게 웃는 소리가 들렸다.

"병원이라면 조카 입원한 거기 맞지? 다행이다. 왠지 여기 있을 것 같은 예감이 들어서 와 봤는데."

"그 말, 혹시 너 무주병원에 왔다 이거야? 지금?"

"응. 왔어. 잠깐만, 나 방금 전에 네 목소리 들은 것 같아."

"그야 당연히 내 목소리를……."

그의 말뜻을 깨닫고 허둥지둥 주위를 둘러보았다. 놀란 나머지 내 목소리가 커지긴 했지만 그 목소리가 들릴 만한 반경이라면 뻔하다. 사방을 둘러보다가 혹시나 하고 건물 안으로 도로 들어갔다 나왔다. 아예 다른 층 어딘가에 있나 싶어 위를 올려다보며 기웃대는데 홀연 등 뒤에서 살랑거리는 바람 같은 게 일었다. 그리고 불쑥 옆으로 뻗어 나온 손이 내 어깨를 감싸 뒤로 끌어당겼다.

서늘한 체온과 언뜻 가냘픈 듯이 보여도 실은 듬직하고 넓은 가슴이 지긋한 밀착으로 내 등을 맞이했다. 이어서 향기를 머금은 나직한 속삭임이 귓가를 적셨다.

"보고 싶었어, 내 달님."

몸과 마음, 어디랄 것도 없이 일제히 최고온도를 갱신하며 피가 뜨거워진다.

내 연인, 연오만이 부릴 수 있는 마법이었다.

12. 정인情人

GOOD WORLD ROMANCE NOVEL

"뭐야, 너. 나빴어."

고개 돌려 당장이라도 보고 싶은 걸 꾹 참고 토라진 목소리를 냈더니 연오의 목소리에 당황이 실렸다.

"미안해, 전언 부탁했는데 들었지?"

"무슨 전언?"

"몰라? 너랑 같은 방 쓰는 언니라고 해서 사정 이야길 했는데. 정말 못 들은 거야?"

쩔쩔매며 연오가 내 얼굴을 보려 하는 걸 한사코 고개를 돌려 피했다. 내가 꾹 참긴 했지만, 꽤 속상했다고!

"사정이 생겨서 며칠 어디 갔다 온다는 말? 그렇게 불성실한 건 정보 자격 없어. 하물며 나한테 직접 한 말도 아니었잖아."

"아…… 그럼 내 전화를 기다린 거야?"

세상에, 그걸 말이라고 해? 기다리지 그럼. 기다리고 기다리고 또 기다렸어. 어쩌면 그걸 모를 수가 있어? 바보야? 바보냐고!

순간 감전된 것처럼 그런 생각들이 뇌리에 찌릿찌릿 거렸다. 곧장 쏟아내지 못한 그 거친 생각들을 꿀꺽 삼키고 나는 입술을 비죽이며 말했다.

"전화가 올 거라고 생각했으니까. 내 목소리 듣고 싶다고 매일 전화할 때는 언제고."

"듣고 싶었어. 얼마나 듣고 싶었는지 몰라."

"하지만 안 했잖아. 전화 한 통 할 여유가 없을 만큼 바빴는지는 모르겠지만."

"여유라면, 있었지만⋯⋯."

말꼬리를 흐리는 목소리에 나는 하마터면 삐친 모습을 보여주려던 것도 잊고 그를 돌아볼 뻔했다. 그렇다고 '역시 간절하지 않았던 거야?'라는 물을 엄두도 나지 않았다. 그런 질문은, 나 스스로를 비참하게 만들 게 분명하다. 그렇기에 나는 짐짓 허세를 떠는 쪽을 택했다.

"뭐 나도 시도 때도 없이 전화기만 들여다보고 있진 않았어. 이젠 거의 나았지만 이틀 전만 해도 감기로 애먹었거든."

"아팠어?"

뻗대고 말 틈도 없이 나를 돌려세우는 손길에 그를 정면으로 보고 말았다. 함빡 물기를 머금은 새카만 눈동자와 마주치자 연락이고 뭐고 아무래도 상관없어졌다. 품에 뛰어들어 왜 이제야 왔냐고 어리광을 부리고 싶을 따름이다. 조금만 지체했어도 그럴 뻔했는데 먼저 연오의 손이 내 얼굴에 닿았다. 이마에 이어 뺨을, 그리고 손을 만져보며 연오는 걱정스러운 표정을 지었다.

"열은 없는 것 같은데. 지금은 확실히 괜찮은 거 맞아?"

찰나를 경계로 자그마한 심술이 발동해 버렸다. 나는 주머니에서 꺼낸 마스크를 보란 듯이 쓰고는 어깨를 으쓱했다.

"말했다시피 거의 낫는 단계야. 그래도 아직은 살아 있는 바이러스가 있을 테니까 바보나 걸리는 여름 감기 걸리고 싶지 않으면 안전거리 유지하는 게 좋을걸."

마스크 속에서 웅얼대며 말하는 나를 물끄러미 바라보던 연오가 다시 내 얼굴로 손을 뻗는다 싶더니 다짜고짜 귀에 걸린 마스크 끈을 벗겼다. 뭐 하냐고 물을 새도 없었다. 마스크를 벗겨 내고 드러난 입술로 그가 고개를 기울여왔다.

내 입술에 가볍게 닿아온 연오의 입술에 지그시 힘이 들어가면서 쪼옥, 소리가 날 정도로 분명하게 마킹을 하고 뒤로 물러났다. 살짝 손가락 하나가 지나갈 정도의 간격을 두고 그가 말했다.

"나한텐 그런 거 필요 없어."

반짝이는 눈매가 보기 좋게 휘어진다. 그는 웃고 있었다. 어쩌지. 좋아서, 그만 목덜미가 오싹하니 떨렸다. 하지만 그걸 인정하자니 못내 약이 올랐다.

"흐응, 자기는 감기 같은 거 안 걸릴 거라고 철석같이 믿어 봐?"

연오의 웃음이 깊어졌다.

"그런 의미도 있고."

그러니까…… 자기는 바보가 아니다, 이건가? 이거야말로 발끈할 일이다. 체력이 재산인 내가 여름에 감기에 걸린 이유, 돌이켜보면 그 8할의 원인 제공자가 바로 자기면서! 나는 전에 없는 호승심에 불타서 답삭 연오의 멱살을 움켜잡았다.

"정말 그런가 볼까, 자기?"

내 돌연한 호칭에 연오의 눈이 약간 커졌다. 두어 번 느리게 눈을 깜박이고서 그가 물었다.

"어떻게?"

나는 씩 웃고는 발돋움해서 연오의 귓가에 몇 마디 속삭였다. 말하는 것만으로도 귀가 발갛게 달아오르는 게 느껴졌지만 어쨌든 시치미를 뚝 떼고 그를 똑바로 응시했다. 유약을 발라놓은 것처럼 매끄러운 그의 뺨에 천천히 홍조가 퍼져나갔다. 이윽고 찰랑거리듯 흔들리는 까만 눈으로 연오는 고개를 끄덕였다.

"좋아."

바짝 잠긴 그의 목소리는 새삼스러우리만치 아름다웠다.

"으, 아…… 흐윽."

필사적으로 시트를 쥐락펴락하며 나는 기어코 그것을 떠올리려고 애를 썼다. 자기가 친 덫에 자기가 걸린다는 뜻의 사자성어……. 그게 뭐였더라? 나는 분명히 그걸 알고 있었는데…….

"흐으웃, 으, 으으응……."

새어나오는 신음을 죽이려 할 수 있는 건 다 해봤지만 그 어느 것도 길게 효과를 보지 못했다. 방금도 베개에 부질없이 얼굴을 묻었다가 도리질치며 고개를 치켜들고 부족한 숨을 허겁지겁 들이마셨다. 그러는 사이에도 쉴 새 없이 하반신으로부터 밀려오는 열감에 나는 정신을 차릴 수가 없다. 진심으로, 머리가 어떻게 되어버릴 것 같아서 무섭다. 그럴수록 그거, 뭐더라, 그렇지, 사자성어, 그것을 기억해내기 위해 노력하는 것이다.

나는…… 아, 방금 무슨 생각을 했더라, 아, 그렇다, 나는 지금 덫에 걸렸다. 덫……. 내가 친 덫……. 아무래도 정말 난 바보인가 보다.

"연오…… 연오야, 연오야…… 아으으……."

그를 부른다고 불렀는데 대꾸가 돌아오지 않는다. 불렀다는 건 내 생각일 뿐, 실은 계속 신음소리밖에 못 낸 걸까. 허리가 덜덜 떨리고

상체를 지탱하는 두 팔에 힘이 자꾸만 빠지는 것을 의식하며 다시금 눈에 힘을 주고 으드득 입술을 깨물며 거의 무너져 내린 상반신을 끌어올렸다. 그리고 보다 확실하게 주의를 끌기 위해 상체를 비틀어 그를 돌아보았다.

"연오야, 저기— 으읍."

분명히 연오의 주의를 끄는 데에는 성공했다. 다만 그것이 입맞춤으로 이어져버렸다. 기다렸다는 듯이 내게 입술을 밀어붙이고 강하게 빨아들이다가 거침없이 혀를 밀어 넣어 입 안 곳곳을 유린하는 솜씨가 너무도 능란하게만 느껴져 그만 또 얼이 빠지고 만다. 그 솜씨는 저번 날 밤과도 다르고 오늘 초입 무렵과 비교하면 또 다르다. 내가 바보라면, 그는 아무래도 천재가 틀림없다. 비단 입맞춤만이 아니라 다른 일에서도 그는 무섭도록 발전해 버려서 나는, 나는, 아, 안 돼—.

다시금 발작적으로 퍼지는 아찔함에 머릿속이 순간적으로 정전됐다가 멀미가 날 것 같은 엄청난 속도로 명멸을 거듭했다. 내 의지와 상관없이 허벅지의 경련이 발가락 끝까지 밀려가 찌릿찌릿 뛰논다. 몇 번을 겪어도 못내 곤욕스러운 느낌이라 어서 가라앉길 바라건만 지나치게 강력한 방해자가 있다. 결국 노력도 허사가 되어 내가 침대 위로 흐늘흐늘 허물어지고야 마는 중에도 연오의 분신은 내 몸속으로 깊게 파고들었다.

몸은 허물어졌건만 엉덩이는 치켜든 외설적인 자세. 허리를 꽉 붙잡은 그의 왼손이 내가 아주 쓰러지는 것을 허락하지 않았다. 가쁜 숨을 허덕거리는 내가 보이지 않을 리 없는데 그의 움직임은 그칠 줄 몰랐다.

"힘들어?"

가득히 채운 채로 일견 봐주듯이 느리고 완만하게 허리를 움직이며 그가 물었다. 하지만 부드러움은 허울에 불과하다. 좀 전부터 그가 자극하는 곳은 내 안에 존재하는 몇몇 예민하기 그지없는 장소였다. 내 안에 있어도 나는 전혀 모르는 장소. 그런 비경을 수없이 돌아보고 제 몸으로 익혀가며 연오는, 아예 자신의 것으로 길들여가고 있었다. 극단적으로 말해서 배신자나 다름없다. 틀림없는 내 몸이어도 이제 그것은 내 의지에 움직여주지 않았다. 주체의 명령을 무시하는 걸 넘어 아예 머리 꼭대기에 올라앉으려 하고 있었다.

"너…… 너무해."

"왜?"

"왜? 왜……냐고 묻는 거야? 네가, 아, 흐으읏."

몇 마디 쏘아붙이던 머릿속이 휘몰아치는 열기로 삽시간에 헝클어졌다. 연오는 잠시 움직임을 그치고 신음하는 내 위로 몸을 굽혀와 어깨에 입술을 지분거렸다.

"배고파서 그래? 어쩐지 점심 조금 먹더라니."

"생각…… 없어."

"아니면 더워? 목 축일 만한 거 가져올까?"

고개를 젓다가 마음을 바꿔 그렇게 해달라고 부탁했다. "금방 올게" 하고 속삭인 연오가 스윽 몸을 일으켰다. 내게서 그가 빠져나가는 느낌에 나도 모르게 입술을 깨물며 드르르 진저리쳤다. 그가 타박타박 맨발로 나무 바닥을 밟으며 멀어져가는 소리가 귓전에서 사라지도록 나는 그 기묘한 상실감에 몸부림쳤다.

"정신, 차려야지."

머리를 들고 두 팔에 힘을 넣어 몸을 일으켜 앉으려던 노력은 허리에 힘이 들어가지 않아 수포로 돌아갔다. 도로 침대에 쓰러져 숨을

고르며 머릿속이 맑아지기를 기다렸다. 하지만 아무리 해도 온몸 곳곳에서 뛰노는 열 덩어리로부터 벗어날 수가 없었다. 그것은 보이지 않는 혀를 가지고 짧은 호흡 한 번에 수십 번씩 탐욕스레 내 몸을 핥아댔다. 연오는 내게서 떨어졌건만 아직도 날 소유하고 있었다. 나는 그러한 종속이…… 기뻤다.

단순히 그와 더없이 깊게 맺어졌다는 데서 오는 만족을 넘어 오늘 나는 맺어짐 자체의 맛을 어렴풋이 알 것 같았다. 마치 매운 것에 익숙해져 가는 감각과 비슷했다. 매운 걸 먹고서 그저 혀가 아리고 눈물이 쏙 나게 아픈 것밖에 몰랐던 어린 시절을 지나 점차 매운맛의 진가를 알게 되어가는 것처럼 나는 아직 여전히 압도적인 아린 맛 속에서 살짝살짝 숨어 있는 달콤함을 발견한 것이다.

그러나 그 달콤함은 내가 알던 그 어느 것과도 달라 어색한 기분을 떨칠 수가 없다. 순간적인 달콤함에 정신없이 허우적거리는 내가 이제까지의 나와는 전혀 다른 무언가가 되어버린 것 같아서 겁도 난다. 단적으로 말해서 그런 자신이 못내 요사스러운 것 같아서 도무지…….

그때 문득 자박거리며 돌아오는 연오의 걸음 소리가 들린 것 같아 나는 꿈쩍 놀라 고개를 들었다. 몸을 덮을 만한 것을 찾아 주위를 더듬거렸지만 이불이 어디로 떨어져버렸는지 통 보이지 않았다. 급한 김에 나는 베개를 품에 안고 몸을 움츠렸다. 문을 들어선 연오가 내 옆으로 다가올 동안 짐짓 눈길을 깔고 있었다.

"너무 차가운 것도 그럴 것 같아서. 마셔. 꿀물이야."

시선을 외면한 채 손만 내밀어 컵을 받아들고 딱 기분 좋을 만큼 시원한 꿀물을 마셨다. 바닥이 보이도록 마신 후에도 부족한 기분에 내가 상당히 목이 말랐었다는 걸 깨달았다.

"더 마시고 싶은 얼굴이네."

입술에 남은 물기를 핥는 날 보고 연오가 중얼거렸다. 그렇다는 대답 대신 빈 컵만 만지작거리는데 연오의 손이 컵을 가져갔다. 그러고선 내 얼굴을 붙잡아 자신을 보도록 돌리고 말했다.

"두 번째 잔은 좀 미뤄도 괜찮겠지? 땀 흘린 뒤에 마시면 훨씬 달콤할 거야."

"어……?"

달아오른 눈가에 이쪽이 흠칫하도록 요염한 미소를 지으며 연오는 내게 입맞췄다. 그러면서 은근히 밀어오는 힘에 기우뚱한다는 걸 깨달았을 땐 이미 등이 침대 위로 떨어지고 있었다. 앞을 가리고 있던 베개를 덥석 집어 아무렇게나 옆으로 던져버리고 무릎으로 서서 날 내려다보는 그의 모습을 새삼 홀린 듯이 바라보다가 허리께로 흘러내린 시선을 급히 거두었다. 벌써 몇 번이나 했는지 헷갈릴 지경인데 어찌 된 게 그의 중심은 처음처럼 굳건했다. 아니 어쩌면 처음보다 더 그럴지도 몰랐다.

"하, 한 번에 너무 많이 해도 좋은 거 아니랬어. 젊다고 과신하다가, 쓰러지기라도 하면 무슨 창피야. 그러니까 적당히 딱 좋다 싶을 때 그만두는 것도……."

눈 둘 데를 몰라 쩔쩔매며 횡설수설하는 내게 연오의 얼굴이 다가왔다. 기어코 시선을 맞추고서 그가 빙그레 웃었다.

"내가 지쳐서 쓰러지는 모습이 보고 싶은 거 아니었어?"

"어머? 난 그렇게 말한 적 없어!"

"그랬잖아. 얼마나 보고 싶었는지 몸으로 증명하라고."

찔끔하며 입을 다물었다가 보다 아쉬운 자로서 우회적인 항복 선언을 했다.

"……증명이라면 충분했어. 많이 보고 싶어 한 거 믿어줄게."

"천만에, 그건 안 될 말이지."

일초의 주저도 없이 연오가 잘라 말하는 바람에 나는 동그랗게 뜬 눈을 깜박거렸다. 가늘게 뜬 눈매로 나를 응시하며 연오는 말을 이었다.

"보고 싶었던 마음의 반의반도 표현 못했어. 반의반이 뭐야, 이제 막 시작한 참이야. 고작 그것만 보고 내 마음이라고 짐작하다니 말도 안 되잖아. 아직 믿지 마. 그건 날 모욕하는 거야."

"아니 나는, 아, 아, 연오야, 잠깐……."

말로 더 시간을 끌 것 없다는 듯 연오는 나를 어루만지기 시작했다. 정성스레 만지고 입 맞추고 핥아가며 내 온몸이 노곤해지도록 애무하지 않고는 결코 날 안지 않았다. 극진하다 못해 숨이 막힐 것 같은 자극에 마침내 내가 견디지 못하고 그를 붙잡아 당길 때까지 그는 지치는 법이 없었다.

이번만큼은 참아보려 했다. 산산이 흩어질 것 같은 머릿속을 한사코 유지하며 덫에서 어떻게든 빠져나오려고 기를 썼다. 덫, 나를 칭칭 동인 이 강한 밧줄, 아, 기억났다. 자승자박! 내가 떠올리려고 했던 말이 바로 그거다.

"그렇게…… 보고 싶었으면서 어쩌면 연락 한 번을 안 해? 자기를 괴롭히는 취미 같은 거라도…… 있어?"

형세역전, 마침내 의지가 몸을 이길 수 있다는 희망을 품으면서 연오에게 물었다. 허벅지 안쪽의 부드러운 살을 잘근거리던 연오가 쿡쿡 웃으며 중얼거렸다.

"괴롭긴 했어, 확실히. 그렇지만 참는 수밖에 없었어. 목소릴 들으면…… 얼굴이 보고 싶어질 걸 알았으니까. 그리고 얼굴을 보면 만지

고 싶어졌을 테고."

　말하면서 다리에서 허리로, 허리에서 배로 올라오며 부드럽게 쓰다듬는 손길은 가슴에 이르러 다소 우악스러워졌다. 감싸 쥐어 유두를 꼬집는 걸로 부족해 덥석 입으로 머금었다. 그리곤 내가 그만 소리를 내고 말 정도로 강하게 깨물었다. 그의 머리를 밀쳐내는 내 손을 붙잡아 손바닥에 꾹 입술을 댄 연오는 나를 보며 조금 맥없이 웃었다.

　"하지만 잠결에 몽마가 되어 덮치는 건 싫을 거 아냐."

　몽마夢魔? 나는 그 낯선 단어를 곱씹어 보다가 피식 웃었다.

　"그런 게 될 수는 있고?"

　"마음이 간절하면……. 누군가를 간절히 생각해서 꿈에서 본 일 없어?"

　언뜻 한창 아플 때 꿈에서 그를 본 게 떠올라 기분이 묘했다. 하지만 좀 더 생각해보고 고개를 흔들었다.

　"안 되던데? 그랬으면 성우가 내 꿈의 단골손님일 거야."

　"대상의 문제야. 다음엔 세상에 확실히 존재하는 걸로 해봐. 하다못해 널 따르는 휘파람새 같은 거라도 말이야."

　"연오 넌 가끔…… 특이한 말을 해."

　그는 잔잔히 흔들리는 눈동자로 날 들여다보며 그래서 싫으냐고 물었다. 물론 내가 그 엇비슷한 대답이라도 할 리가 없다.

　"그런 점도 좋아. 그러니까 몽마가 되어서 잠결에 덮쳐도 봐줄게."

　두 눈을 다 깜박이는 엉성한 윙크나마 던져보는데, 연오에겐 그게 희한하게도 유혹으로 보였나 보다. 끙, 하고 목을 울리며 연오가 얼굴을 찌푸리더니 입술을 덮쳐오며 와락 나를 껴안았다. 내처 아랫도리를 거칠게 비벼대며 무릎으로 내 다리를 벌리고 이쪽이 몸을 열 각오

를 다지기도 전에 거세게 비경을 점령해 버렸다. 그 갑작스러움에 내가 비명을 지르건 말건 한 번, 또 한 번 빠르게 강한 힘으로 밀어붙여 더는 갈 데가 없이 나를 꽉 채우고도 그마저 부족하다는 듯 연오는 허리를 움찔거렸다. 숨이 막힐 정도로 깊게 혀를 얽고 빨아들이는 중에도 그의 목을 타고 미진하다는 듯한 신음이 새어나왔다.

그는 무언가 더 원하고 있다. 몸을 겹친 탓인가 그 안달이 생생하게 느껴졌다. 어찌할 바를 몰라 그의 등을 꼭 안아도 보고 다리도 그에게 휘감아 보았다. 그러면 그럴수록 연오의 숨소리가 커졌다.

"부족해……."

그 괴로운 표정에 나까지 답답해 안달이 났다.

"내가 서툴러서 그래? 뭘 어떻게 해줘야 하는지 말해줘."

"말하면 들어줄 거야?"

"해볼게. 노력할게. 정말로."

연오가 고개를 가로저으며 웃었다. 못할 걸 안다고 웃음으로 말하는 것 같아 바싹 약이 오른 내가 말이나 해보라고 다그쳤다.

"그럼 아무 데도 가지 말고 나랑 이대로 있을래?"

확실히, 현실적으로는 불가능한 말이었다. 하지만 사랑하는 이의 귀를 적시기 위해 그가 듣고 싶어 하는 말을 하는 것에 현실 같은 게 무슨 소용인가?

"있을게. 네가 보여주기로 한 마음, 아직 다 못 봤잖아."

"지쳐 쓰러지더라도 있을 거야? 저번에도 아팠다며."

조금은 안절부절못하는 연오가 가슴이 저리도록 귀여워서 두 팔로 그의 목을 휘감고 입술을 맞추곤 말했다.

"죽이지만 말아줘."

연오의 눈이 순간적으로 커졌다가 이내 미소로 가늘어졌다.

"그럴 생각이야."

나지막한 대답. 이어서 잠깐 멈췄던 격류가 흐름을 재개했다. 격류는 마침내는 소용돌이가 되어 나를 수면 저 아래까지 물고 들어갔다. 그에게로 한없이 가라앉아간다.

아, 나는 다시금 바보가 되고 말았다.

조심스레 문을 닫고 들어가 우산을 문 옆의 통에 넣었다. 까치발로 살금살금 걸어가 옷장 문을 여는 순간 아귀가 맞지 않은 문짝 때문에 내 생각보다 더 큰 소리가 났다. 흠칫하여 굳어 있는데 침대에서 부스럭거리는 소리가 들려왔다.

"……누구니, 수경이니?"

잠에 겨운 미라 언니의 목소리에 나는 민망한 얼굴로 네, 하고 대답했다.

"지금 몇 시쯤 됐어?"

"여섯 시 사십 분 못 됐어요. 좀 더 자도 돼요."

"그래……. 아 참, 조카는? 돌봐줄 사람은 있고?"

이번에야말로 못내 민망해서 얼굴까지 붉어졌다. 이젠 어제가 된 월요일 아침, 나는 미라 언니에게 전화를 걸어 피치 못하게 결근하게 된 사정을 이야기했다. 몇 달 전과 마찬가지로 간병인 아주머니의 갑작스러운 사정 때문에 아희를 돌봐줄 사람이 없다는 핑계였다. 그때는 물론 한 점 거짓도 없는 사실이었지만 이번엔 명명백백한 거짓말이었다. 조카의 딱한 사정을 팔아먹은 이모라니, 맙소사.

"네, 아주머니 일이 해결됐대요. 오시는 거 보고 왔어요."

"다행이네. 꼼짝없이 묶이나 보다 했는데. 너도 조금이라도 더 자 둬. 제대로 쉬지도 못했을 거 아냐."

"씻고 짬이 되면요. 언니, 더 자요."

"응. 비가 와서 그런지 잠을 잔 것 같지가 않네……."

기다란 하품 소리를 끝으로 미라 언니는 조용해졌다. 엎드려 누운 채 꼼짝도 않는 그녀의 모습을 힐끗 확인하고서 나는 갈아입을 옷을 추리고 옷장을 닫았다. 샤워하러 가기에 앞서 휴대전화를 충전해두는 것을 잊지 않았다.

내가 들어갈 땐 먼저 온 누군가가 샤워하는 소리가 났는데 씻고 나와 보니 샤워실에 나 혼자였다. 혹시 몰라 조용한 사위를 거듭 확인하고 속옷만 입고 바깥 거울 앞에 섰다.

"아……."

긴 소매 옷을 입기로 결심했다. 목에 수건을 둘러야 할 필요도 느꼈다. 감기가 확실히 떨어지지 않았다고 둘러대야 할 것 같다.

방으로 돌아가는 걸음걸이가 아직도 여의치 않다. 당황스럽게도 전에는 어떻게 걸었는지 잘 기억나질 않았다. 그저 지금 몹시도 뻣뻣하기만 한 걸음걸이에 누군가 눈썰미 좋은 사람이 지난 이틀간의 내 행적을 꿰뚫어보는 게 아닐까 걱정스러워졌다.

머리를 말리는 둥 마는 둥 하고 2층 내 자리로 올라가 몸을 뉘었다. 입에서 절로 앓는 듯한 신음소리가 나려는 것을 손등을 물어서 참았다. 연세 좀 있는 어르신들이 비가 오면 삭신이 마디마디 아프다고 하는 이유를 이제 나도 어렴풋이 알 것 같았다. 엄밀히 말해서 아픈 것과는 거리가 멀지 몰라도 몸이 이토록 무겁고 나른한 것을 어떻게 받아들여야 할지…….

반듯하게 누워서 천장을 응시하고 있으니 부지불식간에 나를 내려다보는 연오의 환영이 떠올랐다. 흐트러져도 아름다운 얼굴과 헐떡이는 숨결이 손에 잡힐 듯 생생하다. 금세라도 내게 고개를 기울여 입

맞추고 이름을 부를 것만 같다. 떨쳐내듯이 돌아누우면서 나는 또 신음을 삼켰다. 브라탑에 쓸린 유두의 화끈거림이 가라앉아도 오므린 다리 깊숙한 곳의 열감은 심장고동에 맞춰서 강해졌다 약해졌다 할 뿐이다.

여전히 내 안에 연오가 있다. 잠든 연오의 품에서 몰래 빠져나와 도망치듯 일터로 돌아왔지만 나는 아직도 그에게 사로잡혀 있음을 깨닫고 울상이 되었다.

"약속을 깬 벌인가."

속삭이는 입술에도 사르륵 열기가 흘렀다. 나는 그와 마주 댄 기억이 있는 부위, 한마디로 온몸에 열이 피어오르고 있음을 인정해야 했다. 앓아눕게 될 것 같은 불쾌한 열과는 다르다. 하지만 그 열은 다른 의미로 나를 고생시킬 거라는 예감이 들었다.

조금이라도 눈을 붙이고 일하러 가고 싶었던 내 계획은 도무지 찾아오지 않는 잠 때문에 실패로 돌아갔다. 아침 생각이 없어서 바로 작업장으로 향한 후 내 오전 일과는 나른함과의 사투가 되었다. 안 보고도 할 수 있을 만큼 손에 익은 일이라 다행이었다. 실수는 거의 하지 않았는데 아무래도 평소와는 달라 보였던지 점심 먹으러 가는 길에 옆 자리의 아주머니가 또 몸이 안 좋으냐고 물어왔다.

"비가 와서 그런가 기운이 좀 없네요. 아픈 건 아니에요."

"아유, 그런 말은 아직 한참 일러. 한창 젊은 처녀가 벌써부터 그래서야 쓰나. 만날 일만 하지 말고 볕 좋은 날엔 코에 바람도 좀 넣고 다니고 그래. 내가 그 나이 땐 소도 잡아먹었다."

"뭔 돈이 있어서 소를 잡아먹어. 먹었으면 소 같은 남정을 잡아먹었겠지."

우리 이야기를 듣고 앞서 가던 아주머니 한 분이 돌아보며 하는 말에

여자들 사이에서 한바탕 웃음이 일어났다. 처녀 앞에서 못 하는 소리가 없다고 타박하는 말을 들으며 나는 그만 귀까지 빨개진 얼굴을 숙였다. 흔한 음담패설일 뿐이건만 이쪽이 찔리는 게 있으니 가슴이 뜨끔해지고 마는 것이다.

아침을 걸렀는데도 입이 까칠해서 점심을 먹는 게 고역이었다. 수저질을 크게 크게 해서 식판을 비우고 잠시 쉬러 기숙사로 돌아갔다. 의자에 앉아서 한숨 돌리는데 여태 충전 중인 휴대전화가 눈에 들어왔다. 챙기는 걸 깜빡했구나 하고 플러그를 뽑고 가져온 전화기를 들여다본 나는 부재중전화 횟수를 보고 놀라서 입을 벌렸다. 메시지를 비롯해 음성도 세 건이나 녹음되어 있다.

압도적으로 화경의 전화가 주를 이루는 가운데 딱 한 건, '달님의 연인'이라고 찍힌 글이 날 두근거리게 했다. 이번엔 확실히 음성까지 남겨 놓았다.

─약속이 틀리지 않아? 난 아직 보여주고 싶은 게 남았어. 이렇게 도망쳐버린 걸 보니 내가 너무 부드럽게 대해준 것 같아. 깊이 반성하고 있을게.

"어머."

상냥한 목소리에 살짝 가시가 돋친 듯한 점이 더 설레었다고 말하면 난 변태인가. 그 변태성 정도를 높이듯 연오의 음성을 몇 번이나 되풀이해 들으며 잠시 행복함에 젖어 있었다.

─전화 좀 받아! 핸드폰은 장식으로 달고 다니니?

─아희 병원 핑계 대고 어디로 잠수한 거야? 기막히다 진짜.

화경의 음성을 듣고 나니 그 행복감이 많이 빛바랬다. 일요일 오후부터 날 찾았던 용건은 둘째 치고 어제 결근한 것까지 알아버렸구나. 연락이 안 돼서 공장에 전화를 했던 모양이다. 너 언제부터 그렇게 부

지런했니, 유화경.

　모른 체하고 싶다. 마음 같아선 방금 전 녹음은 못 들은 걸로……. 하지만 혹시라도 아희에게 무슨 일이 있을지 모르니 더 빼지 않고 통화 버튼을 눌렀다.

　"뭐니, 진짜 너?"

　전화를 받자마자 쏘아붙이는 앙칼진 목소리에 마른침을 꿀꺽 삼키며 일이 좀 있었다고 말했다. "아아, 일? 이~일이 있었어?" 하고 부러 느릿느릿 물어오는데, 내 쌍둥이지만 무서웠다. 이런 애랑 결혼하겠다고 나서준 남자에게 굉장한 감탄이 일었다.

　"금방 일하러 가야 하니까 용건만 말해. 왜 찾았는데? 아희한테 무슨 일 있어?"

　"아희, 아희, 아희. 넌 아희만 걱정되고 내 걱정은 하나도 안 되지?"

　"네 걱정을 왜 해. 참견 말라고 나한테 늘 너나 잘 살라고 하지 않았나?"

　받은 대로 슬며시 비꼬아주었지만 화경은 자기 듣기 싫은 말은 깨끗이 무시하는 재주가 남다르다.

　"시끄럽고, 상의할 거 있으니까 좀 봐."

　"상의라면 혹시 상견례?"

　진지한 물음이었는데 또 시끄럽다는 소리가 날아왔다.

　"여섯 시에 공장 앞에 차 대고 있을 테니까 나와."

　"으…… 또 그 사람이랑 같이 오게?"

　"내가 걔 없으면 아무 데도 못 가?"

　화경은 콧방귀를 크게 뀌고 전화를 뚝 끊어버렸다. 여섯 시에 나간다는 대답도 안 했건만. 언제쯤 화경이 통보하고 나는 울며 겨자 먹기

식으로 따른다는 룰이 깨지려나. 맥없이 한숨을 쉰 뒤 전화기를 내리던 손을 다시 들어 연오의 음성을 들었다.

—깊이 반성하고 있을게.

역시 오싹하며 가슴이 떨렸다. 연오를 만나기 전의 나는 변태가 아니었을지 몰라도 지금은 분명히 변태의 소지가 다분하다. 정말 그렇다면 아마도 세상에서 가장 행복한 변태일 것이다.

일이 엉뚱한 방향으로 흘러간 원인은 일차적으로 화경의 지각병에 있었다. 여섯 시에 차를 대놓고 있을 거라던 말이 무색하게 그 아인 여섯 시 반이 되도록 소식이 없었다. 으레 그러려니 하고 기다렸지만 슬슬 가만히 앉아 있는 것이 답답했다. 그래서 부슬부슬 내리는 빗속을 걸어 인도까지 내려와 공장에서 그리 멀리 가지 않는 반경 내에서 오락가락하며 거닐었다.

앉아 있는 것보다는 걷는 게 낫겠다고 생각했는데 그리 오래지 않아 걷는 것에도 꾀가 났다. 오후가 되면서 그럭저럭 컨디션을 회복했다고 생각했는데 배가 빈 탓일까 다시 오전으로, 아니 그보다 더 전으로 돌아간 것처럼 몸이 나른해진 게 느껴졌다.

그러니까 아침, 눈 뜰 무렵. 몸에 익은 대로 여섯 시 조금 지나서 눈이 뜨였을 때 몇 번 눈을 깜박거리고 도로 눈을 감았더랬다. 뭔가 착오가 일어난 거야. 아침일 리 없어, 자야 해. 잘 거야. 틀림없이 깊은 밤이야, 지금은. 알람도 안 울렸잖아? 그렇게 스스로를 속여 가며 황홀한 잠에 무릎 꿇으려 했다.

도피가 실패로 돌아간 것은 보채듯 몸을 움직이다가 연오와 살짝 부딪힌 탓이었다. 나는 다시 눈을 떴고, 그를 보았고, 빠르게 현실을 깨달았다.

'돌아갈 거라면 지금 일어나야 해, 연오가 깨어나기 전에!'

일요일과 월요일, 장장 이틀간 옭매듭처럼 한데 얽혀 몸을 섞으면서 연오의 빼어난 체력이라든가 집중력, 끈기에 대해서는 충분히 알았다. 무엇보다 그의 말엔 과장이 없었다. 그렇기에 그가 깨어나면 다시 못다 한 자신의 마음을 증명하는 일에 충실할 터였다. 바로 지난밤—새벽의 일일까?—만 해도 재우고 싶지 않다면서 거의 칭얼거리다시피 말하는 그를 다독여 잠을 청했었다. 자고 일어나면 또 내일이 있지 않냐고 하면서.

그래놓고 자는 틈을 타 쏙 빠져나왔으니 연오가 그런 말을 남겨놓은 것도 당연했다. 쿡쿡 웃으며 나는 전화기를 꺼내 들고 연오의 음성을 감상했다. 그의 벼르는 말이 내 나른해진 몸에 한 줄기 빛이 되어 생기를 불어넣었으니 참 아이러니한 상황이다.

아직 답신을 안 했는데 이제라도 전화를 해볼까 망설였다. 기왕 미뤄진 거 화경일 보고 여유 있게 하는 편이 좋을 것 같았다. 그때 전화하면서 떠나 있는 동안 그가 뭘 했는지도 물어보고. 어이가 없지만 아직 전혀 아는 바가 없다. 창피하지만 물을 정신이 아니었다. 오로지 연오에게 정신없이 빠져서 그만……

"뇌세포가 하얘지는 것 같아. 다들 이런가? 아니면 내가 너무 몰입을 잘하나?"

그렇게 중얼거리면서 또 연오의 음성을 들었다. 그의 목소리는 허기진 배도 잠재우는 놀라운 효과가 있었다. 배시시 웃으며 제대로 앞도 보지 않고 걷던 나는 마주 오던 사람과 하마터면 부딪힐 뻔했다.

"죄송합니다."

꾸벅 고개 숙여 사과하고 옆으로 비켜서 걸어가는데 두어 발짝이나 갔을까, "달님"하고 부르는 소리가 났다. 달님? 나는 빗소리 때문에

뭘 잘못 들었나 생각했다. 힐끗 뒤돌아본 것은 순전히 확인 차원. 그런데 거기에 연오가 서 있었다.

놀라서 입만 벌리고 있는 내게 연오가 빙긋 웃으며 다가섰다. 내 작은 우산을 가볍게 앗아간 대신 자신의 큰 우산을 씌워주면서 자연스레 내게로 고개를 기울였다. 어벙하게 벌려진 내 입술 안으로 빨간 혀를 밀어 넣으며 입술을 감싸 물고 짧지만 강렬하게 힘껏 빨아들이며 키스했다. 순간 온몸이 흠칫할 만큼 자극적이라 나는 그만 우응 하고 목을 울리며 신음하고 말았다.

"멋진 소리를 내네?"

입술을 뗀 연오가 웃음 섞인 목소리로 말했다.

"달아나지 않았으면 이것보다 훨씬 좋은 걸 하고 있었을 텐데. 말썽꾸러기 같으니."

콩 하고 내 이마에 살짝 머리를 부딪쳐오며 연오가 나무랐다. 어느새 그의 가슴에 매달리듯이 그를 붙잡은 나는 겸연쩍게 눈치를 보며 말했다.

"무작정 여기까지 온 거야? 나 일하고 있으면 어쩌려고."

"아무리 욕심 부려도 잔업까지는 못할 거 알았어."

"무슨 근거로?"

연오가 고개를 갸웃하면서 내게 더 바싹 다가섰다.

"내가 아무리 부드럽게 했어도 그 정도로 살살 하지는 않았다고 생각하는데. 틀려?"

비누 향기가 날 것 같은 청량한 얼굴을 하고 주저 없이 던지는 색기 다분한 말에 나는 그만 할 말을 잃고 입만 뻐끔거렸다. 그것이 연오를 불러들이는 신호라도 된 것처럼 그는 또 대뜸 입술을 포개어 이번엔 쉽사리 떨어지지 않고 이리저리 지분거렸다.

"자, 잠깐, 잠깐만. 여기 길거리잖아!"

하물며 일터가 엎어지면 코 닿을 데 있단 말이다. 이성을 붙들고 있으려고 애쓰는 내 노력도 몰라주고 연오는 내 허리를 감싸 제게로 당기며 그게 누구 탓이냐고 반문했다. 지은 죄가 있긴 하지만 울상을 지으며 나는 하소연했다.

"연애만 하고 살 수는 없잖아. 균형을 유지해야지."

"좋아. 오늘은 그 균형에 대해서 이야기해 보자. 일단 집으로 가서. 저녁 먹었어?"

"아직이긴 한데. 너는?"

"나도 아직. 실은 오늘 물 말고 딱히 먹은 거 없어."

"뭐? 왜 그랬어? 아, 내가 냉장고를 치웠지 참. 아냐, 그래도 사다 둔 게 있는데 챙겨 먹지 왜. 혹시 팔이 다시 아파? 정말, 그럴 줄 알았어. 너무 신경 안 쓴다 했다니까."

아직 깁스를 졸업하지 못한 그의 오른팔을 살피는 내 머리 위에서 잔잔한 웃음소리가 들렸다. 지금 웃을 때냐고 그를 째려보았지만 연오의 웃음은 더 깊어졌다.

"네가 전화하면 나 밥도 안 먹고 있다고 어리광 피울 셈이었어."

"뭐 그런 걸로 어리광을 피운다고 그래?"

"당장 봐. 너 깜짝 놀라서 어쩔 줄 모르잖아. 내가 그렇게 말했으면 무시 못하고 나한테 달려왔을걸?"

"어…… 설마."

나는 그랬을 것이다에 23년 인생을 걸 수 있다. 그것을 인정하지 않은 건 나를 너무 꿰뚫어보는 연오에 대한 미약한 항거였다.

연오는 가볍게 한숨을 섞어 말했다.

"하지만 전화할 때까지 기다릴 수가 있어야지. 어쩌겠어. 더 간절한

사람이 움직여야지."

그건 꼭 나는 매몰차게 사랑을 외면하고 있었다는 말처럼 들린다. 하얗게 물든 뇌세포를 꺼내 보일 수도 없고 시도 때도 없이 쿵쿵 뛰는 심장을 증명해 보일 수도 없으니 애꿎은 입술만 잘근거리며 답답해한다.

"간절하지 않아서 전화를 안 한 게 아니야, 일 끝나고 최대한 너한테 집중할 수 있을 때 전화하려고 했어."

"내가 나와 버려서 못 받았나? 조금 더 기다릴 걸 그랬네."

"아니, 아직 전화는 안 했어. 그게 있지 실은—."

"맞다, 네가 여기 있다는 건 어딜 가는 중이었단 거잖아. 나한테 오는 거였구나?"

"아니, 아니 그게……."

반짝반짝한 그의 눈에 어린 기대를 완벽히 꺾어놓을 생각을 하니 입이 떨어지질 않았다. 그런 가운데 퍼뜩 생각난 대로 나는 손목시계를 들여다보았다. 여섯 시 오십 분이 넘었는데 대체 화경이 이 애는…….

바로 그 순간 빵빵 하고 바로 옆에서 날카로운 경적 소리가 났다. 아니길 바랐지만 나는 고개를 돌렸을 때 거기에 있을 게 뭔지 거의 확신하고 있었다.

우리 옆의 차도에 멈춰선 새빨간 세단의 조수석 쪽 차창이 내려가더니 슥 화경이 고개를 기울여 나와 내 앞의 연오를 확인했다. 나는 나대로 화경의 진한 아이라인하며 반짝거리는 쉐이딩, 선명한 핏빛 입술 등을 확인했다. 나 보러 오기 전에 다른 용무가 있었던지 풀 메이크업이다.

"언니?"

단순한 호칭이지만 화경이 그렇게 부를 땐 참 많은 뜻을 가질 수 있다. 나는 천천히 고개를 끄덕이고 연오를 보며 말했다.

"내 쌍둥이 동생."

연오의 눈길이 내게서 화경에게로 옮겨갔다. 화경도 그에게 시선을 못 박고 있는 걸 보고 나는 재빨리 입술을 한 번 훔치고 입을 열었다.

"화경아, 이쪽은……."

결코 오래 망설이지 않았다. 내가 화경에게 소개할 말을 고르느라 고심한 시각은 길어도 1~2초 내외였을 것이다. 남자친구라고 하자니 가볍게 느껴지고 애인이라고 하자니 쑥스러워 입이 떨어질 것 같지 않았다. 결국 선택한 건—

"남자친구……."

"정인情人입니다."

조금은 가냘픈 내 목소리를 뒤덮는 나직하고 또렷한 대답. 내 선택 후보 중에는 없는 고풍스런 어휘였지만 연오가 말한 순간 그 말이 또렷하게 머릿속에서 메아리쳤다.

나를 보는 연오와 눈이 마주쳤다. 불과 한 달여도 안 되는 짧은 동안 내 안의 가장 소중한 보석이 된 그윽한 밤하늘 같은 눈.

그렇다. 그가 바로 나의 정인이다.

13. 두 번의 만남

GOOD WORLD ROMANCE NOVEL

"정인? 기도 안 차서. 니들 무슨 사극 드라마 찍니?"

화장실에 들어서기 무섭게 화경이 입술을 삐죽이며 비아냥거렸다. 충분히 예상했던 일이라 나는 아무렇지 않게 세면대로 가서 손을 씻으며 대꾸했다.

"드라마가 뭐 별거니. 그리고 원래 현실이 드라마보다 더 드라마틱한 법이야."

머리를 매만지며 바라본 거울에 팔짱을 끼고 나를 보고 있는 화경이 비쳤다. 눈알을 굴리며 기도 안 찬다는 표정이다.

"아주 연애박사 나셨어?"

"일단 노력하고 있단다."

생긋 웃어보이자 화경은 하, 하고 실소로 반응했다. 나는 뒤를 돌아보며 조금 목소리에 힘을 넣어 말했다.

"그래서 축하한다는 말은?"

무슨 축하냐는 듯 빤히 쳐다만 보는 화경에게 다가서면서 다시 한

번 재촉했다.

"축하한다고 안 해줘? 나더러 남자도 못 사귀는 덜떨어진 애라며. 그 무수한 놀림을 이겨내고 이 변변찮은 언니가 모솔을 탈출했다는데 그냥 입 씻을 셈이야?"

"참나, 남들 다 하는 거 이제야 해보는 게 무슨 유세라고."

"유세 좀 부릴 거다, 왜? 진짜 축하 안 해줄 거야? 안 해?"

쿡쿡 화경의 뱃살을 찔러대자 대번에 뭐 하는 짓이냐고 신경질을 내며 화경은 이리저리 몸을 피했다. 안 지고 계속 치근거렸더니 결국엔 "축하해주면 될 거 아냐."하고 쌀쌀맞은 대답이 돌아왔다. 엎드려 절 받기지만 나는 그걸로도 흡족했다.

"고마워. 예쁜 사랑 할 테니까 지켜보렴, 동생아."

"아주 천년의 사랑 나셨어요, 응?"

"음. 우선은 백년해로부터 달성해보고 천년이 가능한지 말해줄게."

넙죽넙죽 받아치는 나를 화경은 한껏 찌푸린 눈으로 보다가 세면대 거울 앞에서 립스틱을 덧바르고 휙 몸을 돌려 화장실을 나갔다. 덧바를 립스틱은커녕 립글로스도 없는 나는 거울을 보며 아랫입술을 이빨로 잘근거리고 뺨을 두드려 홍조가 돌게 했다. 썩 대단한 효과는 없었지만 노력에 의의를 둔다.

"오늘의 사자성어는 유비무환인가. 유수경, 좀 꾸미고 살자."

거울 속 자신에게 턱짓으로 당부를 하고선 화장실을 나갔다. 잠깐 갈 곳이 헷갈려 두리번거리는데 마찬가지로 나를 찾는지 불쑥 통로로 머리를 내민 연오와 눈이 마주쳐서 시치미를 떼고 걸어갔다.

내가 자리에 이르기도 전에 연오가 통로 쪽으로 나오더니 내가 안쪽으로 들어가 앉는 걸 보고 옆에 앉았다. 메뉴판을 내 쪽으로 밀어주면서 음식을 주문하려던 참이라고 했다. 턱을 괴고 심드렁한 얼굴로

메뉴를 뒤적거리는 화경을 힐끗 보고 나는 연오에게 먹고 싶은 게 있느냐 물었다.

"아무거나. 너 좋은 걸로 골라."

전권을 위임받은 나는 책임감에 불탔다.

"샐러드하고 스파게티만으론 부족하겠지? 메인으로 스테이크라도 하나 시킬까? 아니면 샐러드를 좀 풍성하게?"

"맡길게. 나 이런 곳은 처음이라."

응? 하고 연오를 쳐다보았다가 왜 그러냐는 듯 마주보는 눈빛에 배시시 웃었다. 슬쩍 목소리를 낮춰 실은 나도 그렇다고 말하자 연오도 쿡 웃었다. 시간차를 두고 앞쪽에서 땅이 꺼질 듯한 한숨이 들려왔다.

"미개인 커플도 아니고. 흔해 빠진 패밀리 레스토랑 한 번 안 와보고 뭐했데?"

쉬잇, 하고 손가락을 세워 화경에게 주의를 주며 사람이 바쁘게 살다 보면 그럴 수도 있다고 항변했다. 화경은 흘기듯이 내게서 연오에게로 시선을 옮기며 물었다.

"쟤는 그렇다 치고 그쪽은 뭐가 그렇게 바쁘게 사는데요? 아까 들으니 공부에 미칠 만한 학과도 아닌 모양인데."

시내로 나오는 길에 둘 사이에 통성명 및 간단한 신상 정도는 공개했다. 연오가 전공하는 과를 듣고서 화경이 "문화인류학? 그런 과도 있어?"라고 말할 땐 한 대 쥐어박아주고 싶었다. 하물며 평소에도 무주대학이 대학이냐고 하던 애였으니 그 표정은 말할 것도 없다. 지금도 아까 그 표정의 연장선이었다.

"저야 수경이에 비하면 한량이죠."

연오는 전혀 불쾌한 기색 없이 유유히 대답했다.

"그냥 이런 곳엔 딱히 올 일이 없었어요. 수경이가 마음에 든다고

하면 이야기가 달라지겠지만."

나를 보며 그가 빙긋 웃었다. 나는 조마조마한 한편으로 행복했다. 저렇게 화사한 분위기의 화경을 앞에 놓고도 그의 주의는 어김없이 내게로 향하는 게 피부로 느껴졌다. 지레짐작으로 요상한 근심을 품기도 했던 게 아주 미안할 지경으로.

"먹기 전에 이런 말 하는 건 좀 그런데 마음에 들긴 힘들 것 같아. 일단 너무 비싸. 식사 한 번 하고 내 하루 일당이 날아가는 걸 보게 생겼어."

나는 메뉴의 요리 품목 옆 가격들을 가리키며 소곤거렸다. 고개를 갸웃이 하고 웃기만 하는 연오 앞에서 화경이 "뼛속까지 궁상이 박혔어, 아주."하고 한숨을 내쉬었다. 힐끗 수경을 응시하는 연오의 눈빛에 나는 급하게 메뉴판을 가리키며 이거 어떻겠냐고 연오의 주의를 환기시켰다.

식사를 주문하고 메뉴판을 치운 테이블 위에 정적이 흘렀다. 맛보라고 나온 호밀빵을 잘라서 두 사람에게 들라고 권했지만 화경은 손도 안 대고 연오는 말 그대로 맛만 보고 더는 손대지 않았다. 아까워서 나 혼자 열심히 생크림에 찍어 먹으며 대화의 물꼬를 틀 만한 화제를 궁리했다. 저번에 화경과 결혼할 남자랑 함께 한 자리에서는 어떤 대화를 했었더라? 이때만큼은 그 남자의 유들거리는 달변이 존경스러웠다.

"그쪽 부모님은 뭐 하세요?"

내가 궁리하는 사이 별안간 화경이 호구조사에 나섰다. 화경은 이런 면에서 거침이 없었다. 타인이기에 가능한 뻔뻔함이라고 해야 할까?

"저기 그런 이야긴 차차—"

연오가 거북해할까 봐 조심스레 진화에 나섰는데 연오는 괜찮다는 듯 씩 웃으며 대답했다.

"안 계십니다, 두 분 다."

"안 계신다고요? 왜요?"

잊고 있었다. 화경은 뻔뻔할뿐더러 공감하는 능력이 부족하다는 걸. 아직 그가 한창 젊은데 부모님이 두 분 다 안 계신 경우는 결코 좋은 상황일 리가 없다는 생각조차 없나 보다.

"애초에 고아라서요. 어느 날 갑자기 누가 내가 네 부모다 하고 나타나는 일이 없다면 앞으로도 그럴 테고요."

연오가 너무도 덤덤히 털어놓는 말에 나는 완전히 얼어붙어버렸다. 전에 언뜻 이야기한 바는 있어도 차마 그렇게까진 생각하지 못했던 것이다.

"혈육을 전혀 모른단 말이에요? 단 한 명도?"

"네."

"그럼 어떻게 자랐는데요? 보육원에서?"

"마음씨 좋은 독지가가 도와줬다고 하죠. 이제는 그분도 고인이 되셨지만."

"그럼 지금은 고학생인 건가요? 아니면 여전히 독지가의 은혜를 입고 있다거나?"

"둘 다 일정 부분 맞습니다. 적어도 그분이 제게 낚싯대를 주긴 했으니까요."

사랑하는 자식에겐 물고기를 줄 게 아니라 낚시하는 법을 가르치라던 그건가? 화경과 연오가 주고받는 말을 들으며 나는 뜨악해진 표정을 수습하려고 애썼다. 쉽지 않았다. 그래서 문득 연오가 날 돌아보았을 때 난 여전히 표정이 굳어 있었다. 그는 내 표정에 개의치 않고

귓가에 가만히 속삭였다.

"실은 저번에도 낚시하러 갔던 거야."

말 그대로 진짜 낚시일 리는 없는데 어떤 종류의 일일까? 내 궁금증은 그가 틀어준 방향대로 쏜살같이 흘러갔다. 약 일주일 남짓 그는 떠나 있었다. 일주일—그러고 보니 전에도 그가 그 정도 기간이 걸릴 거라고 하면서 한 제안이 있는데, 설마…….

"먹고 살려고 일을 하긴 한다는 거네요. 그래서 그게 뭔데요?"

나는 생각만 하고 화경은 묻고 있다. 그 직설적인 화법에 지금으로선 나도 기대고 싶은 심정이었다. 하지만 연오는 거기서 슬쩍 두어 걸음쯤 물러났다.

"유감스럽게도 직업 비밀이라서. 프리랜서 정도로 알아두면 될 것 같은데."

"시시하네요. 그런 식으로 자신의 몸값을 올려야 할 만큼 떨어지는 외모도 아닌데."

슬쩍 자존심을 건드리듯이 도발하는 화경의 화법에 나는 내심 감탄했다. 연오에게는 전혀 먹히지 않았어도 말이다.

"벌어둔 점수를 깎아 먹고 싶지 않다는 게 맞겠네요. 어떤 꽃은 멀리서 봐야 아름답다는 말처럼요."

그렇게 말하며 연오는 식탁 위에 올리고 있는 내 왼손 위에 자신의 손을 포갰다. 천천히 손을 쓰다듬으며 그는 날 물끄러미 바라보았다.

"어렵게 찾은 사람인데 내가 싫다고 떠나버리면 안 되니까."

화경이 꼬치꼬치 묻는 게 싫어 대충 둘러대는 거라도 상관없었다. 나는 그가 빈말로라도 이별에 대한 이야길 하는 게 싫었다. 그래서 그의 손을 꽉 맞잡으며 단호히 선언했다.

"배신을 당하면 당했지 내 인생에 배신은 없어. 나 유수경, 한 번 마음 줬으면 끝까지 간다고. 더욱이 내 생명의 은인인걸!"

"생명의 은인?"

의아해하는 화경의 물음에 나는 연오의 깁스된 팔에 얽힌 사연을 말하려 했다. 마침 그때 주문한 요리가 나와서 이야기는 잠시 중단되었다. 그럭저럭 풍성한 식탁이 차려졌고 나는 말하는 동안 잊고 있던 강렬한 허기가 되살아나 입맛을 다셨다.

"금강산도 식후경, 우선 먹고 말하자. 나 뱃가죽이 등에 달라붙기 일보직전이야. 연오야, 너도 어서 들어."

"천천히. 체할라."

꿀꺽꿀꺽 숨 쉬는 것도 잊고 맥주를 비우는 나를 보고 연오가 못 말리겠다는 듯 웃었다. 입가에 묻은 맥주거품마저 달게 핥아먹으며 나도 씩 웃었다. 비록 화경이 떫은 감을 씹은 표정을 하고 있어도 나는 이 자리가 꽤 즐거웠다. 일단은 배 좀 채우고 화경에게 실컷 연오 자랑을 할 결심을 했다.

딱히 화경이 여태 해온 대로 되갚아주겠다는 발상 같은 건 아니었다. 그저 감출 수가 없었을 뿐이다. 나는 사랑에 빠진 바보였으니까.

"미안, 돈만 쓰게 하고 쫓아내는 것 같네. 조만간 확실하게 보답할게."

"보답은 무슨. 저녁 잘 먹고 네 동생이랑 인사까지 했잖아."

싱긋 웃는 연오를 보니 더욱 화경의 태도가 야속하게 느껴졌다. 식사를 하는 내내 시큰둥한 얼굴로 트집 잡을 건수 없나 벼르는 사람처럼 틱틱거리는 바람에 중간에서 분위기를 띄워보려던 내 노력은 번번이 좌절되었던 것이다. 반 시간쯤 지났을 때부터는 아예 식사에서 손

을 떼고 휴대전화를 만지작거리면서 몇 번이고 하품을 하며 지루하다는 어필을 했다. 음식 냄새가 거슬린다며 후식도 못 먹고 가게를 나오게 만든 데 이어 화경은 연오에게 대놓고 그만 자리를 비켜달라고 눈치를 줬다.

"언제 한 번 또 봬요. 오늘은 자매간에 할 이야기가 남아서."

만나서 반가웠다거나 저녁 맛있게 먹었다거나 하는 인사치레 한마디 없이 다짜고짜 그리 나오는데 내 얼굴이 다 화끈거렸다. 차라리 어서 헤어지는 게 낫겠다 싶어 다른 층에 있는 카페로 화경을 올려 보내고 나는 연오를 배웅하러 엘리베이터에 탔다.

"쟤가 우리 형제 중에서도 한 성격 하거든. 내 쌍둥이긴 해도 이십삼 년간 친해지려고 노력 중이라니까. 아, 네가 성우를 봤어야 하는데. 성우가 또 다정다감의 끝판왕이었어. 만났으면 금세 친해졌을 거야."

"그러게. 우리가 더 일찍 만났으면 좋았겠다."

"나도 그 생각……. 에이, 아니다. 지금 만난 게 더 다행이라고 생각해. 지금이야 그럭저럭 웃고 살지만 한동안 완전히 빙하기였어. 내 마음속에 눈보라가 치는데 연애는 좀…… 힘들었을 거야. 그런 의미에서 우리는 시기적절하게 만났다고 생각해."

나의 역설에 연오는 동조도 반론도 아닌 묘한 미소를 머금었다.

1층에서 내려 건물 출입구에서 내다보니 들어올 때보다는 수그러든 빗줄기가 단조롭게 거리를 적시고 있었다. 연오는 바로 우산을 펴지 않고 나를 돌아보며 "기다릴 수 있는데"라고 말했다. 잠깐 어리둥절해졌다가 의미를 깨닫고 도리질을 했다.

"가야지, 이야기가 언제 끝날 줄 알고 기다려."

"괜찮아. 나 기다리는 거 잘해."

"그런 재주는 다른 데서나 써먹어. 비 오는데 팔 쑤시지 않아? 얼른

집에 가서 쉬어."

"기다리면 안 돼?"

은근슬쩍 보채듯이 말하는데 나는 순간 마음이 약해질 뻔했다. 정 그러면 주변 어디에 들어가서 기다리라는 말이 목구멍까지 차오른 것을 꿀꺽 삼키고 얼른 가라고 엉덩이를 툭 때렸다.

"더 어두워지기 전에 가. 가뜩이나 비 와서 길도 미끄러울 텐데. 이따가 전화할게."

"전화로는 성에 안 차."

"얼굴도 봤잖아. 자, 이 예쁜 얼굴 마음에 꼬옥 간직하고 돌아가라고."

턱 아래에 손을 받치고 눈을 깜박깜박 해 보이는 내 나름의 최상급 난이도 애교에 연오는 빙그레 웃었다. 하지만 무슨 이유일까, 그 웃음이 마냥 밝게 보이질 않았다. 그냥 돌아가는 게 그렇게나 서운한가 싶었지만 역시 얼마나 기다려야 할지 모르는 상황에서 그를 대기시키고 싶지는 않았다.

"알았어. 갈 테니까 그만 올라가. 동생 기다리겠다."

"너 가는 거 보고."

"이하 동문."

누가 먼저 가느냐 그 별것 아닌 일로 벌이는 신경전, 내 일이 아닐 땐 한심하기 짝이 없어 보였지만 정작 당사자가 되니 소소한 두근거림이 있다. 하기야 연오랑 함께 하는 뭔들 안 좋으랴. 기분 좋은 승강이를 하고 결국 내가 먼저 등 돌려 엘리베이터로 걸어가는데 뒤에서 연오의 물음이 쫓아왔다.

"걷는 게 좀 불편해 보이는데 어디 아파?"

걸음걸이? 뭐가 이상하단 건가 하고 다리를 내려다본 나는 뒤늦게

얼굴이 달아올랐다. 엘리베이터로 내달은 나는 열린 문으로 쏙 들어가며 연오를 향해 혀를 내밀어 보였다.

"어디가 아플지 평생 고민해봐, 바보!"

의아한 듯이 큰 눈을 깜박거리는 연오의 얼굴도 스르륵 문 사이로 사라졌다. 비로소 생각난 김에 나는 톡톡 허리를 두드렸다. 에구구 하고 신음이 절로 나오건만 연오는 정말 아무렇지 않단 말인가. 억울한 기분도 잠시, 그 체력에 새삼 혀를 내둘렀다.

카페로 들어가니 화경은 창가 자리에 앉아 바깥을 내다보고 있었다. 미간에 주름을 세우고 입술 끝이 아래로 처져 있으니 아무리 미인이라도 예뻐 보이지 않았다. 어떤 심기 불편한 문제가 있기에 저러는 걸까. 솔직히 내키지 않는 의욕을 끌어모으며 걸음을 옮겼다.

"멍청이같이 헤실거리긴."

앞자리에 앉기만 했는데 한소리 들었다.

"왜 그래? 뭐가 잘 안 풀려?"

다가온 웨이트리스에게 아메리카노를 주문한 후 관대한 언니의 미소를 지으며 물었다. 되레 화경의 눈빛이 더 표독스러워지는 게 실시간으로 보였다.

"요새 나사가 풀어진 것처럼 보이더니 다 이유가 있었네."

"내가? 글쎄, 할 일은 다 하고 다닌다고 생각했는데."

적어도 너한테 그런 소리 들을 이유는 없다고 웃으며 생각했다. 그런 내 여유로움이 더 화경을 못마땅하게 한 듯했다.

"남자한테 홀려서 이성을 아주 상실한 모양이네."

"상실했든 안 했든 내 일이잖아? 내 일은 내가 알아서 할 테니까 넌 지금까지 그랬듯이 신경 꺼. 나 말고 네 일로 할 말 있다며? 그거나 풀어보라고."

느긋하게 의자에 몸을 묻고 경청의 준비를 갖췄다. 그러나 화경은 여전히 내 연애에 핏대를 세우며 연연했다.

"좀 이상하지 않니, 그 남자?"

"누구? 너랑 결혼할 남자?"

알아도 모른 척 의뭉을 떨었지만 통하지 않았다. 나는 팔짱을 끼며 한숨을 쉬었다.

"너도 봤잖아, 그 팔. 내 생명의 은인이야. 더 이상 무슨 말이 필요해?"

"그저 감격만 하지 말고 생각이란 걸 해보란 말이야, 이 답답아. 백오산이 어딘데? 거기서 너 일하는 공장까지 밤중에 산책을 해? 그게 믿기니? 믿겨?"

"왜 못 믿어. 아까도 공장 앞에서 만났으면서."

나는 화경이 무슨 말을 하려고 하는지 도무지 이해가 안 갔다. 어떤 사람의 취미가 산책일 수도 있는 거고 그래서 좀 걷고 다닌다는 게 무슨 문제라고 저럴까.

"정말 걸어온 건지 차로 온 건지 알 게 뭐야. 그날 밤 일이란 것도 그래. 그 오토바이인지 뭔지가 너한테 달려들 때 홀연히 나타나 도와줬다고? 어쩌면 그렇게 딱 맞춰 나타난 구원의 천사라니. 그리고 운명처럼 자기가 구해준 여자한테 반했다 이거야? 참 대단도 하다 진짜."

"어지간히 좀 해. 네가 못 봐서 그렇지 그 순간이 얼마나 위험천만했다고. 연오, 죽을 수도 있었어."

"내 생각은 다른데? 아무렴 그런 도박에 나서면서 리허설도 안 해봤을까."

"리허설?"

슬며시, 진심으로 짜증이 복받쳐 올랐다.

"듣자듣자 하니까 못 하는 소리가 없네. 그러니까 네 말은 뭐야, 연오가 날 상대로 쇼라도 했다는 거야?"

"솔직히 이상한 건 사실이잖아?"

"이상하긴 뭐가 이상해? 난 그런 발상이 가능한 네가 더 이상하다. 대체 연오 같은 애가 뭐가 아쉬워서 그런 말도 안 되는 짓을 벌여? 막말로 나한테 볼 게 뭐 있다고?"

언성이 높아지는 걸 한사코 눌러가며 쏘아붙였으나 화경은 조소 어린 얼굴을 잘래잘래 흔들었다.

"이래서 네가 아직 세상을 잘 모른다는 거야. 우물 안 개구리라니까."

"그런 너는 세상을 퍽이나 잘 알고? 내 세상이 좁을지는 몰라도 네가 아는 세상 따윈 하나도 궁금하지 않아."

화경은 눈썹을 치켜 올리더니 상체를 내 쪽으로 숙이며 애잔하다는 듯 속삭였다.

"그러니까 너 같은 애들이 당하고 사는 거야. 순진하고 착해 빠진 것 말고 내세울 것 없는, 등쳐먹기 딱 좋은 부류지."

속이 뒤집히기 일보직전인 걸 연오를 떠올리고 참았다. 바짝 독이 올랐던 마음에 숨 쉴 구멍이 생겨났지만 잘난 체하는 화경의 코를 납작하게 해주지 않고선 성이 풀리지 않을 것 같았다.

"그래서 네가 날 등쳐먹고 살고 말이지?"

미소 짓는 것까진 무리였지만 그만하면 여유로운 대꾸였다. 희미하게 화경이 눈살을 찌푸리는 것을 똑똑히 목도했으니 효과도 있었고 말이다. 내친김에 화경처럼 슥 상체를 앞으로 내밀며 말을 이었다.

"착각하지 마, 동생아. 아희한테 아낌없이 돈을 쓰는 건 아희가 예뻐서지, 네가 예뻐서가 아니야. 아희가 없다면? 너 어찌 살든 내가

알 바 아냐. 그간 알량한 핏줄이라는 죄로 네 뒤치다꺼리는 충분히 했잖아? 사람이 착한 데도 한계가 있어."

반은 진심, 반은 엄포를 하고 홀가분하다는 듯이 소파에 깊숙이 등을 기댔다. 어찌 나오려나 하고 봤더니 화경은 얼마 안 가 코웃음을 쳤다.

"무서워라, 그렇게 벼르면서 어떻게 살았데? 그래, 좋아. 누가 내 뒤치다꺼리 해달라고 부탁할까 봐? 근데 가만 보니 아희가 내심 귀찮은 모양이야? 하긴 이래저래 돈만 잡아먹는 애니까?"

"또, 또. 넌 네 딸 가지고 그렇게 이야기하면 기분 좋냐?"

"그래, 내 딸이지 네 딸 아닌 거 잘 알아. 그러니 이모의 착한 마음이 가봤자 얼마나 가겠어?"

저놈의 삐딱병도 참 병이다, 병. 공치사를 늘어놓을 생각은 추호도 없지만 백날 잘해온 걸 말 몇 마디로 우습게 만드는 데엔 뱃속에서 주먹만 한 것이 불끈거렸다. 저런 애랑 대화를 시도해본 내가 못났다고 생각하며 참았다.

미지근해진 아메리카노를 후루룩 물 마시듯 들이삼키고 잔을 내려놓으며 본래의 주제로 화제를 돌리려 했다.

"잡소리는 그만 하고 용건이나 얘기해. 상의할 게 뭐야?"

나 보란 듯이 비운 잔을 챙그랑 소리가 나게 놓으며 화경이 말했다.

"나 어찌 살든 알 바 아니란 애랑 무슨 상의를 해? 일없어."

당장 일어서면서 신경질적으로 계산서를 채 가는 화경의 손을 붙잡고 달랬다.

"네가 먼저 등쳐먹니 뭐니 내 속을 박박 긁었잖아. 너는 그런 소리 해도 되고 나는 하면 큰일 나? 네 기분이 나쁘면 내 기분도 나쁠 거란 생각은 왜 못해? 역지사지 좀 해라, 응?"

"시끄러, 원래 이렇게 생겨먹은 걸 어쩌라고."

"그러니까 그 성질을 좀 죽여보란……."

내 말이 채 끝나기 전에 화경이 홱 팔을 뿌리쳤다. 순간 화끈하고 손목 언저리가 아파서 쳐다보니 빨갛게 긁고 지나간 자국이 있었다. 화경의 손톱에 장식된 큐빅 중 하나가 긁어버린 건지, 바라보는 잠깐 사이에 피까지 방울지며 배어나왔다.

"아, 이게 뭐야! 오늘 오후에 네일한 건데 너 때문에 망가졌어. 내일 신주에 또 가야 하게 생겼잖아."

자기 손톱 망가졌다고 신경질인 화경을 보며 나는 그 대단찮은 거 하러 신주까지 다녀왔단 사실이 기막혀 한숨을 쉬었다. 생각난 김에 화경에게 오늘 타고 온 차는 뭐냐고 물었다. 당연하다는 듯 그 사람이 뽑아줬다는 대답이 나왔다.

"외제차처럼 보이던데?"

화경이 어깨를 으쓱했다.

"요즘 외제가 별건가. 사천 겨우 넘는 싸구려야. 그것도 24개월 할부로 긁으면서 어찌나 우는소리를 하던지 내가……. 흠, 내 일에 신경 끈다며? 부럽긴 했나 보지?"

생각 없이 안 해도 될 말을 해서인가 화경의 목덜미가 벌겋게 달아올랐다. 적어도 그 남자가 몇 천을 종이쪽지처럼 마구 쓰는 사람은 아니란 걸 알았으니 다행이라고 해야 할지도 모르겠다.

"그 남자도 그렇게 여유로운 건 아닌 모양인데 카드 너무 막 쓰지 마. 경제관념 없다고 남자 쪽에서 두 손 들면 큰일 아냐."

가소롭다는 듯 화경이 하, 하고 실소했다.

"아무것도 모르면서 선생질은. 나는 그 인간에 비하면 새 발의 피야. 오죽하면 그 인간 할아버지도……. 아, 진짜, 뭘 그렇게 캐내려고

난리야. 나중에 차차 알게 될 걸 가지고."

"아니 난 딱히 뭘 캐내려고 한 건 아닌데……."

또 금세 신경질을 내는 화경을 진정시켜보려고 했지만 귀마저 빨개져서 입술을 부들거리는 걸 보니 그만 헤어지는 것이 낫지 싶었다. 하지만 못 들은 용건이 마음에 걸려 걱정이 되니 과연 나는 등쳐먹기 좋은 인간인가 하고 한숨이 나왔다.

"가려면 가도 되는데, 정말 나한테 말 안 해도 되겠어? 나 오늘처럼 시간 내기 힘들어. 한동안 빡세게 잔업해야 한다고. 아니면 너 그 남자 카드로 아희 병원비까지 정산할 거야?"

"하려면 하지 왜 못해."

화경은 입술을 비죽거리면서도 슬쩍 나를 보고 네가 내는 편이 피차 무난하긴 하다고 중얼거렸다. 화경이 큰소리칠 때부터 크게 기대하지 않았던 터라 그러려니 하고 쓴웃음을 지었다.

"그래, 내가 정리할게. 하지만 진짜 다음엔 네가 맡아."

"그런 푼돈이야 뭐. 난 더 큰 걸 준비하고 있다고. 두고 봐, 아희는 내가 살릴 거야."

민망해하는 게 불과 몇 초를 못 가고 금세 허세를 부리는 게 딱 내가 아는 유화경이다. 이런 애니 걱정거리라고 해도 그다지 심각할 것 같지 않아 나도 그만 자리에서 일어났다.

"이야기 안 할 거면 그만 갈 테니까. 그래도 일없어?"

"일없어. 말도 안 통하는 애랑 무슨 말을 해."

몇 번이나 내 쪽에서 굽혀줬지만 화경은 고집을 꺾지 않았다. 결국 이렇게 화경의 건은 어둠 속으로 가라앉았다.

주차장으로 내려올 때까지도 별다른 말이 없던 화경은 차 앞에서 불쑥 나를 돌아보며 연오 이야길 꺼냈다.

"내 말 잘 생각해 보는 게 좋을 거야. 네가 만난다는 그 남자, 느낌이 안 좋아."

"또 그 소리냐, 어휴."

"지금이야 반해서 눈이 돌아갔겠지. 그치만 너 바보는 아니잖아? 공부 잘해서 대학을 서울로 가느니 마느니 하던 게 진짜 네 실력이라면 그 머리로 생각을 좀 해보는 게 좋을 거야. 이제껏 만나 오면서 석연찮은 건 없었는지."

일일이 상대할 것도 없다고 생각해 아예 입을 다물었지만 화경은 집요했다.

"나 네가 죽어라 무시한 그런 일로 밥 벌어먹고 살았어. 그래서 너는 백로고 나는 까마귀라고 여기는 것도 알아. 아니라고 둘러대도 소용없어. 내가 너보다 촉은 더 좋으니까. 그 까마귀의 촉이 말이야, 이렇게 말하네?"

차키를 들어 열쇠 끄트머리로 쿡 내 이마를 찌르며 화경이 중얼거렸다.

"'이 녀석은 백로 같은 게 아니야. 백로인 척하고 있어도 구린 냄새가 풀풀 나.' 라고."

기가 차서 피식하는 나를 보며 화경도 웃었다.

"웃고 싶으면 웃든가. 하지만 생각해 보는 게 좋을걸. 까마귀들 노는 곳에서 놀대로 놀아본 내가 같은 부류 냄새를 맡는 게 빠를까, 고고한 백로인 네가 백로 분장을 한 까마귀를 알아채는 게 빠를까? 아무튼 난 경고했다. 생각하든 말든 그다음은 아희 이모 마음대로 해."

찰랑찰랑 차키 고리를 돌리며 운전석으로 걸어간 화경이 차에 올라타더니 곧장 차를 출발시켜 주차장을 빠져나갔다. 나는 화경이 마지막 순간에도 악착같이 퍼붓고 간 구정물보다 어쩌면 데려다 주겠

다는 빈말 한 번 하지 않고 가버릴 수 있는지, 그 점에 멍하니 멀어
져가는 빨간 차를 응시했다.

"사고방식이, 달라도 너무 달라. 쟤는 진짜 누굴 닮은 거지?"

오래전부터 궁금했지만 결코 그 해답이 안 나온 문제를 고민하면
서 나는 주차장 출구를 통해 밖으로 나갔다. 아까보다는 굵어진 빗발
을 보며 우산을 펼쳐들고 걸음을 옮기는데 몇 걸음이나 걸었을까 불
쑥 팔꿈치를 잡아당기는 손길에 호객꾼이겠거니 하고 눈살을 찌푸리
며 팔을 흔들었다.

"아, 일없어요, 안 가요."

"돌아가는 거 아니야?"

들려온 목소리가 너무도 친숙해 나는 홱 뒤를 돌아보았다. 거기 서
있는 연오를 보곤 너 뭐냐고 소리쳤다.

"왜 여기 있어? 갔어도 한참 전에 갔어야 할 애가."

연오는 촉촉한 까만 눈을 빛내며 사르륵 웃었다.

"너 기다렸지."

나는 손목시계를 확인하고 어처구니가 없어서 연오를 쳐다보았다.

"내가 화경이 차 타고 가버렸으면 어쩔 뻔했어? 대체 무슨 막무가
내래, 이게."

"안 가고 여기 있잖아?"

"하지만 갔으면, 됐다, 말을 말자."

방금 보낸 고집쟁이랑은 비교도 안 되는 고집쟁이가 여기 있었다.
같은 부류 운운한 화경의 말이 아주 그르지는 않다고 생각하다가 무
슨 잡생각인가 하고 재빨리 머리를 저어 떨쳐냈다.

"이제 돌아가는 거지?"

내 우산 속으로 들어와 서면서 연오가 물었다. 그 웃는 얼굴에는

그만 두 손 들지 않을 수 없었다.

"그래, 갈 거야. 하지만 기숙사로 가는 거니까."

확고하게 못을 박자 연오는 서운한 표정으로 고개를 갸웃했다. 이해가 안 된다는 얼굴이라 나는 한숨을 쉬며 걸음을 옮겼다. 함께 걸음을 옮기며 연오는 몇 번이고 그 표정으로 쳐다보았다. 주인의 말이라 따르긴 하는데 왜 놀아주지 않는지 결코 이해 못하고 시무룩해진 큰 개 같은 모습에 괜히 진땀마저 났다. 계속 무시하는 것도 못할 일이라 결국 말을 꺼냈다.

"연오야, 나는 내일도 일을 해야 해. 놀기만 하고 일을 안 하면 나중엔 놀고 싶어도 못 놀게 돼. 너도 같은 낚시꾼의 입장에서 이해할 거 아냐?"

"이해해. 세상에 섞여서 살아가기 위해선 물질이 필요하지."

나보다 가방끈이 길어서 그런가 쉬운 말을 어렵게 한다고 생각했지만 내색하지 않고 툭툭 연오의 팔을 두드렸다.

"아무튼 일을 하려면 힘을 좀 아껴야겠더라. 내가 체력엔 자신이 있었는데 너 만나고…… 많이 회의적이 됐거든. 지금도 힘이 남아돌아서 서 있는 게 아니라 거의 의지로 서 있는 거야."

어디랄 것 없이 욱신거리는 근육통은 익숙해졌지만 길게 꼬리를 끄는 나른한 피로감은 점점 더 무게를 더해가는 중이다. 나는 잠이 필요했다.

"그렇게 힘들었구나. 내가 너무 막무가내로……."

단호한 심정도 시들어가는 연오 목소리에 그만 약화일로를 걸었다.

"같이 좋아서 한 거잖아. 누구 탓만도 아니지. 그냥 좋은 나머지 무리한 거야. 그래서 지금은 푹 쉬고 싶은 거고."

시드는 것만큼이나 연오는 회복도 빨랐다.

"쉬게 해줄게. 푹 쉬게, 손가락 하나 까딱 안 한다고 약속. 멀찍이 떨어져서 잘 테니까. 그것도 싫으면 내가 아예 침대 아래에서 잘게. 그래도 안 돼?"

"남자가 손만 잡고 자겠다고 하는 약속을 믿는 건 바보라던데……."

"너 바보 되게 만들지 않을게. 절대 보채지 않을 테니까 함께 있자. 나랑 같이 가. 응?"

그는 간절하다 못해 딱해 보일 정도로 쩔쩔매며 졸랐다. 그렇게 가라고 말했는데도 결국 날 기다린 것도 그렇고, 지금도 이렇게 자존심이고 뭐고 없이 매달리는 모습을 보니 가슴이 뭉클한 것을 넘어 약간 불안해졌다.

'내가 뭐라고 얜 이렇게 날 좋아하지?'

―좀 이상하지 않니, 그 남자?

머릿속에서 화경 특유의 쇳소리 섞인 목소리가 울려 퍼졌다. 힘껏 아랫입술을 깨물며 그 불순한 말을 쫓아냈지만 가슴이 왠지 기분 나쁘게 쿵쿵댔다.

"알았어, 가자. 나 바보 만들지 않겠다고 한 말, 믿을 테니까."

연오가 활짝 웃으며 고개를 끄덕였다. 나도 입꼬리를 끌어올려 빙긋 웃었다. 억지웃음의 뒷맛이 얼마나 오래갈지 그때의 나는 미처 알지 못했다.

"혹시 개 좋아해?"

산길을 올라가면서 불쑥 연오가 묻는 말에 나는 눈을 깜박이며 싫어하진 않는다고 말했다.

"왜? 개 키우게? 하긴 집이 좀 외진 곳에 있으니까 키워도 좋긴 하겠다."

"네가 많이 좋아하는 거면 구해볼까 생각 중이야."

"좋지, 개. 좋은데…… 개 이야기는 갑자기 왜?"

의아해서 확인차 물었더니 연오가 주머니에서 뭔가를 꺼냈다. 내가 볼 수 있게 확인시켜준 그것은, 저번에 만들어서 두고 간 테디베어 휴대전화 고리였다. 그 까만 곰 머리를 멀뚱히 보던 나는 불현듯 뇌리를 스치는 생각에 눈을 가늘게 뜨며 물었다.

"너 설마 이걸 개라고 생각하는……?"

"아니야?"

눈이 동그래져서 그가 고리를 살펴보는 모습에 나는 큰 타격을 입었다.

"그거 곰인데……."

"곰? 곰이라고?"

두 번이나 확인함으로써 연오는 때린 곳을 또 때렸다. 타격에 굴하지 않고 나는 내 휴대전화를 꺼낸 후 거기 매달린 고리를 뚫어져라 응시했다. 어딜 봐도 곰이다!

"봐, 곰이잖아. 설마 테디베어를 모른다고 할 참이야?"

"들어는 봤어."

본 적은 없단 말인가! 가끔 이렇게 툭툭 내뱉는 말에 엉뚱한 구석이 있는 걸 알고는 있었지만 이번엔 더더욱 소스라쳤다. 스물세 해의 삶 속에 테디베어와 전혀 조우할 일 없는 인생이…… 있다고 해도 이상하진 않은 건가.

"진짜 곰은 그다지 귀여운 구석이 없어. 특히 겨울잠에서 깨고 나면 굉장히 사납거든."

이해해보려고 애쓰는 내 옆에서 연오는 진지하게 논평을 했다. 사나운 곰한테 한 방 맞은 적이라도 있느냐고 물으려다가 썰렁한 농담

이란 생각에 고이 접었다.

"진짜 곰을 내가 얼마나 봤겠어. '아기 곰 푸'라면 질리도록 봤지만."

"동화책?"

"만화야. 설마 그것도 본 적 없어?"

나도 모르게 얼굴을 찡그리고 말았나 보다. 연오는 조금 곤혹스러운 듯이 테디베어 고리를 들여다보며 중얼거렸다.

"기회가 없었어. 기억해 뒀으니까 찾아서 볼게."

'아기 곰 푸' 정도는 상식이지 않나 하고 생각한 것도 잠시, 오늘 알게 된 그의 신변 이야기가 떠올라 나름대로 이해를 해보는 것이었다. 두루뭉술하게 언급하고 지나갔지만 어쩌면 그는 내가 짐작도 못할 만큼 힘든 어린 시절을 보냈는지도 모른다고.

나는 왜 이런 것도 몰라, 하는 식으로 말해버린 걸 후회했다. 사과할까 하다가 그게 더 연오를 겸연쩍게 할까 봐 짐짓 쾌활하게 분위기를 반전시키기로 했다.

"아무튼 난 곰을 좋아한다 이거야. 꿀이라면 사족을 못 쓰는 곰돌이 푸도 좋아하고, 콜라에 홀딱 빠진 북극곰도 좋아해."

"북극곰이 콜라를 좋아해?"

연오가 진지하게 묻고 있다는 걸 깨닫고 나는 급히 그다음 말로 넘어갔다.

"그러니까 곰이 좋다고. 언젠가 북극곰 보러 북극에 갈 날이 왔으면 좋겠다. 근사하겠지?"

"북극이라……. 응, 나도 한 번 가보고 싶어."

다행이다. 화제는 여러 암초를 지나서 무난히 안전지대로 돌입했다. 부슬부슬 내리는 빗소리를 배경 삼아 우리는 북극에 갈 수 있는

경로에 대해 이야기를 주고받았다. 결국 모든 건 돈으로 귀결된다는
내 역설에 연오가 웃으며 고개를 주억거렸다.

"일단 스물다섯 살이 되기 전에 해외여행을 가는 목표를 이루는 게
먼저야. 나도 여권 가진 여자가 되고 싶다고. 무엇보다 비행기, 비행
기를 꼭 타야 해."

"비행기 좋아해?"

"완전 좋아! 고등학교 1학년 때 우리 학교 졸업생인 파일럿이 와서
직업 이야기를 해준 적이 있어. 그 언니, 눈부셨어. 마침 그때 무슨 과
로 갈까 고민하던 중이었는데 그 언니 때문에 이과를 선택했을 정도
야. 덕분에 험난한 수학의 세계가 날 기다리고 있었지. 코피까지 흘려
가며 수학 공부도 했는데 파일럿은커녕……."

이제는 추억이 되어버린 이야기에 피식 웃는 나를 바라보던 연오
가 아주 단념할 것은 없지 않으냐고 말했다.

"마음이 지극히 간절하다면 시일이 흘러서 어떤 식으로든 이루어
질 수 있는 게 삶이라고 봐. 그때에서 썩 오랜 시일이 흐른 것도 아니
잖아?"

"그런가. 그때의 갈망이 나중에라도 뭔가의 싹이 되려나?"

그리 무겁지만은 않은 한숨을 내쉬며 나는 하늘거리는 빗줄기를
바라보았다. 연오도 앞길을 건너다보며 나직이 중얼거렸다.

"어쩌면 그런 갈망 자체가 뭔가의 싹이었을지도 모르지."

힐끗 그를 쳐다보고 나는 잠자코 걸음을 옮겼다. 그도 더는 말을
걸지 않아 빗소리 가득한 길에 우리 둘의 찰박거리는 발소리가 장식
처럼 어우러졌다.

"불 켜놓고 나왔어?"

그러다 언뜻 들어온 광경에 연오에게 묻자 연오는 내 눈길이 향한

곳으로 고개를 돌렸다. 빗속에 둥글게 번져 보이는 빛의 테를 보고 그가 걸음을 주춤하는 바람에 나도 멈춰 섰다.

"연오야?"

물끄러미 집이 있는 방향을 바라보던 연오가 나를 돌아보며 뭔가 말하려는 듯 입술을 들썩였다. 하지만 결국 말하지 않고 다시 걸음을 옮기기 시작했다. 아무 말도 하지 않았지만 어쩐지 그가 긴장한 듯해 못내 의아했다. 무슨 일이냐고 함부로 묻기도 힘든 그런 기운이 그에게서 흘러나왔다.

왼편으로 서 있는 오동나무 세 그루를 지나서 연오의 집 앞마당이 바라보이는 길목에 이르렀을 때 연오가 말했다.

"손님이 온 것 같아."

연오의 손님? 어떤 사람일지 짐작도 가지 않아 크게 뜬 눈만 깜박거리다가 조심스럽게 내가 있어도 되는지 물었다.

"물론이지."

연오가 대답했다. 하지만 대답 전에 아주 짧게나마 뜸을 들인다는 느낌을 받았다. 무엇보다 마음에 걸린 건 그 대답을 할 때 내 눈을 피하는 것처럼 보인 점이다. 착각, 이라고 생각했으나.

다시 걸음을 옮겨서 형식뿐인 울타리를 지나 뜰로 들어섰다. 불빛이 흘러나오는 집만 골똘히 보던 나는 별안간 가까이에서 들려오는 목소리에 놀라서 연오의 팔을 잡았다.

"오, 이 야심한 시각에 여인과 귀환이라. 재주가 좋군, 목 군!"

목소리를 들으면서 얼핏 느꼈던 이상한 점은 소리가 들려온 쪽을 보고서 확 풀렸다. 하지만 의문이 풀리자 그건 그것대로 이상했다.

뜰 구석에 서 있는 사람, 그건 아무리 보아도 어린아이였던 것이다.

14. 혼돈의 맹아

GOOD WORLD ROMANCE NOVEL

많아 봤자 여덟 살이나 됐을까.

방문자가 우리를 향해 다가올수록 환하게 드러나는 면면에 나는 눈을 깜박이기 바빴다. 발그스름한 뺨에 동그란 큰 눈에서 총명함이 묻어나오는 꼬마는 흔히 보기 힘든 귀여운 외모도 외모려니와 입고 있는 복장도 독특했다.

소매가 짧은, 긴 조끼처럼 보이는 샛노란 저고리—알고 보니 '반비'란 것이었다—에 넓은 통을 발목에서 조여 묶은 주홍색 고袴, 앞부리가 하늘로 머리를 치켜든 황금빛 신과 새의 깃털 장식을 한 높다란 두건까지, 그 연원이 모호한 고풍스런 복장을 하고서 한 손엔 사극 영화에서나 나올 법한 노란 지우산을, 다른 한 손엔 멋들어진 매듭장식이 달린 쥘부채를 쥐고 있다.

그처럼 시대착오적인 복장에도 전혀 스스럼없는 당당한 태도에 되레 이쪽의 허술한 의복이 부끄러워질 정도. 아이가 다가와 부채로 턱 나를 가리키며 "이쪽이?"하고 묻는데, '예, 도련님 저는요' 하고 나서서

대답해야 할 것 같은 묘한 박력마저 있었다.

"직접 오실 줄은 몰랐습니다."

연오는 질문을 무시하고 그렇게 대답했다. 나는 연오가 아이에게 존댓말을 한 것도 당연히 여기다가 뒤늦게 '응?' 하고 속으로 놀랐다.

"음, 한 번은 봐야겠기에. 아무래도 두 눈으로 직접 보는 것만 못 해."

촤악 소리가 나게 부채를 펴들고 살랑살랑 바람을 일으키며 아이가 나를 보았다. 그 뜯어보는 시선이 은근히 날카로워서 슬며시 겨드랑이에 땀이 다 났다.

"반반한 편이군, 이 정도면."

사람을 면전에 놓고 인물 평가를 하는 것에 내 의지와 무관하게 얼굴에 열이 올랐다. 아이는 그에 그치지 않고 내 주위를 한 바퀴 돌아보면서 중얼거렸다.

"너무 마르지 않은 것도 좋군. 뼈에 거죽 하나 입힌 것들이 미인이라고 깝죽대는 건 달갑지 않단 말이야."

또랑또랑한 아이 목소리로, 말하는 건 무슨 백 살 먹은 할아버지 같다. 대체 어떤 경로로 아는 사이일까 하고 연오를 힐끗 쳐다보는데 아이가 불쑥 부채 끄트머리로 내 손을 건드렸다. 돌아보니 손을 좀 보여 달라고 한다. 의아했지만 연오도 아무 말이 없기에 잠자코 손을 내밀었다. 아이는 왼손에 이어 오른손까지 살펴보더니 고개를 끄덕이며 웃었다.

"손재주가 있겠어. 슬슬 기근이었는데 잘 되었어."

부채를 접고 뒷짐을 쥔 아이가 연오의 앞으로 가서 "그만 하면 좋은 패를 뽑았잖은가."하고 능글맞게 웃는 걸 보고 나는 참다못해 목청을 돋웠다.

"연오야? 어떻게 아는 손님이야?"

아이를 빤히 쳐다보던 연오는 한 박자 늦게 날 돌아보며 "응?" 하고 물었다. 다시 같은 질문을 하자 그의 미간에 곤혹스러운 기운이 떠올랐다.

"이쪽은······."

"먼 친척쯤 된다고 해두지요."

아이가 당돌하게 끼어들어 대답하는 말에 나도 모르게 눈살이 찌푸려졌다.

"친척?"

친척이라고 하면 항렬이니 뭐니 따져서 아이가 연오에게 반말을 하고, 연오가 아이에게 존댓말을 하는 게 이해가 가지 않는 건 아니다. 그러나 오늘 연오가 화경에게 한 말에서 나는 그가 일가친척 하나 없는 완전한 외톨이란 느낌을 받았다. 게다가 친척이면 친척이지 '친척쯤 된다고 해두는 건' 또 뭔가.

"꼭 피가 통해야 친척이 되는 시대는 아니지 않습니까. 그렇지, 요즘 말로 '패밀리', 패밀리라고 해도 나쁘지 않겠구려."

기막힌 발상을 했다는 듯 아이가 손뼉 치며 웃었다.

"목 군과는 오래전부터 이따금 연통이나 넣고 사는 사이요. 그쪽도 그리됐으면 좋겠소이다."

보면 볼수록 이상한 아이였다. 어느덧 말투가 늙수그레해진 건 둘째 치고 오래전이라니, 저만한 아이에게 '오래전'이라면······.

"먼저 들어가 있어. 잠깐 이야기 좀 하고 들어갈게."

연오가 내 팔을 잡아 슬쩍 끌어당기는 바람에 걸음을 떼긴 했는데 뒤로 고개가 돌아가는 건 나도 어쩔 수 없었다.

"저 아인? 묵고 가는 거야?"

"곧 돌아갈 거야."

"돌아간다고? 어떻게? 저 아이 보호자는 어디 있는데?"

"나중에 차차 알게 될 거야."

뭘 알게 될 거란 뜻인지 나로선 애매했다. 나중에 아이의 보호자를 만나게 될 거란 말일까? 하지만 꼬치꼬치 캐묻자니 아무리 목소릴 죽여도 뜰에 덜렁 서 있는 아이가 신경 쓰였다. 나는 모든 궁금함을 뒤로 하고 단 하나, 당장 궁금해서 못 견디겠는 것을 물었다.

"이것만 말해줘. 쟤한테 왜 말을 높이는 건데? 당연히 말을 높여야 하는 이유라도 있어?"

연오는 성큼성큼 걸어가 현관문을 열고 나를 들여보낸 뒤 문을 닫기 전에 짤막하게 대답했다.

"나보다 나이가 많아."

"어?"

휘둥그레진 내 눈앞에서 문이 찰칵 닫혔다. 빠르게 멀어져가는 발소리가 희미해지자 나도 모르게 바짝 현관문에 붙어서 바깥의 동향을 살폈다. 제대로 들리는 게 없어서 근처에 있는 창문으로 다가가 또 귀를 붙여보았다. 소득이 없다. 나는 바깥에서 눈치채지 않도록 창문을 열 방법이 없을까 궁리했다.

일단 안쪽 고리를 내리고 슬그머니 창문을 열다가, 불빛 때문에 바깥에서 눈치챌 거란 생각이 들어 손을 멈췄다. 이도 저도 못하고 입술을 잘근거리는데 뭔가 께름칙한 소리가 귓전을 두드렸다.

"뭐지?"

현관에 낯선 신발이 없으니 누가 들어왔을 성싶지는 않은데 집안 어딘가에서 희미한 끙끙거림 같은 게 들렸다. 가만히 귀 기울여보니 사람의 음성과는 좀 거리가 멀었다. 개나 고양이……, 아니다, 새인가?

언뜻 떠오른 대로 2층을 올려다보고 급히 계단으로 향했다. 짐작이 틀리지 않았는지 그 소리는 2층의 서가가 가까워질수록 더 강해졌다. 혹시 비를 그을 요량으로 어떤 새가 창문 귀퉁이로 들어오다가 몸이 끼이기라도 한 건 아닐까 짐작해보았다.

"그건 아니네."

창문은 멀끔했다. 대신 기다렸다는 듯이 서가의 제자리에서 나와 머리 주변을 날면서 휘파람새가 노래했다. 손등을 위로 해서 내밀자 다소곳이 날아와 앉는 휘파람새가 기괴한 소리의 범인이었나?

"앗, 이 소리."

휘파람새는 잠자코 있는데 다시금 정체불명의 낑낑대는 소리가 들려왔다. 이번엔 아주 가깝…… 어라? 저게 뭐지?

방금 전에 못 보고 지나친 게 어리둥절하게도 서가 앞의 마루에 덜렁 대나무 소쿠리가 엎어져 있었다. 저런 게 어디 숨어 있었나 하고 쳐다보는 사이에 그 소쿠리가 조금씩 달싹이면서 안에 갇힌 무언가가 신음하는 소리가 났다.

"저기 뭐가 들었는지 넌 아니?"

휘파람새에게 물었지만 휘파람새는 날개를 퍼드덕거리며 부리로 깃을 쪼아댔다. 자신은 관심 없다는 듯 태평하기만 하다. 나는 마른침을 꼴딱 삼키고 소쿠리 앞으로 가서 슬쩍 발로 그것을 건드려 보았다. 아무리 산속에 있는 집이라도 설마 뱀이 들어온 건 아니겠지. 소쿠리가 밀리면서 안으로부터 '치치치치' 하는 소리가 났다. 그것이 시작이라는 듯 찌르찌르, 킷, 킷 하면서 볶아대는 소리에 나는 그 안에 찌르레기가 적어도 두 마리는 있을 거라는 확신을 얻었다. 아마도 내가 아는 그 두 마리일 것이다.

내가 통 모르겠는 건 대체 어쩌다 그 녀석들이 저런 곳에 들어가

있냐는 건데, 아무튼 꺼내주고 볼 일이었다.

"둘이서 힘을 합쳐서 밀고 나올 것이지 그걸 못 하고."

쯧쯧 혀를 차면서 허리를 굽혀 소쿠리 끄트머리를 잡았다. 그리고 위로 들어 올리는데, 어라? 올라가질 않는다.

"어? 어어? 왜 이래? 뭐야, 이거?"

손으로 밀면 밀리는 걸 보니 접착제 같은 걸 발라둔 건 아닌 것 같은데 올라가자 수를 안 했다. 안에서 새들은 울고 나는 나대로 애를 썼지만 무슨 경우인지 소쿠리는 여전히 바닥에 딱 붙어 있다.

"귀신이 곡할 노릇이네. 좋다, 이거야."

두 손을 바지에 썩썩 문대고 기합을 넣어서 소쿠리를 잡아보았지만 하릴없이 용만 쓸 뿐 소쿠리는 요지부동. 이쯤 되자 내가 들어 올리지 못하게 안에서 잡아당기는 건 아닌가 하는 생각마저 들었다. 아니다, 아무리 잡아당겨도 그렇지 사람이 새 두 마리에게 못 당할 리야.

"요동 피우지 말고 가만히 좀 있어봐. 내가 꺼내준다고."

안 되면 될 때까지, 언젠가는 된다는 생각으로 계속 덤벼들었다. 땀까지 삐질삐질 흘리며. 그런 상황을 연오에게 들켰다.

"뭐하는 거야?"

"어, 연오야, 잘 왔어. 이리 와서 이거 좀 들어봐. 이게 아까부터 도무지ㅡ."

꼼짝을 안 해, 라고 다 말할 것도 없었다. 연오는 내가 오란 대로 왔고, 내가 들란 대로 소쿠리를 들었다. 이제는 살았다 하고 찌르레기 두 마리가 공중으로 날아올라 정신없이 원을 그리며 돌았다. 나는 멍하니 그 광경을 보면서 입을 뻐끔거렸다.

"아니, 그게, 분명히 방금 전까지 안 됐는데⋯⋯?"

옆으로 굴러간 소쿠리를 가져와 무슨 조화였는지 원인을 파악하려고 해도 그냥 보통의 대나무 소쿠리였다. 접착제는 물론 끈적거리는 무엇도 만져지지 않았고 말이다.

자유를 만끽하던 찌르레기들은 연오의 휘파람 소리에 조용해져선 서가의 제 공간으로 들어갔다. 마지막까지 내 어깨에 앉아 있던 휘파람새도 연오의 눈길을 받고 포르륵 날아올랐다.

"내려가자."

연오의 재촉에 나도 엉덩이를 들었지만 아직 소쿠리에 대한 미련으로 연방 뒤를 돌아보았다. 저런 게 집에 있었냐고 물어보려다가 그의 얼굴을 보고 더 중요한 용무를 떠올렸다.

"그 애는 갔어? 맞다, 그 애가 아니지 참?"

연오가 고개를 끄덕였다. 나는 내처 물었다.

"정말로 너보다 나이가 많단 말이야?"

이번에도 그는 고개를 끄덕였다. 씁쓸하게 몇 마디 보태며.

"꼭 나이의 문제가 아니라 세상 경험을 보든 지략을 보든 내가 따라갈 수준이 아니야."

"그렇지만 역시 나이는 많다는 거네. 정확한 나이 알아? 대략이라도."

"……너끈히 내 두 배는 되지 않을까."

두 배란 말에 말문이 콱 막혔다. 마흔여섯이 넘었다고? 그 얼굴로?

"아무리 난쟁이라고 해도, 아, 왜소증이라고 하던가? 아무튼 신장이 작을 뿐 외모는 나이가 드는 걸로 알고 있었는데 저런 경우도 있구나. 정말 귀여운 꼬마애로밖에는 보이지 않았어."

"보이는 것에 너무 의존하지 않는 게 좋아."

고개를 가로저으며 연오는 쓴웃음 지었다. 하지만 그로 인해 심상

찮은 손님의 정체가 더욱 궁금해졌다. 저토록 독특한 외관을 가진 중년 남자는 대체 어떤 삶을 영위하는 걸까?

"그래서 너랑은 어떻게 아는 사이야?"

"……일 적으로 조금 얽힐 일이 있었어."

"일?"

그 말에 마지막 계단을 내려서던 발이 멈칫했다. 나는 아직 그의 '낚시'란 게 어떤 분야의 것인지 짐작조차 못하고 있다. 자연스럽게 그가 먼저 말해주길 기다리고픈 마음은 여전했지만 이제 조금은 조바심이 났다.

난간을 붙잡고 서 있는 나를 연오가 돌아보았다. 그윽하게 반짝이는 그의 눈을 응시하며 나는 새삼 확신했다. 결코 악인일 수는 없다. 죄에 물든 이의 눈이 저토록 깊고 고요할 수는 없을 것이다. 그러니 기왕 이리 된 거 기회라 여기고 조바심에 몸을 맡기기로 했다.

"일주일쯤 집을 비웠던 것도 그 일이랑 관련 있어?"

"그렇지."

"무슨 일인지 물어봐도 돼?"

고개를 갸웃하며 그는 천천히 눈길을 내리깔았다. 감추려 해도 곤혹스러워하는 기색이 엷게 풍겼다.

"음…… 저자는 고買, 다시 말해 상인이야. 나는 저자에게 주문받은 물건을 찾아서 넘겨주고. 거간꾼이라고 해야 하나. 엄밀히 말해선 그것과는 느낌이 다르지만."

그 애매한 정보를 받아든 머리가 폭주를 거듭하다가 땡, 하고 내어놓은 답은—.

"설마 인디아나 존스 같은 그런 거?"

"인디아나 존스?"

역시 알아듣지 못하는 연오에게 더 단도직입적으로 물었다.

"도굴이라던가 예술품을 훔친다든가 하는 엄청난 일을 하고 다니는 건 아니지? 아니라고 말해. 난 대의가 없는 도둑질은 아주 찌질하다고 생각하는 사람이야. 아무리 멋져도 아르센 뤼팽은 도둑이라서 싫다구."

크게 벌어진 눈으로 나를 바라보던 연오가 대답에 앞서 피식 웃었다.

"대의가 있는 도둑질이라면 그런 걸 말해? 홍길동이나 로빈훗 같은 의적?"

"말하자면 그렇지. 근데 그런 일은 아주 드물잖아. 더욱이 내 깜냥엔 그런 의적 정인도 감당 못해. 조마조마해서 애가 타 죽고 말 거야."

상상만으로도 한숨을 쉬고 마는데, 연오는 쿡쿡 웃기 바빴다.

"말은 그렇게 해도 닥치면 잘할 것 같은데?"

"설마 목연오, 너 진짜……?"

"안심해. 아직 그런 대의까진 넘본 적 없어."

겨우 들은 대답에 난 가슴을 쓸어내렸다. 그래도 조금 미진한 기분에 법에 저촉되는 일을 하는 건 아니라고 연오에게 확답을 받았다. 다만 확답치고는 모호한 단서가 붙어 있었다.

"내 일의 시비를 판단할 만한 법은 세상에 없으니까."

그 말을 어떻게 받아들여야 할지 몰라 어름거리고 있는 내게 연오가 손을 내밀었다.

"일찍 가려면 일찍 자야지? 또 날 원망하지 말고."

응, 하고 그 손을 잡으면서 그의 일에 관한 이야기는 일단락된 듯했다. 먼저 씻고 나오라는 걸 나중에 뒷정리도 할 생각에 연오부터 들

여보내고 나는 침실로 향했다. 침대에 기대앉아 휴대전화 메시지 목록을 정리하다가 이럴 게 아니라 집 청소라도 하자는 생각에 전화기를 두고 일어섰다.

안쪽 복도부터 시작해서 휑뎅그렁한 거실에 이르렀다. 빗질을 슥슥 해가며 다른 손으론 전화기가 놓인 긴 협탁 위를 총채로 털다가 뭔가에 왼쪽 새끼발가락을 부딪쳤다.

아픈 발가락을 문지르면서 보니 거기 못 보던 작은 상자가 놓여 있었다. 반지르르 윤이 나는 거무스름한 빛깔의 목재 함은 약국에서 흔히 파는 드링크제 박스와 고만고만한 크기였다. 하지만 거치적거리지 않게끔 협탁 아래 빈 공간으로 옮길 참으로 들어본 박스는 한 손으로 들 무게가 아니었다.

"흐읍?"

총채를 내려놓고 두 손을 썼지만 건성으로는 그조차 쉽지 않다. 제대로 들어 올리자니 쌀포대를 드는 듯한 착각이 들었다.

"안 되겠다. 이거 올리면 저기 내려앉겠어."

드는 것은 성공했지만 협탁의 부실해 보이는 받침판이 미덥지 않아 도로 내려놓는다는 게 마지막에 방심했는지 손가락을 깔아뭉갤 뻔했다. 오른손 새끼손가락이 살짝 집혀서 아픈 것을 입술로 빨며 대체 뭐가 들어 이렇게 무거운 건가 하고 함을 쳐다보았다.

'잠겨 있으면 몰라도 열려 있다면야……'

그런 가벼운 생각으로 함으로 손을 뻗어 뚜껑을 건드렸다. 잠겨 있지 않았다. 너무 쉽게 열린 함은 무방비하게 그 내용물을 드러냈다. 샛노란 금빛으로.

뉴스에서나 보던 것을 실제로 목전에 둔 순간, 엉뚱하게도 초콜릿 생각이 났다. 금박지를 입혀서 이런 형상을 흉내 낸 초콜릿이 있지 않

앉나? 그러니까 이것도 아주 정교하게 흉내를 낸 초콜릿…… 이라고
보기엔 위화감이 강렬했다.

그 내용물의 하나를 손에 들어본 순간 묵직함에 쿵 심장이 뛰었다.
표면에 아로새겨진 글귀와 숫자들을 따라가며 심장은 두방망이질을
했다.

금괴였다. 1kg짜리 진짜 금괴.

그런 것이 나무 함 안에 열을 지어 담겨 있었다. 아까 함을 들면서
쌀포대를 연상한 것이 떠오르며 꿀꺽 마른침을 삼켰다. 과연 눈대중
으로 봐도 스무 개 남짓은 될 듯하다. 이런 금괴 하나의 가격, 오천 만
원은 족히 되지 않던가? 그런 게 스무 개라면…….

"십억."

한순간 숨이 막혔다. 다음 순간 긴 숨을 토해내며 금괴를 도로 넣
고 함의 뚜껑을 닫았다. 아무것도 보지 못한 것처럼 빗자루와 총채를
챙겨들고 허둥지둥 그 자리를 떠났다. 부엌에 가서 찬물을 두 컵이나
마셨지만 놀란 심장은 좀체 진정되지 않았다.

"며칠 전만 해도 없었던 거야. ……설마 아까 그 아이가?"

손님의 나이에 대해 듣고서도 '아이' 라는 말이 툭 튀어나왔지만 거
기에 대해 깊이 생각할 겨를이 없었다. 그 손님과 일적으로 얽혀 있다
고 한 연오의 말을 떠올렸고, 더 나아가 언젠가 연오와 주고받은 대화
도 생각해냈다. 내가 꿈의 액수 운운하며 십억을 들먹였을 때 연오는
분명히 '내가 준비할게' 라고 말했다.

—그쪽은 철저한 장사치라서…….

그때 분명히 연오는 그런 말도 했다. 아까 그 손님에 대해 연오가
한 말과 이어지는 부분이다. 연오는 그 아이를, 상인이라고 설명했으
니까.

"여기 있었네."

불쑥 들려온 연오의 목소리에 나는 흠칫 놀라 쥐고 있던 컵을 떨어뜨릴 뻔했다.

"나 다했으니까 얼른 들어가. 피로 좀 풀라고 욕조에 물도 받아놨어. 잘했지?"

옆으로 다가온 연오가 발갛게 상기된 얼굴에 말간 미소를 띠며 웃었다.

"자, 잘했어. 목마르지? 물 따라 줄게."

나도 모르게 물을 따른다는 핑계로 시선을 피했다. 컵을 받아들며 "고맙습니다"하고 인사하는 연오는 씻으러 들어가기 전보다 기분이 더 좋아보였다. 거실에 있는 그 묘한 상자가 그의 미소에 겹쳐 보여 웃는 얼굴조차 제대로 볼 수 없었다.

욕실로 달아날 수 있어서 다행이었다. 재빨리 샤워를 마치고 욕조에 들어가 앉아 얼굴에 거듭 뜨거운 물을 끼얹었다. 몸은 뜨거워져 가는 대신 머릿속은 점점 더 차가워져 갔다.

그렇기에 나는 내 혼란의 정수를 끝내 입에 담고야 말았다.

"연오는 대체 무엇을 파는 거지?"

"아까부터 계속 전화가 왔어."

욕실 청소가 거의 끝나갈 즈음 노크 소리가 났다. 무슨 일이냐고 물으니 연오는 그런 대답과 함께 방금도 걸려왔다가 끊겼다고 말했다.

"액정에 뜬 이름이 어떻게 돼?"

"'고마우신 분'이라고 뜨던데."

나는 더 기다리지 않고 문을 열었다. 연오가 건네준 전화기를 받아 살펴보니 간병인 아주머니가 삼십 분 남짓 동안 네 통의 전화를 건 것

이었다. 시각을 확인하고 대뜸 불안해지는 마음을 심호흡으로 달래며
통화를 시도했다.

"네, 아주머니, 저예요! 전화 주셨던데."

조용히 들려오는 말을 듣고서 곧 가겠다는 말을 끝으로 전화를 끊
었다. 만의 하나를 기대하며 화경에게 전화를 걸었지만 과연 전화기
가 꺼져 있었다. 연오를 돌아보면서 어깨를 으쓱했다.

"병원에 가봐야겠어. 몸이 좀 안 좋대, 아희가."

"심각한 거야?"

"심각하긴 무슨. 이따금 이러기도 하는 거지. 멀쩡한 애들도 별안
간 아프고 그러잖아."

열이 나고 먹은 걸 토하고 끙끙대며 부대끼는 일들…… 보통 애들
에겐 가벼운 감기 같은 일이 아희 같은 경우엔 큰일이 될 수 있었다.
연오에겐 아무렇지 않은 듯 말했지만 초조함에 머리가 지끈거리기 시
작했다.

"바래다줄게. 같이 가."

"그럴 것 없어, 혼자 가도 돼."

"병원 들어가는 것까지 볼 거야. 말리지 마, 어차피 갈 거니까."

"뭐 하러 왔다갔다 이중 일을 해."

"그런 게 무슨 일축에 들어. 혼자서 멍하니 있는 것보다 백배는 나
아. 뭐해, 서둘러야지. 조카 보러 안 가?"

결국 밀어붙이는 연오를 이겨내지 못하고 함께 집을 나섰다. 큰길
까지 내려와 택시를 잡아타고 병원으로 가는 내내 연오는 내 손을 가
만가만 토닥거렸다.

내릴 것 없이 그냥 타고 돌아가래도 기어이 연오는 병원 앞에서 내
렸다. 힐끗 병원을 올려다본 그가 같이 있어주지 못해서 미안하다고

하는 바람에 나는 울컥해지려는 걸 겨우 참았다.

"별일 없을 거래도 그러네. 왜 그래, 기분 이상해지게."

"혼자 속 끓이고 있을 거 생각하니까 마음이 안 좋아서 그래."

"속 안 끓여! 아직 내 화통한 됨됨이를 잘 모르는구나."

내가 가슴을 쫙 펴며 거들먹거리자 비로소 그의 입가에 미소가 엷게 떠올랐다. 나를 가볍게 보듬어 안고 네 말대로 별일 없을 거라고 다독여주는 목소리에 나는 과시가 아니라 진짜 힘을 얻었다.

"들어가 볼게. 너도 얼른 가. 이번에도 나 기다리고 있으면 혼난다!"

굳게 다짐을 받고 나는 병원으로 들어갔다. 돌아보고 아직 거기 서 있는 연오에게 손을 한 번 흔들고 걸음에 박차를 가했다. 올라가는 엘리베이터 안에서도 제자리걸음을 할 만큼 마음이 급했다.

병원에 다 와갈 즈음 전화를 드렸던 터라 간병인 아주머니가 복도에 나와 계셨다. 종일 아픈 애를 돌보느라 애면글면한 게 낯빛으로 확 드러나는 분께 감사의 인사를 드리고 돌아가서 푹 쉬시라고 권했다.

"애가 너무 철이 들어서 아파도 그냥 끙끙 혼자 앓기만 해. 애먹일까 봐 그러는 거지. 조그만 게 안쓰러워서 영……. 엄마가 왔다 가서 더 그러나. 오늘은 숨어서 우는 눈치야."

돌아가면서도 마음이 안 좋은지 몇 번이고 나를 돌아보는 간병인 아주머니를 보내고 나는 병실로 들어갔다. 아희는 한껏 웅크린 모양새로 잠들어 있었다. 결코 넓지도 크지도 않은 침대건만 십오 킬로를 딱 한 번 넘겨본 작은 몸뚱이에겐 남는 공간이 너무 많았다. 늘 주사 바늘을 달고 사는 작은 손을 들여다보고 이마를 짚어 열을 살폈다. 고열까지는 아니었지만 여느 때보다 온기가 더 강한 얼굴엔 지금도 눈물자국이 생생했다.

"싸워서 이기는 거야, 우리 아희. 얼른 나아서 쑥쑥 커야지. 키도

크고 살도 쪄서, 이십 킬로도 넘고 삼십 킬로도 넘고…… 그러다 너무 쪄서 다이어트도 한 번 해보고 그래야지. 초등학교, 중학교, 대학교 다 가보고. 공부 잘하면 이모가 대학원도 보내줄게. 외탁했으면 너 공부 잘할 거야. 아, 네 엄마는 별종이었으니까 신경 쓰지 마."

노란 모자를 쓴 머리를 토닥거리며 귓가에 소곤소곤 말했다. 간절히 바라면 이루어진다. 말의 힘, 긍정의 힘, 우주의 힘. 그 무엇이 되었든 간에 이번만큼은 우리 편이 되어주길 바랐다. 꼭 그래야 한다. 나쁜 운이라면 여태 받은 걸로 충분했으니까.

얼마나 시간이 흘렀을까. 밤이 깊어 병실의 모두가 곤한 잠에 빠져 있는 어둠 속에서 나는 눈이 뜨였다. 몽롱한 가운데 왜 깼는지 몰라 눈을 깜박이며 화장실인가 하고 아랫배를 더듬거린다는 게 아희를 툭 건드렸던 모양이다. 아희가 흠칫 몸을 떠는 기색에 "괜찮아, 이모야" 하고 다독여주다가 나는 이상한 기색을 알아차렸다.

"왜 그래, 아희야? ……아희야?"

한사코 베개에 얼굴을 묻으려 하는 걸 만져보았더니 뺨이 축축해서 울고 있었다는 걸 알았다. 아프냐고 물으며 이마며 목덜미를 만져보는데 아희는 도리질을 치면서 내 품에서 무어라 웅얼거렸다. 다시 말해보라고 아희의 입가에 귀를 가져다댔다. 아희가 입안에서 우물거리는 소리를 알아들었을 때 놀란 걸 내색 않으려고 입술을 깨물고 침대를 더듬어 보았다.

"괜찮아, 울지 마. 이모가 있잖아."

자고 있는 다른 사람들이 깨지 않도록 조용히 일어나서 뒤처리를 했다. 일찍이 기저귀를 떼고서 한 번도 실수한 적 없던 아이가 이런 실수를 한 것에 금세 무슨 나쁜 의미를 찾으려 하는 내 자신이 짜증스러웠다.

시트를 갈고 옷을 갈아입힌 후 나는 아직도 소리 없이 훌쩍거리는 작은 아이를 꼭 안아서 다독거렸다. 화경이랑 나, 그리고 성우까지 들먹이며 어릴 때 이런 실수는 다 했다고 말해줘도 아희는 좀처럼 울음을 그치지 않았다.

"……이모는 초등학교 입학해서, 학교 교실에서 그런 적도 있다니까? 아희는 이모에 비하면 한참 멀었어. 어디 우리 아희 초등학교 들어간 후를 두고 보자."

"초등학교 몇 학년?"

"몇 학년? 아마 그게, 그래, 2학년이었어. 아홉 살에 교실에서 오줌을 싸버렸으니 얼마나 큰일이야. 아희는 지금 몇 살이더라?"

"여섯 살. 아홉 살까지, 세 살 더 남았어."

"어휴, 우리 똑똑한 아희는 산수도 잘하지. 그래, 아홉 살까지 아직 많이 남았네. 이모는 아희가 아홉 살 돼서 오줌 싸나 안 싸나 매일같이 확인해야지."

"절대 안 쌀 거야. 아희는 오줌싸개 아니야."

"어머, 그럼 이모는 오줌싸개란 말이야?"

아냐, 아냐 하고 도리질하는 아희 얼굴에 얼마쯤 훈기가 돌아온 듯했다. 겨우 한시름 놓고 젖은 얼굴을 살뜰히 닦아준 뒤 방금 일은 둘만의 비밀이라고 손가락 걸고 약속하고서 그만 자라고 아희의 등을 다독거렸다. 아희는 내 품에 파고들면서 가만히 고개를 저었다.

"잠이 깨버렸어? 하지만 아직 밤이야. 조금 더 자야 해."

"자기 싫어. 또 그 피리 소리가 들릴 거야."

"피리 소리?"

아희는 계속 소곤거리던 것도 부족하다 싶었던지 내 귀에 입술을 대고 말했다.

"하멜른의 피리 부는 사나이가 왔었어, 이모."

익숙한 동화 제목에 눈을 깜박거리며 주말에 무슨 이벤트라도 해준 건가 생각했다. 자주는 아니어도 병원 측에서 소아 병동 환아들을 위해 종종 그런 일을 기획해주곤 했다.

"그랬구나. 와서 피리 불면서 공연해준 거야?"

"아니야, 그런 게 아니라, 이모, 피리 부는 사람이 진호를 데려갔어."

무심코 진호를 데려가? 하고 물어보려다가 말로 내뱉기 직전에 멈췄다. 등골을 따라 오싹 소름이 끼치는 것을 가까스로 내색하지 않았다. 진호, 라면 설마 그 진호인가?

"다른 친구가 병동에 입원한 거야? 그 아이 이름이 진호인가 보네."

"아니야, 아니야, 이모 벌써 잊어버렸어? 나랑 같이 놀던 진호. 진호가 토요일 밤에 하늘나라에 갔대. 하지만 난 알아. 진호는 하늘나라에 간 게 아니라 피리 부는 사람을 따라갔어."

아이의 상상력은 무한하더니 아희는 그런 식으로 친구의 죽음을 받아들였나 보다. 안심이 되는 한편으로 애잔한 마음을 추스르며 "그랬구나"하고 수긍하는 체했다.

"그래서 그 사람이 피리를 잘 불었어?"

"……모르겠어. 아희는…… 막 울고 싶었어."

기어들어가는 아희의 목소리는 겁에 질린 것처럼 들렸다. 불을 켜볼까 하고 생각하면서 주위의 자는 사람들을 슬쩍 살펴보는데 아희가 계속해서 말했다.

"그렇게나 큰 소리였는데 아무도 못 들었대. 내가 엉엉 우는 데도 아무도 안 일어나고. 엄마도 안 일어나고 계속 잤어. 나는 일어나고

싶었는데 움직일 수가 없었어. 엉엉 울기만 했어."

꿈을 꾼 게 아니라면 가위에 눌렸던 것 같다. 어린 게 몸이 약하다 보니 벌써부터 그런 걸 겪는구나 싶어 한숨을 쉬는 내게 아희가 울먹임에 가까운 소리로 말했다.

"이모, 아희는 그 사람 따라가고 싶지 않아. 엄마랑 이모랑 살래. 아희는 날고 싶지 않아."

어린애의 상상력을 따라가는 건 무리였지만 그 상상 때문에 불안해하는 걸 달래주기 위해서 무슨 말이든 해야 했다.

"그래, 엄마랑 이모랑 살면 되지. 아희가 모르는 사람을 왜 따라가. 아희는 머잖아 다 나아서 병원에서 퇴원할 거니까 아무 걱정 하지 마."

"이모는 몰라. 그 사람은 피리 말고도 엄청 큰 새를 두 마리나 가지고 있어."

큰 새 두 마리? 피리라는 말이 나온 후에 듣게 되자 나는 얼핏 무언가 꺼림칙한 기분이 들었다. 피리하고 큰 새……. 뭐지, 뭔가 기억이 날 것 같은데.

"이모?"

"아, 괘, 괜찮아, 병원 창문은 튼튼하니까 집채만 한 새가 아니면 못 깰 거야. 그리고 집채만 한 새라면 창문으로는 못 들어오고 말이지. 어때? 걱정할 것 없겠지?"

얼렁뚱땅 지어낸 말이었지만 여섯 살짜리 애에겐 그럴싸하게 들린 모양이었다. 아희는 몇 번이나 고개를 끄덕였는데, 잠시 후 또 불안한 목소리로 물었다.

"하지만 나오라고 계속 피리를 불면 어떡해? 내가 안 가려고 해도 그만 날개가 돋치면?"

"그럼…… 응, 그러면 말이지, 아, 이모가 아희한테 줄 게 있어."

여태 많은 동화를 읽고 만들기까지 한 경험을 토대로 두려움에 질린 어린아이에게 효과가 있을 무언가를 떠올려냈다. 바로 침대 머리맡에 놓아둔 휴대전화를 가져와 거기 매달린 고리를 떼어냈다. 급하게 오느라 미처 아희에게 주려고 만든 노란 곰은 챙기지 못했지만 어쩌면 그래서 더 의미가 있을지도 몰랐다.

"자, 아희야, 이건 이모가 만든 곰이야."

"곰?"

"이 곰 안엔 이모를 지켜준 마법의 나뭇가지도 들어 있어."

어두워서 잘 보이지 않는지 한껏 눈을 찡그리는 아희의 귀에 대고 소곤거리며 말을 이었다. 원래, 비밀은 그렇게 나누는 법이니까.

"마법의 나뭇가지?"

아희도 누가 들을세라 작게 속삭였다. 나는 크게 고개를 끄덕이고 아희의 손에 그 곰을 꼭 쥐어주었다.

"앞으론 걱정이 되면 베개 밑에 이 곰을 두고 자는 거야. 그러면 꿈에서 곰 기사님이 나타나 널 지켜줄 거야."

"진짜로 곰 기사님이 나타나?"

"언제 이모가 아희한테 거짓말한 적 있어?"

대꾼한 눈을 깜박거리던 아희가 이윽고 고개를 저으며 내가 준 곰 인형을 소중한 듯이 꼭 가슴에 끌어안았다. 어른의 뻔뻔한 거짓말에 천진하게도 속아 넘어가는 모습에 일말의 죄책감을 갖는 것도 잠시, 나는 그 아이다운 천진함으로 굳게 믿는 힘에 기대를 걸어보았다.

"이모, 이 곰 기사님 이름은 뭐야?"

그렇게 묻는 아희의 목소리가 비로소 밝게 느껴졌다.

이튿날 일찍 병원에 오신 간병인 아주머니와 교대하여 병실을 나섰다. 세상모르고 꿈나라에 있는 아희의 한 손엔 분홍곰이 쥐어져 있다.

병원 매점에서 사온 김밥 한 줄로 출출함을 달래며 버스를 기다리는 사이 사이렌을 울리며 소방서 구급차가 지나갔다. 신호 한 번의 짬을 사이에 두고 경찰차도 지나가기에 무슨 일이 났나 하고 몸을 내밀어 보았지만 딱히 보이는 것은 없었다.

기다린 버스가 와서 차에 몸을 싣고 세 정거장인가 지났을 때, 승객들이 웅성거리는 소리에 힐끗 돌아보니 맞은편 차선에서 한창 사고 수습 중인 모습이 눈에 들어왔다. 사고로 인해 이쪽 차선도 통제가 되어 차들이 한 줄로 지나가느라 길이 좀 막혔다. 버스 승객들이 사고 현장을 볼 시간이 넘쳤다는 뜻이다.

"택시하고 오토바이가 박았나 봐."

"이런 날에 오토바이 운전을 왜 해, 쯧쯧."

"보아하니 배달 오토바이인데 먹고 살려니 하지 별수 있어? 어린애나 아닌지 몰라."

"오토바이는 사고가 나면 크게 나니 원. 우리 애도 방학 동안에 피자집 배달을 하겠다는 걸 용돈 더 준다고 뜯어말렸다니까."

"잘했네, 돈 좀 더 주고 말지 불안해서 그런 일을 어떻게 시켜?"

목소리 큰 아주머니 두 분의 이야기를 흘려들으며 나는 그렇게 뜯어말려줄 부모도 없는 처지의 사람들을 생각했다. 우리 성우도 부모님이 살아계셨다면 결코 바다까지 가서 죽지는 않았을 텐데. 말린다고 말리면서도 결국 나는 그 아이가 어선을 타게 두었다. 열심히 일해도 밑 빠진 독에 물 붓기처럼 손을 스쳐 사라져버리는 돈이란 것 때문에, 대학에 입학한 동생 용돈 하나 마음껏 줄 수 없는 현실 때문에, 바

짝 벌어서 사치 좀 부리고 살자는 성우의 농 같은 계획에 두 손 들고 말았었다.

'어디 멋대로 해봐. 돈 벌기가 얼마나 힘든지 알아야 누나 나 좀 데려가 소리가 절로 나오지.'

그렇게 허락해버린 순간을 떠올리면 아직도 가슴 한편이 저미듯 아프다.

환자를 실은 구급차가 멀어져간 뒤 버스도 슬슬 정체구간을 벗어났다. 아직 시선을 못 떼고 있던 나는 경찰 한 사람이 일그러진 헬멧을 손에 들고 사고 장소로 걸어오는 모습을 보았다. 오토바이도 추돌 장소에서 많이 미끄러졌던데 헬멧은 또 얼마나 멀리 튕겨나간 건지……

보니까 더워서 그랬는지 몰라도 머리를 전부 감쌀 수 있는 헬멧도 아니었다. 차라리 범죄자들이 자기 몸을 더 챙긴다고 생각하며 씁쓸하게 웃었다. 그때 나를 습격한 놈만 해도 머리카락 하나 안 보이게 꽁꽁 숨긴 헬멧을 쓰고 있었다. 새카만 헬멧 뒤통수에 노란 바탕에 배트맨의 박쥐무늬가 선명한 게—.

"어?"

나는 어리둥절해져서 눈을 깜박거렸다. 그렇게 몇 번이나 눈을 깜박거리다가 여태 기억 속 깊이 가라앉아 있던 사실을 떠올렸음을 깨닫고 전율했다. 잘은 몰라도 내가 흔하게 봐온 헬멧과는 확실히 달랐으니 범인에 대한 단서가 될 수 있지 않을까?

당장 박 형사님께 전화해야 한다는 생각에 휴대전화를 꺼내는데 흥분했던지 전화기를 떨어뜨리고 말았다. 제자리에 떨어져주지 않고 의자 안쪽으로 굴러가버린 녀석을 주워들다가 좌석 손잡이 부분에 앞머리를 세게 박기까지 했다. 남이야 웃건 말건 나는 꽤 아파서 잠시

머리를 싸매고 아픔을 삭였다.

혹이라도 나는 게 아닐까 싶을 정도로 지끈거리는 이마를 문지른다는 게 순간 또 다른 생각으로 날 끌고 갔다. 이 비슷한 상황이 요 근래 있지 않았나? 그 오토바이를 탄 괴한이 덮쳤을 때 놀란 나머지 얼굴부터 가리며……. 아냐, 그보다 훨씬 더 최근에, 최근…… 아주 가까운 때에…….

"독수리."

위협하듯이 날아들던 그 커다란 새의 모습이 떠올랐다. 비록 날 공격하러 온 건 한 마리였지만 새는 분명, 두 마리였다. 그 새들을 뒤에 거느리고 걸어가던 남자도 있었다. 새장을 가지고 있던 남자. 피리를 분 남자.

언뜻 나직한 듯도 하였으나 사위의 자잘한 소음 같은 건 가볍게 누르고 한없이 청아하게 피어났던 피리 소리. 그런데도 이상히 여겨 나와 보는 사람 한 명이 눈에 띄지 않았던 그 밤.

나는 어리둥절해졌다. 그때의 상황을 몹시 기이하다고 여겼는데, 어떻게 이토록 까맣게 잊고 있었을까? 하물며 아희의 이야기를 들으면서도 중간에 살짝 묘한 느낌을 받았을 뿐 그 일이 떠오르지 않았다. 왜…….

—하멜른의 피리 부는 사나이가 왔었어.

날아오는 흰 새를 향해 그 남자는 새장을 들어 올렸었다. 그 별것 아닌 거동을 삼킬 듯이 본 기억이 났다. 거대할 정도로 컸던 새가 아니라, 뒷모습밖에 보이지 않는 그 남자가 눈에 박혀 시선을 뗄 수 없었다. 담에서 훌쩍 뛰어내린 뒤 남자는 내가 낸 소리에 뒤를 돌아보았었다. 그 얼굴을 보지 못한 건 독수리가 시야를 가로막았기 때문이다.

'굉장한 속도였지.'

조금 전만 해도 남자의 곁에 있던 새가 순식간에 내 눈앞에 나타났으니. 그야말로 '급습'이라는 느낌으로.

―급습?

홀연, 전혀 다른 상황인데도 그와 매우 흡사한 느낌으로 다가오는 일이 있었다. 괴한의 오토바이가 덮쳐왔을 때 내 앞을 가로막아준 연오도, 그렇게 갑작스러웠다. 내 기억으로는 앞서 가던 그와 나 사이엔 상당한 거리가 있었을 텐데…….

어디까지나, 내 느낌일 뿐이다. 시간의 흐름이란 건 받아들이는 사람의 상황에 따라 때로 몹시 유동적으로 다가온다는 정도는 알고 있다.

그러니 이것 또한 느낌이다.

독수리 너머에 서 있던 남자, 피리 부는 사나이를 내가 이미 알고 있지 않나 하는 상상. 그러니까 거기 서 있던 사람이 연오라고―.

나는 망상에 빠져 있었다.

15. 마수魔手

GOOD WORLD ROMANCE NOVEL

부재중 전화로 연오가 메시지를 남겨놓은 게 있어 확인해 보니 급하게 집을 비우게 됐다는 소식이었다.

—토요일까지는 돌아올 거야. 설마 홀가분하게 일할 수 있다고 좋아하는 건 아니지? 돌아오는 대로 할 말이 있어. 모두에게 좋은 이야기가 될 테니까 얼른 듣고 싶으면 집에 와서 기다려줘. 그럼 또 휘파람새 녀석만 신이 나려나. 나 벌써부터 네가 보고 싶어. 내 달님, 수경아.

전 같으면 마지막에 다정하게 불러주는 목소리를 들으려고 음성이 끝나기 무섭게 다시 듣기를 했을 테지만 이번엔 맥없이 웃고 전화기를 내렸다. 어떤 일 때문에, 어디를 가는 건지 궁금해하는 마음도 크게 일지 않았다.

차라리, 다행이라고 생각하고 있었다.

"토요일이라. 응, 나도 그때까진 잡념하고 바이바이 할게."

비도 잠시 소강상태에 접어든 바깥 하늘을 내다보며 한숨을 쉬려

다가 그 직전에 삼켰다. 부정적인 생각을 해서 부정적인 행동을 한다면 그 역도 성립한다. 볼에 한껏 바람을 넣었다 푸우 뱉어내며 이어서 씩 웃어보았다. 토요일이면 이번 장마도 거의 끝물일 것이다. 그때를 노려서 나도 완벽하게 '날씨 맑음'으로 돌아갈 수 있도록 해보겠다.

"자, 밥 먹고 일하러 가자, 일!"

그렇게 겨우 살려낸 불씨에 채 한 시간도 안 돼서 찬물을 끼얹는 일이 생길 줄은 당연히 몰랐고 말이다.

"뭐라고?"

"속이 안 좋다니까 그러네. 냄새가 역해서 죽어도 못 있겠는 걸 어떡해."

"새삼 무슨 냄새? 병원 냄새가 다 그렇지."

"글쎄 그런 냄새가 아니야, 아, 몰라 몰라, 오기 싫으면 말아. 서너 시간이야 어떻게 되겠지, 혼자서도."

화경이 짜증을 내는 걸 들으면서 그걸 말이라고 하냐고 쏘아붙이려다가 더한 소리가 나올까 봐 참았다. 여섯 살짜리 애 혼자 병실에 내버려 두고 나와서 한다는 소리가 냄새 운운이라니.

"약을 사먹든 어쩌든 해서 속 가라앉히고 어서 들어가. 넌 어떻게 된 게 애보다 못하니?"

"별짓 다해봤어. 그런데도 아무 소용없는 걸 어쩌라고? 아, 병원 건물만 봐도 구역질 나."

우욱 하고 헛구역질하는 소리가 생생하게 들려와서 나는 이맛살을 찌푸렸다. 비위도 강한 애가 이제 와서 무슨 약한 척을……

그때 문득 뇌리를 스치는 무언가에 나는 오늘분 잔업수당에 대한 미련을 버렸다.

"알았어, 갈 테니까 나 갈 때까지만이라도 아희 옆에 있어."

"택시 타고 와, 나 삼십 분 이상은 도저히—."

더 들을 것 없이 전화를 끊고 행동에 나섰다.

"한 시간 다 됐잖아!"

뭐라도 내게 집어던질 태세인 화경에게 아희는 뭐 하느냐고 물었다. 병실 애들이 좋아하는 만화 이름을 대기에 그거라면 잠시 혼자 있어도 되겠다고 생각했다. 뚱하니 연방 짜증을 내는 화경의 팔을 잡고 무조건 화장실로 데려가는데 어디로 가는지 알고선 질겁을 하며 싫어했다.

"속 안 좋다니까 왜 그래! 밥도 못 먹었다는 말이 거짓말 같아?"

"진짜인 것 같아. 그러니까 가서 확인 좀 해."

"뭘 확인하라고?"

화장실 입구서부터 헛구역질을 하는 애를 기어코 안으로 데리고 들어갔다. 그리고 오는 길에 사온 것을 화경에게 내밀었다. 그 정체를 알고 화경의 눈이 휘둥그레졌다.

"에이, 아냐."

"아냐?"

"아니라니까, 그 남자는……."

가소롭다는 듯 조소를 머금었던 입가가 순간 굳는다 싶더니 고개를 갸우뚱하며 턱을 만지는 품새가 예사롭지 않았다. "설마 그날인가?" 하고 중얼거리는 화경을 뚫어져라 보면서 그 애의 손에 사온 것을 쥐어주고선 안을 가리켰다.

"들어가서 확인해. 언제 알아도 알게 될 거니까 괜히 머리 굴리지 말고."

"잘난 척 명령하지 마. 흥!"

눈을 부라리며 쏘아붙이고서 화경은 여봐란듯이 힐을 또각거리며 가장 안쪽 칸으로 들어갔다. 화장실 안을 둘러보며 나는 관자놀이를 꾹꾹 눌렀다. 내가 짐작하는 게 맞다면 축하할 일이긴 할 텐데, 어째 이렇게 께름칙한 기분이 드는지……

잠시 후 밖으로 나온 화경이 세면대로 와서 손을 씻었다. 나는 화경이 아무렇게나 옆에 놓은 것을 보러 다가갔다. 아직 반응이 나오기엔 일렀지만 그래도 거기서 시선을 뗄 수가 없었다.

"아무래도 네 생각이 맞는 것 같아."

불쑥 들려온 화경의 말에 놀라서 고개를 돌렸다.

"방금 전까진 아니라더니?"

"생각해보니까 짐작 가는 게 있더라고."

손을 닦은 페이퍼타월을 구겨서 버리며 화경은 픽 웃었다.

"요즘 들어 일없이 몸이 나른하고 식탐이 세진다 했거든. 피임약 끊은 부작용인가 했는데 이제 보니 그건가 봐. 아희 때도 꼭 그랬거든. 희한하지 않아? 씨가 다른데 반응하는 게 똑같다니. 이번에도 딸이려나?"

천연덕스러운 모습이 과연 아희를 임신했을 때와 똑같긴 했다. 다행히 이번엔 그때처럼 기함할 노릇은 아니라고 해도 일단은 말을 아끼고 눈으로 확인할 수 있는 결과가 나오길 기다렸다.

오래 걸리지 않았다. 선명한 보라색 선이 두 줄 나온 임신테스트기를 보면서 나는 소리 없이 어깨로 한숨을 쉬었다.

"일단 축하한다. 축하하고, 얼마쯤 됐는지나 물어보자."

"4주 아니면 5주?"

화경은 아직 미끈하기만 한 배를 문지르면서 생글거렸다.

"마카오에서 생긴 애야. 내가 원래 노콘노섹 주읜데 그때 기분에 취해서 그냥 해버렸거든. 오랜만의 원나잇이라선가 별나게 막 달아오르더라고. 하기야 분위기에만 취한 건 아니었지만."

깔깔거리는 화경을 멍하니 바라보면서 나는 내가 뭔가 잘못 들은 것이길 바랐다. 잘못 들은 게 아니라도 그것을 말로 꺼내어 확인하고 싶지 않았다. 모른 체하고, 넘어가고 싶었다. 화경의 철없는 말을 들으면서 불쑥 피어난 의혹, 그게 만약 사실이라면 또 한 번의 날벼락이 될 게 분명했으니까.

"앤 날 닮았으면 좋겠어. 아빠도 썩 빠지는 인물은 아니었는데 역시 날 닮는 것만 못해. 아희만 봐도 그래. 딱 봐도 날 안 닮았다 싶더니 클수록 실망거리만 늘어나고."

화경은 고개를 저으며 혀를 차더니 이내 교활한 미소를 지으며 덧붙였다.

"엄마를 닮아야 나중에 커가면서 누굴 닮은 거냐는 소리도 안 나올 거고. 앞으론 거울 달고 살면서 태교할까 봐. 내 입에서 태교 소리 나오니까 우습다, 그치?"

마냥 유쾌하다. 화경이 유쾌할수록 내 기분은 끝을 모르고 추락해 갔다. 모른 체하고 넘기기엔 사안이 너무 컸다. 나는 울렁증까지 느끼면서 바싹 마른 입술을 혀로 적시고 말을 꺼냈다.

"유화경, 내가 오해하는 거라면 미안한데, 한 가지 확인하자."

"뭘 또 확인해?"

잔치에 재 뿌리는 사람 보듯이 쳐다보는 화경의 눈길에도 나는 물어야 했다.

"아기 아빠, 너랑 결혼할 그 남자 맞아?"

화경은 빤히 날 쳐다보다가 웃음이 터져 나오려는 입술을 손으로

막더니 이제야 듣는 귀에 신경이 쓰인 듯 화장실 안팎을 확인했다. 그
러고선 내 팔을 잡아당기며 나지막이 속살댔다.

"딱 들으면 감이 안 와? 애 아빠야 당연히 딴 놈이지. 그 인간이 무
슨 수로 애를 갖게 해. 걔 임포야, 임포."

"임포?"

"무슨 말인지 몰라? 불능이라고. 세우지도 못하면서 위에 올라와
서 버둥대는 꼴이 아주 가관이지."

엄청난 사실이 하나도 아니고 두 개나 터진 통에 나는 잠시 할 말
을 잃었다가 당장 발등에 떨어진 불에 주의를 되살렸다.

"제정신이야? 결혼할 남자 놔두고 딴 사람 애를 가진 애가 왜 이렇
게 희희낙락이야? 하물며 그 남자가……라며."

"맞아, 그런 약점이 있으니 나한테도 기회가 온 거지. 그런 집안
에서, 그만한 일하는 남자가 나랑 결혼하겠다고 하는 데엔 뭐가 있
어도 있지 않겠어? 유수경, 너도 머리가 있으니 생각이란 걸 했을
거 아냐."

"홀딱 빠져서 눈에 뵈는 게 없나보다 했지."

"순진하긴. 요즘에 그런 로미오 같은 남자가 얼마나 된다고. 정말
이지 넌 좀 넓게 세상을 보라니까?"

"괜한 사람 비웃지 말고 너나—."

울컥해서 한마디 하려는데 가까이로 발소리가 나서 입을 다물었더
니 간호사가 화장실로 들어왔다. 나는 잠자코 화경의 팔을 잡고 밖으
로 나갔다. 이야기할 만한 공간을 찾아서 아예 건물 밖으로 걸음을 옮
겼다.

"사정이 그렇다 쳐도 이 사실 알고도 그 남자가 좋은 낯을 하겠어?
내 머리론 상상이 안 가는데."

"알아야 할 필요 있어? 일은 벌어졌고, 이참에 시술이나 해보자고 하지 뭐."

"시술이라니?"

"인공수정 말이야."

화경은 간단히 대꾸했지만 나는 그게 얼른 이해가 되지 않아 눈만 깜박였다. 이미 임신을 한 마당에 무슨 인공수정을 하겠다는 말일까? 그런 나를 한심하다는 듯이 보며 화경이 자신의 계획을 들려주었다.

이번엔 나도 단박에 이해했다. 하지만 할 말을 잃긴 매일반. 나는 크게 숨을 들이쉬고 화경의 등짝을 한 대 갈겼다.

"애가, 애가 아주 못하는 말이 없어, 너 그거 범죄야! 사람을 등쳐 먹으려고 작정을 했어, 아주. 부끄러운 줄 알아, 어쩌면 그런 걸 말이라고 지껄여?"

"미쳤어? 애 가진 사람을 왜 때리고 난리야?"

화경이 세차게 밀치는 서슬에 주차장 바닥으로 엉덩방아를 찧으며 넘어졌지만 바로 발딱 일어나면서 나는 소리쳤다.

"맞아야 정신을 차리겠으니까 때리지! 등짝 한 대 맞은 건 그렇게 억울한 애가 딴 남자 애를 자기 애라고 속아서 살 남자 입장은 생각 못해? 뭐? 의사를 매수해서 뭘 어쩌고 저째? 인간아, 너도 좀 양심이란 게 있어봐."

"양심이 밥을 주니, 돈을 주니? 넌 그렇게 양심 지켜서 그 모양 그 꼴로 살아? 난 그따위 거 안 지키고 잘 먹고 떵떵거리면서 살 거야. 네가 어쩔 건데!"

두 눈 치켜뜨고 바락바락 대드는 화경의 모습에 또다시 손이 치켜 올라갔다. 때릴 테면 때려보라고 나오는 애를 보며 나는 앙다문 입술을 파르르 떨었다. 나이가 들면서 철이 들긴커녕, 이제 똑같은 실수를

저지른 것으로 모자라 교활한 술수로 위장해서 애먼 사람을 속여먹겠다는 말을 눈 하나 깜빡 않고 해댄다.

대체 왜 이렇게 됐을까. 부모님이 돌아가시기 전보다 더 나빠진 동생이 모두 내 탓만 같다. 술집에서 일하는 걸 알았을 때 다리를 부러뜨려서라도 못하게 했어야 하는데.

아, 역시 내 탓이 맞나 보다. 성우, 그 아까운 애를 바다에서 잃은 것도 내 탓이고 화경이가 이리 된 것도 내 탓이고. 돈이 원수라고 말하는 건 결국 핑계에 불과하다. 내가 못나서 동생들을 제대로 건사하지 못한 거다.

들었던 팔이 맥없이 툭 떨어졌다. 때릴 주제가 아닌 건 아느냐고 화경이 빈정거리는 소리를 한 귀로 흘리며 나는 주먹을 움켜쥐었다. 죽도록 심란한 와중에도 의지는 더 확고해졌다.

"네 말대로 난 못났어. 하지만 그래도 네 언니야. 두 눈 빤히 뜨고 네가 잘못된 길을 가는 거 더 이상은 안 봐. 안 볼 거야."

"네가 안 보면 뭘 어쩌겠다고?"

"그 남자한테 이실직고해. 그래도 받아들이겠다면 모를까, 네가 끝내 엉뚱한 수작을 부린다 싶으면 내가 나서서 말할 거야. 이 일뿐만 아니라 아희 일까지 다."

"그러기만 해봐."

"하는지 못하는지 두고 보면 알 거 아냐."

덤덤히 말했다. 나를 보는 화경의 눈에 한껏 독이 차올라 마주 바라보는 것만으로도 숨이 막히는 것을 참아냈다. 여기서 밀리면 돌이킬 수 없을 거라는 감이 들었다. 마침내 빠드득 이가는 소리를 낸 화경이 재차 소리쳤다.

"그러기만 해봐!"

"그러니까 한 번 두고 보래도 그러네."

부러 더 또박또박 대꾸한 말에 화경은 발끈하며 날 밀치는 것으로 답했다. 아까처럼 맥없이 뒤로 넘어가지 않고 버티는 내 가슴팍을 한 번 더 밀치며 화경이 중얼거렸다.

"너 죽여 버릴 거야."

고작 그런 애들 싸움에서나 등장할 법한 말인가 싶어 상황에 어울리지 않게 쿡 웃고 말았다. 화경도 쪽팔리긴 했던지 그만 휙 몸을 돌려 내게서 멀어져갔다. 그 빠른 발걸음과 높은 하이힐의 위태로운 조합을 바라보며 나는 한숨을 쉬었다.

"단화라도 하나 사줘야겠네."

화경의 뒷모습이 아주 사라진 후에도 우두커니 그 자리에 서 있는 사이, 잠시 뜸해졌던 비가 다시 한두 방울씩 뚝뚝 떨어졌다. 나는 화경이 간 쪽을 쳐다보고 건물로 발길을 돌렸다.

병실 문소리에 제꺽 고개를 드는 아희가 보였다. 엄마가 아닌 걸 보고 초롱거리던 눈빛이 한풀 꺾였지만 "이모, 굿이브닝!"하고 짐짓 명랑하게 인사하는 모습이 오히려 애잔했다.

"엄마가 몸이 좀 아픈 모양이야. 푹 쉬고 오라고 보내고 오는 길인데 아희 인사 못했으면 엄마한테 전화해볼까?"

"아니야, 인사했어. 아희는 괜찮아, 이모. 괜찮으니까 동화 이야기 해줘."

아희의 노력에 나도 지고 있을 수만은 없다. 어린이 TV프로의 사회자가 된 기분으로 조금은 과장되게 활짝 웃었다.

"그래, 해줄게. 오늘은 무슨 이야기 해줄까?"

"새로운 이야기 없어?"

"아직 개발 중이야. 이모도 저번에 아야야야 하고 아팠거든."

"엄마랑 이모랑 쌍둥이라서 번갈아가며 아픈 거야?"

"조금 그럴지도 모르겠네? 하지만 이모가 옮긴 건 아닌데."

훌쩍훌쩍 우는 시늉을 했더니 아희가 그런 게 아니라고 나를 흔들어 달랬다.

"아희는 부러워서 그랬어. 아희도 쌍둥이가 있으면 좋겠어. 내가 동생, 아니 언니여도 좋아."

"안타깝게도 아니었네. 그러면…… 이제라도 동생이 생기면 어떨까?"

푹 꺼진 뺨이 온통 빛나도록 환한 미소를 지으며 아희는 좋다고 손뼉 쳤다.

"남동생이면 좋겠어. 하지만 여자동생이어도 좋아. 아희가 머리도 빗겨주고 글자도 가르쳐줄 거야."

"기왕이면 둘 다 생기면 좋겠네."

"응, 둘 다. 맞다, 동생이 쌍둥이일 수도 있잖아. 그치, 이모?"

"아주 불가능하진 않지."

"그럼 아희가 자기 전에 매일매일 기도할래."

아무리 조숙해도 아이는 아이라고 실감하면서 나는 꿈에 부푼 아희를 슬쩍 현실로 끌어내리려고 했다.

"꿈을 너무 크게 잡으면 나중에 실망할 수도 있어, 아희야. 기왕이면 작은 꿈을 꾸고 나중에 크게 이뤄지는 편이 더 기쁘지 않겠어? 일단은 동생이 생기게 해달라고만 빌어보자. 응?"

"그치만 이모, 아희가 정말 갖고 싶은 걸 말하지 않으면 기도를 들어주는 분이 무슨 수로 내 진짜 소원을 알아? 그리고 꿈이 너무 큰지 아닌지는 나중에 봐야 아는 거잖아. 부끄럽다고 말하지 않다가 달님처럼 연꽃이 되어 버리면 어떡하고."

……가끔 나는 아희가 천재가 아닐까 생각하곤 하는데 지금 또 그런 생각에 무게가 실렸다. 성우에 이어서 단연 빛을 발하는 유씨 집안 똑똑이 유전자. 내 몸이 가루가 되더라도 얘는 공부시켜야지 하면서 아희를 껴안아 부둥부둥 흔들었다.

"그렇구나. 아희 말이 다 옳으니까 아희 좋을 대로 기도해. 이모도 아희의 쌍둥이 동생을 기원합니다!"

"이모, 숨 막혀, 이모……."

하나뿐인 조카와의 스킨십을 만끽하고 아희의 요청대로 '햇님달님' 이야기를 해주었다. 세 번이나 연달아 듣고 난 뒤에도 아희는 또 처음부터 다시 들려달라고 졸랐다. 졸리지 않으면 열 번이고 스무 번이고 계속 들을 게 분명하다. 오늘은 몇 번에서 그칠까 생각하며 입에서 단내가 나도록 이야길 되풀이하다가 기침이 나와서 잠깐 고개를 돌렸다.

"이모, 목 아파?"

아희뿐 아니라 기침 소리를 들은 다른 환아 보호자들 눈길도 내게 쏠렸다. 면역에 한없이 취약한 아이들을 생각하면 그러는 것도 당연하다. 나는 짐짓 큰 소리로 침이 잘못 넘어갔다고 변명하고선 물을 따라 마셨다. 다행히도 기침은 그걸로 잡혔다. 하지만 아직 조금 간질거리는 목을 의식하며 아희에게 물었다.

"아희 듣고 싶을 때 듣게 이야기 녹음해서 MP3에 넣어줄까?"

"웅! 그치만 이모가 눈앞에서 들려주는 게 제일 좋아."

"이모 사진 보면서 들어, 그러면."

말도 예쁘게 하는 꼬마 요정에게 쪽쪽 뽀뽀하는 시늉을 하고 슬슬 잠자리에 들 준비를 했다. 화장실에 다녀오는 길에 아희가 내게 고개를 숙여보라고 손짓하더니 비밀 이야기를 해주었다.

"푸 오빠가 어젯밤에 베개 옆에 앉아 있었어."

엥, 하고 물을 뻔한 것을 겨우 참고 "역시~?"하고 슬쩍 엄지를 치켜세웠다. 내가 아희에게 준 휴대전화 고리를 침대맡에 두고 잔 모양이다. 곰 기사 이름이 뭐냐고 하기에 뻔한 상상력의 한계로 "푸. 푸 오빠야."라고 대답한 걸 아희는 철석같이 믿고 있는 것이다. 근데 왜 베개 밑이 아니라 옆이지?

"침대 한 바퀴를 돌아보고 다시 내 옆으로 와서 나를 가만히 보더니 문을 향해 앉아서 꼼짝도 하지 않았어. 적이 들어올까 봐 감시한 거야. 호두까기 인형처럼 멋졌어."

"그랬구나. 진짜 멋지네."

팔다리 달린 곰인형도 아니고 달랑 머리뿐인 녀석이 무슨 수로 돌아다니고 무슨 수로 앉을 수 있었을까. 내 상상 속에서 그건 좀 그로테스크한 광경이 되어 무섭기까지 했다. 하지만 아희는 기뻐하고 있다. 게다가 그 기쁨을 나하고 나누고 싶어 했다.

"혹시 잠자다 깨서 보면 아는 체하지 마. 사람이 말을 걸면 마법이 깨져버리는 거 이모도 알지?"

"아무렴, 잘 알지. 먼저 말을 걸기 전엔 말 거는 거 아니야."

내 진지한 대답에 아희는 방긋 웃었지만 곧 시무룩하니 중얼거렸다.

"엄마한테도 말해줬는데 만화 같은 거 너무 많이 보지 말래."

"음. 엄마는 어쩔 수 없어. 안타깝게도 '머글' 이라서."

놀란 눈으로 날 쳐다보는 아희에게 찡긋 윙크를 하자 아희도 곧 윙크로 응해왔다. 작년 여름에 개봉한 〈해리포터와 아즈카반의 죄수〉 영화를 본 후 아희는 해리포터의 열렬한 팬이 되었다. 아직은 많이 버거울 법한 책까지 기어코 독파한 의지의 여섯 살 꼬맹이. 유아희 천재론이 괜히 나온 게 아니다.

"아무래도 그렇지 않을까 했어. 쌍둥이여도 이모랑은 달라. 이모는 내 말 믿잖아. 그치?"

"아무렴. 벌써부터 푸 오빠를 볼 생각에 가슴이 두근거리는 걸?"

"나도 나도. 얼른 가서 자자, 이모."

아희가 내 손을 잡아끌며 병실로 달음질하는 진귀한 광경이 펼쳐 졌다.

아, 당연히 내가 한 말은 거짓말이었다. 아이들이 '산타가 정말 있어?' 하고 물을 때 '당연히 있지'라고 대답하는 그 연장선에 있는 하얀 거짓말.

그렇기에 잠결에 얼핏 좋은 향기가 난다 싶어 코를 벌름거리다 눈을 떴을 때 아희의 침대 머리맡에 앉아서 날 보고 있는 분홍곰을 보리라곤 짐작도 못했다. 하물며 그것이 훌쩍 몸을 날려 내가 누워 있는 보조침상으로 내려와 내가 깨어 있음을 정확히 하려는 듯 코앞으로 얼굴을 내미는 광경을 볼 줄이야.

플라스틱 눈알을 반짝거리며 곰은, 내가 흑갈색 실로 만들어준 X 모양의 입을 벌렸다.

"휴우, 이쪽이 확실하네."

말했다! 하물며 목소리도 좋아, 곰 주제에!

"내 발로 벗어나는 게 안 돼요. 날 다시 데려가줘요."

곰이 말을 하고 나는 듣는다. 들린다. 하지만 진짜 곰도 아니고 인형인데? 맙소사, 이거야말로 사탄의 인형이 따로 없구나……!

다행히 내 빈약한 그릇이 감당하기엔 일이 넘쳤는지 쑤욱 등 언저리에서 바닥으로 빨려 들어가는 느낌으로 의식이 꺼져갔다. 조금도 반항하지 않았다. 자기 전에 아희와 나눈 이야기 때문인가, 별 희한한 꿈을 다 꾼다고 얼핏 합리화마저 시도했다. 코끝엔 여전히 좋은 향기

가 감돌았다.

그 향기가 이끌어주기라도 한 건지, 다시 정신이 들었을 때 나는 연오의 품속에 있었다. 푸른 야광주가 은은히 빛나는 그의 침실에서 그에게 사랑받는 꿈이다. 숱하게 사랑을 나눈 후인지 한없이 나른한 것이 손가락 하나 까딱할 수가 없다. 그런 나라도 괜찮다면서 연오는 언제까지고 애무를 그치지 않는다. 이러다 나 뼈마디가 녹아서 없어져 버리는 게 아니냐며 투정했더니 연오가 웃었다.

행복한 꿈이다. 동화에 욕심을 내는 아희처럼 나는 그의 사랑을 갈망하며 그 순간이 끝나지 않기를 바랐다. 계속, 계속 이렇게……. 날 가득히 안은 연오에게서도 한없이 좋은 향기가 났다.

다음날 아침, 잠에서 깨 떠오른 것은 좋은 향기뿐이었다. 잠결에 뭔지 모르고 넘어간 향기의 정체는 실은 턱없이 간단했다.

그건 치자꽃 향기였다.

—어젠 미안했어. 사과할 겸 밥이나 먹자.

점심을 먹으러 가면서 확인해본 휴대전화에 그런 메시지가 와 있었다. 비록 텍스트로 보이는 글귀에 불과해도 화경이 '미안하다'라는 글을 입력했다는 것, 그것도 단 하루 만에 반성하는 시늉이라도 한다는 게 대단했다. 아침에 치자꽃 향기를 떠올리며 잠에서 깬 후 내내 기분이 좋았던 터라 너그럽게 동생이 보내는 화해의 제스처를 접수했다.

—밥은 먹은 걸로 칠게. 언니는 일해야 돼.

메시지를 보낸 후 식당에 가서 줄을 서고 있을 때 화경의 전화가 왔다. 그때부터 식판에 음식을 담아 자리로 가도록 밥 먹자는 화경과 됐다는 나의 실랑이가 이어졌다. 또 고집이 발동한 모양이라 배터리가 없다는 핑계로 전화를 끊어버렸다.

전화기를 다시 켠 것은 하루 일과를 충실히 끝마치고 침대에 누운 11시 무렵. 연달아 수십 통의 메시지가 들어오는 알림음에 재빨리 소리를 줄였다. 읽으나 마나 한 화풀이성 메시지를 대충대충 흘려 넘기고 마지막의 세 개를 유심히 들여다보았다. 언뜻 봐도 어조가 확 수그러진 후였다.

―어떻게 해야 할지 생각 중이야. 네가 말한 것도 포함해서.

―나 이런 고민하는 거 싫어하는 거 알잖아. 머리가 터질 것 같으니까 말 좀 해. 그래도 네가 나보다 이런 일엔 더 낫잖아.

―내가 이런 얘길 또 누구랑 해? 근데도 이 상황에서 돈 몇 만 원 때문에 사람 계속 무시할 거야? 언니?

"……쳇."

하여간에 유화경, 약점 공략하는 데는 당할 수가 없다. 평소에 그렇게 무시당하고도 요놈의 '언니'란 말을 들으면 언제 그랬냐 싶게 책임감이 폭발하는 나도 상당히 문제지만.

복도 끝의 비상계단에 나가 화경에게 전화를 걸었다.

"내일 잔업 끝나고 너 있는 데로 갈게."

"그놈의 잔업에 목숨을 걸었구나, 아주."

빈정거리는 목소리에 나는 길게 한숨을 쉬었다.

"적금에 펑크 나게 생겼단 말이야. 병원비 정산하느라고 우물 밑바닥까지 긁었거든요. 누가 호언장담한 것만 지켜줬어도 이 상황은 아닐 텐데 말이지."

"버는 돈 팔십 프로를 적금 넣는 인간이 비정상이지. 푼돈에 그렇게 목숨 걸고 사니까 사람이 쪼잔해지는 거야."

교묘하게 자신에게 불리한 내용은 피해서 이쪽만 나무라는 말에 피식 웃었다. 정확히는 팔십 프로가 아니라 팔십오 프로……라고 지

적할 뻔했으니 쪼잔하다는 말을 들어도 반박 불가능.

"아무튼 잔업 끝나고 보는 걸로 해. 잠잘 시간 아껴서 열심히 상담해줄 테니까."

"황송해서 눈물이 다 나겠네."

딱 그 애다운 비꼼에 이어서 내일 못 잘 것까지 일찍 잠이나 자라며 화경이 전화를 끊었다. 방으로 돌아와 누웠는데 뒤늦게 화경이 묵는 곳을 모른다는 게 떠올랐다. 지금 어디서 지내느냐는 문자를 보냈더니 내일 시간 맞춰 데리러가겠다는 대답이 왔다. 열 시 반으로 잠정약속을 했다.

'어서 자자. 내일은 긴 하루가 될 테니까.'

일하고 돌아와 베개에 머리만 대도 잠이 오던 시절도 있었지만, 요즘은 아무래도 어려운 일이 되었다. 이래선 안 되는데, 하며 휴대전화로 시각을 확인해보니 자정도 십 분쯤 지나 있었다. 별수 없다. 항복하는 수밖에.

—나 벌써부터 네가 보고 싶어. 내 달님, 수경아.

전화기에 남은 연오의 목소리를 들었다. 이걸로 내 하루는 더없이 충실해졌다.

비록 치자꽃 향기나는 꿈은 없었지만, 깊게 단잠을 잤다.

확실히, 나는 예감 같은 것과는 조금도 인연이 없는 인간이었던 것이다.

"아이고, 이렇게 늦게까지 일을 다 하시고. 욕 보셨습니다. 자, 자, 이거라도 한 병 쭉 들이켜세요."

"아, 예, 고맙⋯⋯습니다."

그 다음날인 금요일 밤에 날 데리러 온 사람을 보고 얼마나 뜨끔했

던지. 이야기할 주제가 주제이다 보니 설마 이 남자를 보내려 했던 내 생각을 멋지게 부숴준 화경이었다.

화경과 결혼하겠다는 용감한 남자, 박완용의 벤츠에 세 번째로 올라타면서 내 간 큰 쌍둥이 자매의 배짱에 혀를 내둘렀다. 자기는 몰라도 내 연기력을 믿다니, 무척 위험한 발상인데. 단적으로 나는 아까부터 남자와 눈도 제대로 맞추지 못하고 있다.

둘뿐인데 내가 뒷좌석에 앉는 건 예의가 아닌 것 같아 조수석에 타긴 했지만 그로 인해 부담은 열 배는 더 커졌다. 때문에 잠자코 남자가 준 드링크 음료를 느릿느릿 홀짝거리는 사이사이 짐짓 눈을 비비며 졸린 듯이 억지 하품도 했다. 대화의 단절을 노리는 내 필사적인 노력이었다. 말할 것도 없이 발연기였지만 용케 남자는 속아 넘어가는 것 같았다.

"호텔 도착할 때까지 눈 좀 붙이세요, 처형. 밤길이어도 한 이십 분 걸릴 겁니다."

"죄송해요, 아직 졸릴 정도는 아닌데 눈이 좀 무거워서. ……근데, 방금 호텔이라고 하셨나요?"

"예, 해림호텔이요. 화경이가 거기서 지내는데 모르셨습니까?"

나는 그러고 보니 들은 것 같다고 작게 중얼거리곤 하릴없이 드링크제만 비웠다. 씀씀이 좀 줄이라는 말을 백날 해봤자 뭐하나, 남자친구 카드로 호텔에서 당당하게 묵고 있는 애를.

"저번엔 제대로 대접해드린다는 게 묘하게 꼬였었지요, 참."

"아…… 왜요, 복어 정말 맛있었는걸요. 언제 제가 한 번 대접해야 하는데."

"말씀만으로도 먹은 거나 진배없습니다."

넉살 좋게 싱글거리는 남자에게 적당히 웃어 보이며 빈 드링크 병

을 만지작거리는데 별안간 전방이 유난히 눈이 부셔서 눈살을 찌푸렸다. 맞은편 차선에서 불법 개조했다고 광고라도 하듯이 요란한 배기음에 번쩍거리는 LED조명으로 장난질을 쳐놓은 오토바이가 우르르 몰려가는 게 시야에 들어왔다. 금요일 밤이니 저들에겐 이미 주말의 시작이지 하고 한숨을 쉬었다.

"놀라셨죠? 이 근처는 밤이면 저런 오토바이가 자기 세상인 양 돌아다녀요. 금요일이랑 토요일은 저 사람들에겐 대목이죠."

내가 변명할 일은 아니긴 하지만 말할 게 궁하던 차에 입에 올려보았다. 남자는 고개를 끄덕이며 알 만하다고 대꾸했다.

"무주에서는 이만한 도로가 달리 없죠. 바이크 처음 샀을 땐 저도 밤마다 끌고 나왔던 기억이 나네요. 지금 생각해 보면 참 겁도 없었다 싶지만 그때야 뭐 사고야 남의 일이거니 했을 때니까. 머리에 피도 안 마른 애라서 그랬나. 대학생 때예요, 그때가. 스물두셋? 지나보면 그때도 아주 애지, 애."

생각해보니 실언이다 싶었던지 나를 돌아보며 남자들이 원래 철이 늦게 들지 않느냐 말하는 박완용에게 나는 꼭 그렇지만도 않더라며 가볍게 웃어보았다.

"남녀 문제가 아니라 개인차가 더 크죠. 우리 화경이도 제가 보기엔 애예요. 밖에 내놓기가 무서워요."

"아, 그건 저도 동감입니다, 처형. 하지만 이런 말을 당사자 앞에서 하면 둘 다 욕을 한 바가지로 얻어먹겠죠? 핫하하. 비밀로 하죠, 비밀."

남자는 짐짓 의미심장한 눈짓을 하며 툭툭 내 팔을 두드렸다. 잠자코 고개를 주억거리며 나는 머리 한구석에서 돌돌거리는 소리를 내며 굴러가는 단상斷想을 들여다보았다.

'오토바이를 탔다고, 이 남자가······.'

해림호텔 앞에서 차에서 내리면서 나는 힐긋 뒷좌석 차창으로 시선을 던졌다. 이런 차에는 다소 뜬다고 생각했던 박쥐무늬 범퍼스티커가 호텔 조명을 받아 황금빛으로 반짝거렸다.

보이에게 차키를 넘겨주고 나를 에스코트해서 호텔 안으로 들어서는 남자의 행동거지가 물 흐르듯 자연스러웠다. 카운터 직원의 인사를 대수롭잖은 손짓으로 아는 체하고 엘리베이터로 거침없이 향하는 모습에 나는 살짝 미간이 구겨지는 걸 의식하고 땀을 훔치는 시늉을 하며 표정을 수습했다.

"요즘도 오토바이 타세요?"

엘리베이터에 들어가 남자가 층수를 체크할 때 던진 질문에 남자는 "가끔은······"하고 중얼거리다가 문득 나를 보고는 표현을 정정했다.

"그것도 다 옛날 일입니다. 정이 들어서 버리질 않았다 뿐이지 창고 한편에서 먼지나 뒤집어쓰고 있는 걸요. 아무래도 관록 있는 남자가 탈 만한 게 못 되죠."

"네. 위험하니까 그편이 좋긴 하죠. 곧 가정도 꾸리실 테고."

화경이도 반대할 거라고 말하고 나는 정면을 바라보았다. 남자가 조심스레 나를 훔쳐보는 시선을 느꼈지만 모른 체했다.

택시와 오토바이 추돌사고 현장을 보고 떠올랐던 기억. 나는 그것을 형사에게 전하려다가 한층 더 묘한 상념에 사로잡힌 나머지 연락하는 것을 잊고 있었다. 지금 내가 그 연락을 취하면 어떨까, 하는 생각에 주머니에서 휴대전화를 꺼내들었다. 엘리베이터 안이라서 신호를 거의 잡지 못하는 전화기를 바라보다가 휙 눈길을 들었을 때 나를 보고 있던 남자의 눈길과 마주쳤다.

"허허, 참 알뜰하신 분이에요, 처형. 그거 몇 년은 족히 된 모델 같은데. 요즘 공짜폰도 많던데 한 번 알아봐 드려요?"

"고장 나면 그때 봐서요. 고치는 게 돈이 더 든다면 바꿔야죠."

"무던도 하시다 참."

남자의 싱거운 너털웃음이 끝나길 기다렸다가 나는 내가 좀 구식이라고 말했다.

"화경인 구두쇠라서 그렇다고 하는데 아직 멀쩡한 걸 낡고 싫증난다는 이유로 버리기 싫을 뿐이에요. 물건도 그렇고 사람도 한 번 내 것이다 싶으면 오래 정을 붙이거든요. 하지만 그렇게 정붙인 것들에게 해를 끼치는 일 앞에선 저도 무서워요."

빙그레 웃으면서 남자에게 말했다.

"화경이한테 들으셨나 몰라. 중학교 때 화경이한테 치근거린 남자애 찾아가서 거길 걷어차 준 적 있는데."

"거기를……."

남자가 힐끗 제 아랫도리를 내려다보는데 땡 하고 엘리베이터 문이 열렸다. 뒷이야기는 화경이한테 들으라면서 어서 가자고 재촉하자 남자가 앞서서 걸음을 옮겼다. 1507호실 앞에서 남자가 인터폰을 눌렀으나 안에서 대답하는 기척이 없었다.

"화장실에 있나?"

두 번 더 인터폰을 눌러봐도 여전한 침묵에 남자가 화경에게 전화를 걸었다. 한참 신호가 간 후에 통화를 하는데 옆에서 듣던 내가 기함할 소리가 흘러나왔다.

"그새 바에 올라갔어? 혼자서 그런데 가지 말라니까 그런다."

바? 설마 내가 생각하는 그 바(bar)는 아니겠지?

그러나 기가 차게도 남자가 날 데리고 엘리베이터를 타서 올라간

곳은 내가 생각하는 그 바였다. 화경은 이미 창가의 좌석을 차지하고 앉아 한 잔 마시는 중이었고 말이다. 한 잔이 뭔가, 개봉한 양주의 윗부분이 상당히 휑했다.

나는 어처구니가 없어서 말문이 막혔는데 사정 모르는 남자는 화경의 옆에 앉아 대뜸 중학교 때의 내 무용에 대해서 묻고 있었다. 화경은 온더락 잔을 내려놓으면서 깔깔 웃었다.

"맞아, 그런 적도 있었어. 글쎄, 그 새끼가 요즘 말로 내 몰카를 찍은 거야. 이상한 장면들만 골라서 A양 가슴이니 엉덩이니 하고 주변에 돌리는 거 얘가 딱 잡아내서 냅다 뒤집어엎어 놨어. 고환 한쪽이 터졌다나 어쨌다나 하는 소문 있었는데 그 집 엄마가 창피했는지 전학 보낸 바람에 확인할 길이 있어야지."

아쉽다는 듯 고개를 젓더니 화경이 나를 보며 히죽댔다.

"덕분에 짭짤한 용돈줄 하나 끊겨졌지만 웃기긴 했어, 참."

"용돈줄이라니?"

남자가 묻자 화경이 실은 그 녀석 짓인 거 알고 약점 잡아서 돈 뜯어 썼었다고 자랑스레 말했다.

"사진이 내가 봐도 진짜 잘 나온 거야. 요즘에야 디카가 흔하지 그땐 아니었잖아. 이만한 카메라 쓸 정도면 있는 집 애겠다 싶어서 짚이는 몇 놈 추려서 족쳤더니 개 차례에 술술 불더라고. 엉엉 울면서 엄마한테만 말하지 말라고 엎드려 비는 데 가관이었어. 마마보이 같으니라고."

비록 화경이한테 들으라고 말한 게 나지만 이렇게 사실대로 말할 거라곤 생각 못했다. 수치의 개념을 모르는 거 아닐까, 한숨을 푹 쉬고는 다시 술잔을 들려는 화경의 손을 움켜잡았다.

"그만 마시지? 이미 꽤나 걸친 모양인데."

"괜찮아, 괜찮아. 이거 보기만 이렇지 순해. 물이야, 완전히."

"그래? 물이야?"

나는 화경의 손에서 술잔을 빼앗아 단번에 쭈욱 들이켰다. 오 마이 갓! 물이긴커녕 넘기는 순간 벌써 목구멍에서 찌르륵 불이 났다.

"이게 너한테 물이냐, 유화경? 넌 이런 물 마시고 살아?"

"물이라도 해도 그러네. 보드카가 말이야, 우리말로 물이란 뜻이거든. 그치 완용 씨?"

"러시아 사람들한텐 물이나 다름없지."

"그거야 그 나라가 환장하게 추워서 그런 거겠죠. 그만 마셔!"

잔에 또 술을 따르려는 화경의 손을 찰싹 때리며 아예 병을 빼앗아 왔지만 화경은 냅다 골을 내는 것이었다.

"이리 내! 계속 참았더니 스트레스 때문에 돌아버리겠단 말이야. 마셔서 해로운 것보다 못 마셔서 있는 대로 짜증나는 게 더 해로운 거 아냐? 몇 잔 마신다고 어떻게 안 돼!"

"어떻게 안 되긴 뭐가 어떻게 안 돼, 네가 그따위 생각을 하니까 아희가—."

술병을 사이에 두고 실랑이를 하다가 나도 모르게 아희 이야길 꺼내버렸다. 아희 가졌을 때에도 그놈의 유흥병을 주체 못해서 슬금슬금 빠져나가 오늘만 맥주 한 잔, 이번이 마지막으로 소주 한 잔, 이런 핑계를 대면서 놀았던 것을 두 눈으로 봤던 나로선 아희가 미숙아로 태어난 것부터 시작해서 지금 저런 병으로 고생하는 것도 화경의 책임이 크다고 생각하고 있다.

하지만 그런 야단도 때와 장소를 봐가며 쳐야 한다. 지금 이 자리엔 아희를 우리 동생으로 알고 있는 남자가 있다.

"아희가 뭐, 아희가 어쨌다고 지랄이야?"

눈에 쌍심지를 켜고 쏘아붙이는 화경에게 나 또한 지지 않고 받아쳤다.

"아희가 벌써부터 엉뚱한 소릴 지껄인다고 했다, 왜? 뭔 생각을 하든 간에 애 앞에선 할 말 못할 말 좀 가리란 말이야."

"쳇, 내가 말을 해봤자 얼마나 한다고. 별걸 다 내 탓이래."

용케 그럭저럭 넘긴 모양이었다. 둘이 타시락거리는 걸 지켜보던 박완용이 그쯤에서 슬며시 끼어들어서 화경에게 술맛은 봤으니까 아쉬워도 오늘은 그만 마시라고 달랬다. 착각은 금물. 화경의 성질머리는 아직 죽은 게 아니었다.

"싫다고. 못 마셔도 좋으니까 술 냄새라도 맡고 있을 거란 말이야. 안 마실게, 그냥 따라서 구경만 할 테니까 줘봐, 좀!"

박완용이라고 저 고집불통을 제압할 뾰족한 수가 있는 것 같지는 않았다. 외려 나처럼 화도 못 내고 쩔쩔매기만 하다가 결국엔 울상이 되어 그럼 정말 구경만 하기라며 술잔을 채워주기에 이르렀다. 나는 한숨을 쉬면서 급히 손을 뻗어 잔 입구를 손바닥으로 가렸다.

"고양이한테 생선 맡기세요? 결혼하시겠단 분이 얘를 그렇게 몰라요?"

"오죽 마시고 싶으면 그러겠습니까. 그간 잘 참아왔으니까 가끔은 이런 날도……."

"참아, 유화경. 참을 수 있지? 못 참겠다면 나도 생각이 있고."

구시렁거리는 남자를 무시하고 화경에게 딱 잘라 말했다. 화경은 입술을 비죽거렸지만 생각이 있다는 내 말을 알아듣긴 한 모양이었다. 소파의 등받이로 방만하게 널브러져선 목이 마르다며 투덜거리는 걸로 화경이 항복 깃발을 들었다.

박완용이 화경이 마실 무알콜 음료를 시키는 동안 애먼 술잔만 죽

어라 노려보던 화경이 돌아가려는 웨이트리스에게 잔 두 개를 더 가져오라고 시켰다. 웨이트리스가 테이블에 잔을 가져다주자 화경은 잔마다 얼음을 채워 넣고 다시금 술병에 손을 뻗었다. 건드리지 말란 뜻으로 내가 혀를 찼지만 화경은 보란 듯이 술병을 잡아 두 잔을 고루 채웠다. 그 두 잔을 나와 박완용 앞으로 밀어주었다.

"요는 나만 안 마시면 되는 거잖아? 그러니까 둘이 마셔. 나는 정말 냄새라도 맡을 테니까."

킁킁거리며 내 앞에 놓인 잔의 술 냄새를 맡는 시늉을 하는 화경을 보며 박완용은 뭐가 좋은지 히들거리며 웃는다.

"아무래도 저희끼리 마셔야겠습니다. 안 그러면 또 남아 있는 거 가져가서 혼자 홀짝거리기라도 할 태세에요."

남자의 말에 일리가 있었지만 남은 술을 보니 통 엄두가 나지 않았다. 벌써부터 뒷머리가 묵직한 것을 지금 이 순간에도 화경의 뱃속에서 꼬물거리고 있을 애를 생각해 참았다. 태아는 3주가 지나면 뇌가 생긴다지 아마? 그 쪼그만 것이 탯줄로 녹아드는 독한 알코올에 얼마나 놀라겠는가…….

"예, 마시죠. 한 번 마셔보자고요."

전쟁에 임하는 각오로 나는 술잔을 들었다. 내 의지는 산이라도 들어 올릴 만큼 강력했지만 한 잔, 두 잔 마실수록 훅훅 술에 취하는 비루한 몸뚱이를 감당하지는 못했다. 그래도 물러나지 않고 잔에 술이 차면 어떻게든 마셨다.

"취하시는 모양인데 이제 그쯤 하시죠, 처형?"

"아니에요, 저 더 마실 수 있어요. 주세요, 어서요."

"애 보기보다 술 세. 그보다 자기, 나 화장실 좀."

화경을 에스코트해서 박완용이 자리를 뜨는 걸 보며 나는 몇 잔째

인지 모를 술을 홀짝거렸다. 저 남자, 정말로 박쥐일까, 아니면 내가 애먼 사람을 의심하고 있는 걸까. 아아, 생각을 하기엔 세상이 너무 많이 흔들렸다. 흔들흔들, 지이잉, 지이이이잉.

"지이잉, 어? 내 다리가 떨리네? 요놈, 가만히 있어."

다리를 꾹 누른다고 눌렀는데 이번엔 손이 덜덜 떨렸다. 그 불가사의는 잠시 후 휴대전화의 진동음으로 밝혀졌다.

"여보세요? 실례지만 누구십니까?"

많은 노력에도 불구하고 혀가 배배 꼬여 제멋대로 놀았다. 목을 가다듬기 위해 헛기침을 하며 다시 말을 건넬 준비를 하는데 수화기 너머에서 "술 마셨어?"하고 묻는 소리가 들렸다. 마셨고, 취했다. 하지만 사랑하는 남자 목소리는 알아들을 수 있었다.

"우와, 너 목연오, 목연오 맞지?"

"그래, 나야. 지금—."

"허엉, 보고 싶었어. 우리 연오 보고 싶어 죽을 것 같았다구. 넌 내가 그런 줄 모르지? 내가 괜찮다고 해도 실은 괜찮은 게 아니란 말이야. 멀쩡한 척해도 속으로 곪는다고. 난 고생과 근심별에서 태어났거든."

마구 지절댔다. 이성은 거의 날아가고 감정만 남은 무시무시한 상태였던 것이다. 그럼에도 연오는 변함없는 부드러운 목소리로 대꾸해 주었다.

"……그랬구나. 하지만 아마 내가 조금 더 많이 보고 싶어 했을 거야. 지금 어디야? 공장은 아닌 것 같은데."

"아니지. 공장 아니야. 공장에서 이런 비싸고 독하기만 한 술, 취급이나 할까 봐. 우린 마셔도 소주 아니면 막걸리. 더울 때 막걸리 마시면 엄청 시원하다? 너 그거 알아? 막걸리…… 나 막걸리 좋아해. 연

오야, 우리 요다음에 막걸리 마시자."

"뭐든 좋아. 지금 어디야? 데리러 갈게. 너 많이 취한 것 같아."

"술이 독해. 몇 잔 안 마셨는데 엄청 취해서 죽을 맛이야. 그래도 마셔야 해. 안 마시면 우리 화경이가 마신대. 화경이 술 마시면 안 돼. 안 된다고. 내가 다 마셔버릴 거야, 이 호텔 술!"

"호텔? 호텔에 있어?"

"응, 호텔이야. 화경일 보기로 했는데 박완용이 데리러 와서 와봤더니 호텔이…… 아, 박완용이 누구냐면 차에 박쥐무늬 스티커를……. 미안, 연오야, 나 숨 차."

방금 전까진 세상이 멋대로 흔들거리면서 어지럽기만 하더니 이젠 숨이 차서 몸을 가누기가 힘들 정도였다. 소파 팔걸이에 머리를 기대고 색색거리며 숨을 고르는데 연오가 어느 호텔이냐고 몇 번이나 물었다.

"여보세요? 수경아, 내 말 듣고 있어?"

"……응."

"옆에 누구 있어? 있으면 좀 바꿔줘."

"옆에…… 없는데. 화장실 갔어. 화경이랑 그 남자랑……."

"그럼 기다리지 말고 나와. 나와서 무조건 1층으로 내려와. 나랑 계속 통화하면서. 내 말 들을 거지? 나와, 수경아. 당장 일어서서 나오는 거야."

"……응."

그럴 생각이었다. 하지만 소파에서 어찌어찌 일어나서 두 걸음이나 갔을까 욱 하고 받쳐 오르는 욕지기에 나는 꼼짝 못하고 그 자리에 주저앉았다. 바닥에 떨어진 전화기 너머에서 연오가 다급하게 부르는 소리가 들렸지만 대답할 수 없었다. 입을 틀어막고 꼼짝도 않는 것,

그게 내가 할 수 있는 전부였다.

"어머, 너 거기서 뭐해?"

화장실을 다녀오던 화경이 날 보고는 다가오더니 토할 것 같냐고 물었다. 고개를 끄덕이는 것도 어마어마한 힘이 필요했다. 화경이 내 오른쪽, 박완용이 왼쪽을 맡아서 날 부축해서 일으켰다. 연오의 전화에 대해서 말하고 싶었지만 시한폭탄이나 다름없는 나는 식은땀을 줄줄 흘리며 두 사람에게 의지해 화장실로 가는 게 시급했다.

그렇게 혹독하게 속을 게워낸 적은 내 평생에 처음이었다. 토하다가 이대로 기절해버리는 게 아닐까 싶은 순간이 여러 번 왔다. 화경은 옆에서 몇 차례 등을 두드려주다가 저도 비위가 상해서 옆 칸으로 들어가 웩웩거렸다.

얼마나 시간이 흘렀을까. 먼저 몸을 추스른 화경이 다 토했냐며 나를 들여다보았다. 괜찮다는 뜻으로 손을 흔들고 후들거리는 다리에 힘을 넣어 밖으로 나왔다. 세면대에서 혼자 얼굴을 씻고 입을 헹굴 정도였으니 그럭저럭 살아났다고 봐도 됐다.

"못 마시겠으면 말을 하지 이렇게 되도록 마셔?"

"……누구 때문인데 그게. 너……, 아무튼 두고 보자."

화경의 핀잔에 할 말은 많았지만 풀어낼 기력이 없었다. 화장실 밖으로 나가니 박완용이 내 얼굴을 살피며 어떤지 물었다. 죽다 살아났다고 내 대신 화경이 대꾸하자 술이 안 받는 날인가 보다며 그가 술 깨는 약을 내밀었다. 아무것도 마시고 싶은 생각이 없었지만 성의를 생각해서 입에 대는 시늉이라도 해야 했다. 그렇게 들이켠 한 모금이 소태처럼 쓴 건 말할 것도 없다.

"계산 마쳤어. 처형도 쉬셔야 하니 이만 방으로 내려가지."

남자가 듣던 중 반가운 소리를 했으나 화경이 아직 속이 답답하다

며 바람을 쐬고 싶다고 말했다. 거기에 나까지 끌어들이면서 말이다.

"얘도 이대로 엘리베이터 타면 또 토하게 생겼잖아."

"하지만 여기서 무슨 수로 바람을 쐬겠다고 그래."

"비상계단이라도 있을 거 아냐. 방향제 냄새인가? 아무튼 여기 냄새 때문에 나도 속이 울렁거려."

감각이 훅 떨어졌는지 화경이 말하는 냄새가 뭔지 알 도리가 없었지만 덩달아 속이 메슥거리는 기분이 들긴 했다. 손에 들고 있던 병을 기울여 한 모금 더 삼켰지만 찾아온 건 더욱 강한 욕지기. 하물며 오한이 드는지 오싹 온몸에 소름이 돋아서 빵빵한 냉방도 부담스러워졌다. 바람을 쐬러 가자고, 나도 모기 같은 목소리로 화경에게 찬성표를 던졌다.

복도 왼쪽 끝에 있는 비상구로 향하는 사이 또 세차게 심장이 뛰며 호흡이 가빠오는 걸 느꼈다. 욕지기도 만만찮았지만 더 토할 게 없다는 걸 알기에 한사코 참아냈다. 꽉 쥔 주먹에 쥐가 날 정도로 참는 사이 귀에서는 위잉 하고 이명마저 들렸다.

"어머, 캄캄해. 불 켜는 스위치 없어? 찾아봐, 좀."

비상구 문을 열어본 화경이 캄캄하다면서도 그 안으로 들어가는 걸 보고 나는 좀 기다리라고 팔을 잡았다. "나 밤눈 꽤 밝아"하고 웃으며 화경은 아랑곳 않고 걸음을 옮겼다. 엉겁결에 함께 들어가면서 뒤를 흘깃 돌아보았다. 박완용은 복도에서 스위치를 찾는지 두리번거리고 있었다.

"아, 저건가?"

뭔가를 찾았는지 화경의 발걸음이 빨라졌다. 그때 끼이익 등 뒤에서 문 닫히는 소리가 나며 별안간 계단이 어둠에 잠겼다. 순간적으로 나는 얼음이 됐지만 앞서 가던 화경에게서 작은 비명이 피어올랐다.

비명과 함께 털썩 무언가 떨어지는 소리에 나는 흠칫 놀라 화경을 불렀다.

"화경아? 왜 그래, 다쳤어? 화경……."

대답 없는 동생을 찾아 난간에 의지해 발밑의 감만으로 무작정 계단을 뛰어 내려갔다. 언뜻 요행수가 통하는 듯했지만, 불현듯 난간을 쥔 손이 주르륵 미끄러지면서 상체가 앞으로 쏠렸다. 그렇다고 단단히 지탱할 바닥이 미더웠던 것도 아니었기에 균형을 잡기 위해 위태롭게 버둥거려야 했다.

"욱."

그 필사적인 몸부림이, 잠시나마 잊고 있던 욕지기에 더불어 격렬한 어지럼증마저 불러올 줄은 짐작도 못했다. 본능적으로 난간을 다시 붙잡을 셈으로 허우적거렸지만 얼마나 땀을 흘렸던지 또 한 번 손이 미끄러지면서 난간을 놓쳤다.

때를 같이 해, 앞으로 내디딘 발이 쑤욱 허공을 밟았다. 그리고 다른 발도 뭔가에 걷어차이듯이 제자리를 떠나면서…….

몇 찰나쯤 허공에 온몸이 붕 떴다.

나를 기다리는 건,

곤두박질치는 일뿐이었다.

16. 절망

몇 차례 눈을 뜰 때마다 나를 둘러싸고 있는 주위가 달라졌다. 장소, 주변 사람들, 때로는 밝고 때로는 어둡고, 때로는 선명해졌다가 때로는 침침해지고……

어디냐고 물을 겨를도, 누가 있는지 확인할 시간도 없었다. 그저 파들거리는 눈꺼풀을 몇 번 떨다가 도로 닫으며, 눈에 보이지 않는 어떤 거인이 내 등을 쏘옥 빨아들이는 족족 어둠 속으로 가라앉기 바빴다.

꿈조차 없는 진짜 암흑. 단잠을 자는 것과는 전혀 다른, 시간의 흐름이 느껴지지 않는 어둠의 징검다리를 건너가고 있다는 자각은 어렴풋하게 있었다.

이윽고 거인이 슬슬 한눈을 팔기 시작한 것인지, 단순히 내가 의식을 찾을 때가 됐는지는 몰라도 조금씩 주변의 소리가 귓전에서 의미를 갖추기 시작했다.

이 특유의 공기. 오가는 말씨. 틀림없는 병원이었다.

몽롱하게나마 계단에서 떨어진 일을 기억해냈기에 크게 놀랍지는 않았다. 다만 아무래도 맑아지지 않는 머리와 자꾸만 나를 빨아들이는 뻘 같은 졸음은 심각했다. 그만 잠을 떨치고 일어나고 싶은데 오로지 마음뿐, 몸은 전혀 움직일 생각도 안 했다.

하릴없이 잠이 들었다가 깨기를 반복했다. 이번에는, 또 이번에는 하고 움직여보려고 해도 가위눌린 몸은 꼼짝을 않는다. 괜히 무서운 마음이 이는 것을 '이다음에는' 하고 스스로 위로하며 눈을 감았다.

이참에 원 없이 자보는 것도 나쁘지 않다…….

"……이 환자야?"

하이톤의 쨍한 여자 목소리에 불쑥 의식이 돌아왔다. 눈꺼풀이 마냥 무거워 들어 올릴 힘을 모으는 사이 여자의 말이 이어졌다.

"아, 진짜 곱게 생겼네. 얼굴이 부어도 이 정도면 인정해야지."

"보호자란 여자보다 이쪽이 더 낫지?"

"그러게. 일란성이 아닌가 봐? 그런 것치곤 닮았다."

"그쪽은 화장을 너무 세게 했잖아. 어째 그런데 나가는 여자 같지 않았어?"

"술집? 말하는 거 보니까 여간내기는 아니겠더라."

"학교 다닐 때 애들 좀 때렸을 것 같고 말이지?"

옆에서 이것저것 체크하는 간호사의 손길이 분주한 가운데 하이톤 여자가 쯧쯧 혀를 찼다.

"운도 참 지지리도 없다. 교통사고라면 몰라도 계단 좀 구른 걸로 목이 나가고 말이야. 전신마비라며?"

"깨는 거 봐야 확실히 알지. 그래도 다친 데가 아래쪽이라 팔까지는 움직일지도 몰라."

"5번, 6번?"

"수술할 때 4번도 건드리긴 했다던데. 하여간에 깨나봐야 해."

"깰 때가 큰일이다. 나이나 들었으면 몰라, 이 나이에."

"나는 좀 피해갔으면. 여자들 히스테리는 진짜 감당 안 돼."

"어머, 성차별주의자. 간호사 실격이야."

"너도 응급실에서 몇 년 일해 봐. 하마터면 난청 올 뻔했어."

웃음 섞인 목소리로 주고받는 그들의 말이 점차 멀어지더니 찰칵 문소리가 나고 아예 들리지 않게 되었다. 나는 눈꺼풀을 들어 올려 흐릿한 크림색 천장을 응시했다. 새삼 호흡기를 쓴 입을 의식하면서 마른침을 한 번 삼켜보았다. 감각이 둔하긴 해도 불가능하진 않았다.

"아……."

입을 벌려 소리도 내보았다. 가능했다. 짤막하게 단어도 몇 개 중얼거려 보았다. 달님, 별님, 연오, 성우, 아희. 한마디 한마디 내뱉는 게 힘들게 느껴졌어도 말할 수 있었다. 내 귀에는 들렸다.

이제 몸을 움직일 차례였다.

손을─.

다리를─.

다시 한 번, 다시 한 번, 다시 한 번, 마지막으로 한 번 더, 한 번 더…….

"이건 꿈이야."

나는 아직 깨어나지 않았다.

꿈속에서 여전히 가위에 눌려 있는 것이다.

눈을 감았다. 한숨 자고 나면 그땐 분명히 꿈에서 깨리라.

"보세요, 수술이 잘못된 거 아니에요? 아니면 사람이 왜 여태 안 깨어나요?"

"좀 더 지켜봅시다. 바이탈도 안정적이고 아직 이틀째니까."

"아직 이틀째라고요? 이봐요, 당신 가족이라도 그런 식으로 말할 수 있어?"

"큰 수술이었고 마취약에 대한 반응도 사람마다 다릅니다. 제 말은 아직 그렇게 불안해할 정도는 아니란 뜻으로—."

"그러니까 당신 가족이라고 해도 그러겠냐고? 뭐가 영 미더워야 말이지. 간호사, 담당의 불러요, 담당의. 어떻게 된 게 집도한 의사는 첫날 얼굴 한 번 비추고 이런 애송이들만 보내는 거야?"

화경은 오늘도 애꿎은 레지던트를 달달 닦아세웠다. 체념한 듯이 병실을 떠나려는 레지던트의 멱살이라도 붙잡고 싸울 판이었다. 문앞에서 레지던트 앞을 가로막고 승강이를 벌이는 걸 마침 병실로 오던 박완용이 보고는 중재에 나섰다.

"아이고, 욕 보십니다. 자, 자, 진정하고 선생님 보내드려야지."

"선생은 무슨 선생이야, 저딴 게! 대학병원이라고 비싸게 처받았으면 돈값을 해야지, 어디 애들 실습 나왔나, 새파란 애들만 들락거리면서 구경하고 지랄들이야! 그럴 거면 니들이 돈을 내!"

목에 핏대 세워 발악을 하는 화경을 박완용이 어찌어찌 병실로 데리고 들어왔다. 분이 풀리지 않은 화경은 고성으로 부족해 병실 안의 집기들을 걷어차는 등 한참 동안 길길이 뛰었다.

이런 문제에 이미 달관해 버린 건지 박완용은 더는 달랠 노력을 하지 않았다. 제풀에 화내다가 제풀에 가라앉은 화경이 자리에 앉기를 기다려 그는 툭툭 화경의 허벅지를 두드렸다.

"그래, 스트레스 좀 풀렸어, 예쁜이?"

"닥쳐. 담배 있으면 하나, 아, 됐어. 미치겠다, 진짜. 뭐가 이렇게 되는 일이 없냐."

화경은 발을 구르며 짜증을 부리다가 왈칵 울음마저 터뜨렸다.

"쟤 진짜 저러고 평생 자리보전하면 어떡하냐고."

"의사가 깨어나 봐야 안다잖아."

"깨어나는 게 무서우니까 그렇지! 아희도 모자라서 내가 이제 산송장까지 책임져야 해? 으아아악! 무슨 놈의 팔자가 이래."

"네 팔자 네가 짰지 뭐. 그러니까 애초에 내 말대로……."

두 사람의 대화는 드르륵 문소리가 나자 단박에 끊어졌다. 간호사가 들어와 훌쩍거리는 화경을 힐긋 쳐다보고 침대로 다가왔다. 링거를 확인한 간호사는 소변봉투를 갈고 욕창 생기지 않게 환자 몸을 좀 닦아달라고 화경에게 지시하고는 나갔다. 화경은 "네, 네" 하고 대꾸했지만 간호사가 나간 뒤에도 손가락 하나 까딱하지 않았다. 사흘째 침대에 눌려 있는 등이나 엉덩이가 축축할지도 모른다. 그러나 그건 화경의 관심사가 아니고 내 관심사도 아니다. 피차 느낄 수 없는 것이다.

"알아본 건 어떻게 됐어?"

화경의 지친 목소리가 다시 대화의 재개를 알렸다.

"그 소리가 그 소리지. 일단 깨어나 봐야 알고, 말이 전신마비지 예후도 천차만별이라 판정까지 여섯 달은 두고 봐야 한다고. 2년 후엔 재판정도 받아야 하고."

"무슨 짓을 해도 최소한 반년은 지나야 한다는 거네."

"그동안에 치료를 해서 경과를 보고……."

"차라리 내가 죽는 게 더 빠르겠어!"

화경의 히스테리에 남자가 입을 다물었다. 화경은 무슨 숫자인지를 열심히 중얼거리다가 땅이 꺼져라 한숨을 쉬었다.

"카드로 돌려막는 것도 말이 쉽지 반년이면 그 돈이……."

"차라도 처분하면 어찌 되지 않겠어?"

"당신은 머리가 텅텅 비었니? 그 차 처분해서 뭐가 나와? 대출금도 해결 못해!"

"알았어, 알았어, 해본 말이니까."

남자가 시들하니 물러서자 화경은 또 그걸 꼬투리 잡아 시비를 걸었다.

"여유가 넘친다, 당신? 남의 일이야? 이게 남의 일이냐고."

"알아, 알아. 같은 배 올라탄 처진 거 설마 잊었을까 봐?"

"이제라도 내리면 그만이라고 생각하는 거 아냐? 내 형제지 당신 형제 아니라 이거잖아."

"말 한번 잘했다, 예쁜아. 저게 내 형제였으면 이러고 질질 끌지도 않았어."

잔잔한 목소리였다. 그러나 남자가 어떤 표정을 짓고 있는지 화경은 아무 대꾸도 하지 못했다. 일그러진 침묵이 병실을 헤매고 있다. 이윽고 침묵을 깬 것은 남자 쪽.

"그 꼬마가 여섯 달 버틸 수는 있으려나?"

화경은 묵묵부답이다.

"하기야 어쩌겠냐. 걔 복이 이것밖에 안 되는 모양인데. 일은 꼬였고, 하나라도 털면 다행인 줄 알아야지."

"……시끄러."

"걔 진짜 네 새끼인 거 아냐? 그 꼬마 이야기만 나오면 쌍심지를 켜더라?"

"시끄럽다고!"

치켜든 손으로 남자를 때리고 할퀴고 꼬집어도 남자는 용케 내버

려두고 있었다. 그러다 참는 것도 싫증이 났는지 찰싹 후려치는 소리가 났다. 딱 한 대였지만 화경의 행동이 잠잠해진 걸로 보아 소리만 요란했던 건 아닌 모양이다.

"예쁜아, 우리가 지금 이러고 싸울 때 아니지?"

남자의 목소리는 더욱 은근해져 거의 곰살가울 정도다.

"정신 차려, 이 욕심꾸러기야. 네 팔자 네가 꼬았다고 내가 몇 번을 말해. 가뜩이나 궂은일은 내가 다 했는데 네가 억울할 건 또 뭐고?"

"……일이 제대로 됐으면 내가 이래?"

"그럼 이번엔 네가 좀 해보지?"

"뭐?"

"그렇게 자신 있으면 마무리 지어 보라고. 나도 슬슬 지겹다, 예쁜아."

"당신…… 당신 정말 날 버릴 생각하고 있어?"

"안 버리게 좀 해봐. 솔직히 나는 할 만큼 했잖아? 막말로 내가 쟤한테 무슨 원한 같은 게 있다고."

침대로 다가오는 시선들. 박완용이 나직이 혀를 찼다. 참 못할 짓이야, 라는 메마른 푸념을 덧붙이며.

"슬슬 출출한데 뭣 좀 먹으러 갈래?"

자리를 털고 일어난 남자가 옷깃을 털며 말했다. 화경은 입술을 비죽거리더니 화장을 고치며 투덜거렸다.

"얼굴 좀 때리지 말라니까."

남자는 나직이 웃었다.

"한 삼십 분이면 감쪽같이 없어질 거야. 이것도 다 요령이거든. 나한테 맞고 멍든 여자 없었다."

"자랑이다, 아주."

"자랑이지. 너같이 드센 계집애들 찍어 누르지 못하면 포주 노릇을 어떻게 해? 내 마누라 되려면 너도 보고 좀 배워."

"고양이 쥐 생각하네. 사기꾼."

화경을 앞세워 남자는 병실을 나갔다. 조용히 문이 닫히고 병실에는 옅은 화장품 냄새가 떠돌았다.

조금 더 고요가 굳어지길 기다렸다가, 나는 눈을 떴다.

이젠 눈물을 흘리지 않으려고 애꿎은 입술만 못살게 굴 필요가 없어졌다. 하지만 울지 않아도 눈앞이 부옇게 흐리다.

차라리 가위에 눌려 있다고 믿을 때가 좋았다. 꿈에선 깰 수 있으니까. 깨어날 여지가 있는 악몽은 오히려 즐거운 것임을 이렇게 되어서야 알게 됐다.

내가 꾸는 악몽이라고 해봤자 수위도 그리 세지 않았다. 겁이 많아서 무서운 이야기는 한사코 피해 다닌 터라 무의식의 상상력에도 한계가 있는 까닭이다.

하지만 화경인 나랑 달랐다. 화경인 어릴 때부터 부모님이 장사 때문에 집을 비우는 밤이면 안방 TV를 독차지하고 앉아 귀신이 나오는 드라마며 공포영화를 태연히 감상하곤 했다. 그런 게 전혀 무섭지 않다고 했다. 눈에 보이지 않는 걸 왜 무서워하냐며, 신도 귀신도 다 일소에 부쳤다. 기가 세서 세상에 겁날 게 없다. 그 바람에 가끔 기함할 일을 저지르긴 해도 그 배짱만은 화경의 큰 장점이라고 생각해왔다.

아니었다. 두려움이 없는 대신 화경은 양심도 없다는 걸 왜 나는 몰랐을까.

아희도 내팽개치고 부모님 사고보험금을 챙겨서 가출했던 일. 성우의 사고 소식에 반은 넋을 놓았던 내게 성우 앞으로 든 보험은 없느냐 꼬치꼬치 캐묻던 일. 처음 돌아온 성우의 기일 때도 이제 사망선고

가 나와 봤자 보험도 없는데 무슨 소용이냐며 시큰둥하던 일 등등. 하나하나 짚어보자면 끝이 없다.

그래도 아희에게만큼은 다르다고…… 아희한테 하는 걸 보면 쟤가 아주 망나니는 아니라고, 본성은 따뜻한 애라고…… 생각했는데.

나는 몰랐다. 아니, 알아도 나 좋은 쪽으로 생각해 왔다.

그 결과가 지금 이것이다.

움직이지 않는 몸에 갇힌 신세, 화경의 표현대로라면 '산송장'이 되어버린 나를 두고 화경은 이틀 전 밤에 자신의 나약함을 푸념했다.

—그냥 교통사고로 할걸.

어제 오후엔 보험회사에 전화를 걸어 상담하는데 한세월을 보냈다. 토씨가 겨우 다를까 말까 한 통화를 연달아 네 통을 한 후 머리를 싸매고 끙끙대다가 박완용에게 전화를 걸어 두통약을 가져오라고 시켰다. 박완용이 왔을 때 화경은 일이 엉망이 된 거 아니냐고 소리 죽여 화를 냈다. 특유의 유들유들한 목소리로 남자가 대꾸하는 소리가 들렸다.

—그러니 교통사고로 밀고 나가자니까.

그 뒤의 대화는 입술 속이 너덜너덜하도록 깨물면서 들었다. 때문에 떠올리기만 해도 피비린내가 난다. 눈물이 나오려는 것을 까무러치기 일보직전까지 이를 악물어 참았던 탓이다.

—하여간 넌 중요한 순간에 내 말 안 듣는 버릇 고쳐야 돼.

—내가 뭘 얼마나 안 들었다고 그래? 애초에 일을 망친 건 당신이잖아. 세 번씩이나 실패한 주제에 뭐가 그리 잘났어?

—실패한 건 아니지. 운이 나빴을 뿐이야. 계획은 완벽했다고.

—완벽한 계획이 운이 나빠서 실패하니?

—천재지변이란 말 몰라? 느닷없이 슈퍼맨이 나타나질 않나, 눈먼 새가 머리 박고 죽질 않나. 내가 그 상황에서 뭘 어떻게 해?

―그런 변수까지 계산했어야지!

―또 억지 시작이네. 그래서 예쁜이 너는 고작 그런 수를 생각해내셨고? 계단에서 떨어져 실족사라니, 무슨 80년대 영화도 아니고.

―거기는 계단이 가팔라서 불가능한 것도 아니라며!

―네가 한사코 그 계획에 집착하니 나라고 별수 있어? 돌아다녀본 중에선 제일 쓸 만했다 이거지. 애초에 네 계획의 패인이 뭔지 알아?

―속 뒤집을 말이라면 하지 마.

―곧 죽어도 네 손에 피는 안 묻히려고 했던 거야. 난간 손 본 것도 발을 건 것도 나. 너는 어설프게 비명 지른 거 말고 한 게 뭐 있어?

―당신은 인정머리도 없니? 쟤는 누가 뭐래도 내 쌍둥이란 말이야, 그렇게까지…… 그렇게까지는 못하겠는 걸 어떡해!

―예쁜아, 나는 네가 독해서 마누라 삼으려는 거다. 어설픈 인정 운운하지 마. 6억 노리고 눈 돌아간 거 빤히 아는 판에, 어디서 되지도 않을 수작이야.

남자의 조소에 화경도 그만 민망해졌던 걸까. 아니면 새삼 침대에 있는 내가 신경 쓰이기라도 했던 걸까. 소곤거림을 그치고 화경이 남자를 데리고 병실을 나가서 그 이상은 듣지 못했다.

산송장이 되어버린 나는 생각하는 것 말고는 할 일이 없다. 그래서 그 대화를 하염없이 반복해서 생각한다. 오늘 거기에 몇 대목이 추가되었다고 해도 크게 달라진 것은 없다.

억장이 무너져서 사람이 죽을 수 있다면, 나도 충분히 죽을 수 있을 듯한데. 여기서 더 무얼 바라고 아직 살아 있는 걸까.

"……아희야."

가여운 내 조카. 화경이가 과연 끝까지 그 아이 앞날을 지탱해줄 수 있을지. 자신이 절박한 상황에 몰리면 자기 자식마저도 잡아먹지

나 않을까 이제 난 의심하고 있다. 그리고…….

"연오야."

이럴 줄 알았다. 부르는 것만으로도 눈물이 되어버리는 이름. 연오, 목연오.

억장이 무너지고 분노로 숫제 미칠 것 같은데도 아직 광기에 삼켜지지 않은 이유. 실로 아주 많은 이유를 그에게 지우고 있다.

피비린내를 발하는 새카만 증오 속에서도, 그가 푸른 야광주처럼 반짝이고 있다. 한 번만 더 그를 보고 싶다는 갈망으로, 욕심으로 눈은 자꾸만 뜨거워진다.

이것이 한순간이나마 그를 의심했던 대가라면, 너무도 참혹하지 않은가.

"연오야."

죽어야 한다면 차라리 슬픔으로 애간장이 끊어져 죽었으면.

바로 그 순간, 나는 한 가지 결심을 했다.

그리고 크게 숨을 들이켠 후 병실이 떠나가라 비명을 지르기 시작했다.

"언니! 오, 세상에, 정말 깨어났구나. 깨어났어."

식사를 하고 돌아오는 길에 간호사에게 이야기를 들었는지 화경이 병실로 뛰어 들어왔다. 나는 퉁퉁 부은 눈을 깜박거리는 걸로 아는 체했다. 한바탕 실컷 울었더니 눈이 붓다 못해 뻑뻑했다.

"괘…… 괜찮아? 나 누군지 알아보겠어?"

"유화경. 내 쌍둥이 동생이잖아. 나 목이 부러진 거지 머리가 터진 거 아니야."

슬쩍 농담하듯이 건넨 말에 화경의 눈이 더할 수 없이 커졌다. 어색

하게 웃으면서 고개를 끄덕이는 중에도 눈동자가 한 자리에 있지 못하고 이리저리 흔들렸다.

"……무슨 일이 일어났는지는 알고?"

"모르겠는데. 설명 좀 해줄래?"

"어? 설명? 아, 그게 말이야, 어떻게 된 거냐면……."

타고나길 언변이 좋다고 자부하던 화경이 이렇게까지 말로 곤란해하는 모습은 처음이다. 나는 그저 조용히 기다리며 화경을 응시했다. 한사코 나와 눈을 마주하지 않은 채 이야기를 꺼내려는 듯 입술만 들썩이기를 몇 번, 그렇게 시간을 끄는 와중에 드르륵 병실문이 열리는 소리가 났다. 뒤를 돌아본 화경이 "완용 씨!"하고 부르며 냉큼 남자의 곁으로 갔다.

"쟤…… 언니가, 깨어난 거 맞는데, 무슨 일이 있었던 건지 모르겠다네."

"모른다고? 으음. 말은 어떻게, 불편하지 않나?"

"말하는 건 전 같아. 듣는 건 물론이고."

잠시 후 어슬렁거리며 박완용이 내 시야 속으로 걸어 들어왔다. 수염 자국이 묘하게 옅은 턱을 문지르면서 내게 말을 걸었다.

"처형, 많이 놀라셨을 줄 압니다. 그게 참, 지금 당장엔 아무래도 곤혹스럽기만 한 일이 되어버렸으니 말이죠. 그래도 이렇게 깨어나셔서 말씀도 하시는 걸 보니 안심했습니다. 희망이 보여요. 처형, 마음 굳건히 잡수세요. 경과를 봐서 수술을 한 번 더 받으면 일어나 앉는 것도 문제가 아닐 겁니다!"

침통한 표정에 마음을 다잡는 표정, 희망을 심어주려는 밝은 표정까지 적절히 섞어 쓰는 수준이 가히 개인기라고 할만 했다. 어차피 그 정도 연기는 못할 테고 나로선 주르륵 눈물을 흘리는 게 최선이었다.

"고맙습니다."

새삼 눈물의 위력을 깨닫는다. 기뻐도 나고 슬퍼도 나고 심지어 화 날 때도 나니 감정을 호도하기 얼마나 적절한 것인가.

과연 박완용은 사뭇 딱한 표정을 지으며 한숨을 쉬었다.

"제가 그런 말 들을 자격이나 있습니까. 같이 있었는데도 사고를 막지 못한 게 꼭 제 탓인 것 같아 마음이 몹시 안 좋았습니다. 그 캄캄한 곳으로 둘만 먼저 보내다니 대체 뭐가 씌었던 건지……."

"술에 씐 거죠. 다들 취해 있었잖아요."

내 말에 화경이 "이제 기억나?"하고 묻는 소리가 들렸다. 옆으로는 오지 못하고 시야 끄트머리에서 바장거리는 기척만 분주하다. 나도 가늘게 한숨을 쉬고서 대꾸했다.

"말했잖아, 다친 건 목이지 머리가 아니라고. 기억은 거의 나. 다만 계단에서 막 떨어지던 순간까지밖엔 떠오르지 않을 뿐이야. 아마 그 이후의 일이 너무 끔찍했나 봐. 거기까진 기억 못해. 하고 싶지도 않고."

"……그래, 차라리 기억 못하는 게 나아. 나도 할 수만 있다면 그때 일 잊어버리고 싶어. 너무 놀라서 난 비명만 질러대고 아무것도 못했거든. 완용 씨가 그나마 정신 차리고 뒷수습을 했어."

"그랬구나. 역시 고맙네. 믿음직스러워."

덤덤한 치사에 박완용은 거듭 그럴 자격이 없다고 민망해했다. 내가 입을 다물자 병실 안이 더없이 조용해졌다. 서로 눈치싸움이라도 벌이듯이 시선만 오가는 중일 거라는데 얼마라도 걸 수 있다. 나는 먼저 박완용에게 생각할 시간을 주기로 했다.

"화경아, 나 부탁할 게 있는데. 괜찮아?"

"아, 물론. 무슨 부탁?"

여전히 곁으로 오지 않는 화경에게 나는 몸을 좀 닦아줄 것을 부탁했다. 찝찝한 줄은 모르겠는데 며칠째 이러고 있다고 하니 부끄럽다고 말이다. 내키진 않을 테지만 어쨌든 화경은 선뜻 해주겠다고 대답했다. 박완용은 대야며 수건들을 분주히 준비해주고 삼십 분 후에나 오겠다며 병실에서 나갔다.

화경이 대야에 담아온 물에 적신 수건으로 얼굴을 닦아준데 이어 그 아래의 몸을 닦아주는 동안 나는 눈을 감고 있었다. 시원하다는 생각은 팔목 부근에서 그치고 이내 들려오는 소리만 생생할 뿐, 그 어떤 느낌도 닿지 않는 상황이 왔다.

'그래, 산송장인가……'

박완용에게 짜증을 내며 화경이 내뱉던 말이 그보다 더 명확하게 이해될 수가 있을까. 아직도 꿈이었으면 싶은 현실에 몸서리를 쳐보지만, 아아, 그것도 목 위에 한정된 일이다. 너그럽게 보아서 어깨, 그 아래 붙은 팔까지…….

그처럼 의미 없는 일에 잠시나마 매달린 자신 때문에 얼핏 웃었다. 얼마 전 연오에게 청승을 떨었던 말이 그 형태를 맺어 이젠 모든 게 덧없어졌거늘.

"시원해?"

"응?"

"아니, 너 방금 웃는 것 같아서."

내 눈치를 살피듯 전에 없이 조심스러운 화경의 말씨에 나는 작정하고 입꼬리를 들어 올리며 슥 눈을 떴다.

"살다 보니 이럴 때가 다 오네 싶어서. 근데 유감스럽게도 감각이 없어서 누리질 못하겠어. 그래서 역시 호강하곤 안 어울리는 팔자구나 했어."

"뭐 그런 팔자가 따로 있나."

"있는 것 같지 않아? 봐, 화경아. 당장에 너랑 나만 봐도 한날한시에 태어났다 뿐 가는 길은 아주 달라."

화경은 잠시 멈췄던 손을 움직이면서 퉁명스럽게 대꾸했다.

"나 때문에 다쳤다고 원망 중인 모양이네."

"원망 좀 하면 안 돼?"

다시 손을 멈추며 화경이 날 쳐다보는 기색이 느껴졌다. 나는 천장을 보며 덤덤히 중얼거렸다.

"따지고 보면 네 탓이잖아. 날 거기로 부른 것도, 엉뚱하게 술을 마신 것도 너니까. 비상구도 너 아니면 갈 일 없었지."

"누가 들으면 내가 네 발이라도 잡아당긴 줄 알겠다?"

쏘아붙이는 목소리는 완연히 방어적. 순순히 내 원망을 들어주지 않겠다는 의지로 똘똘 뭉쳐 있었다. 참으로 무서운 건 사람이라는 말을 떠올리며 나는 피식 웃었다.

"해본 말이야. 너한테 책임지란 것도 아닌데 그렇게 파르르 할 것 없잖아."

"말만 책임지라지 않았지, 내 원망하고 있는 것 맞네, 뭘."

"원망할 처지나 되나, 오히려 미안해해야지."

내 말이 의외였는지 화경은 잠시 뜸을 들였다가 무엇이 미안하냐고 물었다. 나는 정말 모르겠느냐고 반문했다. 화경은 슬며시 목을 빼서 내 얼굴을 들여다보았다. 지그시 그 애의 눈을 들여다보다가 말했다.

"지금 이거. 아희도 모자라서 나까지 네 짐이 되어버렸잖아."

"흐응……."

떫은 감을 씹은 것처럼 화경의 얼굴이 흐려졌다.

"아까 제부 될 사람은 경과 봐서 수술을 더 하느니 했지만 그거 어차피 해보는 말인 거 알아. 옛날에 우리 옆집 살던 서씨 할아버지 기억나?"

"글쎄, 잘은……."

"있었어. 늘 휠체어 타고 집 대문 앞에서 강아지랑 놀아주시던 분. 너도 곧잘 사탕 받았잖아."

"모르겠다니까. 며칠 전 일도 기억 안 나는데 무슨 고리짝 일을 들먹여."

톤이 부쩍 높아진 화경의 짜증에 내 웃음은 깊어졌다. 모르긴. 넌 틀림없이 기억하고 있을 거야. 응, 기억에 남아 있었던 거야.

"그 할아버지 젊을 적에 허리를 다쳐서 내내 반신불수로 사셨잖아. 아마 공사장에서 등짐 지고 올라가다가 계단에서 떨어지셨다던가 그랬지? 우리한테도 곧잘 그랬잖아. 높은 데는 무조건 조심, 또 조심하라고."

"더럽게 할 일도 없다. 그딴 거나 곱씹고 있고."

"맞아. 이러고 있는데 할 일이 뭐가 있니."

내 말에 화경은 겸연쩍었던지 눈살을 찌푸리고는 하던 일로 돌아갔다. 나는 조금 더 있다가 공장 일에 대해서 물었다. 박완용을 시켜서 사정을 알려두긴 한 모양이었다. 병원을 알려줬느냐는 물음에 뭐 좋은 일이라고, 라며 퉁명스런 대답이 돌아왔다.

"잘했어. 기숙사 방도 빼야 할 텐데 뒤처리는 너한테 부탁해야겠다. 퇴직금이 좀 나오긴 할 테니까 그걸로 일단 병원비하고……. 이럴 줄 알았으면 몇 만 원짜리 보험이라도 들어두는 건데 젊은 거 하나 믿고 배짱부렸나 봐. 화경아, 너 혹시라도 내 앞으로 들어둔 보험 같은 거 없지?"

"없지, 그럼. 당장 내 보험도 없는데 너한테 무슨 보험이야. 넌 물어볼 사람한테 물어봐라."

또 쨍하니 높아진 목소리로 쏘아붙이는 것을 나는 덤덤히 흘려들었다.

"물에 빠진 김에 지푸라기라도 잡아볼까 했어. 그럼 정말 막막해졌다, 그치?"

길게 한숨을 쉬고서 나는 중얼거렸다.

"아희 하나도 감당 못하던 너한테 나까지……. 보나마나 무린데. 어쩌나……."

다시금 한숨을 내쉬자 한숨 좀 그만 쉬라며 화경이 왈칵 짜증을 냈다.

"무리든 아니든 네가 고민해서 뭘 어쩔 수 있어? 넌 어떻게 된 애가 그런 걱정이나 하고 있어? 너한테 닥친 일을 봐. 너 사지가 마비됐다고. 아직 실감이 안 나? 너 어쩌면 앞으로 평생 이러고 누워 지내야 할지도 모른단 소리야!"

눈물까지 그렁거리며 내게 윽박지르는 화경을 나는 다소 멍하니 바라보다가 빙그레 웃었다.

"내가 불쌍하긴 하니?"

화경은 벌린 입술만 연신 실룩이다가 마침내 그걸 말이라고 하냐고 소리쳤다.

"불쌍하지 그럼, 이러고 누워 있는데 내가 손뼉 치고 웃어?"

"그렇구나. 다행이다."

"뭐가 또 다행이래, 너 진짜 머리가 어떻게 된 거 아냐?"

시뻘겋게 달아오른 화경의 얼굴을 한 번 더 눈에 담고 나는 눈을 감았다.

"화경아, 혹시 내 휴대전화 갖고 있니?"

"네 가방에도 없고 옷에도 없었으니까 소동 중에 어디서 흘렸나 봐. 그 뒷날이었나? 분실했다고 일단 정지시켜 놓긴 했어. 왜, 연락할 사람 있어?"

연락할 사람이라. 피차 누구 이야기를 하는지 모르지 않을 텐데 시치미를 뚝 떼고 묻는 말에 나 또한 시치미를 떼듯 됐다고 중얼거렸다. 그리고 바로 화제를 돌렸다.

"그보다 나 아희 보고 싶은데."

"아희? 이러고 말이야?"

"놀라지 않게 네가 적당히 둘러대 봐. 한동안 못 보러 갈 텐데 아희도 이유는 알아야지. 말해주지 않으면 혼자 머리 싸매고 낑낑댈지도 몰라. 걔가 좀 조숙하잖니."

"애답지 않은 건 사실이지. 알았어, 데리고 올게."

"늑장 부리지 말고."

"이따 저녁 먹이고 데려오면 될 거 아냐. 설마 지금 데려오라고?"

화경의 목소리에 짜증이 실리기 전에 내가 양보할 때였다.

"이따가 저녁 먹이고 데려와. 자기 전에 동화라도 들려주게."

"아희가 너한테 동화 읽어줘야 할 판이거든?"

기막혀하는 중얼거림을 무심히 흘려보내며 나는 여전히 마음에 맺혀 있는, 보고 싶은 이를 마음속에 그렸다. 이제 내게 넘치는 건 생각할 시간뿐이니까, 그와 만났던 첫 순간부터 차근차근 돌이켜본다.

어느새 마음속 밤하늘에 달이 떠오르고, 나는 휘파람을 불고 있었다.

"……여름이 다할 무렵, 산을 오가던 소 치는 아이가 연못에 하나 남은 연꽃에 앉아 있는 파랑새를 보았어. 주변에서 못 보던 새라 아이

가 사로잡을 욕심에 돌멩이를 던져보았는데 그 바람에 새는 포르륵 날아가 버렸어. 해님이 그 이야길 듣고 연못에 와 몇 날 며칠을 기다려보았지만 파랑새는 다시는 보이지 않았어. 할 수 없이 해님은 그 마지막 연꽃을 꺾어 들고는 몇 번이고 뒤돌아보며 떠나갔어. 그리고 나리와 함께 먼 북쪽 나라로 떠난 후 두 번 다시는 돌아오지 않았단다."

아희는 보조침상에 앉아 무릎을 두 팔로 끌어안고 이야기에 귀를 기울이다가 이야기가 끝나자 열심히 박수를 쳤다. 그러고서 내게 바싹 얼굴을 가까이하며 목마르지 않으냐고 물었다.

"물 마실래, 이모? 아니면 주스?"

"괜찮아. 아직 목 안 말라. 이야기 또 들을래?"

"으응, 아니, 아니야. 두 번이나 들었잖아."

"두 번밖에 못 들었는데?"

"엄마가 이모 너무 귀찮게 하지 말랬어. 아희도 괜찮아. 이모가 나으면 그땐 세 번씩 들을게."

그런 아희가 기특해서 머리를 쓰다듬어주고 싶었지만 무심코 한 생각이 행동으로 옮겨지는 기적은 없었다. 꼼짝도 하지 않는 손, 더 나아가 얼어버린 몸을 깨닫고 새삼스레 무너질 것 같은 심사를 입술 속살을 깨무는 것으로 견뎠다. 대번에 짭짤한 비린내가 입 안에 퍼진다. 진득한 눈물의 맛이다.

"그러면 내일 또 와서 들어. 내일도 두 번 이야기해줄게. 그 대신에 아희야, 이모랑 약속한 거 알지?"

"응, 이모. 잊지 않고 가져올게."

"엄마한테는?"

"말 안 해. 이모랑 나랑 아는 비밀이니까. 다시 약속."

아희는 내 뺨에 꾹 입술을 댔다 떼는 것으로 약속의 증표를 삼았다.

손가락을 걸 수 없는 이모를 배려한 재치에 어쩌면 이렇게 똑똑하고 착한 아이일까, 뭉클해져서 바라보았다. 나는 이 아이를 정말로 사랑한다. 죽은 성우만큼이나. 그렇기에…….

"이모가 우리 아희 언제까지고 지켜줄게. 정말로 그럴 거야."

"꼭! 그러니까 이모 밥 잘 먹고 얼른얼른 나아야 해. 의사선생님 말씀 잘 듣고. 알았지?"

늘 해주기만 하던 이야기를 반대로 듣게 되니 이런 기분이구나. 이번엔 눈물이 나려는 것을 제대로 참지 못했다. 그런 나를 보고 아희도 금세 울 것 같은 얼굴을 하고선 고사리 같은 손으로 눈물을 훔쳐 주었다.

"이모, 많이 아파? 간호사 언니 불러줄까?"

"이모 아파서 운 게 아니라 얼른 나아야지 하고 운 거야."

어린 마음에도 믿기지 않는지 아희는 고개를 갸웃갸웃하며 내 뺨을 계속 쓰다듬어주었다. 그러는 중에 병실문이 열리고 화경이 고개를 들이밀더니 아희더러 그쯤하고 돌아가서 자라고 말했다. 아희는 엄마와 나 사이에서 눈치를 보았다.

"내일 또 오기로 했잖아. 가서 자, 아희야. 이모도 잘 거야."

"응, 이모, 잘 자."

침대에서 내려서서 엄마에게 가던 아희가 문간에서 무슨 생각을 했는지 되돌아왔다. 그러곤 불쑥 환자복 안에서 목걸이를 꺼내 머리 위로 벗겨 냈다. 거기에 달랑달랑 달려 있는 것은 다름 아닌 분홍곰. 일명 '푸 오빠'였다.

"이모 빌려줄게. 틀림없이 이모 지켜줄 거야."

"이모는 괜찮아, 아희가 가지고 있어."

"이모는 병실에 혼자뿐이잖아. 푸 오빠가 있으니까 무서워하지 마. 알았지?"

2인실인데 환자가 없어 나 혼자뿐인 게 내심 마음에 걸렸었나 보다. 베개 위에 곰인형을 놓아두고 "이모를 부탁해요."하고 꾸벅 고개까지 숙인 뒤 아희는 쪼르륵 엄마에게 달려갔다. 아희 데려다주고 온다는 화경의 말을 뒤로 하고 병실문이 닫혔다.

혼자가 된 나는 눈을 굴려서 같은 베개를 베개 된 곰인형을 보았다.

"다시 만났네. 잘 지냈어?"

곰은 대답하지 않았다. 당연한 노릇이다. 그럼에도 불구하고 나는 또 말을 걸었다.

"네 까만 형제는 잘 지낸다니?"

고인 눈물이 하릴없이 눈꼬리를 따라 베개로 흘러내렸다.

"아, 기왕 만드는 거 팔다리 다 달고 폼 나게 해줄 걸 그랬다. 이래서야 내 바느질 솜씨가 얼마나 좋은지 영영 알 길이 없어졌잖아. 사람 목숨이 얼마나 부질없는지 알면 뭐해, 정작 시간이 무한정 있을 줄 알고 살았는데. 참말로 나 같은 바보를 또 어디서 찾을까. 그치?"

눈을 감고, 하하하 소리 내어 웃었다. 그 소리가 사그라지자 사위가 순식간에 고요해진다. 순간 치미는 두려움에 번쩍 눈을 떴다. 불 켜진 병실의 천장이 날 기다리고 있을 따름이다. 손가락 하나 까딱할 수 없고, 숨조차 크게 쉴 수 없는 현실이다. 마음속 한구석에선 여전히 '기적'을 기다리는 내가 있고 말이다.

"'바보'까지만 하자, 유수경. '겁쟁이'는 되지 않는 거야."

—어리석지만 용감했다.

그것이 똑바로 정신을 붙들어 매기 위한 나의 슬로건이다. 곧 죽어도 의연해져 볼 참이다. 아무도 알아주지 않아도 나는 나름의 전투를 벌이는 중이니까.

다시금 질끈 눈을 감고 생매장당한 듯한 숨 막힘을 잊고자 필사적

으로 좋은 기억에 매달렸다. 연오의 휘파람 소리가 뇌리를 채우는 것도 시간문제. 세세하게 그와 나눈 대화들을 복기하면서 마음은 차차 안정을 찾아갔다. 언뜻 병실문이 여닫히는 소리를 들은 것도 같지만 개의치 않았다.

이윽고 기억을 하는 것인지 꿈을 꾸는 것인지 그 경계마저 부지불식간에 흐릿해지더니…… 찰랑거리며 부는 바람 속에 꽃향기가 은은하고 펼쳐진 하늘엔 잠시 마실 나온 별들이 반딧불이에 빙의해서 춤을 추고 있었다. 그리고 내 옆엔…….

곰이 있다.

"어째서?"

어차피 꿈인데, 왜 연오가 아니라 곰인가? 아희의 '푸 오빠'가 날 돌아보면서 그 앙증맞은 입을 벌려 말했다.

"그러니까 날 데려갔으면 좋았잖아요. 이래서야 영영 돌아가긴 글렀어요. 이젠 꼼짝없이 버림받을 거야."

엉엉엉, 곰이 울었다. 눈물까진 못 흘리지만 정말 구슬퍼한다는 것은 틀림없이 전해졌다. 도무지 맥락을 모를 꿈이긴 하지만 가여워서 등이라도 두드려주고 싶었다. 그런데 공교롭게도, 내 팔다리가 꼼짝을 않는다.

"곰도 말을 하는데 왜 나만 철저히 현실적이야?"

우는 곰 옆에서 푸념하고 있자니 나까지 울컥 눈물이 솟구쳤다. 꿈에서까지 한사코 참을 건 또 뭐냐, 에라, 모르겠다 하고 나도 목 놓아 울었다. 곰은 훌쩍거리며 왜 자길 안 데려갔느냐 투정하고 나는 나대로 미안하게 됐다고 사과했다.

"데려오지 못해서 미안하지만 그래도 너는 아희 옆에 있어주는 게 좋겠어. 나는 이제 어쩔 수 없지만 아희는 앞날이 창창하단 말이지.

지켜줘, 힘껏."

"하지만 내겐 당신을 지켜야 하는 사명이……."

말하다 말고 곰이 흠칫 놀라는 모습에 나까지 놀랐다. 허공의 한 점을 가만히 응시하던 곰이 오들오들 떨며 말했다.

"온다, 온다, 온다, 혼이 날 거야. 우와앙!"

얼굴을 가리며 우는 시늉을 하는 모습이 순간 흔들리더니, 이내 머리만 있는 곰인형이 되어 털썩 떨어졌다. 때를 같이 해서 반딧불이가 날던 밤하늘도 감쪽같이 사라지니 남은 건 소독약 냄새가 희미하게 떠도는 어두컴컴한 병실이었다.

저번에 이어 또 한 번 찾아온 기묘한 꿈에, 어떤 동요에서 그런 것처럼 웃을까 말까 망설이고 있는데, 한줄기 싸한 바람이 불어와 머리카락을 흩트려놓았다. 손가락 하나 까딱할 수 없는 처지엔 이만한 일도 큰일이 된다. 별수 없이 입으로 불어서 시야를 가린 머리카락을 치우려 했다. 하지만 그런 내 노력을 비웃듯이 출렁이며 다가온 바람이 또 머리카락을 건드리고, 뺨을 건드렸다. 이놈의 바람이 눈치도 없어—.

잠깐, 바람이 불고 있다고?

나도 모르게 동요한 가슴 가득 크게 숨을 들이켰다. 목에서부터 밀려 올라오는 둔한 통증을 콧속을 채운 감미로운 향 내음이 상쇄시켰다.

이 향기, 틀림없는 치자꽃 향기가, 꿈인데도 이토록 선연하게……. 나는 바람의 방향을 좇아 초조하게 눈알을 굴렸다.

"흡."

그대로 그만 숨을 멈췄다. 지금 내게 보이는 것이 그저 놀랍기만 했다.

창을 등지고 선 그가 자박자박 발소리를 내며 내게로 걸어왔다. 침대 발치에 적힌 카드를 읽고 나를 바라보는 눈길이 한없이 어두웠다.

"떠나선 안 되는 거였어."

절망으로 가라앉은 목소리였지만 내게는 그저 달콤하기만 했다. 연오였다. 연오가 눈앞에 있었다. 묘한 꿈이라고 한 것은 취소다. 이제는 더없이 완벽한 꿈이었다.

말을 걸면 꿈이 깨어져버릴 것 같아서 눈으로만 호소했다. 그렇게 서 있지 말고 더 가까이 와줘. 와서 네 얼굴을 보여줘. 어서, 연오야.

바람이 이루어진 것처럼 연오가 내게 다가왔다. 머리맡까지 다가와 날 내려다보는 슬픈 눈매를 나는 떨리는 가슴으로 올려다본다. 눈을 깜박이는 시간조차 아쉬워 한껏 부릅뜬 눈에, 주책없이 눈물이 고이는 바람에 조금 당황해 버렸다. 털어내고 싶어도 그 간단한 일도 못하는 몸이라 희미하게 끙끙대는 것에 그쳤다.

연오가, 그런 내 눈가를 스윽 어루만졌다. 눈물을 훔쳐 주고 머리카락을 매만져주며 그가 물었다.

"많이 아프지?"

괜찮다는 뜻으로 웃는데 눈물이 속도 모르고 자꾸만 샘솟았다. 방해하지 마, 난 연오를 조금이라도 더 많이 봐야 한단 말이야. 청승 떨 시간 따위 없다고.

"……미안해. 결국 욕심에 떠밀려 널 버려뒀어."

이해할 수 없는 사과를 하고 얼굴을 기울여 내 눈꺼풀 위에 입 맞추는 연오의 입술이 몹시도 차갑다. 그리고 조금 떨리고 있다.

"어떡할까, 수경아."

천천히 입술을 떼고 내 눈을 바라보며 그가 물었다.

"차라리, 이번엔 함께 죽을까?"

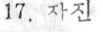

17. 자진

"이모, 이모? 이모!"

"……응?"

불현듯 정신을 차려보니 아희가 휘휘 내 눈앞에서 손을 휘젓고 있었다.

"이모, 이제 나 보여? 내 목소리 들려?"

"아, 보이고말고. 목소리도 잘 들려."

"다행이다. 이모가 갑자기 암말도 안 해서 아희는 이모가 눈뜨고 자는 줄 알았어."

"미안. 이모가 잠깐 딴생각을 했나봐."

머쓱하게 웃는 나를 보고 아희는 고개를 갸웃하며 "무슨 생각?"하고 물었다. 엉겁결에 대답을 해주려다가 아차 했다. 아무리 조숙해도 여섯 살 아이와 의논할 이야기가 아니었다.

"몰라, 금방 생각났다가 또 금방 까먹었나 봐. 방금 어디까지 이야기했더라?"

"달님이 해님을 속여서 폭포로 올라가는 대목!"

"그럼 그 뒤 이야기 계속 할게. 둘이 그렇게 폭포로 오르고 있는데 아침부터 맑았던 날씨가 점차 흐려지면서 하늘엔 먹구름이 모여들었어. 그걸 본 해님은 달님에게……."

턱을 괴고 잔뜩 집중해서 듣는 아희에게 미안하게도 나는 또 다른 생각으로 줄달음치고 있었다. 그냥 툭 건드리는 것만으로도 줄줄 욀 수 있는 이야기라 입은 막힘없이 움직였지만 내 시선은 아희를 비껴 간 천장을 불안스레 더듬곤 했다.

그렇게 어영부영 이야기를 끝맺고 한숨 돌린 후 "다시 해줄까?"하고 묻자 아희가 고개를 절레절레 저었다. 그럼 다른 이야기가 듣고 싶냐는 물음에도 아희는 고개를 가로저었다.

"오늘은 그만 들을래. 이모, 오늘이 어제보다 더 아파 보여."

"아니야, 아프긴. 이모 더 이야기할 수 있어."

"하지만 이모 목소리가 자꾸자꾸 더 작아졌어."

"그랬어? 목이 말라서 그랬나 보다. 물 마시면 목소리는 더 크게 낼 수 있어."

내 변명에 아희는 재빨리 일어나 빨대가 꽂힌 물병을 가져다 입가에 대주었다. 아희 보라고 더 힘차게 빨대를 빨았지만 그 정도로는 어린아이의 눈을 속일 수 없다는 것을 곧 깨달았다.

"그리고 이모, 오늘 엄청 슬픈 눈을 하고 있는 걸."

"어…… 그건, 좀 울어서 그래. 이모 눈이 퉁퉁 부었잖아. 그치? 오늘밤 푹 자고 나면 안 슬픈 눈이 될 거야."

"그럼 더 일찍 자야겠다! 아희는 이모 귀찮게 하지 않을 거야."

아희의 너무도 조숙한 면이 얼마쯤 가슴 아픈 순간이었다.

"귀찮게 해도 되는데. 이모, 아희가 벌써 가버리면 엉엉 울지도 몰

라."

"혼자 있는 게 슬퍼서 그래? 푸 오빠가 게으름 부렸어?"

"푸 오빠는…… 어, 어제는 조용하던데."

의도치 않게 말문이 막혀 어름거리는 사이 아희가 분홍곰을 들어서 진지한 얼굴로 정말 그랬느냐고 인형에게 물었다.

"맞다, 이모, 여긴 TV가 없어서 푸 오빠가 심심했나봐. 푸 오빠는 만화를 좋아하거든. 어서 TV있는 방으로 옮겼으면 좋겠다. 그럼 푸 오빠도 씩씩해질 거야."

아희가 만든 상상의 친구에겐 그런 개성이 있나 보다. 새삼스레 분홍곰을 쳐다보며 생각했다. 너무 볼품없어서 미안. '푸 오빠'를 만드는 건 줄 알았으면 더 솜씨 발휘를 했을 거야.

"그럼 TV 있는 방으로 옮길 때까지 아희가 맡아줄래?"

"응?"

"이모가 의사선생님께 말해서 얼른 TV 있는 방으로 보내달라고 할 거니까."

"그치만 이모 혼자 자면 무섭잖아."

"괜찮아. 이모는 어른이잖아. 그리고 며칠 안 걸릴 거야."

으음, 하면서 아희는 작은 머리를 끙끙거렸다. 나는 이러다 오늘도 좋아하는 만화 한 편도 못 볼 푸 오빠가 불쌍하다고 어린애의 고민을 부추겼다. 어쩔 수 없이, 아희는 며칠만 푸 오빠를 데리고 있기로 했다.

"아, 푸 오빠가 좋아하는 만화 재방송할 시간이야. 지금 가면 절반은 볼 수 있어."

그 바람에 아희가 더 빨리 가겠다고 나선 건 내 계산 밖이었지만 가겠다는 애를 더는 붙잡을 수 없었다. 내일 또 오겠다며 침대에서 훌쩍

내려서는 아희 등에 대고 잘 가라고 인사한 얼마 후 부산 중에 깜빡 잊고만 용건을 떠올리고 혀를 찼다. 그런데 마음이 통했던지 다시금 병실문이 열리며 아희가 침대로 달려왔다.

"아희가 깜빡하고 그냥 갈 뻔했어. 이모가 부탁한 거."

'비밀'이라고 신신당부한 걸 기억하는지 아희는 시키지 않아도 소곤거리며 말했다. 아희의 손에 들린 휴대전화를 보고 나는 마른침을 삼켰다. 빌려주면서 간병인 아주머니가 이상히 여기지나 않았을지 걱정이었지만 거기까진 생각하지 않기로 했다.

"고마워. 엄마는 밖에서 뭐하니?"

"엄마? 엄마밖에 없는데?"

"없어? 왜?"

"아희더러 혼자 병실까지 갈 수 있냐길래 갈 수 있다고 했어. 그래서 엄마는 잠깐 친구 좀 만나고 올 거래."

그 잠깐을 못 기다리고 다른 데로 새버린 건가 하고 한숨을 내쉬는 한편 내게는 잘된 일이라고 씁쓸히 웃었다.

"정말 혼자 돌아갈 수 있는 거 맞아? 가다가 지쳐서 주저앉기라도 하면?"

"그땐 큰 소리로 '도와주세요, 소아병동 302호실 환아 유아희입니다. 저 좀 병실로 데려다 주세요'라고 하면 되잖아."

"우와, 우리 아희 대단하다. 이렇게 똑똑한데 자라서 뭐가 되려나?"

"의사선생님!"

다부진 포부에 흐뭇하게 웃고는 장래의 의사선생님께 정중히 부탁했다.

"이모가 불러주는 번호로 전화 좀 걸어줄래? 금방 끝낼 테니까 가져가서 잘 썼다고 돌려드려. 그리고 말이야, 지금 거는 전화는……."

"알아, 비밀이지? 아희, 귀 막고 있을까?"

똑똑하다고 말하기도 입 아파서 빙그레 웃고 말았다. 내가 불러준 번호로 아희는 전화를 걸었고 신호가 가기 시작한 전화기를 내 옆에 두고 물러나 귀를 막았다. 얼른 이어지지 않는 전화에 살짝 조바심을 느끼며 마른 입술을 핥았다. 통화를 못할 수도 있다. 오늘 안 되면 내일, 내일 안 되면 모레, 될 때까지 나는…….

"여보세요."

신호음이 끝나고 들려온 걸걸한 목소리에 쿵 심장이 요동쳤다.

내 운이 아주 바닥난 건 아니었다.

아희가 돌아간 뒤 얼마를 하릴없이 기다렸을까. 병실문이 열리고 누가 들어오는 기척이 났다. 사람보다 먼저 진한 향수 냄새가 제 존재를 알려 와서 "화경아"하고 부르자 "응"하고 건성으로 대꾸하는 소리가 들렸다.

"그 사람은 같이 안 왔어?"

"왔어. 막 올라오는데 전화가 와서. 곧 올 거야."

비어 있는 옆 침대에 아무렇게나 걸터앉는 걸 곁눈으로 보며 나는 말했다.

"근데 너 애를 혼자 보내면 어떻게 해."

"그새 일러바쳤어?"

"일러바친 게 아니라 내가 너 어디 있냐고 물어봤어. 너, 가만 보면 걔가 여섯 살인 거 종종 잊어버리는 것 같더라."

"또 무슨 트집을 잡으려고 시동이야."

당장에 화경은 듣기 싫은 티를 냈지만 나는 아랑곳하지 않고 계속 말했다.

"아무리 어른스럽게 굴어도 애야. 적어도 스무 살이 될 때까진 네게 책임 지워진 네 새끼인 거 잊지 마. 네가 다른 사람들한텐 몰매 맞아 죽을 망종이 되건 말건 상관 안 해, 하지만 아희한텐 잘해. 간이고 쓸개고 내줄 것처럼 잘하라고."

"……뭐라는 거야. 꼭 내가 이미 망종이라고 욕하는 것처럼 들린다?"

기막혀하는 화경의 반문에 아무 말도 않고 눈을 감았다. 여느 때 같으면 한바탕 퍼부음직한데 화경도 잠자코 있는 덕분에 병실 안은 조용해졌다.

잠시 후 병실에 또 한 사람, 박완용이 들어왔다. "자?"라고 화경에게 묻는 걸 내가 "아뇨, 안 자요."라고 대답하며 눈을 떴다.

"오늘 공장에 가셨던 일은 잘됐나요?"

"예, 그럭저럭. 인망이 좋으셨나 봐요, 처형. 무슨 사정이 생긴 건지 다들 여간 걱정을 하는 게 아니더라고요. 말씀하신 대로 지병 때문에 요양을 하게 됐다고는 알렸는데 병원이라도 알려달라고 어찌나 성화들인지 떨쳐내고 나오느라 혼났습니다."

마음이 한없이 쓸쓸한 와중에 그나마 작은 위안이 되는 소식이었다. 성실하게 살았던 인생이 아주 부질없진 않았다고…… 가볍게 웃어보는 것이다.

"기숙사 짐은 어떻게 잘 처분하셨고요?"

"짐이랄 게 얼마 돼야죠. 젊은 여자 짐이 그렇게도 적다는 것에 아주 깜짝 놀랐습니다. 솔직히 누가 빼돌렸나 의심까지 했을 정도예요."

"그럼 제 짐 맞을 거예요."

내가 웃으며 말하자 화경이 옆에서 "괜히 자린고비겠어."하고 툴툴거렸다.

"내가 자린고비가 됐으니 이만큼 살아온 거야. 나까지 너처럼 살았

으면 아희가 어떻게 됐겠어.”

“하여간에 그놈의 생색 못 내면 입에 가시가 돋지?”

“더는 생색낼 일도 없으니까 싫어도 들어. 앞으론 다 네 몫이야. 어디 얼마나 잘하나 한 번 보여달라고.”

“저주하는 것도 아니고.”

발칵 짜증을 내며 화경이 자리를 박차고 일어났다. 일어난 김에 자리 좀 비켜달라고 말하자, 화경은 왜 그래야 하느냐고 입술을 삐죽거렸다.

“나 빼놓고 둘이 무슨 말을 하겠다고?”

“어른들 이야기하게 나가 놀라는데 참 말 많다.”

“어른들? 그럼 나는 애란 말이야?”

“미덥지 못한 걸로는 아희보다 아랜 거 맞잖아. 하여간 좀 나가 있어. 너한테 나쁠 이야기 아니니까.”

그럼에도 불구하고 나가지 않으려고 버티는 화경을 박완용이 살살 구슬려서 나가 있게 했다. 쟤 성격에 엿들을지 모른다고 내가 코멘트하자 박완용이 아예 차에 가 있으라고 화경을 보냈다. 화경이 시키는 대로 할 거라고는 생각지 않았지만 아무래도 나는 상관없었다.

둘만 남게 되자 우선 내 재정상황 전반을 설명하고 여윳돈을 비롯해 앞으로 들어올 퇴직금의 관리에 대해 박완용에게 맡긴다고 말했다. 화경에게 경제관념 같은 걸 기대할 수 없다고 딱 잘라 하는 말에 박완용도 쓴웃음으로 고개를 주억거렸다.

“그렇다고 절 그렇게 신용해주시니 어깨가 참 무겁습니다.”

“화경이에 대한 그쪽 마음을 믿는 거죠. 뭐 믿는다 어쩐다 말하기엔 형편없이 적은 돈이니까요……. 어떤 사람들한텐 하룻밤 술값이나 될까.”

한숨을 내쉰 뒤 지금 같은 상황으로 그 돈이 얼마나 가겠냐고 중얼 거렸다. 대답이 궁했는지 박완용은 말이 없었다.

"그쪽도 생각이 많아지셨죠? 백혈병 걸린 어린 동생으로 부족해서 이젠 다른 자매까지 이렇게 되었으니. 집안 어른들이 알면 얼마나 황 당하시겠어요."

"어른들을 설득하는 거야 제 몫이지요. 처형께선 골치 아픈 일은 아무것도 생각 마시고 낫는 일만 생각하십시오."

망설임 없이 쏟아내는 반듯한 대꾸에 그만 하, 하고 감탄할 지경이 다. 썩어 문드러진 마음을 하고서도 저렇게 사람 좋은 웃음, 살가운 목소리를 꾸며낼 수 있다니.

가증스러움에 치를 떠느라 확 달아오른 얼굴에, 눈물까지 맺혔다. 박완용은 속상해하지 마시라며 티슈를 뽑아서 눈가에 가져다댔다. 몸 을 움직일 수만 있다면 지구 반대편까지 달아날 징그러운 손길이었지 만 나는 그럴 수 없다. 나도 모르게 숨이 막혀 허덕거리는 게 심각해 보였던지 박완용은 간호사를 호출했다.

간호사가 들여다보고 침을 잘못 삼켜서 사레가 들렸다는 내 말을 믿고 나가는 동안에도 화경은 코빼기도 비치지 않았다. 정말로 바깥 에 없구나 하는 짐작은 들끓어 올랐던 노기를 빠르게 진정시켜 주었 다. 침착하게, 최대한 의연하게. 슬로건을 기억해야 한다.

"오늘 의사선생님께 여러 가지 이야기를 여쭈었어요."

다시 둘만 남은 병실에서 나는 나지막하게 말을 꺼냈다.

"다음 수술이 있을 거란 보장은 거의 없고, 설사 몇 번의 수술을 하 든 지금 기술로 제가 다시 일어나서 두 발로 걷는 건⋯⋯ 기적에 가깝 다고 하시더군요."

어색하게 박완용이 헛기침을 하며 들려주는 몇 마디 영양가 없는

웅원의 말에 나는 오랜 침묵으로 대답했다. 다시 입을 열었을 때 내 목소리는 내가 바란 만큼 차분하게 들렸다.

"왜, 개똥밭에 굴러도 이승이 좋다는 말 있죠? 전 개똥밭에 구를 바에야 차라리 죽는 게 낫다고 생각해요. 저는 죽은 뒤엔 아무것도 없다고 생각하거든요. 그러니까 그렇게 추해질 바엔 내 의지로 끝을 맺고 싶어요."

"그런 말이 있긴 합니다만, 그것도 다 비유죠. 그런가 하면 쥐구멍에도 볕 들 날 있다는 말도 있고……."

"한 이십 년쯤 걸려서 뜨는 해요? 의미 없어요. 이렇게 민폐 덩어리가 되어버린 몸으로 이십 년이나 살다니……. 아, 설사 제가 백만장자라고 해도 싫어요. 저는 이렇게는 못 살아요. 네, 일 년도 못 가서 미치고 말 걸요."

박완용은 일없이 턱만 문질렀다. 가족끼리도 꺼려질 만한 무거운 하소연. 하물며 다른 사람에 대한 연민이 무언지 알지도 못할 종자……. 말은 못해도 슬금슬금 짜증이 치밀 것이다. 그러니까, 너무 늦기 전에 눈이 확 뜨일 만한 이야기로 넘어가주지.

"처음 만난 자리에서 조랑말 이야기했던 거 기억나요?"

"조랑말이요? 아, 그건 화경이가……."

엉뚱한 이야기라는 듯이 박완용이 나를 힐금거렸다. 바싹 마른 입술을 핥고서 나는 한껏 목소리에 힘을 실어 말했다.

"아끼던 말이었을 텐데 직접 엽총 방아쇠를 당겨서 보냈다고 했잖아요. 그런 건 아무나 할 수 있는 일이 아니라고 생각해요."

"글쎄요, 저로서도 내키진 않았지만 막상 그 상황에선 더는 고통받는 걸 볼 수 없다는 마음에, 뭐, 그런 거죠."

박완용은 얼버무리듯 말끝을 흐리며 시선을 피했지만 내가 빤히

보고 있자 다시금 내 쪽을 보았다. 왜 이런 이야기를 꺼낸 건지 궁금했으리라.

"그래서 그쪽에겐 부탁할 수 있겠다고 생각했어요. 아니, 부탁이 아니라 반드시 도와줘야 해요. 화경일 위해서라도."

"대체 무슨 말씀을 하시려고……."

침착하게, 이 순간을 위해 준비했던 말을 꺼냈다.

"한 번 더 엽총 방아쇠를 당겨달란 말이에요."

박완용의 눈이 휘둥그레졌다. 가만히 미소하며 나는 속삭였다.

"그래요, 이번엔 조랑말이 아니죠."

밤이 깊었겠지만 도통 잠이 찾아오지 않았다. 주사위는 던져졌다, 라는 말이 하염없이 머릿속에서 오락가락하면서 가슴이 수런거렸다. 꼼짝도 하지 않는 몸 대신 의식이 자꾸만 팽창해서 병실을 가득 채우다 못해 팡 하고 터져버릴 것 같았다.

"푸 오빠라도 있었으면 나으려나."

아희에게 돌려준 곰인형을 아쉬워해보기도 한다. 그래 봤자 나무토막 하나 들어 있는 헝겊 쪼가리인 것을. 아희 말에 따르면 만화를 좋아하는 울보이긴 하지만.

"울보?"

울보란 소리를 아희가 했던가. 들은 기억이 없다. 그런데 왜 당연하다는 듯이 울보라고 떠올렸을까. 그 이유를 찾아 생각의 갈피를 더듬어 가던 내 시선이 어느새 창문에 멈추어 있었다.

물끄러미 창문을 바라보는 사이 머릿속에 있는지도 몰랐던 안개가 흩어지며—망각이란 병풍 뒤로 숨어 있었던—간밤의 기억들이 떠올랐다. 새까맣게 잊고 있던 것을 홀연히 되찾는 이런 감각이 낯설지 않

은 건, 전에도 이 비슷한 일이 있었기 때문이다. 물론 그때는 꿈이 아니라 실제로 겪은 일이었으나…….

"꿈?"

꿈이었나? 울음보를 터뜨리던 곰인형. 저 창문 앞에 서 있던 연오. 그가 내게 다가와 눈물을 닦아주던 손길, 미안하다고 사과하던 음성, 차가운 입술, 그 모든 게 꿈이었나?

꿈일 밖에. 꿈이 아니면 너무도 이상하잖아.

—차라리, 이번엔 함께 죽을까?

꿈이 아니면, 그 말이 대체 뭐야? 이번엔, 이라니. 꼭 실패한 과거라도 있는 것 같잖아.

혹 그런 게 아니라…….

"설마 그게 내 바람?"

소름이 오싹 끼칠 만큼 끔찍한 상상이었다. 바라지 않는다. 나는 결코 그런 식으로 그를 끌어들일 생각이 없다. 절대로!

……하지만 이런 단호한 부정이 실은 긍정의 다른 표현이라면?

비대해진 의식이 중심을 못 잡고 갈팡질팡하는 것에 나는 격렬한 멀미를 느꼈다. 지금의 나는 생각이 너무 많다. 할 수 있는 게 그것뿐인 까닭이다. 바로 이런 것이 앞으로 나를 기다리는 삶이라는 예감에 멀미는 욕지기로 변했다. 그래봤자 헛구역질에 불과하다. 마음껏 비명이라도 내지르면 시원할 것 같은데 비명소리에 달려올 사람들이 두려워 오히려 입술을 앙다물었다.

쏟아내지 못한 비명 대신 뜨거운 눈물로 뺨을 적시며 아플 테면 아파라 하고 버둥거린 끝에 고개가 얼마쯤 돌아갔다. 어둠에 잠겨 있는 병실 속에서 그나마 바깥의 가로등 불빛이 비쳐들어 부옇게 빛나는 창문이 내 눈길을 사로잡는 유일이다.

저만한 것도 빛이라고 다가가 손에 쥐어보고 싶었다. 창문을 열고 바깥 공기를 마시고 싶다. 그리고 달을 보는 것이다.

달⋯⋯.

달을 올려다보며 휘파람을 불 수 있다면. 이번에야말로 달이 살짝 흔들리지 않을까.

그리고 그 광경을 연오와 함께 볼 수 있다면.

"이래서⋯⋯ 사람의 욕심은 끝이 없다고 하는구나."

한없는 욕심에 커튼을 드리우듯 눈을 감았다. 다시금 지난밤에 본 연오에게로 생각을 기울였다. 연오의 물음에 내가 했던 대답을 생각했다.

아아, 그러고 보면 울 것까진 없었다. 나는 온당한 대답을 했으니까. 비록 꿈이라고 해도 후회할 말은 하지 않았으니, 언젠가 연오를 다시 만나게 돼도 부끄럽지 않을 것이다.

그 별것 아닌 일이 적잖이 위안이 돼서 빙그레 웃다가 아무래도 꺼림칙한 느낌에 눈을 떠보았다. 방금 전부터 감은 눈 사이로 어른거리던 그림자가 눈을 떠도 보였다.

창문을 뚫어져라 보면서 내 착각이 아님을 확실히 해두고자 입술 속살을 깨물어본다. 하도 깨물어대서 구내염이 되어버린 자리를 깨물었으니 눈물이 핑 돌게 아팠다.

그러는 동안에도 창문에는 커다란 그림자가 드리워졌다. 창 바깥을 오락가락하는 그림자는 흡사 아주 큰 새 같았다. 펼친 날개가 창문을 온통 메울 듯이 길고 가볍게 드리운 발은 구부러진 발톱 끝이 송곳 같다. 문득 머리를 치켜드니 드러나는 날렵한 부리하며⋯⋯.

"우리, 전에 본 적이 있지?"

내 목소리가 창문 밖까지 미칠 거라고 생각한 것은 아니다. 그러나 어떤 반응이 올지도 모른다고 생각한 것은 사실이다.

숨죽인 채 물끄러미 창밖을 오가는 새의 그림자를 보며 나는 기다렸다.

밤을 새워, 피리 소리를 기다렸다.

거침없이 열린 문이 닫힐 때는 제법 조용해졌다. 딴에는 구두 소리를 죽여서 내 침대 옆으로 다가온 화경이 "옆에 뭐야?"하고 물었다. 나는 졸음에 겨운 눈을 깜박거리며 아까 환자가 들어왔다고 말했다. 비어 있던 옆 병상을 차지한 환자를 재빨리 훑어본 화경이 너보다 심각해 보인다며 속살거렸다.

"화상환자라나 봐. 병실이 없어서 잠깐 여기 와 있는 거래. 의식은 없다는데 그래도 너무 떠들진 마."

"의식이 없다고?"

대번에 원래처럼 커진 목소리로 화경은 아예 노골적으로 구경에 들어갔다.

"완전 미라잖아, 미라. 뭔 화상을 얼마나 입으면 저런 꼴이 되지? 아, 설마 분신이라도 한 건가? 꺄, 징그러. 저 정도 화상이면 수술해 봤자 사람 꼴 되긴 글렀네."

무시하고 싶었으나 차마 그냥 넘길 수가 없었다.

"유화경, 생각하는 건 네 자윤데, 밖으로 꺼낼 땐 걸러봐, 좀. 나야 피붙이라 그러려니 했지만 다른 사람들은 결국 남이야. 인정이 뭔지 모르는 사람 곁에 끝까지 붙어 있을 사람은 없어."

"넌 이런 꼬라지를 하고도 잔소리를 하고 싶니?"

기가 차다는 듯 화경이 혀를 찼다.

"인정? 누군 그렇게 인정이 넘쳐서 복 받아서 이러고 있는 모양이네."

야멸친 비아냥거림은 흡사 독이 발린 칼처럼 가슴에 박혀왔다. 저도 말이 심했다 싶긴 했던지 힐금거리며 눈치를 보는 기색이었지만 가슴에 퍼지는 독을 되돌리기엔 늦었다.

"그래, 박복해서 이러지. 애초에 복이 있었으면 너랑 쌍둥이로 태어났겠어?"

지겨운 마음에 눈을 감자 금세 까무룩히 졸음이 몰려온다. 그래도 아직은 잘 때가 아니었다.

"오늘 목요일인 거 알지? 아주머니 교회 가시는 날이야."

"안다고, 알아."

이래서야 몸이 한 다섯 개는 되어야겠다고 구시렁거리는 소리에 조금만 더 참아보라는 식상한 말로 다독거렸다. 지난 며칠 병원을 빠짐없이 오갔으니 슬슬 한계일 것이다. 그 한계가, 돈에 여유가 생기면 좀 늘어나긴 하는지…….

"아희 점심 먹고 계선 아주머니가 와주시기로 했어. 점심은 아주머니 도움 받을 테니까 넌 저녁 전까지 가서 쉬든가 해."

"그런 거면 오기 전에 전화를 해주지."

"운동 좀 하라고 그랬다. 할 일 없으면 또 엉뚱한 짓이나 할까 봐."

"진짜 너랑은 징그럽게 안 맞아. 네 말대로 피차 쌍둥이로 태어난 게 악연이다."

독 오른 눈알을 보란 듯이 굴려 보이고 간다는 말도 없이 돌아서는 등을 향해, 나는 미처 못한 부탁을 했다.

"올 때 복숭아주스 좀 사다줄 수 있어?"

"복숭아?"

화경이 힐끗 뒤돌아보는 모습에 나는 입술을 핥고서 말했다.

"응, 어제부터 그게 자꾸 생각나서. 사다줄래?"

"봐서 생각나면."

"슈퍼에서 파는 거 말고 생과일주스 말이야. 기왕이면 껍질까지 갈아달라고 해."

"아예 복숭아 종류까지 주문하지 그러니?"

"그럼 황도로. 그게 제일 맛있어."

"나 참, 아주 상전 나셨어."

짜증어린 혼잣말을 뒤로 하고 화경은 병실을 나갔다. 과연 저 애에게 복숭아주스를 얻어먹을 팔자는 되려나 생각하며 스르륵 눈을 감았다.

공장에 있었다면 있으나마나 한 선풍기 바람 맞아가며 귀가 멍멍한 소음 속에서 일할 시간인데, 땀 한 방울 흘리지 않고 고요히 낮잠을 청하는 자신이 낯선 동시에 일말의 죄책감마저 느꼈다. 여태 벌새처럼 분주히 살았으니 이 정도 호사쯤 못 누릴 것 없지 않으냐고 자위하면서 긴 낮을 거의 잠에 취해 보냈다.

아무런 꿈도 찾아오지 않는 깊은 잠의 연속. 아마 더 깊은 잠도 이와 크게 다르지 않을 거라고, 잠의 마디마다 생각하곤 했다.

이윽고 나를 둘러싼 세계에도 밤이 왔다.

저녁때쯤 빈손으로 온 화경을 보고 주스는 물 건너갔나 했는데, 엉뚱하게도 아희 병실로 간 화경과 교대하듯이 나타난 박완용이 복숭아주스를 포장해서 가져왔다.

"이게 먹고 싶다고 하셨다면서요. 의외로 파는 곳이 별로 없어서 조금 찾아다녔습니다."

"네……."

떨떠름함을 넘어 상당히 유감스러웠다. 이건 다른 사람 말고 화경

이가 사올 필요가 있었는데. 지금 마실 거냐고 묻는 말에 나는 천천히 고개를 저었다.

"화경이가 사준 게 마시고 싶었어요. 복숭아는, 어릴 때 우리 추억이랑도 연관이 있고 해서. 근데 역시 기억을 못했나 봐요. 이젠 됐어요. 그냥 냉장고에 넣어주세요."

구석에 있는 냉장고에 다녀오면서 박완용은 옆 침대를 주의 깊게 보았다. 이런 날 복숭아주스까지 사올 정도로 치밀한 사람이니 거기 누워 있는 환자에 대해서도 이미 알고 있을 터. 그래도 내가 모른 체 화경에게 했던 설명을 다시 풀어놓는 사이 박완용은 병상에 달린 환자카드를 유심히 읽는 기색이었다.

"참 딱하게 됐죠? 사람 일이란 게 한 치 앞도 모른다고 저 사람도 오늘 그러고 있을 줄 상상도 못했을 텐데 말이에요."

내 추임새에 박완용도 그러게나 말이라고 맞장구를 쳤다. 나는 가느다란 한숨과 함께 그쪽도 방심은 말라고 충고했다.

"나쁜 운에 붙들리는 건 생각보다 멀리 있지 않으니까……. 아, 무슨 넋두리람. 간밤에 잠을 좀 설쳤더니 영 피곤하네요. 침대 좀 내려주실래요?"

박완용이 얼른 다가와 침대를 평평히 눕혀주었다. 나는 잠시 그 얼굴을 올려다보다가 입꼬리를 올려 미소를 만들었다.

"고맙습니다. 이제 그만 자야겠어요. 이러고 있으니 느는 건 잠밖에 없네요."

"많이 자는 게 아주 나쁜 것만은 아니죠. 동물도 아플 때는 자면서 낫는다고들 하잖습니까."

"'조커'도 그러던가요?"

"'조커'도 그랬죠."

나는 짐짓 사람 좋게 웃고 있는 박완용의 얼굴을 마지막으로 보고 눈을 감았다. '조커'는 오래전 그의 것이었다는 조랑말의 이름이다.

　"화경이한테 뭐 하실 말씀은……?"

　"충분히 했어요. 나가시면서 불이나 꺼주세요."

　괜스레 바장거리던 남자가 불을 끄고 병실에서 나갔다. 감은 눈 속이 아주 어두워지며 낮에 그렇게 많이 잤는데도 또 나른한 졸음이 밀려왔다. 잠은 잘수록 는다더니만 과연 그런지…….

　생각만 한다는 게 실제로 나는 어느 결엔가 깜빡 졸았고 그 때문에 다시 병실문이 열리는 소리도 듣지 못했다. 침대로 다가오는 발소리에도, 머리맡까지 다가와 작은 플래시 불빛을 비출 때에도 눈꺼풀조차 움찔하지 않았다. 그러나 아주 먹통은 아니었던지 날카로운 밤송이에 찔리는 꿈을 꾸던 찰나 별안간 "꼼짝 마!"라는 고함이 나를 무지막지하게 현실로 끌어당겼다.

　"이 간도 큰 새끼 같으니! 가만있지 못해? 박완용, 널 유수경 살인미수 혐의로 체포한다! 너 같은 새끼도 변호사를 선임할 권리는 있으니까 어디 선임을 해보든가 하고……."

　작은 병실이 떠나가라 쩌렁쩌렁하게 울리는 큰소리에 귀가 먹먹할 지경이었다. 잠은 깼으나 아직 얼떨떨하여 무슨 상황인지 완전히 알지 못했던 나는 소란을 듣고 병실로 쫓아온 간호사들이 불을 켜고부터 빠르게 정신을 차렸다. 가장 먼저 눈에 들어온 것은 붕대를 칭칭 동여맨 미라에게 붙들려 있는 박완용이었다.

　'이런, 하이라이트를 놓쳤잖아.'

　벼르고 있던 걸 깜빡 자느라 놓친 아쉬움에 픽 웃는데 "어머머, 저거 저거!"하고 새된 비명을 지르며 간호사 한 명이 내 옆으로 허둥지둥 달려왔다. 그녀의 시선이 닿은 곳엔 링거 호스에 말에게나 쓸 법한

용량의 커다란 주사기가 대롱대롱 매달려 있었다. 용케도 하루 만에 이런 걸 찾아왔다고 내가 감탄하는 것도 모르고 간호사는 "놀라지 마세요, 안심하세요, 이제 괜찮아요, 괜찮습니다"하고 연신 날 안심시키려 했다. 그녀가 주사기에 손을 뻗는 것을 보고 미라 같은 꼴을 한 사람이 함부로 만지지 말라고 버럭 외쳤다.

"이봐, 그거 증거품이야! 장갑 끼고 빼, 장갑!"

그리하여 누군가가 수술용 장갑을 찾아올 때까지 링거호스에는 주사기가 꽂혀 있었다. 아무것도 들어 있지 않은 빈 주사기였다. 아니, 아무것도 들어 있지 않다고 하면 어폐가 있겠다. 거기엔 적어도 '공기'가 들어 있으니까.

공기. 그게 박완용이 링거 호스에 주사기를 꽂아 주입시키려 했던 것의 정체였다. 사람의 혈관에 일정량 이상의 공기가 들어오면 공기색전증이란 걸로 죽을 수도 있다는 것을, 최근에 미라 언니와 본 영화로 배웠던 것이다.

"잠깐만요, 오해하지 마십시오! 이건 내가 죽이려고 한 게 아니라 저 여자가 죽겠다는 걸 도와준 것뿐이에요, 물어봐요, 당사자한테, 난 저 여자 동생이랑 결혼할 사람이란 말이야!"

수갑이 채워진 뒤에도 박완용은 입에 거품을 물고 항변했다. 그를 붙잡고 있는 미라, 아니 이젠 제대로 불러드려야지, 박 형사님이 나를 돌아보며 말할 정신이 있느냐고 물었다. 누군가 침대를 올려줘서 나는 박완용의 두 눈을 어렵지 않게 볼 수 있었다. 아까까지만 해도 인상 좋게 멀끔하던 눈이 음모가 들통난 황망함에 한시도 가만 못 있고 들까부르고 있었다. 저게 저자의 진면목일 거라고 생각하며 천천히 입을 열었다.

"작정하면 화경이 같이 멍청한 애 구워삶는 게 일이었을까. 당신이

몇 번이나 날 죽이려고 했다는 거, 이걸로 확실해졌네."

김이 새버렸다고 해야 하나. 기대한 것만큼 시원하지도 않았다. 그런 적 없다고 곧 죽어도 뻗대는 박완용을 보는 것도 그저 시끄럽다는 생각에 싫증이 확 났다. 간밤을 새우며 이 순간을 위해 작정한 말들이 많았지만 정작 그 순간이 닥치자 어서 눈앞에서 사라지기만을 바라고 있었다.

"형사님, 그 인간, 역시 제 앞으로 든 보험금을 노리고 일을 벌인 것 같아요. 전에 동생한테 술김에 말한 적이 있는데 그걸 걔가 속없게 고해바친 모양이네요."

"이놈의 새끼, 이거 교통사고 건수도 예사롭지 않더라니 아주 그쪽으로 맛을 들인 거구먼?"

박 형사가 철썩 박완용의 머리를 갈기며 일갈하자 박완용이 눈을 희번덕거리며 외쳤다.

"미치고 환장하겠네! 이봐요, 난 억울하대도! 혼자선 죽지도 못한다고 나한테 이런 짓을 시킨 게 누군데 그래! 글쎄, 유화경, 저 여자 동생한테 전화를 걸어보란 말입니다, 지금 저 여자가 작심하고 나를 모함하고 있는 거라고요!"

내겐 전혀 나쁠 것 없는 제안이었다. 어차피 화경이도 알아야 할 일, 박 형사에게 그러시라고 말했고, 형사는 곧 박완용의 휴대전화를 손에 쥐었다.

화경이 병실에 뛰어들어왔을 때, 박완용은 다른 경찰관 손에 어깨를 붙잡혀 앉혀져 있었고 박 형사는 간호사의 손을 빌려 위장용 붕대를 풀던 중이었다. 눈치가 빠른 아이니 한 번 병실을 훑어본 것으로 대충 사정을 꿨을 터였다. 그래도 놀란 나머지 헛소리를 늘어놓지 않도록 내가 먼저 물꼬를 틀 필요는 있었다.

"너 저 사람한테 내 보험에 대해 이야기한 게 언제 일이야?"

"보험? 보험이라니…… 무슨?"

교묘하리만치 무던한 말을 내뱉는 화경에게서 시선을 거두며 나는 한숨을 쉬었다.

"둘러댈 것 없어. 내가 보험 몇 개 갖고 있는 거 너도 알잖아. 너 아니면 저 인간이 그걸 어떻게 알아? 아니면 저 인간이 일없이 미쳐서 날 죽이려고 했단 거야?"

당장 화경에게선 어떤 말도 나오지 않았다. 어떤 얼굴로 서 있을지 보지 않는 편이 마음은 편했다. 그러다 문득, 털썩 쓰러지는 소리에 눈길을 드니 그 애는 별안간 날벼락이라도 맞은 사람처럼 주저앉아 박완용을 보고 있었다.

"어, 언니, 언니 말이 사실이야? 당신이, 당신이 진짜…… 그랬어?"

빼어난 연기였다. 저 애에게 끈기란 게 있었다면 어릴 때 입에 달고 산 것처럼 배우가 됐을 거란 생각에 쓴웃음이 나오려는 것을 참았다. 지금은, 변변찮으나마 나도 연기에 매진할 때였다.

"역시 너였어. 입조심하라고 그렇게 말해도 안 듣더니 결국 네 수다 때문에 내가 이 꼴이 된 거네. 전에 나 오토바이한테 봉변당할 뻔했던 일 알지? 그것부터 시작해서 오늘도 저 인간이 나 해코지하려다가 현행범으로 잡혔어."

"혀, 현행범?"

화경의 불안한 시선이 붕대를 푸고 있는 박 형사에게 향했다. 나는 심드렁하게 오토바이 사고를 담당하셨던 형사님이라고 소개했다.

"너한테 말은 안 했는데 계단에서 떨어진 것도, 뒤에서 꼭 누가 민 것 같았거든. 그때 취해 있어서 착각한 줄 알았지만 곰곰이 생각할수록 이상해서 견딜 수가 있어야지. 그래서 처음부터 차근차근 생각해

보다가…… 떠올랐어. 날 습격했던 오토바이, 거기 탄 사람 헬멧에 박 쥐무늬가 있었다는 게 말이야."

"박쥐무늬…… 아! 완용 씨 차에도……."

"그래, 그 번쩍번쩍한 차에 붙어 있는 스티커 너도 알 거야. 처음엔 생뚱맞아서 신경이 쓰이나 했는데 실은 전에 봤던 거였어. 목숨이 왔 다 갔다 하는 상황에서 봤으니 못 잊을밖에."

씁쓸히 웃을 때였다. 한숨은 덤이다.

"다행히, 나 죽기 전에 떠올린 게 어디야? 나 다음엔 너였을 텐데."

"나?"

멍청하게 반문하는 화경을 빤히 쳐다보았다. 진심으로 궁금했던 것이다. 저 애는 정말 그 가능성에 대해 생각해 본 적이 없단 말인가? 돈을 노리고 사람 목숨을 해치는 사람이 두 번은 못 할 거라고 생각했 나? 그게 아니면…….

"오, 세상에, 세상에!"

화경은 경악한 듯이 두 손으로 입을 가리며 나와 박완용을 번갈아 보았다. 그러다 마침내 박완용에게 달려들었다.

"이, 이, 살인자! 괴물 같으니라고!"

박완용을 때리고 할퀴며 네가 나한테 어떻게 이러느냐, 사실이냐, 입이 있으면 말을 해봐라, 소리치고 난리도 아니었다. 박완용은 눈앞 에서 벌어지는 촌극에 기막히다 못해 얼이 나갔던지 별안간 실성한 듯 웃기 시작해서 병실 안이 시장판이 따로 없었다.

더는 볼 일 없겠다 싶었던지 박 형사는 함께 온 경찰에게 눈짓을 해서 박완용을 데리고 나가게 하고 침대 앞으로 다가왔다. 담배 인이 박인 누런 손으로 붕대에 눌린 머리를 털면서 형사가 말했다.

"솔직히 거의 접은 거나 다름없는 일이었는데 용케 해결하게 됐소.

운이 좋았다고 치기엔, 뭐 그쪽 신세가 답답할 노릇이지만 어쩌겠소? 산 걸 다행으로 쳐야지. 재활하면 말짱하게 털고 일어나는 수도 있다고 그럽디다."

아침에 날 볼 때도 그러더니 여전히 허황한 희망을 주려고 애쓰는 형사가 이젠 조금 우스웠다. 천리안이 있어서 일찌감치 범인을 잡아줬다면 좋았겠지만 그렇지 못했다고 해도 형사에게 별 유감은 없었다. 형사가 하는 말을 응용하자면, 난 운이 나빴을 따름이니까. 그 운은 태어났을 때 이미 정해졌고 말이다.

"고맙습니다. 제 말만 믿고 종일 잠복까지 해주신 것도 고맙고요. 허무맹랑하다고 무시하셨으면 꼼짝없이 죽었을 거예요."

"꼬라지는 이래도 나도 감이란 게 영 없진 않다고."

무심결에 담배를 꺼내려고 주머니로 향하던 손을 들어 올려 턱을 문지르더니 박 형사는 인사를 하는 둥 마는 둥 몸조리 잘하란 말을 남기고 돌아섰다. 그가 몇 걸음 못 가서 내 자리에선 보이지 않는 소동이 일어났다. 복도로 끌고 나갔던 박완용이 그새 경찰관을 뿌리친 건지 병실 입구로 쇄도해서 고래고래 소리를 질러댄 것이다.

"유화경, 네 짓이지? 네년이 막판에 배신을 때린 거지? 피가 물보다 진하긴 하디? 웃기고 자빠졌네, 내가 이렇게 다 뒤집어쓸 줄 알아? 어림없어, 보험료가 누구 주머니에서 나왔는데, 호락호락 당하고 있으면 내가 사람 새끼가 아니다! 너 두고 봐, 두고 보라고!"

꼬리 내린 개의 울부짖음인가. 내게는 시시한 여흥거리였지만 화경에겐 그렇지 않았던지 비명을 질러대고 야단이 났다. 박 형사도 연행에 합세해서 곧 개 짖는 소리도 멀어져 들리지 않게 됐지만 화경은 좀처럼 진정할 줄을 몰랐다.

아예 옆 침대에 몸을 던지고 금세 자지러질 것처럼 흐느껴대는 꼴

을 묵묵히 견뎠다. 그 울음마저 진짜가 아니라 연기일 거란 생각이 슬슬 치밀기 시작했지만, 그게 제 딴엔 살기 위한 발악일 거란 점에서 싫어도 견딜 만했다.

언제까지고 기다릴 수도 있었다. 하지만 영문도 모르고 엄마를 기다리고 있을 아희를 떠올리고 나는 입을 열었다.

"그쯤 했으면 됐어. 꼴 보기 싫으니까 일어나 앉아."

단박에 내 말을 들으면 유화경이 아니라고 증명하듯이 울음소리가 더욱 커졌다. 곡성이 잦아들 때를 기다려 다시 말했다.

"적당히 하랬다. 아니면 박완용이랑 같이 못 끌려간 게 서러워서 우는 거라고 생각할 테니까. 박 형사님 도로 불러올 테니 자수할래?"

그렇다고 또 울음이 뚝 그치니 그건 그것대로 우습다. 슬금슬금 나를 돌아보며 화경이 "언니……"하고 눈치를 보는 것도 꼴불견이었다. 이럴 때만 언니지, 하여간에.

"어, 언니, 나는, 나는 몰랐어. 저 사람이 저렇게 무서운 사람인 줄, 정말 난 꿈에도 짐작도……."

"그 많은 보험이 당사자도 모르게 생길 리도 없고. 네가 또 내 행세 한 거지? 전에 훔쳐간 주민등록증, 잃어버린 게 아니었나 보네."

"언니, 오해하지 마, 보험은 내가 정말 좋은 의도로……."

"입 다물어."

화경은 입을 다물었다. 나는 잠깐 동안 눈을 감고 있다가 생각을 가다듬고 동생을 불러 침대로 와서 내가 잘 볼 수 있게 앉으라고 했다. 평생에 처음 보는 고분고분한 모습으로 화경은 침대 끄트머리에 앉았다.

"너 그 돈 받아서 뭐하려고 그랬니?"

화경이 푹 고개를 숙이더니 한참만에 주절거린다는 소리가 박완용

의 꼬드김에 넘어가서 보이는 게 없었다는 둥의 이야기였다. 처음엔 말도 안 된다고 생각했는데 돈은 쪼들리고 자꾸 옆에서 부추겨대니 눈 딱 감고 저질러버릴까, 그렇게 됐다는 것이다. 때마침 심란한 김에 점을 보러 갔더니 애기동자가 한다는 말이 니들 쌍둥이는 필경 한쪽이 단명해야 다른 쪽이라도 사람 구실할 팔자라고 했다나.

"그래서 아, 쟤를 죽여버려야지 했다고? 유화경, 너 진짜 난년은 난년이다."

생각보다 더 한심해서 웃음밖에 안 나왔다. 웃을 만큼 웃고서 나는 정색을 하고 물었다.

"너 똑바로 말해. 아희 두고도 그런 장난칠 생각한 적 있어?"

"없어! 그건 절대 아니야, 목숨을 걸고 맹세해!"

기어들어가던 화경의 목소리에 독이 올랐다. 나를 보는 두 눈에도 결백에 가까운 무언가가 있었다. 믿고 싶었다. 이제 자매로서의 정은 싹둑 잘랐다고 해도 아희에 대한 화경의 모성만큼은 비정非情이 아닐 거라고 나는 간절히 믿고 싶었다.

"그럼…… 내 목숨값 받아서 아희 수술시킬 생각을 하긴 했단 거야?"

"했어, 아희 일 아니었으면 아무리 나라도, 미쳤다고 그런 생각까지 했겠어? 돈만 있으면 골수 기증자 찾는 건 문제도 아니라고 그 인간이 그랬어. 대기자 따위가 대순가, 서울 큰 병원으로 옮겨서 당장 다음 달이라도 수술 받을 수 있다고…… 돈만, 돈만 있으면……."

화경의 목소리가 눈물로 얼룩져 잦아들었다. 한동안 이어지는 훌쩍거림을 고요히 지켜보는 내 눈에도 조금씩 눈물이 차올랐다. 누가 들으면 기가 막히다고 할지 몰라도 나는 그 애가 가여웠다. 가여워졌다.

약하고, 비겁한 애다. 그리고 어리석기까지 하다. 나마저 없으면 저 천둥벌거숭이 같은 애 어리광을 누가 받아주려나. 이번 일로 크게 후회하고 기적처럼 철이 들어서 사람 노릇을 하길 바란다면 내가 너무 큰 걸 바라는 건가.

"나도 슬슬 지친다. 아희도 기다릴 테고, 가봐야지."

슬그머니 눈물을 훔치며 내 눈치를 살피는 걸 보면 여전히 못된 악동이지만 더 붙들고 할 말 같은 건 없었다. 주춤거리며 일어나는 화경에게 냉장고에 있는 복숭아주스나 가져다 달라고 부탁했다.

"이거, 그 사람이 사온 거잖아. 괜찮겠어?"

"고양이 쥐 생각하네. 독약이라도 탔을까 봐 그래? 무슨 독, 복어독?"

대번에 얼굴이 새빨개지는 걸 보니 그래도 창피한 줄은 아나보다. 화경은 열심히 과육이 뒤섞이도록 컵을 흔들어서 제가 직접 한 번 빨아먹어보더니 너무 차갑지 않고 딱 좋다며 호들갑을 떨었다. 기미상궁 노릇까지 하는 그 정성에 쓴웃음을 짓는 내 입가에 대어준 빨대를 보고만 있자 "다른 빨대를 가져올까?" 한다. 잠자코 빨대를 물고 한 모금 빨았다. 차고 맛있다.

"복숭아는 참 맛있어."

"그치? 요즘 한창 철이니까 내가 매일 사다줄게."

내 중얼거림에 화경이 얼른 나서서 비위를 맞추려 들었다.

"그 정성, 아희한테나 보여."

"아희한테는 늘 잘했어. 마음으로는……."

"돈이 생기면 더 잘할 테고?"

약점을 찔렸다고 생각했는지 아무 말도 못하는 화경을 빤히 쳐다보며 나는 힘주어 말했다.

"진짜 잘해야 한다. 아희 눈에 눈물 나게 하면 내가 용서 안 해. 귀신이 돼서라도 복수할 거야. 피 말려 죽일 거라고."

"아, 알았어, 잘할게. 정말 잘할 테니까 소름끼치는 말 좀 그만해."

질색을 하는 모습에 나는 살짝 웃었다.

"약속, 한 거다."

더 하고픈 말도 없어서 다시금 주스를 마셨다.

새삼, 너무도 맛있는 주스였다.

화경은 아희에게 돌아갔고, 나는 어두운 병실에 혼자 남았다. 시간의 흐름을 정확히 알 방법은 없었지만 충분히 긴 시간이 흐른 것 같은데도 이렇다 할 반응이 없어서 솔직히 당황스러웠다. 어릴 때의 일이 혹시 내 착각이었나 의심마저 품을 무렵, 입안이 간질거리기 시작했다.

"역시."

반가운 웃음으로, 얼굴로 번져가는 간질거림을 맞이했다. 간질거리고 따갑고 열이 오른다. 나는 착각을 한 것도 아니었고 나이가 들어서 체질이 바뀐 것도 아니었다. 복숭아 알레르기는 여전했다.

화경은 기억하지 못했다. 어릴 때 집에 선물로 들어온 복숭아를 껍질째 먹고 나만 탈이 나서 병원에 실려 갔던 일을. 숨도 못 쉬게 목이 부어올라 까딱했으면 큰일 날 뻔했다고 부모님은 가슴을 쓸어내리는데도 화경은 온 집안 관심을 독차지한 게 자신이 아닌 게 못마땅해서 입술을 삐죽였었다. 그때가 방학 중이었는데 개학 후 화경이 학교 애들에게 내 일을 꼭 자신이 겪은 것처럼 떠벌리며 젠 체했던 웃지 못할 기억도 있는데.

기억하지 못했다, 그 애는.

큰 의미는 없다. 기억했다면, 다른 방법을 찾았을 테니까.

얼굴이 부어오르는 듯싶더니 목덜미까지 소양감이 퍼져갔다. 침을 삼키는 게 버거울 정도로 입 안이 붓고 기침이 터져 나온다. 단단히 입술을 감쳐물고 소리가 커지지 않게 안간힘을 썼다. 메슥거리며 무디게 속이 요동친다 싶더니 신물까지 올라왔다. 너무 괴로운 나머지 아빠 등에 업힌 채 기절했었던 옛일을 떠올렸다. 그때, 그렇게 기절할 수 있었던 것은 결국 아빠를 믿은 어리광이었다. 아빠가 어떻게든 해주리라고 믿었던 것이다.

이제는 불가능한 일. 기절해선 안 된다. 어림도 없다. 이만한 일을 벌이고 죽지 못해서야 억울하잖아. 시대극의 첩자들이나 쓸 법한 대로 혀를 깨물까도 고민했지만 피비린내가 너무 지겨웠단 말이지.

아, 목이 얼마나 부었는지 숨이 제대로 쉬어지지 않았다. 덜컥 무서움증이 일면서 이제라도 돌이킬 수 있다는 생각에 눈을 떴다. 소리를 질러 도움을 청하면 이제라도—.

"성우……야."

입을 열어 부른 건 사랑하는 막냇동생의 이름이다. 아직도 먼 바다를 떠돌고 있을—거기에라도 있길 바랐다—동생의 최후를 생각하며 사그라질 뻔한 용기를 북돋웠다.

그리고, 연오를 생각했다.

점심때 찾아와준 계선 아주머니께 부탁해 놓은 말들이 부디 무사히 전해지기를. 정말 간절히 바라기론, 이 몸을 떠나는 순간 한 마리 새가 되어 그의 곁에 가 닿는 것이지만…… 과연 살아서 박복했던 것이 죽어서라고 달라질까.

도로 눈을 감고 굳게 입술을 다물었다. 그리고 실낱같이 들이마시던 숨마저 끊었다. 폐에 남아 있던 공기가 조금씩 소진되어 가고 마침내는 텅 빌 것이다.

텅 빈 것을…… 참는다, 참는다, 참는다. 더는 참을 수 없을 때까지, 거기서도 또 한 번 참고…….

그러다 불현듯 찾아온 나른한 황홀감. 한 찰나 눈을 채운 어둠이 새하얗게 반짝이는 걸 본 기분이었다.

나직이 누군가 탄식하는 소리를 들었다, 아마도 내가…….

그리고, **피리 소리**가 들리기 시작했다.

그것은 뱃고동처럼 들렸다, 처음엔.

참으로 먼 곳의, 횡적으로 떨어진 곳이라기보다는, 아주 먼 하늘 위라든가 아주 깊은 땅 밑의 공기가 용틀임하며 울려오는 느낌이었다. 왜냐하면 어떤 종류의 압력, 표현하기 힘들 정도로 몹시 미미한 진동 같은 게 전해졌기 때문이다. 마치 누군가…… 나라는 개체를 가볍게 움켜쥐었다가 놓는 듯한 느낌에 가까웠다.

나는, 출렁였다.

가득히 채운 컵의 물이 가벼운 충격에 넘칠 듯 흔들리다가 한 방울도 쏟지 않고 잠잠해지는 광경처럼, 나는 넘칠 듯 넘칠 듯하면서도 아슬아슬하게 '그릇' 속에 남아 있었다.

그 점이 얼마나 못마땅했던지.

이미 내게는 '그릇'의 존재가 고치처럼 여겨졌다. 결코 편한 집이 아니었다. 바야흐로 자유로워지려는 나를 옭아매어 끌어내리는 무겁디무거운 족쇄에 가까웠다.

조금씩 가까워지는 소리의 힘이 나로 하여금 족쇄를 끊으라 부추기고 있었다. 나를 둘러싼 진동의 파고도 서서히 높아지며 출렁거림은 한결 더 힘을 얻었다. 그래서 뛰어오르고, 붙들려 삼켜지고, 조금 더 높이 뛰어오르고, 또한 더 강하게 끌어내려지길 거듭했다. 작용이 강할수록 반작용도 만만찮게 거세지며 몸부림을 치는 만큼 악착같이

휘감아 들러붙었다.

고치는 매미허물처럼 얇고 부실하건만 도무지 벗어날 길이 요원하다. 힘을 모으며, 나는 소리에 귀 기울였다. 더 가까이, 저 소리가 더 가까워진다면 그때는—.

그러나 너무 기다렸던 걸까. 불현듯 소리는 끊어지고 사위엔 적막만이 감돈다. 대신 그 적막을 깨고 들려온 것은 공기를 가르는 펄럭거림. 의아하게 귀 기울이던 나는 곧 새를 떠올렸다. 피리의 주인 곁을 지키던, 크고 검은 새를.

잠시 후 물기를 머금은 서늘한 바람이 불었다.

눈을 뜨려 해도 뜨이지 않았다. 하지만 내게 가까워지는 누군가의 기척을 깨닫는 것은 귀만으로도 충분했다. 바로 곁에 이르러 물끄러미 내려다보는 시선조차 느낄 수 있다.

문득 뺨에 와 닿는 매끄럽고 차가운 손가락에 나는 내 뺨이 젖어 있음을 알았다. 뺨을 쓸어 올라간 손이 눈을 덮나 싶더니 방문자가 내게로 고개를 기울여오는 것을 훅 끼쳐온 숨결로 느꼈다. 방문자는 복받치는 무언가를 억지로 누르고 있는 것처럼, 짧은 숨을 헐떡였다.

'왜 그래?'

마음속 물음은 소리가 되지 않는다. 그저 마음뿐, 나를 둘러싼 고치, 내 그릇은 꼼짝도 하지 않는 것이다.

하지만 그 소리를 듣기라도 한 듯이 그가 중얼거렸다.

"너무 오래 기다렸던 탓이야. 네가 날 욕심꾸러기로 만든 거라고……."

눈을 덮은 손 위로 지그시 얹은 머리의 무게. 나지막한 탄식에 이어 그는 내게 입술을 포개어왔다. 포개어진 입술 너머로 살며시 무언가 동그란 것을 밀어 넣어 왔다. 차가운 옥구슬 같은가 하면 가시 뾰족뾰족한 밤송이 같고, 향긋하니 단 사탕 냄새를 풍기는가 싶으면

뜨겁게 단 쇠 냄새를 풍기는 무언가를.

"삼키지 마. 입에 물고만 있어야 해."

어차피 꼼짝도 할 수 없는 내게 가만히 당부하는 목소리가 애처로 웠다. 내게 그렇게 묘한 것을 물려놓고 그는 내 주변을 정리했다. 이 불이 걷히고 팔에 꽂아져 있던 주삿바늘이 빠져나간다. 그리고 침상 과 내 몸 사이로 손을 넣어 나를 안아올렸다. 일말의 주저도 없는 손 길에도 놀라지 않음은 그에 수반되는 감각이 현저히 엷은 까닭이다. 그래도 저벅저벅 걸음을 옮기는 그를 조금은 불안한 마음으로 바라보 았다.

바라보았다? 그랬다. 이제 내 고치가 토라진 게 조금 풀린 건지 희 미하게나마 주변의 것들이 보이기 시작했다. 그래봤자 흐릿한 형체 정도에 불과했지만.

병실문을 여는 순간 복도의 불빛이 안개처럼 밀려왔다. 전혀 머뭇 거리지 않고 그 안개 속으로 나서는 그가 역시나 불안했다. 하지만 내 불안을 비웃듯이 아무런 일도 일어나지 않았다. 복도를 걸어가는 그 의 발소리가 이토록 또렷하게, 메아리마저 일으키며 울려 퍼지는 데 도 누구 하나 다가와 앞을 가로막는 이가 없었다. 환자를 어디로 데려 가느냐고 묻는 이도 없었다.

무인지경을 빠져나가는 양, 그는 안개 속을 걸었다. 엘리베이터가 아닌 계단을 하나하나 밟아 내려가 이윽고 1층 로비로 짐작되는 곳을 가로질러 병원 밖으로 나갔다. 형광등 불빛의 안개가 멀어진 자리에 밤이 기다리고 있었다.

정확히는 밤과 새들이었다.

날갯짓하는 것만으로도 윙윙 바람 소리를 일으킬 정도로 큰 새들 이 그의 곁으로 다가왔다. 약간이나마 더 맑아진 시야에 비친 새들은,

저마다 다리가 세 개였다. 새까만 형체 속의 두 눈은 타오르는 황금을 연상시키는 붉은색.

너무도 덤덤하게, 그랬구나 하고 그 상황을 받아들이는 내가 있다. 나아가 그중 한 새의 등에 나를 조심스럽게 내려놓는 그의 손길에도 놀라지 않았다.

"갈 수 있겠어?"

그의 물음에 새는, 낮게 으르렁거리는 천둥 같은 울음소리를 내며 금세라도 날아오르고 싶다는 듯 발로 땅을 찼다. 그는 고개를 끄덕이고 맥없이 늘어져 있는 내 팔을 들어 거기에 붉은 끈을 묶고 다른 끝을 자신의 팔에 묶었다. 그리곤 기다리고 있던 다른 새의 등에 올라타 짤막한 휘파람을 불었다.

두 마리 새가 일시에 땅을 박차고 날아올랐다. 쑤욱 하늘로 치솟다가 커다란 날개를 펴서 한 번 날갯짓하는 순간 허공을 밟고 재차 도약했다.

그렇게 거듭된 몇 번의 도약 끝에 새들은 구름 위 하늘에 이르렀고 그러자 숨어 있던 달이 창백한 빛을 흩뿌리는 은세계가 끝없이 펼쳐졌다. 캄캄하다는 한마디로 표현되곤 하는 밤하늘이 실은 저토록 다채로운 먹빛이었던가. 지상에서는 아무리 눈을 크게 떠도 비치지 않던 뭇 별들의 화사함은 또 어떠한가. 그러한 황홀경에 목석마저도 넋을 잃을 것 같건만, 두 마리 새는 파르라니 차가운 바람이 불어오는 북쪽의 하늘로 한시도 쉬지 않고 나아갈 따름이다.

눈썹 하나 까딱할 수 없는 몸으로 나는 언제까지고 끝나지 않을 것 같은 비행에 동참했다. 빈약한 어휘로는 차마 형언할 수 없는 아름다움에 푹 빠진 와중에도, 가끔 가는 길을 점검하듯이 앞을 볼 때를 빼곤 계속 나를 보는 그의 시선을 느껴가면서.

이미 어디서부터 이상하다고 말할 수도 없을 만큼 온통 이상한 세계에 발을 들여놓은 뒤였다. 두려운 마음이 고개를 쳐들려고 하면 내게 머문 그의 시선을 생각했다.

　연오의 모습을 하고 있지만 연오가 아닐지도 모른다. 아니라고 해도 괜찮은 이유는 단 하나, 그만큼 그가 보고 싶었기 때문이다.

　그러니 괜찮다.

　더는 내가 숨을 쉬고 있지 않은 것조차.

18. 전생轉生

GOOD WORLD ROMANCE NOVEL

얼마나 날아왔는지는 모르지만 아직 머리 위 하늘이 짙푸른 어둠인 것만은 분명했다. 바람 소리 말고는 거의 조용했던 공기 중으로 연오의 휘파람 소리가 피어오른 것을 계기로 새들은 차례차례 하강하기 시작했다.

구름이 휘감아 도는 깎아지른 절벽으로 둘러싸인 어느 바위 위로 연오는 새들을 이끌었다. 내려앉는 새의 날갯짓에 흡사 눈 같은 아지랑이가 자욱히 피어올랐다. 하지만 곧 연오가 나를 새의 등에서 내려 주면서 보니 아지랑이의 정체는 따로 있었다.

그것은 자그마한 흰 꽃들. 넉넉히 잡아도 사방으로 열댓 걸음 남짓 걸어가면 끝에 다다를 작은 공간에 발이 푹 묻힐 정도로 모아놓은 흰 꽃은 뭉클하도록 아름다웠다.

"보여? 네가 좋아하는 치자꽃이야."

나를 안고서 꽃 속에 앉은 그가 부드럽게 말을 걸어왔다.

"이 부근엔 남아 있는 꽃이 있었어. 그나마 끝물이었는데 내가 다

서리해 왔으니 이러다 치자나무 계의 공적이 될지도 몰라."

자리를 골라 조심스럽게 나를 뉘이며 희미하게 그가 웃는다.

"무서워하지 마."

뺨을 쓸어 만지는 그의 손이 눈에 보이게 떨리고 있다. 정작 두려움에 사로잡힌 건 그 자신인 듯한데.

"일이 잘못되면 나도 너와 함께 할 거야. 여기, 이 자리로 돌아와 꽃 속에 누워서 불을 당길 테니까. 비로소 진짜 동인桐人이 되는 거지. 몸서리치게 싫은 말이었지만 함께 하는 이가 너라면, 기쁘게 그 역할을 다할 거야. 기쁘게…… 너를 저 하늘로 보내는 연기로 화할 거야."

소곤소곤 빨라지는 말과 함께 천천히 기울어오던 얼굴이 이윽고 가만히 내 이마에 이마를 댄 채로 꼼짝도 하지 않았다. 침묵이 이어졌다. 이해할 수 없는 말보다 그의 그런 침묵이 더 어려웠다.

"혹 일이 이루어져서……."

더 가라앉은 목소리로 그가 다시 입을 연다.

"모든 게 떠오르거든, 날 버려도 좋아. 반대로 모두 잊어서, 내키는 대로 떠난다고 해도 붙잡지 않을게. 하지만, 꼭 한 번은 여기로 돌아와 줘. 약속을 지키러. 나는 여기 있을 거야. 여기에."

스르륵 고개를 들어 날 들여다보는 눈동자가 왜 그리 슬픈지 여전히 알 수 없다. 내가 무엇을 떠올려야 하는지 모르니만큼, 어째서 모두 잊을 수 있는지도 불가지不可知의 영역. 하지만 간신히 몇 가지 지각을 유지하는 이외의 무엇도 할 수 없는 나로서는 그저 기다릴 따름이다.

그는 천천히 내 목의 깁스며 환자복을 벗기고는 대신에 치자꽃에서 뽑아낸 것 같은 젖빛 비단옷으로 내 몸을 감쌌다. 수의라고 보기에는 그 아찔한 흰빛이 지나치게 요염했다. 거기에 다른 한 가지의 의

복─망토?─을 내 등에서부터 시작해서 앞으로 둘러주었다. 목덜미에서 여며주는 끈이 거미줄처럼 얇고 희미해 잘 보이지도 않았다. 가만히 그의 손이 그 묘한 의복을 훑으며 매만져주자 눌렸던 솜털이 파르르 떨며 일어났다.

아니다, 솜털이라고 한 건 아직 못내 흐릿한 내 눈의 착각이다. 아무래도 그것은…… 그것은 **깃털** 같았다. 시작과 끝, 깃과 단을 가리지 않고 눈에 보이는 모든 곳이 다 그러한 흰 깃털로 이루어진, 깃옷羽衣.

단장이 끝났는지 그가 다시 나를 두 팔로 안아 들고선 바위의 가장자리로 걸음을 옮겼다. 아슬아슬한 그 경계에 이르자 별안간 음침한 기성을 울리는 바람소리가 아래로부터 솟구쳐 올라왔다. 주위를 둘러싼 것들처럼, 이 작은 바위 또한 까마득한 심연의 바탕 위에 우뚝 선 하나의 절벽을 이루고 있었던 것이다.

"사는 것만 생각해."

절박하게 그가 당부했다.

"반드시 살겠다고, 살고야 말겠다고 마지막에 마지막까지 악착같이. 너, 나한테 한마디 말도 없이 죽으려고 했잖아. 조금이라도 미안하게 느껴야 해. 그리고 그 마음, 꼭 말로 표현해줘."

나를 내려다보는 그의 눈이 가늘게 일그러졌다.

"나랑 함께 죽기 싫다고 한 말이 사실이란 거 증명해봐."

떨리는 말에 이어 그가 힘껏 나를 껴안았다. 차가운 입술이 내 이마와 뺨을 오가다 마침내 입술에 포개어졌다. 긴 입맞춤…… 으로 끝나지 않고 그가 내게서 도로 구슬을 받아갔다. 혀끝에 아슬아슬하게 걸려 있던 구슬이 아주 내 입술을 떠나는 순간─ 아아, 빠르게 시야가 흐려지기 시작했다.

"살아서……."

무어라 말하는 그의 목소리도 처음 몇 음절이 지나자 전혀 들리지 않았다. 마지막으로 보인 것은, 두 팔을 벌려 당장이라도 내게 뛰어내릴 것 같은 그의 모습.

그가, 나를, 내던졌구나.

순간의 자각은 뒤이어 닥쳐온 돌연한 암흑에 심장을 바스러뜨릴 것 같은 두려움으로 돌변했다.

무엇도 보이지 않고, 무엇도 들리지 않는다. 하물며 추락에 대한 느낌마저 없다. 우주에 맨몸뚱이로 던져진 느낌? 진공의 상태? 다르다, 그런 게 아니다, 있는 건 내 몸이 존재한다는, 혹은 내가 존재한다는 앎뿐— 나를 둘러싼 온 세계가 사라졌다.

앎? 무엇을?

—나라는 존재. 그런 나의 바깥.

그게 다 무슨 말이지? 나, 라는 건 또 뭐고.

나.

나?

나…….

지워져 간다.

다시 저 무명無明의 영역으로……, 무명無名의 영역으로…….

눈이 내리고 있다.

비가 온다.

바람이 분다.

햇살이 따사롭다.

좋은 향기가 인다.

꽃의 향기. 치자나무에서 피는 꽃.

나는 그 꽃이 하얗다고 해서 더 좋아했다.

그것은 빛과 닮았다 한다. 나는 빛이 어떤 것인지 늘 궁금했다.

날 때부터 지고나온 천형의 업보.

아버지는 자신이 너무 많은 새를 죽였노라, 취한 목소리로 읊조리곤 했다.

'빛이란 건 어떤 거예요? 색은 또 어떻구요?'

낯선 이를 만나면 꼭 한 번은 묻곤 했다. 누구도 만족스러운 답을 들려준 바 없다. 어차피 너무도 좁은 세계의, 빤한 사람들이었다.

밤골 새잡이꾼의 큰딸, 다님이. 뱃속의 아기가 쌍둥이란 말에 준비했던 해님, 다님, 두 이름 중에 큰딸임에도 불구하고 두 번째 이름을 받은 건 날 때부터 장님이었던 까닭이다. 고추이길 바란 다른 한 놈마저 딸. 그래도 먹물 뚝뚝 듣게 생긴 새카만 두 눈이 있어 동생은 해님이 되었다.

어미는 쌍둥이가 젖을 뗀 얼마 후 시름시름 앓다 가버리고 홀로 남은 아비는 앙앙거리는 아기에 쫓기듯 한 번 나갔다 하면 함흥차사. 돌아가며 애를 맡는 밤골의 몇 집만 골치가 아팠다.

대여섯 살만 돼도 저마다 할 일 하나는 있던 시절. 나를 받아준 산파였고, 밤골의 반 의원 노릇을 하던 대추나무집 큰할머니를 따라 산을 타며 나는 약초 캐는 법을 배웠다. 그리하여 열네 살을 며칠 앞둔 섣달 말에 큰할머니가 돌아가신 뒤로 밤골 사람들은 아프면 나를 찾아와 방도를 물었다.

밤골서만 살기엔 아까울 만치 인물 좋다 소리를 듣던 동생 해님이는 그 무렵부터 노리는 사내놈들이 심심찮았다. 하지만 저 고운 걸 아는 계집애라서 그런 산골 무지렁이들이 눈에나 찰까, 달포에 한 며칠 집에 와 있는 아버지만 보면 산 아래 대처大處로 나가자 달달 볶았다.

처음엔 듣는 시늉도 안 하던 아버지도 고운 딸의 눈물바람엔 두 손 들고 말았다.

'대처로 나간다손 네 언니는 어찌 살라고? 예서야 사람 노릇 하지 생판 낯선 곳에선 천덕꾸러기 된다.'

'예 두고 가도 다님이야 잘만 살지. 아버지 말대로 저 눈을 하고도 못 가는 데가 없는 걸. 하물며 기실 밤골 의원이잖수. 아무렴 사람들이 홀대할까 봐서? 나도 종종 올라와 살펴줄 테야.'

'그래도 계집애를 혼자……'

나는 방구석에서 산수유 열매 씨를 빼며 이야길 듣다가 '해님이 말대로 하소.' 하고 한마디 거들었다. 돌아보는 기척에 '엄부럭 부리는 해님이 등쌀에서 벗어나면 몸뚱이가 편해서 나 살도 찌겠소.' 하고 익살스럽게 웃었다.

둘이 산 아래로 내려간 건 이듬해 해토머리 즈음이다. 몇 해가 흐르는 동안 해님인 가뭄에 콩 나듯 얼굴을 비췄고, 아버진 같이 살 때보다 더 자주 봤다. 농으로 했던 말처럼 나는 얼마쯤 살도 쪘고 집 주위에 심은 치자나무들도 무성히 자라 여름 장마가 지난 무렵이면 꽃향기로 별천지가 따로 없었다.

두 번, 아버지 편에 혼처도 들어왔지만 나 같은 청맹과니한테도 장가오겠다는 사람이 있구나 하고 생각했을 뿐 깨끗이 물리쳤다.

'영영 혼자 살 셈이냐?'

'살 수도 있지 뭐가 어때서 그러우.'

'서방 건사도 하고 네 새끼도 낳고 그래야지. 지금이야 아비가 들여다본다만 아비 죽고 난 뒤에 해님이가 퍽이나 잘도 오겠다.'

'염려 마오. 홀아비는 이가 서 말이고 과부는 은이 서 말이란 말도 못 들어봤소? 내 한 몸 잘 건사하면서 꼬부랑 할매 되도록 살 테요.

해님이야 뭐, 무소식이 희소식이지. 나 말고 걔 짝이나 걱정하소. 걔
도 이제 열아홉 아니우.'

'걔는 눈이 너무 높아 큰일이다. 제깟 게 어느 대갓집 규수인 줄 알
아.'

'대갓집 규수는 못 돼도 대갓집 마님은 되고 싶으니까.'

깔깔 웃으며 아비와 나누어 먹던 참외는 참으로 달았다.

여름의 절정이었다. 한창 더울 때를 골라 멱 감으러 개울로 향하던
길에 나는 문득 기이한 새소리를 듣고 걸음을 멈추었다. 산이 깊어 온
갖 새가 다 깃드는 터라 별의별 새소리를 다 안다고 자부했는데 정말
이지 난생처음 듣는 지저귐에 멱 감으러 가던 것도 잊고 소리를 따라
지팡이 방향을 돌렸다.

하지만 거의 다다랐다고 짐작될 무렵 새소리가 끊겼다. 첫날도, 둘
째 날도, 셋째 날도 그러했다. 부러 마당에 나와서 일을 하다가 그 소
리만 난다 치면 지팡이 잡고 일어나 무던히도 찾아다녔다.

한 번은 그러는 중에 소나기가 내려 빤히 아는 길에서 발을 잘못
디뎌 주르륵 미끄러졌다. 흙탕물이 들었을 옷 생각에 쯧쯧 혀를 차며
일어났다. 왼쪽 무릎 언저리가 욱신거려도 날 궂은 걸 빤히 알면서 싸
돌아다닌 탓이니 누굴 원망하랴, 여전히 들려오는 새소리만 아쉬워하
며 절룩절룩 길을 돌렸다.

다친 데가 나빴던가, 한 며칠 열도 나고 해서 자리보전을 했다. 들
여다보는 이 없는 무더운 토방에서 며칠이 꿈처럼 지나갔다.

꿈결에 누군가 마당에 서서 '계십니까.' 하고 묻는 소리를 들었다.
문이 열리고 누군가 안을 들여다보는 기척도 있었던 것 같고. 어렴풋
이 '아버지?' 하고 물었던 것을 보면 남자였을 것이다.

그러나 밤중에 홀연히 깨었을 땐 아무도 없었다. 머리맡의 물그릇은

이미 텅 비었고, 갈증으로 타죽을 것 같아 무겁다 못해 짐짝 같은 다리를 질질 끌면서 방을 나갔다. 그리곤…… 툇마루에서 굴러떨어졌다. 일어나려고 몇 번 옴찔거렸지만 몸이 따라주질 않았다. 이내 머리도.

다시 정신을 차렸을 땐 방에 누워 있었다. 내내 그토록 괴롭히던 열이 떨어진 머릿속은 맑았고 일어나 앉아 살펴보니 다친 다리도 상당히 좋아졌다. 머리맡의 물그릇엔 차가운 물이 가득했다. 허겁지겁 물을 들이켜는데, 무언가가 입술에 닿아 집어냈다. 만져보고 코에 가져와 킁킁 냄새를 맡았다. 만개한 치자꽃송이임에 분명했다. 치자나무의 꽁꽁 여물어 있는 꽃봉오리들을 떠올리고 그새 꽃이 피었나 의아해했지만 이튿날 마당에 나가서 확인해보니 꽃을 틔우려면 역시 시일이 걸리지 싶었다.

늘 궁금했던 빛과 색에 이어 내게 또 하나 풀 수 없는 괴이가 생겨난 때였다. 꿈을 꾼 건 아닐 테고 대관절 어이된 영문일꼬.

오래도록 산 큰 나무엔 정령精靈이 깃들어 있으니 늘 공경하라는 말을 대추나무집 큰할매가 들려주긴 했지만 내가 심은 치자나무는 아직 나보다도 어린데. 사나흘 더 집에서만 운신하며 종종 치자나무 옆에 앉아 생각해봐도 답은 요원했다.

슬슬 바깥 걸음을 할까 하던 참에 밤골 어귀 회화나무집 새댁이 집을 찾았다. 두 보시기의 좁쌀을 가져온 새댁은 산 아래 마을에서 이질이 돌아 몇 사람이 연달아 죽었다면서 약을 청했다. 식구가 많은 집이라 필요한 약재도 많아 골방을 열고 손을 쓰는 사이 멀지 않은 곳에서 며칠 뜸했던 그 새소리가 났다.

'날도 다 저무는데 누가 피리를 다 분담. 불길하게스리.'

투덜거리는 새댁을 나는 어리둥절하여 돌아보았다.

'피리요?'

'아무렴 피리지. 퉁소치고는 가늘지 않나? 나 친정 살 적에 옆옆집에 저런 거 곧잘 부는 남정이 살았다우. 그런데 정말 누가 예서 피리를 불지?'

새댁의 말은 생각도 못해본 해답을 알려주었다. 더불어 그 소리의 주인을 궁금히 여기는 마음에 더 불을 질렀고 말이다.

내일은 꼭 저 소리 주인을 찾고 말겠다고 다짐하며 잠자리에 든 그밤, 한밤중에 나는 잠에서 깨어났다.

누군가가, 집 앞을 지나가며 휘파람을 불었던 것이다.

생각하고 말 것도 없이 자리를 박차고 일어나 짚신도 신는 둥 마는 둥 소리를 쫓아 나갔다. 심지어 손엔 지팡이마저 없었다.

'보세요, 저기, 저 좀 보세요.'

휘파람 소리가 그친 걸로 상대의 주목을 끌었음을 인지했다. 걸음을 멈추고 기다리는 나와 마찬가지로 상대도 걸음을 멈추고 나를 보는 기척이었다. 한없이 적요로운 순간순간이 흘러가다가, 저편에서 다시 걷기 시작했다. 그 발소리가 점차 가까워지는 것에 나는 마른침을 삼켰다.

'혹 내가 잠을 깨운 것이오, 낭자?'

아―. 남자의 목소리를 들었을 뿐인데 온몸에 엷게 소름이 돋았다. 어쩌면 이렇게 좋은 목소리가 다 있을까. 술은 아버지 때문에 학을 뗀 터라 누룩 냄새만 맡아도 돌아앉는 내가 그 순간에 떠올린 건 얄궂게도 술이었다. 특히나 감주. 따끈할 때 마시면 꿀이 부럽지 않은 그 알싸한 단내!

'달빛이 하도 좋아서 무심코 휘파람을 분다는 게 그만. 이젠 주의하겠소이다.'

'아닙니다, 그런 게 아니라 저기…….'

감주 같은 목소리에 얼떨떨한 나머지 제대로 말도 잇지 못했다. 그러는 사이 남자가 다시 걸음을 뗀다. 돌아서서 감을 깨닫고 하릴없이 주먹만 쥐락펴락하다가 애가 타 소리쳐 불렀다.

'저기요, 보셔요. 묻고 싶은 게 있습니다.'

남자는 재차 걸음을 멈추었으나 다가오는 기척은 없었다.

'무엇을?'

한 번 들은 목소리는 모두 기억하기에 맹세코 처음 듣는 목소리였다. 그렇기에 이 사람이라고 확신했다. 이즈음 밤골에 깃든 기이한 새의 정체.

'얼마 전부터 종종 피리를 부신 분 맞지요?'

'……그렇소만.'

원하는 대답을 들어버리자 다음 할 말이 궁해졌다. 피리 솜씨를 칭찬하자니, 문외한인 내가 보아도 단순한—확실히 단순하긴 했다. 오죽하면 웬 새가 우는 줄 알았을까—음률인 터라 말이 막힌다. 머뭇거리고 있는데 남자가 말을 건네 왔다.

'소리가 거슬린다면 조금만 참아 보오. 그리 오래 머물지는 않을 셈이오.'

'아니요, 거슬리다니요, 그런 게 아닙니다. 생경한 소리라 마음이 쓰이긴 했으나……'

한없이 단조로운 생활에 끼어든 소소한 즐거움이었노라, 말하기엔 처음 대하는 자리에서 너무 간살을 부리는 것처럼 들릴 것 같았다. 내외를 하자면 당장이라도 냉큼 발길을 돌리는 것이 맞겠지만 그러지도 못하면서 괜스레 입술만 어름거렸다.

'여기 분이 아니시지요?'

'그렇소.'

'어디서 오셨는지 여쭈어도 될는지요?'

'저어기, 북쪽에서.'

이미 충분히 선을 넘을 정도로 캐물었다. 그럼에도 말이 고파서, 나는 물러서질 못했다. 그리하여 뻔뻔스레 앞 못 보는 장님이란 것마저 써먹고 나섰다.

'달빛이 하도 좋다고 하셨는데, 도시 달빛이란 것은 어떤 것인지요?'

'달빛이 어떤 것이냐······?'

'이미 아셨는지 모르겠으나 제가 앞을 못 봅니다. 날 때부터요. 그래서 사람만 만나면 빛이 무어냐 묻는 벽癖이 있습니다. 굳이 답해주지 않으셔도 무방합니다.'

발갛게 얼굴에 열이 오르는 것을 느끼면서도 꾹 참았다. 남자가 어떤 눈빛을 짓는지 볼 수 없는 점, 그 하나는 차라리 다행이었다. 말씨가 단정하게 기품이 어린 것이 예사 사람이 아닌 듯한데 이제 별안간 나타나 엉뚱한 걸 묻는 산구석 촌뜨기 계집애가 오죽 당돌하게 보일까 싶었다.

'달빛은······.'

우려에도 불구하고 남자는 선선히 운을 뗐다. 생각에 잠긴, 부드러운 목소리였다.

'밤중에 꽃이 뿜어내는 향기 같은 것이라고 할까.'

'꽃, 말입니까?'

'벌 나비를 불러들이는 수고로움은 잠시 내려놓아도 되는 때이거늘, 즐길 이 없는 향기를 유유히 뿜어내는 꽃말이오. 누가 알아주길 바라는 게 아니라 홀로 기꺼워 고고하니 그 향기가 낮보다 더 그윽하지 않소?

나는 살짝 입을 벌리고 남자의 말을 듣기만 했다. 내가 아는 그 누구도 할 법하지 않은 말을 나긋하게 들려주는 사람이었다.

'오늘 밤 달은 하늘이 유난히 파르란 것이, 시릴 정도로 차갑고 맑은 물에 띄워 올린 흰 꽃 같구려.'

'이를테면 치자꽃 말입니까?'

나도 모르게 끼어들며 물었더니 남자는 잠시 뜸을 두었다가 대답했다.

'거의 그러하오.'

해도 둥글고, 달도 둥근 것은 알아도 나 같은 사람이 그 둘의 차이를 온전히 아는 데는 무리가 있다. 하지만 남자의 말로 내 안에서 달은, 별안간 더없이 선명해졌다.

차가운 물에 띄운 치자꽃 같은 달……. 그렇다면 달빛은 치자꽃의 향기 같은 거구나.

'부럽기도 하지. 세상 사람들은 그렇게나 어여쁜 것을 매일 보는 거구나.'

밤마다 그런 빛을 세상에 전하는 달은 또 오죽이나 고울꼬. 멍하니 상념에 잠겨 있다가 정신을 차려보니 근처에 있던 남자의 기척이 느껴지지 않았다. 조금 당황하여 두리번거리는데 길 위쪽에서 희미하게 휘파람 소리가 흘러왔다. 사박사박 흙길을 밟으며 멀어져가는 발소리와 함께…….

그것이 남자와의 첫 만남이었다.

그 뒤로 불볕더위가 기승을 부리던 나날 속에서 이따금 남자의 독특한 피리 소리를 들었다. 낮에만 국한된 게 아니라 때로는 한밤에도 심산의 하늘을 타고 내 귀에까지 닿곤 하는 것이었다.

한편 나는 생업으로 바빴다. 산 아래에서 이질이 돈다더니만 내게도

하루가 멀다 하고 손들이 찾아와 비축해둔 약재가 슬금슬금 줄어가는지라 선선한 새벽이면 다람쥐인 양 산을 타고 다녔다. 소나기는 일일이 피하는 게 일이라 차라리 시원해서 좋다 하고 예사로 맞고 볕 나면 말리고 그랬더니 어느샌가 덜컥 잔기침을 달고 있었다. 앓아눕지만 않으면 되지 하고 또 며칠 산을 싸돌아다니다가 어렵게 찾은 백굴채 군락 옆에 앉아 잠깐 다리쉼을 한다는 게 그만 까무룩 정신을 놓쳤다.

가물가물 정신이 돌아왔을 땐 주룩주룩 빗소리가 꽤 굵직한 가운데 서늘한 손이 이마에 얹어져 있었다. 손바닥의 매끈한 감촉에 해님인가 했지만 익숙한 그 애의 살내음이 아닌지라 누구냐고 물었다. 한숨 더 자라는 말이 들려왔는데, 그 목소리가 설고도 익숙했다. 온전치 못한 머리로 끙끙거리다가 마침내 떠올려 지껄인 말이 '감주!' 였다.

'감주?'

남자의 나지막한 물음에 나는 얼굴을 붉혔다. 설명할 일이 창피한 나머지 깼는데도 자는 체했다. 남자는 내 이마에 손을 얹어준 그대로 퍽 오랫동안 내 곁을 지키다가 이윽고 일어나 어딘가로 향했다. 아마도 돌로 여겨지는 바닥을 가볍게 디뎌가는 발소리가 충분히 멀어지길 기다렸다가 슬그머니 일어나 앉았다.

누워 있던 자리엔 잘 마른 짚이 깔려 있었지만 잠깐만 옆으로 손을 뻗어 봐도 가슬가슬하고 단단한 돌들이 만져졌다. 빗소리와 함께 입구인 듯한 곳으로부터 바람이 한들한들 불어왔다. 밖에서 없던 바람 소리가 안으로 들어와서 외려 잔향을 일으키는 것에 내가 있는 곳이 동굴이라고 짐작했다. 아무래도 여기서 머무는 모양인데, 대관절 뭣하는 사람인가 싶어 의아함을 감출 수 없었다. 아는 게 하나 없는 건 여전하지만, 여전히 나는 남자가 예사 사람이 아닐 거라는 생각을 품고 있었다.

그칠 기미가 없이 오래도록 이어지는 빗속에서도 이리로 향하는 발걸음 소리는 별나게 또렷해서 나는 또 시치미를 떼고 누워서 자는 체했다. 하지만 눈치 없이 튀어나온 기침이 멈추질 않아서 시시한 수작도 산통이 깨졌다.

'마실 게 필요하오, 낭자?'

겨우겨우 기침을 잡아가는 내게 남자가 차분히 물었다.

'주시면 고맙지요.'

호리병으로 짐작되는 걸 남자가 건넸다. 손가락이 스치는 바람에 적잖이 당황해서 옆으로 돌아앉아 병의 내용물을 마시던 나는 꼴깍 목으로 한 모금 삼키고서야 그게 물이 아님을 깨달았다.

'가, 히끅, 감주?'

놀라서 그만 딸꾹질마저 튀어나왔다. 남자가 대꾸했다.

'잠결에 찾는 듯하기에. 물이 마시고 싶은 거라면 다시—.'

'아닙니다, 이거면 좋습니다. 좋아합니다, 아, 그러니까 술을, 아니 감주를…… 감주도 술이긴 한데……. 예, 잘 마시겠습니다.'

더 이상 창피할 수 없을 만큼 횡설수설했다. 얼굴에서 불이 날 것 같아서 하릴없이 고개 돌려 호리병에 든 것만 꼴깍꼴깍 삼켰다. 아차 하는 사이에 그 묵직한 걸 거의 다 마셨음을 깨달았을 땐 싸하고 온몸 의 피가 식는 기분이었다.

내 입으로 말했다시피 감주도 술은 술. 확 달아오르는 취기를 느끼 고 어찌할 바를 몰라 하다가 졸음을 핑계 댔다.

'목마른 게 가시니까 또 잠이……. 염치없지만 한숨만 더 자겠습니다. 한숨만 더.'

짚단 위로 다시 웅크리고 누운 내게 남자는 무언가 얄따란 것을 덮어주었다. 그러곤 다시 자리를 비켜주듯 밖으로 나갔다. 그때서야 가

만가만 덮을 것을 만져보았다. 하늘거리고 부드럽기가 여린 나뭇잎 같기도 하고 솜털 보송보송한 꽃잎 같기도 한 천이었다. 이게 혹 해님이가 노래를 하던 비단이라는 건가 하며 슬그머니 코를 대어본 천에선 과연 예사롭지 않은 좋은 향내가 났다. 취기를 뿌리칠 수 없어 비몽사몽인 와중에도 그토록 좋은 천으로 지어진 옷에 구김이라도 갈까 봐 처음 웅크린 모양대로 꼼짝도 하지 않았다.

핑계만 댄다는 게 정말 잠들었다가 깼을 땐 비가 그쳐 있었다. 그 많은 감주를 마시고 잔 것치곤 머리도 멀쩡했고 기침도 잠잠했다. 주섬주섬 매무시를 만지는 내게 좀 떨어진 곳으로부터 아직 밤중이니 더 쉬라는 남자의 말이 들려왔지만 나는 빙그레 웃으며 어둠은 고민거리가 아니라고 농처럼 대꾸했다. 데려다주겠다는 남자의 말을 거절할 이유는 없었다.

지팡이를 매개로 남자는 지팡이 부리를, 나는 끄트머리를 잡고 남자를 뒤에서 따라갔다. 남자가 알아서 디디기 좋은 길로만 걷는 터라 가면서 위태로운 순간은 전혀 없었다.

'혹시 아는 이 중에 앞 못 보는 이가 계십니까?'

'없소만. 왜 그런 걸 묻는 게요?'

'인도하시는 게 참으로 능숙해서요. 이 비슷한 일을 해보신 적도 없으십니까?'

'없었소.'

'한 번도 해본 적 없는 일을 이토록 잘하신다니 놀랍습니다. 자상한 분이세요.'

'그다지……'

떨떠름하게 끝을 흐리는 대꾸에서 남자의 당황이 읽혀 재미났다. 집 마당과 길의 분기점이랄 수 있는 쥐똥나무 옆에 이르자 남자는

지팡이를 쥔 손을 놓고는 들어가 보라는 한마디를 남기고 온다 간다 말도 없이 돌아섰다. 멀어져가는 발소리를 향해 고맙습니다, 하고 외친 말에 아무 대꾸 없이 외려 더 빨라지는 발걸음이 또 재미났다.

그 여름.

한창 세상에 돌았던 이질과 별개로 나는 밤에 잠을 못 이루는 몹쓸 병으로 욕을 봤다. 날이 덥긴 했어도 산속이 그렇듯이 잠 못 이룰 정도는 아니었는데도 불구하고 하룻밤에도 몇 번이나 툇마루에 나가 앉아 별 소용도 없는 부채질을 하곤 했다.

그런 밤이면 막 봉오리를 틔우기 시작한 치자꽃도 별나게 진하게 향내를 뿜곤 했다. 달빛이, 너무 좋았던 건지도 모른다.

못다 캔 백굴채를 핑계로 예전의 장소를 몇 번이나 다시 찾았던지. 가려고 든다면 동굴까지도 곧추 갔을 것이나 차마 그러지 못한 차선이었다. 얻어 마신 감주며 손길에 대한 답례도 변변찮게 마련 못한 판에 무슨 염치로 근처를 바장인단 말인가.

그러다 멀리서 피리 소리라도 나면 마냥 멍해져서 빙충이가 되고 마는 것이었다. 때로 뜻밖에 가까이에서 휘파람 소리라도 들리면 허둥지둥 멀어지기 바빴고 말이다.

그러는 사이 밤골에서도 몇 사람 관 쓸 일이 생겼다. 회화나무집 큰어른이었던 왕할머니가 노환으로 명을 달리한 것에 이어 홍역을 앓던 어린 시동생 둘과 왕할머니 간병을 맡아 하던 새댁이 뒷간에 다녀오는 길에 하혈을 하며 손 쓸 새도 없이 죽고 만 것이다. 애가 떨어져 그리됐다는데 아무도 밴 줄 몰랐다 하니 가엾은 노릇이었다. 정작 가벼운 이질 기를 보이던 그 집 남정들은 씻은 듯 멀쩡해졌다며 약을 구하러 온 여인네들은 이러니저러니 해도 사람 명줄은 팔자소관이라고 혀를 내둘렀다.

산 아래에선 이질이 어지간히 들끓는지 골짝 생활이 지겹다며 내려갔던 사람들도 하나둘 올라오기 시작했다. 행세깨나 한다는 양반님네도 피접이다 뭐다 해서 산에 올라오는 판이었다. 그런 사람들 중에 해님이가 있었다.

아버지는 백두산에 큰 사냥이 있어 떠난 지 꽤 됐다며 날 좀 선선해지면 내려갈 거라고 도로 방에 짐을 풀었다. 심란하던 차에 깍쟁이 동무라도 생겨서 반가운 나와 달리 해님인 제멋대로 생약 한 뭉치 집어 들고 나가면 밥 때나 돼야 돌아올까 하여간 궁둥이에 땀띠 날 일 없는 건 여전했다. 종종 밤에도 돌아오질 않아 잔소리를 해도 그때뿐. 내 불면증의 이유만 하나 더 늘었다.

'얘, 너 이거 가질래?'

한 번은 수탉 울고서 기어들어와 이부자리에 들어가며 내게 뭔가를 던졌다. 만져보니 한쪽 끝은 둥글게 뭉툭하고 다른 끝은 뾰족한 작은 막대기인데 크기에 비해 묵직했다.

'마노 동곳이야. 머리에 은도 입혀져 있다구.'

'동곳? 동곳이면 남자들 상투 틀 때 꽂는 거 아니야?'

'그래. 양반쯤 되면 동곳에도 얼마나 멋을 부리는지 몰라. 금이며 은이며, 옥이며, 산호며, 별별 게 다 있다니까. 어떨 땐 계집보다 더해.'

이 매끈한 부분이 마노인가 하고 만져보던 나는 문득 언짢아져서 네가 왜 남자들 동곳 같은 걸 가지고 있느냐 따져 물었다. 해님인 하품을 늘어져라 하더니 점심밥 때나 깨우라고 하고선 쿨쿨 자는 체했다. 옆으로 가서 엉덩일 때리며 일어나 앉아보라고 흔들어도 요지부동. 하릴없이 힘만 쓰고 지쳐버렸다.

속상한 마음에 마루에 나앉아 아버지께 말해서 올해 안엔 어떻게든 해님일 시집보내라 일러야지 하다가 여전히 손에 동곳을 쥐고

있음을 깨달았다. 이깟 것, 하고 휙 던져버리려다가 언뜻 마음이 바뀌어 도로 손에 쥐고 유심히 만져보았다.

광에는 언젠가 우리가 시집가면 농을 짜주겠노라며 아버지가 쟁여둔 오동나무며 느티나무 목재가 있었다. 아버지는 손재주가 제법 있어 심심파적 삼아 우리에게 만들어준 목각인형은 보는 이들마다 절묘하다고 혀를 차곤 했다. 나야 눈이 안 보이니 끌은 손도 못 대게 했지만 부엌칼 가지고도 수저 한 벌 만드는 것쯤은 어렵잖게 해치우니 손재주가 아주 없지는 않을 터.

한 며칠 틈만 나면 광에 들어가 나무 지스러기를 건드리곤 했다. 사흘 만에 마노 동곳에 견줄 만한 완성품을 손에 쥐었다. 사지로 곱게 문지른 오동나무 동곳의 감촉이 못내 좋았다.

내가 쓸 거라고만 하면 그대로도 만사형통이었지만 그렇지 않으니 문제였다. 그래서 밥 먹는 틈을 타서 해님이에게 의견을 구했다.

'어때? 닮았니? 이대로도 쓸 만할까?'

'쓰기야 하겠지만 뭣 하게? 아버지 드리게?'

'음, 아버지도 드리고……'

'아버지도? 뭐니, 너. 맘에 둔 남정이라도 생겼어?'

귀신을 속이지 해님일 속일까. 하지만 나는 한사코 입을 다물고 숨기는 데까지 숨겼다. 해님인 간지럼 잘 타는 나를 까무러치도록 괴롭혔지만 이름 자 하나 못 얻어내고 별꼴이라며 두 손 들었다. 정말 몰랐기 망정이지 큰일 날 뻔했다고 가슴을 쓸어내리던 것도 슬그머니 섭섭함에 자리를 내주었다. 그리고 나는 어떤 결심을 했다.

이튿날 새벽같이 일어나 길을 재촉하는 중에 멀리서 수탉 울음소리가 들려왔다. 너무 서둘렀구나 싶어 중간에 얼마쯤 다리쉼을 하고선 다시 걸음을 옮겼다.

한데 슬슬 동굴 입구가 지척이겠거니 싶은 지점에서 예기치 못한 봉변을 당했다. 불쑥 앞을 가로막은 커다란 새가 무섭게 날갯짓하면서 위협적으로 쉭쉭 소리를 내는데 몸을 틀어 피하려는 것도 소용없고 하염없이 뒷걸음치게 만드는 것이었다. 그러다 그만 뒤로 넘어져 엉덩방아를 찧었는데, 아픈 건 둘째 치고 여태껏 산을 내 집 마당처럼 타고 다녔어도 이 비슷한 일 한 번 겪은 적이 없었던지라 놀란 마음에 어린애처럼 엉엉 울었다.

그럼에도 불구하고 공격을 그치지 않던 흉포한 새가, 불현듯 들려온 짤막한 휘파람에 거짓말처럼 조용해지더니 잠시 후 날아가는 기척이 느껴졌다. 그래도 한동안 진정이 되지 않아 훌쩍거리다가 넘어지면서 놓친 지팡이를 찾아 주변을 더듬거리길 얼마나 했을까, 바람도 없는데 가까이에서 좋은 향기가 나서 고개를 든 나는 거기 누군가 있음을 깨달았다. 다가오는 발소리만으로도 그게 누군지 알 수 있었다.

'지팡이에 끈을 다는 게 좋지 않겠소?'

내게 지팡이를 내밀어주면서 남자가 말했다. 나는 지팡이를 잡고 일어나며 슬쩍 몸을 돌려 옷고름으로 눈가를 훔쳤다.

'지팡일 놓치는 일이 거의 없어서요. 이 산에서라면 눈 밝은 사람한테 안 뒤질 자신도 있고요. 방금 전엔 생전 없던 일이 일어나서…….'

'미안하오. 내가 키우는 새 중 하나가 유독 공격적이라오. 혹 어디 다친 데라도?'

'없는 것 같습니다. 소리만 컸지 정작 공격이라 할 만한 건. 저 같은 사람한테는 큰 소리도 매우 무섭지만요.'

배시시 웃으며 대답한 잠시 후 남자가 여기까진 왜 올라왔느냐고 물었다.

'약재가 될 만한 건 딱히 없을 텐데.'

'아, 이 부근에 아까시나무가 있었던 것 같은데. 아니, 작장초였나? 요즘 산 밑에선 이질이 극성이라네요.'

나도 모르게 핑계를 대면서 머릿속으로는 살짝 의아해했다. 내가 남자에게 약재 어쩌고 하는 이야기를 한 적이 있던가?

'낭자도 그리 안심하지 않는 편이 좋겠소. 환자가 오가는 걸 아주 막을 셈이 아니라면야.'

'사람 명이야 팔자소관이라던데요. 그쪽…… 나리야말로 먹고 마시는데 주의를 기울이셔야 할 겝니다.'

'나리라고 불릴 만한 지체는 아닌데.'

'아, 그럼 도, 도련님?'

'……호칭이야 아무래도 좋겠지. 그만 내려가 보오. 아무래도 또 소나기가 내릴 모양이요.'

딱히 부정을 하지 않는 걸 보면 도련님, 다시 말해 혼인 전인 거구나! 괜히 마음이 들떠서 돌아서려다가 일부러 여기까지 온 이유를 떠올리곤 급히 되돌아섰다.

'보셔요, 도련님!'

'음?'

'뵌 김에 이걸 드리겠습니다. 당장 쓸모가 없으실지도 모르나.'

앞으로 뻗은 손에 올려놓은 것을 남자가 잠자코 보는 느낌이었다. 그 시선에 미처 생각지 못했던 부끄러움이 확 일어났다. 오동나무 동곳이라니. 나는 어쩌자고 이런 걸 답례로 줄 생각을 했을까. 상대는 암만 해도 상사람은 아닌 것 같은데 이따위 나무 동곳을 어디에다 쓴다고. 슬그머니 손가락이 굽어지며 나는 팔을 뒤로 뺐다.

'제가 좀 착각을 했나 봅니다. 생각해 보니 이게 아니라…….'

그때 남자의 손이 내 손 위에 덮이듯 놓이더니 슥 동곳을 집어 들

고 떨어졌다.

'오동나무인가.'

'예, 하지만—.'

'잘 쓰리다.'

빈말로 들리지 않는 진지한 목소리에 그만 콱 말문이 막혔다. 비 오기 전에 얼른 내려가 보란 말을 남기고 남자가 멀어져갈 때에야 나는 겨우 입을 열어 어름거렸다. 뻔뻔하게 보이고 싶지 않다는 마음이 조바심에 밀려 납작 엎드렸다.

'여기, 또 와도 되겠습니까?'

'오는 거야 낭자의 마음이겠으나 그럴 이유가 있소?'

살면서 그토록 엄청난 질문, 난감한 질문은 처음이었다. 그런 질문에 나는 제대로 생각할 겨를도 없이 답했던 것이다.

'도련님의 휘파람 소리가, 꽤 그럴싸해서.'

말이 떨어지기 바쁘게 이건 아닌데, 하고 후회했지만 주워 담기엔 늦었다. 남자가 희미하게 웃는 소리를 들은 것 같은데 확신할 수 없어 마른침만 꿀꺽 삼켰다.

'나라고 매일 휘파람만 부는 건 아닌데.'

'그거야말로 제 운이겠지요. 제가 오거나 말거나 신경 쓰지 마셔요. 저도 매일 오겠다는 건 아닙니다. 못 들으면 그만이고 들으면 좋고 뭐 그런…….'

갈수록 지리멸렬해지는 말에 그만 한숨을 내쉬어버렸다. 잠시 동안 고여 들던 침묵은 남자의 부드러운 목소리로 깨어졌다.

'그럼 좋을 대로 하구려.'

천천히 멀어져가는 발소리를 들으면서도 나는 무어라 입을 열지 못했다. 한참 후, 남자의 발소리마저 들리지 않을 즈음에야 고개 숙여

인사랍시고 몇 마디 어름거렸다.

'고맙습니다. 고맙습니다…… 동곳도 받아주셔서.'

나는 여전히 그 사람의 이름을 몰랐다. 이름 말고도 모르는 것이 가득했다. 그래도 개의치 않았다. 새벽에 눈뜨면 즐거이 산을 타러 나왔고, 밤이면 혹 집 앞을 지나가는 그 사람의 기척이 들릴까 뜬눈으로 지새우기도 여러 번이었다. 그럼에도 피곤한 줄 모르고 하루하루를 참 생생히 살았다. 어쩌다 남자의 휘파람 소리라도 듣는 날은 마음이 들떠 종일 실수투성이였지만 말이다.

그리 이상스레 굴었으니 해님이가 모르고 지나가길 바라는 게 무리였다. 밤마실도 뜸하니 해님이가 며칠 집에 붙어 있던 어느 날 새벽, 비가 내리기 시작해 별수 없이 이부자리에 누워 있는데 자는 줄 알았던 해님이가 '오늘은 글렀네.' 하고 입을 열었다. '그러게나.' 하고 대답하자 그럼 뭘 할 거냐고 물어왔다. 광에 말려둔 인동꽃이나 거둬야지 했더니 '흐응' 하고 묘하게 코웃음쳤다.

정오 무렵 비가 그치자 손이 몇 명 찾아오고 다시 한가해졌다. 비온 끝이라 날이 선선한 것에 회가 동해 구럭에 호미 하나 넣고서 또 집을 나섰다. 해님인 점심 먹고 낮잠 자러 들어가더니 나갔다 온다는 말에도 잠잠하기만 했다.

집을 나오고 얼마 후 언제 비가 왔냐 싶게 무더워지는 길을 땀을 뻘뻘 흘리며 올라갔다. 나물 몇 가지에 몇 그루 봐둔 치자나무를 찾아 완연한 끝물인 치자꽃도 따 넣고 돌고 돌아서 동굴 부근에 이를 즈음엔 물 생각이 간절하고 속도 약간 메슥거렸다. 비 좀 왔다고 소금 몇 알갱이 챙기는 것을 깜빡한 참이었다.

'방심하다니. 쯧쯧.'

매실 한 알이 간절한 순간이었지만 그건 지난달에 야무지게 손닿

는 데까지 따버렸으니 바랄 수 없다. 갈증에, 또 그로 인한 어지럼증에 가만히 눈을 감고 있다가 치자꽃 생각이 나서 몇 송이 먹어보았다. 말려서 차로 우려 마시는 건 몰라도 날 것은…….

'허기가 져서 그러는 거요?'

불쑥 들려온 남자의 물음에 얼마나 놀랐는지. 어지러운 나머지 정신이 없긴 없었음을 그 귀신같은 등장으로 여실히 깨달았다.

'아, 아니요, 허기보다는 목이 좀 말라서.'

'확실히 낯빛이 안 좋군. 물이라. 기다려 보오.'

멀어지는 발소리를 들으며 놀란 가슴을 애써 추슬렀다. 엿새 만에 다시 말을 섞는 건데 꼴이 말이 아니다. 하기야 언제 한 번 고운 모습이긴 했을까 싶으니 한숨밖에 나오지 않는다.

되돌아온 남자가 전처럼 호리병을 건넸다. 병만 이렇지 내용물까지 같으랴 했는데 마셔보고 하마터면 뱉을 뻔했다. 또 감주다.

'술을 좋아하십니까?'

'마실 일이 있으면 마시는 정도요.'

'그런데 또 감주를…….'

'낭자가 감주를 좋아한다지 않았소?'

예상치 못한 반격에 대답이 궁해져 입을 다물었다. 나는 훌쩍거리며 감주를 마셨고, 근처에 앉은 남자는 문득 휘파람을 불기 시작했다. 감주만 해도 단데 귀로도 다디단 꽃노래가 들려오니 이런 게 바로 무릉도원인가, 나는 얼떨떨하여 생각했다.

이 순간이 조금이라도 더 길었으면 하는 바람은 별안간 새 울부짖는 소리에 이어 들려온 귀에 익은 비명에 흠칫하며 깨어졌다. 사납게 푸드덕대는 새는 일전의 그 새인 듯싶고 저리 가, 저리 가 하며 외치는 소리는 암만해도 해님이가 분명했다.

'해님이가 왜……'

'아는 자요?'

'예, 제 동생인 것 같은데.'

남자의 호각 같은 휘파람 소리에 새가 이쪽으로 날아오고 얼마 후 성난 기세로 발을 구르며 해님이가 다가왔다.

'뭐 저리 사나운 새가 다 있담. 다님이 넌 대체 누굴 만나고 돌아다니는……'

가까이에 이르러 해님이의 목소리가 뚝 끊겼다. 남자를 본 모양이었다. 슬그머니 늘어지는 침묵에 의아하게 여기는 찰나 해님이가 목청을 가다듬었다.

'어…… 흠, 처음 뵙겠습니다. 저는……'

답지 않게 어름대는 기색에 내가 재차 동생이라고 한마디 거들었다. 해님이는 재빨리, 이번엔 더듬지 않고 말을 이어갔다.

'소녀는 해님이라고 하는데 도련님은 함자를 어찌 쓰시옵니까?'

내가 여태껏 벼르기만 한 일을 단박에 해내는 재주에, 나는 쩝 입맛을 다시며 호리병을 기울였다.

'……연오라고 하오.'

'연 씨 성의 오 도련님?'

'이름이오. 성 같은 건 없소.'

'있는데 말씀하시길 꺼리시는 건 아니구요? 아, 아닙니다, 지금은 이름만으로도 좋지요. 저는 송 씨 성 쓰는 송해님이에요. 여기 다님이랑은 보기엔 이래도 쌍둥이예요.'

해님인 자연스럽게 나와 남자 사이에 자리 잡고 앉았다. 그러곤 제 이름만큼이나 밝고 스스럼없게 남자에게 이것저것 물었다. 고요히 흐르는 물처럼 담담한 남자의 대답에서 딱히 싫은 내색은 느껴지지

않았다.

　동생의 질문은 전반적으로 나도 궁금히 여기던 것이었으나 귀 기울이는 사이 왠지 모르게 가슴이 답답해지더니 배마저 아파오는 바람에 마음 편히 듣고 있을 수가 없었다. 급한 일이 떠올랐다며 불쑥 자리에서 일어나는 날 보고 남자는 해님이에게 함께 내려가라고 말했다.

　'언니가 몸이 좋지 않은 것 같은데 같이 내려가는 게 좋겠소.'

　'아, 다님이 얼굴이야 늘 저런 걸요. 혼자 내려갈 수 있지? 같이 내려가 줘?'

　'아니야, 신경 쓸 것 없어. 그럼 저, 이만.'

　변변한 인사도 못 하고 나는 허둥지둥 자리를 떴다. 내려오는 동안 한 손에 호리병을 꼭 쥐고 있었다는 것을 집에 다 와서야 깨달았다. 매실을 탄 물도 마셔보고 뒷간에도 가봤지만 가슴이 답답한 것도, 배가 아픈 것도 썩 나아지지 않았다.

　부엉이가 울도록 돌아오지 않는 해님일 기다리면서 나는 내 안에 있는 줄도 몰랐던 '욕심'이란 것을 알게 되었다. 나는 그저 혼자만 알고 싶었던 것이다. 혼자만, 혼자서만 그 고운 감주 같은 목소리를.

　해님인, 혼자 돌아오지 않았다. 내려가는 길을 몰라 남자에게 데려다 달라고 했는데 오는 길에 넘어져 발목을 다쳤다며 남자의 등에 업혀온 것이다. 방까지 들여보내주고 목이라도 축이고 가시라 붙잡는 해님의 말에도 선걸음에 일어나 남자는 밖으로 나섰다. 나는 사립까지 따라나섰다가 언뜻 생각난 김에 잠시만 기다려보시라 하고 아까 가져와 씻어둔 호리병에 다른 걸 담아 가지고 나왔다.

　'아까는 고마웠습니다. 해님이 일도요. 이건 식혜데 변변찮지만 달리 드릴 게 없어서……. 조만간 떡이라도 쪄서 보내드릴게요.'

　'낭자는 뭐든 되갚지 않으면 직성이 풀리지 않는 게요?'

'예?'

'동생이랑은 달라도 너무 다르군.'

남자가 떠나가고도 한참을 사립문에 기대어 서 있었다. 이윽고 돌아서는데 발목을 다쳐서 걷지도 못한다던 해님이가 신을 끌고 마당을 질러오는 소리가 났다.

'그러고 걸어도 돼?'

'빙충아, 진짜 다쳤겠어? 만나는 건 하늘이 정해주는지 몰라도 그 다음은 사람이 할 몫이라 이거야. 진짜 살고 볼 일이라니까. 이런 궁벽한 곳에 어쩜 저런 신선 같은 이가 다 온다니.'

'신선 같아?'

'말이라고 해? 눈 달리고 저렇게 매끈한 사내는 보다보다 처음─. 아, 말해봤자 알 리가 없지. 너도 참, 새삼 불쌍하구나.'

혀를 찬 해님이가 한껏 들뜬 목소리로 말을 이어갔다.

'남자 손이 어찌나 고운지 알아? 고생이라곤 손톱만큼도 안 해본 손이야. 저이가 양반이 아니면 내 손에 장을 지지지. 왕족이라고 해도 놀랍지 않을걸.'

대처까지 나가서 산 해님이 말이면 아주 과장은 아닐 터. 멋모르고 너무 대단한 이 주변을 기웃거렸나 하는 마음에 착잡함이 몰려오는데 기도 안 죽는지 해님인 씩씩하기만 했다.

'떡 찔 거라며? 솜씨 좀 부려봐. 가져다 드리는 건 내가 할 테니까.'

'……도련님한테 무슨 딴 맘이라도 먹었니, 너?'

'글쎄, 어떨까. 저런 이라면 첩실도 될 수 있긴 하겠네.'

곧 죽어도 콧대 하나는 센 아이 입에서 첩실이란 말까지 나온 놀라움에 나는 할 말을 잃었다. 그런 내게 그 애가 물었다.

'너는? 너야말로 딴 맘 먹은 거 아니야?'

'나? 무슨…… 나 같은 게 무슨……'

'그치? 난 또 엉뚱한 생각 중인가 했네. 아니지, 엉뚱한 생각은 내가 했나? 언감생심, 네가 말이야. 에그, 모기 좀 봐. 자기 전에 미역이나 감으러 가자.'

해님이 손에 이끌려 냇가에서 씻고 돌아와 떡 할 쌀을 씻으면서 나도 모르게 몇 방울 낙루했다. 눈물을 훔치는데 전에 없이 두 눈이 미워서 역정이 왈칵 났다.

'보이지도 않을 게 뭣 하러 달려서……!'

병신으로 태어난 내가 싫고 이 꼴로 낳아준 어미 아비도 싫었다. 새를 너무 많이 죽인 업이 너한테 갔나보다 하던 아비 말이 그렇게 한스러울 수가 없었다.

이게 정말 업이라면 어찌해야 풀리려나. 듣자하니 윤회란 건 수레바퀴처럼 돌고 돈다니 죽어서 새鳥로 태어나 또 다른 새잡이꾼에게 잡혀 죽으면 끝나려나?

뒷일까지는 알 수 없다. 그러나 그 순간, 나는 아마 행복해지지는 않을 거라는 예감이 강하게 마음을 사로잡았다.

며칠 잠잠하던 피리 소리가 새로이 들려온 밤이었다.

다음날 아침에 장만한 떡을 해님이 편에 올려 보낸 뒤로 나는 한동안 산을 타지 않았다. 나 아니어도 해님이가 새벽같이 일어나 지분 내음 풍기면서 바지런히 집을 나서곤 했다.

나는 단조로운 일상으로 돌아와 종종 찾아오는 손을 맞고 한가한 때엔 집 근처 돌밭에 내려가 땅을 일궜다. 내년엔 여기에 자운영을 심어봐야지 하며 참 먹는 시간도 아껴 바지런을 떨었다.

그리 일을 하다가도 문득문득 호미가 손에서 떨어지도록 넋을 놓을 때가 있었다. 다시 정신을 추슬러 노래라도 흥얼거려 보지만 도무지

신명이 나질 않았다. 낙이 없는 인생이구나 하며 한숨을 쉬고, 또 언제부터 낙 같은 것에 연연했느냐 코웃음 쳤다.

아버지 오시면 나도 대처에 내려가 살까 보다. 그런 생각도 해보고, 나 까짓 게 대처는 무슨, 하고 마음을 돌리기도 한다. 변덕 때문에 머리가 아플 지경이니 생각을 하지 않는 게 수였다.

어느 날은 일하는 중에 비가 내렸다. 한창 덥던 중에 잘 됐다 하고 계속 손을 놀리는데 얼마 후 머리 위가 허전하여 고개를 들었다. 빗소리는 여전한데 내게는 비가 미치지 않는 야릇한 상황에 손으로 허공을 헤집어보는 찰나, 어찌 비를 피하지 않느냐는 물음이 들려왔다. 그 남자, 연오 도련님의 목소리였다.

'어, 언제 오셨습니까?'

비 좀 온다고 사람이 바로 옆에 이르도록 모르고 있었다니 귀란 놈이 게으름을 부렸겠다.

'답답해서 걸어보는데 멀리서 낭자가 보이기에.'

우산을 받쳐주는 손길이 황송해 자리에서 일어나며 헝클어진 머리를 쓸어 넘겼다.

'딱히 뭘 키우는 것 같지는 않은데 김매는 거라면 비가 갠 후에 해도 좋지 않소?'

'더운 날 비 맞는 낙을 모르시네요. 잔뜩 덥던 참이니 비 온 김에 멱 감는 셈 치는 거지요. 해가 나면 또 금세 마를 거구요.'

'……나도 그 비슷한 낙을 알았던 적이 있소.'

회한이랄까, 남자의 목소리에서 그런 게 느껴져 남자의 얼굴이라고 짐작되는 방향을 향해 섰는데 문득 남자의 손이 내 속눈썹 언저리를 건드렸다.

'흙이 묻어 있어서.'

'아……. 자상도 하셔라.'

'오해하는 거요. 일전에도 말할까 했는데 내겐 자상이란 말이 어울리지 않소.'

'그럼 어떤 말이 어울리는지요?'

'……'

정작 그 말엔 아무 말도 못하는 게 재미나 풋 하고 웃었다.

'요 며칠 이것 때문에 바빴던 것이오?'

내 발걸음이 뜸해진 걸 알고 있는 언사에 살짝 목덜미에 열이 올랐다. 대신 해님이가 올라가지 않느냐 변명처럼 중얼거렸더니 남자는 잠시 말이 없었다. 그러다 툭 하고 내뱉는 말에 나는 놀라 고개를 들었다.

'낭자 전에 낭자의 동생을 먼저 만났다면 나는 벌써 예를 떴을 거라오.'

부드럽되, 한없이 싸늘한 말투. 이런 목소리도 낼 줄 아나 싶어 어리벙벙한 걸 애써 감추며 대꾸했다.

'해님이, 어여쁘지 않습니까? 밤골 해님이라면 활달한 미인이라고 저 대처까지 소문이 났다 들었습니다.'

'생김새라면 그대도 똑같지 않소.'

'보시다시피 전 눈이……. 그 아이 눈이 그렇게 까맣고 예쁘다고들 하는데. 오죽하면 제가 언닌데 다님이 됐을까요.'

'낭자는 자신의 이름이 싫은 것이오?'

'아뇨, 그런 것은 아니지만.'

'싫지 않다면 그것으로 좋지 않소. 꽃이 붉으면야 당장 시선을 끌기 좋을지 몰라도 그만큼 빨리 싫증이 나는 법. 그리고 달빛에 가장 아름다운 건 본디 흰 꽃이라오.'

그의 말을 바로 이해한 것은 아니다. 그러나 이해에 앞서서 가슴이 자꾸만 뛰었다. 그가 말하는 붉은 꽃이 해님이 같고 내가 흰 꽃 같다는 생각을 해봤다가 멋대로 곡해하는 거면 어쩌나 하고 머리를 흔들었다.

'좋은 감주를 구해놨으니 언제 한 번 맛보러 오오.'

금세 소나기가 그치고 남자가 떠나가며 하는 말에 나는 이번에야말로 오해를 바로 잡고자 했다.

'제가 감주를 좋아하긴 하지만 그렇다고 감주 없이 못 사는 술꾼은 아닙니다.'

'그런 말 하는 사람 중에 술꾼 여럿 봤는데.'

'글쎄, 저는 술꾼이 아니라니까요!'

단호하게 힘주어 말해 봐도 남자는 하핫 웃고 말뿐이다. 나는 그만한 웃음소리를 남자에게서 처음 들은 것에 그만 확고히 부정할 결심도 잊고 멍해졌더랬다. 천천히 멀어져가는 발자국 소리를 나직한 휘파람 소리가 휘감아 돌았다. 마침내 아무리 애써도 들리지 않게 되었을 때 나는 스르륵 무릎이 풀려 주저앉았다.

'어쩌나.'

얼굴을 두 손에 묻고는 도리도리 머리를 흔들었다.

아무래도 저 이를 좋아하나 보다, 내가. 어쩌나, 어쩌면 좋나. 참말로 큰일 났네.

왈칵 복받치는 눈물을 참지 못하고 펑펑 흘리며 울었다. 끝이 좋을 리가 없는데, 어쩌자고 마음에 품고 말았을까. 해님이 말처럼 언감생심인 임을.

과하다 싶을 정도로 서러운 눈물이었으니 그 순간, 나는 무당이나 다름없었다. 무당이되, 저 죽을 날 모르는 선무당이었다. 이미 눈이

먼 걸로 모자라 귀까지 반은 멀었던. 이때의 대화를 해님이가 숨어서 들었고, 때문에 언제 한 번 내게 져 본 적 없는 그 아이가 어떠한 앙심을 품었는지 나는 바이 몰랐던 것이다.

그날 밤, 다시 비가 내리기 시작하더니 꼬박 나흘 가까이 큰비가 내렸다. 더위가 겹친 습한 비로 이질은 더 기승을 부려 그 비를 뚫고도 약을 구하러 찾아오는 발길이 끊이질 않았다. 손 하나만 거들어도 좋으련만 해님인 여전히 집을 나섰다 하면 함흥차사였다.

그래도 비가 좀 수그러드나 싶던 나흘째의 저녁, 월곡에서 왔다며 웬 남자가 왔다. 밤골에서 반나절은 걸리는 먼 동네에서 어찌 여기까지 왔느냐 물으니 그 마을에 의원이라고 있는 자도 이질로 오늘 내일하고 있다는 소식이었다. 약재를 내어주마 해도 부득부득 마을까지 함께 가자 하는 성화에 내가 쩔쩔매고 있을 때, 마실 나갔던 해님이가 돌아왔다. 이야기를 듣고 해님인 시키지 않은 흥정에 들어가더니 깜짝 놀랄 만큼 큰 액수를 불러 나까지 기함시켰다.

'이쪽도 환자가 넘치는 판에 그 먼 길을 왔다 갔다 하는 건데 그 정도 수지는 맞아야지 않겠습니까?'

'애, 그래도 그건 너무……'

'넌 잠자코 있어. 목숨값이라고 생각하면 비싼 것도 아니야. 옷차림 보니 그래도 양반집 마름인 걸 뭐. 양반님네 목숨이면 더욱 상사람이랑 같이 놓으면 안 되지.'

어처구니없게만 들리는 소리에 한숨을 내쉬었지만 그것이 월곡에서 온 마름에게는 먹혔는지, 사람만 살리면 마님께서 돈은 아끼지 않을 거라고 장담을 하는 것이었다. 해님이는 당장에 도롱이 따위를 준비하며 가보라고 등을 떠밀었다.

'이런 기회가 또 언제 올 줄 알고 그래?'

이참에 한몫 벌어서 자기 시집갈 밑천에 보태달라며 웃는 속없는 녀석을 뒤로 하고 결국 마름을 따라 나섰다. 밤골이 안겨 있는 산이라면 모를까 밤골 밖에서는 그야말로 장님인 나는 마름에게 지팡이 부리를 들리고 졸졸 따라가는 수밖에 없었다. 낯선 길을 하필 비가 올 때 밟아가는 게 어떤 건지 해님이가 알 리가 없다.

하물며, 개울이 불어 강이나 다름없어진 길에 이르자 오금을 못 쓸 지경이었다. 마름은 징검다리는 이미 물에 잠겼다면서 외나무다리를 건너겠다고 했다. 안전하냐고 거듭 묻자 놓인지 이백 년도 넘은 다리라며 껄껄 웃었다. 디뎌보니 과연 단단하고 폭도 제법 넓은 것이 건너도 될 성싶었다. 다만 물이 많이 차올라 평소라면 허공에 있을 다리 바로 밑으로 콸콸 물이 흘러가는 소리가 여전히 무섭기만 했다.

마름은 한시가 급하다며 서둘러 걸음을 떼었고 마주 쥔 지팡이에 끌려가듯 나도 다리에 올라섰다. 정작 걷다 보니 겁내던 마음도 슬그머니 누그러져 움츠렸던 어깨도 펴보았다. 그렇게 몇 걸음이나 걸었을까, 앞서 가던 마름이 '어이쿠!' 하며 넘어졌는지 쿵 하는 진동과 함께 잡고 있던 지팡이도 멋대로 춤을 췄다.

내 감에만 의지했으면 혼자 충분히 균형을 잡았을 것이다. 그런데 그 순간에도 그놈의 지팡이를 잡고 있던 게 화근이 됐다. 마름은 마름대로 저 일어나는 지지대로 지팡이를 당기다가 내 비명소리에 놀랐는지 지팡이를 놓아버렸다. 끌려갔다가 확 놓이는 서슬에 왼쪽 짚신이 물에 미끄러져 주르륵 밀렸다. 무슨 일이 일어날지 깨달았을 땐 이미 몸이 너무 옆으로 기울어져 있었다.

첨벙, 물에 빠지고 말았으나 꼼짝없이 가라앉을 거라는 생각과 달리 경황 중에도 몸이 뜨긴 했다. 물이 높이 차오른 덕에 허우적거리던 팔에 막 떨어진 다리의 가장자리가 닿았다. 그러나 물살이 하필 다리

와는 반대로 흐르는 바람에 붙잡았던 손끝이 안타까이 떨어져버렸다. 물살에 떠밀려가지 않으려고 필사적으로 발장구를 치며 다리 쪽으로 손을 뻗어 살려달라고 외쳤다. 마름이 떨어지는 소리를 듣지 못했으니 도와주리라고 본 것이다.

'지팡이를 이쪽으로 뻗어 봐요, 이쪽, 소리 나는 쪽 말이오!'

그 목소리를 생명줄처럼 여기고 따르려고 온갖 애를 다 썼다. 지팡이 끝이 무언가에 턱 잡히는 느낌에 순간 얼마나 기뻤던가. 그러나 그 기쁨은 순식간에 경악으로 바뀌었다. 두 손으로 지팡이를 꼭 쥐고 끌어당겨주기만 기다리는 내 머리 위로 별안간 무언가 단단한 것이 떨어져 내렸다. 윙 하는 소리에 본능적으로 목을 움츠려 충격은 크지 않았지만 한 번에 그치지 않고 계속 되는 '몽둥이타작'에 정신을 차릴 수가 없었다.

'보세요, 왜, 으악, 왜 이러십니까?'

얼마나 멍했던지 지팡이도 계속 쥐고 있는 내게 마름이 고함을 쳤다.

'저승에 가도 내 원망은 말아라, 원망은 네 동생년한테나 해! 그년이, 이리하라고 돈을 주더라!'

'뭐라구요, 해님이…….'

피하는 것도 잊고 만 내게로 정통으로 떨어진 몽둥이에 말문이 끊기며 지팡이를 쥔 손도 풀렸다. 이어서 여태 벼르고 있던 물살이 내 몸을 휘감아 좋을 대로 끌고 다니기 시작했다.

머리가 깨진 아픔도, 물살에 잠기며 숨이 막히는 고통도 내게는 스쳐지나가는 짧은 찰나였다. 그러나 마지막에 남자에게서 들은 말은 숨이 끊어지는 그 순간까지도 나를 괴롭혔다. 왜 그랬을까. 왜 해님이가. 왜…….

끝내 알지 못한 채, 나는 진짜 어둠을 만났다.

어둠 속에서 한 조각 의식으로만 남아 헤매다가 마침내는 의식조차 망각할 무렵, 그 소리를 들었다.

분명 언젠가 들어본 기억이 있는데 어떤 상황이었는지는 기억나지 않는 웅장하고도 서글픈 소리. 한없이 날 끌어당기는 강렬한 힘에 그리로, 그리로 향해 갔다.

무딘 가죽같이 뻑뻑한 어둠의 장막을 간신히 빠져나갔을 때, 내게는 펄럭이는 작은 날개가 있었다. 빠끔거리는 부리가 있었다. 날고 있었다. 아슴푸레한 달이 뜬 밤하늘 속에서.

'그'를 보았다. 피리를 입에 문 채 내게 손을 뻗고 있는 남자. 이끌리듯이 그 손으로 날아가 내려앉는 나를, 남자는 물끄러미 바라보다가 나무 조롱에 넣었다. 문을 닫고 남자는 구멍이 하나뿐인 피리를 입술에서 떼며 중얼거렸다.

'꾀꼬리가 되었구나.'

너무나 부드러운, 감주 같은 목소리.

그렇게 연오를 처음으로 보았다.

새장 속에서, 새가 된 채로.

새를 부르는 피리. 혹은 새를 불러내는 피리.

어쩌면 새를 만들어내는 피리—의 주인.

지금의 내겐 그 소리가 꼭 뱃고동만 같다. 이제 떠납니다, 떠나야 합니다. 낙오되지 않으려면 배에 오르십시오.

전에 몰랐던 절박함으로 나를 재촉하는 저, 피리 소리.

드디어, 날개가 돋아났다.

배우지 않아도 눈을 뜨고 감을 수 있는 것처럼 날갯짓하는 법 또한 그러했다. 날개는 내 키를 넘기도록 크고, 달빛을 머금어 푸르도록 희었다. 팔락이는 날개 너머로 올려다본 하늘엔 흩어진 구름 사이로 달이 쨍하니 빛나고 있다.

그 아름다움⋯⋯. 그 사무칠 것 같은 아름다움이 내가 알아야 할 전부⋯⋯.

―이던가?

"달이 참 눈부시지?"

불쑥 옆에서 들려온 목소리에 나는 천천히 고개를 돌렸다. 작고 흰 원숭이 머리가 덜렁하니 허공중에⋯⋯.

그러나 눈을 깜박인 다음 순간 그것은 앙증맞도록 어여쁜 어린아이의 얼굴로 바뀌었다. 허공에 색을 입히듯, 치렁거리는 황금빛 비단 옷을 입은 동자로 화化한 아이는 파초 잎을 깔고 앉아 양반다리를 한 채 손에 쥔 부채를 까딱거렸다. 살랑살랑 허공에 떠 있는 파초잎과 옥으로 빚은 장식품 같은 아이를 못내 덤덤하게 바라보는 내게 아이는 생긋 웃으며 말했다.

"꼬마야, 날 따라가련? 앞으로 어찌 살지 정성껏 일러줄 테니."

"나는⋯⋯."

입을 열었다가 금세 다문다. 이것이 내 목소리였나?

"알아, 알아. 어째 뭐가 다 낯설지? 자, 갓 태어난 어여쁜 새야. 어미가 없으니 아비라도 따라가야지 않겠어?"

"아버지?"

천진한 얼굴 속에서 황금빛으로 일렁이는 아이의 두 눈만이 헤아릴 수 없을 만큼 깊다. 그 눈 너머로 경외감이 일 정도로 켜켜이 쌓아 온 세월의 흔적이 얼핏 비치는 것도 같았다.

445

"네가 **무엇**인지 알고 싶지 않으냐?"

나는 내 날개를 보았다. 그리고 온전한 내 사지를 내려다보았다. 손과 발이 뜻대로 움직이는 것이 조금은 신기하게 느껴진다. 정작 내가 무엇인지는 알 수 없다.

"그러고서 세상에 나가면 괴물이라고 잡혀간다. 요즘은 세상이 각박해졌다구."

"나는⋯⋯."

막막함 앞에 다시 말문이 막혔다. 할 수 있는 일이라곤 달을 향해 날아가거나 아니면 눈앞의 아이를 따라가는 두 가지뿐이다. 어찌해야 하나 하고 하늘을 올려다보니 달이 구름 속으로 숨어들고 있었다. 내 고민을 꿰뚫어본 건지 아이가 달래듯이 말했다.

"달로 날아가는 건 언제라도 할 수 있지 않으냐."

그건 맞는 말이라고 머릿속 어딘가에서 속삭였다. 그래서 나는 아이를 따라가기로 했다. 신이 난 건지 일어서서 나긋나긋 부채춤을 추는 아이를 태운 파초잎 옆에서 부드럽게 날갯짓하다가 왠지 무언가가 머리를 잡아끄는 느낌에 뒤를 돌아보았다.

어떤 소리가 들린 것도 같고⋯⋯.

"자, 자, 얼른 가자, 꼬마야. 곧 달이 질 거야."

부추기는 소리에 고개를 끄덕이며 앞을 보았다.

나는 많은 것을 잊었다. 그러나 한 가지는 확신했다.

다시 날게 된 것이, 나는 몹시 기뻤다.

19. 귀소歸巢

GOOD WORLD ROMANCE NOVEL

"하기야 한갓 지렁이만 보아도 저마다 길고 짧고, 어느 하나 똑같은 건 없다지만……."

푸우, 하고 연기를 뱉어내며 위후 님은 혀를 찼다.

"그래도 너는 명색이 고획조가 아니냐!"

아무렇게나 담뱃재를 떨기 전에 나는 재빨리 재떨이를 가져다 받쳤다. 자수정을 깎아 만든 재떨이에 땅땅 위후 님은 곰방대 머리를 두드리며 깊게 탄식했다.

"이백 년 만에 한 놈 건졌다고 좋아했더니 독기는커녕 인물값도 못하는 순둥이라니. 옷이 너무 삭아서 약발이 떨어진 건가."

담뱃대 부리를 뻑뻑 빨며 고뇌한들, 그 앙증맞은 미모에 묻혀 귀엽기만 했다. 그래서 말끄러미 보고 있었더니 뭐가 좋아 웃느냐 단박에 타박이다. 곧이곧대로 귀여워서 그런다 이실직고하니 위후 님은 입술을 삐죽이며 앵돌아앉았다.

"애들을 좋아하는 고획조라니, 암만 봐도 글렀어, 에잉."

"저 보기 싫으시면 나가 있어요?"

생각해서 한 말인데 위후 님은 홱 돌아보며 또 골을 냈다.

"누가 보기 싫대냐! 인물이 아까워서 그런다! 아니 왜 애가 성깔이 없어, 한 번도 아니고 두 번씩이나 원통하게 골로 갈 뻔했으면서 너는 '한' 도 없느냐?"

"잊었나 보지요, 그마저."

"얼씨구, 천하태평이로다."

기가 막힌지 위후 님은 머리를 감싸며 벌러덩 누웠다. 나는 불이 나지 않도록 담뱃대 불씨를 꺼서 옆으로 치우고 배앓이하지 마시라고 위후 님 이불을 챙겨드렸다. 그런 나를 보고 위후 님은 앓는 소리를 내시며 "이게 아니야……"하고 탄식했다.

조용히 물러나와 방문을 닫고서 작게 한숨을 내쉬었다. 엄살이 아니라 정말로 애석해하시니 나로서도 안타까운 노릇이다.

후원으로 향해 서쪽 별채를 찾아 설영 아씨를 뵈었다. 시녀들을 모아놓고 한창 마작을 즐기던 아씨는 삐죽이 얼굴을 들이민 날 보고 와서 한 판 끼겠느냐고 물었다.

"싫어요, 또 탈탈 털릴 게 뻔한 걸요. 좀 더 연습한 뒤에 불러주셔요."

"원래 이런 건 속곳까지 털릴 정도로 당해 봐야 실력이 늘어. 나는 껍질이 벗겨질 뻔한 게 수십 번이라고, 호호홋!"

유쾌한 웃음소리가 단연 매력적인 저 아씨는 위후 님의 아홉 번째 첩으로 화통하고 뒤끝 없는 성격 탓에 오래전부터 기복 없이 총애를 누리고 있다고 한다. 아무리 골이 나도 저분을 보면 위후 님이 웃는 게 사실이니 과연 총애의 정도를 알 수 있다.

위후 님의 기분이 나빠지셨다는 보고에 설영 아씨는 의자를 한껏

뒤로 젖혀 까딱거리다가 이참에 새 옷이나 한 벌 장만해볼까 하며 자리에서 일어났다. 낭하로 나와 햇빛을 받자 아씨의 은빛 머리칼이 눈처럼 반짝였다. 산호 머리꽂이 하나만으로도 멋들어진 아씨의 미모를 감상하는 날 돌아보며 아씨는 손톱 장식으로 가벼이 내 뺨을 쓰다듬었다.

"오늘도 못났다고 혼내더냐?"

"어쩔 수 없지요. 춤이나 노래, 악기라면 모를까 성격은 연습으로 어찌 되는 게 아닌 걸요. 저도 애를 쓰지 않은 건 아니에요."

눈을 부릅뜨며 짐짓 강한 표정을 지어보지만 얼마 못 가 입가부터 풀어지며 헤실거리며 웃는 것이다. 설영 아씨마저 가볍게 혀를 찼다.

"음. 저이가 어떤 기분인지 알겠어. 참 얼굴이…… 아깝다. 나름 닮았다고 좋아했을 텐데."

"연화란 분 말이지요?"

기회는 이때다 하고 물어봤지만 입을 딱 다물어버리는 건 아씨도 매한가지. 아무래도 '연화'란 이는 위후 님의 못 이룬 사랑임에 틀림없다. 비록 꽃과 같이 고운 첩이 서른 분 넘게 있어도 미처 제 것이 되지 못한 한 명이 그저 아쉬운 것이, 사내들의 생리…… 적어도 위후 님의 생리인 모양이다.

큰사랑을 지척에 두고 설영 아씨가 날 돌아보며 말했다.

"자, 여기는 내게 맡기고 넌 가서 뭐라도 좀 먹지 그래?"

"점심 먹은 지 얼마 안 됐어요."

"그러니? 야단맞아서 끼니도 거른 줄 알았네."

고개를 갸웃하며 걸음을 떼던 설영 아씨가 다시금 날 돌아보았다.

"너 말이야, 첫날 왔을 땐 막 쪄낸 흰 떡 같더니 요즘은 영 윤기가 없어. 좀 더 많이 먹고 아프면 아프다고 말해."

"그럴게요. 마음 써 주셔서 감사해요."

"흥, 마음을 쓰긴 누가. 모처럼 보는 고희조인데 시들거리다 죽어버리면 아까우니까 그러지."

별안간 쌀쌀맞은 체하며 재게 걸음을 놀리는 아씨의 뒷모습을 말끄러미 바라보았다. 세 개의 풍성한 꼬리가 저마다 다르게 살랑거리는 것이 볼 때마다 매혹적이다. 다음 생에선 한 번쯤 은여우로 태어나는 것도 멋진 일이지 싶다.

어디로 갈까를 두고 잠시 고민했다. 노래를 배우러 갈까, 춤을 배우러 갈까, 그도 아니면 금을 타거나 그림을 그릴까. 아, 바둑이란 선택지도 있다. 위후 님은 하루라도 바둑을 두지 않고는 못 배기는 분이라 바둑을 모르는 이는 곁에 두지 않는다.

선택지는 많지만 다 그만두고 연못을 찾아갔다. 나더러 윤기가 없다던 설영 아씨 말이 머리 한편에서 맴돌았던 것이다. 흐드러진 연꽃 위로 날아가 붉고 흰 꽃들을 댓 송이 꺾어 들었다. 그리고 연못 중앙의 가산假山에 심은 버드나무 우듬지에 앉아 꽃잎을 뜯어먹었다. 이른 아침에 이슬 내린 걸 막 땄을 때만은 못해도 담백하니 자꾸 먹고 싶어지는 단맛은 여전하다. 맛난 걸 언제든 먹을 수 있는 즐거움. 나는 충분히 행복하다.

행복한데……

문득 파스스 하며 물보라 이는 소리에 정신을 차려보니 물가에서 원앙 몇 마리가 멱을 감는 게 보였다. 연못에 놓아 기르는 원앙들은 저마다 쌍쌍으로 짝 없는 녀석이 없다. 그저 둘이서 함께 물을 가르며 노는 것 이외의 낙은 전연 모르는 것처럼 찰싹 붙어 다니는 모습을 하염없이 바라보다가 아직 네 송이나 남은 연꽃을 내려다보고는 한숨을 쉬었다.

"좀 자고 먹을까 보다."

잠을 설치긴 했다. 내게 윤기가 없어 보인다면 아마도 그 탓일 것이다. 위후 님을 따라온 첫날, 그 멋모르던 날을 빼고는 푹 자본 적이 거의 없다. 그러니 방으로 돌아가 부족한 잠을 청하는 것도 나쁘지 않을 것이다. 어차피 나는 야행성이고······.

내게 마련된 처소의 안락한 침상에 누워 눈을 감은 얼마 후, 얕은 잠에 빠져들었다. 잠이 '얕다'라고 할 수밖에 없는 것이, 시종 잡다한 꿈들로 쉴 틈이 없는 까닭이다.

어딘가의 밤길을 걷는 꿈이 가장 흔하다. 땅 위엔 빛이라곤 한 점도 없고 의지할 것은 달빛뿐인데 달은 번번이 모양도 빛깔도 달라지고 때론 구름에 가려 아예 보이지 않기도 한다. 어딜 가야 하는지도 모르고 그저 한없이 길을 걷는다. 그 수고로움, 고단함······. 지친다 싶을 즈음 나는 휘파람을 분다.

내게서 비롯된 휘파람 소리가 그 세계의 유일한 소음이 되는 공간. 걸음마저 멈추면 나 또한 지상의 한 점 어둠이 되리라. 녹아들어 흔적도 없이······.

편해질 텐데. 더 이상 헤맬 일도 없이. 이제 지긋지긋할 때도 됐잖아.

걸음마다 달라붙는 어둠이 속삭인다.

실제로 내 안의 추가 한없이 그쪽으로 기울던 어느 순간, 구름이 걷히며 달이 드러났다.

저기, 저렇게 푸른 달이 있다.

'나는······ 약속을 했어.'

누구와 한 약속인지, 어떤 내용인지도 떠오르지 않지만 약속의 존재를 기억한다. 약속. 그 약속을 위해 그는······.

바로 그때, 한바탕 사나운 바람이 몰아쳐 나를 날린다.

꿈과 꿈 사이의 징검다리.

완벽한 암흑 이후 돌연 강렬한 지각과 함께 헐떡이며 눈을 떴다. 울창한 나뭇잎 사이로 쏟아지는 붉은 달빛. 숨을 들이켜자 까무러칠 듯 진한 꽃향기가 폐부를 찌른다. 또 꿈이다. 이 꿈속에서 나는……

'아흐, 아아앗!'

한 마리 짐승처럼 몸부림치며 신음한다. 아니, 그대로 이미 한 마리 짐승이다. 야음을 틈타 수풀에 숨어 사내와 얼크러져 몸을 섞는 암컷 그 자체이다.

처음 몇 번은 습격을 당해 범해지는 줄만 알았다. 나를 탐하는 사내는 너무도 거칠고 그가 파고들 때마다 내 안에선 고통이 작열했다. 신음을 뱉는 눈가로 눈물마저 흘렀다. 이전의 삶을 다 잊은 마당에도 몸이 끝끝내 떨쳐내지 못한 저주스러운 기억, 이라고까지 생각했다.

그러나 수도 없이 되풀이되는 꿈속에서 나는 고통 너머에 있는 다른 것들을 하나하나 찾아갔다. 사내의 등을 꼭 마주 안은 손길의 간절함. 사내를 더 깊이 받아들일 욕심에 자발적으로 밀어붙이는 가느다란 잔등. 사내의 다리를 휘감아 비비는 두 다리. 입술이 다가오면 숨을 못 쉴지언정 한껏 머금고 그 안의 감로를 찾아 혀를 얽는다.

나를 태워버릴 듯한 아픔마저 사랑스럽다. 너무도 사랑스러워 차라리 이대로 세상이 멈추었으면 하고 소망한다. 그래서 그리 애틋하게 연모한 이의 얼굴을 바라보고자 하는 찰나—.

와장창하는 날카로운 소리에 이어 유리 파편들이 어지러이 날렸다. 소란이 그치고 얼굴을 가렸던 팔을 내리자 눈부신 형광등 불빛 아래 상에 쓰러져 있는 묘한 것이 보였다.

'올빼미야, 올빼미.'

어떤 이가 말하는 대로 그것은 올빼미의 사체. 나는 그 애잔한 죽음을 동정하며 가만히 손을 뻗었다. 손가락이 닿으려는 찰나, 올빼미가 눈을 뜨더니 스르륵 일어나 앉았다. 아니다. 일어나 앉는 순간 그것은 이미 올빼미가 아니라…….

'뭐지?'

내 중얼거림에 그것이 자신을 가리키며 입을 열었다.

'곰이지 않습니까. 당신이 나를 이 안에 넣었잖아요. 이름도 있어요. '××'라고.'

이름을 못 들었다고 말하면 화를 낼 기세였다. 이미 충분히 화가 나 있긴 했지만. 이것은 또 새로운 꿈이라고 나는 놀라워했다. 자칭스스로를 곰이라고 하는 분홍색 헝겊인형이 성난 얼굴로 내게 말하는 것이었다.

'이것은 경우가 아니지요.'

'경우?'

'그토록 오래 기다리게 하지 않았습니까. 이리 쉽게 잊을 양이었다면 무엇하러 그런 약속은 하는 바람에.'

'약속을…….'

'차라리 애초에 정情으로 일깨우지나 말던지요. 그쪽이 멋대로 뛰어들지만 않았다면 지금도 흐르는 구름처럼 살았을 것을, 여태껏 상심을 안고 산 것으로 모자라 그예 놓치고 말라죽게 생겼으니 사람의 정이 너무도 얄습니다.'

엉엉엉, 곰인형이 땅을 치며 통곡했다. 의아한 와중에도 이 광경이 낯설지 않다고 생각하는 자신에 슬며시 놀랐다.

'떠올리세요, 기억해 내십시오, 제 본주本主가 아무리 단단하다 한들 한계가 있습니다. 이제 하루가 천 년 같으니 그 하루마다 본주가

쏟아내는 한숨에 천 리 밖의 제 마음이 다 갈기갈기 찢깁니다. 정히 기억나지 않는다면 가서 말이라도 하란 말입니다. 약속은 깨졌다, 나는 그대의 일을 모른다⋯⋯. 예, 마지막으로 딱 한 번만이라도⋯⋯.'

마지막으로 딱 한 번만—이란 말에 가벼운 어지럼증과 함께 귀가 울었다. 갑자기 수백, 수천의 목소리가 한꺼번에 윙윙대며 내게 쏟아져 들어오는 감각에 나는 정신을 차릴 수 없었다. 귀를 틀어막으며 머리를 저어 봐도 소용이 없다. 눈앞에 있는 곰인형의 모습이 일그러지더니 다시, 징검다리가 나타났다.

사위가 아롱지며 암흑이 된다.

—꼭 한 번은 여기로 돌아와 줘. 약속을 지키러.

잠에서 깨어나는 순간, 그런 속삭임이 들렸다.

너무도 가까이서 들렸기에 나는 벌떡 일어나 앉아 주위를 돌아보았다. 어둑한 방에는 아무도 없었다. 적어도 살아 있는 것의 기척은 전혀.

이마가 흥건해지도록 흘린 땀을 손등으로 훔치며 나는 휘장을 걷고 침상에서 내려섰다. 바스락하며 무언가가 발에 밟히는 느낌에 허리를 숙여 주워보니 바싹 마른 꽃 같은 거였다.

방문을 열고 밖으로 한 발 나서자 네모난 뜰을 둘러싼 야트막한 기와지붕 너머로 휘영청 떠오른 보름달이 보였다. 마냥 정갈한 은빛이 아니라 발그스레한 달무리를 두르고 있는 모습에 조금 나른함을 느끼며 기지개를 켜려는데 아직 손에 쥐고 있던 마른 꽃이 가벼이 부스러지면서 가루가 되어 흩날렸다. 그 바람에 몇몇 조각이 코끝을 스쳐가면서 희미한 향내가 났다.

"치자꽃."

그저 그런 꽃이 아니라 치자꽃이다.

나는 언젠가 자다가 깨어 들이켰던 뼛속까지 시원한 냉수에 담겨 있던 꽃송이를 기억하며 입을 다시고 또 다른 밤에 지나친 향기에 어지러워하면서 나눈 섬광 같은 사랑으로 얼굴을 붉혔다. 그리고 바구니 안에서 말라가던 치자꽃 향내가 은은한 야광주 불빛과 어우러지던 방에서 밤낮을 모르고 나누었던 지독한 사랑을 떠올리며 몸을 떨었다.

그 모든 것이 따로따로가 아니라 한꺼번에 뇌리를 가득 채워 폭발하는 바람에 나는 급기야 균형을 잃고 비틀거렸다. 간신히 벽을 짚고 서서 또 무엇이 떠오를까 기다렸지만 몇 안 되는 기억의 조각들은 어디에도 닿지 못하고 불꽃이 꺼져버렸다.

"그게 있으면 될지 몰라, 치자꽃, 치자꽃이 있으면."

나는 위후 님의 대궐 같은 저택 안을 내달리며 치자꽃을 찾아 헤맸다. 때는 이미 연꽃이 흐드러진 여름의 끝자락, 치자꽃을 바라기엔 늦은 시기임을 알면서도 어딘가에 말린 꽃이라도 가진 이가 없는지 묻고 또 물었다. 그런 내 거동이 입을 건너며 위후 님께 전해졌는지 사랑으로 들라는 전갈이 왔다.

"입에 맞는 꽃이 그리 없느냐? 때도 아닌 꽃을 찾고."

"먹으려고 그러는 게 아니라……."

"먹을 게 아니면?"

위후 님의 하문에 대답하기가 곤란해 쓴웃음만 짓자니 가만히 날 건너다보던 위후 님이 누가 가서 치자 열매를 찾아오라 시켰다. 얼마 안 있어 손에 들어온 열매 한 알을 골라낸 위후 님이 그것을 입에 머금고 잠시 굴리더니 사랑 창문 밖으로 후, 하고 뱉어냈다. 위후 님이 발을 주무르고 있던 설영 아씨에게 가서 물 좀 주고 오라며 시키자 아씨는 김이 피어오르는 차 주전자를 들고 일어섰다. 창가에 서

455

서 쪼르륵 아씨가 물을 붓는 모습을 나는 조금은 회의적인 시선으로 쳐다보았다.

"너무 많이 줄 것 없다. 찻종으로 둘 정도면 돼."

위후 님의 말에 설영 아씨가 적당할 때 주전자를 거두고 돌아와 앉은 지 얼마 후 둥근 창문 밖으로 쑤우욱 나뭇가지가 올라오더니 가지를 펼치며 금세 나뭇잎이 무성해졌다. 그리고 가지 끝마다 꽃송이를 머금나 싶더니 기다리기 지루하다는 듯 팡 하고 흰 꽃이 벌어졌다.

"뭘 구경만 하고 있누? 가보거라. 네가 찾던 치자꽃 아니냐."

위후 님 말씀에 나는 벌어져 있던 입을 다물고 창가로 향했다. 눈으로 보면서도 반신반의, 정말 꽃일까 하고 한 송이 똑 끊어놓고 보니 그 빛깔이며 감촉, 향기, 모두 틀림이 없었다.

"그래, 원이 풀렸느냐?"

코를 묻을 듯이 꽃향기를 들이마셔보던 나는 천천히 얼굴을 들고 고개를 저었다.

"이게 아닙니다. 제가 찾는 게 아니에요."

"치자꽃이 다 그렇지, 뭐 별종이 있단 말이냐? 그럼 네가 말하는 게 어찌 생겼는데?"

"이렇게 생겼지만, 이게 아니에요. 이게 아니야. 이것도 아니고, 이것도…… 이런 게 아니야!"

혹여나 하고 꺾어본 다른 꽃들도 하나같이 기대를 배반하자 왈칵 일어난 짜증에 발을 구르며 손아귀의 꽃들을 내팽개쳤다. 호오, 하고 눈이 동그래져서 쳐다보는 위후 님께 사과할 정신도 없이 나는 초조함으로 입술을 잘근거렸다. 한층 더 차갑고 한층 더 감미로운 그런 향기를 알고 있다. 가꾸어낸 이의 손길을 쏙 빼닮은 꽃들, 그렇다, 무주의 그 집 뒤에는…….

'무주.'

뇌리에 떠오른 지명에 나는 숨을 죽였다. 그리고 천천히 바로 곁의 창 너머로 보이는 하늘을 올려다보았다. 날개가 돋아난 부분이 간질거리며 돌연한 충동에 휩싸였다. 가자, 가보면 알 수 있어. 홀린 듯이 둥근 창턱에 한 발을 올렸고 다음 순간 그 사이로 빠져나가 날개를 펼쳤다. 뒤에서 어머머, 하고 설영 아씨의 놀란 듯한 목소리가 들려왔다.

"저리 가게 두어도 되는 건가요? 붙잡아야 하는 거 아니에요?"

"고획조에게 사슬을 채우기라도 하란 거냐? 겉모습을 보고 착각하면 안 돼. 저것들은 맹금류야."

"아직 아무것도 모르는데 사람들에게 들키기라도 하면?"

"두루미가 나나 보다 하겠지. 견자見眥들이 어디 그리 흔한가. 말세야, 말세."

날 꼬여낼 때와는 조금 다른 말을 하는 위후 님의 목소리도 더는 들리지 않을 만큼 높이 올라왔다. 푸릇푸릇한 대원산을 힐긋 내려다보곤 잠시 제자리에서 사방을 돌아보며 갈 곳을 고민했지만 이윽고 마음을 결정했다. 남쪽이다. 꾸준히 남쪽으로 날아가리라. 가다 보면 몸이 자연스레 방향을 수정할 것이다.

날개옷의 주인 고획조— 야행유녀는 사람이기 이전에 새라고 위후 님이 말했다.

'날개옷을 벗으면 사람의 형상을 찾지만, 이미 사람이라기보다는 귀鬼에 가깝지. 마음속에 하늘에 대한 갈망이 낙인처럼 아로새겨진 새의 귀물이란 말이다.'

귀물보다야 새인 편이 좋다. 그리고 고향을 잊는 새는 어디에도 없다.

무주는, 내 고향이다.

올 때는 이토록 먼 곳일 거라고는 생각하지 못했다. 깨어난 이래 가장 길었던 비행의 끝에 드디어 무주의 백오산 자락이 눈앞에 펼쳐진 순간, 나는 형언할 수 없는 동요로 몸을 떨었다.

엄밀히 말해서 저곳이 내 진정한 고향이 아니란 점은 홀로 밤하늘을 날아오는 동안 드문드문 풀리기 시작한 기억의 실타래로 아는 바이다. 이제 나는 엄마와 아빠라고 부르던 이들을 기억해 냈고 내 동기들의 존재도 알고 있다. '아희'라고 부르던 작은 꼬맹이를 매우 좋아했다는 사실도. 모두가 오랜 옛날에 알았던 사람들처럼 아득하기만 한 중에도 작은 꼬맹이는 자꾸만 눈에 밟히는 게 심상찮다. 정작 그 아이의 어미인 내 자매의 얼굴은 기억조차 나지 않는데.

자라면서 이십 년 가까이 살았던 동네는 본체만체 지나치고 이 산을 찾은 이유. 이상도 하지, 불빛도 없는 산자락의 어느 한 지점이 콕 눈에 박혀 이끌리듯이 향할 수밖에 없었으니.

날개를 접으며 내려선 곳에 즐비한 치자나무를 확인하고 그 조화에 가벼이 감탄했다. 이것을 찾으려고 그 오랜 비행을 했구나. 꽃은 당연히 이미 져버린 후였다.

나뭇잎이라도 손가락으로 쓸어보며 주변을 돌아보던 눈에 한 그루 우뚝한 오동나무가 들어왔다. 발이 이끄는 대로 그 나무에게로 다가갔다. 나무 아래에 서서 위를 올려다보는 사이 얼굴이 살며시 뜨거워졌다. 달은 이미 서쪽 하늘로 사라졌다지만 달이 없어도 확신에는 무리가 없다. 나는 이 나무 아래에서 '그'와 사랑을 나누었다.

첫날밤의 침상이 된 자리를 거닐며 그의 얼굴을 떠올려보려고 해도 큰 소득은 없다. 꼭 한 번은 돌아와 달라고 말하던 목소리의 주인. 그게 여기가 아니었나.

한숨을 쉬며 고개를 돌리던 시선 끝에 집이 들어온 것은 그때. 하

늘에서 이 산을 내려다볼 때처럼 동요했다. 아니, 보다 강하다. 나는
이끌리듯 걸음을 떼놓았고 걸음은 자꾸 빨라지다가 마침내는 달리고
있었다. 날개를, 그 순간엔 철저히 망각했다.

초조함에 입술을 빨며 한 점 불빛도 흘러나오지 않는 집 주위를 맴
돌았다. 한때는 잘 가꾸어졌을 법한데 지금은 잡초가 너무 많이 자란
뜰에 서서 물끄러미 집을 바라보면서, 그 안에 내가 찾는 것이 없음을
깨달았다.

"여기도 아닌가."

가까이에 있다면 결코 모를 리가 없다는 믿음 같은 게 있다. 내가
그렇듯이 그도 그럴 거라고 절대적으로 믿는다.

만나야 한다. 비단 곰인형이 꿈에서 울어서가 아니라 그를 만나지
않고선 영영 홀가분해질 수 없는 굴레 같은 게 늘 내 곁에 있기 때문
이다. 그건 마음의 빚이기도 하거니와 실제의 빚이기도 하다. 아무도
설명해주지 않았지만 내가 날개옷의 주인이 된 데엔 그가 크게 개입
해 있음을 느끼고 있다. 무엇보다, 위후 님은 대가 없이 누군가에게
자선을 베풀 분이 아니다. 지금 거둬주는 것도 어디까지나 장래를 위
한 투자의 일환으로……

마냥 깊어지던 상념은 별안간 들려온 드높은 새소리에 깨어졌다.
산속이고 하니 밤새 한두 마리가 우는 것쯤이야 하고 심상히 넘기려
다가 조금 걸리는 게 있어 소리가 들려오는 쪽을 찾아보았다.

호오오, 호로로…… 케코, 케코. 호오오, 하고 점차 가까워지는 지
저귐 소리는 역시나 휘파람새의 그것인데. 밤에 울다니 휘파람새치고
별종이구나 하며 바라보고 있는 사이 어둠을 깨치고 작은 새가 열심
히 날갯짓해서 다가왔다.

마치 날 아는 것처럼 내 주위를 어지러이 맴도는 게 귀여웠다. 위후

님은 나더러 맹금류라고 했지만 이 반응을 보면 그렇지만도 않네 뭐.

"호오오, 안녕 예쁜아?"

울음소리를 흉내 내며 새를 향해 손등을 내밀자 휘파람새는 기다렸다는 듯이 사뿐 내려앉았다. 흰 눈썹선을 들썩이며 나를 보는 새카만 눈동자가 참으로 사랑스럽다. 이제 막 봤을 뿐인데 떠날 때 데리고 가면 어떨까 하는 생각이 들 정도로.

부리를 벌려 또 나지막이 휘파람 소리를 내는 새를 바라보던 내 귀에 문득 기이한 공명 같은 게 일어났다. 공명? 그보다는 너무 작아서 잘 들리지 않던 소리가 갑자기 확 증폭되는 듯한―.

'누나.'

숨죽이며 내 귀를 의심했다. 방금, 새의 지저귐에 겹쳐서 매우 익숙한 목소리가 누나라고 부른 느낌이…….

'누나, 나야, 모르겠어? 아직 안 들리는 거야? 누나, 큰누나?'

점점 더 명확해지는 음성. 머리를 갸우뚱하며 나를 올려다보는 새를 보는 내 눈에서 눈물이 흘렀다.

'누나?'

이 목소리를, 알고 있다. 나는, 이 목소리를 안다.

"……너, 성우니?"

'누나!'

펄쩍 뛰어오른 휘파람새가 작은 날개를 파닥이며 뱅글뱅글 돌았다. 하염없이 흐르는 눈물 속에도 웃음이 나니 마침내 소원이 이루어졌다는 벅참이다. 비록 너무도 기막힌 해후일지언정 우러난 기쁨에 덜함은 없다. 성우, 우리 막내, 내 귀한 동생.

……휘파람새가 된 내 어여쁜 동생.

"최대한 빨리 올게. 기다리고 있어줘. 어디로 가버리면 안 돼. 알겠지?"

'응. 기다리고 있을게. 아무 데도 안 가고. 얼른 다녀와.'

성우는 작은 눈을 빛내며 어서 가라고 부추기지만 차마 발길이 떨어지지 않아 나는 몇 번이고 뒤를 돌아보았다. 오동나무의 가장 높은 가지에 올라앉아 나를 배웅하는 그 애의 모습이 한참 멀어진 뒤에도 지상에 박힌 별처럼 반짝거렸다.

그 빛이 가물거리는 게 두려워 다시 내려갈까 하는데, 그런 내 마음을 알았는지 성우가 청아한 지저귐으로 가볍게 내 등을 밀어주었다. 오롯한 지저귐, 응원하는 노래처럼 명랑한 휘파람이 내게는 어서 가, 어서 가 하고 말하는 것처럼 들려왔다.

더는 망설이지 않고 힘차게 비상했다. 동생과의 애틋한 해후도 느긋하게 즐길 수 없을 만큼 내 마음에 거센 풍랑이 된 이를 만나러, 나는 가야 한다. 바다에 잠긴 숱한 넋의 하나가 되어 일월과 함께 서서히 바스러졌을 내 동생의 넋을 건져 올린 그이, 피리 부는 남자를 만나러.

'딱 한 번 사람일 때 만난 적이 있어. 지나치는 행인 중 하나로 스쳐 지났을 뿐이지만 선명히 기억하는 게…… 아무 이유도 없이 눈빛이, 너무도 무서웠거든. 그분도 내 눈을 보고 알았대. 남은 수명이 더없이 짧되, 그 혼이 새鳥로 거듭날 수 있는 자란 걸. 하지만 세상에 존재하는 그런 혼 전부를 돌아봐야 할 이유는 없으니까 잊고 지나친 거지. 그러다 그분이 누나를 만나러 간 거야. 어선을 타고 떠났다가 돌아오지 않는 나 때문에 눈물 마를 때가 없던 누나를……. 누나가 보는 사진 속의 나를 알아보고 그분은 바다로 갔어.

누나? 바다는 말이야, 너무도 많은 걸 그 안에 품고 있어. 사람의

뼈 같은 건 그 바다에 떠도는 한 톨의 먼지도 되지 않겠지만 그 한 톨의 먼지도 사람의 눈으로 보면 겁이 날 정도로 많아. 물론 그 많은 이가 언제까지고 바다에 묶여 있지는 않아. 개개의 차는 있어도 결국엔 망각이 찾아오고 자유로워지는 거야. 그럼에도 불구하고 여전히 많기만 한 숫자……. 그런 곳에서 그분은 피리를 불었어. 그 소리 자체를 듣지 못한 이들도 아주 많아. 그렇지만 듣고, 반응한 이들도 넘쳐났지. 나를 찾기까지 그분이 바다에서 보낸 시간은 일 년이 넘어.

잊을 수가 없어. 수면 너머로 솟구쳐 오르며 느꼈던 그 말로 형언할 수 없는 해방감. 목청껏 소리 지르며 날아보다가 겨우 진정이 되어 내려갔을 때 나를 보던 그분의 표정도. 이제는 내 달을 보러 가야지, 하고 중얼거리던 목소리가 지금도 귀에 선해.

누나도 잊었을 리가 없어. 나도 막 깨어났을 때엔 지난 일이 온통 흐릿하기만 했지만 하루하루 삶과 마주하면서 안개가 조금씩 걷힌 느낌이야. 모든 게 선명해졌다고 말하는 건 아니야. 아마도 상당한 부분은 바다에 두고 와 버린 것 같아. 바다에, 그 어둠 속에……. 하지만 정말 중요한 건 잊지 않았어. 큰누나에 대한 기억도 그래. 잊지 않고 있다가 누나를 다시 만난 순간 아주 생생해졌어.

아직 흐릿해도 좋아. 만나러 가 봐. 누나에게 진정 중요한 존재라면 틀림없이 되찾을 수 있을 거야.'

내 다정한 동생은 한마디 쑥스럽게 덧붙이는 걸 잊지 않았다.

'난 큰누나가 그분을 정말 좋아한다고 생각해.'

—아마도 그이의 얼굴.

불현듯 뇌리에 선명해진 그 모습은 얄궂게도 현생도 전생도 아닌 애매한 지점에 속해 있었다.

'꾀꼬리가 되었구나.'

울 듯 웃을 듯 어렴풋이 미간을 찡그리고 나를 보던 그 얼굴이 생생히 떠올라 가는 내내 떨쳐지지 않았다. 그러나 성우의 말처럼 그 시간 속에도 안개가 흩어지고 있었음인가 그 얼굴을 가장 먼저 떠올린 이유가 어느 순간 홀연히 이해되었다.

그때, 그이를 처음 보았기 때문이다. 내 전생前生은 어둠 속에서 살아가는 삶이었으므로. 그 짧은 생은 물에 휩쓸려 끝이 났고 그이에 의해 두 번째 삶이 시작되었다.

삶? 글쎄, 그것이 삶이었을까? 꾀꼬리로 화한 내 혼이 과연 얼마나 오래 그의 곁에 머물렀을까? 그리 길었을 성싶지 않다.

그에게 묻고 싶다. 우리가 함께 한 시간이 얼마나 되는지. 그리고 그가 나를 기다린 시간은 얼마나 되는지. 마음을 다해 간곡히 사과를 해야 하는 상황이 오더라도 그의 이야길 듣고 싶다.

설사 이것이 정말 마지막 만남이 된다고 해도……

"아!"

움터오는 여명이 힘을 못 쓰도록 짙은 구름에 둘러싸인 천애의 절벽 사이로 무서운 기세로 날아오는 새가 있었다. 조금 빠르고 늦고의 차이로 내 앞을 가로막아 경계하는 두 마리의 검은 새는 불타는 황금 같은 눈에 발이 셋 달려 있다. 그 어떤 단단한 것이라도 물어서 동강 내버릴 듯한 부리를 벌려 날카롭게 울었다. 카앙 카앙 그 자체로도 쇠붙이의 부딪힘을 연상시키는 서슬 퍼런 위협이었다.

하지만 겉모습을 보고 놀란 마음도 오히려 울음소리를 들으며 빠르게 진정되었다. 사람의 음성이 아닐 뿐 그들이 뜻하는 바를 충분히 이해할 수 있었다.

"그이를 만나러 왔어. 이야기를 나눌 거야. 걱정하지 마."

방식이 다를 뿐 꿈에 날 찾아온 곰인형과 매한가지로 그들은 '그'를 염려하고 있었다. 결코 그를 해코지할 마음이 없음을 지그시 바라보는 눈길로 전하길 한참, 나중에 온 삼족오가 슬그머니 뒤편으로 빠졌다. 먼저 당도했던 삼족오는 좀 더 버텨보다가 두고 보자는 듯이 부리를 캉캉 맞물리고는 내 앞에서 물러났다.

　　정작 길이 열리자 선뜻 움직이지 못한 건 내 쪽. 정말로 잠시 후 그를 만날 거란 사실에 여태 생각지 못한 두려움이 밀려왔다.

　　……바로 코앞에 두고도 어떠한 동요도 일어나지 않는다면! 성우의 일을 떠올린 것처럼 그도 기억해낼 거란 보장은 어디에도 없는데.

　　여기까지 오면서 생각했던 자잘한 것들 모두가 증발한 듯이 날아가 버린 자리에 자책에 가까운 근심만을 가득히 품고 마지못해 앞으로 나아갔다. 너무 서둘렀다는 생각에 날갯짓에도 기운이 없다.

　　그런 나를 향해 사늘한 습기를 머금은 구름이 희미한 노랫소리, 아침이면 햇살에 말라버릴 이슬같이 애달픈 휘파람 소리를 실어 왔다. 나는 그것이 절벽 사이로 불어오는 바람 소리인 줄만 알다가 점차 더 분명해지는 소리의 정체를 깨닫고 옥죄여오는 가슴을 부여잡았다.

　　'이 소리. 알아, 알고 있어. 아무렴, 잊을 수 있을라고.'

　　나를 기다리고 있다. 한결같은 마음으로. 그런데도 이런 곳에서 주춤하고만 자신이 미안해 몇 배는 더 힘을 내어 빠르게 앞으로 뻗어나갔다. 뺨에 와 닿는 바람이 칼날처럼 아프고 숨 쉬는 것이 고통스러워졌다. 개의치 않았다. 좀 더 빠르지 못한 자신을 책하며 나는 날았다. 그에게, 그에게로.

　　드디어 내 눈앞에 탁 트인 순백의 공간이 펼쳐지는 순간—

　　"……?"

　　눈앞의 광경을 이해할 수 없어 어리둥절해지고 말았다.

작은 공간을 온통 백색으로 물들일 만큼 싱싱한 치자꽃의 융단, 그 중앙에…… 덩그러니 조상彫像 같은 게 놓여 있었다. 나는 어떤 술법 같은 건가 하고 주위를 돌아보았지만 거기엔 누군가 몸을 숨기고 있을 만한 자리가 애초에 없다. 그렇게 두리번거리는 사이에도 나를 불러온 휘파람 소리는 끊어질 듯 끊어질 듯 이어졌다.

나는 조각상을 바라보며 치자꽃 위로 내려섰다. 자박자박 발에 밟히는 꽃들이 내뿜는 아찔한 향기를 헤쳐 가며 조각상을 향해 다가갔다.

가까워질수록 그 상을 깎았을 장인의 솜씨에 압도되고 마는 유려한 목제 조각……. 등신대의 조각상은 머리카락 한 올부터 시작해 우아한 이목구비, 바람에 금세라도 펄럭일 것 같은 예스러운 복장까지 어느 것 하나 섬세하지 않은 것이 없다. 비록 피리를 쥔 오른손의 새끼손가락이 뿌리에서 잘려나갔을지언정 어찌 완벽이라 일컫지 못할 것인가. 갓 만들어졌을 때 입혔을 법한 색은 세월에 바랜 흔적이 역력해도 가늘고 푸르스름한 피리에 이제 막 입술을 가져다 댈 것처럼 눈을 내리깔고 있는 소년 같은 미모는 조금도 퇴색하지 않았다.

경탄스러운 아름다움. 이제 보니 그를 참으로 많이도 닮았구나. 만져보면 꽃잎처럼 부드러울 것 같은 뺨과 아직도 붉은빛이 생생한 입술마저. 하물며 살짝 벌려진 입술 사이로 휘파람을 부는 듯하니 닮은 것 이상의 어떤 조화가 있는 것인지—.

"……아!"

홀연 뇌리를 때리는 깨달음에 나도 모르게 뒤로 물러나며 비틀거렸다.

눈이란 어쩌면 이토록 간사하단 말인가. 기이한 볼거리, 눈을 현혹시키는 아름다움에 홀려 나는 코앞에 있는 것이 무엇인지 진정 몰랐다.

조화 운운이라니! 바로 당사자를 눈앞에 두고 서서 눈뜬장님처럼!

그러는 중에도 변함없이 노래하고 있다, 조각상의 입술은. 전신이 딱딱한 나무로 화하는 중에도 아직 엷은 생기를 머금고 붉게 반짝이고 있는 것이다.

하루가 천년 같은 기다림에 지쳐 그만 굳어져버렸단 말인가? 그렇게 굳어지면서도 언젠가 내가 돌아오면 길을 잃지 말라고 휘파람을 부는 것만은 멈추지 않았고? 만약 내가 돌아오지 않았다면 언제까지고, 이곳에서…… 이렇게?

'도련님의 휘파람 소리가, 꽤 그럴싸해서.'

'나라고 매일 휘파람만 부는 건 아닌데.'

오래전 가벼이 주고받은 그 몇 마디가 그를 여기까지 데려왔는지도 모른다. 아니, 집 앞을 지나쳐가는 그의 휘파람을 듣고 내가 정신없이 뛰쳐나간 그 순간부터 그의 평온은 깨졌던 거다.

꾀꼬리로서 그의 곁에 머물던 시간이 얼마나 되는지 여전히 난 기억할 수 없다. 없지만, 그 마지막을 앞두고 그에게 남긴 약속은 이제 치자꽃 향기를 빌어 떠오르기 시작했다. 그때도 치자꽃이 만개하던 여름이었다.

'그런 표정 할 것 없어. 돌아올 테니까.'

날아오르며 아무 일도 아닌 것처럼 남긴 약속.

'돌아올게, 당신에게. 아무리 오랜 시간이 걸려도 돌아올 테니까 기다려줘.'

다가올 이별이 두렵지 않았다면 거짓말. 그러나 슬프지 않은 척 지지배배 노래하며 치자나무 사이로 날았다.

'꼭 돌아올 테니까 당신은 당신대로 재미나게 지내고 있어.'

'무슨 수로 날 찾아낼 건데?'

'그건 그때 가서 생각해야지. 정 걱정이면 말이야, 당신 사는 곳에 치자나무를 많이 심어. 아주 많이 심어서 내가 소문 듣고 찾아가게끔. 나무로 환생하지 않는 이상 난 그때도 치자꽃을 좋아할 거야.'

치자나무로 환생해서 그의 손으로 심겨지는 것도 좋겠다고 웃었다. 당신처럼 나무의 '정精'이 되는 것도 근사할 거라고.

'염려 마. 당신을 잊지 않아. 백 년을 하루같이, 설사 천 년이 기다리고 있다고 해도, 잊을 줄 알고?'

"연오야······."

겨우 기억해낸 그의 이름도 흐느낌에 걸려 혀끝에서 벗어나지 못했다.

'돌아올게. 당신에게 돌아올게.'

가벼운 말속에 절절했던 진심, 틀림없이 혼에 새겨지리라 자신했던 맹세를 나는 너무도 오래 망각했구나. 당신은 기다림에 지쳐 날 찾아 나선 거야. 다시 만나던 그날, 내 앞을 걸으며 휘파람을 불던 당신의 마음이 어떠했을까? 병원에서 깨어난 당신에게 천진하게 이름을 묻던 나를 보는 마음은 또 어떠했을까?

까맣게 잊어 내버려두었던 것이 믿기지 않는 기억 앞에서 나는 하염없이 눈물을 흘릴 뿐이다. 순서가 좀 이상하지만 결국 당신에게 돌아왔어. 그리고 당신을 기억해냈어. 그런데 당신은 이런 모습이 되어버렸어. 이제 어떻게 해야 하는 거지?

"어떡해야 해? 연오야, 연오야, 내가 어떻게 해야 하는 거야?"

손가락 끝에 닿은 그의 뺨은 한없이 매끄럽지만 단단한 나무의 그것. 혹시나 하고 그의 손을 움켜쥐는 손바닥에도 한 점 온기가 닿지 않는다. 인정하고 싶지 않지만 그에게서 생기라고는 느껴지지 않았다. 이젠 귓가에 들려오는 휘파람 소리조차 내 착각이라는 의혹이

피어오를 정도로.

"아니지? 네가 불러주는 거 맞지? 나 들으라고 불러주는 거잖아. 나, 이렇게 네 앞에 와서 휘파람을 듣고 있어. 그러니까 이제 휘파람은 그만 두고 말해봐. 왜 이제 왔냐고, 기다리느라 혼났다고 투정이라도 해봐. 연오야, 응? 연오야……."

어디선가 듣고 본 기억으로 그의 차가운 입술에 입 맞추고 마법처럼 그의 눈이 뜨이길 기다려 보지만 아무런 일도 일어나지 않았다. 무리도 아니다. 그는 저주 받은 게 아니니까. 정말 저주가 있었다고 하면 그것을 건 것은 나, 거는 줄도 몰랐듯이 푸는 것은 더더욱 모르는 무정한 정인이다. 막막함에 그만 다리가 풀려 주저앉아 뚝뚝 눈물을 흘렸다.

"깨어나서 뭐라고 말 좀 해. 나 돌아왔단 말이야. 그렇게 오래 기다렸으면서 겨우 그걸 못 참고 이러고 있기가 어디 있어. 깨어나, 깨어나서 나 좀 봐. 다님이 약속을 지키러 왔다니까!"

부끄러운 줄도 모르고 울면서 뻗댔다. 고함에 가까운 외침은 아득한 하늘과 절벽에 부딪혀 메아리가 되어 돌아왔다. 바로 곁에 있어도 간 곳을 알 수 없는 내 정인을 더욱 크게 목 놓아 불렀다.

"……목연오, 돌아와! 목연오!"

한 번, 두 번, 거듭하여 마치 초혼의 의식이라도 하듯이 절절하게 그를 부르는 내 목소리가 사방을 메웠다. 너무 악을 쓴 나머지 머릿속이 다 핑 도는 것을 질끈 눈을 감아가며 부르기를 그치지 않았다. 차라리 그를 부르다 쓰러져 어찌 되어버리는 편이 행복할 것이다.

"행복……. 나 행복해지고 싶어, 연오야. 감질나게 짧게 말고 오래오래, 지겨워 죽을 정도로 행복해지고 싶어. 그러려면, 네가 있어야 해. 너와 함께가 아니면 내 행복엔 의미가 없는 걸. 이 예쁜 날개 때문에 나는 앞으로 믿을 수 없을 만큼 오래 살 수 있대. 그렇지만 그게 무

슨 소용이야, 네가 없으면…… 네가 없는데 혼자서 그 세월이 다 무슨 의미가 있어?"

그를 올려다보고 있으려니 그가 이곳에 나를 데려와 했던 말들이 머릿속에서 물결쳤다. 그때 날 두렵게 했던 몇몇 말들이 이제는 맥이 풀린 다리에 기운을 불어넣어 주었다.

다시 일어나 그를 마주보다가 두 팔을 둘러 그를 끌어안았다. 살며시 앞으로 끌어온 날개가 둥글게 휘어지며 우리 둘을 오롯이 감쌌다. 그렇게 빚어진 포근한 어둠에서 나는 속삭였다.

"내 동인桐人이 되어주겠다던 말 기억해? 네가 할 수 있는 일이라면 나도 할 수 있어. 그게 내가 누릴 수 있는 마지막 행복이라면 기쁘게 맞이할 거야."

함께 늙지는 못한다 해도 함께 죽는 행복 또한 찬란하리라. 어쩌면 천지신명이 우릴 가엾게 여겨 또 다른 생이 허락된다면 그때엔 연리지로 태어날지도 모른다.

"성우에게 얼른 돌아가겠다고 했는데 너 때문에 거짓말쟁이가 되게 생겼어. 아무래도 난 정작 중요한 약속은 지키지 못하는 팔자를 타고났나 봐."

나직이 웃음 섞인 한숨을 내쉬는 내 뺨에 문득 차가운 이슬 같은 게 떨어졌다. 이쪽 하늘이 영 궂다 했더니 결국 빗방울이 듣나 생각하다가 무언가를 깨닫고 흠칫 몸을 떨었다.

더는 휘파람 소리가 들리지 않는다.

그것이 의미하는 바에, 심장이 철렁 내려앉으며 눈앞이 깜깜해졌다. 이젠 정말로 끝……?

"아직…… 아직 여기 있는 거라고 해줘. 뭘 그리 서두르는 건데. 연오야. 연오야, 내 목소리 들리지? 듣고 있지?"

쓰러질 것 같은 자신을 추스르며 더 꽉 그에게 매달리는데 아까에 이어 또 몇 방울 이슬이 뺨을 두드렸다. 사늘했던 처음과 달리 조금은 미지근해진 물방울. 그러는 사이에도 더해진 한 방울은 얼마쯤 따뜻하기까지 하다. 여름비라서,

—따뜻하다는 건 이상하다.

눈을 뜨고서, 제멋대로 뛰려 하는 심장에게 기대치 말라고 미리 단속을 했다. 공연한 기대를 했다가 아니라는 걸 알면 또 한 번 억장이 무너질 테니.

'억장이 무너진들? 기대할 거야. 백 번이고 천 번이고 기대할 거야. 어차피 죽으면 무너질 억장도 없어.'

입술을 으드득 깨물며 그의 어깨에 기대고 있던 얼굴을 들었다. 순간적으로 눈을 감아버린 건 그래도 떨치지 못한 나약함의 증거이다. 깊게 들이마시고 길게 내쉬는 숨결과 함께 나는 천천히 눈을 떠 앞을, 거기서 살며시 위를 응시했다.

빛바랜 목제 조각상의 뺨 위로 생겨난 두 줄기 물길. 비가 떨어진 자국이라면 너무도 교묘하지 않은가…… 하며 조심스레 바라보는 사이 조각상의 턱에 이른 물방울이 차츰 둥글어져 똑 떨어져 내렸다.

더욱 크게 뜬 두 눈으로 그의 눈을 보았다.

조금 전까지 분명 내리깐 눈길 속으로 검은 먹을 들였던 흔적만 남았던 두 눈동자가 어느새 더없이 진한 칠흑이었다. 그 까만 눈이 아른아른 흔들거린 건 다시금 고여든 눈물 탓. 무게를 이겨내지 못하고 흘러내리는 눈물을 멍하니 바라보다가 뒤늦게 나는 손을 뻗어 눈물을 훔쳐냈다. 닦아봤자 그때뿐 자꾸만 배어나오는 눈물 속에서 그의 눈매가 또렷해지고 주위 피부가 젖빛으로 물들어갔다. 오뚝한

콧날에 윤기가 돌고 갸름한 입술에 살이 차오른다. 내 손가락이 닿는 곳도 단단한 느낌이 가시며 마냥 보드라워져간다. 그러다 마침내 그의 눈꺼풀이 감겼다 뜨이는 순간, 나는 비명을 지르며 그를 불렀다.

"연오야, 연오야!"

일순 너무 벅찬 나머지 숨이 가쁘며 눈앞이 아득해졌다. 팔다리에 힘이 쭉 빠지며 조금 비틀거리긴 했으나 곧 정신을 차렸다. 하지만 내가 생각보다 오래 정신을 놓고 있었음이 분명했다.

"수경아, 정신이 들어?"

어느새 연오는 완연한 사람의 모습으로 돌아와 날 내려다보고 있었다. 근심을 담은 눈에 아직도 눈물이 마르지 않은 걸 보고 나는 힘없이 웃었다.

"왜 울고 있어. 꿈속에서도 그러고 울더니."

연오는 내 등을 지탱하고 있던 손으로 나를 당겨 품에 안았다. 울지 말란 뜻으로 한 말이었는데 그래도 그는 눈물 때문에 말을 잇지 못할 지경이다. 어쩔 수 없다. 이 강한 달님께서 알고 보니 울보인 정인을 달래 드려야지.

"아유, 뭐야. 내가 진짜 잊어버릴 줄 알았어? 아무렴 내가 지키지 않을 약속을 할까? 너 아직도 나에 대해 알아야 할 게 산더미구나, 산더미."

그의 등을 토닥거리며 나는 북받쳐 오르는 눈물을 참느라 두 눈을 부릅떴다. 예쁜 모습을 보여야지. 비록 위후 님은 내가 날개옷을 얻고 거듭나면서 한결 빼어난 미인이 됐다고 했지만 오늘 재회한 정인은 새삼 가슴이 떨릴 정도의 미남이란 말이다. 그런 사내에게 울어서 퉁퉁 부은 모습 따위, 보여줄 줄 알고.

"네가 준 선물은, 아주 잘 받았어. 모른 체하지 말고 얼른 내 날개에 대한 감상이나 들려줘. 내가 아주 희소한 확률을 뚫었다는 것은 굳이 말 안 해도 알잖아?"

"용서……하지 않아도 돼."

"응? 무슨 엉뚱한 소리야?"

고개를 젖혀 연오의 얼굴을 들여다보며 물었다. 연오는 나와 눈을 마주치는 것도 꺼리며 거듭 용서하지 말란 소리를 했다. 그러니 그의 얼굴을 양손으로 붙잡아 억지로 눈을 맞추고 추궁할 수밖에.

"어찌 그런 소릴 하느냔 말이야. 목연오 씨."

"내가, 욕심을 부렸어."

꺼져들 것 같은 목소리로 연오가 고백했다.

"다시는 헤어지고 싶지 않은 마음에 무턱대고 방도를 찾아다녔어. 그러다 그것을……. 얼마나 위험한 일인지 그자도 경고했지만 영원히 같이 할 수 있다는 꾐을 무시하지 못했어. 너라면 다를 거라고, 분명 그럴 거라고 무작정 믿고 싶었어."

"알아, 알아. 위후 님한테 날개옷을 산 이가 네가 처음이 아니란 것쯤. 깊이 생각하면 두려운 일이지만 어쩌겠어. 살아남은 마당에 그런 것에 연연하는 건 실패한 이들에게도 예가 아니라고 생각해."

한숨을 쉬고서 그의 기운을 북돋우려 생긋 웃었다.

"보다시피 믿음이 보답 받았잖아? 그리고 무작정 믿은 것만도 아니지 않아? 나는 한때 꾀꼬리였던 몸이라고. 에헴."

웃음으로 풀어보려고 해도 연오의 굳은 얼굴엔 변화가 없다. 오히려 더 흐릿해져 보기 안타까울 정도였다.

"너를…… 저 절벽에서 던지던 순간을 잊을 수가 없어. 알량한 욕심 때문에 내가 네게 무슨 짓을 저지른 건지. 평생 잊지 못할 거야. 도

저히 용서할 수 없어. 이렇게 널 보는 것조차 괴로워 견딜 수 없어."

"어우, 참, 왜 이리 예민하게 나오실까. 보라고, 내가 용서해줄게. 이렇게 멀쩡히 살아났는데 왜 못 본데. 지나간 일은 지나간 일로 남기고 이제 둘이서 오래오래 행복하게 살면 될 일을, 무슨 답답한 소리를 하는 거야, 응?"

주르륵 눈물을 흘리며 연오는 입술을 들썩거렸다. 마음 같아선 더 알고 싶지 않다고 그의 입을 봉해버리고 싶지만 이렇게 괴로워하는 모습에 차마 그럴 수도 없다. 차라리 흉중에 담긴 어둠을 다 털어놓도록 거들 작심을 하고 날 보게끔 그의 머리를 잡고 있던 손을 거둔 대신 그의 오른손을 쥐고 네 개뿐인 손가락의 마디마디에 입 맞추면서 물었다.

"오로지 그것 때문에 그렇게 괴로운 거야? 나를 터무니없이 위험한 시험에 들게 한 건 알겠어. 미안한 마음도 얼추 알겠고. 하지만 성공한 시험을 두고 자책하는 게 지나치잖아."

"나는……."

"응. 말해봐."

"나는 네 죽음을 막을 수도 있었어."

그게 그리도 맺혀 있었구나. 새끼손가락이 있어야 할 자리의 잘라낸 듯 매끈한 절지면을 만지며 나는 빙긋 웃고선 금세라도 눈물을 떨굴 것 같은 연오의 눈을 마주했다.

"목연오. 내가 죽은 게 네 탓이야?"

연오는 물끄러미 나를 보다가 고개를 끄덕이려 했다. 나는 기회를 노리는 매처럼 빼어난 반사신경으로 그런 그의 이마를 밀쳤다. 여느 사람이었으면 목뼈에서 우두둑 소리가 나지 않을까 싶을 정도로—부러진다거나?—세차게 그의 고개가 젖혀졌다.

힘을 줄 생각은 없었는데 나도 모르게 무슨 힘이 이렇게. 위후 님 말대로 고희조는 정말로 맹금류인가.

뜨악해져서 겉으론 가냘프기만 한 내 손을 살피고 있는데 연오의 고개가 천천히 제자리로 돌아왔다. 이렇다 할 표정은 없는데 한껏 놀랐는지 예쁜 두 눈이 멀뚱멀뚱 깜박이는 걸 보고 나는 풋 웃음을 터뜨렸다. 그런 나를 멍하니 쳐다보는 그의 눈길도 마냥 우스워 배까지 누르며 실컷 웃었다.

"푸후, 후훗, 미안, 미안해, 연오야. 내가 다시 태어난 뒤로 체력도 월등해졌거든. 힘도 세지고 말이야. 차차 적응하면서 조심할 테니까 무서워하지 마. 사모하는 낭군에게 힘자랑 같은 거 할 생각 절대 없으니까. 화난 거 아니지?"

"전혀……."

"하지만 놀란 건 맞고. 아하하하하!"

또 한바탕 신나게 웃고 뚝 끊으며 정색을 했다.

"그게 다 네가 자초한 거잖아, 바보야."

연오의 눈이 다시금 멍해지면서 그의 입술이 소리 없이 들썩였다. 바보? 라고 중얼거리는 게 분명하다.

"그럼 바보지 뭐야. 나 죽은 게 네 탓이라고? 여기까지 오면서 그거 하나 기억 못했을까 봐? 전생에도 현생에도 날 해코지한 건 내 쌍둥이 피붙이가 아니냔 말이야. 적어도 두 번째는 내가 결단을 내린 거고. 솔직히 살 마음이 있었으면 어떻게든 살았어. 그러지 말자고 결심한 건 나야. 끝이라고 각오하고도 너한테 알리지 않은 것도 나고. 그러니 자책을 해도 내가 해야 하는 거 아냐?"

내 날선 물음에 연오는 희미하게 입꼬리를 들어 올리며 중얼거렸다.

"그런 일이 일어날 줄, 내가 알았다면?"

나는 살짝 미간을 찡그렸고 연오는 덤덤하게 말을 이어갔다.

"네게 위험이 닥쳐오고 있고, 이번에도 그 흉수가 네 피붙이 여동생인 줄 알고 있었다면 어쩔래? 막을 수 있었어. 내가 전심전력을 다 기울였다면. 애초에 널 데리고 훨훨 떠날 수도 있었어. 그러지 않은 게…… 너무 끔찍하지 않아?"

"끔찍해."

딱 잘라 말했다. 나를 보는 연오의 눈빛이 흔들렸다.

"영 끔찍하다고. 사람이 아무리 발버둥을 쳐도 결국 운명이란 걸 못 이긴다고 생각하면 말이야. 그런 의미에서 이런 식으로 날 못살게 군 불운에 한 방 먹인 게 몹시 통쾌하고."

거세게 출렁이는 연오의 눈동자를 향해 나는 빙그레 웃었다.

"네가 내 옆에 있어준 게 얼마나 큰 행운이었는지 내가 모를까 봐? 막을 수 있었다고? 말은 바로 해야지. 넌 몇 번이나 막아줬어. 내 불운이 보다 질겼을 따름이야."

"어떻게……."

"어떻게 알긴. 짚이는 게 너무 많은 걸. 어디 한 번 대답해 봐. 여기 붙어 있어야 할 손가락은 어디로 간 거야? 응?"

연오의 오른손을 들어서 그의 눈앞에 증좌로 내밀자 그는 과연 당황한 눈빛으로 아무 말도 못했다. 엑스레이를 그렇게 공들여 속이지나 말던가. 이제 와서 있었던 적도 없는 것처럼 새끼손가락이 없는 걸 어찌 설명할 참이었담. 내친김에 나는 한마디 더 물었다.

"그리고 복집에 뛰어든 올빼미는 어떻게 된 거야. 설마 그 녀석이 이 약지야?"

"어? 어, 어……."

"세상에, 정말이었구나. 손가락을 뚝뚝 잘라서 날 감시하는 데 썼다니 그거야말로 끔찍해!"

"어? 미, 미안해. 나는 손가락이라기보다는 가지를 떼어 쓴다는 느낌으로 크게 거부감 없이……."

얼굴까지 붉어져서 변명하는 연오가, 너무도 좋다. 사랑스러워 죽을 것 같다. 정말 죽기라도 하면 큰일이라 눈을 질끈 감고 와락 그를 끌어안았다.

"됐어. 이제 그런 시시한 얘기는 그만해. 겨우 다시 만났는데 우리가 대체 왜 이러고 있어야 해?"

"수경아."

"기쁘지 않아? 내가 이렇게 살아 돌아왔는데 기쁘지 않냐구."

"……말로 형언할 수 없을 정도로. 널 보는데, 당장이라도 달려가서 안고 싶은 걸 겨우 참았어."

"그게, 참아져?"

"벌을 받아야 한다고 생각했으니까."

내 머리카락을 쓰다듬어주는 손길에 잘 참아온 눈물이 또 금세라도 터져 나올 것 같았다. 아무래도 눈은 뜰 수 없을 것 같아 손으로 더듬어 그의 얼굴을 잡고 입술을 포개었다. ……그러지 말 걸 그랬다. 마음이 진정되는 대신 더 거세게 헝클어졌으니. 가까스로 연오와 나누던 대화를 떠올리고 말을 이어가는 자신이 아슬아슬하기만 했다.

"그렇게 벌 받는 게 소원이면 내가 벌줄게."

"아주 큰 벌이 필요한데."

연오의 목소리도 바짝 가라앉은 건 입술이 닿아 있어서만은 아닐 것이다.

"충분히 클걸. 겁나서…… 음, 빼지나 말아."

그 짧은 사이를 못 견디고 연오가 입술을 지분거려서 말이 잠시 끊겼다. 다음 말을 이어야 하는데 어언간에 옷깃을 벌리는 그의 손에 흠칫거리며 어름댔다. 빠끔거리는 내 입술을 재차 덮어오며 강하게 빨아들이는 한편 얇아보여도 몇 겹이나 되는 옷들이 거추장스러웠던지 한꺼번에 붙잡아 확 젖히는 손길이 가슴이 뛸 정도로 거칠다. 그 바람에 느슨해진 허리띠를, 묶을 때의 공이 무참할 정도로 그는 순식간에 풀어냈다.

불과 조금 전까지 그토록 울던 사내라고는 믿겨지지 않는 변모에 눈물이 쏙 들어갈 정도로 놀라 눈을 뜨는 순간 어어어 하는 느낌과 함께 내 몸이 뒤로 밀렸다. 발이 묻힐 정도로 두껍게 깔린 치자꽃들이 나와 연오를 받아내느라 파스스 흩날리며 그 향기가 새삼 강렬해졌다.

"또…… 또 이렇게 막무가내로……."

내 볼멘소리에 가뜩이나 상기돼 있던 연오의 눈가가 짙은 단풍 빛깔로 물들었다.

"네가 다시 태어났잖아. 나도 오늘 다시 태어난 걸로 해."

"어머, 그럼 나보다 연하가 되는 거잖아?"

"연하인가……. 그건 싫어?"

"아니, 좋아서. 나 그러고 보니 예전에 재미로 본 점에서 연하랑 결혼할 거라는 말을……."

아무 생각 없이 떠오른 기억이 괜스레 어색한 기분을 불러일으켰다. 연오는 지그시 그런 나를 보다가 고개를 기울여 오래도록 입을 맞췄다.

"그래, 우리 이제 혼인하자."

내 혼을 취하게 할 것 같은 목소리로, 그렇게 말했다.

"내 반려가 되겠다고 말해줘. 두 번 다시 헤어지지 않게, 살아서나 죽어서나 나와 함께할 거라고 약속하는 거야."

"그런 걸 꼭 약속해야 믿겠어?"

불쑥 튀어나온 심술에 연오가 흐드러지게 웃었다.

"날개가 생기더니 꾀꼬리처럼 말하네. 노란 새가 어찌나 도도하던지."

사랑스러운 듯이 말하는 목소리에 한때 내 자신이었던 것에게마저 살짝 질투심을 느끼며 물었다.

"꾀꼬리일 때의 나는 싫었어?"

고개를 젓고 그가 말했다.

"그때 너와 사랑에 빠졌는걸."

"그럼 내가 다님일 때에는?"

"네게 반했는데, 반한 줄 모를 때."

"그럼 지금은?"

연오는 대답하는 대신 내게로 몸을 실으며 부서져라 껴안았다. 그 바람에 날개가 눌려 작게 신음했더니 그가 흠칫 고개를 들어 날 보곤 나를 안은 채 옆으로 몸을 굴렸다. 다시금 치자꽃이 흐드러지며 피어오르는 향기 속에 그와 나의 위치가 바뀌었다. 어색하긴 했지만 그렇게 위에서 내려다보는 연오가 너무 아름다워 잠시 할 말을 잃었다. 흰 꽃 속에 꽃보다 고운 이가 이렇게…….

"많이 아팠어?"

연오의 물음에 나는 멍해졌던 정신을 재빨리 추슬렀다.

"응? 아, 아니야. 그 정도는. 아는지 모르겠는데 한동안은 우의를 벗을 수가 없어. 우의가 완전히 내게 녹아들어 떼어놓아도 나를 기억하게끔 해야 한다나."

그 한동안이 어느 정도이냐 물었더니 위후 님은 스물세 해쯤? 하고 대답했었다. 그때는 몰랐지만 아마도 내 나이를 알고서 한 대답이리라.

"조금 길지?"

"이백 년이 아닌 게 어디야. 그쯤은 눈 깜박할 새에 지나가."

싱긋 웃으며 연오가 나를 품으로 당겼다. 그의 가슴에 기대어진 내 머리카락을 하염없이 쓰다듬으며 그는 말했다.

"나 방금 아주 잠깐 네 날개옷을 질투했어. 이건 고작 스무 해 남짓으로 네게 아주 녹아들 수 있다는데 나는……."

"엉뚱하기는."

과거의 자신을 질투한 입장에서 할 말이 아닌가 싶어 쿡쿡 웃었지만 연오는 변함없이 진지했다.

"그 긴 시간을 건너와 비로소 너와 하나로 맺어지는 열락을 알았어. 그 기쁨, 즐거움, 충족감…… 모든 게 무서우리만치 생생해서, 시간이 지나고 너와 떨어져야 하는 순간이 견딜 수 없이 싫었어. 온 세상이 다 내 것 같다가, 별안간 천 길 낭떠러지로 떨어지는 기분 상상이 가?"

"연오야……."

고개를 들어 그를 바라보는 나와 눈을 맞추며 연오가 엷게 웃었다.

"지금은 어떠냐고 물었지?"

내 얼굴을 감싸 입맞춤하는 그의 입술이 파르르 떨렸다.

"날 살게 하는 것도, 죽게 하는 것도 오로지 너야. 내 어여쁜 달님, 영원토록 내 하늘을 밝히는 빛이 되어줘."

울지 않으려고 얼마나 기를 썼는데. 그러나 이제 나는 불가능한 일 앞에서 두 손 들기로 했다. 기쁜 재회의 자리가 눈물바다가 된다면

그건 모두 연오 탓이지, 절대 내 탓이 아니다.

"날 울리려고 작심을 한 거지, 정말."

삽시간에 뜨거워진 눈시울에 눈물이 꽉 차 흘러넘쳤다. 두 손으로 감추듯 눌러봐도 그 사이로 새어나가는 눈물은 어쩔 수 없다. 연오는 그 두 손마저 옆으로 떼어내곤 눈물범벅인 내 얼굴을 끌어당겨 입 맞췄다. 흠뻑 베어 물고 뜨겁게 파고들어 머릿속이 아찔하다 못해 아득해질 때까지 탐하길 멈추지 않았다. 오래지 않아 온몸이 녹신해져 축 늘어져버린 내게서 살짝 입술을 떼며 그가 흐뭇하게 웃었다.

"이젠 우리 둘 다 울보가 된 거지?"

"……가만 보니 좀 못됐어."

맥없이 쏘아붙였더니 자잘한 연오의 웃음소리가 귓전을 간지럽혔다.

"그걸 이제야 기억해냈어? 이런, 아직 갈 길이 멀구나. 괜찮아, 앞으로 아주 재미난 시간이 기다리고 있을 거야."

다시금 찰싹 맞물려오는 입술 사이로 그는 자꾸만 웃었다. 같이 시작한 경주인데 이미 그는 저만치 앞서서 달리고 있는 느낌이라 조금 억울해졌지만, 기분 좋은 웃음소리에는 이겨낼 수가 없다. 이미 나도 그 웃음에 물들어 쿡쿡쿡 웃고 있는 것을.

앞으로의 재미난 시간들? 아아, 머나먼 미래에 대해 장담한들 무엇할까. 나는 다만 지금을 살 뿐이다. 지금 사랑하는 이와 함께 하는 것으로 내 세계는 완벽하다. 그리고 이런 지금이 켜켜이 쌓여 영원이란 것에 가까워지지 않을까, 막연히 생각할 뿐.

조금 먼 길을 돌아서 돌아왔다, 내 나무에게로.

바야흐로 당신과의 영원이 시작되었다.

"그러고 보니 병원에서는 큰 소동이 났겠네."

내내 조용하던 수경이 불쑥 꺼낸 말을 이해하는데 약간 시간이 필요했다. 수경은 개천을 가로지르는 다리의 난간에 기대어, 아마도 이번 여름의 마지막 반딧불이 될 녀석들을 진지하게 감상 중이었고, 나는 그런 그녀를 보는데 푹 빠져 있었다.

어떤 의식의 흐름으로 거기에 생각이 미쳤는지는 모르겠지만 덤덤한 목소리와 달리 그녀의 미간엔 희미하게 주름이 잡혀 있다. 환골탈태 운운한 위후의 말은 명백한 왜곡이지만 살면서 누적된 피로와 비틀림이 말끔히 걷힌 갸름한 얼굴은 작은 수심조차 감출 수 없을 만큼 투명해진 터였다.

나는 그녀의 둥그런 어깨를 쓰다듬으며 "걱정돼?"하고 물었다. 그녀는 잠자코 생각해 보더니 고개를 저었다. 그리고 다시 생각해 보곤 고개를 끄덕였다.

"근심스럽다고 말할 정도는 아니야. 하지만 마음에 걸리는 건 있어."

"어떤 점이?"

그녀는 물끄러미 하늘에 궤적을 그리는 반딧불이의 비행을 바라보다가 쓴웃음을 머금었다.

"아희. 그 애가 자꾸만 눈에 밟혀서."

그렇구나, 하고 나 또한 이해했다. 아침저녁으로 소슬한 바람이 불어오는 즈음의 반딧불이는 한창 더울 때에 비하면 그 빛이 애처로울 정도로 흐릿하다. 그러니 그 흐릿한 빛이 그 약한 아이를 떠올리게 한 것도 무리는 아니었다.

확실히 그 아이는 막바지의 반딧불과 닮은 구석이 있다. 자력으로 버티기엔 남은 시간이 얼마 되지 않는 점에서 분명.

"사랑하는 이모가 죽는 것보다야 실종된 편이 낫지 않을까?"

"난, 생사를 모르고 이제나저제나 소식을 기다리는 게 더 나쁠 것 같은데."

수경의 말에 나는 부러 크게 한숨을 쉬고 말했다.

"묘한 데서 가차없는 성격인 거 알아?"

그녀가 내게 의아한 눈빛을 던졌다.

"병원에서의 일만 봐도 그래. 다른 사람 같으면 너 같은 일을 당하고 받아들이는 데만도 한참인데, 넌 며칠 만에 머릿속으로 판을 벌이고 죽을 결심까지 실행해 버렸잖아. 내가 조금만 더 넋 놓고 있었으면 정말 큰일이 나고도 남았을 거야."

그런 의미에서 그때 틈만 나면 정신 바짝 차리고 있으라고 들볶은 위후의 공이 없다고는 못한다. 하지만 딱 거기까지다. 죽음에 이르는 고통으로 괴로워하는 수경을 두고 악이 있느니 깡이 있느니 하며 싹수가 보인다고 즐거워하던 그자의 면상을 떠올리면······!

"그 일은 내가 미안해. 하지만 우편함에 들어 있는 편지 봤잖아, 그

거 틀림없이 내가 간병인 아주머니에게 부탁한 거야. 너한테 아무 소식도 안 남긴 건 아니었다고."

수경이 쩔쩔매며 변명하는 말에 떠오르는 게 없진 않다. 안녕하세요, 이런 소식을 전해 드리게 되어 유감입니다, 저는 수경 양의 조카를 돌보는 모모입니다만 실은 이번에 수경 양이…… 운운하며 이어지던 '쪽지' 말이다.

"그 느닷없는 워킹홀리데이? 돈 벌러 외국 간다고 하면 내가 그 말을 믿고 이렇게 우린 이별이구나 할 줄 알았단 말이지? 우리 달님, 가차없는 성격에 비해 머리는 썩 좋지 않아. 안 그래?"

"왜, 왜 그래. 화나면 화를 내. 웃지 말고."

슬며시 몸을 사리는 그녀를 보고 나는 더 활짝 웃었다.

"화라니. 화나지 않았어. 어떻게 내가 너한테 화를 내."

"아무리 봐도 화났는데……."

"화 안 났대도 그러네."

눈치를 살피는 그녀의 귀를 잡아당겨 두 손으로 감싼 얼굴을 가볍게 찌부러뜨리며 히죽히죽 웃었다. 조금 더 놀려줄 셈이었지만 가운데로 몰린 앵두 같은 입술을 오물거리는 모습에 덥석 낚여 입 맞추고 말았다. 뒤늦게 이게 아닌데 해도 소용없다. 기왕지사 이러게 된 바에 전력을 다해 탐할 뿐.

……참으로 훌륭한 미끼였다. 그만하면 흡족하다 싶을 정도로 입술을 맛보고 물러나며 아직 두 눈을 꼭 감고 있는 수경의 뺨을 가볍게 엄지로 비벼보았다.

가느다란 한숨을 내쉬며 그녀가 천천히 눈을 떴다. 연지로 물들인 듯 발개진 눈매 속에서 촉촉이 젖어 일렁이는 두 눈동자가 아찔하게 반짝거렸다. 하지만 눈꺼풀을 들 힘도 없다는 듯 이내 감겨버리더니,

속눈썹이 파르르 떨렸다. 새하얀 앞니로 아랫입술을 지그시 깨물고 다시 눈을 떠 초점이 흐려진 눈을 내게 맞추려 안간힘을 쓰는 눈가로 이슬마저 배어난다. 이제 막 흡족하다고 생각했던 나 자신이 우스워지도록 그녀는—.

"아, 연오야⋯⋯."

나는 수경의 팔을 잡아끌어 다리를 건넜다. 갑작스러웠는지 넘어질 듯 비틀거리는 그녀의 상체를 받치며 아예 허리를 감싸 훌쩍 안아들었다. 그녀가 저도 모르게 날개를 팔락거리는지라 그 무게가 느껴지지 않을 만큼 가볍다. 허리를 감은 팔에 힘을 주며 더 걸음을 빨리해 숲으로 뛰어들었다. 무성히 우거진 찔레 덤불 옆, 자귀나무 그늘에 내가 바라던 자리를 보고 나는 또 한 번 미끼를 삼켰다.

"이제 그만, 돌아가자. 우리 나오는 거 성우가 봤는데⋯⋯."

"상관없지 않아? 애도 아닌데 어련히 자러 갔을까."

"자다가 깰까 봐 그러지. 일어나서도 우리 없는 거 알면⋯⋯ 으, 흐응, 흐!"

잘게 신음하며 내 어깨 위로 고개를 떨구는 수경의 목덜미를 따라 위로 입술을 옮겨가면서 힐끗 주변의 경관을 확인했다. 달빛도 새어들지 않던 칠흑이 어느새 희붐히 엷어진 것이 머잖아 동이 틀 조짐이었다. 그러고 보니 밤새 이슬이 내려앉은 수풀의 비릿한 풋내가 코끝을 파고든다.

거짓말 같다고 해야 하나, 귀신에 홀린 것 같다고 해야 하나. 이제 좀 몸을 섞기 시작한 느낌인데 한숨 돌릴라 치면 몇 시간이 우습게 지나가 있다. 이럴 때 내 안엔 수경을 원망하는 마음마저 인다.

"난 온통 너밖에 보이지 않는데 넌 그런 거 챙길 정신이 남아 있

어? 내가 너무 부드럽게 하고 있는 건가?"

"그런 게 아니라 난, 흐아아─."

작정하고 빠르게 쳐올리자 그녀는 더 이상 말을 잇지 못하고 내게 매달려 왔다. 목을 감은 그녀의 팔이 덜덜 떨리고 가느다란 등줄기를 따라 전율이 일도록 몰아쳤다. 목구멍에 걸린 신음이 앓는 듯한 울먹거림에 가까워지면서 그녀는 다만 내 이름을 끊임없이 부를 따름이다.

"연오야, 아, 제발, 제발, 연오…… 연오야, 연오야."

강렬한 쾌감이 치밀어 올라 언제까지고 붙들고 싶은 순간이지만 그녀가 힘들어하는 걸 빤히 알면서 차마 오래 내버려두지는 못한다. 돌아올 밤을 기약하며 악착스레 끊어내야 할 때. 매번 이때가 죽기보다 싫다.

수경의 입술을 덮치며 바스러뜨릴 것처럼 우악스럽게 껴안아 내게로 당겼다. 그대로 그녀의 가장 깊은 곳에서 나는 필사적으로 파정한다. 절정에 다다랐는지 나를 머금은 그녀의 꽃잎이 경련을 거듭하는 중에도 내 분신은 아직 부족하다며 수그러들 줄을 몰랐다. 오히려 그녀의 꽃잎에 반응해 더 흉포해지는 것에 쓴웃음이 나왔다.

그녀의 긴 여운을 핑계로 몸을 떼지 않고 촉촉하게 땀이 배어난 살갗을 애무하노라니 그냥 눈 딱 감고 다시 한바탕 흐드러지게 품고 싶은 충동이 치밀었다. 등을 만지던 손에 힘이 들어가며 나도 모르게 허리를 들썩이자 나른하게 내 어깨에 기대서 숨을 고르고 있던 그녀가 고개를 가누어 나를 보았다.

"돌아갈 거지?"

휘파람새가 내 발목을 잡다니. 수경을 기쁘게 할 수 있을 것 같아 일 년 가까이 소금 자글거리는 바닷바람을 맞아가며 찾아낸 녀석이

지만 이렇게 골칫덩이가 될 거라면 그 결정을 재고했을 것이다. 앞으로 몇 년이나 되는 시간을 엉뚱한 일에 눈치를 봐가며 살 수는 없다. 내 인내를 그런 곳에 쓸 수는 없다고 생각하며 땅이 꺼져라 한숨을 쉬었다.

"열을 셀게. 그동안 눈을 감고 있을 테니까 내 손이 닿지 않는 곳까지 물러나. 하나, 둘—."

"어머, 어머, 흐……, 아아……."

수경은 화들짝 놀라 몸을 일으켰지만 몇 걸음 내딛는 것이 생각만큼 여의치는 않아 보였다. 내가 눈을 떴을 때 그녀는 겨우 옷가지에 손을 뻗어 앞을 감춘 게 고작이었다. 좀 전까지 온갖 짓을 다 했던 사이인데 새삼 가슴을 감추고 얼굴을 붉히는 걸 보니 웃음을 누를 수 없다.

"분명히 내 손이 닿지 않는 곳이라고 했는데, 어째 잘하면 닿을 것 같지?"

"시간을 너무 짧게 줬어."

"열이나 셌는데?"

"그, 그치만 다리도 저리고, 하여간 그게 그렇게 쉽지가 않아."

더욱 빨개진 얼굴로 쏘아붙이고 앵돌아앉는 뒷모습이 아닌 게 아니라 힘에 부쳐 보였다. 비로소 쉴 틈도 주지 않고 밤새 품었구나 싶어 아차 했다. 전처럼 그녀가 몇 번이고 까무러치는 일이 없어서 방심한 것이다.

스스로의 여유 없음을 반성하며 자리에서 일어나 재빨리 옷을 찾아 입고 수경에게 갔다. 얼마쯤 경계의 시선을 보내는 그녀에게 빙긋이 웃어 보이며 옷 입는 것을 거들어주었다. 마지막으로 허리띠를 매어주면서 그녀의 귀에 대고 불쑥 속삭였다.

"날아갔어야지. 난 그럴 줄 알았는데."

"어? 아…… 아! 왜 그 생각을 못했지?"

수경은 울상이 되었지만 나는 한바탕 즐겁게 웃었다. 그리고 이제
라도 날갯짓에 열을 올리는 그녀에게 등을 내보였다.

"그냥 내 등에서 푹 쉬어. 집에 갈 때까지만이라도."

"병 주고 약 주고."

"누구 덕분에 의술 공부한 게 얼만데. 마음만 먹으면 당장이라도
한의원 개업할 수 있어."

"진짜?"

"허리 아플 텐데 집에 가서 침놔줘?"

그렇게 등에 업힌 수경과 함께 집으로 향했다. 서두를 마음이 눈
곱만큼도 없어 걸음은 무척 느리지만 그녀는 아무 말도 하지 않았
다. 길섶에서 우는 풀벌레 소리에 귀 기울이던 그녀가 "아, 저기 반
딧불이 있어."하고 중얼거렸다. 과연 길을 잃은 건지 반딧불이 하나
가 우리 앞을 가로질러 숲으로 사라졌다. 그 덧없는 불빛이 사라진
곳을 자꾸만 돌아보는 그녀의 머릿속에 오가는 생각이, 이번만큼은
전해졌다.

"병원의 소동은 그리 크지 않았어."

내가 그렇게 운을 떼자 귀를 쫑긋하고 그녀가 나를 보았다.

"'대신'할 것을 두고 왔거든."

"대신할 것?"

걸음을 멈추고 그녀를 돌아보며 말했다.

"너는 세상에선 이미 죽은 사람이란 뜻이야."

수경은 아무래도 안심이 안 되는지 쇼윈도 앞에서 몇 번이고 제

모습을 확인했다. 사탕이 잔뜩 든 유리병을 품에 안고 고개를 갸웃하는 그녀를 따라 쇼윈도 속의 단발머리 아가씨도 고개를 갸우뚱했다. 노란 반팔 원피스에 차양이 짧은 밀짚모자를 깊이 눌러쓴 그녀는 조금 긴장한 듯 상기된 두 뺨 때문에 더욱 생기발랄해 보였다. 등에 멘 하얀 백팩 또한 그 발랄함에 일조하고 있지만 실은 그것은 가방이 아니라……

"이게 내 날개라니. 아무리 봐도 신기해."

훨씬 더 신기한 일들을 겪어온 그녀가 고작 이만한 눈가리기에 놀라 감탄하다니 위후, 그자가 알면 어떤 표정을 지을까 조금 고소하게 생각했다.

"자꾸 날개, 날개 하지 마. 사람들 앞에서 주呪가 깨어지길 바라지 않는다면."

"그건 큰일이지."

"그러니까 아예 신경을 꺼버려. 어디 보자, 마지막으로 점검 좀 할까?"

수경을 돌려세우고 머리끝부터 발끝까지 훑어본 후 한 가지 더 보태기로 했다. 언젠가 그녀가 나를 위해 발랐던 그 립스틱을 덧칠해주자 기억이 났는지 눈을 동그랗게 뜨고 웃었다.

"아, 이거 나랑 같이 일하던 언니, 누구였더라……. 맞다, 미라 언니가 준 거였어. 변변찮게 보답을 못 했는데."

"네게 고마운 사람이라면 마땅히 복을 받아야지. 나한테 맡겨둬."

수경은 살짝 의아한 눈빛을 했지만 이내 고개를 끄덕이며 쇼윈도를 돌아보았다.

"정말 날 몰라볼까?"

"이제 직접 확인해봐."

지척에 있는 병원을 가리키자 그녀는 결의를 다지듯 심호흡을 했다.

"가자, 연오야."

내 손을 꼭 쥐는 손이 조금 축축했다. 그것이 이제는 또 하나의 전생이 되어버린 삶에 대한 미련인가 싶어 씁쓸한 한편으로 묘한 홀가분함도 느꼈다. 오늘의 만남으로 그녀는 지스러기조차 아주 털어낼 것이다.

수경은 병원에 들어서기 전까진 긴장한 기색을 아무래도 감추지 못하더니 병실을 찾는 것은 조금도 막힘없이 해냈다. 신발이 닳도록 드나들던 바, 몸에 밴 기억의 승리였다.

"저, 아주머니, 여기예요."

면회를 신청한 사람을 보러 휴게실에 나타난 간병인 여자를 보고 수경이 손을 들었다. 그만큼 못 알아볼 거라고 일러줬는데도 그 여자가 자신을 몰라보는 것에 충격을 받은 눈빛이다.

"수경 양 친구라고요, 어서 와요. 와줘서 정말 고마워요."

"……네, 제가 외국에 있어서 장례식에는 못 왔지만 생전에 수경이가 조카 걱정을 하던 게 생각이 나서요."

"그래요, 얼마나 조카한테 극진했는데. 오죽이나 마음에 걸렸으면 눈도 못 감고 그리 갔을까."

수경의 시선이 내게 향하는 것을 나는 모른 체하고 창밖만 응시했다. 하릴없이 몇 마디 의례적인 말들을 주고받고서 수경은 아희를 만나보고 싶다고 말했다.

"나오기 전엔 자고 있었는데 지금은 깼으려나."

"일부러 깨울 필요 있나요, 자는 것만 봐도 돼요. 그런데 요즘 애 몸은 어떤지. 나빠지진 않았나요?"

"이모 일 있고 한창 풀 죽어 있었지만 요즘은 그럭저럭 회복해가고 있어요. 더 좋아지면 서울 큰 병원으로 옮길 거예요. 거기가 그래도 맞는 골수를 찾기도 여기보단 낫겠죠. 아희 이모가 그리 허망하게 가면서도 보험금을 남겼나보더라고요. 죽으면서까지 조카를 돌봐준 거지, 에그, 짠해라."

손수건으로 눈물을 찍어 훔치는 간병인 여자의 사설이 길어질세라 내가 헛기침을 하며 시계를 보는 척했다. 수경은 덤덤한 얼굴로 의자에서 일어나며 가보자고 말했다. 나도 뒤따르긴 했지만 병실을 앞두고선 복도에 남았다. 들어가지 않아도 이미 그 안에 있는 내 소지小指의 눈을 빌려 정경을 볼 수 있다.

아희란 꼬마는 잠들어 있었다. 한층 더 퀭해진 얼굴이며 앙상한 몸을 보니 어디가 회복되어 가고 있다는 건지 알 수가 없다. 그저 살아 있다는 것으로 대견하다 할까. 언제 꺼져도 이상하지 않을 만큼 짧은 심지. 훅 하고 스치는 바람만으로도 어둠에 삼켜질 것을 어쩌다 보니 내가 바람막이 노릇을 하는 중이다.

정정하겠다. '나였던 것'이 바람막이 노릇을 하고 있다. 수경이 어설프게 형상을 입히고, 저 꼬마와 함께 이름을 붙여줌으로 인해 그것은 나와 별개로 의식이란 걸 갖게 된 것이다.

처음엔 예상치 못한 일에 놀라기도 했으나 지금은 내게서 비롯된 종자 하나가 움튼 셈치고 있다. 어차피 수령 이백 년이 다 되도록 꽃 한 번 피우지 않는 불길한 나무라 하여 베인 몸이었으니……

아, 지금은 그런 이야길 할 때가 아니다. 수경은 소중히 안고 온 사탕병을 꼬마가 깨면 보일 자리에 내려놓고서 아이의 잠든 얼굴을 물끄러미 들여다보고 있다. 금세 눈물을 떨굴 것 같은 표정에 마음이 못내 불편하다. 그러나 그녀는 눈을 감고 몇 마디 중얼거렸을 뿐

끝내 눈물은 보이지 않았다. 그리고 자리에서 일어나더니 간병인 여자에게 이제 그만 가보겠다고 했다. 예상보다 훨씬 짧은 만남에 오히려 내가 당황했다. 병실을 나온 후 복도에서 수경이 여자에게 흰 봉투를 건넸다.

"이거 얼마 되진 않지만 부의금 대신이에요. 아희 서울 가기 전까지 보살필 때 써주세요. 좋아하는 책도 사주시고, 맛난 건 아주머니께서도 꼭 같이 드시고요. 수경이가 고마운 분이라고 아주머니 말을 많이 했어요."

"아유, 이런 건 애 엄마가 받는 게 맞는데."

"수경이라면 절대 그러지 말라고 했을 걸요? 고양이한테 생선 줄 일 있냐고."

수경이 웃으며 건네는 말에 간병인 여자는 과연 아희 이모 친구 맞네 하며 혀를 찼다.

"그래도 언니가 죽은 일로 충격이 없잖아 있었던지 애 엄마도 요즘은 좀 사람이 달라졌다우. 조금은 철이 들 모양이니까 너무 걱정은 말아요."

"그래요?"

"참, 그래도 누가 왔다 갔다고 애 엄마한테 말은 해야지. 학교 친구면 애 엄마도 알지 모르겠네. 친구분 이름이 어떻게 돼요?"

"제가 전학을 자주 다녀서 갠 절 모를 거예요."

그래도 이름을 바라는 눈치인 여자에게 수경이 말했다.

"다님이라고 해요. 류다님."

간병인 여자의 배웅을 받으며 우리는 함께 복도를 떠났다. 여자는 병실로 돌아가 수경이 건넨 봉투를 열어보고는 그 액수에 놀라서 복도로 달려나왔다. 그러나 그 여자는 우리 바로 앞을 지나쳐가면서도

우리를 알아보지 못했다. 엉뚱한 사람을 찾으러 허둥지둥 달리는 여자를 보며 수경이 한숨을 쉬었다.

"이러니까 우리가 나쁜 장난을 치는 것 같네."

내게 가벼이 기대오는 그녀의 어깨를 쓰다듬으며 좀 후련해졌느냐고 물었다. 그녀는 잠시 생각해보고 아니라고 대답했다.

"서울 가서 수술 받는 일이 잘되면, 그때는 후련해질까. 또래 아이답게 건강하게 살았으면 싶어."

"생각보다 빨리 나오던데. 정말 자는 얼굴만 본 거야?"

"당부 비슷한 것도 했어."

"어떤 당부?"

"오래 살아서 나처럼 멋진 사랑도 해봐야 한다고."

"너무 엄청난 걸 빌었네."

"그랬나?"

"그렇지. 설마 자신의 행운이 얼마나 큰지 모르는 거야?"

"그~을쎄."

힐끔 나를 쳐다보는 수경의 눈에 웃음이 자글거렸다. 탐탁찮은 외출이었지만 오길 잘했다는 생각이 들었다.

"당신 손가락은 좀 딱하게 됐더라. 나 더 잘 만들 수 있었는데. 그게 몸이 될 줄 누가 알았겠어. 그래서 그런가 날 보는 눈길에 원망이 실린 것 같았어."

"흠. 잘못 봤을 거야. 그런 당치 않은 일을 하다니, 후환을 어찌 감당하려고."

"후환?"

"나중에 회수해서 불쏘시개로 쓸 수도 있다는 뜻이야."

진심으로 한 말인데 수경은 겁주지 말라며 깔깔 웃었다.

"만화를 자주 봐서 그런가 얼마나 심성이 여린데. 울기도 정말 잘 울고. 아, 잘 우는 건 꼭 그 이유만은 아니겠네. 본주도 눈물에 있어선 일가견이⋯⋯."

"무슨 이야기를 꺼내려는 거지, 내 귀여운 새가?"

미소 지으며 그녀의 뺨을 살짝 꼬집자 날름 혀를 내미는 모습이 더 없이 발랄했다. 하루가 다르게 활발해지는 걸 보고 있으면 지난날의 그늘을 아주 떨칠 때도 머지않았다고 느낀다. 온전히 내게만 집중할 수 있는 때, 그날을 기다리며 조바심치는 자신을 잘 감추어야 할 텐데⋯⋯.

장난스럽게 눈을 굴리던 수경이 문득 앞을 보고 흠칫하며 멈춰 섰다. 설마 하고 같은 곳을 본 나는 한눈에 확 보이는 것에 덩달아 눈살을 찌푸렸다.

유화경. 본디 혼탁했던 영기가 더욱 난잡한 색으로 얼룩져 고개를 돌려버리고 싶었지만 수경이 뚫어져라 보고 있으니 그러기도 곤란하다. 축 처진 어깨를 하고 이쪽으로 걸어오는 유화경을 향해 수경도 걸음을 뗐다.

"널 알아볼 리 없어."

내 충고에도 수경은 고개를 끄덕이며 계속 걸어갔다. 알아보질 못할 뿐 투명인간인 건 아닌데 마치 작정하고 부딪힐 것처럼 걸어가다가 유화경을 코앞에 두고 살짝 옆으로 비켜섰다. 못마땅한 시선을 힐끗 던지는 유화경에게서 악취에 가까운 술 냄새가 났다. 그렇게 지나쳐가려는 유화경을 별안간 수경이 팔을 움켜잡아 붙들어 세웠다.

"뭐야?"

"아직 대낮인데 술을 마셨어?"

"술? 씨발, 안 마셨어, 오늘은. 새벽에 마시다 잤지만 그건 오늘 아니라고. 자기 전 일이잖아. 잔소리 좀 그만……. 근데 뭐야, 당신 나 알아?"

눈을 부라리며 유화경은 거칠게 팔을 뿌리쳤다. 재수 옴 붙었다고 지껄이며 멀어져가는 유화경을 수경은 묵묵히 지켜보다가 아예 보이지 않게 되어서야 비로소 돌아서며 아직 멀었다고 중얼거렸다. 아마 간병인 여자가 철이 들 것 같다고 한 말을 생각하는 모양이다.

"아희 생각해서 그 큰 죄도 눈감아줬는데, 잘한 건가 모르겠어."

"내 의견을 묻는 거라면 절대 아니다야. 저런 건 진심으로 반성할 줄 몰라."

나를 힐끗 쳐다본 수경은 병원을 나서도록 말이 없었다. 그러다 병원 밖 거리에 이르러 병원을 돌아보며 말했다.

"아희에게 해가 될까?"

파르라니 얼음이 깔린 눈빛. 위후의 말대로 고획조는 맹금류이고 맹금류는 사냥을 한다는 생각 등이 짧은 사이 내 머릿속에 오갔다. 아무래도 좋지만, 나는 내 고운 이의 손에 피를 묻힐 생각은 없다.

"염려 마. 최악까지는 안 갈 거야. 목숨이 위태로워질 정도의 일이라면 곰이, 움직일 테니까."

"걔가? 가능하겠어?"

수경은 상상이 안 되는지 고개를 갸우뚱했지만 나는 엷게 웃기만 했다.

"되도록이면 그런 일이 안 일어나야지."

"그렇긴 하지."

가늘게 뜬 눈으로 병원을 올려다보는 그녀를 따라 나도 잠시 같은 곳을 응시했다. 유화경. 그것의 몰골을 보아하니 술이 없으면 하루도

잠을 이루지 못할 듯이 보였다.

아무렴, 그래야지. 너 같은 것이 편한 잠을 자서야 쓰나.

유화경은 어느 누구보다 먼저 수경의 시신과 맞닥뜨렸다. 고통으로 오관이 일그러져 부릅뜬 눈에서 흘러내린 피눈물이 굳어 있는 시신을 보고 유화경은 비명조차 못 지르고 쓰러졌다. 언니의 끔찍한 죽음에 충격을 받아서? 천만에.

내가 수경을 대신해 자리에 놓은 느릅나무 허수아비는 실상은 유화경의 판박이였다. 비록 가짜라 해도 수경의 시신 따위를 꾸밀 생각은 추호도 없었다. 다시 말해서 '저것'은 자신의 시신과 마주했다는 소리다. 그런 게 쉽게 잊힐 리가 없다. 잊게 두지도 않을 것이다. 사는 그 마지막 날까지 매일매일 자신의 죽음과 마주하며 살아보라지. 저 유치장 안에서 제 손으로 목을 졸라 죽은 남자가 부러워질 날이 올 테니.

"우리 어디 다른 곳으로 갈까?"

챙을 들어 올렸던 모자를 푹 눌러쓰며 수경이 물었다. 단순히 여기 아닌 어딘가를 뜻하는 말이 아닌 것 같아 고개를 기울여 얼굴을 들여다보니 그녀가 꿈쩍 두 눈을 다 깜박이는 윙크를 했다.

"무주 말고 다른 데 말이야. 다른 데서도 살아보고 싶어."

"네가 원하는 곳 어디로든. 아, 대원산은 안 돼."

으잉 하고 수경은 어리둥절한 표정을 짓더니 곧 웃음을 터뜨렸다.

"가자고도 안 해. 근데 왜 그렇게 위후 님을 경계해? 둘이 친구 아니야?"

"절대 아니야."

하마터면 수경에게 화난 얼굴을 보일 뻔했다. 하지만 뭔가 느껴지긴 했던지 수경이 목을 움츠리며 두 번 다시 그런 말은 꺼내지 않겠다고

맹세했다.

"모처럼 하는 사람 구경인데 그냥 돌아가기도 서운하다. 좀 더 돌아다녀도 돼?"

"얼마든지. 아예 저녁도 먹고 들어갈까?"

"나중에. 오늘은 성우도 기다릴 테니까. 내심 궁금해하고 있을 거야……."

잠시 씁쓸한 눈빛을 지었을 뿐, 병원을 등지고 걸어가는 수경의 발걸음은 경쾌하고도 힘찼다. 그것을 보는 내 기분도 따라서 좋아질밖에. 그렇게 산에서는 즐길 수 없는 번다한 문명의 오락거리로 시간을 보내고 저물 즈음 귀로에 올랐다.

버스 하차 후 오르막길에 접어들고부터 수경은 숲 속에서 들려오는 새 울음소리를 흉내 내곤 하다가 지나가는 말처럼 물어왔다.

"그러고 보니 그건 정체가 뭐야?"

"정체?"

"유화경. 아니면 내가 동생인 줄 알았던 그거."

나는 뜻밖이라고 생각하며 눈을 깜박거렸다. 안 그래도 병원에서 유화경과 대면할 때 더 주의를 기울였는데 크게 동요하는 기색이 없어 모르고 넘어간 줄만 알았다.

"……보였어?"

"보이더라."

덤덤한 목소리는 억지로 아무렇지 않은 체하는 것과는 달랐다. 자신이 사람의 형상을 하고 있어도 사람과는 다른 세계에 속하는 존재임을 체득한 자의 진솔함일 뿐. '착각' 같은 건 하지 않는 것이다. 오래전 꾀꼬리로 불려나올 때처럼 여전히 빠른 적응력. 나는 그런 점에 있어선, 속된 말로 명함도 내밀 수 없다.

어쨌든 그녀의 덤덤함에 보조를 맞춰 나도 심상하게 대답했다.

"뻐꾸기야. 뻐꾸기는 탁란을 하거든. 들어봤어?"

"……들은 기억나. 그게 다른 새 둥지에 자기 알을 낳아놓고 기르게 하는 그거 맞지? 부화한 새끼는 정작 둥지 주인의 알들은 다 밀쳐내고 혼자만 살려고 하고."

천천히 대답하면서 찾아온 일련의 미오迷悟로 수경의 눈빛이 크게 흔들렸다.

"세상에. 정말 걔가 한 짓이 딱 그렇잖아?"

"새삼 놀라서 어쩌려고. 누대로 쌓인 악연이면서."

"누대라면……. 아, 해님이도 그랬다고?"

기가 막혔던지 그녀는 그만 실소를 하고 만다. 이런, 이런 하고 고개를 내젓다가 그녀는 "아아, 그렇구나." 하고 탄식했다.

"아버지가 새잡이꾼이었어. 새를 너무 많이 죽인 업보로 내 눈이 먼 거라고 하더니……."

"잡아서는 안 될 새가 한 마리 끼어 있었던 거군."

멍한 얼굴로 허공의 한 점을 응시하던 수경이 눈살을 찌푸리며 확인했다.

"그 애가 그걸 알긴 해? 내가 고획조인 걸 아는 것처럼 자신이 뻐꾸기라는 걸 알고 그러는 거야?"

나는 고개를 저었다.

"모를 거야. 어디까지나 뻐꾸기에 썼던 거니까. 더 정확히는 강한 악의라고 해야 하나. 가진 힘이라고 해봤자 어중간해서 자신을 죽인 사냥꾼을 해치울 힘은 없고, 낳지 못한 제 알에 대한 한을 옮기는 게 고작이었던 게 아닐까 싶어."

"얼마나 한스러웠으면 아직도 그 원망이 남아서……."

"그 정도로 대단한 수준은 아니야."

수경이 공연한 애처로움을 품을까봐 나는 단호하게 못을 박았다.

"뱃속에 두 아이가 있었는데 한쪽에게 들러붙은 건 우연 같은 게 아니라 그쪽이 더 만만해 보였다는 뜻이야. 본능적으로 햇빛에 끌리는 것들이 존재하듯 어둠에 끌리는 것들도 존재해. 무슨 말인지 알겠어?"

천천히 눈을 내리깔며 내 말을 곱씹어 보는 듯하던 수경이 작게 한숨을 쉬었다.

"그래도, 애초에 그런 것에 씌지 않았다면—."

"본성이 발랐다면 제어하지 못할 것도 없어. 하지만 그건 그런 노력을 전혀 기울이지 않은 것 같더군. 하물며 시간이 지나서 그 사념의 힘도 많이 약해졌을 텐데 전보다 훨씬 나빠진 건 뭐라고 할 거야?"

오래전 그녀의 동생이 그랬듯이 유화경도 내게 따로 접근한 적이 있다는 이야긴 꺼내지 않을 것이다. 공장 앞에서 처음 만난 게 실은 처음이 아니었다는 이야기도, 언니 핑계를 대며 나를 불러낸 자리에서 보인 그것의 한심한 작태도 수경이 전혀 알 필요가 없다.

"그래도 가련하다는 생각이 들면 이렇게 생각해. 넌 이미 두 번이나 그것에게 목숨을 내줬다고. 그러니 그만 내려놔."

길어봤자 꼬마가 어른이 될 때까지 살 목숨. 아직도 수경이 가지고 있는 한 조각 연민을 고려한다고 해도 그만하면 긴 유예라고 생각한다. 똑같이 되갚아 주는 걸론 치죄가 부족했던 모양이니 이번에야말로 죽은 새의 악의와 함께 두 번 다시 되살아나지 못하도록 주살하리라. 모쪼록 내 손에 죽기 전에 먼저 죽어버리는 행운이 없기를 바랄 따름이다······.

몇 번이고 고개를 끄덕이며 생각에 잠겨 있던 수경이 갑자기 내 품에 매달리듯 안겨왔다. 그 마음속에 부유할 착잡한 앙금을 짐작하고 그녀를 담뿍 안으며 속삭였다.

"이젠 다 지스러기일 뿐이야. 모두 끝났어."

"그렇지? 그런 거 맞지? 우린 이제 두 번 다시 헤어지지 않을 거잖아."

"당연하지."

내 고운 정인의 불안한 심장박동이 마침내 평소의 제 율동을 되찾을 때까지 오래도록 보듬고 있다가 나는 가벼이 말했다.

"우리의 당면 과제는 앞으로 어디서 사느냐란 말이야. 치자나무를 심을 수 있는 넓은 뜰이 달린 집이 도처에 널린 건 아니란 거 명심해야 할걸."

"치자나무! 그러고 보니까 위후 님 저택의 화원에―."

방긋 웃으며 고개를 든 수경에게 당장 경고했다.

"대원산은 절대 안 돼."

"안 간대도!"

수경은 뾰로통하니 외치더니 금세 푸흐흐 웃음을 터뜨렸다.

"혹시 너 질투하는 거야? 진짜 질투? 와, 나 아무래도 이런 거 처음인 것 같은데 기분이 막 간질간질 좋고 야단도 아니네. 근데 그러면 안 되는 거지? 그거 못된 거잖아. 어떡하지? 못된 아이가 될 것 같아. 아, 위후 님은 내가 못돼지길 학수고대하는 것 같던데 이런 날 보면 기뻐하시겠다. 그치? 말이 나온 김에 대원산에 가서 잠깐 뵙고 올까? 물론 거기서 살자는 건 아니고."

바지런히 재잘대며 날 올려다보는 눈에 뭐라 말할 수 없는 기대가 흘러넘쳤다. 노림수가 빤한 덫에 이미 한 발 집어넣기 직전. 나는 하늘을

올려다보며 한 차례 깊게 심호흡을 했다. 그리고 수경을 안고 있던 팔로 그녀를 번쩍 들어 어깨에 들쳐 멨다.

"어머머, 뭐야, 왜 갑자기 힘자랑인데?"

"보쌈해달라고 노래를 부르니 들어드려야지 별수 있어?"

"누가! 무슨 황당한 억지람?"

수경이 다리를 바동거리든 말든 성큼성큼 걸음을 옮기다가 앞에서 불어온 바람에 그녀의 치맛자락이 확 뒤집히자 재빨리 치마를 수습해 준다는 게 뜻밖의 실패로 돌아갔다. 한 겹의 속바지를 두고 손에 느껴진 감촉에, 보쌈하겠노라 선포한 것과 별개로 얼굴이 붉어졌다. 이건 흡사 작은 덫을 피하려고 뛰어넘다가 올무에 걸린 듯한⋯⋯.

"뭐, 뭐야, 목연오, 길 한복판에서 그런 델 마구 주물거리면 어떡해!"

"내가 뭘 또 주물럭거렸다고—."

어느 틈엔가 오른손이 그녀가 말한 바로 그 행월 하고 있었다.

"그만 좀 만져! 치마를 좀 내려주든가 하란 말이야."

계속 만지며 생각했다. 이젠 더 물러날 데가 없다고.

그래서 나는 숲으로 들어갔다. 마지막까지 싫다고 바동거리면서도 날개를 펼치지 않던 수경이 느티나무 아래 보드라운 이끼에 내려놓는 순간 내 목을 끌어당기며 깨물 듯 입맞춰왔다.

"딱 한 번이다? 나 배고프단 말이야."

혀를 날름 내밀며 웃는 모습에, 비로소 당했다는 생각이 든다. 하지만 덫이라고 생각한 것이 실은 미끼였다는 데서 오는 충격은 잠시 옆으로 밀어놓고 수경에게로 고개를 기울였다. 요정 같은 그녀의 웃음소리가 숲으로 퍼진다.

오랜 세월이 걸려 내게 돌아온 정인은 조금 장난꾸러기가 되었을

지도 모르겠다. 그런들 무에 대수이랴? 그것이 그녀의 뜻이라면 얼마든지 기꺼이 함락되리라.

천지간에 그녀가 있고, 내가 있다.

온 세상이 참으로 환하다.

잇닿는 이야기, 그 둘.
동인桐人과 만물상

GOOD WORLD ROMANCE NOVEL

―당신이 마음을 먹으면 세상에서 못 구할 게 없다고 들었소이다.

―기실 그러하오. 위후하면 만물상, 만물상하면 위후지.

―내가 바라는 것은 이미 그 형상을 잃은 것인데.

―그런 것이야말로 내 재주가 돋보이는 분야지. 설령 혼백이라 할지라도 이 위후가 구하려들면 수백 년이 대수일까. 아주 박살이 난 경우엔 이야기가 좀 다르지만. 혹시 그런 경우인가?

―아니오, 그럴 리는 없소. 청청한 혼이었소. 작은 상처 하나 없이 하늘로 돌아갔다고 맹세할 수도 있소. 찾고자 하오. 몇 백 년이 걸려도 좋으니 언제, 어디에서, 무엇으로 태어날지를 알고 싶소.

―그 말이 정확하다면야 어려울 것 없지. 찾는 것, 그게 전부요?

―하나 더……. 그 수명을 근심하지 않을 방법이 있는지도.

―있다 뿐이요? 골라야 할 판이지. 하지만 그건 비싸다오. 세상에 없는 것을 찾는 것보다 있는 것을 없어지지 않게 하는 것이 훨씬 힘들거든.

—값은 어떻게든 치를 것이오. 방법만 있다면야.

—또 하나, 욕심이 클수록 위험부담도 크다는 것도 알아야 하오. 십 년 살 것을 이십 년 살게 하는 것과 백 년 살게 하는 것 사이에는 아주 커다란 간극이 있지. 자칫하면 살 수 있는 십 년도 없어질 수 있단 말이오. 손께서 어느 정도를 바라는지는 모르겠으나.

—나는…….

—당장 말할 것 있나? 고민은 찾고 난 후에 해도 늦지 않지.

—나는 영원을 바라오.

—호오, 딱 뵙는 순간 알았지. 아주 큰 손님이 되시겠단 걸.

"손님이 오겠군."

무릎을 베고 잠든 줄만 알았던 위후가 그렇게 중얼거리자, 설영은 그의 귀를 파주던 손길을 멈추고 잠시 뜨락 너머의 하늘을 응시했다. 미동조차 없는 표정과 달리 은회색 꼬리 세 개가 각자 다른 방향으로 너울거렸다. 곧 어여쁜 아미가 일그러지며 그녀가 탄식했다.

"그 재수 없는 까마귀들!"

"쯧쯧, 말조심하래도 참 말도 안 듣는다."

위후는 늘어져라 하품을 하면서 일어나 앉았다. 느슨하게 풀어놓은 옷 속으로 손을 넣어 벅벅 흰털을 긁어대는 그를 보며 설영은 여전히 싫은 내색을 감추지 않았다.

"굳이 그런 꺼림칙한 자와 교류하셔야 합니까? 하물며 번번이 나리께서 직접 상대하시는 이유를 모르겠습니다."

"그러니 너는 장사에는 소질이 없다는 게다."

비죽이 웃으며 위후는 쩝쩝 입맛을 다셨다.

"그렇게 꺼림칙하기가 어디 쉬운 줄 아느냐. 작정하고 만들려고 해

도 못 만든단 말이지."

"흥, 저도 동인이 무엇인지 정도는 알고 있습니다."

설영은 귀이개를 은통에 넣으며 입술을 비죽거렸다.

"순장을 못하게 되면서 사람 대신 관에 넣어준 오동나무 인형이 아닙니까. 그런 것이야 오래된 무덤만 들입다 파면 못 찾을 게 무어라고. 당장 저만 해도 한두 개는 찾겠습니다."

"못 찾을 건 없지. 하지만 그 중에 몇이 널 보고 아는 체할 것 같으냐?"

"음…… 제게 묻지 마시고 그냥 알려주세요. 말씀하시는 걸 듣자니 나리께서 이미 시도는 해보신 모양인데."

설영은 고개를 갸웃하더니 그의 다리를 흔들며 애교스럽게 보챘다. 늘 귀엽게 여기는 첩실의 턱을 가벼이 간질여주며 위후는 대답했다.

"딱 셋을 찾았다. 그럼 내가 뒤져본 고분이 몇 개인 줄은 아느냐?"

"몇 개입니까?"

"헤아려보진 않았으나 족히 천 개는 될 게야."

"세상에. 천 개를 뒤졌는데 딱 셋이요?"

"그나마도 그 셋 중 하나는 밖으로 나오더니 햇빛에 바스러져 가루가 되더구나. 다른 한 놈은 안타깝게도 지능이라 할 만한 게 거의 없었고. 남은 한 놈은 꽁꽁 숨어 세상과 연을 끊어버렸지. 어차피 그놈도 그리 오래 버티진 못했을 게야."

"가여워라. 겨우 무덤을 벗어났는데."

설영이 한숨을 쉬자 위후도 하얀 눈썹을 치켜 올려 동의를 표했다.

"애초에 나무의 정精이란 것에겐 치명적인 한계가 있으니. 베어져서 그 뿌리를 잃으면 극복하기가 쉽지 않지."

이해하겠다는 듯 고개를 끄덕이던 설영이 다시 궁금증이 생겨 물었다.

"그럼 그자는요? 그자는 무슨 용빼는 재주가 있어 그렇게 거들먹거리며 다닌답니까?"

"거들먹거리는 것처럼 보이던?"

"이를 말이라고요? 그자도 그렇고, 데리고 다니는 그 까마귀들도 그렇고 딱 질색이에요. 그 음침한 기운이라니! 인간들이 말하는 저승사자란 것이 있다면 꼭 그 꼴일 거예요!"

많아야 네댓 번 멀찍이서 본 게 전부인 설영이 이토록 진저리를 치는 것에 위후는 묘한 미소를 머금었다. 은여우치고 부족한 총기를 빼어난 직감으로 상쇄하고 있으니 과연 어여삐 여길만 했다.

"그자가 우리 설영이에게 어지간히 밉보였구나. 왜, 생김새도 마음에 들지 않던?"

"생김새야 인형을 조각한 장인의 솜씨가 아니겠습니까? 본래의 모습은 아마 몹시 흉측할 것입니다. 꽃나무가 아닌 이상에야 나무의 정령치고 용색이 반반한 경우는……."

고개를 잘래잘래 흔드는 설영을 다정히 바라보던 위후는 그 말도 일리가 있다고 대꾸하며 자리를 털고 일어섰다. 슬슬 당도할 손님을 맞기 위해 복색을 정비할 때였다. 팔짱을 끼고 함께 걸어가면서 설영은 아무래도 모르겠다는 표정으로 재잘거렸다.

"은혜를 입었다고는 하나 고획조가 되고 못 되고는 순전히 그 아이의 역량에 달린 것 아닙니까? 기왕지사 전생轉生을 한 것, 그런 사내에게 꼭 붙들려 있어야 할 이유가 없을 텐데요."

"네 말 속에 정답이 있구나. 붙들려 있어야 할 이유 같은 건 없지."

"그럼 제가 한 번 살살 꼬드겨볼까요? 그런 사내는 내쳐버리고

이리 와서 살면 좋겠는데."

"그리도 마음에 들던?"

"귀엽더라고요, 순진하기 짝이 없는 게."

생글거리며 대답한 설영은 같은 이유로 미간을 확 찡그렸다.

"그렇게 순진하니, 자신이 어떤 사내 손아귀에 쥐어졌는지도 모를 것 같고."

위후도 그 말을 곰곰이 생각해 보았다. 과연 직감이 그리 빼어난 아이로는 보이지 않았다. 그리고 이제 막 알에서 깬 어린 새나 다름없으니 더더욱 그자를 의지하는 마음이 클 것이다. 똑같이 어둠 속에서 빚어진 목숨이라고 해도 한없이 달에 가까운 고획조와 달리 그자는……

'아닌 게 아니라, 한 번 꼬드겨볼까.'

철없는 설영의 몇 마디가 위후의 허파에 바람을 불어넣었다. 솔직히 그럴 마음이 아예 없었던 것도 아니다. 고획조는 예나 지금이나 귀하다. 다만 그자에게도 만만치 않은 귀한 재주가 있는 터라 훗날을 위해 좋이 사귀고자 했을 뿐.

어스름이 깔리고 빗방울이 후드득 저택의 지붕을 두드릴 무렵, 기다리던 손님이 도래했다. 당연하다는 듯이 뜨락에 나가 우산을 쓰고 기다리고 있는 위후를 보고도 손님은 놀라지 않았다.

"오늘은 새가 한 마리뿐이외다? 다른 한 마린 새색시를 지키고 있으려나?"

히죽거리며 위후가 건넨 말에도 연오는 눈 하나 깜짝 않고 뜨락에 내려섰다. 그를 태우고 온 삼족오가 위후를 향해 눈을 번득이며 부리를 벌려 경계하는 것을 가벼이 쓰다듬는 것으로 진정시키며 천천히

위후를 돌아보았다. 전신을 적신 비가 그를 한층 싱그럽게 보이게 하는 중에도 위후와 마주친 두 눈에선 여지없이 파르스름한 기운이 넘실댔다.

"언제든 거래할 뜻이 있다한 말이 사실이오?"

정확히는 파란 것이 아니라 남빛에 가깝다. 사위가 좀 더 밝으면 보랏빛으로도 보일 것이다.

"의당 사실이지. 위후는 한 입으로 두 말하지 않소이다."

"저번에 드린 것이 벌써 주인을 찾아갔단 말이오?"

연오의 눈이 가늘어졌다. 비록 설영은 저승사자 운운했으나 철저히 비정하지는 못한 사내라는 것을 새삼 느끼며 위후는 고개를 저었다.

"어차피 물량은 많을수록 좋다하지 않았소. 상품이 될 만한 것은 그중에서도 가려지는 법이니."

"팔리든 팔리지 않든 1년이 지나면 놓아준다는 약속은……."

"유효하지요. 애초에 그리 못 박지 않았소이까? 언제 내가 그대를 속인 적이 있소?"

대답은 없지만 빤히 쳐다보는 연오의 눈길이 싸느랗기 짝이 없다. 이미 기백 년 가까이 흘러버린 옛적에 위후를 처음 찾아왔던 날과 똑같은 시선이다. 달라진 게 있다면 푸른빛이 더 강해진 눈빛 정도. 한결 바라보기 편하다고 위후는 인정한다. 솔직히 처음 대면하던 날엔 위후도 상당히 긴장했었던 것이다.

설영에게 말했듯이 나무의 정精이란 것은 나무가 베어지는 순간부터 급속도로 소멸을 향해 갈 수밖에 없다. 대지로부터 생기를 빨아들일 수 있는 뿌리가 없다는 것은 그토록 치명적이다. 하물며 사람의 손에 조각조각 나 엉뚱한 새 두 마리와 사람을 본뜬 인형의 꼴이 되었을

때엔 충격으로 그 정기가 산산이 부서져도 수십 수백 번이다. 그럼에도 불구하고 아직 제정신을 유지할뿐더러 다른 두 마리 새의 형상까지 키우고 있다는 것은 정령의 의지도 의지려니와 '살아남는 법'을 알지 못하면 불가능한 일.

그 방법을 위후는 연오와의 첫 대면에 꽤 구체적으로 깨달은 바 있다. 그에게 구하는 것이 있다고 찾아온 나무의 정령에게선 숨기려야 숨길 수 없는 짙은 피냄새가 났다.

애초에 피를 머금은 땅에 떨어진 씨앗일 것이다. 어쩌면 바로 그런 불길한 기운을 누를 목적으로 심은 나무였을지도 모른다. 피에서 생명을 빨아들여 자란 나무에게 지각이 생겨났다. 드물지 않은 사례였다. 다만 그런 나무가 베여서, 하필 죽은 이를 위한 동인이 되는 우연은 위후도 본 적이 없다.

깊은 땅속에 묻혀 귀인이었던 사람의 주검을 지키는 동안 정령은 미몽에서 깨어났다. 그리하여 보물을 노린 도굴꾼에게 고분이 파헤쳐지는 때를 만나 세상으로 걸어 나왔다. 죽음이 머지않은 운명을 알아채는 눈과 구천을 떠도는 혼에게 새의 형상을 씌울 수 있는 피리를 가지고서.

후자의 경우는 위후도 세상에 존재하는 또 하나의 불가사의로 받아들일 수 있다. 그러나 전자의 경우, 죽을 운명을 알아보는 능력에 대해선 그조차 두려움을 느끼지 않을 수 없다. 위후의 본능이 그 능력의 존재 이유를 깨닫게 했다. 그것이 바로 저자가 '살아남은 방법'이라고……. 토끼와 호랑이가 저마다의 본능으로 제 먹잇감을 판별하듯이 저자에게도 어떤 기회에 자신의 먹잇감을 찾는 눈이 뜨였던 것이다.

어울리지 않는 짙은 피냄새를 풍기는 나무의 정령. 사람의 기준으

로는 악귀에 가까울지도 모른다. 하물며 위후조차 방심하기 어려운 상대이기도 했다. 언젠가 저자의 눈이 터무니없이 두렵게 보이는 날이면 위후도 자신의 죽음을 예감케 될 것이다.

"자, 자, 흥정을 하지 그러오? 고획조의 날개옷이든 백만금의 돈이든 상품만 실하다면 못 줄 게 없대도?"

위후가 손가락을 튕기며 말하자 연오는 아주 잠깐 망설이는 듯하다가 대답했다.

"이번에도 돈이오. 많으면 많을수록 좋소."

"저번의 그 돈을 벌써 다 쓴 게요? 그게 그리 적은 돈은 아니었는데."

사람 세상에서 십억은 그럭저럭 큰 편에 속하는 줄 알기에 위후가 고개를 갸우뚱했다. 연오는 덤덤히 그 돈은 자신이 쓸 게 아니라고만 했다.

"달리 살 곳을 찾아볼 셈이오. 가고 싶어 하는 곳이 어디라도 준비해주고 싶으니까. 사람의 땅이란 것은 장소에 따라 가격이 천차만별인지라."

"아, 확실히 그렇긴 하지. 많으면 많을수록 좋다, 딱 그 말대로겠군."

위후는 턱을 긁적거리다가 슥 팔을 뻗어 집 안을 가리키며 말했다.

"그럼 들어가서 계문契文부터 작성하시겠소?"

연오는 물끄러미 위후가 가리킨 쪽을 보다가 발걸음을 뗐다.

"이번이 마지막이 될 터이니 그리 반색하지 않았으면 싶소."

"응? 내가 반색을 했나?"

능청스레 웃으면서 위후는 어찌 마지막일 거라 장담하느냐 물었다. 그를 지나쳐가며 연오가 "반듯하고 성실하지 않으면……" 하고

중얼거렸는데 뒷말은 입속에서 삼켜지고 말았다. 위후는 눈치 백단답게 그게 수경의 취향인 줄 금세 알아챘다. 기껏 고획조가 되었어도 사람일 적의 버릇대로 반듯하고 성실하게 살려는 계집과 한동안 소꿉놀이라도 할 모양이었다.

당堂에 들어서 앉을 자리를 권한 후 계문 작성 준비를 하는 동안 시동이 차를 준비해주고 나가면서 코를 벌름거리는 모습이 위후의 눈에 들어왔다. 비로소 위후도 생각나는 바가 있어 연오를 보며 말했다.

"그리고 보니 치자꽃 향기 같군, 이건."

속눈썹에 이슬이 머문 눈을 들어 연오가 위후를 바라보았다. 의식하자면 아직도 희미한 피냄새를 맡을 수 있지만, 그 냄새를 충분히 덮고도 남을 정도로 강하게 저 나무의 정령을 감싼 향기가 있었다. 그것이 오동나무 꽃냄새도 아니고 치자꽃이라는 게 독특하고도 묘했다.

"예전에는 이런 냄새가 아니었는데, 무슨 바람이 분 게요?"

"예전엔 어떤 냄새였는데 그러시오?"

연오의 반문에 위후는 곤란한 대답대신 대뜸 넘겨짚었다.

"일전에도 그 아이가 치자꽃 때문에 한바탕 난리더니, 혹시 그 아이가 좋아하는 꽃인가?"

대답하지 않고 가만히 눈을 내리까는 것이 연오의 대답이었다. 위후는 문득 우스운 마음이 들어 너털웃음을 지었다.

"하하하, 암컷 마음에 들려고 꾸미는 수컷 고획조 같구먼. 대관절 무슨 수로 그렇게 온몸에 향이 배게 했을까? 쉽지가 않았을 텐데."

꽉 다물어진 연오의 입이 열릴 성싶지 않은 것을 위후는 반은 협박하듯이 자신의 공로를 들먹였다. 날개옷은 비싼 값에 팔았을지언정 애초에 수경을 찾아주고 닥쳐올 일들을 조언한 값은 일절 안 받지 않

았느냐고 뻗대며 "고마워할 줄 모르는 걸 보면 썩 성실한 사내는 아니로군."하고 투덜거렸다. 성실함에 대한 지적에 연오의 표정이 잠시 흔들렸다.

아닌 게 아니라 위후는 날개옷을 비싸게, 정말이지 비싸게 팔았지만, 또 그만큼 뒷일을 확실히 거들었다. 연줄을 동원해 수경의 환생 시기며 장소를 짚어준 것은 물론 피붙이로 인해 목숨이 결딴날 것까지 구구절절 일러주었다. 고회조로 다시 태어날 수 있는 가장 최선의 방법을 전수하고 돈으로도 살 수 없는 '반혼주返魂珠'를 빌려주기도 했다. 연오가 위후에게 데려온 수백 마리의 새에도 불구하고 상당히 빚진 기분을 느끼는 까닭이었다.

"치자나무 숲을 만들어서⋯⋯."

연오가 작게 중얼거리는 소리에 위후는 재빨리 입을 다물고 경청했다.

"그 아래에 묻혀 있었소. 그녀를 다시 만나기 전까지 하루도 빠트리지 않고, 치자나무를 이불삼아, 무덤삼아 쉬곤 했소이다. 달리 무엇을 바라서가 아니라 그냥 그러고 싶어서."

덤덤히 말을 그쳤지만 얼굴 가득 퍼진 연한 홍조는 다른 이야길 하고 있다. 위후는 물끄러미 그런 연오를 바라보았다.

그것은 수백 년에 걸친 기다림에 대한 이야기였다. 잠들 수 없는 존재가 오래도록 정인의 부재를 견딘 유일한 방법에 대한 고백이었다. 남기고 간 유일한 정표인 오동나무 동곳이 썩어서 흙이 될 정도로 오래도록⋯⋯.

위후는 웃을까, 놀릴까 고민하다가 이도 저도 하지 않기로 했다. 설영에게는 달리 맘에 들 놀이 상대를 구해주어야겠고.

"치자꽃을 좋아하면 진주도 좋아하겠군. 새신부한테 어울릴 기막힌

진주반지가 있는데 한번 보겠소? 눈처럼 하얗고 영롱한 게 그 아이한 테 아마 딱일 거야. 고획조들이 본디 진주라면 껌뻑 죽는 것도 있고. 어때, 생각 있나?"

장사꾼은 장사꾼답게 잇속을 차리는 게 최우선. 위후의 넉살에 연 오는 구미가 당기는지 눈을 깜박이며 제 손을 내려다보았다. 수경이 반지를 낀 모습을 상상하는 게 분명했다. 위후는 손가락을 튕기며 낭 랑하게 외쳤다.

"어이, 여기 진주 좀 내와 봐!"

이번이 마지막은 무슨. 위후의 생전에 한 번 고객은 평생 고객인 것을!

– 완完 –

KB128492